U0668041

EUROPE
观思录 欧游

张德苏 著

经济日报 出版社

图书在版编目（CIP）数据

欧游观思录 / 张德苏著 . -- 北京：经济日报出版社，2022.1

ISBN 978-7-5196-1012-8

Ⅰ.①欧… Ⅱ.①张… Ⅲ.①游记－中国－当代 Ⅳ.① I267.4

中国版本图书馆 CIP 数据核字 (2021) 第 259739 号

欧游观思录

著　　者		张德苏
责任编辑		门　睿
责任校对		刘亚玲
出版发行		经济日报出版社
地　　址		北京市西城区白纸坊东街 2 号 A 座综合楼 710（邮政编码：100054）
电　　话		010-63567684（总编室）
		010-63584556（财经编辑部）
		010-63567687（企业与企业家史编辑部）
		010-63567683（经济与管理学术编辑部）
		010-63538621 63567692（发行部）
网　　址		www.edpbook.com.cn
E - mail		edpbook@126.com
经　　销		全国新华书店
印　　刷		廊坊市海涛印刷有限公司
开　　本		710×1000 毫米　1/16
印　　张		25
字　　数		417 千字
版　　次		2022 年 4 月第一版
印　　次		2022 年 4 月第一次印刷
书　　号		ISBN 978-7-5196-1012-8
定　　价		98.00 元

版权所有　盗版必究　印装有误　负责调换

书前小记

　　2013 年 9 月至 2015 年 9 月，我受国家汉办的派遣，到波兰克拉科夫雅盖隆大学工作了两年。一直对欧洲文化兴趣深厚，得此机会，焉能辜负？于是教学之隙，假日之时，每每出游，计时之长短以定游之远近。短假去近处，长假去远处。

　　我之游历，以克拉科夫为中心，遍及波兰其他城市；又以波兰为中心，远涉欧洲其他国家。两年所至，计有捷克、奥地利、匈牙利、斯洛文尼亚、克罗地亚、瑞士、意大利、梵蒂冈、西班牙、葡萄牙、法国、比利时、荷兰、德国、立陶宛、拉脱维亚、爱沙尼亚、希腊共十八国。由于时间有限，机缘不谐，未能越海一览北欧数国，至今引为遗憾。

　　去欧洲前，对我来说，欧洲的地理、历史、民风、文化只是一些耳闻得来的抽象观念，或是书籍上图片、视频上的影像。当我择居于波兰的市民街区，行走在欧洲的乡村都市，论道于学校讲堂，问路于街头巷陌，观其故垒山川，听其乐声浩唱，赏其巨绘精雕，耳闻目睹、亲身体验了欧洲人的工作生活、娱乐消闲之后，那些干瘪、抽象的概念、认识就逐渐注入了血气，成为真切、鲜活的人间状貌、社会图景。

　　出生在偏远封闭的鲁西北乡村，从小对远方充满好奇，对远行充满渴望，对异域风光、他国生活更是长期怀有一种神秘感。所以我的欧游，是饥渴中对饮食的吞咽，是打开每一个细胞去吸收，是用一双超大的眼睛去观看。我对欧洲的看法，必有因我学识的有限而带来的固陋，因视角的遮蔽而产生的偏见，但我想说，我笔下的欧洲完全是我真实的经历，真切的观察，真诚的评价。可以说，这是我面对一种异质文化时心灵波动的客观记录，不是命题作文，也没有网红式的虚夸。

这些文字原本是以日记形式记录下来的随感。2014年《威海日报》周末版开辟一个栏目"张博士欧洲行纪"，跟踪连载过一年。当时有诸多师友支持我出本书，但回国之后，这件事一直搁置下来。一是因为事过境迁，兴趣转移；二是一系列程序事务的繁杂，让我畏难；但最根本的原因还是我这个以内心满足为主导的人，总觉得写出来就是完成了，完成了对自己生命历程的记录，完成了对自己心灵的安抚。至于印成一本书，在身外的世界里留下一个印痕，在我心中并非十分重要。

然而，很多朋友一直没有忘记我写的这些东西，他们或经常到我的QQ空间翻阅旧文，或不时敦促我尽早出版。这些期待和鼓励不断增加着我行动的热情。今又得到我院［山东大学（威海）文化传播学院］支持学术出版项目的大力资助；尚有北京知库文化传媒有限公司代我操劳出版事宜，可以使我专心于文稿的修改、润色。于是，终于有了这本书的出版。

我对欧洲的感受和看法，尽在书中，大家自己去看吧，我也不再多嘴，搞个什么概括、总论什么的。只作此小记，说明此书来历，并致谢为本书付出物力心力的朋友们。

2021年9月于威海

目录
CONTENTS

富丽的绿色穹窿珍宝馆——德累斯顿的劫后重生——室外的珍宝：华美建筑的渊薮——《王侯出猎图》——圣母教堂前的游行——城东的皇家园林——会唱歌的房子——大众汽车透明装配厂

波 兰

旧都克拉科夫

　　东欧的秋风吹在维斯瓦河上，落叶铺满了克拉科夫古城。圣玛丽亚大教堂上的号声回荡在波兰古都的上空，碧蓝的天光下到处闪耀着秋树的金黄，华丽的马车在古老的石板路上敲出"嘚嘚"的脆响。每当我想起克拉科夫，眼前耳畔就会铺展开这样的声色之美。这是我初到波兰时，克拉科夫展示给我的形象，于是就永难忘记了。

　　克拉科夫位于波兰的南部，维斯瓦河畔，是一座历史悠久的欧洲名城，也是波兰的故都。1320—1596 年间，波兰王室定都于此，于是在几个世纪间，留下了一城华丽、雄伟、古朴、厚重的建筑。这座跨越数百年的古城有着无穷的景致与故事，曲折的巷陌是时光的凝聚，一砖一瓦都承载着悠远的历史。作为一个匆匆的过客，怎能读透这本厚重的大书？只是得其片叶，窥其数斑罢了。

　　几百年间波兰历经磨难，外敌的入侵，自身的巨变，每次都让人惊心动魄，然而克拉科夫古城却是幸运的，城中建筑保存得极为完好。即使是被拆的城墙，其痕迹也被完整地保留下来，变身为一圈宽阔的绿化带，也可以称之为环城公园，里面步道穿插，长椅散布。在地图上，通过这一圈绿色，我们仍然可以清晰地看到克拉科夫古城的轮廓，像一只结在维斯瓦河这条长藤上的甜瓜。

　　古城的中心是一座广场。按照

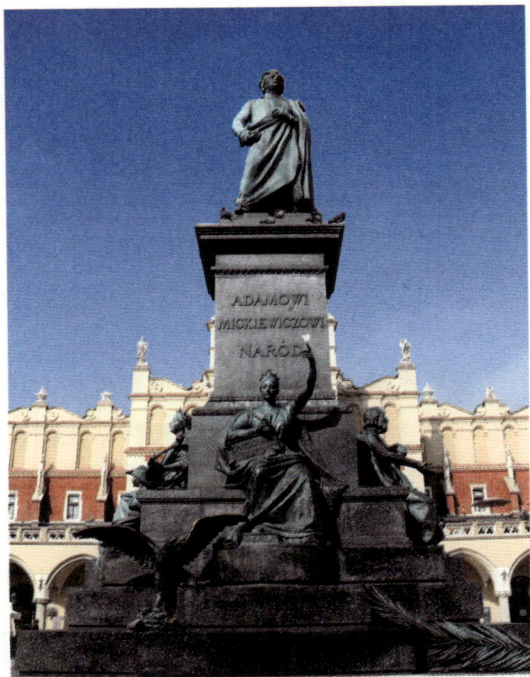

中国的广场标准，这个广场并不大。广场正中是一座两层的长方形建筑，被称为"纺织会馆"。因为这里曾经是一个非常兴旺的纺织物市场，今天它与纺织已没有什么关系了，但这个名字留了下来。它的下层现在是旅游纪念品商场。商品极为丰富，琥珀饰品是必不可少的，波兰是世界闻名的琥珀产地。还有各种带波兰花纹图案的手包、瓷器等物。木制工艺品也相当精彩，盘子、盒子、木鸟、木蛋，千奇百怪；还有各种木雕像，如圣诞老人、圣母圣子、犹太人、胖女佣等形象，看似不够精工，遍身刀锯之痕，但表情生动，极为传神。

会馆的二楼是"19世纪波兰艺术馆"。里面收藏了19世纪众多波兰著名画家的画作，分为四个展厅，中间是个圆厅，圆厅有三个门通向三个大的展厅。馆方把他们收藏的绘画作品分为四派，一是启蒙主义；二是学院派；三是浪漫主义；四是现实主义。其中归于学院派的扬·马特伊科的作品最多。这位画家在波兰绘画史上地位极其重要，在波兰旅行，我们会经常和他的画作相遇。

纺织会馆东侧有一个高高的铜雕，是波兰大师级的诗人密支凯维奇。密支凯维奇生活在波兰亡国的时代，他的作品充满复仇与解放的热力，与20世纪上半叶中国的境况极为相近，所以鲁迅将他的作品译介到中国来。在波兰好多城市都有密支凯维奇雕像，华沙也有，在总统府南面，与一株身形不凡的白桦树为伴。

广场上的鸽子非常多，它们会把喂鸽子的小孩层层包围起来。食物一抛出手，它们就会一个压一个地往一个狭小的中心去争夺食物，如海中密集的鱼群。它们一点都不怕人，你甚至可以伸手触摸它们。

若是到了节日，比如复活节、圣诞节或者其他波兰节日，广场就会更加热闹。很多木房子、大酒桶、舞台、帐篷出现在广场上。有美食、美酒、音乐、杂耍。整个古城仿佛也变得年轻起来。

那些木房子被色彩斑斓的节日商品装点得光鲜而热烈，各种各样的小物件多得好像要从货架上溢出来似的。棒棒糖被做成各种形状、点染出各种色彩；一些波兰饰品的设计超出想象；其工艺全然不是批量加工的呆板一律，而是充满灵性的艺术创作；波兰糕点更是花样繁多，虽被封闭在保鲜盒里，而诱人的香气还是难以盖住。

漫步在热烈的喜气中，人们还会听到"叮叮当当"的打铁声，循声寻找，就会看到红炉耀眼，一家铁匠铺就会出现在眼前，很多人围成一圈，有的观看，有的是在等待师傅把自己的名字打在马蹄铁上。他们的摊位上摆放着铁制的玫瑰花，工艺十分精湛，坚硬灰黑的铁皮曲尽花朵之妙。是他们手艺高超的最佳广告。

杂耍是孩子们的最爱，广场上当然也不会缺乏。扮雕塑已经是极为俗套的了，有才气的年轻人不屑于这种游戏，于是就有各种新玩法。一个"拙劣"的杂耍者手里的三根彩棒总是掉在地上，小朋友便赶快去给他捡起来。他接一根棒的时候另一根就又掉了。经过他身边的小孩子都会跑过来为他捡，他也永远处在接棒中。一个让人快乐又有意义的游戏。

节日中，广场一角还会搭起舞台。表演接连不断，灯光闪亮，歌声舞起。有一次在圣玛丽亚大教堂前，竟然摆上了一架大钢琴，钢琴师如痴如醉地弹奏，舒缓优雅的旋律在古老的广场上飘荡。与人间的世俗繁华竟然并不违和，人们静静地站在周围，沉浸在乐曲的悠扬中。

广场是克拉科夫人生活的一部分，它不是为了吸引游客而建造，不是为了钱财或政治而运转，也不为了"形象"而炫耀什么、遮蔽什么，它作为它自身安详地处在那里，这样的存在产生了一种真实、朴实、踏实的美。而这也正是它让世界各地游客风靡而至的根本原因。广场充满散漫、自由的气息，没有任何限制，除非深更半夜，这里总是人来人往，络绎不绝。广场是民众的，是波兰人的，也是外国人的。人们从四面八方来，又向四面八方散去。来就来了，走就走了。它平和地接纳每个人，人们对它也充满喜爱。

圣玛丽亚大教堂处在广场东北角，正面是一高一矮两座塔楼。教堂总是敞着大门，人们随时可以自由出入。进门右侧是圣母小礼拜堂，波兰人总是先跪拜圣母，然后再进入教堂大厅。安静、沉默是教堂的常态，来这里的人有的坐在长椅上，陷入深思；有的跪在前面的椅子的跪板上，双臂撑着头，似乎在向神谢罪。

在一些重大的宗教节日，圣玛丽亚大教堂里会坐满了人，后来的人没有座位，就站在过道中或柱子下。神父用洪亮而抑扬有致的声音为信徒传道。高潮环节，神父带领众人一起唱赞歌，全场肃立引吭，一唱千和，余音激荡，撼人心魄。

不同于其他教堂的钟声悠扬，圣玛丽亚大教堂每到整点，塔楼上就会响起号音，这是几百年来克拉科夫的一个传统。据说几百年前的一个夜晚，教堂上的一个哨兵发现了入侵的鞑靼人，就吹响了手中的军号，鞑靼人一箭射中了哨兵，哨兵的号音停了，但他又努力振作起来，继续吹起报警的号声。克拉科夫人在梦中醒来，及时打退了鞑靼人，恢复了生活的平静。为了纪念这位哨兵，从那以后圣玛丽亚大教堂整点时就不再敲钟，而是吹号，而且号声中一定有一个大约半分钟停顿。这号音不是扩音器放出的录音，而是每到整点，真的有人在高高的塔楼上吹起号音。每到这时，广场上的人都和我一样，仰头搜寻高塔最高处，便会隐约看到一扇窗打开着，一支铜号伸出窗口。吹奏完毕，号手会向人们挥手致意，广场上也会回应他，挥手欢呼。

广场的西南角有一座钟楼，叫"市政厅钟楼"。欧洲的城市布局中，广场和市政厅总是在一起，是天然的一对。因为市民的议事、选举，市政的发布，民意的表达都需要市政厅前有一个广场。克拉科夫老市政厅建于14世纪初，钟楼建于15世纪。但在1820年老市政厅被毁掉了，只有钟楼还在。钟楼门前，两只石狮子左右守护，却不是中国石狮那种昂首挺立、雄壮伟岸，而是趴卧在石墩上，半闭着眼睛，像是一对没睡醒的懒汉。钟楼是方形的，很像威尼斯圣马可广场上那座钟楼的样式。

钟楼是一座博物馆，里面通过图片、遗物展示了市政厅由始建到毁灭的身世史和大钟的结构与运行机理。钟楼也是一座观景台，登上钟楼，可以看到克拉科夫古城的全貌，看到远山如黛、长河如带，看到远处如粽子般的科希丘什科纪念丘。

从广场东南角沿着一条长街行走，不久就会看到瓦维尔城堡。这里是曾经的波兰王室宫廷。它雄踞于瓦维尔山上，南临维斯瓦河以为天堑，拥龙踞虎瞰之势，可谓易守难攻的军事要塞。瓦维尔山是克拉科夫古城的制高点，但也并不是什么高峰，甚至很难说是一座山，最多可称为高地。如果非要说是山，那么借用济南的一个山名最为恰当——无影山。然而，克拉科夫古城一带，原野平旷，唯此地最高，足以营造出王室尊严。

瓦维尔城堡中最为亮丽的部分是瓦维尔教堂。教堂内部极尽豪华，器物用具精美异常，多有金银装饰。各处雕塑细腻精工，栩栩如生。如此美物当是搜全波兰之精华、集波兰人之智慧而成就之，是千年以来倾尽心血、苦心经营的结果。又想如有战争骤起，教堂遭毁，则损失之巨，必令人痛悔。

这座教堂是历代波兰国王的加冕之地，也是波兰国王的安葬之地。被称为"大帝"的卡吉米日国王、女王雅德维、女王的丈夫波兰国王兼立陶宛大公雅盖沃等人的遗体、棺椁，都保存在教堂中。

瓦维尔教堂右侧的一座地宫中又安放着两位波兰总统的灵柩，一位是完成波兰复国的民族英雄毕苏斯基；另一位是 2010 年遇难总统卡钦斯基。这是现代波兰给有特殊贡献的领导人的最高荣誉。

站在城堡内的广场上，回望瓦维尔教堂，多个耸立的尖顶密集紧凑，聚锦堆绣一般，更显得富丽堂皇，完全是我在童话里得来的王子与公主所居的城堡的样子。但现在我知道了，欧洲宫廷中最漂亮、最豪奢的地方并不属于王子、公主，甚至也不属于国王，而多为上帝所居。人王不可以超越上帝，作为人王子女的王子、公主就更不用说了。据说瓦维

尔教堂旁边的一个极不起眼的三层楼房才是波兰王室的住所。

瓦维尔山下，城堡与河畔之间，有一个青铜雕塑，是一条凶恶狰狞的巨龙。巴金 1950 年末访问波兰，归国后写了一篇散文《古城克拉科》，里面讲述了关于这条火龙的古老传说："在瓦威尔山脚下，有一条龙，那是一个非常可怕的东西，它伤害人命，毁灭地上的财富，成为那个地方的大灾星。有一天，一个叫做克拉克（Krak）的人杀死了它，替人民除了大害，人们为着表示感激，就拿他的名字做了城名：克拉科（Krakow）。"由此我知道了"克拉科夫"这个城名的由来。我的波兰学生也曾给我讲起这个故事，大同小异。但多了一个细节，就是克拉克将生石灰装进羊皮，做成一只小羊的样子，恶龙吞食后，烧胀而死。瓦维尔山下的龙雕，设计非常巧妙，每隔大约 15 分钟，龙嘴里就会突然喷出长长的火焰，呼呼有声，犹如巨龙复活，常常引起人们一片惊呼。

克拉科夫的灵魂是雅盖隆大学。这是一座非常古老的大学，始建于 1368 年，至今已有六百五十多年的历史了。改变人类宇宙观的天文学家尼古拉·哥白尼、20 世纪对世界影响巨大的罗马教皇若望·保罗二世、诺贝尔文学奖获得者波兰女诗人辛波斯卡、波兰总统杜达都曾就读于雅盖隆大学。雅盖隆大学也是我在波兰期间工作的地方。2013 年，我受汉办派遣在中远东文化中心工作两年。我就这样有幸和这些世界级的人物产生了一丝关联。

雅盖隆大学不像中国的大学那样有一个独立而封闭的校园，它以学院为单位，散布在克拉科夫城、郊多个地方，不同的学院各居一方。其最古老、最核心的部分在老城西侧，从广场西北角向西过一个街区就到了。这里的建筑如今分为两部分，一部分开辟为校史博物馆，一部分扮演着大学总部的角色。

博物馆部分是大学最早的建筑，砖石结构。石柱、石拱散发出古老的象牙色，红砖则蒙上了一层时间的灰黑，有些墙饰的铁制部分，已经锈蚀得很严重了。至今已有六百五十多年了，而这座建筑依然坚挺傲立，没有丝毫衰弱之象。可见修建时的打算，不止是"百年大计"，而是"千年大计"。校史馆中书橱里满是那种极为厚重的古代典籍，资料价值似乎早已让位于文物价值，成为古代印刷的见证了。馆中还展示着大学历代收藏的艺术品与科学仪器，其中尤以天文仪器最多，这大概与哥白尼的巨大影响有关。中庭南侧墙壁上还有一座机械报时钟，每到整点，钟盘下方的两扇小铁门就会打开，有机械乐人出来表演一番。

庞大而保存完好的犹太区是克拉科夫又一重要特色。犹太区的正式名称叫"卡齐米日"。位于维斯瓦河北岸，瓦维尔城堡的西侧。

犹太人与波兰共同拥有一段漫长的历史。从 9 世纪开始，犹太人不断迁徙到波兰，寻求安身之地。波兰画家扬·马特伊科的《犹太人来到波兰》（Admission of Jews in Poland）（收藏于卢布林城堡博物馆）刻画了 1096 年犹太人得到波兰王准许永居波兰的场景。画面上国王瓦迪斯瓦夫·海尔曼在与犹太人对话，大主教手持一份文书，以书面形式授予犹太人长住波兰的权利，犹太人感动得欢呼、跪拜。自那时起，波兰成为犹太人最重要的居住国。

14 世纪，卡齐米日大帝（Kazimierz III Wielki）统治期间，在克拉科夫城外划出一片地区，允许犹太人聚居于此。安居于皇城根下的犹太人，在此获得了极大的发展。他们称自己的居住区为"卡齐米日"，表示对这位波兰王的感激之情。1794 年，当波兰民族英雄科希丘什科组织波兰人抗击俄、普、奥对波兰的瓜分时，克拉科夫的很多犹太人也参加了他的军队，为波兰的自由献出了自己的生命。

到二战前夕，波兰是欧洲犹太人口最多的国家，犹太人口多达 350 万人，占波兰总人口的 10%。纳粹到来，"卡齐米日"的犹太人再一次"失国"。他们因无故被杀、反抗被杀、劳累致死、饥饿致死、脱逃亡命等种种情况，飘零殆尽。

如今，克拉科夫的犹太人已经"极少"了，但这里的建筑几乎都是犹太人的遗物。他们的教堂依然矗立，但博物馆的性质似乎已经超出了它的教堂身份；犹太人的住宅、楼房成了各种商业经营的场所；犹太人的墓园也得到了妥善的保护，成为追思历史的见证。

犹太人墓地在犹太区小广场的南侧。入口处，工作人员递给我一顶犹太小帽。他说，所有来这里的男人都必须戴上小帽进去。小帽极小，刚好能盖住头顶心，而且薄，只有一层布。我需要随时关照它，但还是被风吹掉了几次。入口两边的围墙上镶满了纪念碑，大都是希伯来文的。只有一块是英文的，是 Ferber 家族的两个幸存者对整个家族八十八位死难者的纪念。

墓碑密集而整齐地排列着，有精雕细琢者，也有朴陋粗糙者，大概也是这些犹太人所遭时运不同的写照吧。他们的墓碑上大都放着多少不等的小石子，这是一种犹太习俗，扫墓者每到一次，必将一个石子放到墓碑上。

如今犹太区有大量的酒吧。据我的波兰同事 Adina 讲，克拉科夫人的语言中，"去

犹太区"这句话就是"去酒吧"的意思。犹太区的夜晚灯红酒绿，在这里无数家酒吧开始营业，人们从城市的各个角落来到这里，犹太区陷入快乐之中。欢声笑语，狂言醉语，浮情浪语，又有柔琴小唱、繁乐劲歌夹杂着杯盘之声回响在古老的大街小巷中，过午夜而不止。

但犹太区的白天和夜晚的气氛是不同的，白天的犹太区是宁静的，在这里行走的不再是作乐的酒徒，而是寻访犹太人遗迹的游人，导游们的讲解也都声音低沉，神情严肃。某些角落里也会飘来犹太音乐，似有若无，神秘缥缈，给整个犹太区染上了浓重的缅怀味道。波兰人把白天还给了犹太人。

记得刚到克拉科夫时，波兰同事 Adina 老师开车带我从机场穿过克拉科夫城，我心中就涌起一种亲切感。当时我也感到很奇怪，我第一次置身于一个欧洲城市，怎么会有这种"旧相识"的感觉？后来我渐渐明白这种感觉的原因了：这里街道上、绿化带里的树都是自然的，它们几十年、上百年地生长在那里，不是整齐划一的那种刻意的"人造景观"。常有百年老树独立于街边巷口街边，参天的树冠在风中摇曳着，散漫、率性而自然。有时也会有一棵特别高大茂盛的大树覆盖着身边的小楼，这

样的景象搅动起我的潜意识，让我陷入亲切而迷蒙的境地，直到有一天，儿时村头老榆树春天榆钱嫩绿的景象与克拉科夫的老树重合的时候，我一下子明白了。所以克拉科夫虽然是个城市，却有村庄般的温暖与自然。让我这个他乡人内心飘过一丝温馨的暖意。孟子云：所谓故国者，非谓有乔木之谓也。孟子有更高的标准，但他也的确以故乡的乔木为故乡的象征。那些数年一换的过客，那些永远长不大的景观树，无法承载我们对一个城市的记忆和感情。

克拉科夫的大街上有很多高大的栗子树。每年9月份，克拉科夫的栗子就熟了，树叶枯黄了边，像个老人那样静静地站在路边或公园里。成熟的栗子随时会从树上掉下来，穿过浓密的树叶，沙沙有声。但那掉落的速度仍然是相当快的，不易躲闪。那带着毛刺的皮落在头上可是够惨的，我没有亲见，但我想肯定有人在栗子树下中过招。因为就在我们面前，一个栗果"啪"的一声在石板路上摔暴了，两个深紫锃亮的大栗子从果壳中蹦了出来。栗子非常喜人，惹我们不停地去捡，一眼望去，树下满是栗子，所以我们也越捡越挑剔了，不大不紫不亮的就不再要了。可惜，我们后来才知道，这么诱人口水的栗子并不能吃。我试着煮了两个，小心地咬下一点，霎时感到一股强烈的苦涩味道，忙不迭地吐出来。

波 兰

克拉科夫的中国文物展

克拉科夫国家博物馆正在举行一场中国文物展，时间是从 2015 年 2 月 2 日到 7 月 5 日，全城很多地方都张贴了广告。博物馆更是在自己的门楣之上高悬起巨幅宣传画，红地金龙的图案之上用中文、波兰文、英文书写了这次展览的主题——"龙的世界"。很有中国味！

我们在孔院毛蕊老师的带领下前去参观，同行者还有波兹南孔院的卢院长。托毛老师的福，我们得到了专门的接待，馆方远东艺术部的 Beata Romanowicz 女士为我们做全程讲解。

对这次展览，馆方精心做了准备。迎门两盏宫灯拥出墙面上大幅的主题金龙，熠熠生光。又用一种非常现代的投影技术，我们所经之处，都会有灵动的"飞龙在天"影像，真叫"活灵活现"，一直引领我们走向二楼，走向展厅。

展厅门外，一面长长的书法墙烘云托月，山势半掩，让展厅更显神秘。墙上面是文徵明书写的《西园雅集记》，字体清丽遒劲，淋漓酣畅。墙边一个四面透明的玻璃房子里摆着明式红木大条案和一把靠背椅，案上有文房四宝，书法家可以在里面写字，让观众四面观赏。这些设计就像一本书的精彩序言，启发着参观者的无限遐思。

这次展览的主题是中国瓷器，展品主要来源于 Julian Ignacy Nowak（1865—1946）的捐献，Julian 先生是雅盖隆大学校友，后来成为雅盖隆大学的教授、校长。1922 年又做过波兰共和国总理。按照中国人的习惯，我们应该叫他于连总理，至少也应该称于连校长，但在波兰的介绍文字中，只称他为 Professor Julian，我也就入乡随俗，叫他于连教授吧。于连教授对中国瓷器非常喜爱，他虽然没有去过中国，但他修养深厚，眼光独到，在巴黎、伦敦、柏林、维也那等地的文物市场上淘到很多极具艺术价值和文物价值的中国瓷器。他生前曾将自己的收藏与大众分享，分别在伦敦和克拉科夫进行过两次展览。1946 年，临终前，于连教授把自己一生的收藏全部捐献给了克拉科夫国家博物馆。他的名字也永远缀在了这些展品的说明签上。

他的收藏的确令人振奋,令人惊讶!在我印象中,宋代名窑的瓷器都是非常珍贵稀见的,但大大出乎我的想象,在这里展出的竟有几十件宋代名窑。钧窑、建窑、哥窑、吉州窑都有。钧窑瓷最多,有碗碟、香炉、酒盏、花瓶、小水仙盆等多种器形,艺术品质很高。不只是器形规整,色彩也极好,一只金口瓷碗,呈现出梦幻般纯净的蓝紫色调,更多的器物在蓝紫色调中常常有几块亮丽的窑变,呈紫红色。无疑都是相当典型的高品质钧窑瓷。几件建州窑的茶碗,其釉纹也呈现出兔毫、油滴、天目等精品特征。哥窑器物不多,但其冰裂纹开片,如金丝铁线一般,我这个外行也能一眼认得出。于连教授当然知道青花是中国瓷器的精魂,所以他的青花收藏也是件件精品。这里道光年制的官窑八骏图盘,康熙年制的玉壶春瓶、一个梅枝观音瓶和一个梅枝盖罐。有意思的是,于连教授还收藏了两个形制、图案一样的民窑青花罐,上面都画着西湖景色,但艺术上,与官窑品相比,能让人明显感觉到工拙之分。

展品中还有另一位捐献者海伦娜·乌别尼斯卡收藏的一个被法国人改造过的中国青花大罐,非常有趣,可以看做中西文化一种生硬结合的失败案例:生产于19世纪的这款青花罐,画着怪石、牡丹,原本朴素淡雅,却被法国人配上了铜座、铜盖、铜环和铜兽首等其他一些铜饰。我想中国人是坚决不会这样做的,因为青花的素淡柔和之气,与铜饰很不搭调。只有欧洲人才可能有这样奇怪的工艺。铜件上规整的

图案也与青花罐上灵动的缠枝花卉不能协调；还有写实的鸟兽形象更不能给追求意境的中国艺术品增色。用我们中国人的眼光看，这只大罐被搞得十分丑陋，这是十足的弄巧成拙。

最后一部分是清代瓷器，可谓色彩缤纷。时到清代，我国的釉彩使用技术已经非常纯熟，康熙年间郎廷极督造的郎窑红釉瓷，俗称"牛血红"，配以简洁端正的器形，很能显示出康熙王朝深沉正大的皇家气象，气场宏大。这一时期的各色蓝釉瓷也极受欢迎，天蓝、洒蓝、孔雀蓝等都发色明朗，色形俱佳。还有几件官窑黄釉器皿，是皇家独享之物。清代皇家造办处发明的珐琅彩，或者叫"瓷胎画珐琅"，也没有在这里缺席，着色细致，艳丽明亮，倍于传统釉彩。只是那几件器形较怪，我叫不上名字来，应该是些礼器。粉彩瓷也是在清代达到高峰，有一组盘碟，画的是农家四季，十足的中国画韵味，如画在宣纸上的效果一般，是粉彩瓷追求的极致。还有几只粉彩杯盘，粉彩花鸟，我最喜欢其中一件乾隆官窑的荷花白鹭盘，淡雅素净有情趣。

于连教授的这些藏品1934年的时候曾在中心广场的纺织会馆展出过。为了纪念那次展览，这一次，人们根据一个老照片，把一个白瓷盘和一只孔雀蓝釉狮子按照当年的摆法展出。

另外还有唐三彩和景泰蓝。景泰蓝中最为引人注目的是一个托钵罗汉，整体黑紫的铜色，唯有袈裟施以珐琅，对比鲜明，饶有情趣。Beata女士很得意地对我们说：过去都认为这个罗汉像是日本的，但她通过雕像上的款式和其他细节证明这是中国的物品。我们向她表示感谢。还有一些铜铸佛像，阿弥陀佛，无量寿佛，观音菩萨，准提菩萨。其中无量寿佛最为珍贵，是乾隆六十大寿时官员所送的礼品。

"龙的世界"展第二大类别就是清代服饰。主要是清朝官服和补子；满族妇女的正装。还有汉族的裙，其标注为19世纪的东西，其形制却是非常古老的，此前我在一些介绍周礼的古籍中就看到过这种形制。当然其裙边刺绣图案更加精美。另外还有一些金莲妇女的弓鞋，绣着老虎的童鞋。

还有相当多的一些中国器物来自于多个收藏者，可以看出这些收藏者的品位很高，他们收藏的都是如今所谓"高大上"的物品，如象牙器、漆器、玉器等。展品有一件十层的象牙球，连同上边的链子都是用一块象牙镂雕而成，只是将实心的象牙雕刻成可以自由活动的十层球体，其用功之巨，工艺之难，已经是我们一般人难

以想象的了，更何况那是一件精益求精的艺术品，表面浮雕了人物、花卉、宫殿、鸟兽。我不知道这个可以握于掌中的东西会消耗掉雕刻者几年的时间。

儿童玩具区有一个象牙的总角小童，穿着肚兜，手握单杠。他的肩、胯、膝三个关节都是活的。但作为展品，只能静静地摆在那里，为了弥补这个遗憾，馆方制作了一个影片，循环不间断地展示这个单杠小童的运动状态，通过扭动单杠，小童可以上下翻飞，做出各种意想不到的动作。这些动作和扭动的力度长短有关，但也和小童当时所处的状态有关，并不是人可以完全控制的，天人共创，可以给儿童无限的乐趣。

绘画作品不多，却也件件不凡，颇有来历。这里展出的十六幅罗汉像渊源有自，乾隆南巡，到了杭州圣恩寺，在那里看到唐僧贯休所画十六罗汉像，乾隆皇帝十分感慨，为每位罗汉御题诗评。为了避免穿越千年的贯休罗汉像不幸失传，他命人石印这些画像，配上他的御笔诗评，以传扬佛法。这里展出的十六罗汉像与国内流传的完全一样，的确是乾隆石版的印刷物。

又有题为仇英画的《西园雅集图》，与文徵明书写的米芾《西园雅集记》同裱一轴。西园雅集是中国文人画中一个重要主题，多人画过，网上搜到仇英的一幅《雅集》画，与此不类。也许仇英画过多幅？不知此是否为真。对面墙上挂着一个条幅，用水墨画着蟹子，题名"寄萍堂上老人"，印为"齐白石"。但裱工很差，令人生疑。

其余物品就难以尽述了，像大烟枪、水烟袋、鼻烟壶；琵琶、三弦、玉如意；纸扇、木扇、羽毛扇；玉杯、铜杯、犀角杯。这次共展出了三千多件中国文物。

克拉科夫国家博物馆馆长直言：19 世纪 70 年代以来，他们和日本进行了频繁而深入的交流，但是和中国没有这样的关系，关于中国的知识，波兰了解得很少，而中国人对波兰的了解也是有限的。但通过这样的文化活动，中波之间的互相了解会慢慢拓广加深。

亦我所愿也！

波 兰

克拉科夫的万圣节与公墓

在很多西方国家把万圣节娱乐成化装舞会与儿童游戏的时候，波兰人却把万圣节过成了一个神情凝重的"清明"。波兰人也做"南瓜灯"，在 Banarka 和 Tesco 等商场里会看到大量的南瓜，大的如车轮，小的如坛罐，都画上了不同表情的脸形，以龇牙者居多。但鲜花、扫墓更是克拉科夫万圣节的主调。

10 月中下旬，万圣节临近，街上的花店就开始销售以菊花为主的一些祭奠性花束，一种追思已故亲人的气氛慢慢酝酿起来，并且越来越浓。到 10 月 31 日，万圣节的前一天，心急的人就不再等待，开始去墓地，为故去的亲人洒扫墓冢、献花、燃灯。到 11 月 1 日，万圣节这一天，这个活动达到高潮。

克拉科夫的 Rakowicki 公墓是市区最大也最古老的一个墓地。万圣节期间，很多市民从城市的不同角落来到这里，我在电车上就看到一些人手里用袋子提着一盆盆菊花前来。墓园门前的花店、灯店生意更是兴隆。墓园的大门口人群往来如织。警察早已来到这里指挥交通，以免拥堵。好在克拉科夫的公共交通非常发达，大多数人不必驾车过来。

来墓园祭扫的人，上有白发翁叟，蹒跚老妪；下有青春年少，红男绿女，或阖家前来，或孤身致祭。无不捧花持烛，神情肃穆。找到自己父祖的墓冢，他们先是

打扫墓顶上的尘灰、落叶，然后再用清水刷洗墓碑。墓园中隔一段距离就会设置一个水管给人们供水。清扫完毕后，他们就把带来的鲜花放在墓上，有花束、花环，但更多的是盆花，一盆或数盆正在盛开的菊花。盆花能够更长时间地代他们陪伴在已逝亲人的身边。之后，他们还会在墓上燃起烛灯，一支到几十支不等。波兰有一种专门用来祭奠的烛灯，一个透气却能防风的玻璃罩子，里边放一支蜡烛，能够在野外露天的地方，甚至风雨之中也能光耀不熄；同时又可以做成不同颜色，传达不同的心情。活着的后人无声地做着这一切，墓中的逝者一定感受到亲情的融融暖意了。

墓园里有一座小教堂，为市民提供丧葬祭奠方面的宗教服务。万圣节这天，教堂里从不停歇地响起赞歌，歌声饱含着基督之爱，回荡在整个墓园上空，那些歌声不是录音，而是唱诗班现场唱出来的。又有神父、修士、修女举着法器，缓步巡行于园中，为逝者安魂。我感到波兰社会有一整套的系统来帮助人们表达对先人的追思怀念。他们仪式的隆重庄严，内心的诚挚虔敬，与我们这个历来重视血缘亲情的民族相比，有过之而无不及。

波兰人"慎终追远"的情怀还表现在他们对营造亲人墓冢的重视上。6月份在扎科帕内的时候，曾非常震惊于木教堂旁边的墓园，建得如同雕塑艺术的园地。现在看到克拉科夫的这座 Rakowicki 公墓，我知道这在波兰是极其普遍的做法。这里的雕塑也都极具艺术个性，雕塑以耶稣像为多，有扛十字架的耶稣，神情坚毅；也有跪拜祈祷的耶稣，惶恐痛苦；还有沉思的耶稣、布道的耶稣等。圣母像和天使像也是这个墓地中常见的雕塑题材：圣母的慈爱、忧伤，小天使的灵动可爱，这些用石头雕出的像也无不曲致其情。即使是最普通的、无墓不有的十字架也各具特色，并无雷同。

有些墓并不只是一方墓冢，一块墓碑，一尊雕塑，还会有一座殿堂建筑。这样的建筑也品味甚高，有的甚至就是一座缩微了的教堂，或哥特式，或罗马式；有的墓上建筑形如希腊神殿，山墙高柱。这些雕塑和建筑不是千篇一律、呆板生硬的匠人之作，其雕饰之工，不亚于真正的宗教建筑，很多都是出自著名建筑家和雕塑家之手。波兰学生朗天告诉我说，这些建筑，祭扫者可以进入其中，里面可以摆放一些祭品，也可在里面为亲人祈祷。为了先人的尊严与荣耀，他们可以不惜重金，延请名家，建成这种足以成为艺术珍品的墓地建筑。

Rakowicki 墓地始建于 19 世纪初，二百多年来，一直不分阶层地接纳逝者，克拉科夫人都可以来此安葬，所以墓地中既有普通市民，也不乏名人贵胄，像 19 世纪著名画家扬·马特伊科；教皇保罗二世的父母；获得 1996 年诺贝尔文学奖的诗人辛波丝卡等人都安息于此。扬·马特伊科的墓建在墓园的主道上，最为显眼。人们前来虽是为自己的亲人扫墓，但来到马特伊科的墓前，也总是献上一盏灯烛，伫立凭吊一番。

不仅波兰民众有追念先祖的传统，波兰政府也秉此精神，不忘那些为国牺牲的仁人志士。墓园中有区域专门安葬某些重大历史事件中逝去的人，如克拉科夫暴动的牺牲者，一战受害者等。其中最显著、人气最高者有两处，一是墓园门口的无名士兵墓，墓碑是一个哥特式的教堂塔尖；二是墓园教堂后面的波兰苏东统治时期受害者墓，一支十字架，上面有众多断离的手握持着它，象征那些被残害的人肉体虽逝，而内心中对基督的信仰却是坚定的，一些白色纸旗上写着"我们不会忘记"的字样。这两处的鲜花和灯烛最多。人们在祭扫亲人的同时，也会送一盏灯给这些值得尊敬或值得哀悼的人。

Rakowicki 墓园里树木参天，但他们并不专用松柏之类的树，墓园里的树与生活区的树并没有区别。深秋的风中，树叶飘零，但满园的鲜花，红白蓝黄各色灯烛，又给墓地带来了生机。波兰人并不在墓园里着意营造悲痛哀伤的气氛，他们反而更喜欢让墓园变得鲜活美丽。行走在墓地中，没有一般墓地的阴森可怖，而是感到人间亲情的馨香。鲜花的灿烂和烛光的温暖弥合了阴阳两界，让逝去的先人和他们的追思者交流无碍。

人生之不测，一如自然之沧桑，有瓜瓞繁盛之族，也有香烟中断之家。有的墓或许再无子孙前来祭扫，但他们也并不孤寂，波兰民间有墓园保护委员会，他们会为这些冷清的墓冢送上一束鲜花、一盏灯烛。有些墓已经非常古老了，甚至出现开裂，开始倾颓，委员会也会及时维护修整，我看到有几座墓已经被木架加固，正等待进一步的维修。园门口墓园保护委员会的人拿着募捐箱向人们募捐，就是为了维护这些无主古墓。

　　波兰人的墓碑上常常刻写的铭文有这么两句话，一句是"要记住死亡"，另一句是"我并没有真正消失"，前者是基督教徒直面死亡的宗教情怀，后者是在西方世界中波兰人特有的信念，他们坚信自己必会被子孙永远纪念，必活在子孙心中。

　　波兰人平日闲暇，会不择何时来墓地祭扫，而万圣节这天是必定要来的。波兰人的风气让我感到与儒家的"慎终追远"的提倡有几分接近，他们对父母祖先也是"葬之以礼，祭之以礼"。我很诧异为什么波兰会有这样的一种风尚。与中国不同，波兰并不存在以家庭伦理保障个人道德和社会秩序的儒家式的文化因子，道德保障他们有天主教；秩序保障，他们有民主法制传统。那么这种追慕先人、谨致哀诚的动力源何在？也许只有一个，人的本性中对父母祖先的感念之情。它无目的，非功利，出于质朴，入于真醇。果如此耶？

波 兰

诗人辛波斯卡

在异国的波兰，在面对隔了一层翻译的诗句的时候，我确信我认识了一位真诗人；我确信我找到了真诗意。

这些诗属于波兰女诗人辛波斯卡。她经历了二战后波兰统治时期，但拒绝了颂词赞歌；她不喜欢那个时代，却也不做政治讽刺。她"不失赤子之心"，纯真但不幼稚；她历经人世沧桑，深刻又求浅近。她用淘洗掉所有功利、虚情的"真人"的眼睛观看人生；用细腻超脱的情怀体察人心，道众人欲言之言，造世间无有之境。虽波兰经万千变化之政局，天翻地覆之鼎革，而波兰民众之爱辛波斯卡未尝一变。其诗集《巨大的数目》甫出，一周销尽万册。

辛波斯卡的诗都是用深刻真实的人生体验凝结成的。她诗里的人是血肉的人，不是政治的人，不是某阶级的人，不是某民族的人。她用真人之心去体察，所以她写出的是千人之心，万人之心。看她的《不期而遇》：

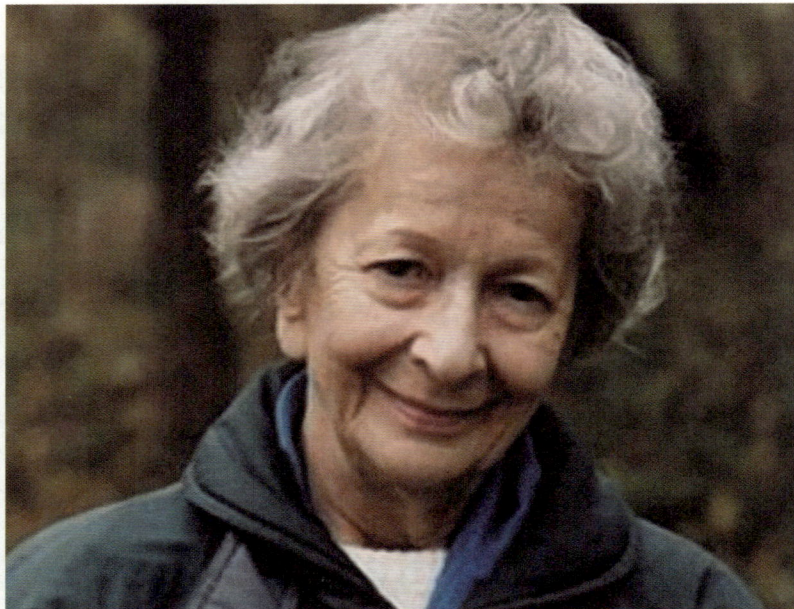

我们彼此客套寒暄，
并说这是多年后难得的重逢。

我们的老虎啜饮牛奶。
我们的鹰隼行走于地面。
我们的鲨鱼溺毙水中。
我们的野狼在开着的笼前打哈欠。

我们的毒蛇已褪尽闪电，
我们的猴子已摆脱灵感，
我们的孔雀已宣布放弃羽毛。
蝙蝠——距今已久——已飞离我们发间。

在交谈中途我们哑然以对，
无可奈何地微笑。
我们的人
相互都不会交谈。

你是不是也曾感到早年的豪情被磨蚀？你是不是也曾感到内心的沧桑与乏力？你是不是也曾感到人生中数不清的无奈？

《可能》一诗，对人生中的偶然体会得细如毫发：

事情一定会发生。
事情发生得早了些，晚了些，
近了些，远了些。
事情没有发生在你身上。

你幸存，因为你是第一个。
你幸存，因为你是最后一个。

因为你独自一人。
因为有很多人，
因为你左转，因为你右转，
因为下雨，因为阴影笼罩，
因为阳光普照。

幸好有座树林，
幸好没有树。
幸好有条铁道，有个挂钩，有根横梁，有座矮树丛，
有个框架，有个弯道，有一毫米，有一秒钟。
幸好有根稻草漂浮水面。

多亏，因为，然而，尽管。
会发生什么事情，如果不是一只手，一只脚，
一步之隔，一发之差，
凑巧刚好。

所以你在这儿？千钧一发后余悸犹存？
网子上有个小孔，你自中间穿过？
我惊异不已，说不出话来。
你听，
你的心在我体内跳得多快呀！

　　有谁没在人生中经历过种种偶然？有谁愿意这样细腻地体味偶然？你愿把它当做谈资来吹牛，你愿用它证明自己不是凡人，你愿用它来向领导邀功请赏，你愿用它来向爱人索取爱怜。但我们不愿去体味它，"那有啥用？"我们会反问。所以我们不是诗人。辛波斯卡却是用儿童般的好奇与兴味去探索人生的偶然，她写出来，自然就成了诗。

　　她有着细致入微的观察力，敏锐的感受力、超凡的想象力。看她的《博物馆》：

这里有餐盘而无食欲。
有结婚戒指，然爱情至少已三百年
未获回报。

这里有一把扇子——粉红的脸蛋哪里去了？
这里有几把剑——愤怒哪里去了？
黄昏时分鲁特琴的弦音不再响起。

因为永恒缺货
十万件古物在此聚合。
土里土气的守卫美梦正酣，
他的短髭撑靠在展示橱窗上。
金属，陶器，鸟的羽毛，
无声地庆祝自己战胜了时间。
只有古埃及黄毛丫头的发夹嗤嗤傻笑。
王冠的寿命比头长。
手输给了手套。
右脚的鞋打败了右脚。

至于我，你瞧，还活着。
和我的衣服的竞赛正如火如荼进行着。
这家伙战斗的意志超乎想象！
它多想在我离去之后继续存活！

  我们都参观过博物馆，却从未如此想过，"手输给了手套，右脚的鞋打败了右脚"，真是闻所未闻，而我"和我的衣服的竞赛正如火如荼进行着"更是一番奇景。诗人不是描绘了这个世界，诗人用她的诗另造了一个世界，她是她的世界的上帝。诗歌不是技巧，诗歌是一种灵性，或者说是一种神性。
  辛波斯卡也不乏滑稽之作。《健美比赛》即如此：

从头皮到脚跟，所有肌肉都以慢动作展现。
他海洋般的躯干滴着亮油。
光鲜登场使出蛮力把肌腱扭成
可怖的条状酥饼的人将脱颖称王。

在场上，他以灰熊之姿抓握，
一头因虚拟而更致命的熊。
三只隐形的猎豹在精心设计的
重击之下轮番被摆平。

他踱步摆出姿势，发出吼声。
光是背部就有二十张不同的脸孔。
胜利时他高举粗壮的拳头
向维他命的功效致敬。

诗人没有在健美比赛中看到美，而是滑稽可笑。我有同感。我曾觉得健美比赛者的姿势很奇怪却难以言说，辛波斯卡一句"虚拟的熊""隐形的猎豹"，说得到位而幽默。

又如她的《诗歌朗诵》：

当个拳击手，要不然就根本
不要到场。噢缪斯，蜂拥而至的群众在哪里？
大厅里有十二个人，还有八个空位——
这场艺文活动可以开始了。
有一半的人是因为躲雨才进来，
其余的都是亲属。噢，缪斯。

在场的女士们喜欢叫喊狂吼，

不过那只适合拳击赛，在这儿她们的行为要检点。

但丁的地狱如今是台前的座位，

他的天堂也是。噢，缪斯！

……

在第一排，有位和蔼的老人轻声打鼾：

他梦见妻子又活了过来，并且

像往常一样为他烘焙水果馅饼。

火光熊熊，但她小心翼翼——怕烤焦了他的饼！——

我们开始朗读。噢，缪斯！

"有一半的人是因为躲雨才进来，其余的都是亲属。"让人哑然失笑。看来诗人辛波斯卡面临的艺术环境也并不比我们的更好。"噢，缪斯！"多么无奈的叹息呀！

她的政治讽刺诗不多，《圣殇像》算是一个，对国家宣扬英雄的形式化，诗人颇觉无聊。可以感受一下：

……

她挺直身子，头发直梳，眼睛明澈。

你可以说我来自波兰。

客套一番，大声而清楚地发问。

是的，她曾经深爱着他。是的，他天生如此。

是的，当时她就站在监狱的围墙边。

是的，她听到子弹齐发。

可惜没带录音机和摄影机。

是的，她亲历这种种。

在广播时她念了他最后的一封信。

在电视上她哼唱了旧日的摇篮曲。

有一回她还在电影中演出，流泪，

因为弧光灯太强。是的，回忆感动了她。

是的，她有点累了。是的，事情总会过去的。

你可以站起来。致谢，道别，离去，
与下一批观光客擦身而过。

英雄的母亲成为宣传的道具。无数次的重复让英雄母亲麻木。弧光灯刺得眼睛流泪，当然要被解释为"回忆感动了她"。末一句"与下一批观光客擦身而过"，让我们知道英雄的母亲正在经受比英雄还难能的磨难。

《剧场印象》以诗人的纯真眼睛去看舞台上可以超脱、可以重来的人生故事。也许蕴含了诗人的人生感慨，也许只是一段轻松的戏谑：

我以为悲剧最重要的一幕是第六幕：
死者从舞台的战场中复活，
调整假发、长袍，
刺入的刀子从胸口拔出，
绳套从颈间解下，
列队于生者之间
面对观众。

个别的和全体的鞠躬：
白色的手放在心的伤口，
自杀的女士屈膝行礼，
被砍落的头点头致意。

成双成对的鞠躬：
愤怒将手臂伸向顺从，
受害者幸福愉悦地注视绞刑吏的眼睛，
反叛者不带怨恨地走过暴君身旁。
……

诗歌是人的生命本身，有无诗句之诗，无失性情之诗。诗歌是神赐给人的礼物，只有极少的幸运者才能得到。坦诚、纯真、不看眼色，不挟功利是诗歌的生命，诗歌一旦为了荣华，甚至只是可怜地为了一杯残羹去做了人家的小老婆，诗歌就死了，曾经的诗人也就变成了献媚的奴婢。呜呼，世间之无诗，久矣夫！

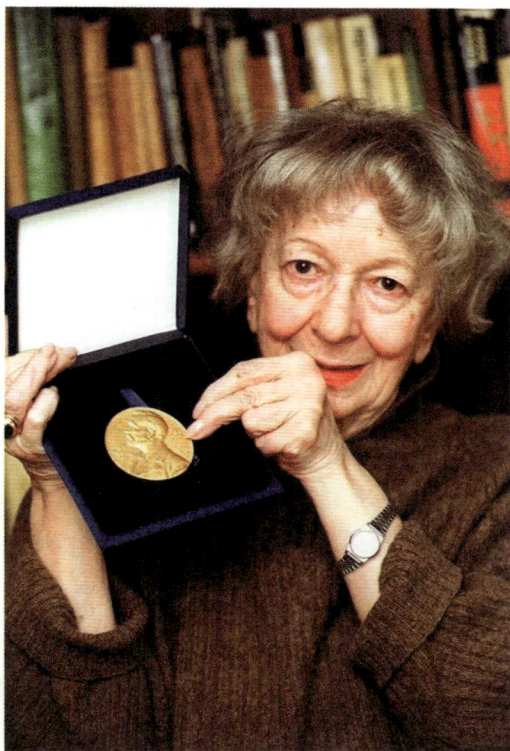

辛波斯卡在 1996 年获得了诺贝尔文学奖，我没有先告诉大家这一点，不愿以名头震人也！

辛波斯卡是克拉科夫人，克拉科夫中心广场旁边一条巷子里有一个咖啡馆，辛波斯卡生前常去。这里是诗人文学家艺术家聚集之所。咖啡馆的墙上贴着的照片，辛波斯卡的照片就在其中。门口的门铃按键能播放他们朗诵的声音。辛波斯卡的声音，听起来有些苍老。听说克拉科夫有她的纪念馆，我要去观瞻；听说她的墓地就在 Rakowicki，我要去凭吊。

辛波斯卡生于 1923 年，第一次世界大战刚刚结束不久；死于 2012 年，我来克拉科夫的前一年。

辛波斯卡的诗在中国有译本：《辛波斯卡诗选——万物静默如谜》，陈黎、张芬龄译。湖南文艺出版社 2012 年版。

附记：2015 年暑假，家人来波兰。在一个宁静的日子，我和爱人捧了一束鲜花，来到 Rakowicki 公墓，去寻找辛波斯卡的墓，想献上我们的尊敬和喜爱。但是这位荣获了诺贝尔文学奖的诗人过于低调了。我在网页上看到，她的坟墓上没有丰碑，只有一方石棺，上面刻写着她的名字，没有任何头衔。我们问了多位当地人，包括墓园中的扫墓者，他们都说不清楚辛波斯卡墓的位置。此时距辛波斯卡去世仅有三年。噢，缪斯！

波 兰

波兰森林的春与秋

　　草是心急的玩童，早在一个月前就葱葱地绿起来了；树是拘泥的贵妇，推三让四，顾后瞻前，欲绿还休，迟疑观望。但时令从不欺人，今天再次走进森林，气氛已大是不同，最矜持的花木也放弃了忸怩，妆扮完毕，香花满头了。行至热烈之处，我被来自上下四方的浓绿所包围，我快乐地被埋在生机蓬发的春天里。

　　虽就在城市旁边，就在整齐亮丽的住户旁边，波兰的森林还是森林，它不是人工的树林，驯服而悦目；它是野性的，积存着原始莽撞的生命力；它不择种，不择类，聚拢起一切渴望生长的生灵，让它们在能够伸展到的所有空间里纵恣无阻地蔓延生长。那里透出浓绿或深黑，是浓缩的生命的颜色；那里会传来神秘的声音，那是生命的歌唱，那是宇宙自然的韵律。但越来越脆弱的人类对自然的态度也越来越复杂，一道稀疏的铁丝网就分开了自然与人居，不知是保护自然，还是保护自己；不知是对自然的尊敬，还是对自然的惧怕。

　　湿润与温暖一样具有巨大的生育力。我家乡的春日正是天干物燥之时，而波兰的春天，虽是无雨的天气，但空气也润泽的，"山路元无雨，空翠湿人衣"。滋养那些草木的好像不仅是轻柔回荡着的温润的春风，还有这水气饱满的黝黑的泥土。波兰人认为，3月21日是冬天离去、春天到来的日子，在这天，波兰人要烧掉冬娃娃，或者将冬娃娃投到冰雪融化、叮咚流淌的河水中。仿佛是波兰人热情的庆祝带来了春风的骀荡，春雨的绵柔，森林里静悄悄地响起了生长的声音，纯净的空气中弥漫起青春的云雾，枝头的鸟儿唱出嘹亮愉悦的恋歌。树木们你鼓起一个芽苞，我献出一片叶子，你抽出一枝绿剑，我捧出一杆花枪。人们远望着那片沉寂静默的森林，今天觉得它染上了一丝绿色的光晕，明天它还是淡淡的没有起色，就对森林淡然了。只是突然有一天，人们才震惊于森林仿佛一夜之间涌起的颜色。在用铁丝网隔开自然的现代人眼中，春天永远是"一下子"到来的。

　　我却甘愿被诱拐到大自然无尽的魅惑里去。森林里堆满落叶的狭窄小路在我轻缓的脚步下发出水的"吱喳"声，如大地肥厚的脂肪被挤压出来，又悄悄地化入了土壤。那些刚刚冒出的新叶闪动着生命的亮色，在湿润的东欧空气中最能阐释"青翠欲滴"的本义。波兰的森林是浓密的，但地面上仍有着厚厚的草毯，它们可能得不到太多的阳光，但它们可以得到充足的润泽。它们细如发丝，它们如飘在地面上的绿云。林中还会遇到汪汪的小湖，有的就在林边数步，如森林的眼睛，明亮却不妖媚；有的则在森林的深处，林光幽暗，仍然不能遮住它透彻的心性。没有蛙鸣的聒噪，也许波兰根本就没有青蛙。湖水只是在林中静默地修行，将自己澄清又澄清。

　　密林深处会有倒伏的树。有的已经沉睡数年，被周围的高大的子孙们围护着，我已经无法看到它倒下的线索，仿佛它从来就躺在那里，从来就没有站立过。亮绿的青苔爬上它的深黑的躯体，在密林深处发着幽光，巨大的蜗牛爬在旁边堆积着的腐枝腐叶上。有的却是刚刚卧下，仿佛为森林打开了一扇天窗，那里的绿草格外兴奋，森林寂静，我会听到它们的吵闹声。但那倒伏的老树让人悲泣，被摧折的枝干露着白骨，秀发铺展在泥地上，周围散落着它零落的肌肤，根部满是腐朽后的空洞。但我想这并不是森林中上演的悲剧，森林就是这般孕化的，这位"老母亲"倒下了，它的子孙会更强壮地生长起来，这是森林本有的生活方式。只有当年轻力壮的树子树孙，被人类砍伐、剥夺，当森林如奴隶般变成了人家生活的工具，失出了甚至是自己生死的自由，那才真正是森林的悲剧。

鸟鸣是森林永远的音乐，我认识不了几种鸟，却永远喜欢听这种回响在森林中的天籁。这里的林鸟，叫声总是清脆透亮，我常常试图循声索鸟，好像从来没成功过。它们在高树之巅，发出各种洗荡心扉的叫声，或婉转，或简朴；或安详，或急切；或炫技求偶，或呼朋引伴，此起彼伏，情歌互答。将一座安静的森林叫得活力四射，将一座安静的森林叫出一片绿云，裹挟着我融化在春日的天地中。

波兰的初春没有艳丽的花朵，森林边缘、村庄旁边、小河两岸常常是一片堆雪般的白花。我不知道那是什么树，什么花，它在长叶前开放，花朵密集，有如樱花，但是它花瓣小巧淡丽，不是樱花那般热烈喷薄。衬托着纯净的蓝天，它默默地绽放着，如波兰人那样，雅致、平静、文弱、清丽。

波兰的春天永远和森林连在一起，波兰的森林也永远是春天的森林。

……

时光永难驻，天地似钧轮。大运将人去，时过人不知。但总有一天，当你走在林木蓊郁之处，你会听到满耳的水珠滴沥之声，抬头看天，碧蓝的晴空，不是下雨。你会突然醒悟：原来是秋天已经到了。早上的雾气凝成水滴，聚在叶子上。看那些叶子，都湿漉漉的，几乎每个叶尖上都坠着一粒晶莹的水滴，它挂在那里，凝神不动，但不片刻就被拉长抻细，能看出它在极力延长自己挂在树叶上的时间，但最终还是无奈地滴落下去，在下一片叶子上敲出"答"的声响。无数的叶片，上演着同样的剧目，奏出连绵不断、高低错落的"滴答滴答"声，恍如初春，檐雪融化，滴落屋脚的声音。

每到这个时节，东欧的秋风就会吹起在维斯瓦河上，圣玛丽亚大教堂上的号角声回荡在百年城堡的上空，克拉科夫满城的橡树与栗树都变成了金黄，落叶也铺满了古城的街道，纯净的天空下到处闪耀着秋的颜色。

秋气渐深，木叶飘零，树也是各有性格的，尤其是在生死存亡之际，真性尽显。杨树诚实憨厚，老实巴交，早早地掉光叶子，赤诚地走向冬天，虽说缺乏诗意，但也不弄虚情；柳树和一种樱花树最会讨巧，叶子一边黄去，一边掉落，树下堆满黄叶，树冠却总是绿色，就像一个不甘老去的人不断拔去自己的白发装嫩；法桐如一往情深、缠绵凄恻的恋人，黄透全身，坚持不凋，要与夏日来一个悠长而华丽的告别。秋日的舞台上，剧情还是蛮丰富的。

我曾坐在前往弗罗茨瓦夫的汽车上，纵览波兰的秋色，高高低低的原野上面，到处涂抹着黄黄绿绿的色块。乡村中的墓地也是鲜花烂漫的，秋风又为它铺上了满地的黄叶，更美于万圣节的时候。一种灌木满是亮黄的小叶，在山坡、在林际、在水畔、在壕上，如迎春花一般，热烈而招摇。

秋林也不断酿出醇厚的秋意，白桦林亮白的树干间透出的一片幽暗，而树顶则是一片黄梢，就像夕阳扫过一般明亮。有的丛林是黄叶树穿插在绿色松柏之中，或是单株地点缀，或是成片地涂抹，黄与绿之间编排出繁杂多变的美好韵律，在车窗前如音符般弹奏而过。有时大片的树林完全失去了绿色，满目通黄。树上的叶子是黄的，地上的落叶是黄的，连林木幽深之处隐现也都是浓重的黄晕。汽车就像行驶在黄色的洞穴中一般，仿佛整个南部波兰都黄透了。落叶松也受到感染，不顾自己长着松树的外形，与其他树黄成一片。大地如黄颜色的大展厅，陈列着各样的黄，层次丰富，差别极其精微。让人感叹自然超凡的造物能力，非人力所能及，即使用笔细腻精到的画家也难尽其妙。面对这样的美，你只能震惊、呆望、叹息、心痛、无言、哭泣。在美面前感到愉悦，或是那美尚不是天地大美，或是那人尚不知天地大美。

树叶在枯黄凋零，但草还是嫩绿的，三叶草甚至还在不断地开出零星的白花和粉花。虽无夏日的热烈，却仍是让人楚楚生怜，波兰的草好像永不枯黄败落，直到大雪飘飞，将它们盖在雪褥下。

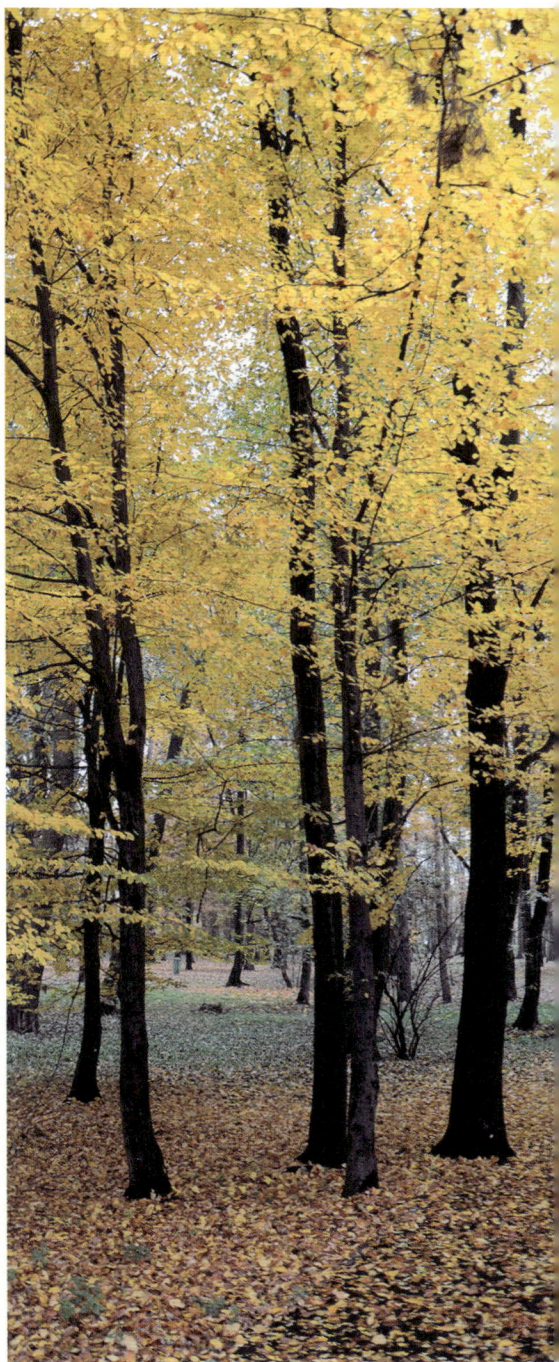

波 兰

维利奇卡盐矿

　　维利奇卡位于克拉科夫的西南方向，虽说是另一个城市，但在 Most 附近坐 304 路公交车不到半个小时就到了。维利奇卡盐矿在 1978 年被列入首批世界文化遗产名录，成为波兰人的骄傲。维利奇卡盐矿历史悠久，从 11 世纪肇采，直到 1996 年才停采，有着近千年的开采史。据介绍，维利奇卡盐矿规模十分宏大，整个盐矿矿床长 4 公里，宽 1.5 公里，厚 300—400 米，巷道全长 300 多公里，开采深度为 327 米。盐矿带来了巨大的财富，在很长一段历史中，支撑起克拉科夫的首都地位。

　　也许是其首批世界文化遗产的称号提高了它的身份，盐矿的票价还是很贵的，成人 75 兹，学生票 60 兹，如果要带相机入内，需要外加 10 兹拍照费。但这个拍照费和乘车费一样，似乎也是全凭自觉购买，从入井到出井，没有谁来检查我的付费凭证。

　　进入矿井需要组团，不允许个人进入，因为里面巷道复杂，个人进入恐有迷路的危险。所以矿方根据语言组成不同的导游团，有德语、意大利语、瑞典语等各种语言导游团。导游不仅是要为游客讲解各处景点，还必须保证一个不落地带游客回到地面。

　　我们选择了一个讲英语的女导游的团，顺着木制楼梯盘旋而下，楼梯设计为两米一层，也就是说，每下两米就要转 180 度，而且要一气下 60 多层到地下 125 米处，几层下来，就感到晕头转向了。从扶手处向下望，可以看到矿井深得惊人，最深处缩成一个小点。这里似乎不如中国泰山景点对客人照顾得周到，在泰山你可以不用走路就可以从山脚到山顶，再从山顶下到山脚。这里不用电梯送人下井，也许是让游客们真切体验一下盐矿的深度吧。不用爬的泰山如何彰显其高峻？

　　井下多处用盐雕的形式展示了过去盐工们生产的场景和方法，让游客们清楚地看到了原始开采方式的艰苦与危险。可以说，盐矿今天让世人震惊的宏大规模是盐工们的生命换来的。再艰难的条件，也不会让宗教与艺术缺席，盐工们在黑暗的地底还开凿出了一座规模颇大的地下教堂，那里所有的雕刻、用具、地砖都是盐矿石，就连大吊灯上的灯饰都是用盐矿石雕刻而成的。在那个著名的大厅里，有三座大吊灯悬挂在中央，两座小吊灯挂在圣坛前面。圣坛的墙上是圣母玛丽亚的画像，旁边用一根盐矿柱雕刻了耶稣受难像，两面墙壁上又有很多基督教故事，如耶稣基督的出生、耶稣的十二门徒等，其中最有名的则是模仿达·芬奇的名画雕出的《最后的晚餐》。这些都是从矿体上浮雕出来的。

盐矿中还有许多波兰伟人雕像，如 14 世纪的波兰王卡吉米日，正是他在 1364 年征得教皇同意在克拉科夫建立了雅盖隆大学的前身——克拉科夫学院。他的雕像给我的第一印象是非常像扑克牌上的老 K。另一处有毕苏斯基像，他是波兰独立的功臣，现代波兰的开国领袖，1918 年 11 月 11 日，毕苏斯基从俄、德、奥三国手中夺回了波兰的土地，将被瓜分一百多年的波兰重新统一起来，建立了波兰共和国。

但其中也有一座歌德的雕像，不知歌德与克拉科夫有什么渊源，让这个盐矿能把一个外国诗人放在这里。问睿夫，睿夫也说不知道。

陪我们去盐矿的波兰学生睿夫今年读大三，曾以孔子学院的项目资助到复旦大学留学过一年。睿夫的汉语水平很高，尤其是发音很准确。他说：他每天都拿出一段时间来练习发音，与录音做对比，直到准确为止。睿夫也已经读过中国的一些文学作品，如余华的《活着》，并正在读莫言的《蛙》。他还看过日本作家村上春树的一本译为汉语的书。我第一次见到睿夫就感到他是一个非常聪明的孩子，而他的勤奋则是今天才知道的。生长在波兰这个欧盟国家，他们可以在欧洲自由游历。睿夫说，他们到另外一个国家不需要办任何

手续，只要拿好自己的身份证就可以了。到另一个国家打工、就职都没有任何障碍，只要有人雇佣你。睿夫已经去过很多国家，并在瑞典工作过一段时间。所以游客中有人说瑞典语，有人说意大利语，他都能听得差不多。在一处宗教画面前，睿夫告诉我，波兰孩子16岁时就要为自己选一个圣者成为自己的保护神，他选的圣者是 St.Franci，他指着一个雕像说。我说所选的圣者是不是也作为自己成长的榜样？是的，他说。

维利奇卡盐矿虽然伟大，但类似的伟大工程在中国也有，如自贡的井盐开采，历史比这里还悠久，规模比这里还宏大，而且在开采过程中，人的聪明才智的表现也是非常令人赞叹的。但命运不同，自贡井盐至今仍未被列为世界文化遗产。

波 兰

奥斯维辛集中营

奥斯维辛小镇位于克拉科夫西南方向，这里原本是波兰关押刑事犯人的监狱。德国人占领波兰后，将这里改造成了战俘营和犹太人集中营。后来由于犹太人的不断到来，德军又在附近的另一个小镇比克瑙建了一座新的营地。我们所说的奥斯维辛集中营，是这两处的合称。

奥斯维辛集中营的门票是40兹。但你如果能在上午10点前到达，可以免票。

和盐矿的方法一样，这里也是按照语言的区别让游客组成不同的团队，不同团队的门票颜色是不一样的，门票是一个不干胶纸片，揭下来贴在衣服上，导游可以清晰地辨别。景区给每个游客一个收音机和耳机，收听导游的讲解。英语团人最多，有一百多人，不便于组织，于是将我们分成三个组，由三个英语导游带领。

营区入口是一个黑铁建造的大门，门上方嵌着那条著名的、铁制的纳粹标语：劳动带来自由（Arbeit macht frei）。强权者的口号当然都是骗人的，奥斯维辛的囚徒们付出的是超负荷的劳动，但他们得到的从来就不是自由，而是病痛、饥饿与死亡。今天大门外这块秋草萋萋的宁静草坪上就曾有成百上千的囚犯与战俘因繁重的劳动而死亡。"他们连死亡也不是自由的。"导游说。

让人哭笑不得的是，入口处一侧的小房子前，在那个黑暗的日子里竟然有一支乐队每天奏乐迎送出工与返回的囚徒们。当然他们奏的是进行曲，为了整齐囚徒们的步伐，好让党卫军们清点人数。

历史上常见的战争，一般以攻城略地、掠夺财富为目的，杀人只是达到这种目的的手段，而且杀死的对象也多为武装人员。但德国人挑起的这场战争有点不同。从奥斯维辛展出的一些资料看，杀人、种族清洗是德国人发动这次战争的重要目的之一，他们就是为杀人而来的，尤其要屠杀犹太人。

集中营里遭到惨杀最多的是犹太妇女和儿童，因为他们最"没有用"，还要吃饭、占地方，怀孕的妇女当然更是不能留，于是便使用各种方法将她们杀害掉。一个展厅里有一张照片，说明文字是："on the way to death"，画面是一群妇女儿童在大步前行。导游说，德国人告诉她们要去淋浴，于是她们

便高高兴兴地走向了毒气室。有一个展厅里玻璃墙后面是堆积如山的妇女的头发，德军割掉犹太妇女的头发用来编织地毯，装饰衣物，到战争结束时，奥斯维辛集中营里还没有来得及运走的头发就有七吨，它代表了多少人命？作为纳粹罪恶的物证，这些头发今天仍保存在这里，以警示后人。为了尊重这些已逝的生灵，景区请游客不要拍照。另一个展厅里则是无数的小孩的鞋子与玩具。整个二战时期有六百万犹太人被杀掉了，光奥斯维辛就有一百五十万犹太人的冤魂。不远处有一个不高的烟囱，下面就是纳粹的焚尸炉，当年那里天天喷吐着人肉形成的浓烟，今天，里面还齐全地保存着当时焚尸的器械。那是怎样的恐怖而凄惨的岁月啊！集中营里，一些地方有人放了一些鲜花和蜡烛，祭奠这些惨死的亡灵。

跟随着导游，听着讲解，人们沉默无语，面对着如此惨痛的历史，大都面色严峻，一声不出。今天，很好的阳光，一排排整齐划一的红砖营房在阳光下矗立着，周边是密集的铁丝网和黑森森的岗楼。房前屋后的鬼拍手杨树在秋风中发出"哗啦哗啦"的怪响。空地上的坪草虽在深秋依然碧绿，就像那些生不逢时的犹太人，生命卑微却又顽强。毒气室与焚尸炉旁有一棵大树，叶子一片金黄。自然永远是美丽的，哪怕它身处人间最丑恶的地方。

今天集中营内还有一批以色列人前来参观凭吊，看上去大部分是中学生，也有一些成人，其中最引我注目的是一个长髯老者，似一个宗教长老，非常有智慧的样子，走在一群年轻人中间。他们打着白色的以色列国旗，穿着白色的衣服，更是平添了不少哀悼的氛围。他们的上衣背后写着"Israel"的字样。

比克瑙营区后边有一座纪念碑，用来纪念1940—1945年在这里遇害的犹太人及其他各族人。纪念碑造型奇特，是一个长长的、横列的石阵，如墓地一般。各种造型的石头，以非常怪异的方式勾连组合在一起，是象征尸首堆积枕籍的无序，还是受害者在那个恐怖时刻内心的恐惧慌乱？石阵的一端是一座高耸起来的石碑，有两块磨光的石头，似为铭文准备，却也空无一言。是啊，后人还有什么可说的呢？其残忍、其无道、其惨烈，早已超出了人类情感所能怒斥、所能鄙弃、所能嘲笑、所能痛骂的范围，人类已经无言，唯有将此留给上帝、留给真主、留给上苍、留给未来，去评判了。

纪念碑的前方还是以墓志的方式用几十种语言写下了这样的话：

在这里，纳粹杀死了150万以犹太人为主的来自欧洲各国的男人、女人和孩子。

让这里永远成为绝望的呼喊，和人性的警告。

就要离开这座悲惨之城、罪恶之城了，回首一望，我看到秋风卷起漫天的黄叶，飞旋在灰暗的集中营里。

我们的导游是一个很有工作热情的人，他对集中营很有研究，他的讲解也是满怀激情、抑扬顿挫、慷慨感人。他的腿有点跛，不好意思挂拐，就用一把粗壮的伞减轻腿的疲劳。整个参观历程下来，距离非常远，但他始终精神饱满，毫无倦意。我们原本在一个女导游的那组，但那个女导游的英语有浓重的波兰味，而且讲解很刻板，像背书一样。于是我们就将收音机的频道调到了这个导游的讲解上来。等快要结束行程时，我看到我们这一组队伍还很庞大，而女导游身后只有可怜的寥寥数人了。非常赞赏这位导游，临别与他合了个影，Good job! 我伸出拇指夸奖他，他道谢，仍是一脸严肃。

小镇克雄日

　　星期六上午 9 点，我们参加了孔子学院、雅盖隆大学共同组织的一次文化活动，和三十多个雅盖隆大学的学生一起到 50 多公里以外的一个小镇去度假。11 月 11 日，在中国是带点玩笑性质的所谓"光棍节"，在波兰却是一个极为严肃重大的日子：独立日。1918 年的这一天，毕苏斯基宣布，波兰从此从俄、德、奥三国的统治下解放出来，从"三家分晋"的状态下变成统一自主的独立国家。独立日加上周末，我们可以有三天的"小长假"。

　　我们去的这个小镇叫 Ksiaz Wielki。睿夫告诉我这个小镇大约有两千人，我看维基百科上说是只有八百多人。这样的规模在中国是一个不大的村庄。但在波兰已经是人口相当多的乡村市镇了。睿夫说他老家有一个村庄只有十五个人，每人有 50 公

顷土地。这个 Ksiaz Wielki 小镇有着悠久的历史，14 世纪时就已经获得了镇的资格。镇里有一个 14 世纪修建的古堡和一个古老的教堂。

车在高低起伏的丘陵地带行驶大约一个小时，停在了那个古堡前。古堡有四层高，像很多欧洲古堡一样，前后都有一片绿草坪。古堡的外表还算齐整，只是有些窗户用红砖塞上，显得简陋。两边的配套建筑，尤其是右边的那一座似乎已经荒废很久了，墙面斑驳，门窗紧闭，庭前杂草丛生，用一圈绳索围起，不让人接近。古堡现在是一所职业学校，雅盖隆大学的学生将借住在这里的学生宿舍中。这里的学生当然也是因为放假云散而去了，雅盖隆的学生正好可以低价租用，非常经济的资源利用方式。

老师们住在镇中心一家叫 Zameczek 的旅馆里，巧合的是，这家旅馆的外形就是模仿那个城堡建造的，但手法不够高明，墙上是画出来的石块图案，一眼便让人看出是假古董。不过他们的模仿是认真的，旅馆内走廊里的墙上，也用画的办法制造出墙皮斑驳脱落又被修补的效果。房间里的家具用是仿古的欧式家具，合页都是手工制作的中世纪式样，板材则是真正的实木，没有油漆，露着清晰的木纹，陈旧灰黑，一副古旧家具的派头。打开厨门，不是刺鼻的甲醛味道，而是清新的木香。样式古朴，让人喜爱。

小城一夜听秋雨，清露黄花入梦中。第二天一早，在旅馆的窗户探头远望，绵绵的细雨仍在绵绵中，远处的田野呈现出斑斓的色块，魅力非凡。匆匆吃过早饭，就投入到这片"广阔天地"中。

小雨渐渐停下了，天还是阴的，灰白的天空在广阔的农田上无遮拦地摊开，在极远的一排树林那边罩到了大地之上，四野弥望的是一片淡绿，高低起伏，延伸到与树相接或与天相接的地方，在这片有着平缓皱褶的画布之上则是星星点的欧式房屋、白或黄的墙面、红或紫的屋顶。一条笔直的油漆路通向远方，路面有很多修补，补出了颇具美感的色块，如一条现代青年的裤筒。路的左边是一片河谷样的巨大滩地，从我们所在的路边向下渐渐凹陷成一片平地后，又渐渐上升，满是绿色的麦苗。路的右边或是碧绿的麦田，或是黝黑的泥土，你的目光若随它远行，小镇上树木掩映中的红屋顶就会重新回到你的视野中。田野空旷而安静，在这个周末的早晨，那些漂亮的房子和村庄还没有醒来。教堂的钟声传来，幽静而缥缈，如天堂之音，让人恍然坠入空灵神秘的境界。我仿佛已经融化掉，融化在这片美丽的图画中。暗的天光，绿的田野，红的屋顶，黑的钟楼，北部欧洲的韵味呀！

　　穿过一个小村庄，仍是寂静无人，只有每家的狗隔着栏杆叫着迎接我们，远处则传来互相应答的鸡鸣，远近不同，强弱错落。想起老子"不知帝力"的"寡民小国"。人家院子里有的还放着万圣节的南瓜灯，有的则是数株果树，红的苹果、黄的柿子还零星地悬挂枝头。

　　11点多从城堡学校回小镇的时候，乌云一空，蓝天尽现，温暖明亮的阳光泼洒在小镇上，小镇显得更加舒展而慵懒。湖水如镜面一般，倒映着轻淡的白云，岸边的枯树如悬空了一般，无着无落地飘荡在上下的天光里，青青的草坡沿着道路蜿蜒远去。简直是一幅清新通透的青山绿水，与我心中的欧洲乡村画弥合若契。可以云水空濛，也可以晴光潋滟，宜淡妆，又可浓抹，这是波兰的西子吗？

　　黄昏的小镇给人的感受又是异样的，行走在乡间小路上，满地的野草碧绿，郁郁葱葱；野菜肥硕宽大，厚实水灵。草地上开着白花或紫花，轻轻摇曳在深秋的凉风中。它们密集茂盛地生长在已经落光叶子的树木旁，让人感到神奇难信。在一片高冈上面，一小块麦田里，麦子竟然在这样的季节里抽出了新鲜的麦穗，稚嫩的粒牙和长长的绿芒半遮面地露出穗苞里，如同在我故乡的初夏。有片地里好像是萝卜苗，只有两三个叶，一片新绿，没有败叶。冬天已经徘徊在我们身后了，这里却是一片春天的田野。

　　夕阳的余晖洒落下来，麦田与树木都染上了一层金色，连细细的麦芒也挂上露珠般的微微的亮色。远处的小镇缭绕着几缕青色的炊烟，一条灰白的路在坡地上缓缓上升，在与一片火烧云相接的地方消失了。暮色在我周围渐渐密实地围拢起来，

前边村庄的灯光已经亮起，我踽踽行走在这幽静的乡村路上，仿佛回到了儿时的家乡。

坐上 Adina 的车，要重新回到克拉科夫，小镇却无法跟上我，它留在原地，它离我远去，如同我儿时遗落井中的那只通红的玻璃瓶，如同青春时期的那段清澈惆怅的恋情……天已经全部黑下来了，车在一片黑漆漆的莽原之上奔驰，原野深处不时有三三五五的灯光在这片黑色的幕布上闪烁，幽深而遥远，是无声的孤独，我不知道这些灯光为谁亮起。

波 兰

华 沙

1939 年，希特勒闪击波兰，波兰陷入孤立无援的苦战状态，首都华沙首当其冲，在德军的轰炸中千疮百孔。1944 年，波兰流亡政府组织了惨烈的华沙起义，华沙人苦战 63 天后被纳粹扑灭，很多古老建筑再经战火，颓圮过半。最让人震惊的是，希特勒恼羞成怒，下令说："这座城市必须从地球上消失，所有的建筑必须彻底摧毁、抹除，每一块石头都不能支撑在另一块石上。"于是德军竟以爆破的方式将残存的古城建筑悉数毁掉，这种非战争的、有意的破坏更是一种更大的罪恶，古老美丽的华沙城顿时化作废墟。

但是战争过后，华沙人又按照华沙的原貌重建了华沙老城。

来到波兰后，一直想象着华沙的面貌，这个在二战中倔强不屈、又在毁灭中重生的城市，会是什么样子呢？

火车来到华沙中心站，当我走出火车站的地下通道时，华沙就从想象的幕布上跃然于我的眼前。明亮的阳光下，周围都是高大、华丽的现代建筑，尽显首都的恢弘与大气，让我惊艳、赞叹，目不暇接。华沙街头，车来人往，一片繁荣景象。行

人的脚步匆匆。

华沙的公交车身着黄红相间之色，这是华沙市旗的颜色，火热而蓬勃。乘175路车，可以前往华沙老城。通向老城的这条大街叫做克拉科夫路，许多重要的建筑如华沙大学、波兰总统府、圣十字教堂都在克拉科夫路两边，这或许显示了克拉科夫在波兰人内心中的重要性。

圣十字教堂正门前，有一个黑色的雕像，耶稣头戴荆冠，扛着十字架，艰难地前行，但他的手扬向前方，眼神坚定而有力，仿佛在为人们指出一条得救之路，呼唤人们跟上他。圣十字教堂于1682年动工，1757年建成，1944年被毁。眼前的教堂是1946年开始重建的。走在华沙街头，伫立在一些重要的历史建筑前面，那里的说明牌上往往会注明三个信息：始建于某某年，毁于某某年（一般是1939—1944年间），重建于某某年。这一叙事方式传达出的华沙历史的断裂之痛与重生的骄傲。

圣十字教堂是波兰著名音乐家肖邦的心脏的安放地。19世纪，失去了祖国的肖邦流落到法兰西，但这位深沉的音乐大师心系故国，不忘欲返，他的大部分钢琴曲创作都弥漫着亡国之恨、故国之思。这位三十九岁即英年早逝的音乐家临终要求将他的心脏送回故乡华沙，以实现他生前未了之愿。今天，肖邦之心被安放在圣十字教堂入门后左边第二个柱子里，柱上嵌着肖邦的头像，两个天使拱卫。在众多的波兰文下面，有两行小字英文写着：Here rests the heart of Frederick Chopin. 下面是人们献上鲜花。他的心脏永久保存在他的祖国的心脏城市中，这位伟大的音乐家一定能感受到巨大的温暖，可以安息了。

过了华沙大学不远，有一处规模不大的建筑，同事说这里是波兰总统府，我有些不能相信。但看到楼顶飘扬的波兰国旗，楼前旗杆上的欧盟旗帜，也不由我不相信。

大门是几个石柱和铁链，门口没有卫兵，只有一对石狮子算是守卫。欧洲不少地方的大门口也常常雕有石狮，但与中国的稍有不同。中国的石狮子常常是昂首挺立向前，欧洲的石狮常常呈俯卧状，两两相对。大门里是波兰爱国将领波尼亚托夫斯基亲王（1763—1813）的雕像，最里边是仿古三层楼房，楼顶立着基督圣徒的雕像，体量不大，那就是总统府的办公楼了，简洁庄重，朴素无华。

波兰总统府前，一群人聚集在一起，一张桌子上摆在石狮子下，上面放着很多瓶装的波兰食物，有人在桌前跪拜，有记者在旁边采访。到晚上我们再经过这里时，桌子撤走了，却换上了一个大十字架，又有一些小十字架悬挂或倚靠在大十字架上，一面波兰国旗与梵蒂冈教宗旗斜插在大十字架两侧，又有一面印有教皇若望·保罗二世的旗帜在波兰国旗下。地上燃着灯烛，也摆放成一个十字架。寒风中，人们站在周围，有人用一种悠扬起伏的声调诵读圣经。我问一位穿着迷彩上衣的老人，这是什么活动，他说：我们的总统莱赫·卡钦斯基在访问俄罗斯时飞机坠毁而死，这是人们对他的纪念。我对他说：我正是从克拉科夫过来，我知道卡钦斯基总统的遗体就在克拉科夫瓦维尔城堡教堂里，我曾前去瞻仰过。他很高兴地向我表示感谢。莱赫·卡钦斯基，这位童星，这位团结工会的中坚，这位瓦文萨的战友，这位曾经入狱的民主斗士，这位推进了波兰发展、死于国事的总统，这位在 2010 年遇难时，受到了波兰举国痛悼的波兰之子，至今仍在波兰人民的心中有着崇高的地位。

顺着克拉科夫大街继续前行，走过密支凯维奇雕像和他身边那株身形不凡的白桦树，不久便到了一个很不规则、也不平整的广场，周围是色彩缤纷的古代楼房。左边是皇室城堡，右边有一段古城墙的断壁，远处高挺于众楼之上的巨大屋顶是圣约翰教堂。广场正中有一个高大的纪念柱，上面矗立着国王齐格蒙德三世的雕像，武士装束，一手扶着高高的十字架，一手横握一把阿拉伯式弯刀，孔武有力，显示出那个时代，波兰的强盛。正是他，在1596年将波兰首都由克拉科夫迁到华沙。这里便是华沙老城的入口。

再往前走，都是华沙人按照老城原貌——复原的建筑，时光荏苒，重生之后，又是六七十年的岁月过去了。这些建筑上也逐渐蒙上古老的灰黑色，某些地方的开裂与剥落，也让这里越来越像一座老城。这可能是华沙人乐于见到的样子，但他们也永远不会忘记，华沙的历史曾在某刻戚然断裂，这是岁月的沧桑也无法模糊掉的。历史的隐痛已经永远垒砌在这座复建的老城的一砖一瓦之中了。当今、后世，来自世界每个角落的人们，行走在这里的时候，当持一种恻然之心，警觉之心。

著名的华沙美人鱼在老城广场正中，她是一段美丽的爱情故事的主角，是华沙城的始祖，也是华沙城的保护神。但美人鱼雕塑并不很高大醒目，不太符合我多年来的预想，甚至有点让我失望。仔细观赏，她深层内涵的意蕴却不简单。这座青铜雕塑微微透出深沉的红色，左手在胸前挎着盾牌，右手高举过头顶，握持着一把钢刀。她容貌端正俏丽，表情严肃坚毅，赤裸的身躯尽显波兰女子柔美的曲线，下肢则是布满鳞片的鱼尾，周围衬以海浪。整个雕塑是坚刚与柔美的妙合，是波兰民族性格的一种恰如其分的象征。波兰人可以说是一个柔美的民族，他们温和内敛、热心正直、细腻纤巧，拥有教徒的虔诚，又精于艺术创作，但由于其地理位置的特殊，他们的生息之地成为各大强国征战拉锯之场，分割争夺之所，这使得"保家卫国"成为波兰人精神中的永恒的内核。就如这美人鱼，她是美的化身，却不得不时时手持刀盾。

老城广场近乎一个正方形，周围环以四五层高的老式建筑，外墙颜色丰富，但多是柔和的色调，不像威尼斯彩色岛那般追求艳丽。这里虽色彩缤纷，但不失庄重

典雅。美人鱼下有人在摇一个机械风琴，旁边还放着一个有着高高支架的鸟笼，里面有一假鹦鹉。风琴的乐声悠扬柔和，让我想起乡村的笛音，但它的旋律又让我感到陌生和新奇。简单优美的乐声仿佛让我看到古代欧洲市井、广场上真实生动的民间娱乐。它没有贵族、宫廷交响曲的震撼与华丽，却弥漫着亲切的、舒适的气息。于我，又有异域的神秘与奇幻。那一刻，在我的内心中，欧洲所有城市的千年生活似乎叠加在了一起。

走出老城广场，是一段古城墙遗址，从其镶嵌在墙上的一块碑记看，华沙古城墙始建成于1656年，二战被毁后，又复建成于1956年。华沙的兴衰荣辱，这段城墙也是一个载体。城墙入口两边是两株身形俊俏婆娑的树，我觉得它们一定是花树，春风将至，它们将会以其坚实的生命爆发出灿烂明丽的光彩，世界也会为之一亮。

出了城门，不远看到一家酒吧门外临街放着一个广告板，上面画着五个太极图，组成一个圆圈，再以五个箭头依次相连，似为中国文化中的"五行相生图"（回来一研究，五个太极图下的波兰文果然是"木""火""土""金""水"，五行下面又有一行波文写道：基于此五种元素制造而成。看来这是可口可乐一个极有创意的广告）。在这个远离中国的城市里，竟然能看到这样的东西，真是令人惊奇！看来我国近些年来持续推行的文化传播工作已见成效了。

再走过一条街道就到了"1944年华沙起义纪念碑"。华沙起义，是波兰人自我解放的强烈愿望的集中表现，那个时候，德军已经失去了维斯瓦河以东的广大地区，苏联红军已经兵临华沙城下，华沙的"解放"指日可待。但从波兰人的立场上看，被苏联人"解放"与被德国人占领没有本质的区别。波兰人不是不知道依靠自己微薄的力量，在被德军重兵占领的华沙城内进行暴动，赶走德军，谈何容易！他们当然希望得到外力的帮助，但他们不希望这个帮助来自东方。现代的一些波兰历史著作多有对当时这种心理的记录。华沙起义是波兰人宁愿舍弃生命也要求得独立的最悲壮的表现，他们不计牺牲，困兽犹斗，虽千万人吾往矣。所以百万苏联红军屯兵维斯瓦河对岸隔岸观火，坐视义军的覆灭、二十万波兰人的死亡，其中存在着极为复杂曲折的原因。

华沙起义纪念碑并不是一座碑，而是一组起义军战士的雕塑。从雕塑中义军战士的装束看，参加起义的人来自多个阶层，有军人，也有工人、市民，还有神父在为他们祈祷。他们从瓦砾堆中、下水道里冲出来，端着枪，向敌人冲锋，面容坚毅刚勇、一往无前。

离皇家城堡不远处的一个路口上，屹立着一座楼房，这座楼房曾在华沙起义期间为义军所据守，是被德国人攻下的最后一个堡垒。它石块砌成的正立面上满是深浅不一的弹痕，可谓千疮百孔。它的侧面裸露着被腰斩后的残损的断口，参差的断面似乎仍然在为肢体的撕裂而痛苦抽搐。战后波兰人没有修复它，这不是一个疏忽，而是要把它当作一个永远的纪念碑；这不是失败者之耻辱，而是勇敢者的伤疤。在繁华美丽的华沙城中，这个不能愈合的伤口会让波兰人永远警醒。一片鲜花护拥着沉重的起义标志，一面波兰国旗飘动在断壁上，白色是波兰人纯洁的心地，红色是波兰人不屈的热血。

站在一处高地可以看到维斯瓦河，她是波兰的母亲河。她从长子克拉科夫那里走来，又挽拎起次子华沙，胸中激荡着永不平息的活力，奔流在这片英雄的土地上，滋养起

一个屡败屡战的悲情民族。

波兰人认为捷克人没有尊严，没有气节，德军一到，捷克人一战即降，丢尽脸面。捷克人则说："我们是投降了，我们保住了一座古城。"其义在讥讽华沙城的被毁灭。的确，布拉格二战期间未遭任何破坏，至今是一座完美的古城。波兰人不甘覆灭，华沙成为一片焦土。哪种选择正确？外敌当前，维护尊严的气节，与利害得失的计算，哪一个是应该持有的标准？这肯定是一道二难选择题。我更希望人类能够超越这种惨痛局面，不要再陷入这种无奈的选择之中。温暖的阳光中，碧蓝的天空下，一对白发老人安详地坐在长椅上，他们背后的大树就要抽出新芽，他们身边的草木就要盛开鲜花，他们身边走过许多年轻的伴侣。愿曾经的血与火永远逝去，愿此刻的宁静与祥和成为定格。

皇家城堡 14 世纪就已经存在，16 世纪末，国王西格蒙特三世迁都华沙，扩建装饰了这座城堡到今天的规模，成为皇家居所和贵族议会所在地。到 18 世纪斯坦尼斯瓦夫国王在位时，又聘请艺术家对城堡进行了新的改造和装修。波兰亡国期间，皇家文物被俄罗斯运走；二战时，德军又炸毁了这座城堡。直到 20 世纪 80 年代，这座皇家城堡才得以修复，苏联也归还了皇家收藏，于是这里就开办为皇家城堡博物馆。馆内陈列的主要是 18 世纪波兰末代国王斯坦尼斯瓦夫时期的文物。政务会办公室里悬挂着斯坦尼斯瓦夫的画像，头戴假发，仪容优雅，难怪年轻时会受到女沙皇叶卡捷琳娜的青睐。

斯坦尼斯拉夫时期正是欧洲迷恋中国的时期，皇家贵族都以家中有几件中国瓷器为荣耀。国王的卧室里有不少中国瓷器，两对花觚，两个大盖瓶，都是彩瓷。它们的形制都是正确的，花纹图案，也都是流畅的中国画风。应该是来自中国的真品。参议院的休息室也有不少中国老物件。两个八棱大青花盖瓶，图案是人物花卉，衣着打扮，纯为华风；一套红木编藤座椅，疏朗精巧，一派明式，只是细部花纹装饰，露出洛可可风格，或为西人仿制。一架落地大钟，正面画着中国古代的一个河畔城市，一位仕女，一个小童，是中国画中常有的主题，侧面是梅花图案更能证明其中国出身，或许是清廷所制之物。自从明代西洋钟传入中国，中国宫廷一直在仿制，到清朝时，皇宫设有钟表处，研造西洋钟，到乾隆时期已经能够推陈出新了。如果说这架大钟来自中国，并不是不可能。

参议院的办公厅里一边设有国王的宝座，一边墙上挂着当时的波兰立陶宛联邦地图,版图广阔,是那时的欧洲大国。但那已是波兰最后的辉煌了,数年之后,1795年,俄、普、奥三国彻底把波兰瓜分掉,波兰从地理和历史上消失了一百二十三年。末代波兰王斯坦尼斯瓦夫被迁至圣彼得堡,在叶卡捷琳娜的庇护下又活了三年。

紧挨参议院的是太子室,这里保存着许多19世纪波兰著名的历史题材画家扬·马特伊科的作品。马特伊科这位出生于克拉科夫的画家,以绘画形式记载了波兰历史的许多重大事件,我在卢布林看到的《犹太人的到来》和《卢布林联合》就是他的作品。其更多的作品收藏在这里,重要者如下:

《波兰的基督教化》,反映的是965年波兰大公梅什科一世接受基督教的历史场面。

《第一个波兰王的加冕》,1001年波兰大公波列斯瓦夫被加冕为波兰王,这是波兰在欧洲列国中地位提升的一个重大事件。

《雷伊坦:陨落的波兰》,1773年,在俄国的逼迫下,波兰议会不得不通过第一次瓜分波兰的动议。作为反对这一动议的议员,雷伊坦撕开衣襟,亮出胸膛,阻止议员们离开议会大厅,因为那意味着瓜分波兰的动议已经通过。这张画生动地表现了那个紧张的历史时刻。

《斯特凡·巴托里围攻普斯科夫》,斯特凡·巴托里不是波兰人,却是被波兰贵族选举出来的波兰国王,他带领军队抗击俄罗斯,在围攻普斯科夫的战役中为波兰获得了巨大的胜利。

《五三宪法》,画面上国王斯坦尼斯瓦夫在前带领参议员走向圣约翰教堂为宪法宣誓,后面首席参议员手握宪法文稿,被人高高举起,街头人声鼎沸,而反对宪法者仓惶倒地。

城堡中还有一个皇家小教堂,过去是皇室成员礼拜所用。今天这个小教堂内殿的一个金匣子里安放着民族英雄塔德乌什·科希丘什科的心脏。

华沙二战前也是犹太人居住的一个主要城市,华沙犹太区当时居住了大约三十六万多犹太人。纳粹党卫军1940在这里建立了犹太人集中营,繁重的劳动与饥饿寒冷,还有惨无人道的杀戮,让这里的犹太人忍无可忍,1944年他们发动了起义,抗击德军的暴行,但最终换来的是更大规模的屠杀,到二战结束,这里的犹太人几无幸存。1948年,波兰人在这里建起了一座犹太人起义纪念碑,纪念碑用黑色大理石建成,背面刻着犹太人被驱赶着走向集中营的场面,正面的浮雕刻画的是犹太人或赤手空拳，或手握短刀进行反抗的勇敢无畏的形象。就是在这座碑前，1970年12月7日，德意志联邦共和国总理勃兰特做出了一个让世界为之惊叹的举动——他跪下来向犹太人，向世界上所有受纳粹德国侵害的人默哀、谢罪。"这个不需要下跪的人替所有必须跪而没有跪的人跪下了。"这是当时报纸上的评论。勃兰特展现出来的正是德国人的担当精神，正视历史，解开怨结，坦诚对话，共同前行。

纪念碑对面是波兰犹太人历史博物馆。我已经没有时间参观，只好留下这个未了心愿等待下次的华沙之行了。

华沙最大的广场是胜利广场，也叫作毕苏斯基广场，二战时德军到来之后，将这里改称为"希特勒广场"。真可谓"英雄"必争之地呀！广场的一侧有毕苏斯基手扶军刀的立像，与无名英雄纪念碑遥遥相对。广场的左边立着一根巨大的花岗岩十字架，1979年教皇约翰·保罗二世来访波兰，6月10日，就是在这个大十字架下，教皇举行了一次广场弥撒，有一百万波兰人参加了这次弥撒。广场右边地面一块方形区域刻着字，前面有人们奉献的盆花。仔细看去，这里是对教皇保罗二世及波兰大主教斯蒂芬·沃申斯基的纪念。他们对波兰摆脱苏联控制做出了极大的贡献。

广场的另一侧是"无名英雄纪念碑"，中国人的这一叫法并不确切，波兰人给它的正式名称是"无名战士墓"。这是一个亭式建筑，四面通透，长方形，八根两排的粗大方柱通过拱券架起一个屋顶。地面中央是一座象征性的墓，墓的后面是长明灯，永不熄灭。大柱的内侧面上镶嵌着黑色的石碑，刻写着两次世界大战及1920年波苏战争中各个战役的名称。这里永远有两位军人一刻都不间断地守护着，他们庄严地站立在那里，间隔一段时间，还会以极为整齐的步伐巡视一周。每一个整点

时分都会有两个新战士在班长的带领下前来换岗。换岗仪式也是游客最喜观赏的一项内容，这些训练有素的年轻战士军姿优美，动作的刚劲有力与自然松弛之间的尺度拿捏得恰到好处。

天色暗下来，广场中心地面上，亮起了一道笔直的灯光线，从毕苏斯基像直通无名英雄纪念碑。在昏暗的广场上，这是唯一的一道亮光。

波 兰

波兹南

波兰的城市往往是朴素、自然，甚至枯淡、平庸，初看无甚出奇之处，但当你细心浏览它，慢慢品味它的时候，它的历史、它的文化、它深藏不露的隽永韵味就会渐渐透射出无穷的魅力。波兹南也是这样。

我们到达波兹南的时候是星期六的早晨6点多钟。走出车厢，轻微却能刺透肌肤的寒风马上让我感受到了这个北部城市的温度。在火车站附近放眼望去，色调仍是波兰式的灰黑，也有一些现代化建筑，却并不高大，也没有亮丽的光彩。

波兹南是一个有游行传统的城市。波兰社会主义时期两次影响波兰发展、震动社会主义阵营的事件都发生在波兹南，即1956年和1970年的两次"波兹南事件"。大批的波兹南工人上街游行来抗议这个"工人阶级的国家"。最终促成了1989年6月4日民主政治的到来。也许命运想让我们看一看波兹南历史的影子，当我们来到老城广场时，正好遇到一个游行队伍，队伍大约有二十多人，一边走一边喊着口号，还有鼓乐助阵，来到市政大楼前，停下来，领头人开始演讲。有两辆警车停在旁边，警察有的站在车边观看，有的在游行队伍中，甚至走在游行队伍前。没有阻止之意，只是以备非常。他们这次游行的目的，据志愿者小高对他们旗子上标语的解释，可能是呼吁慈善事业。与20世纪的波兹南那些撼动社会根基的游行相比，今天的游行实在是微不足道了。但这也正表现出波兰社会的发展与进步，当一个社会走上正轨，重大问题都有解决的正常途径后，社会就不可能再出现动摇政治格局的大事件，人们的关注点就会朝细小化发展。今天这个游行应该是波兰进步的象征。但是我仍然看到波兹南富有宣传鼓动人才。广场上那个游行领导人的演讲铿锵有力，有一种慑服人心的节奏，配以鼓乐的震撼，渲染出热烈的氛围，周围的人群随之感情激昂，呼声不断。

波兹南历史博物馆周六会免费开放，我们很幸运，就是周六来的，不仅可以免费参观，还得到了一张明信片，是博物馆宝藏的圣女Katarzyna塑像的拍照。博物馆里收藏着许多波兹南的历史文物，器物、油画、文件等多种多样。给我印象最深的是那里收藏的两件青花瓷器，从器型上看，有阿拉伯风格，显然不是中国制造，而且它的边、口都镶着银，又是欧洲风尚，但是画面上的人物是中国人，这件器物应该保存了青花瓷传播路径上的丰富信息，也让我们看到，西方人在刚刚学习青花工艺时，食而未化，尚生硬地保留着许多中国特色的生动情景。

张静老师告诉我们，11点55分大家一定要走出博物馆到广场上去，有非常好看的景致。我们看完文物，匆匆来到广场时，那里已经是黑压压一片人头了，大家都在翘首仰望着钟楼，于是我们也跟着仰望。大钟的指针逐渐重合为12点，十二声洪亮的钟声响过后，大钟上方的两扇小门打开了，两只洁白的山羊缓缓走出，然后旋转 90 度，两两相向做牴角动作。十二次后，又转回原来的方向，退回钟楼里。想起刚才在博物馆展厅里看到的两只山羊造型，与钟楼上的完全一样，应该是钟楼山羊的副本。这样的两只山羊是波兹南的吉祥物。它的来历，张静老师讲过，我现在记不太清了。

我觉得这个设计同样表现了欧洲人不太注重象征的特点，我不知道两只羊顶角有什么美好寓意，而且这两只羊的制作也很一般，两张纸片一般，连进出山羊的那两扇门也让人感到有些粗糙。也许他们认为这是很有特点的，很有趣的，也就够了。如果需要花很多钱让它变得非常精致，反而失去了传统的真趣，那还是算了吧！

广场上竟然竖立着"妇女之友"圣约翰的像，完全模仿布拉格查理大桥上的圣约翰像，头上有五颗星的光环，这是只有圣约翰才有的象征物。怀里抱着耶稣受难的十字架，身体非常虚弱的样子。后来在教堂岛也看到圣约翰像。圣约翰是布拉格人，不知为何波兹南如此尊崇他。也许被天主教会封圣了，就成为世界性的圣者了？即使是这样，不同的城市仍有不同的选择，我不知道圣约翰与波兹南有什么渊源。

Cytadela 公园是一个二战纪念公园。公园里一个纪念碑，镌刻着一只五星，可以判断这是社会主义时期的建筑。它的左边则是一片二战死亡将士的墓地。一棵凋零的大树稀稀落落地挂着红红黄黄的叶子，树下绿草如茵，上面整齐地排列着许多刻着五星的墓碑，碑下面平放在地面上的一块石头上刻写着墓主人的名字，俄文的。张静说，这些人都是二战时期战死在波兰的苏联红军。

再往里走，则是波兰烈士的墓地，墓碑的样式与前不同，都是十字型石块，正

面刻上烈士的名字，和他的出生日期与战死日期，他们大都死于 1945 年，出生日期则有很大的不同，在我看到的墓碑中，最早的有 1893 年的，最晚的则是 1928 年，死时仅 17 岁。与苏联红军墓地不同的是，波兰烈士墓地，几乎是鲜花遍地，灿烂异常。

墓地尽头的一片树林下，有一尊如中国汉雕一般浑朴的雕像，是一位母亲双手捂面，跪地弯腰为失子而痛哭的形象。在这种世间最真诚的感情面前，任何所谓艺术技巧的玩弄都是拙劣的，朴素无华的设计与雕工，使这尊雕像将母亲的失子之痛无碍地表达出来，撼动着过往游人的心魄。

公园里一片草坪上还有一组现代雕塑，是一群没有头颅、胸腹空洞的人在匆忙奔走的情景，这是现代人失去心灵、唯利是趋的写照吗？这个天主教盛行的国家里的艺术家尚有如此感慨，那些失落了信仰的国家里，人们的生存状态是何等空虚，是不是更是值得我们反思了呢？

波兰对天主教的接收几乎与波兹南的历史等长，波兰的第一位统治者波列斯拉夫一世定都波兹南，并把天主教立为波兰国教，兴建教堂。这是公元 10 世纪中叶的事情。所以教皇保罗二世来到波兹南时说："波兰的历史从这里开始。"波兰最早的那座天主教堂位于今天波兹南的教堂岛上。所谓"教堂岛"是因为这里被塔尔瓦河及其一段支流完整地包围成一个饺子形的地区。今天的教堂当然已经不是 10 世纪时的那座，而是几经毁兴之后于 20 世纪 50 年代重建的，是一座文艺复兴式的建筑。教堂的正式名称为：圣伯多禄圣保禄圣殿总主教座堂。据说最早的教堂遗迹还可以在今天教堂的地宫里看得到，早期波兰王的遗体也都安葬在这个教堂中。

教堂前面的一处所在，竖立着教皇保罗二世铜像，他身体向前倾斜，张开两臂，像是要拥抱这个世界。亲切、庄严而富有热情，脚下满是鲜花。保罗二世是波兰人，是天主教史上第一个成为教皇的斯拉夫人，第二位非意大利人教皇。他 1920 年出生于克拉科夫附近的瓦多维采，曾在雅盖隆大学读过语言学专业，后又成为雅盖隆大学的伦理学教授。1978 年当选为教皇，史称若望·保罗二世。波兰的民主化进程，教皇也起了极大的推动作用。教皇在 1979 年来到了他的家乡，他告诫家乡的人们"不要畏惧"，而且直言"领导波兰明天的将是耶稣"。整个波兰沸腾起来，有几乎三分之一的波兰人参加了教皇主持

的弥撒。后来戈尔巴乔夫说："没有教皇，铁幕倒不下。"确实如此，教皇访问波兰的第二年，"团结工会"成立，瓦文萨领导罢工时，船厂大门悬挂的是教皇的画像，瓦文萨代表团结工会签约时用的是教皇送给他的签字笔。波兰这个多灾多难却又文化深厚的国家，经历了波澜壮阔的历史，进行过不屈不挠的斗争，有无数事件能让人产生万千感慨。

波 兰

罗 兹

    我是在一个疾风暴雪的早上，应朋友之约，赶往罗兹的。4 点 50 分，整个克拉科夫还在沉睡之中，我已经在闹铃的催促下起床。窗外传来大风尖利的呼啸之声，我小心地将防护窗拉开一条小缝向外观察，见激风卷着碎雪，当空飞舞，地上已经全白，并时时腾起灰白的雪雾，好一个恶劣天气呀！后来才知道，这是一场席卷波兰、瑞典、丹麦、英国等数国的大风雪，名为 Xaver。

整理行装，5 点 20 分准时跨出楼门。寒风扑面而来，身手敏捷的雪花会一下子就钻到我脖颈中，融化掉，给我带来针刺般的寒意。天光微明，小区无人行走，远处传来早班电车的哐当声，如虚无缥缈的远古的鸡鸣。

登上开往罗兹的列车，浏览着一幅幅冬日原野风雪图，那座古老的工业城市最终铺展在我的面前。罗兹的雪比克拉科夫似乎还要大，天气还要冷。

来到鞠老师的住处，想稍事休息，就出去游览罗兹。但段、梁这两位游过维也纳的玩家，大有"五岳归来不看山"之意，罗兹已难入她们的法眼。但佛家有云："一花一世界，一叶一菩提。"花、叶尚各有不同，何况城市！幸好还有计、鞠二同志，匆匆吃了几片自制三明治，将段、梁二人关在温暖的房子里，我们三人就走向寒风中的站台。

路上遇到了一位"圣诞老人"，他穿着红衣，戴着红帽，手里拿着铜铃，背着一个大麻袋，正要去给小朋友送礼物，我向他打招呼，问他能不能给他拍张照片，他欣然同意，立即站在那里摆好了姿势。与他同行的另一个年轻人说，我可以给你们拍个合影。啊，真是热情！正合我意。

罗兹，这座位于波兰中部的工业城市，曾有无限辉煌。罗兹的水质非常适合纺织需要，遂于 19 世纪成为波兰的纺织中心，并带动了与纺织有关的众多行业的发展，罗兹进入了它的鼎盛时期。直到今天，罗兹曾经繁华的背影仍在，许多精美华丽的 19 世纪建筑仍然矗立街头，为那个光辉的岁月做着坚强的注脚。

波兹南斯基宫殿（Poznanski's Palace），名为宫殿，却不属皇家，而是 19 世纪罗兹最富有的纺织巨头波兹南斯基的家族建筑。其建筑风格很是独特，据说当建筑师问主人要采用什么样的建筑风格时，波兹南斯基说，我很有钱，我希望我的宫殿采用所有的风格。于是罗兹就有了这座集各种风格于一体的波兹南斯基宫殿。这个故事也可能是在讽刺暴富的资本家有钱无学，但社会生活与历史并不是按学者们所设想的什么风格或设计进行的，实际上常常是由这些无学而有力的人创造出来，中西概莫能外。

这座宫殿是一个建筑群，其中除了波兹南斯基一家人的住所及办公场所之外，还有纺织厂、工人宿舍及厂办的学校和医院等，一个纺织厂自成一个小社会，可见其规模之大。宫殿的主体建筑现在成了一座博物馆，完好地展示了波兹南斯基一家的收藏及他们工作生活的场景，其富贵奢华自不必说。给我印象深刻的是其中一间可能是女主人的梳妆室，里面摆放的是中国式的明式红木家具，具有中国意味的盥洗瓷器。

走出那座私人宫殿时，天已经黑下来了。但我还是想找到下午在车上一瞥难忘的那座东正教堂，看一眼再回去。不想却遇到了一条长街，街道笔直，两旁排列着无数棵用蓝黄两种灯光勾画出来的圣诞树，华丽明亮，随着路灯延伸向看不到尽头的远方，令人惊呼。鞠老师说这是一条步行街，曾经听人说过，非常有名。回来在网上一查，真是不得了，这里竟然是全球最长的步行街，全长4公里，叫皮奥积高华斯卡（Piotrkowska）步行街。只是那天寒风阵阵，街上很是冷清。

又往前走了一会儿，那座东正教堂才在深黑的夜的背景上显出了它明亮、独特的身型。不同于天主教堂的单调色彩，这座东正教堂无比灿烂，它的穹顶在宝蓝的底色上加了金色的线条装饰，浓重的夜色也难掩其光芒，墙壁则用黄、白、蓝、橘、赭等丰富的色调恰用其分地将教堂晕染得华丽而庄重。这座东正教堂的存在是罗兹在其辉煌时代敞开胸怀，迎接八方来客的明证。在波兰这个有着深厚的天主教传统的国家里，这是一个难得的景象。

下午在manufaktura广场上，还曾看到一家小铺摆着很多旧工具卖，像扳手、钳子、齿轮、锤子，甚至游标卡尺什么的，应有尽有，全都锈迹斑斑，应该是一个世纪前的古物了。我想，真是一个工业城市，这些东西还能保留下来这么多！但是谁会买这些东西呢？这些东西还有什么用处呢？我忍不住问小铺里的姑娘：这些东西是过去的吗？人们会买了做纪念品吗？那个姑娘笑了，轻启朱唇，却说出了一句让我非常震惊的话："They are made of chocolate!"我们顿时僵住，随即又仔细观看，一阵唏嘘。

两次世界大战中，罗兹逐渐衰落了。我没有看到罗兹的全貌，仅从我看到的部分，我感到今天的罗兹仍然没有完全改变其衰落的面貌。街头时常看到破败的建筑，对老建筑的保护与修缮似乎力度不够。从鞠老师的住所可以看到周围出现了一些现代化的建筑，却尚未形成规模，也没有突出的特点。

离鞠老师住所不远有一座公园，现在正是草木萧条之时，不能看到它的妙处。但从其风格与布局看，春风夏日，这里必是一片清幽。它有一座虽是钢制却带有中国韵味的凉亭，还有一个小湖，对面几株垂柳。远远望见我就仿佛看到了春风拂柳、湖水荡漾的美景。

　　有两个小男孩在湖面上奔跑，这让我有点担心，因为在克拉科夫我还没有看到过像样的冰冻，不禁招呼他们小心一点。但他们一点也不在乎，冰面似乎也不在乎，任凭他们奔跑。一个孩子跑上岸来，脖子上围着一个写着波兰国名、织着波兰国徽的围巾。看到我在给他照相，就停下来，露出了笑容。我们用英语同他讲话，他却全然不懂。看来波兰的确不太重视英语教学。看他的样子应该是三四年级的小学生，还没有学英语吗？这也印证了我们一直以来的一个感受：波兰这个欧盟成员国在语言的国际化方面不甚理想。

　　另外一个孩子也从冰上走过来，但没有上岸，他一下子坐在冰面上。他的衣服前襟都脏得不行了。但当我们离开小湖以后，他俩又在后面招呼着追上来了，要让我给他看看照片，我放给他们看，又婉拒了他们打雪仗的邀请，挥挥手，告别而去。

　　罗兹也是我们的学生朗天的家。我第二次来罗兹的时候，被邀请到他家做客。朗天的爸爸是个生意人，他开了一家公司，做门窗生意，曾经多次到中国谈生意。朗天妈妈像个小孩一样让我们看她布置的一些小摆设，都是一些小玩偶之类的东西，精致可爱。她英语不好，我们没法直接交流，就在一旁笑着看我们欣赏她的东西。

　　朗天的妈妈少言而慈爱，她常常温情地看着自己的儿子。听说儿子周末因为做翻译必须回克拉科夫，就失望地过来掐住了朗天的脖子。当我和朗天谈到波兰人的爱称，朗天说他的名字Tomasz有很多爱称，常用的是Tomek。他妈妈听到了，就过来搂着朗天充满感情地叫了声Tomek，并亲吻朗天的额，抚摸朗天的头。仿

佛是给我做一个最形象的诠释。

朗天妈妈默默地为我们准备了丰盛的食物。吃饭的时候，朗天爸爸在酒柜里面拿出一瓶老橡树伏特加让我们品尝，味道比我买过的牛尾草伏特加更绵甜柔和。

朗天还有一个妹妹，非常漂亮高挑的波兰女孩。朗天为了参加汉语桥比赛，学了一段京剧，录了像，给妹妹看。妹妹一边看一边露出惊讶、好奇的表情。

朗天的祖上就是罗兹人，所以他家有个独立的大院子，两栋房子。一栋是祖辈留下来的老房子，三层楼，里面摆着祖辈们的用具和照片；一栋则是他们现在居住的新房子。院子里的园艺设计，做得非常精巧细致。我问朗天：你们家这样的经济状况，在波兰属于什么层次。他想了想说，应该是中等偏上吧。

朗天的妈妈家务做得这么好，我还以为也是个全职太太，但 5 点多的时候，她说要去上班了。朗天说他妈妈是个护士。

朗天家的西边是一座森林，我们去那里散步，不时会看到林中有一些水泥的建筑残骸。这里可能是二战时期的一个军事基地。朗天说，小时候林中还曾有一个坏掉的坦克。

波 兰

卡托维兹

也许是这两个城市太近了，从克拉科夫去卡托维兹的人特别多，大巴前排了一个长长的队伍，一辆车装满，马上又来了一辆，队伍却未见缩短，新来的人不断地补充到队尾。波兰客运也有超载，只是不那么严重。前一辆车有两个人站着，我们这个车超了四个，三个站在走道上，一个很聪明，找到厕所前的台阶坐了下来。

从卡托维兹火车站里走一趟，我们立即感受到这个常常让人撇嘴的城市实际上承受了人们太多的偏见。卡托非但不像人们所说得那样不堪，反而可以说是极有特色的，一种波兰城市不常有的特色——现代气息。尤其是对我们这些长期在灰色沉重的、笼罩着古董色彩的克拉科夫生活的人来说，卡托维兹的多彩与新鲜具有一种极大的冲击力。火车站内售票大厅、候车厅灯火辉煌，售票窗口是宽大通透的大玻璃窗，休息区则摆放着别致的钢制座椅。火车站外墙上是艳丽的广告灯箱。又有面积大得惊人的灯光墙，完全覆盖着 LED 灯，发着微黄泛红又杂紫的柔光，从我们眼前一直延伸向远方。墙下有人奏乐，打出优美的异域鼓点。电车来了，只有一节，像一条动画片中才有的特短版毛毛虫，可笑又可爱。这一切都是克拉科夫的凝重深沉截然不同。

卡托有很多高层建筑，夜幕上可以看到由灯光勾画出的一个个大而空洞的轮廓。这一点也非常不同于克拉科夫。即使我们住的地方已经离老城很远了，但建筑的高度似乎还是受到了一种无形的限制，楼房大都只有六七层高。那次去 Ksiaz 的路上，远远看到一座在建的高楼，睿夫说，那是克拉科夫最高的楼，建了很多年了，一直没有建成。其原因据说不完全是钱的问题，还有对这座高楼的争议：克拉科夫可不可以建这样的高楼？与克拉科夫整体风貌能否相称？卡托没有老城，也就抛弃了负担，可以发展自己现代化的一面。卡托完全可以走现代风格的路线，将现代建设作为自己的城市特点与定位。

段老师住处附近的一座教堂也表现出现代艺术的派头，这是一座完全抛弃了传统风格的教堂，高高耸立的不是钟楼，也不是尖塔，而是一座石柱，石柱的上部用镂空的方式做了一个十字架空心。而在教堂的侧面则竖立了一个与这个镂空尺寸相等的实体十字架，让人感觉仿佛是从这个石柱上抠下来的，真是一种巧妙的构思。教堂主体也不像传统教堂那样有着繁复的雕琢与装饰，而是大面积的平面灰色块，只抹着水泥，没有任何修饰，粗糙而不羁。我们想进去参观一下，但门还没开，通过玻璃看到里面还是很华丽的，仍是天主教堂，而不是新教教堂。

卡托维兹体育馆也设计得非常别致，如同一个坠落人间的飞碟一般，白天它安静地伏在那里，呈现着银灰的金属色，晚上则发出幽蓝的光，飘荡欲飞，越发让人感到神秘。

克拉科夫的雕塑常常是严谨端正的人像，是对历史人物的纪念。卡托则有克拉科夫少见的现代雕塑。中心广场上有一个非常抽象的铜雕，三个不知何物的部分构成一个仍然不知何意的组合，下部分别写着三个年份：1919、1920、1921。或许与卡托维兹的历史有关，只怪我孤陋寡闻了，无法解释。1919 下面坐着一个女孩，木讷地平视着远方，眼神空洞，身边一只空了的伏特加酒瓶，她的伤心之色也许可以是这座现代雕塑的注脚之一。

克拉科夫似乎没有动物园，这么严肃庄重的城市好像也不适合建一个动物园或大型游乐施。卡托则不同，动物园规模庞大。各种游乐设施齐全，摩天轮、过山车、缆车一应俱全。动物园也很先进，在这个纬度相当于中国黑龙江北部的地方，很多热带的动物如热带鱼、大象、蟒蛇、长颈鹿都客居于此，它们住在温度和湿度都非常合适的住所里，完全可以乐不思蜀，将他乡作故乡了。动物园的科普工作做得也非常好。不仅在每种动物的家园边上对其名称产地、习性特征标注齐全，而且还有专门的图片给人讲解各种动物知识，寓教于乐。动物园门票低廉，周末15兹，平时只有12兹，游人十分稀少，绝对入不敷出，可以判断，这个动物园是一个集娱乐、研究、教育于一身的公益性的机构。

City center是卡托的一个现代化的商业中心，面积极大，悠闲的女人可以逛上一天。光它的饮食区就容纳了几十家著名餐饮店，如肯德基、麦当劳、必胜客、波兰的Northern Fish等，还有一家泰国店，面条卖得特别火。梁茜看到就走不动了，非要吃泰国面，我们就要了三个面一个菜，都是泰国咖喱味道的，很不错。我们看了一会儿瑞士表，又到tesco买了菜。当我们走出这座购物城的时候，天已经暗下来了，黄昏的天空如蓝色天鹅绒一般，购物城华丽的灯光在这般柔和的背景上更显得亮丽异常。两只大遮阳伞中透出银白的光，却被天光染成了淡蓝，如同两朵开放的牵牛花。

卡托并非没有古代建筑，不但有，而且堪称精品，这里的古建没有大规模地保存，或许正是大浪淘沙的结果。有一座哥特式大教堂，尚不知其名，但它的重要性从其位置上就能看出。它的正门前虽不太宽，但格局是一个小广场，延伸有一千多米，两边是极为对称的四五层高的克拉科夫式的楼房，与教堂形成一个严谨整饬的主从关系，是典型的欧洲古城的布局，我疑心这里就是卡托古城的中心广场。教堂完全是石制的，拉开它高大沉重的木门，我们轻声走进，教堂内黯淡的光线中是一排排木椅，只有一个信徒跪在后排的一个椅子上。里面极为安静，"一根针掉到地上都能听得见"，这样的形容并不为过，我的照相机的快门声就显得特别刺耳，不好多拍。前面照旧是耶稣受难像，而两边的彩色玻璃却并不是传统的宗教画，而是带有活气的动植物，让人有一丝轻松之感。

另外，卡托维兹音乐学院和另一处不知名的文艺复兴式教堂也是古建中的精品。

而所谓银行一条街上的一些建筑常常有着精细的雕琢，让我们从另一个角度上理解了建筑是一种艺术的含义。波兰银行的大门上却是中国"孔方兄"的装饰，不知他们始于何时，如何获得这一灵感的。

卡托维兹汽车站上有两个年轻人已经喝醉了，手里仍然提着伏特加酒瓶。他们摇摇晃晃地四处溜达，嘴里吹着口哨，大声地说一些话。人们感到有些害怕，都尽量远离他们。一会儿一个人倒在了垃圾箱旁边，另一个人想扶起他，结果踢碎了一个啤酒瓶，刚把他扶出垃圾箱，结果他马上又倒在了路边。

一会儿汽车来了，人们排队上车，两个醉汉也来排队，我很担心与他们同车，他们即使不惹什么事，吐在车上也够一车人受的。我们上车坐下后，希望周围赶紧坐满人，两个醉汉就不会离我们太近了。正想着，两个醉汉踏进车门，但司机没有卖票给他们，而是跟他们说着什么，好像是不让他们上车，他们又请求司机，还是不行。他们倒没有大闹公交车，就默默地退了下去。但等汽车起步后，就听到车后部被砸得咚咚作响，汽车前行，听不到砸车声了，可是遇到前面有车，停了几秒钟，外面就又响起砸车声，可能是他们又追上来砸车。司机也不去理会，开着车走了。

我觉得这个司机处理非常得当，非常理性，既坚守原则，不让醉汉上车，又不节外生枝，去制止醉汉砸车。也许这是波兰公交司机的职业要求，但无论如何，这件事是值得称赏的。

车站对面墙上有一个广告，上面竟然写的是"Buddha Happy Hours"，然后是一些波兰文。看来在波兰，佛教也并不是非常沉寂的。

波 兰

弗罗茨瓦夫

"黄尘清水三山下，变更千年如走马。"李贺的这句诗就像是为波兰的弗罗茨瓦夫写的。由于其特殊的地理位置，弗罗茨瓦夫几易其主，几变其民，成为欧洲民族冲突与民族融合的前沿。弗罗茨瓦夫历史上曾属于波兰王朝、波西米亚王朝和奥地利的哈布斯堡王朝，二战结束前属于德国，经济和贸易都非常发达，是德国第三大城市，德国人称它为布雷斯劳；今属波兰，人口上是波兰第四大城市，经济上仅次于华沙，是波兰的第二金融中心。二战结束时，根据英、美、苏三巨头做出的《波茨坦协定》，德国须将奥得河及尼斯河以东11万平方公里的土地割让给波兰，作为将东部18万平方公里的波兰领土割让给苏联的补偿，弗罗茨瓦夫是德国在这片土地上丧失的最大一座城市。大部分德国人被从这里赶走，来自波兰东部割让区的波兰人迁入弗罗茨瓦夫，填补这里的人口空白。弗罗茨瓦夫迅速从一个纯粹的德国城市，变成了一个纯粹的波兰城市。

很多德国人对此耿耿于怀，他们一直为失去布雷斯劳而痛心。直到1970年12月7日，德国总理勃兰特在华沙犹太人纪念碑前长跪谢罪，并与波兰政府签订《华沙条约》宣布双方"彼此没有领土要求，今后也不会再提出领土要求"。承认现实，是密集的欧洲国家间的政治智慧，弗罗茨瓦夫从此便成了没有争议的波兰城市。

奥德河在柏林东边某处将一条支流尼斯河留在波德边境，自己则向东南蜿蜒，在穿过弗罗茨瓦夫城时，纵横的河岔围成了一些大小不一的岛屿，这增加了弗罗茨瓦夫的情趣，也塑造着这个城市的面貌。弗罗茨瓦夫故城在奥德河左岸，紧挨故城的是两个岛，一个叫沙岛，一个叫座堂岛。

连接沙岛的那座粗大铁桥是招人眼目的红色，桥建于1861年，是德国人统治时期，到今天已有一百五十多年的历史了，但它还没有变成一身清闲、养尊处优的古董，它的钢筋铁骨仍然健康地挺立着，运载着过往的行人与车辆。桥下的河水静静地流淌，并在桥边形成了一个湖面，倒映着远处主教座堂的双塔。桥对岸，一座红顶白墙的德式建筑干净亮丽地摆放在沙岛上，阳光朗照，草坪上散落着红、黄、青、紫各色的花朵，花瓣很大，与现在的早春天气很不相称，但不要怀疑这是些假花，这是一种奇异的早春花，它的秧苗极小，却能扎根在密实的草坪上，一点春风与温情，就会使它生如夏花。就如这个城市曾经的走马灯般的居民，他们总不能深深扎下自己的根基，总像被人一把抛洒在这片土地上的飘零者，随时又会随风云散而去，尽管如此，他们总能灿烂开放，将自己的城市装扮得多彩亮丽。

沙岛很小，一条弧形的青砖路，很快就将络绎的游客引领到通向座堂岛的桥边。座堂岛因弗罗茨瓦夫主教座堂在此而得名。罗马教皇委派或受罗马教皇承认的主教所在教堂就叫做主教座堂，欧洲一些重要城市都会有一个主教座堂。弗罗茨瓦夫的主教座堂叫"施洗圣约翰大教堂"，从 10 世纪起几经毁兴复建而成，今为哥特式的，两座高大的、铜绿色的尖塔耸入晴空，成为座堂的标志。一座挂满了爱情锁的蓝桥引领我们从沙岛走向座堂岛，走过一个弹着吉他放声歌唱的波兰小伙，前面就是教堂前小广场，一尊熟悉的雕塑立在广场上，巴洛克风格，从其项后五颗星，手持十字架的造型看，应该是布拉格的圣约翰。这位善于为女人保密的基督圣徒，似乎是极有人缘的，在波兰很多城市都有他的圣像。又有一座圣母圣子像，圣母一脚踏在一条蛇上，蛇露出痛苦的表情，表达圣母为我们驱除邪恶之意。教堂总体是砖石结构，石头建构骨架，用砖垒砌墙面。虽是普通的砖块，但这个教堂用得十分讲究，红砖间以黑砖或白砖，形成有节奏的变化，又有各种丰富的石雕，间出墙面，平展与凸显相映照，变化丰富。其正门周围则纯为石质，雕琢更是极为精工细致，堪称艺术精品。教堂内部，气势恢宏，金光满眼。又有一些小礼拜堂，信徒虔诚跪拜，俯首沉思。外面阳光明媚，多彩的花窗玻璃投下彩色光斑，洒落在空旷而沉静的教堂中。我们走出教堂是中午 1 点多钟，正是一天最温暖的时候，教堂边的一株柳树斜伸向路面，渗出浓浓的黄绿色，很快就抽出今年第一丝新绿了。

"百年厅"是弗罗茨瓦夫又一骄傲。它建成于 1911 至 1913 年，由当时德国著名建筑师马克斯·伯格设计兴建。百年厅是人类历史上较早的钢筋混凝土建筑，它的出现表明人类不用石块，照样可以建造出体量巨大而坚固耐用的建筑，正是由于这个原因，2006 年，百年厅被联合国教科文组织列入世界文化遗产名录。

百年厅毕竟是人类对钢筋混凝土利用的早期作品，请不要从华丽、细腻的艺术角度去看百年厅，也不要带着高大、雄伟、震撼等心理期待去看百年厅。但从另一角度讲，绘画大师即使是换一种颜料，照样会有超出常人的表现；武林高手即使是手拿不熟悉的武器，也能出手不凡。百年厅就是这样，虽在新材料使用的探索阶段，仍然有很多可观之处。

这是一座圆形建筑。从外观看，分五个层次，逐层缩小同时逐层升高。最顶端，也就是最中心飘扬着一面旗帜，应该是弗罗茨瓦夫市旗吧。建筑整体是黄色的，各层横向都是落地顶天的窗户，使这个巨大的厅堂显得轻盈灵动。近观这座建筑的墙体，并没有进行过细致的修饰，墙面上还露着当年浇筑时挡板的痕迹，但这正是钢筋混凝土建筑独有的特点，也许今天我们认为粗糙的地方，当年正是建筑师倍感得意的亮点。

百年厅在努力追求声势浩大，它的很多方面非常像维也纳的美泉宫，它巨大的大厅可以看作卷成圆筒的美泉宫，平展开来就是一座规模震撼的巴洛克建筑。它的配套设施，从色彩还是形制上也和美泉宫有很多相似。它周围的树木也被努力修剪成如美泉宫那样齐整、梦幻，但功夫好像还不到，没有平直到令人惊讶的程度。百年厅的一侧有一个面积极大的水池、喷泉，环以千米的葡萄架长廊，是一个可以举行大型音乐消夏晚会的地方。伫立四望，你立即会感受到它的不凡气度。现在还是初春，一切都还很沉寂，但我感到这里的砖瓦草木似乎都在蓄养精神，等待夏日到来后的灿烂爆发。而我眼前那美妙的情景仿佛已经迫不及待地幻化出来：

夏日的黄昏，霞光未阑，华灯初上，池水轻波，映着深蓝的天光，微风拂动，带来夜晚的清凉，浓绿的葡萄架，环绕着安详宁静的苑囿，高大的百年厅，俯瞰着盛装华服的人群。忽幽渺的乐声悄起于池水之末，轻荡于晴空之中，临风如诉，触水成纹。几经婉转，入于雅客之耳，漾于淑女之面。云闲风静，月皓星明；万木倾听，百花凝睇；晚霞羞而敛容，泉流闻之欲振。继则铙鼓强健，管弦声威，撼我心魄，动人心扉；木叶朴朔，水柱奋扬；繁灯因而迷蒙，浅池为之波荡。

它的正面入口处，立了几排十几米高的柱子，有的柱子上挂满藤蔓，荒芜苍凉，让人感到那里似乎是古希腊或古罗马的废墟，气势恢宏而又别有韵味。这些传统上都需要石制的设施，在这里都是钢筋混凝土的作品，就连旁边的人行立交，也受到百年厅的感染，浇铸成不加任何雕饰的钢筋混凝土的原味。比起大理石细腻雅致，混凝土粗粝灰黑，不堪雕琢；但它造价低廉，坚固可塑，它的确不具贵族气息，却为现代建筑的革命带来了无限的契机。

百年厅正门广场上还树立了一个高峻尖细的金属塔，让人印象深刻。远远地看到它，我的第一印象是：真外星！塔是三角的，金属灰，是它材质的本色，向上渐收渐细，最后消融在碧空中。神秘奇崛，动人遐想。

弗罗茨瓦夫的一处公园里建了一座卡廷惨案纪念雕塑。1939年9月1日，德国闪击波兰占领了维斯瓦河以西的地区，9月17日，苏联从东部进入波兰，占领了波兰东部，俘虏了二十五万波兰军队官兵。1940年斯大林下令，将其中的波兰军官运往卡廷森林，秘密处死，共有两万多名波兰军官被苏联人用手枪一一从脑后开枪射杀。这组铜雕为纪念这些无辜的殉难者而建。一位母亲跪倒在地面上，怀里抱着她已经死去的儿子，她的儿子被反绑着双手，脑后是被射穿的枪洞，母亲双手轻抚着儿子的头，空洞的双眼没有泪水，她仰望着苍天，悲伤、绝望、无助。雕塑者不想只渲染这一人间悲剧带来的苦难与仇恨.母亲仰视之处，天使展着他巨大的翅膀从天而降，他身体前倾，双手握剑，宽大的头巾罩着他的头部，他的面容不是其他天使雕塑里的孩童般宁静可爱，而是有着耶稣式的肃穆悲戚与苍老。他是来接引逝者的灵魂，也是用自己巨大的同情来抚慰失去儿子的母亲。卡廷事件也许是整个波兰民族的伤痛，真情的附着让这组雕塑真切生动，催人泪下。

为一幅画修一座楼，你听说过这样的事吗？弗罗茨瓦夫就有，因为这幅画不一般。画的作者是波兰著名画家扬·斯蒂卡。扬·斯蒂卡出生于利沃夫（今属乌克兰），曾来到克拉科夫，向扬·马特伊科学习历史画。这幅名画叫做《拉茨瓦维采全景画》，这是波兰唯一一幅被保存下来的全景画，也是世界上为数不多的全景画之一。更重要的是这幅画的内容是波兰人一直感到骄傲的一场战役——拉茨瓦维采战役，是1794年科希丘什科抗击俄军首战告捷之役。有很多波兰画家画过这主题，马特伊科有一幅画保存在克拉科夫广场二楼展厅里。这幅全景画，由扬·斯蒂卡在1894为纪念科希丘什科起义100周年而创作。所以这幅画，无论从哪方面，都可以称得上是波兰的国家珍宝，为其修一座楼珍藏并展览，实不过分。很多大人物都曾亲临观看过，如教皇约翰·保罗二世、比利时国王阿尔伯特、荷兰王后Beatrix，还有波兰作家、1980年诺贝尔文学奖得主切斯瓦夫·米沃什。

这座藏画楼并不豪华亮丽，甚至普通得让我感到太不应该了。这里也没有大张旗鼓地宣传，2021年3月份我就从它身边经过而未回眸，更不知其尊贵的身份。这是一座水泥建筑，没有任何外饰，二十余根粗糙的水泥柱子和一圈灰黑的水泥墙围成一个圆桶，柱子上端有钢绳伸向中央，大概是用它拉起楼顶。这便是藏画楼外观

的全部了。紧连在它旁边的同样气质的矮小建筑是游客中心，人们在这里买票并等待入场时间。这里的参观并不是随到随进，而是每半个小时一批，上批出，下批进。我们来到时，已经不少人在等待，我们需15分钟后在10点钟入场。

当你通过幽暗的旋转楼梯踏上观看台时，画面上柔和恰当的光线让你感到，那就是一个午后的自然天光，你不是在一个展示的平台上，而是站在拉茨瓦维采的旷野之上。画面极为精确的透视，让人真实地感到丘陵的起伏，旷野的延伸，那不再是一幅直立在面前的一张画布，而是平铺在眼前的天地山川。这幅画高15米，长120米，围成一个圆圈，首尾无缝相接，极其自然。在如此大的画幅面前，不是你在看画，而是画把你包围起来、吸纳进去，你成了画中人。这幅全景画的妙处还在于，设计者将画面与实景极其自然地结合在一起。画的底部画的是一条壕沟边缘，人们就在画的外面建造了一条真实的壕沟，沙棘丛生，坑洼不平。一个逃跑的俄国士兵从壕沟上跳下来，他的身影投射到海岸上。实景壕沟里，有的地方小路蜿蜒向上，最后与画中的路完美地连接在一起，仿佛你真的可以从那里走进画面。另一处画面中两排桦树从远处延伸过来，一直伸到画外人造壕沟里成为一棵真桦树，那位骑马兵士向前行进，你会感到他就要走出画面，来到我们中间。画中还有一株被折断横卧在路上的树，它的枝干也"伸出"了画面。这些设计让观者幻觉丛生，难以分辨是画里还是画外。画面上战火纷飞，壕沟里也到处丢弃着残破的炮车、弹箱。我们

已不是在一幅画前，而是置身于那个激烈的战场。人呼、马叫、炮声、号鸣，仿佛透过二百多年的时光从这片原野上传来。

画面中的很多人物都是有名有姓的，画家在作画之前对这次战役进行了深入的研究，从地形地貌到时间，从波、俄双方的参战者到战斗的整个过程和细节，可以说这幅全景画就是那场战争的真实再现。画中波兰英雄科希丘什科身穿白衣，骑在一匹红色战马上，挥手指挥他的镰刀军向俄军冲锋。农民军举着琴斯托霍瓦黑圣母的大旗，手持长刃镰刀，配合少量的正规波兰陆军向前与俄军搏杀．他们前赴后继，让俄军的火枪很快就失去了作用。一个叫弗伊切赫·巴勒托斯的和几个农民军士兵一拥而上，夺取了俄军的一门火炮。还有些俄军绝望地举起白旗投降，但是这些未经正规训练的农民军并不懂白旗的含义，继续冲杀。很快俄军就溃败了。

这幅不凡之作出自扬·斯蒂卡的提议，并由他和另一位画家弗伊切赫·科萨克共同创作而成，于1894年，拉茨瓦维采战役胜利100周年的时候完成，并在利沃夫正式展出。二战后，利沃夫归乌克兰，这幅画作被运送到弗罗茨瓦夫。

弗罗茨瓦夫市政广场地位相当于克拉科夫老城广场，大小也相当，只不过它中间的建筑占地有点大。广场周围的房子涂以丰富的色彩，与华沙广场的房子风格相似。广场地面是古老的石块，马车走在上面"嘚嘚"响。市政广场得名于市政厅，市政厅在广场中央，是一座装饰繁多的华丽的哥特式建筑，从13世纪到16世纪，历经二百五十多年才建成。曾经是市政府办公地，如今是一座博物馆。广场的另一侧立着波兰19世纪著名作家亚历山大·弗莱得洛的青铜雕像，这座雕像原本在利沃夫，那里是这位作家的老家。二战后利沃夫划归苏联，当地波兰人迁来弗罗茨瓦夫，他们不愿让作家独留异国，就把他带到了这里。

广场上非常热闹，天已向晚，来广场消闲的人越来越多了，在广场上表演的人也多起来了。几个年轻人在展示他们的球技，头顶脚带，皮球上下翻飞，又贴身不离，我想高俅之技，也不过如此吧！

还有一些人在玩肥皂泡，地上两个大盆子，盆里盆外都满是堆雪般的泡泡水，一些孩子，还有一些不失童心的大人拿着各种形状的工具，往盆里一蘸，然后轻轻挥动，一串串大大小小的七彩泡就飘荡在空中。最让人震撼的工具是，两根木棒之间用两根软绳套成多个圆环，蘸水后一拉，可以拉出铺天盖地的一片泡泡，长的，如气球一般，在空中形成多彩的优美的线条，让全场驻足。

　　当然传统的表演也从不缺席，有人扮作雕塑，有人演奏音乐。有几个年轻人用吉他、大提琴，还有一些打击乐器组成了一个街头乐队，在广场上纵情歌唱。

　　弗罗茨瓦夫是一个非常适合孩子来探寻的城市，中心广场及其周围的很多街道上，散布着很多铜铸小人。他们不择地而处，有的在商店门口，有的在临街的窗台上，有的会在楼房的拐角处。你刻意去寻找，也许看不到他们，却常常在不经意间一下子出现在你的面前。孩子突然看到这些小人时，总是满心惊喜，跑过去观赏、抚摸。他们大部分是圣诞老人的形象，做出各样滑稽可爱的动作和表情来。有的是吃饱了，挺着大肚子睡觉的憨态；有的戴着大墨镜耍酷；有的坐在轮椅上装可怜；有的正在打开人家的烟囱入口；有的坐在人家窗台上手握两个大甜筒，正在贪食；还有两个圣诞老人玩牌、两个圣诞老人将礼物吊上人家窗台等。非常有趣、创意多多的小铜雕。

波 兰

琴斯托霍瓦
—— 波兰的圣城

　　这可能是欧洲最长的中轴线了吧，如果是，那么欧洲人没有将它献给人王，而是献给了上帝，献给了圣母。走在这条两公里多长的朝圣之路上，我看到的不是一座城市，而是对基督、对圣母的一颗虔敬的心。

　　琴斯托霍瓦只是奥波莱省的一个小市镇，没有曲折的历史，没有豪华的市容，甚至连电车都是很简陋的，有些建筑都显得有些破败，但它是波兰人的圣地，每年的几个节日中，虔诚的波兰天主教徒会从四方云集而来，有的甚至会提前数日出发，徒步来到这座心目中的圣城礼拜。因为这里珍藏着来自耶稣时期的圣物——黑圣母像。

　　据传耶稣被钉死十字架后，圣母玛丽亚受到耶稣门徒约翰的照料，在此期间她向圣徒们讲述了耶稣小时的一些故事，门徒们根据这些讲述写出了《新约》中的"四福音书"。门徒路加还是一个画家，他不只是写了《路加福音》，还用耶稣生前亲手制作的一个柏木桌子面，画了一幅圣母圣子像。圣像一直保存在耶路撒冷。然而，由于一系列神秘的奇缘，让这幅圣像辗转来到了波兰。公元4世纪罗马皇帝康斯坦丁大帝正式确认基督教为国教，他的母亲圣埃莲娜皇后是一个

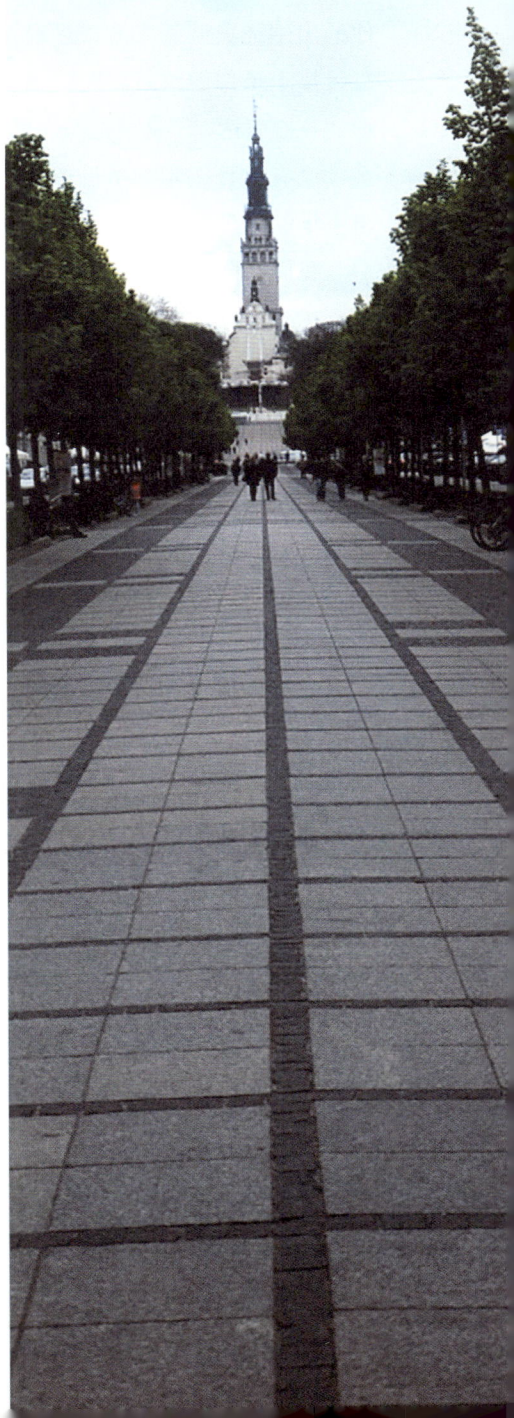

虔诚的教徒，她在耶路撒冷看到了这幅圣像，难以割舍，就把它带到了君士坦丁堡。基督教分裂后，到公元 8 世纪，东正教出现反偶像运动，这幅圣像由于神力，受到了无数人的保护，直到 14 世纪，波兰王子 Ladislaus 得到了圣像，他想把圣像送到在他的出生地奥波莱安置，途经琴斯托霍瓦时，天色已晚，就在此处修道院过夜。第二天捧上圣像继续赶路时，马却无论如何都止步不前了。王子认为这是圣母愿留此地的意愿表达，于是就把圣像安放在琴斯托霍瓦的修道院中，那是 1382 年 8 月 26 日。至今已有六百多年，圣母像从没有离开过此地，圣母找到了她的安身之所。可能是由于年深月久，圣母和圣子的面部变黑了，故有"黑圣母"之称。

我们在阴雨中离开奥波莱，来到这座圣城时，阳光一片明媚，空中只有微云漂浮。在 5 月初的舒适天气中，我们看到了黑色圣母朝圣教堂的那座高高矗立的尖塔，和那条漫长的朝圣之路。

波兰人认为圣像给了他们极大的庇护。1655 年，瑞典人入侵波兰，波兰兵少将寡，他们战前在圣母像前祈求保祐，结果大败敌军。1920 年，刚刚获得独立的波兰与俄军在华沙城下决战时，圣母显圣在云端，俄军大败。这些代代相传的神奇圣迹，让波兰人对圣像更是如痴如醉地崇拜。

今天我们也踏着波兰人的朝圣之路，体验一下这庄严的情怀。这是一条宽阔的大道，两条种着高树的绿化带隔开了两边奔驰的汽车与奔波的人群。这条路安宁而纯净，只供朝圣者行走。远处的教堂建在这条上坡路顶端的光明山上，将高高的塔尖指向天堂。

接近教堂，路边立着一尊铜像，他是一个教士，被反绑着双手，身前一枝藤萝般蔓延向上的十字架，在他的心口处开出了一朵花，而雕像的下部也是藤萝十字架生长起来的地方是纷杂凌乱的历史碎片。铭文显示他生于 1947 年，卒于 1984 年。

教堂广场是一段山坡，正对朝圣之路处，高高的石柱上立着一座圣母像，亲切地俯视着走向她的人们。她的背后是一大片绿地，绿地上整齐地摆放着很多椅子。举行重大活动时观众可以坐在那里接受神父的布道。广场另一边是一座体量很大的铜雕，是一位神父用极其庄严虔敬的姿态向教堂跪拜的形象，很是感人。就在我们刚要步入教堂大门的时候，钟声从大门左侧的钟架上传来。钟锤每次撞击，或者说钟声的每一个开端都是铿锵而坚定的，深沉有力，会引起人心的震动。它好像是告诫人们要坚定地跟随耶稣基督，不要迟疑，不要动摇；随后则悠扬的余音，远播开来，洪亮而漫长，仿佛是基督福音由逼仄的犹太向世界的扩散，又仿佛告诉人们追随主的路程是漫长的。余音未尽，随即又是一声击中心房的钟声响起。宗教的氛围、宗教的仪式并不是可有可无、无关紧要的形式，它会从人的心底触发、催化人的感情。

顺着一条弧形的道路走进五六层石筑大门——这些大门应该都是为了圣母的荣耀渐次修建的，才到了光明山黑圣母教堂。教堂内金光耀眼，富丽堂皇，充满巴洛克式雕塑，堪比罗马的一些大教堂。

我们在参观教堂正厅的时候就听到了圣歌阵阵，从旁边的一个礼拜堂中传来。走过去看到那个堂中满是信徒，或站、或坐、或跪、或跟着吟唱圣歌、或静心聆听神父的布道。我轻手轻脚地走到中间的通道上，看到里边是一群身穿洁净的白衣的孩子们在接受神父的洗礼。我觉得这是在给孩子们行坚振礼。欧洲基督教家庭中，孩子一出生就会受洗礼，成为基督徒，但这不是自己意志的体现，所以等孩子 10 到 15 岁时，会根据孩子的意愿行坚振礼，表明自己是根据自己的意志成为基督徒的。温暖的风琴声，舒缓悠扬的圣歌不断响起。

礼拜堂大厅里的柱子上镶嵌着许多纪念碑，其中有纪念卡廷森林事件的，也有纪念团结工会的。一个事件能进入教堂进行纪念，一般说来，证明在这件事上人们有着基本的共识。坚振礼结束了，孩子们排着队走出礼拜堂。门口一个刚刚举行完仪式的小女孩，站在那里让妈妈照相。她平静、安定，一动不动，双手合十，站在那里，眼睛炯炯有神，仿佛刚刚进行的圣礼给了她坚定的内心，她如同天使一般发着辉光。

二楼有一个小型的博物馆，里面收藏了各个国家主教的丝织像，还有主教们在不同时代的道袍。在这个博物馆的一角，我看到了与网上资料一模一样的黑圣母像，她的脸上有三道伤痕。据说，一个来自布拉格的异端教徒想挥刀毁掉这幅圣像，刀只划伤了圣母的面部，他却一下子瘫痪在地上。后来，人们努力修补圣母被划伤的脸，但刀痕却一次次重新浮现出来。我觉得这肯定是那幅穿越两千年，辗转数万里的圣母像了。

二楼博物馆的外面，墙壁上挂着几十幅画，描绘的是耶稣的受难与复活。从风格上看是现代画家的作品，人物的描绘写实与写意结合，将耶稣受难的血淋淋表现得极为震撼，尤其是描绘耶稣面对铁钉入掌那幅画，肉身的耶稣眼中露出了常人的惊恐，他眼睛睁得大大的，嘴角抽搐着，想要使劲抽回将要被钉的手。这让我这个观者也为之生出揪心之痛。耶稣可以说是世界上所有教主中受痛苦煎熬最重的一个了！

礼拜堂侧面的一个小厅里，一个三十多岁的妇女正在向一个神父讲述她的心思，我想这也是一种形式简化的忏悔吧。那个妇女泪流满面，神父则不断地劝导、安慰她。

教堂外围是一个花园，围绕教堂树立了很多青铜雕塑，表现耶稣传道、被捕、受鞭打、扛着十字架走向刑场到被钉死十字架的全过程。将一系列惨烈的场面展示在人们面前，震撼人的心灵，促人萌生感戴耶稣、跟从耶稣的宗教激情。在围绕教堂的平台上，我们看到一群天主教徒一边唱着圣歌，一边行走，一边向每一座雕像鞠躬或者跪拜。

这个经济状况看似一般的小城，竟然有非常丰富的文化生活。全市有很多博物馆，街头也常见博物的广告。街头广告中也有很多是关于音乐会的，其中有犹太人音乐会、宗教音乐会，还有一个广告是蒙古音乐会，广告的大幅照片上有几位蒙古族乐人身穿蒙古袍，怀抱马头琴。

朝圣路中段有一个小广场，左边立着波兰独立英雄毕苏斯基的铜像，右边一座楼前的草坪上是波兰著名作家显克微支的坐姿读书像。这让我认为那座楼就是显克微支博物馆，离开车还有一个小时，我想进去参观一下。推开门径直向里走，结果却被一个女工作人员拦下，我问

Mongolia i jej Sacrum

Grupa SEDAA (Mongolia/Iran)
Nasaa Nasanjargal
Naraa Naranbaatar
Ganzorig Davaakhuu
Omid Bahadori

30 kwietnia, środa
ZABRZE
godz. 19.00
Zabytkowa Kopalnia
Węgla Kamiennego
"Guido", ul. 3 Maja 93

1 maja, czwartek
CZĘSTOCHOWA
godz. 21.00
Kościół św. Zygmunta,
ul. Krakowska 1

她是需要买票吗？她看了看另外一个工作人员，那个人也摊摊手、摇摇头，她就示意我跟她走，中间有一些学生模样的人站在椅子上，她向他们说了什么，那些学生也摇手。最后我们来到一个办公室，一个中年女子用英语对我说，这里是学校，你不能进去。我说我看到门前有一个显克微支雕塑，这里不是博物馆吗？她笑了，说：这是我们学校的雕塑。哦，原来如此。

波 兰

格但斯克

　　昨晚 11 点 30 分，汽车从克拉科夫出发开往格但斯克，夜里 3 点多车接近罗兹的时候，天就大亮了，变成早上 3 点多了。车过托伦，6 点多钟，日上三竿，满天都是密集而疏松的大块云朵，在碧蓝的空中被阳光照得发亮。北部波兰天高地阔，田野平旷，向远方铺开，只有平缓起伏的小丘在地面上留下漫长而圆润的弧线，黄绿色的麦田铺开在旷野上，一些红顶白墙的村庄、丛集浓绿的树木，又给这幅画面增添了漂亮的点缀和镶嵌。

　　欧洲各个城市的火车站大都是百年建筑，格但斯克火车站也是这样，一个哥特式钟楼带着满身的精致与繁杂挺立着，成为车站的地标。拱券式的门窗雍容舒缓，干净利落。建筑顶端及边角关键处常常耸起一些尖塔，既美观又能起稳固作用，是浓重的欧洲风味。欧洲建筑艺术的根基来源于教堂，宗教情怀激发了欧洲人的创造力，让他们不惜心血地潜心于教堂的设计与修建，不断地推陈出新，翻空出奇，杰作频出，不断推进着欧洲建筑艺术的飞速发展。其他功能的或者说世俗的楼堂馆所都带有教堂的影子，是教堂建筑的调整与适应。格但斯克地处平原，多土少石，所以也阿姆斯特丹一样，很少纯石制建筑，而是砖石结合，砖多于石，所以格但斯克老城以红色为基调。火车站前的广场不大，人群奔走往来，也并不拥挤。广场一侧有一组等车儿童的铜雕，四五个孩子带着书包、箱子、乐器等各种行李，比例同于真人实物，所以当有旅客在旁边休息时，真假相生，让人迷离恍惚，难辨虚实。

　　格但斯克是一个古老的海滨城市，它的历史也非常复杂，曾经被条顿骑士团、普鲁士及纳粹德国占领。1939 年，波兰与德国再次出现格但斯克归属的争端，希特勒以此为借口入侵波兰，残酷的第二次世界大战就此开始。战争已经远去、专制也已瓦解，如今的格但斯克是一座繁荣安宁的港口城市。

　　像大部分欧洲城市那样，格但斯克的核心是它的老城，老城入口处是一座建于 1588 年的城门，精致又大气。每块石头上都精心刻画了橄榄枝图案。最上一层是三组浮雕，分别是独角兽、天使和狮子两两拥护着王冠、国徽和格但斯克市旗，浮雕下面是横贯全门的一行文字，都是拉丁文，中世纪的遗风。城门的背面形制与正面相似，上层浮雕是两位大力神手扶金刚杵卫护波兰王徽的形象。值得注意的却是这样一个细节，上层有两个圆窗，窗洞用木条做成了两个六角形的窗格，这是犹太人的标志。二战之前，波兰是容留犹太人最多的国家，犹太人占到波兰人口的十分之一。这个犹太标记应试是古代犹太人通过艰辛的努力在异国他乡为自己的荣耀打上的标记吧。里面一座高大的红砖楼正对城门，形制极为类似于中国古代的箭楼，时代变迁，它的功能现在已经难以看清了，现在用作博物馆，从楼体上的将军浮雕及内部陈列的军事展品看，它原本是古城防御工事的一部分。

　　格但斯克老城的建筑有不同于其他波兰城市之处，这里好像极为重视门口的装饰。门上方常常有一些浮雕，内容丰富多彩。有的是人物像，宗教的、神话的、市井的人物都有。一家门口的奏乐儿童像，一对乐童刻画得非常生动；还有一家刻的是古代格但斯克的市井百态，简直是一幅风俗长卷；还有的是洛可可式装饰图案。门前也总是有一段扶手高度的矮墙围起一块空间，类似于中国古代门前的"月台"。"月台"前朝外的墙壁上会有各种精美的浮雕，月台的出口处常常有圆雕两两相对，有神灵，有圣徒，也有怪物。

格但斯克为国人所知还有一个重要原因，这里是琥珀的重要加工地与贸易集散地，世界闻名的波罗的海琥珀主产于波兰和俄罗斯的加里宁格勒地区，加里宁格勒是俄罗斯的一块飞地，紧靠格但斯克。所以格但斯克老城街面上到处都会看到琥珀店。玛丽亚卡街整条街都是琥珀店，被称为"琥珀一条街"。

　　但琥珀的价格实在是没有定数，它受多种因素的影响，如成石年代的远近、品类的区别、成色的不同、加工工艺的高低等，判断起来有些复杂。所以在买琥珀之前，应该多学多看。还未听说波兰出现过假琥珀，但近年来压制琥珀的确存在。压制琥珀就是利用琥珀粉末或细碎的下脚料通过高压制成，它的色彩、轻重都与自然的琥珀极为接近，不知情的人看不出来，了解琥珀的人也需借助灯光仔细辨别才能断定是否货真价实。压制琥珀以珠子为多，因为用自然琥珀做珠子损耗极大，而压制工艺不仅可以节省昂贵的原石，而且可以利用以前看作废物的下脚料。严格地说，压制琥珀并不是假货，它仍然是琥珀，具有琥珀的一切特性，也没有添加粘合剂。很多诚实的商家会告诉你哪是压制的，哪是自然的，价格也极不相同。压制琥珀不是自然之物，从收藏的角度上价值不高，它的美观程度，当然也不如自然琥珀。所以中国游客在这里买珠子类的饰品一定要认真鉴别。

　　近年来，大量的中国人来到这里购买大量的琥珀，有些人是自己佩戴，有些人是要把购买琥珀当作保值或投资的一种手段，这使波兰的琥珀市场发生了很大的变化，质量保证书出现了中文版本，很多商家学会了用汉语打招呼。更深刻的变化则是琥珀价格的飙升。在一家琥珀店里，当我们说她们的琥珀太贵时，那人就说，几年前这么一块只买几十兹，现在成了几百兹，没办法，这是市场。

　　格但斯克的老城广场同样也是市民的消闲之地，当夕阳的余晖让满城的红色建筑更加明艳之时，广场也改变了节奏，变得舒缓而闲散。酒吧的生意开始兴旺起来；乐手们已经来到街头弹奏歌唱起来了；一群英国游客已经喝得有点大了，把人家的音乐和歌唱当成伴奏舞蹈起来，有的倒地搞怪，有的拉住路过的女士一起跳舞、合影。

格但斯克有一个著名的列宁造船厂。在 20 世纪七八十年代这里是波兰政治斗争的中心。1980 年 8 月，就是在列宁造船厂，出现了社会主义阵营中第一个工人自己组织的工会——团结工会。到这年年底，会员发展到约一千万人，占全国职工的 80%，官方工会濒于瓦解。团结工会的领导人是列宁造船厂的一个电工莱赫·瓦文萨。在团结工会处于最艰难时期的时候，1983 年瑞典皇家学院将诺贝尔和平奖颁发给瓦文萨。经过十年的斗争，团结工会作为一股强大的社会力量，带来了波兰的政治巨变，结束了波兰长达五十四年的社会主义制度。1989 年 6 月 4 日，瓦文萨代表团结工会、代表工人阶级参加了当时波共政府组织的圆桌会议，一年以后，瓦文萨成为现代波兰第一位由全民普选选出的总统。此时"波兰人民共和国"已经改名为"波兰共和国"。

但是这个将整个波兰带向自由、民主的列宁造船厂，此后很快就衰落了，其原因可能也和它工人运动的核心地位有关，这里的工人坚持"工人利益至高无上""劳动高于资本"等原则，拒绝、抵制一切他们认为"不公平的""有损于工人利益的"改革方案，这些思想与行为也得到了瓦文萨的支持。最终船厂在长期的争议不休中，于 1997 年破产。

如今的列宁造船厂仍然保持着他巨大的厂区，但工厂的围墙成了现代青年涂鸦的画布。透过铁丝网看到厂区里没有一个人影，完全是一片沉寂。建筑已经破败，甚至已经倒塌，车间里的大型机械裸露在阳光下，有些地方堆积着大量的建筑垃圾。荒草、灌木埋没了那里粗大的钢铁管道。几十米高的巨型吊车像恐龙化石的骨架，似乎久已失去了生机。

但是列宁造船厂、团结工会并没有被波兰人忘记，在船厂门口，波兰人为船厂和团结工会开辟了一个纪念广场。广场中心是一座巨大的纪念碑，纪念碑由三根大柱组成，柱顶挂着铁锚，柱子下半段，在人能仰视的位置上铁铸了一组浮雕，表现了造船工人的工作，也刻画了他们的抗议活动。有一幅浮雕上铭刻了四个年代：1956、1970、1980、1981。1956、1970 是两次波兹南事件的发生年份，列宁造船厂都进行了积极的响应；1980 是团结工会的成立年，1981 是政府宣布团结工会非法的年份。

纪念碑右面，工厂的墙壁上悬挂着来自各地的各种组织奉送的纪念牌。我能通过一些线索判断出来源的有波兰奥林匹克委员会的、华沙市的等。华沙市送上的纪念牌铭刻着王冠与美人鱼，暗喻着团结工会的行动有挽救民族、振兴国家的意义。还有一块是日本某团体的，上有"镇魂"两个大字，下面又有"悼念改革途中倒下的牺牲者""永远怀念"等字样。这些纪念牌奉送的年份从 1995 到 2010 年不等。

纪念碑的另一侧，地面上如坟墓般隆起了一组铁铸铭板，板头有死难者悲惨地挣扎、横卧的形象，铭文用波、德、英、法、俄五种语言写下了以下的话：

> 1970 年造船厂死难工人纪念碑
> 一个碑铭，永远怀念大屠杀中死难者
> 一个警告，社会冲突不可用武力解决
> 一个希望，未来的公民不要传扬邪恶。

这是波兰人用鲜血与生命留给后人的教训，也是给世界各国的一个警示。

未到波兰之前我常常觉得波兰人是软弱的、可怜的，总是受人欺辱，生活在外族刀枪之下而无还手之能；在了解了波兰的历史之后，我觉得波兰人是悲壮的、可敬的，他们渴求个人的自由与尊严，也渴求国家的繁荣与振兴。他们屡败屡战，向

外族的入侵，向不合理的制度，永不停息地进行着斗争，不惜头颅，不惜热血。相貌文弱、举止儒雅的波兰人有一颗永不屈服的心。

格但斯克街头有一幅反腐教育广告画，很不错。画面上一叠崭新的百元大钞，放在一个猎兽夹子里，夹子的狼牙齿上沾满鲜红的血迹。告诉那些贪财的官员，那些钱不过是危险的诱饵。

波 兰

索伯特

从格但斯克沿着海岸向北是索伯特，再向北是克丁尼亚，这三座城市被称为"三连城"，三连城之间有公交式火车相连，相隔均只有半小时的距离。

欧洲的城市一般不大，所以火车站也常常在市中心一带，这对游人来说非常便利。索伯特也是这样，出了火车站不远，古老的建筑群中现出一片绿荫，是一个小公园。园中非常热闹，路边搭了很多洁白的帐篷，帐篷下桌子上铺着洁净的桌布，摆着各种各样的新鲜食品与农产品，不少当地居民穿行其中，做买做卖。梁茜耐不住漂亮糕点的诱惑，买了两种非常精致的小点心与大家一起品尝。其中一个用金黄的面丝围成一个鸟巢，几粒花生米躺卧其中，就是鸟蛋了，设想巧妙，制作工艺细腻。有个摊位在卖我们在布拉格吃过的一种面包圈，计老师、鞠老师没有吃过，就买了一个尝鲜。我则对这些美味食品背后的东西更感兴趣，就趁机向这位面包圈摊主问布拉格面包圈的来历，他说，这确实是从布拉格传过来的，经过斯洛伐克传到波兰。当然他不会失去一次做广告的机会，他说他是第一个在索伯特做这种面包圈的人，却也没有自夸自己的技艺多么正宗可靠，波兰人一般是平实可靠的。我又问他这个市场的情况，他告诉我，这是个星期六市场，也就是说每到星期六，这个公园就会变成一个小市场。这真是一个好主意，这既充分利用了现有的城市设施，减少了不必要的投资，又让生活富有变化。欧洲人这种对城市设施灵活运用的例子很多，让人赞叹。生活原本就是富于变化的，人心又追求丰富多彩，所以以市民为中心的社会往往表现出社会活动的丰富与社会运作的灵动。

市场旁边的那座漂亮的古建筑是索伯特市政府，楼前广场上飘着欧盟旗、波兰国旗和索伯特市旗。楼旁绿树丛中又有一座巨大的波兰雄鹰的铜雕。索伯特大教堂的形制很像扎科帕内圣家教堂，正立面只是一个单塔，但不同于圣家教堂单一的花岗岩灰色，这个单塔色彩更加鲜艳丰富。正门上方立着一个耶稣布道的石雕像。教堂里面主通道被几道洁白的丝条拦了起来，人们正在里面准备一场婚礼。门口一个文字介绍板上说，这里供奉着一个琴斯托霍瓦黑圣母的雕像。这个雕像来自一艘经历不凡的轮船"巴托利"（MS Batory）号，是"巴托利"的保护神。"巴托利"是一艘运营格丁尼亚到纽约航线的客船，二战时航线中断，这艘船又参与运送盟军士兵与军用物资，运送难民，还曾帮助波兰流亡政府将瓦维尔皇宫珍宝从苏格兰运往没有战争威胁的加拿大渥太华。战争结束后，1947年重新恢复了它的客运航线，直到1971年被卖到中国香港拆解。在它三十四年的航行中，虽历经战火与种种险恶而无一事故。波兰人认为这全赖黑圣母保佑之功，故航海者、乘船者出海前常来此向圣母祈祷。可惜今天我们没有机会走到面前向圣母致敬了。

索伯特城市虽小，却有一座世界闻名的建筑——跳舞的房子。我觉得创作者的灵感可能是来自大海。整座房子线条呈现为一种舒展流畅的扭曲，如一个凝结的波浪，又好像一座漂亮房子在水波中的投影；它憨态可掬，如一个将要醉倒的饮者；它扭动身姿，撇嘴挑眉，又如一个定格的微笑。世界上还有多个类似的房子，但这一个更为自然完美，故为旅游者所称赏。这个建筑如今是一个咖啡馆，名叫 So!Coffee。

索伯特也有一座栈桥伸向海中，这是一座木栈桥，比青岛栈桥宽阔得多，也长得多。今天天气不够晴朗，所以海水有些阴暗，不是传说中的湛蓝色，这让渴望看到蓝色大海的鞠老师有些失望。风特别大，我怕我新买的墨西哥帽被吹跑，将绳带系在下巴上，但是防不胜防啊，一阵从背后吹来的风轻松地将我的帽子吹到了海里。一点办法也没有，眼睁睁地看到它在空中飞了一个漂亮的弧线，轻巧地落在水里，然后慢慢地浸湿，向远处飘荡，我刚戴了一天的牛仔帽啊！

栈桥的尽头停泊着一艘大型的三桅海盗船。船头的雕像不是一个美丽的女神，而是一个手握刀枪的海盗，桅杆下钩子船长正拿着望远镜向远处眺望。不知是个真古董，还是一个新造的游船或餐厅。另一边的方形船坞里是众多的私家游艇。有一

艘还悬挂着美国旗，可能主人是一个美国人吧！

海里很多人在玩运动帆船，鲜艳的船帆布满海面，强劲的海风让他们疾驰如飞。又有人驾着摩托艇，在海面上一跳一跳地前行，又突然一个转弯，激起巨大的浪花。波罗的海这片海域的纬度在北纬54度以上，比中国最北端漠河还要更北，6月份的海水还很凉，但这也挡不住这些发烧友的火热情怀。

波 兰

格丁尼亚

格丁尼亚（Gdynia）是一个新城。一战德国战败后，波兰独立，但波罗的海沿岸土地仍属德国东普鲁士，只在格但斯克给波兰留了一个狭窄的出海口，但《凡尔赛和约》又规定格但斯克为自由市，并不完全属于波兰。为摆脱德国在格但斯克进行的百般刁难，波兰在格但斯克以北增修了一个海港城市，即今天的格丁尼亚市。

一位商人——从他办公室的情况看，是经销摄影器材的——发了大财，盖了一幢别墅。底层办公，上面几层不想空着，就开成家庭旅馆。在 Booking 网上一挂，全世界的游客都可以搜到。我们就是这样找到这家旅馆的。这样的旅馆一般条件较好，价钱适中，安全舒适。这天没有其他客人，主人一走，大门一关，这座别墅简直就是我们的了！借着他齐全的炊具与餐具，我们做了一顿丰盛的晚餐，鸡鱼蛋菜、红酒果汁，一应俱全。别误会，这些食材当然是自己去超市买的。

海尔半岛是一个非常奇特的半岛，它在格丁尼亚北边向海中延伸，长达 35 公里，却笔直而窄如一线，宛若人工修建的防波堤。我们的波兰同事 Ada 曾介绍说：你们可以乘火车到达半岛中间狭窄部位，两边皆海水汪汪，天地间唯脚下一线路途，前后伸展，感觉甚为奇妙。乘火车用时太长，我们的日程难以实现，所以今天我们要乘船跨海到半岛顶端的海尔（Hel）小城。

格丁尼亚是波兰海军总部所在地，来到港口，远远地就看到一艘标号为 H34 的军舰停泊在那里，几个水兵正在舰上进行清洗。军舰很长，怕是得有 200 多米，但只有这一艘。军舰后面又有一条古式的大帆船，三根巨大的桅杆牵连着蛛网般的绳索。

我们要乘坐的是一条游船，Smile 号，船头画着一个大大的笑脸，很是可爱。但今天天气不好，乌云阴沉着，压得很低，海面和天空一样灰黑。游船驶离港口，波罗的海如湖泊一般宽阔平静，细小的波纹铺展开，在远处与天空相接，渐渐远去的格丁尼亚城变成暗黑色的细线，就像将海天粘合在一起的接缝。海尔城则相反，在我们的视野里却如能够成长的生物一样，由细而宽，由宽而广，生出楼房与船舶，生出尖塔与桅杆，又生出如蚂蚁般的人群，最终如巨兽般吞食了我们的游船，游人们欢天地喜地地走向它的腹中。

海尔在海尔半岛的尖上，半岛来到这里由一条细线渐渐变宽，宽到足以形成一个小镇的地方，就形成了海尔城。这里的原住民不多，游人是它的活力之源。从码头沿海岸大约两公里左右的一带区域里，店铺林立，摊点星罗，人群蜂拥蝶萃，喧闹嘈杂；但你只要向里走进一个街区，立即就会感到走入空城一般，街巷人稀，门庭空寂。居民小院里长着红星点点的樱桃树，墙上爬满绿色的青藤，猫在草地上酣睡。偶尔也会看到有人在自家阳台上安闲地读书兼日光浴，或在院子里伺弄花草，教堂虚掩着门，一个人也没有，庭中鸟儿在树荫里啄食，草坪静绿，映衬着安放耶稣受难故事的青石堆。误入一个小学，建筑很一般，但干净漂亮，安静无声，几位老师在楼下悄悄地谈论着什么。一段低矮的铁栅墙，一扇随推随进的铁栅门。没有门卫，没有盘问，没有提防，没有紧张。可以看到波兰社会的稳定与人心的松弛，这是对"安宁""和谐"的最好诠释，戒备森严下的"安全"其实是不够安全的另类表现。一户人家的墙上镶着一个青铜纪念牌，在船的背景上浮雕着一个人物，名字为 Augustyn Necel。我生硬地读他的名字，房子里走出一个大约 10 岁的小姑娘，听了我的发音，痴痴地笑，并说了一遍，给我纠正。我模仿了一遍，向她感谢并问她这是谁，她说了一句"不知道"就蹦蹦跳跳地远去了。

海边是游人汇聚之地，那里有很多小吃店、酒吧、旅游纪念品商铺，还开辟了一个儿童乐园。天空依然阴沉，但与大海相接处，露出了一段明亮的白光，与岸边的白沙一色，就像给灰暗的大海镶嵌了一个画框，平静无波的波罗的海在这样的光线下显得神秘莫测，如果在想象中屏去人群，你会觉得这就是人类未有时的情景。人们面朝大海，也只是观望而已，至少是在这个季节，这里不适合游泳。有几个孩子脱下鞋子来到海里趟一趟水，已经算是勇敢之举了。有些妈妈带着孩子在沙滩上走一走，玩玩沙子，大部分人连沙滩也不来。

一座简易的木栈桥伸向海里，因天气不好，今天被关闭了，几个小男孩从侧面爬了上去，他们认为我们是日本人，用日语向我们问好。临走时，那些孩子们又挥

手和我们说再见，梁茜招呼他们合影。他们开始还有些羞涩，一会儿就变得兴奋起来，而且越聚越多，我每拍一张都会有新人加入进来，以国际流行的剪刀手结束，非常可爱的英俊少年！

可能是被"三连城"的说法震慑了，我们每人花了50多兹买了三日交通票，后来却感到这根本就没有省钱。欧洲的城市原本就不太大，而最值得游览的老城区更是适合步行。

波 兰

卢布林

早上8点，坐上去卢布林的汽车。克拉科夫到卢布林没有Polskibus，我坐的是一辆小型客车，奔驰牌。车内的状况有似于我国前几年流行的依维柯，比较拥挤狭窄，

甚至车门口也增加了一个可以翻起的座椅，上人的时候翻起进人，如果人多，可以放平坐人。不知这是厂家设计还是小客车自己的改造，我觉得这有安全隐患，但我已没有别的选择。

卢布林比我想象中要远很多，严重超出了我预想的4个小时车程，过了好几个"卢布林"，可是卢布林还没有到，等真正的卢布林到达时，我却怀疑了，我用询问的眼光看着司机，司机示意我已经到达。

卢布林城堡就在汽车站对面，城堡在一个高台上。高台下是一个小广场，不知在进行什么庆祝或纪念活动，面向城堡搭起了一个巨大的临时舞台，乐声响起时，撼动人心、震耳欲聋的低音轰鸣。我感到了一种与古城氛围的不和谐，让我一下子想起赤山法华院中，摊贩用高音喇叭对着寺院放情歌的情景。

沿着一段阶梯走上高台，迎面有一尊狮子雕像，手握徽章，是1993年纪念波兰独立75周年时树立的。狮子的背后就是卢布林城堡，城堡始建于1341年，波兰王卡西米尔大帝时期。17世纪，瑞典人入侵，城堡遭受了极大的破坏，几成废墟。今天看到的城堡是19世纪上半叶重建的。但其中的碉楼和小教堂，还是14世纪城堡的遗存。可能是因为卢布林在波兰东部，靠近东正教地区，城堡的外观有些拜占庭味道，城堡的大门及窗户都有一个阿拉伯尖。一群小朋友正在老师地带领下去城堡

参观。

城堡现在是卢布林博物馆所在地。博物馆藏品丰富，从原始时期的遗存到近代的金银钱币、瓷器收藏等应有尽有。最让我感兴趣的是其中收藏着很多反映波兰历史重大事件的画作，让我感受到古代波兰人的历史感和保存历史的方式，略举一二以助朋友们观其大概：

《琴斯托霍瓦围城之战》，17世纪，瑞典人大举进攻波兰，波兰战事不利，但琴斯托霍瓦一战，以少胜多，大大鼓舞了波兰人，反败为胜，击退了瑞典人。画面是琴斯托瓦光明山修道院前，保卫者高举黑圣母大旗，与瑞典人激战的场景。黑圣母的法力由此得到波兰人的坚信，琴斯托霍瓦由此成为波兰人的圣地。

《科希丘什科军队经过克拉科夫广场》，这幅画作于18世纪末，美国独立战争中的将军科希丘什科回到波兰要领导一场波兰独立战争，这幅画描绘的是1794年3月24日，科希丘什科的起义军在克拉科夫广场集会场面。你可以看到二百多年前克拉科夫广场与今天的广场简直一模一样，会让人产生一种历史的穿越感，也让我感叹欧洲人对城市古建筑的珍惜态度。

《犹太人的到来》刻画了1096年犹太人来到波兰并得到波兰王准许居住的场景。画面上国王瓦迪斯瓦夫·海尔曼在与犹太人对话，大主教手持一份文书，以书面形式授予犹太人长住波兰的权利，犹太人感动得欢呼、跪拜。自那时起，波兰成为犹太人最重要的居住国，到二战前波兰犹太人达到了350万人，占波兰人口的10%。

《卢布林联合》所记载的波兰历史更是极为重要。1569年7月1日，波兰王国与立陶宛大公国合并成为波兰立陶宛联邦，联合契约就是在卢布林这座城堡中签订的，这幅画作描绘了两国首领跪在耶稣像面前手抚《圣经》发誓的场景。这一作品画幅很大，感觉有4米长，两米多高，被装潢在一个可移动的大画架中，放置在展厅中央，属镇馆之宝级的藏品。

在生活用品展区，我很惊喜地看到一个展柜里保存着19世纪下半叶来自中国的一些物品，伞、扇、旗袍、凉拖等物。不过那把伞有些可疑，伞面上有"铃木"两个大字，似乎来自日本。当然少不了瓷器，但没有几个是真正的中国制造，大都是西方人的仿造，青花、彩瓷都有，散发着生硬的中国风。还有一对日本风格的瓷人，一对盘腿对谈的和尚开怀大笑。

城堡里那座古老的碉楼，是整个城堡的制高点。在纳粹时期曾被用作监狱，关押政治犯。雕楼里一层和二层的展室里有很多关于这方面的图片展览，但没有英语说明，也就不知其详了。登上城堡顶层，整个卢布林城尽收眼底。左看是现代化的区域，高楼林立；右看是卢布林老城，穹顶尖塔密布。而就在城堡脚下，却有一片空旷地带，被树木所覆盖。我以为这是一片城市公园，但后来的了解证明，事情并不这么简单。

离开城堡向卢布林老城走，很快就走到 Grodzka 城门。这座城门也叫犹太城门，在几个世纪中，它是犹太区与波兰人区的界线。在这个城门中，一切说明都采用三种文字，波兰文、英文和犹太文。城门不大，里面却隐藏着一个关于犹太民族被害纪念馆。12 兹罗提的门票，一路看下来，里面的内容并不丰富，主要是一些照片、地图、录音和一些假档案夹，没有其他实物。一块镶嵌在墙上的带有犹太文的石碑算是一件硬藏品，却也说不清它的来由。馆方当然很明白这一点，为了让这过高的收费显得合理，他们为我配了一个解说员。从始至终，也只有我这么一个参观者。

但是通过解说员和馆内的一张地图，我知道了城堡脚下那片空地的来由。那里二战之前是犹太人居住区，从馆内的一张当时的照片可以看到，当时那里满是房屋、街道和犹太教堂。二战前的卢布林是波兰犹太人的核心所在，这里曾有无数个犹太教堂，犹太人的一个议事会设在卢布林，卢布林还是犹太文化教育的中心，有两所犹太大学在这里成立。所以，卢布林曾经有波兰犹太人的耶路撒冷之称。但这一切的繁华与厚重，在纳粹的战火之后，都灰飞烟灭了。

事实上犹太人在波兰的噩运二战后并未结束，随后的苏联模式时期，波兰政府为剥夺犹太人的财产，继续对犹太人进行迫害，造成五六十年代三次犹太人逃离波兰的移民潮。直到波兰摆脱苏联控制，一切才恢复正常。我现在所在的这个犹太人被害纪念馆就是从 1992 年开始兴建的。展馆的墙上有一段官方的话很感人，让我体会到当今波兰人对犹太人受难史的真诚态度。他们说：

来这里的犹太人对我们说："你们为什么做这些？毕竟你们不是犹太人，犹太区不是你们的历史。"来这里的波兰人对我们说："你们为什么做这些？毕竟你们不是犹太人，犹太区不是你们的历史。"我们说："这是我们共同的历史，波兰犹太人的历史，记住犹太人被杀害的惨剧不一定非要是个犹太人。"

说得的确令人动容，人性应该是这样的，要有普泛的博爱之心，不要心存种族的狭隘。

行走在卢布林城，你会感觉它"大有王气"，其建筑宏伟堂皇、气蕴非凡。这大概和卢布林长时间作为波兰"陪都"的身份有关。1569 年 7 月 1 日，波兰和立陶宛的联合体在卢布林签约，此后的几个世纪内，波兰—立陶宛联邦贵族议会和最高法院就设在卢布林，王国最大的贸易展也是在卢布林举行。

所以卢布林的中心广场名叫"立陶宛广场"，不同于其他城市中心广场的休闲娱乐化特点，这个广场政治意味很浓。它的东边是波兰立陶宛联合纪念碑，形制有点像古埃及的方尖碑，主体是一块完整的黑色长条石。基座正面是波兰王与立陶宛大公握手的金色浮雕。广场中部有波兰独立领袖毕苏斯基的雕像，端坐马背，俯视前方，雕像着意表现得似乎是这位军事家、政治家的深邃内心。他的后面竖立着波兰国旗。他的西侧，地面上是一组高低错落的精心雕凿的石块方阵，最高的石块上刻有波兰国徽，几束鲜花，一盏灯烛。这是波兰为国捐躯的无名士兵纪念碑。最西边是 1981 年树立的五三宪法颁布一百九十周年纪念碑，一只戴着王冠的雄鹰展翅其上，两位波兰老太坐在纪念碑的基石上专注地谈论着什么。"五三宪法"是 1791 年 5 月 3 日波兰王国颁布的一部宪法，这是欧洲的第一部、也是世界上仅后于美国宪法的第二部成文宪法。广场上正在进行一个图片展览，其主题是"战斗中的波兰"，内容是二战时期卢布林的反法西斯地下斗争。广场中心有一棵个性十足的大杨树，主干粗壮，头部却被斩断了，它冒出几个侧枝，顽强而茂盛地生长着，是波兰民族不屈不挠、死而复生的绝妙象征。

不只是卢布林，我觉得所有的欧洲城市都有一个不同于中国城市的特点，那就是街头艺术极为丰富多彩。广场附近的一面墙上，画家根据美国小说《卢布林的魔术师》画了一幅极有梦幻色彩的画。另一条街上，有一幅墙上浮雕，截取米开朗基罗名画《创世纪》中上帝与亚当将触未触、将离未离的两只手。这是那幅画的点睛之笔，含蓄隽永地传达出人对上帝的依恋，上帝对人的不舍，万千意味集中在两只手上。做成街头艺术，深而能浅，浅而能深，形成雅俗共赏的艺术效果。

和立陶宛广场衔接在一起的是一座公园，下午的阳光暖暖地照在公园的喷泉上，映出鲜艳的彩虹。老人在长椅上聊天、打盹，连两个值班的警察也悠闲地坐在树下休息了。受到这样松弛安宁的气氛的感染，我也觉得该停下来喝杯啤酒歇歇脚了。波兰的啤酒没得说，这我不惊奇，要了一个菜，很有特色，出乎我的意料。鸡肉卷里卷着干西红柿，淋着汤汁，这是以前没有吃过的；旁边堆着一撮拌了沙拉酱的豌豆苗，色彩也很清爽宜人啊！

　　克拉科夫城门是卢布林老城保存下来的另一个城门，它是卢布林的地标建筑。与犹太城门相比，克拉科夫城门更加高大雄伟，而且主体没加任何外饰，暴露着其建筑材料的原貌。这座城门的外观也诚实地透露出其多次增建的历程。其第一层与犹太城门等高，用红砖和白石块混砌而成，建于14世纪上半叶，与城堡中的碉楼基本同时；其第二层纯用红砖，是稍后增建的；再上一层是一个八角的钟楼，覆着白色的外饰，是16世纪中期增建的；最上层是一个巴洛克式的铜塔，黑色，于1782年放置其上。克拉科夫门在古代，既是城门，也是全城的火灾监视点。

　　走出克拉科夫城门，是一片古老的民居区域，过去的富商建立的房屋，今天是繁华热闹的酒吧街。有的房屋装饰一新，上面画着非常繁复的图案和人像。有的房屋的墙面已经斑驳脱落，但我感到这对一个古城来说也是不可或缺的，它带来的不是破败萧条，而是年深月久的沧桑感。夕阳中，我更是能够听到它苍老的讲述，就连那对婚纱新人似乎也被这古旧的韵味打动了，他们静静地倚靠在古巷微凉的墙壁上，聆听着岁月在余晖中的流淌声。

波 兰

扎莫希奇

从卢布林到扎莫希奇，路途景色很美。刚刚入秋，而树叶已黄，与蓝天对比鲜明，愈发显得洁净而明亮。波兰的这一地带丘陵起伏，坐在车上我就可以得到很多俯瞰的视角，关于平原。乌鸦在新翻的地里觅食，有个地方我竟然还看到了一种少见的鹳，虽然只有一只，也足以让我感到惊奇了。还有人光着膀子在地里收萝卜。路旁常常有一种红果树，叶子落光了，只有红果挂满枝头，映着蓝天，特别像是神话世界或童话世界中的奇物。鸟群在天上飞动，没有了个体，所有的鸟似乎被连缀在一起了，无论做怎么复杂的翻飞动作，它们的相对位置始终只有微小的变化，所以鸟群像一块飞动的黑花布。

在一个当地小伙的指引下，在汽车站乘 3 路车到某个站点下车。"往前走，你就会进入扎莫希奇古城。"我的眼前是一道厚重的红砖城墙，在一条布满绿草的壕沟的陪伴下蜿蜒而来，却被一条灰黑的柏油路冲断了。断口之处应该就是扎莫希奇古城的南门，这里过去肯定有一座高大的城楼，今天已经踪迹全无，只在右边留下一座辅门和通道。辅门砖砌而石覆，正立面巨大的拱门上方是宗教浮雕和扎莫希奇城徽，并刻写了许多拉丁文。从它深深的门洞进入，你就打开了这座古城神秘的画卷。

扎莫希奇古城不大，东西长 600 米，南北长 400 米，总体呈圆形，被红砖城墙所环绕。城中的街道都是笔直通透的，正十字交叉，就像一块圆圆的大饼，用利刀切成了规则的小块。这非常不同于一般欧洲城市的自由散漫，因为这是一座在欧洲历史上为数不多的人为设计的城市，1580 年意大利建筑师贝尔南多·莫兰多应当时的波兰贵族扎莫伊斯基公爵的邀请设计建造了这座城市。

小城虽然如此规整，但在这个小城中，你想理性地一条街一条街地游览是很难的，不时跳出的新奇景象，会让你不断地偏离原定的路线。我就是这样被冲天而起的市政厅尖塔吸引到中心广场上的。

中心广场位于古城正中，在纵横两条中轴线的交叉点上。它本身也很规整，是一个边长 100 米的正方形。这是人造城市的好处。这个广场的名字和克拉科夫中心

广场一样，叫市场广场，也许这些波兰古城的广场原本都是这个城市的市场。扎莫希奇中心广场周边，几乎每一座房子都有着悠久的历史和独特的故事，都是联合国认证的世界文化遗产。房子下都有拱廊，这一点最有意大利城市的味道，意大利的博洛尼亚就是这样的。四周的房子大都是三层的，像华沙广场和弗罗茨瓦夫广场周边的房子一样，都涂成各种颜色，鲜艳动感，不是政治性广场的沉稳庄重，而是商业性广场的轻松活泼。市政厅就在广场的一角，但这并不能改变这个广场的商业化性质，欧洲城市一直具有自治性质，即使是在中世纪时期，市政厅也是市民社会的服务机构，而不是皇帝派来向上输送利益的官府衙门。广场的西北角是一些酒吧，又有一方花坛，几条长椅，一个为人们服务的犹太老者的塑像。在似有若无的音乐声中，人们安静地坐在那里饮酒休息。没有嘈杂与喧闹，一派欧洲小城的闲适味道。

市政厅按照贝尔南多·莫兰多的设计，建于16至17世纪之交，后来又经过改造、扩建，成为今天的样子。它的主体建筑也是三层，但它的层高和体量明显大于周边的房屋，在这之上，又有一座尖塔冲天而起，又使它增加了一倍的高度，突显出市政厅的不凡与权威。这座尖塔与教堂的尖塔一样，上有大钟和泛着铜绿的金属塔顶，只是增加了波兰国徽与扎莫希奇市旗。

广场的东边又有一个小市场，称盐市。扎莫希奇位于北欧、西欧通往黑海的商道上，古时这里大批量出售从维利奇卡盐矿开采的食盐，是波兰盐产品进入世界市场的通道之一。它比中心广场小，莫兰多把它设计为一个边长50米的一个空场。今天这里已没有盐市，而是一个安静的市民休闲广场。

古城东北角一座教堂旁边的花园里，立了一个大十字架，下面是许多人献上的鲜花和灯烛。十字架的正面挂着国徽和花环，侧面写着"卡廷1940"的字样。这是纪念悲惨的卡廷事件的，但我不知道，扎莫希奇和卡廷事件的关系是怎样的。

扎莫希奇的原主人是扬·扎莫伊斯基公爵，他是16世纪波兰的权臣，一生积累了大量的财富，扎莫希奇城就是他用这些财富建造起来的。他的公爵府邸在城的西北角。三层楼高，不知是由于时光的磨蚀，还是由于等级礼制的限制，今天看起来，公爵府邸朴素无华，灰白的墙面如同民居，没有任何雕饰。但气势是有的，府邸面朝东方，南北跨度极大，恐有百米之长，两边又有辅助建筑，形成一个巨大的半框形。按照欧洲人的习惯，这座公爵府邸应该开辟成博物馆，但目前还没有，所以显得有些冷清。府邸前广场上有扬·扎莫伊斯基的雕像，跃马扬鞭，面向东方。

这个小城可能很少有外国人来，尤其是我这副东方面孔，走在街上，总是招来好奇的目光，这种被围观的感觉让我很不舒服。三个初中年龄的小女孩，在城门公交站遇见时，就偷偷地瞄我，并指指划划、喊喊喳喳地议论。当我回头找旅馆时，又遇见了她们，她们羞涩地嘻嘻笑着向我说"Hello"，我趁机向她们问路，但她们的英语水平还不够好，说了半天，也没说明白。

欧洲的一些中小城市，天一向晚，街上就没什么人了。我的旅馆不好找，需要一路问人。街上没人，是最要命的事。暮霭中，我非常心虚地在一条巷子里往前走，却没有任何机会确认自己走得是否正确。好在这里人家的院子都是矮墙栅门，我像一只警犬那样，敏捷地搜寻，不想漏掉一个人影。一对夫妻在自家院子里烧烤，我隔着木栅门向他们打招呼，说我需要他们的帮助，女士先过来看我写的地址，大声告诉她丈夫，那位男子一边答应着，一边整理着炉灶上的肉串，然后掏出手机，在地图上查找，并告诉了我行走路线。我道谢着与他们告别。我已经走出一二十米了，后面又传来："大约10分钟。"真是好人！我感动地回头向他们挥手道谢。

旅馆是一个简陋到极致的房间，只有两张床和一个小木桌，窗上是一层纱帘和一段廉价的丝线帘，里外通透。无聊地吃点东西就睡了。没有窗帘的阻碍，黎明到来得会早些。早上醒来，就看到一盆小巧秀丽的雏菊开放在窗子上，阳光朗照着它，风儿轻摇着它，就像一个舞蹈着的少女。

早上8点多钟，我离开小旅馆，发现我离老城其实很近，不必像昨天那样绕。初升的太阳照亮了市政高塔，照亮了遍地的绿草，也照亮了我。城中古老的教堂钟楼隔着城墙映入我的眼睛，在晨光中像是穿越时空的海市蜃楼。拉班卡河就在古城南门外流淌，水面只有几米宽，尊称之可以为"河"，我的家乡人见了，只会叫它为"沟"了。但是它要比我家乡的"沟"漂亮得多，中间一带亮水清澈干净，整个河床平直舒缓，满是密密实实的绿草，匀称如绿毯，没有任何杂物。虽施人工，却如自然。汉诗有"青青河畔草，绵绵思远道"的诗句，清新、幽静、感伤。可是我一直没有找到足以表现这种意境的画面，这里的画面倒是可以让我想起那句诗，我觉得拉班卡河的草畔可十得其七。奶奶带着孙子和他的黄狗在带有水闸的小桥上走到河对岸去了；对岸农家的木屋旁花红柳绿；一个七八岁红衣小女孩骑着自行车在青青的河岸上飞奔；野鸭家族安然自由地浮游在河水中，静卧在草滩上。

在一个中国商城边转弯，路旁的苹果树挂满红红黄黄的果实，树下落果遍地。经过一个中学时将近9点钟了，少男少女们才开始陆陆续续地上学，农贸市场，大叔大妈的世界里已经是一片繁忙了。

再见，扎莫希奇，继续你安闲宁静的生活吧！

波 兰

什切青

什切青原是一座德国城市，造船业发达，大清北洋水师的旗舰——定远舰，就建造于此。二战后，根据雅尔塔会议，战败的德国将边界收缩至奥得河西岸，什切青划归波兰。波共统治了44年后，在民主波兰又已经历了26年的时光，有着如此沧桑背景的城市会是一个什么样子呢？

早上6点钟，汽车在我的睡梦中停下，恍然梦断，努力醒来，什切青已到。恍恍然走出车门，茫茫然随人流前行。直到爬上一段高高的台阶，登上横跨铁路的步行天桥，看到简洁爽利的铁轨，我才感到了一丝清醒的畅快。左边，太阳升起之处隐约有一条宽阔的河，河边一座工人劳作的雕像，是曾经的社会主义时期的遗迹，背后的晨光把它照成一个历史的剪影。

什切青的德国影子至今还很浓重。"新市政厅"一带就是这样。"新市政厅"虽冠以"新"名，实际上已是19世纪的"新"了，但旧名难改，沿袭至今。因其是用红砖建筑而成，也被称为"红色市政厅"。它在二战末期盟军大轰炸过程中幸存，却出乎意料地在1945年12月被一场大火烧毁，从这个时间点上看，中间必有引人入胜的谍战故事，好事者可以去探究。走进去，门厅大柱也都是红砖的，可能是受到维尔纽斯圣安娜大教堂的启发，这些经过专门设计的砖块垒砌起来就会形成流畅挺拔、富有筋力的纵向线条，那些砖砌的大柱如一捆粗壮的绳索，这又很像马德里阿尔穆德教堂的石柱。这座楼如今是一个海事研究机构，有看门人，不让外人参观。

市政厅大楼下的广场上有一座雕塑喷泉，这是欧洲大型建筑群惯有的结构布局。如今已成陈迹，泉水不再喷涌，原有的青铜女神雕像也杳无踪迹了，台基之上只有一只笨拙的大铁锚。一群德国游客拿着资料在这里徘徊观望。七十年过去了，这里仍然保存着许多德国人的记忆。遥想那个时代，全城的德国人被迫抛弃自己祖祖辈辈生活的家园，迁徙到另一个陌生的城市；而在波兰东部城市生活的波兰人也要将自己的故园出让给苏联，迁徙到这里来。这双重的痛苦似乎至今还未平复。那也是人类社会前所未有的大悲剧。德语在什切青十分重要，什切青的历史建筑或遗迹旁边都会有一个说明牌，用波兰语、德语、英语进行介绍。而这里的旅游服务中心发给旅行者的地图则只有波兰文和德文，没有英文。这给我带来了不便，也让我感到了什切青的个性。

广场另一侧，一座白色的德式建筑在众多的红色建筑群中特别显眼，高高的方塔有着教堂的威严，突出于楼角的圆形碉楼又有着城堡的特征，某些部位的三角山墙的边缘有着蕾丝花边般的波浪线，洋溢着柔和与温馨。它深深地吸引着我，又让我深深地疑惑，我最终还是倾向于认为它是一座教堂。我攀上一个台阶走向它。高塔下一扇门半掩着，小心地推门进去，是一个不大的房间，像个办公室。只有一人坐在里面看书，问这里是不是这座教堂的入口，那人非常儒雅，起身微笑着，却给了我一个极为震惊的答复：这里不是教堂，这里是医药大学。大学？一座大学竟然可以是这个样子，竟可以如此华美、典雅！走到这座建筑的中段，果然看到一个并不宏大的拱门上写着"波莫瑞医药大学"的字样。

走过一座人行天桥，就到了圣詹姆斯大教堂，这也是一座红砖建筑，初建于12世纪，几经毁兴。1944年，二战末期，盟军为了给纳粹最后的打击，开始轰炸德国城市，圣詹姆斯教堂成为牺牲品。战后什切青划归共产主义波兰，当局本想清除掉这座千年大教堂，但文物保护部门指出，清除大教堂比修复大教堂还要费钱，于是当局决定修复它。至今，从教堂的外墙上还能明显地看出新旧交合的痕迹。很是凑巧，我到达教堂的时候，正值盛典：神学院学生毕业典礼暨神职资格授予仪式正在隆重地进行。教堂内座无虚席，两边的走道上，后面的空地上也都站满了观礼的人。大主教坐在圣坛正位上，着黄夹红衣，戴山形冠，其他神职人员列座两旁，穿黄夹红衣，无冠。新晋者穿白衣，分批走到大主教面前，跪拜，大主教为每个人祝福。礼毕之后，乐声响起，全体神职人员及信徒一起跪拜唱赞歌，过道上和后面的信徒也都就地跪下，无分老幼，场面十分震撼。乐声是从后部的十几米高的巨大管风琴那里发出来的。乐声洪亮厚重，能够撼动人心。与其他教堂不同的是，这里的管风琴除了竖向的乐管之外，还有几十支横向伸出的铜乐管。大教堂后面是一座与教堂弧形平行的房子。一个穿着黑衣的神父用钥匙打开楼门，走了进去。这里应该是神父的居所。

这个教堂的修建与欧洲的圣詹姆斯朝圣之路有关。我不知道为什么中国宗教界里把"James"译为"雅各"，如《圣经·新约》里有《雅各书》，其英文原文就是"James"。所以"圣詹姆斯之路"也称"圣雅各之路"。雅各（James）是耶稣的十二门徒之一，耶稣升天之后，门徒们走向四方，传播福音。雅各走到了欧洲最西端的伊比利亚半岛传教。当他回到耶路撒冷时，被罗马当局处死，成为第一个殉道者。他的弟子将他的尸体偷运到伊比利亚半岛埋葬。千年之后，当地人发现了雅各之墓。11世纪，他们在那里建立了教堂，就是西班牙西北部圣地亚哥的孔波斯特大教堂。那个地方之所以叫"圣地亚哥"就是这个原因，"亚哥"就是"雅各"。大殖民时期，西班牙人所到之处，常常用"圣地亚哥"来命名其所居之地，"圣地亚哥"就遍及世界了。从很早的时候起，欧洲人开始从各地步行向圣地亚哥朝圣，"圣地亚哥"成为继耶路撒冷、罗马之后的第三圣地。"圣雅各之路"就出现了。而什切青就处在从拉脱维亚的里加城走向圣地亚哥的路上。眼前这座教堂之所以被命名为圣詹姆斯教堂盖源于此。

波美拉尼亚公爵城堡是什切青古城的中心。城堡是白色的，并且带有浓重的东方味道，城堡一角与内部各有一座塔，都是八角的，有阿拉伯特征。而城堡外墙最高两层装饰图案又极像太极图，不知是天心相通，还是道学流传。

城堡里正在搞一个乌克兰文化展销。一些乌克兰胖大妈在走廊底下展示她们的瓷器与纺织刺绣品。

奥得河流到什切青，就要结束它近千公里的行程，融入它的母体中去了，所以它变得宽怀、平静、柔和，波纹细小，或者只可叫涟漪，无声地在河面上摇荡着。几条游船停在岸边，绵缈的乐声飘荡在水面上。当你拉开距离，在奥得河对岸看什切青的时候，古城就成了一幅绵延几公里的美丽画卷，在河岸边优雅地舒展开来。什切青的建筑有着丰富的色彩，但不像威尼斯彩色岛那样艳丽刺目。而是冲淡雅净，保持了什切青的古城身份，也中和了古城的沉重感。可能是这里的空气太干净了，连灰色都让人感到是清爽的。天空的灰云把城堡的白色衬得更加亮丽，甚至有飘渺的仙境之感。没有现代建筑，没有摩天大楼。圣詹姆斯教堂的塔尖与城堡鹤立大片的红顶房屋之上。行走间，黑色的云层渐渐散裂，阳光从云缝间投向城市，某个建筑被垂青照亮了，而周围的建筑却还在阴暗之中，夺目的光彩让它一时成为众人瞩目的明星。但好景不长，云朵飘动，主角很快黯淡下来，另一位新星就会跃然舞台之上。

二战博物馆和冷战博物馆在火车站附近一个极不起眼的地方，只在网上看到它的广告，街道上没有标志，问了好多人，无果。最后是一个小伙子带我千回百转找到这个地方。那是一排低矮的平房，即使是我找到这里来，也不会相信这里有一个博物馆。进去后，发现接待室里已经满是人了。参观者以德国人为多，所以工作人员告诉我这里的解说员只说波语和德语。但她给了我一套英文解说词，上面有编号，对应不同的地点，让我通过文字来了解。准备好后，两位女导游就带我们走向博物馆。

博物馆是一处地下建筑，五层 20 多米深。参观者须戴好安全帽入内。这里是二战时期德国人修筑的一个大型的防空、防化避难所。我们所经之处，有好多扇带密封橡胶的大铁门，门一关闭，任何毒气都无法进入。为了能够运来物资，送走人员，这个地下楼房的三层，甚至通入了一条铁路，火车可以直接开来。里面有男人房间、女人房间，连育婴房都有，充分展示了德国人的做事风格。从 1940 年到 1945 年，盟军飞机多次轰炸什切青，1944年次数最多，达17次。里面一些图片展示了盟军轰炸对什切青的破坏，有张照片是圣詹姆斯教堂，尖塔的上部完全消失。而这座地下工事则安然无恙。

1945年什切青划归波兰后，这个地下工事被波兰政府用来防原子武器。在某个指挥官的办公室里，墙上挂着我十分熟悉的马、恩、列、斯各位导师的画像，斯大林后面是波兰社会主义时期的几位领导人。还有一个房间的墙上写着当时世界上拥有核弹头的国家和数量，中国排在美、苏、法、英后面，有45个核弹头。随后的几个展室，主要展示了波兰人争取民主的艰难历程。

波兰城市中政治性雕塑往往很多，一些重大事件、历史英雄，常常以雕塑或碑碣进行纪念。城堡旁边的广场上就立了一个铜像，一个天使张着翅膀站在一只船上，手里捧着"1970年12月"一串字母，枝枝叉叉，就像耶稣头上的荆冠。这是为了纪念1970年12月波兰罢工浪潮中遭政府杀害的什切青的死难者。脚下的石碑是杂乱的、剥蚀的、残损的，也象征了那个年代混乱而残损的生活。石碑上写着，他们为了波兰人的生存而战斗，他们的牺牲是光荣的。16个人的名字、年龄、家乡用铜铸刻在一块石碑上。雕像背后，今日的什切青一片青天朗日，那个不断上演着抗议与镇压的黑暗岁月已经过去了。

什切青是19世纪欧洲大建城时期的作品，是经过人为规划的。设计者乔治—尤金·豪斯曼就是巴黎城的设计者，所以在什切青有的地方会依稀看到巴黎的影子。从二战胜利纪念碑开始，一条名为约翰·保罗二世的大街形成一个两公里长的中轴线，直到波兰奋进纪念碑。而中段的格伦瓦德广场则相当于巴黎的戴高乐广场，向八方辐射，连通八条大街。

仓促问路，却遇到两个醉酒的老头。话已出口，发现这两个人满面酒红，散发着酒气。有些后悔，所以他们刚一迟疑，我立刻就表示感谢，想离开他们。但他们迟疑是因为看不清我的地图，一个老人正在回身到包里去找眼镜，另一个老人抱歉地看着我。不想让人难堪，我还是停下来等他们。那个老头戴上眼镜，看明白了我去哪儿，就指路给我。我举起相机示意，他们就摆好pose。这两个热心老头可爱的醉态，就永远留在我的相册里了。

日晷很准，我是7点钟到那里的，日晷指向6点，想到现在欧洲实行夏时制，7点就是当地自然时间的6点。

劳特尼科夫广场上正在举行一个"发现什切青"的公共活动。舞台上在表演节目，数百什切青市民、神父、修女、警察都在广场上或坐或站着看，就像小时看露天电影那样。保罗二世大街非常宽阔，两边是机动车道，中间是绿化带兼人行道，在一些地段也开辟成酒吧。作为省城，什切青的文化生活是很丰富的，广场上立着一个剧场的广告牌，可以看到从 4 月初到 6 月中旬有 6 个剧要轮番上演。

离开格伦瓦德广场，就可以看到前方一座建筑群截断了中轴线。这里是什切青的现市政厅，红顶绿墙，德式风格，应该也是二战前留下的建筑，但我没看到介绍。楼前广场上放了两排图片宣传板，是斯堪的那维亚半岛上四个十字架国的旅游宣传。从右侧门洞穿过市政厅后，中轴线又接续起来，然而不再是人行步道，而是一片延展着草坪的街心公园。

朗照的斜阳最有黄昏的味道。草坪已经被笼罩在西侧的树木楼房的阴影里，陷入困倦了，另一侧却独得天赐，树顶的密叶也不再能遮住阳光，大树仿佛变成了透明的灯笼，阳光亮堂堂地投射进大树的枝丫之间，甚至穿过这些疏朗的大树，将路边行人照得光彩四射，让后面的楼房也满身花影。树下的草坪也明亮起来，但那明亮的阳光里仿佛夹杂了丝丝缕缕的凉意，你看不到，却能感受到。我的身影被拉得

长长的，树干着光面与背光面有着巨大的光差。朗照的斜阳里散发出越来越浓烈的黄昏的味道。

教皇约翰保罗二世像立在中心线上，像下的几案上放满人们奉献的鲜花和灯烛。教皇一手握着十字权杖，一手向前挥出，是他在华沙广场百万人弥撒上讲道的样子。"不要惧怕！"他的声音鼓舞了波兰人，让波兰人用和平的方式勇敢地获得了民主与自由。当我再次回到这里时，夕阳刚刚落下，月亮挂在中天，有一群人站在教皇像前虔诚地祈祷。

很多人在草坪上游玩，大都以家庭为单位，有的玩飞盘，有的围坐在一起闲聊。这里也是狗的乐园，有的跟着主人散步，有的在草地上疯跑，有的帮人叼飞盘。有个小男孩在招呼他的小狗："凯蒂！凯蒂！"随后他竟然招呼了一句："凯蒂宝宝！"从汉语发音的角度听，简直是字正腔圆，但他并不是在说汉语，这让我感到十分惊奇。

中轴线的尽头是一座高大纪念碑，三只雄鹰盘旋向上，蓄势腾飞之像。这座被称为"波兰奋进"的纪念碑，表达的是一种良好的祈愿，也象征了波兰的现实。今天的波兰正在奋进之中。

波 兰

斯维诺乌伊西切

斯维诺乌伊西切位于波兰最西北处，向西与德国山水相连，并无自然的界线。什切青潟湖与波罗的海之间有一道带状陆地，上面湖、湾密布，让它变成一条镂花的丝带，希维那水道犹如剪刀一般在中间将这段丝带一剪两段，小城斯维诺乌伊西切就在西段的头上，就像一个漂亮的女性内衣背带上的扣钩。

斯维诺乌伊西切，这个城市名字很长，可以成为七言诗中的一句。我也是按照读七言诗的节奏——四、三的节奏——来说这个地名的，但在检查我护照的警察嘴里完全是另一种感觉。波兰语的地名，波兰人说起来完全外于我的感觉，让我无法跟读。我来到波兰的第一天，当 Adina 指着我的居住地址念给我听的时候，我感到了极度的惊讶，发音能力上的自信倍受打击。

斯维诺乌伊西切火车站隔着希维那水道与市区相望，希维那水道像河，却不是一条河，它连通什切青潟湖和波罗的海，不十分宽，水流是涨落潮带来的，并不急迫，但由于这是船舶进出的重要航道，所以不能修桥，来往两岸，要用轮船摆渡。很快，十分钟即到！这是一项政府便民服务工程，所以是免费的，外来游客与市民同待。虽只是摆渡船，但船体很大，分上下两层，下层中间很宽敞，画着车道，装载车辆，车也是免费过渡的。两边的栏杆内和上层才是坐人或者站人的地方。海鸥停在船边，像广场鸽一样，不怕人。它们的样子也有点像鸽子，但飞起来时便极不相同了，海鸥的翼展和它的身体比起来，大得惊人。

斯维诺乌伊西切的地理位置与格丁尼亚相似，两地的港口也有很多相似处，比如都停泊着军舰，但这里的军舰不够威风，还不如民用船漂亮，很小，灰色的，如蚱蜢一般。又有一艘三桅海盗船，船头雕刻着鬼怪的形象，实际上与海盗无关，而是一个水上餐厅。

斯维诺乌伊西切是一个安静的小镇，离开港口，走进街区，就很少看到行人了。小广场上几个老人安静地坐着。广告牌上杜达竞选总统时宣传画还没有被覆盖。单马驾辕的马车"嘚嘚"地从石板路上轻快走过。

一个十字路口，稍有点堵塞，汽车笛声四起，显得十分刺耳，犹如在中国某地的县城。这是我在波兰看到的唯一一次。

再小的城市也有对那场巨变的纪念。尤其是那场巨变的推动者团结工会和教皇保罗二世。

这是个宁静的城市。森林不是在城市周边而是在城市之内。森林与城市相错杂，城中有林，林中有城。楼房常常掩映在树荫之中。我就曾看到有一家一楼的阳台上，两位老友在品酒谈心。庭除芳草绿，树色楼外青。真是让人不禁心生羡慕。波兰人能够与自然和谐相处，森林就在人类的卧榻之侧自由生长，枝杈交错，任意纵横；林深叶密，难分子午；青苔萝藤，攀附缠绕。更有天幸之树，独得地利，纵其本能，恣其贪心，枝干延展十数米，上者冲天，下者垂地，一派天然。看到这样的景象，我常常感到惊喜并至，因为我小时从爷爷那里得到的观念是，树要让它成材，我们要不断地铲除树的旁枝逸芽，让它朝更高更粗的方向生长，成为盖新房子的梁或檩。两种树木，孰为病梅？

走过森林，很快就会到达海边。波罗的海如湖水般微波荡漾。沙滩边缘上有一种大叶的植物，从沙中冒出，擎起一杆杆叶片，仿佛荷叶出水。沙滩极长，几倍于威海国际海水浴场，但其弧度却极为相似。站在那里，我常常感到左边的尽头是小石岛，右边则应该是山东大学。但放眼望去，这里却是空旷的，没有玛珈山，也没有漂亮的依山建筑，只在金海湾大酒店方向上有一座白色的塔。向西极远处，有突起的小山和一些白色的楼房，那已经是在德国境内了。波、德国界，就在西边几百米之外，没有自然界线，也没有人工界线。你可以步行去德国，但如此平淡，我也就失去了"越境"的兴致了。

海鸥可以悬浮在空中，有人抛食的时候，它们又可以在空中接到。这里还有一种奇怪的鸟，形似乌鸦却不纯黑，胸背都是灰色的。我不愿让"天下乌鸦一般黑"的定论受到挑战，所以我不想叫它为"乌鸦"，但也没有合适的名字给它，就叫它"这种鸟"吧。"这种鸟"不能到水中捕食，它的脚上没有蹼，只会在近水处或沙滩上搜索小生物吃。运气好的话，它们可以得到与天鹅抢食的机会，因为常有游客或当地爱鸟者在海边投食。在这个拼颜值的时代，天鹅的优势是非常明显的，总能得到投食者的偏爱，"这种鸟"便也可以努力随喜一下。这种鸟的滑翔姿态很美很轻快。它们也经常在远离海水的沙地上散步，一副高傲无畏的样子。一个庞然大物从山崖丛林后面无声地驶出来，那是波罗的海的客运班船，船身上写着"统一航线"的字样。它驶过那座风车灯塔，走向深海。风车灯塔便又孤独地站在栈道的尽头了。白色大概是最能和大海蓝天相配的颜色。它让火热的地中海更加明亮，也能让有些阴郁的波罗的海显得安详，风车灯塔就是通身纯白的。灯塔建于1872年，如今已经成为斯维诺乌伊希切的标志与象征。风车只是其外形，灯塔才是它的真身。通向灯塔的是一条人工建造的栈道，用大石堆积、水泥弥缝而成，处处都形成龟背一般的图案。

海边，尤其是希维那水道旁边，有很多垂钓者，收获多寡不均。有一个钓者的认真让我印象深刻，他目不转睛地盯着鱼竿梢头，不放过一点细微的颤动，突然他无比迅速地抄起鱼竿，飞快地转动摇柄，连我都跟着激动起来，期待渔线尽头的大收获了，终于，线尽鱼出，却是一条泥鳅大的小东西。

海水从有节律的浪涛声转变为细碎的连续不断的沙沙声，这是大海在退潮。不一会儿海中就出现了很多沙洲。有人穿着水衣在水里作业，不知是清理海藻，还是捞什么东西。海风吹来，穿透衣衫，直刺肌肤，比冬日的马拉加海边还要冷。

傍晚的云霞染红了海面与天空，天地间弥漫着玫红色。上下天光，让海滩变成了一个没有影子的世界，虽然是黄昏，世界好像更加明亮了。万物失去了影子，你也会产生进入了灵界仙境一般的奇妙幻觉。海水舒缓地一次又一次地向岸上涌动，

带来有节奏的浪涛声，但很轻柔，那是波罗的海的呼吸。海滩上游人渐稀，几座像蒙古包一样的海滩酒吧空荡荡的。一对年轻人骑着自行车在沙水相接之际向德国方向行进。几艘大船从希维那水道游弋而出，在一片红光中驶向北方。

波 兰

托 伦

　　托伦火车站也在扩建，看来波兰的基础建设正在大面积展开。波兰的工程进度一般比较慢，孔院前 500 多米的道路修了半年；卡托维兹的一段道路工程两年了还没搞完；雅盖隆大学 Rucaj 校区的四五层的教学楼也已经盖了两年了。但如同古来传统，他们把每个工程都当做百年工程来干，看似缺乏效率的温吞水，看似缺乏飞速发展的震撼感，但从长远角度看却是更有效率、更节省时间和金钱的做法。乘 22 路电车去老城，车到维斯瓦河上，就看到红色的托伦古城墙，沿着河岸向远处曲折延伸，城墙、碉楼都是完整的。

　　欧洲古代，城市也都是有城墙的，但到了 19 世纪，由于炸药与火炮的发展，城墙的防御作用几近于无，反而影响交通，于是大量的城市对毁损的城墙不再修葺，甚至主动清除了城墙。克拉科夫老城的绿化带就是推倒城墙建起来的。在欧洲旅游，我见过的保存城墙比较完整的城市已经不多。教皇之城梵蒂冈、爱沙尼亚首都塔林最为完整，斯洛文尼亚的皮兰只剩几百米的一小段，托伦的城墙要好于皮兰。

　　维斯瓦河从托伦古城的南边流过，成为托伦天然的护城河。临河的这一面，可能是因为与交通无大碍，所以被完整地保存下来。东、西、北面的城墙与城门已经失去了踪迹，只在相应的位置立一个说明牌，贴上一张 19 世纪的老照片。我是在来到托伦的第二天早上参观城墙的。从城堡废墟旁边的缺口走出来，向西就是连绵的城墙，隔不远就会有一个城门或一座碉楼。依次是桥门、水手门、鸽子笼塔、修士门、斜塔。斜塔也是一座碉楼，在城墙的最西端，由于地基沉降的原因，变成了斜塔。但欧洲的城墙比中国的城墙要薄得多，只有一米左右的厚度，他们都是用纯砖石垒成，不像中国的夯土覆砖城墙，可以并行数辆马车。可以说欧洲的城墙只是"墙"，中国的城墙兼有高架路的功能。

托伦城堡已经完全残破，废墟被保留下来供人回味历史。古代的战具摆在废墟上，有抛石机、城门冲、防护车等。我来到这里已是傍晚 7 点多钟了，虽无需花钱买票，却是孤身独游。傍晚城堡废墟上，残垣断壁，有些阴森可怕。这里肯定是几经杀戮血肉横飞的古战场，加以暮色微茫，顿感阴气浓重，脊背发凉。幸好很快又来了一个参观者，虽不同行，而且距离很远，也足以支持我看下去了。

行走在托伦古城中，我感到古代托伦人有着浓厚的战争忧患意识，这里的房屋都有着碉堡般的窗子，小而坚固。尤其是临近城墙的房子，更是这样。这和托伦的地理位置有关。地处华沙西北方而南临维斯瓦河，扼守交通要道，是古代重要的边关城市，普鲁士人、条顿骑士团和波兰人在这一带拉锯。托伦城作为兵家必争之地，在三者之间多次易手。

古城西侧还有一座凯撒门，名字很气派，其实貌不惊人，如果没有一个介绍牌在那里，我肯定不会注意到。它并不是一座城门，而是一座非常窄的三层楼房，不足十米宽，很像一座方塔。外墙是白色平面，没有任何雕饰，与普通楼房不同的只是它的底层是沟通城内外通道。但它历史悠久，初建于 17、18 世纪之交，立于此地已经三百多年。1936 年，它的底层被改造成一个通道，由于这个原因，它才成了"门"。有轨电车往来其中三十多年，电车带来的地面的那种颤抖，我在克拉科夫体验过，是非常强烈的，但这座门至今巍然，也算是一个不凡之物了。进入门洞，回头再看凯撒门，内侧的墙面比外侧华丽了很多，装饰着巴洛克式的花果浮雕，顶上是一个吹起号角的天使雕像。建筑装饰重内轻外，大概也和古代托伦城频受攻击的处境有关系。进了凯撒门，你就进入了托伦古城的主街道，向前走一个街区，就是托伦的中心广场了。

中心广场的核心建筑是老市政厅，一座中空四合的堡垒式建筑，哥特式。其一角有高耸的钟楼，没有塔尖。钟楼下的大街拐角处，立着一尊哥白尼雕像，一手拿着一个以太阳为中心的天球仪，一手伸出一个指头，向人宣讲的样子。那条街上还有一个青铜雕塑的驴子。被称为西班牙驴子，这是古代的一种刑具，专门用来惩处犯罪的士兵的。原是木制的，驴背上有一条竖起的金属条，让犯罪者骑在上面，再在他的腿上坠上重物。其实中国古代也有所谓"木驴"，与此类似专门用来惩罚出轨的妇人的。

市政厅另一侧，还有一个拉小提琴者的铜雕，并非名家纪念，而是一个街头艺人的形象，穿着朴陋，赤着脚，戴着一顶有些滑稽的圆帽。十个黄铜青蛙围绕四周，被人摸得发亮。

广场周围有好几座教堂围绕，圣灵学院教堂、圣母大教堂、圣约翰大教堂，以圣母大教堂为最古老，始建于 14 世纪，历经多个时代的增建、改建，古老的壁画依然残存，表现出多种风格的混合。波兰是一个天主教信仰深厚的国家，虽经历过社会主义时期，而没出现过文化革命，国民的宗教信仰未受到冲击和批判。所以在波兰，凡有井水饮处，必有教堂，村庄、小镇、社区，无处无之。大都市的教堂更是多得让我感到不可理解，克拉科夫老城中常常不出百米就会有一座教堂。且都规模宏大，装饰辉煌。一些新居民区建起不久，必有教堂出现，这些地方的教堂就比较现代，也比较简陋了。但这只是肇始之象，随着时间的推移，这些教堂就会丰富堂皇起来。如此密集的教堂好像还不能满足波兰人的宗教需要，一些路边、村头、田畔，还会立上一尊圣母像，最简也会有一支十字架。下面有人们奉献上的鲜花与灯烛。

托伦之所以有名，最重要的原因是这里诞生了一个科学巨人哥白尼。哥白尼是历史上对人类的宇宙观产生了革命性影响的科学家之一。他出身于一个商人家庭，他的父亲原本是克拉科夫的一个商人，来托伦做生意，与托伦一个富商的女儿结婚生下哥白尼。1491 年，哥白尼到克拉科夫，进入雅盖隆大学，在天文数学学院学习。此后就潜心于天文学研究，他是带着虔诚的宗教信仰去研究天文，努力获得上帝的真理启示。在四十岁时，他已经通过周密的数学计算完成了日心说，并写出了《天体运行论》。但这本书一直只在他的朋友圈里流传，他害怕受到教会的反对，所以一直没有决心出版。直到晚年他才将书稿交给出版商，1543 年 5

月 24 日，在哥白尼弥留之际，他收到了出版商寄来的印刷本《天体运行论》。哥白尼故居中收藏有一幅画，名为《哥白尼之死》，画的正是哥白尼弥留之际，手抚自己著作的画面。

他的担心是有道理的，他生前，教会对他百般刁难，他死后六十六年，因为维护他的学说，布鲁诺被烧死在罗马鲜花广场；他死后一百年，宗教法庭判哥白尼学说为异端邪说，《天体运行论》列为禁书。但真理的光芒是从来掩盖不住的，哥白尼的学说最终改变了人类的宇宙观。

哥白尼故居在哥白尼大街上南侧，是一所建于 15 世纪的哥特式的三层红砖楼房。现在仍是原建筑，没有重修过。你可以想象五百多年前，哥白尼就是从这个门口进出，在这个楼梯上行走。故居分两部分，一边展示他的日常生活环境，一边展示他天文学研究的一些历史文物，如他的一些观察仪器、计算工具、各种版本的《天体运行论》。还有关于他的一些画作，如扬·马特伊科的《尼古拉·哥白尼》，这幅画被多种出版物不断引用。

我到达托伦的时候正是六一儿童节，连续两天古城中到处都有中小学生的队伍，出来了解自己家乡的历史，每到一处，都有老师为他们作讲解。在哥白尼故居，我问一个男孩从哪里来，他说波兰。问他哪个城市，是托伦吗？他说不是，又说了一个城市的名字，我无法听懂。但我由此知道，这两天来来往往的孩子不只是托伦的，而是来自于波兰好多其他城市。我们说话的时候，一个小小的女孩来到我的面前，非常可爱地用英语说：我不会说英语。我弯下腰来对她说：你说的就是英语呀，将来一定会说得非常好！

老城是欧洲人生活的一部分，他们既不去破旧立新，毁掉那个旧世界，重建一个新世界，也不把它圈起来当古董、当摆设。

公园里有一块石头被装饰了波兰骑兵的羽翼，正面是波兰地图，但在现实地图之外，还加上了东部二战后失去的土地，但做成灰色，以区别于现实的波兰本土。这样的做法是极少见的。欧洲国家在领土问题上近年来一直采取现实原则，不讲"自古以来"。

我喜欢托伦，似乎有点超过克拉科夫。因为托伦比克拉科夫格调上更明快。克拉科夫总让我感到历史的沉重，行走在托伦街头，我常常会有身处西欧某城的错觉。

托伦有哥白尼大学，我不太了解这个大学的情况，只从其一面墙壁上嵌着的铭牌上看到了这所大学的精神。铭牌上写着："哥白尼大学的年轻人勇敢地宣称支持1956年匈牙利革命并公开抗议苏联的血腥镇压。"我觉得这和1989年学生声援列宁钢厂工人罢工时，雅盖隆大学发表声明，清晰地表达校方支持学生的做法异曲同工，表现出思想独立、正直不阿的大学精神。

我在托伦古城第一眼和最后一眼看到的都是立在维斯瓦河边公园里的一座雕像。它也是波兰人抗争精神的一个象征。

耶日·波比乌什科（Jerzy Popieluszko）是华沙弗瓦迪斯瓦夫教堂的一个神父，他同情工人运动，支持团结工会。1984年10月19日，情报局特工将其秘密绑架并拷打致死，抛尸于维斯瓦河。波兰民主化二十年后，2009年，波兰共和国向他追授了国家最高荣誉——白鹰奖章。2010年6月6日，被罗马教廷认定波比乌什科为殉道者，并以教皇的名义为他举行了盛大的宣福礼。

波比乌什科雕像的胸口正中有一道深深的切口，足可把两扇肋骨掀开。不知是不是写实，政治斗争若凶残

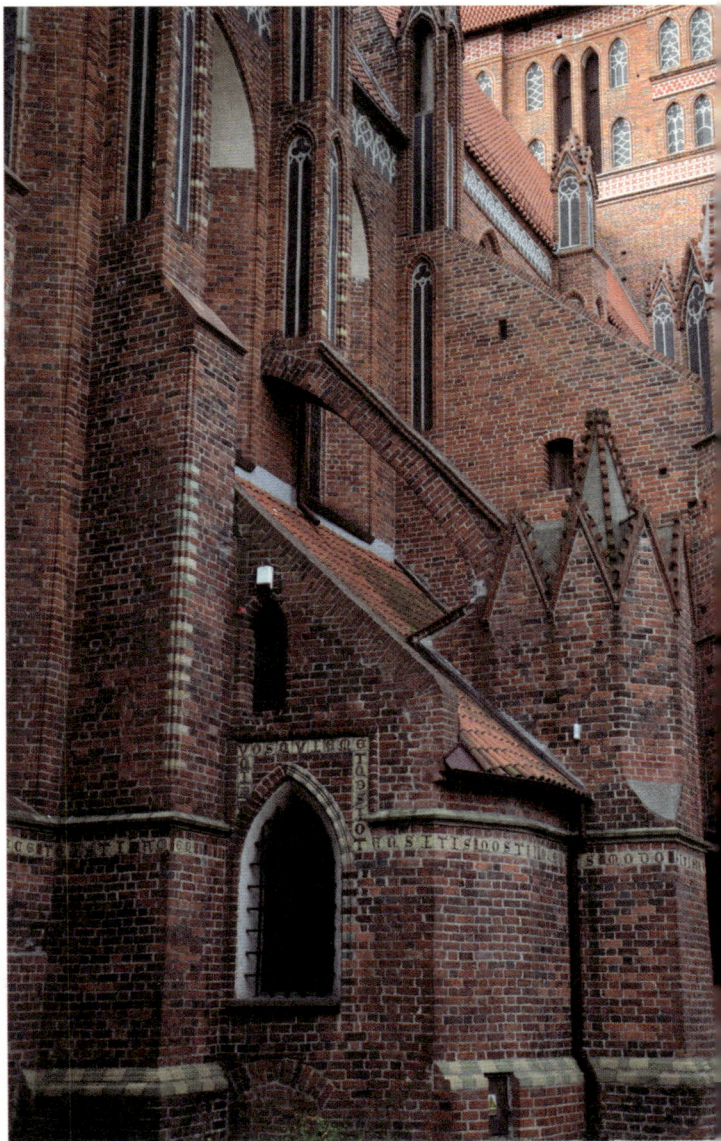

到这个份上，那会是一群什么样的人？我更愿意相信这只是一个象征，象征那个时代在人们心头留下的深深的创痛。基座上刻着两行大字："以善胜恶。"这是一个真理，社会中常常看到恶势力不可一世，但最后的胜利永远属于善，这不仅仅是一个信念。

今天托伦很多地方都挂满了国旗，但还有一面奇怪的旗帜，是波兰国旗多了一个黑条。在哥白尼大学旁问一个很有风度的教授模样的人，他说那不是波兰国旗，但也说不出是怎么回事。

波 兰

扎科帕内

扎科帕内位于波兰南部边境，在卡尔巴阡山北麓，是一个风景优美的山中小镇，18、19世纪以来，逐渐发展成一个度假中心。这里甚至申请过冬奥会，由于种种原因并未成功。但曾经成功举办过世界大学生冰雪项目的比赛。

由于旅游的旺盛，这里出现了非常多的家庭旅馆，收费相当便宜，每天50兹食宿全包。我们要住的就是这种家庭旅馆，房东开车到汽车站接我们，一见面就看出他是一个老实巴交的乡人，一握手又知道他是一个勤于劳作的农人。

夜色已经很重，坐在房东的车上，看不清外面的景色，听房东介绍，知道我们经过的地方有水上乐园，可以游泳；又有一处温泉；还有一个坡度很大的滑雪场，租用他们的滑雪用具，玩两三个小时，只要20兹。

房东的家是一个三面都有房子的小院，正屋一楼是一个大厅，有几个长条案板和一些椅子，一面墙壁上装饰着露着獠牙的野猪头，另一面墙上则是一张完整的野猪皮，毛发坚硬，如钢针一般。我们的住处不在正屋，而是左边的一座客房里，房子纯用木材构建，一进房门就闻到一股强烈的松木清香，不加修饰，没有油漆，完全是木材的本色，如同我想象中的林间木屋，一种回归自然的放松感瞬间流遍我的全身。真让我满意，不禁高呼一声："Exited!"

餐厅也是一个木屋，很大，有五六排桌子，大木斧凿而成，粗壮结实。每排桌子都能坐八个人。晚饭是典型的波兰饭，先是如来克汤（做得有点咸了）；然后是炸鱼、土豆泥球、酸黄瓜组成的一盘食物。中午吃得有点多，所以我只吃了两土豆泥球。土豆泥球也带着乡村的朴素，不如中午那个饭店里做得细腻。

吃过晚饭，有人提议要去看房东挤牛奶。房东家的奶棚在路对面，是一个屋顶非常高的木屋。尽管彭老师早已提醒，小心里面的气味，尽管我已经做了充分的心理准备，但还是无法忍受里面那种温热潮湿的恶臭，比卡托维兹动物园大象馆里还难闻百倍。没耐心去看有多少头牛，只看到房东蹲在一头牛的肚子下一边整理他的挤奶器材，一边笑嘻嘻地看着我们，我就从里面快速冲出来，站在有些寒冷的屋外长长地出气。星光很明亮，覆盖在这个小山村的上空，我不见这样的景色，已有太长的时间了。在我的记忆中最清晰的一次是回老家，也是冬天，晚上在朋友那里喝酒，出门小解，就站在他家的院子中，微微抬头，便看到了星河灿烂，箕斗争辉。我使劲仰头，将地面的景物抛去，就如飞升到天宇一般。吸一口冰凉的空气，清爽便穿透了全身。今天在这里好像又找到了那个感觉，只是这里的空气中总有一股煤烟味。

早上7点钟，我走出小木屋，沿着街道向西行走。地上有一层滑溜溜的冰茬，我必须小步前行。这是一片木屋的世界，家家都是木构尖顶的三层楼房，墙壁是木头的，门窗是木头的，院门是用极为粗大的圆木支起一个木屋顶，就连屋顶的瓦片也是木头的。房屋样式很别致，与克拉科夫一带的乡村房屋很不相同。屋顶很大，占房子高度的一半。可能是为了改变这种大面积屋顶的单调吧，这里的房子在屋顶前坡上都另起一个甚至三个阁楼，与大屋顶构成变化多端的三角组合。屋顶漆成黑色，墙壁则是木材的本色，随着年深月久，发出沉甸甸的暗黄。我觉得有些中国苗寨的味道。这里好像家家都在开家庭旅馆，院子里都停着不少汽车。时间还早，街道上行人很少，街角一处修建了一个神龛，如同我们有些村庄的小土地庙，里面供奉着一个天主教圣者，不知其名，项后有七颗星。脚下有信徒们献上的花篮。村庄后面的山，坡度很缓，满是黄绿色的枯草，披着一层白白的霜雪，应该是村民的牧场。这里春天肯定会一片碧绿，各色的牛羊在这里漫步吃草。牧场上有一些纵向的壕沟，既是不同主人的地界，也是控制牛羊走失、混淆的屏障。又有一些纵横交错排列成行的树木，散布在牧场上。

在山坡上遇见了一个六十多岁的波兰男人，厚大的鼻子和嘴巴，笑起来非常和善，很像是圣诞老人。他从山上走下，我们互相问好后就交谈起来，语言当然是不通的，他不会英语，当然更不会汉语，我也不会波兰语，但是结合手势、声音和肢体表演，竟然聊得很愉快。其实在这样的情况下，实质性的沟通并不重要，重要的是这种奇特而有趣的交流方式。我还是听明白了他的一句话，问我是日本人还是韩国人，我会波兰语的"中国"一词，就告诉他是中国人。他有一条黄狗做他的先锋，主人未到时，那条黄狗就已经冲到我的面前，见到我，它有些惧怕，直想躲，但等它的主人来到后，它竟然开始狂叫着逼近我，凶得连它主人也赶忙呵斥制止它。是"狗仗人势"真实写照。

从山坡高处，我看到了这个叫做Suche的村庄的全貌，它建在一个山沟里，后面就是我正在行走的山坡牧场，它的前面则是层层高山，向远处绵延。近处的山上是黑黑的松林，远处则群山负雪，高耸入云，太阳从雪山后面渐渐地升起来，一片红光泼洒在牧场之上。村庄笼罩在烟雾中，不全是山间自然的雾气，还夹杂着村民取暖的煤烟。那位下山的波兰老人，此时不知为何又重新向山上走去，手里提着一个啤酒瓶，身后跟着他的黄狗。

早饭是面包、奶酪、黄油、牛奶。牛奶的出处当然是那个臭烘烘的牛棚，但出身并不决定品质，牛奶还是香甜无比的。早饭后我们就去了附近一个滑雪场。今年波兰出奇地暖，还没下过一场像样的雪，所以滑雪场不太好过，听说今年的滑雪场要借助人工造雪才能运作起来。从山下就看到，身穿各色滑雪服的人们从长长的滑雪道上飞驰而下，然后一个漂亮的回旋，冲起一片扇面状的飞雪，减速、转向，又踩上缆车，重回山顶。有些只有十几岁的孩子，同样身手不凡。我们不能进入这样的雪场，旁边一个坡度平缓的雪地才是初学者的园地。租借滑雪用具两个小时要15兹，如果是四个小时则只要20兹。进入雪场不收费用，只有使用缆车才会收费，每小时10兹。摔了几个跟头，接受了一位波兰女士的简单指导，有了一点进步。又请了一个教练指导并保护，渐渐学会了停止、转弯等基本动作。在坡度较缓的短程里可以滑行了，但稍不注意，跟头还是要摔的，而且脚上戴着长长的滑雪板，自己爬不起来，必须有两三个人的协同帮助，才能重新站起来。狼狈之状，自不必说。

下午去温泉洗浴，其实真谈不上是洗浴，只是对波兰温泉的体验罢了。在国际化程度如此之高的今天，这里的设施和管理方法，与日本的温泉、威海的温泉也没有什么大不同。只是里面不像威海的天沐温泉和汤伯温泉有那么多样的泉池，而是有四五个大池，两个是露天的。冬天在露天泡温泉，我还是第一次，泉池上弥漫着一层薄雾，远处是雪山白色的峰顶，只是有些远，韵味不足。

彭老师邀请几位波兰人一起搞了一个party。我们包了饺子，做了几个凉菜和一个汤。几个波兰人带了两样点心和一瓶香槟，房东也参加了我们的party。

让我感到惊奇的是，房东这个我第一印象为老实巴交、辛苦勤劳的乡民竟是一个水平不俗的歌舞演员。他和我们聊了一会儿天，品尝了一点我们的食物，就退场了，几分钟后再回来，已是一个盛装的乐手：头上戴着一顶插有长羽毛的黑色宽檐帽，身穿白色传统服装，还有一个宽大的似乎有多种功能的黑腰带，胸前挂着一架手风琴。他进门就像一位京剧大腕从后台登场，马上就是一个碰头彩，大家一片惊呼，随后是热烈的掌声。他坐下后，熟练轻快地弹奏出几个乐音，整个房间的气氛立刻就轻松舒缓下来，他演奏了几首波兰乐曲，在座的几位波兰人深受感染，都跟着唱和，我们也跟着他的节奏击掌。这位神奇的房东昨晚还在臭气熏天的牛棚里，蹲在牛肚子下挤奶，今天下午我还看到他用一把铁锹清理奶牛粪便，现在一下子就成了一个光彩夺目的演员，他那布满老茧的粗壮的手指此时如得了神通般地灵活，音符在他的指尖跳跃着流淌出来。后来他又换了一身装束，拿着一把斧头，带着两位波兰女孩跳了一段波兰民间舞蹈，大步摇摆的行走间隔着一段段细碎快速的舞步，是让我耳目一新的波兰味道。

我给大家表演了太极拳并讲解了太极拳的一些思路和招式用意，引起了波兰人极大的兴趣，他们提出了很多问题，我给他们一一做了解答，他们真的把我当成太极大师了，纷纷过来跟我合影，有位练过瑜珈的女士大有拜师的意思，这更让我对中国功夫感到了无比的自豪！

扎科帕内也有很多美食。街口烧烤店里有一种小吃，视觉上是"炸肉饼"，实际上可能是一种米饼，只卖3兹，配上番茄酱特别好吃，可以作为休闲小点，坐在街边长椅上慢慢吃来。街中心十字路口上还有一家烧烤店，冲门就是一个巨大的铁烧烤架，上面摆着足有一米长的大肉串，还有一排排的大猪肘，看着极其诱人。店里都是那种庞大厚重的原木长桌与条凳，我觉得如果再拍《水浒传》可以借这些东西来做道具，一看就有豪爽之气。店内光线昏暗，餐位上没有电灯，只有蜡烛，似乎在努力营造年代久远的气氛。烛光摇动中，我看到了满堂的食客。我们好不容易找到一个座位，要了一个猪肘，两杯啤酒，猪肘是放在一个大木盘里端上来的，另配一把锋利的短刀，店小二放下木盘后，将手里的短刀"当"地一声，有力地刺入木盘中，短刀立在盘中左右震动，似乎铮铮有声，真有点武林野店的味道。波兰的饭店无论大小，好像总在用各种古今收藏物显示字号的古老，他们对历史、对传统似乎有一种自然的兴趣，不是响应什么号召，也不是为了用古董赚钱，而是为了给自己的店铺营造某种文化氛围。这家店收集了很多牛铃，悬挂在墙边横梁上。扎科帕内是一个牧业发达的地区，牛铃很有地域特色。但我在只在瑞士听到过牛铃，在这里却没有听到过。

不远处还有一家音乐餐厅，无论是白天，还是夜晚，这家店在冲门的地方总有乐手在演奏，有时是优雅缠绵的提琴，有时是热烈跳荡的打击乐，有时是悠扬的、欢快的或非洲情调的歌声，晚上这里还会有热烈的舞会。一条小河从他们店的后边流过，他们就建了一架水车，在那里缓缓地如老牛一般地转动，坐在它面前，时光会变得舒缓而漫长。你可以找一个阳光明亮的下午，面对这架水车，细细地回味童

年的欢乐与惆怅。

　　扎科帕内有一个著名的木教堂。扎科帕内出现一个木制的教堂是非常不奇怪的，这里的房子大部分都是木房子。这座木教堂建于19世纪中叶，已有近二百年的历史了。它体量不大，匀称安详。正中供奉着光明山黑圣母的像，前面的梁柱上又有木刻的耶稣受难像。对面管风琴下有一幅画让我大惑不解，上面画着耶稣抱着圣子，但圣子就是耶稣。我以前从未见过这样的画。

　　木教堂右边是一个庭院，院中又有一个石砌的小礼拜堂。非常低矮的门，里面供奉着圣母。门口上方又有一个圣者雕像，虽然项后光圈上只剩了一颗星，但从怀抱十字架，虚弱曲折的身形就知道这是来自布拉格的"妇女之友"圣约翰。这是我见过的供奉圣约翰的第四个波兰城市。

　　木教堂旁边的墓地简直是一个艺术园地，它打破了我对墓地阴森可怖的传统认识。这片墓地——应该说是墓园——密集地布满了墓碑，但这里的墓碑不是一般墓园里千篇一律或大同小异的匠人之作，而是各有创意、个性十足。墓碑有两种，一是刻写墓主名字和事迹的石碑，一是有耶稣形象的雕塑。石碑大都追求自然天成，似乎是未加斧凿，因其形貌，刻写文字，镶嵌铜像；当然也有精凿细磨的，平整匀称，连边角的弧度都做得非常用心。雕塑更是巧思纷呈了，有一个木雕像，表现的是耶稣的深思，用一块完整的大木雕成，耶稣坐在那里，头戴荆冠，右手托腮，双眼微闭

雕法浑朴，姿态生动，神色平易，让你觉得这不是教主，而是墓主。另一个则是在一个粗大的原木上刻出一个神龛，里面是模仿圣彼得大教堂中米开朗基罗的雕塑《圣殇》。圣母悲伤地抱着死去的耶稣。另有一个规模较大的石碑，上面立着耶稣受难像，石碑四面则用高浮雕刻画了圣母的痛苦，雕工高明，毫无匠气。墓体也各不相同，有的用自然的石块围成一方，里面花草繁盛，是逝者天堂之福的透射，还是生者无尽的依恋？有的则是石块覆盖，绿苔满身，仿佛在申说着墓主久的去寂寞与凄凉。有的简单得让人惊讶，几块碎石，几丛芳草，一支灰黑的十字架，不求华美，足增哀思。

不知这里长眠了什么样的人，安歇在这么有名的教堂边，应该身世不凡吧，至少他们的墓地还缭绕着他们生前荣耀的余晖。

你在小镇上行走，无论走到哪里，都会有水声陪伴，不是涓涓细流的叮咚声，而是沛水急流的轰鸣声，晚间会更加响亮。一条水流就从主街一侧穿过，水流洁净透亮，很多商家就在水之湄，有很多小桥连接街心与商铺。又有一条水流掩蔽在绿树繁草之中，河岸布满青苔，浅水或从卵石上流过，或在某处形成低矮的瀑布，几座小木桥静卧其上，少人行走。面对如此自然清新的山间野趣，你会觉得这哪里是在市镇之中。扎科帕内就是这样一个奇特的地方。

塔特拉山脉中有一个高山之湖，被称为"海洋之眼"。景区入口处停着十几驾四轮马车，每驾马车套两匹马，大都是黑棕色，精干健硕，嘴上挂着一个纺织袋，里面放着草料，袋子太深，马吃不到的时候，就会用头往上一甩，利用重力让草料落到嘴边，令人发笑又佩服。马车夫统一着装，戴着黑礼帽，穿着一种粗线毛衣配棕色的马甲，乳黄色的裤子缀上波兰的传统图案。这身装束似乎并未能很好地提升这些山民车夫的形象，他们仍然无法成为克拉科夫城中的那种身材修长、举止优雅的马车夫。听说马车非常昂贵，我们决定步行上山。再说，好不容易来到山间，走一走会更健康吧。一群年轻人在说笑中迅速地超越了我们，他们背着极大的背包，有的包上还有一卷防潮垫，应该是去山间露营的。一条柏油路在青翠茂密的森林之间伸向远方。

山间溪流有时会在桥下穿路而过，留下醉人心魂的汩汩声。溪水流过石滩，那些白石表面有一层淡红。也有更大的水流从山上倾泻而下，形成白色的瀑布，在深深的沟壑中轰鸣。还有一种水流，从山体中渗出，点点滴滴，无声汇成涓涓细流，顺山坡潺潺而下，有人用长长的原木凿成水槽，上承水流，下探路边，形成一个永不枯竭的源泉。山中的水洁净无比，游人可以用来洗手洗脸。

　　路两边都是高大笔直的杉树林，薄阴的天光下，一片碧绿，而林子深处黑森森的，是一派健康的茂密。走着走着却发现森林里面亮起来了，很是惊讶，绕过一个弯，才看到前面一片树林都叶落枝枯，只剩下笔直的树干僵立在那里，仍是一片森林，却失去了生机。一路走来，情况大都如此，时而郁郁葱葱，时而枝叶枯零，甚至萎绝倒毙的树木也非常多。有些地方，林中横七竖八地倒卧着无数的大木。可能是遭遇了什么病虫害吧，看到如此优质的树木遭此大难，甚觉可惜。也许波兰资源丰富，不在乎这一点一滴，这些极好的木材并没有被运出利用的迹象。

　　山坡陡峭之处，人路与马路分开，马车绕远走柏油路，人则穿过森林走石阶。但也有用婴儿车推着孩子的人难省脚力，顺着马路盘绕而上。山里的石级做得很是粗糙，用自然的石块，不经斧凿就砌入路面，虽受经年踩踏，仍然圆滚不平。好在坡度不大，并且只有很少的几处是这种台阶路。整个路程除了有些遥远之外，并没有过多艰难。

　　这个景区服务很好，路边相隔一段距离就会设上一排简易的移动厕所。虽称简易，却并不简单。这种塑料制的房子里有着良好的通风设施，并洒了一种蓝色的药水，既能消除异味，也能驱赶蚊蝇。

　　海洋之眼是塔特拉山区面积最大的一座湖，海拔高度为1395米。第一眼看到这个湖稍微觉得有些失望，因为对面既不是一座浓绿的山峰，也不是一座酷峭的山峰，而是有过多次滑坡，让山脚部分变得十分臃肿，就如一个清丽的少女不幸长了两条大象腿。但仍然难以掩盖这座高山之湖本身的美貌，它有着海洋般的湛蓝与幽深，所以虽然远离海洋，却被称为海洋之眼，它也不负"眼"的美称，它明亮纯净，如波兰少女澄澈的眸子。蒙蒙的小雨飘洒下来，它泛起细密的水花，水面就成了有着繁章密纹的波兰花布。云雾流动，阳光忽明忽暗，湖面也乍阴乍阳，重涂轻扫，浓抹淡妆，瞬息万变，宛若神皇！

　　面对这一汪蓝湖，美妙难以尽言，这是一片博大的水面，薄阴的天光中，它略显忧郁，但仍不失明亮与净雅；它安详宁静，不起波浪，只有细细的、松松的、柔滑的涟漪，不像大海那样动荡汹涌，宛如一位恬静的闺秀，做着自己细腻的梦；它沉静无语，不像溪流那般奔跑跌宕，左冲右突，欢声不断，极尽顽皮，而是不动声色，体贴感人，如同一个稳重的大姐；它又如一个敞开心胸的女神，接纳天光云影，雪山翠木；它允许野鸭在明净的肌肤上游泳，也允许鱼儿在它温润的波光中沉浮；它又深不可测，幽静澄明，像是一个洞察宇宙的哲人；它谦和退让不与山争高，不与土争厚，却被山和土捧到这一千多米的高处，拥有了天一般的明彻与宽广。

　　无论何人，坐在它面前，都会感到宁静与平和。它无言，却能折服你；它不动，却能感染你。大自然难道是没有生命的吗？大自然难道不能和人交流吗？上帝创造自然难道只是给人提供物欲的满足吗？这不是上帝的意图，自然是有灵魂的，自然也从未拒绝和人交流，是人自私的贪念蒙蔽了自己灵性的心，把自己与大自然隔绝开来、对立起来。敞开你的心扉，平静地、平等地、亲切地、无碍地与自然融合，大自然会给你无尽的开示，你也会领悟到大自然无言的启迪。不要做一个只有自我

的人，不要做一个只属于自己家的人，也不要做一个只属于自己国的人，甚至也不能只做一个属于人类的人。你要做一个天人，做一个能与宇宙相沟通、能与天地自然相往来的人。抛弃你的狭窄吧，忘掉你的躯壳，静静地在这座湖边，与这片亘古长存的湖、山对话，让它把你迷醉，让它把你溶解，让它的灵光照透你的心。

湖边有峰名莱塞，莱塞峰高 2499 米，为全波兰最高点。站在湖边，可以看到莱塞峰挺立在雾气之中，倒映在湖水的镜面之上。越过莱塞峰，那边就是斯洛伐克。此处已是波兰的最南端了。

听说扎科帕内是列宁遭受沙皇迫害曾经避难的地方，我在波兰期间，三次来游，着意寻找，遗憾的是，始终没有看到关于列宁的任何信息。

捷 克

布拉格

布拉格老城广场已有九百年的历史，古雅而浪漫，很多韩剧常常取景于此，由此为广大民众所知晓。我们来到广场的时候，正有一个乐队在游人聚集的地方演奏，声势浩大，他们有十几个乐手，乐器丰富，令人倾耳。其中鼓手最是振奋人心，引来一圈厚厚的人墙围着他们观赏。演奏的空档，还有一家电视台还采访了那位鼓手。乐队的聚焦作用一失，我才发现广场上有无限丰富的活动在进行。有人扮小丑，嘴里发出一种非常奇怪、难以形容更难以模仿的声音。有人扮雕塑，他们全身涂成银色或金色，一动不动地站在那里，远远望去，真假难辨，但有时他们会突然向走近的小孩俯身一探，小孩就会被惊得赶快跑开。当然这些进行各种艺术表演的人，面前都会有一只磁缸，或一顶帽子，让人们自愿投币。这也无伤大雅，而且也可以说，这正是城市文化生活繁荣的一大原因。

最让我感到震惊的是一个街头魔术。我们刚到广场的时候，看到一个竖立的黑布袋子里面不停地蠕动，一会儿这边突起，一会儿那边突起，袋口可以看到一个人

的头发。但看了半天也一直是蠕动而已，就失去了兴趣，去看乐队表演了。等回来时我看到了不敢想象的景象，地上一个穿着印度服装的人闭着双眼，安然打坐，手里举着一根魔杖；在他的头顶上，另一个人也穿着一种印度袍，一手扶着魔杖，却全身悬空地结跏而坐，除了魔杖再也没有其他支撑，而魔杖又是举在下面那个人的手里的，一个人单臂怎么能举得起这么大的重量？而且是长时间举着，却纹丝不动。难道果真是"佛法无边"？我真是被震慑住了，周围的人们也都发出惊奇的叹息声，围着他们细心观察。

著名的天文钟就矗立在老城广场的南面。称其为"天文钟"是因为它不只是有报时功能，而且可以显示太阳、月亮在宇宙中的位置；可以显示每天日出、日落的时间，还有其他一些天文学研究需要的数据都可以通过这个钟显示出来，极为奇妙。钟建于1410年。

布拉格城堡过去是捷克波西米亚王室的居所，现在则是捷克总统府所在地。总统府的大门上有一些雕塑，据介绍，描写的是巨人的战争，一个是手拿长匕首要刺入战败者的胸膛，一个是举起大棒，正要击碎敌人的头颅，杀戮气息相当浓厚。这让我感到一丝不可理解，尽管这是古代雕塑，但这里到底是捷克总统府，一个国家最高政府的前门上有这样血腥的雕塑是否合适？但捷克人似乎不从象征的角度看这个问题，事实也证明，总统府前有这样的雕塑也并不意味着捷克人是那种喜欢用武力讲话的人，无论对外还是对内。德军到来时，捷克选择的"对敌方略"是投降；

人民游行抗议了，政府选择的应对是顺应、是妥协。

大门两边的哨兵是活着的雕塑，他们军姿严整、威武挺拔，站在岗位上纹丝不动。游人们冲着他们拍照，有人会上前去和他们合影，他们都丝毫不为所动，不改其庄严肃穆的表情。总统府对游人的友善为他们赢得了尊严。眼前的景象让我受到一丝触动：这个有军人站岗守卫的捷克总统府并非禁地，而是游人自由进出的游览之所。我感到游人如织的总统府、"冷峻可亲"的国家哨兵，正是这个国家最值得观赏的风景。

总统府再向里是圣维特大教堂。走出一个拱门，大教堂猛然间出现在我的面前，让我不禁发出了一声惊呼，因为它的气势实在是太庞大壮观了，它一下子就塞满了我的视野，我须使劲仰头才能看到它的顶端和天空。大教堂于 1344 年开始修建，到 20 世纪初才修建完毕，可谓极尽心力与物力。教堂是极为典型的哥特式风格，建筑层层上拔，人心也仿佛被它提起了带往高处，最后随着高高的尖塔直冲云霄，去接近或者说走向心向往之的天堂。其繁复、精致、细腻的石雕艺术更是让人叹为观止，驻足流连，不忍离去。半空中出现的探身外出的神像或怪物表情生动、栩栩如生。教堂后部则出现的林立的飞扶壁，别有一番壮观。教堂可以免费入内参观，我们随着人流到了教堂里面，极高的屋顶带来的空间震撼自不必说，两边的彩色玻璃花窗，描绘着圣经故事。在外面阳光的照耀下，玻璃更是色彩鲜明，悦人眼目。一条绳索将教堂隔成两部分，后面是游客观赏地，前面仍然在安静地进行宗教活动。

老城区有家酒馆叫"帅克酒馆"，墙上和门玻璃上画着好兵帅克的连环画，幽默诙谐。《好兵帅克》是被誉为"捷克散文之父"的雅洛斯拉夫·哈谢克（Jaroslav Hasek）的代表作。记得刚刚工作时，曾读过这部小说，印象很深刻，三十年后，我竟然来到了帅克的故乡。

老城区内街道狭窄，汽车可以行驶，我不知道他们的行驶规则，因为有的地方只能是单行道，但地面上没有画行车线。两车对了头，极易拥堵。我们的解决之道会很直接，拆房扩道，不能让这些旧房子阻挡我们现代化的进程。但他们的选择似乎是，我可以慢一点，用慢一点来解决现代工具与古代遗存之间的矛盾，努力两全。在其他方面，如 GDP 的增速与人们的生活质量的矛盾上，我感到他们的解决之道也是：慢下来。所以，至少在波兰和捷克，我们看不到急匆匆的脚步，看不到日新月异的城市变化。这里更多的是悠闲的神情，他们可以拿出十分钟来给游人指路，必须有舒缓的心境。当然这里也有慢如蜗牛的建设速度，克拉科夫孔子学院前的那条路不足五百米，我9月30号到孔院时，早已挖开了，到今天还没有整好。

布拉格的交通规则和波兰一样，有人行横道而没有红绿灯的地方，人就可以随时"横行"，不用担心，车会停下来。

布拉格有非常多的商店卖提线木偶、套娃和玻璃制品，看来这是他们的城市名片。玻璃制品精美绝伦，有实用器具，也有纯粹的艺术作品，大多妙想天成，出神入化，当然价格也是高入云端的。

提线木偶店里的捷克小伙用汉语为我们报价，让我有点惊讶，这是中国人出来旅游越来越多的一个证明吧。的确，昨天在布拉格城堡就看到很多中国人，总统府院内有个照相的女子，对我说"你好"；黄金巷出口处一个五十多岁的男子被拦下，我问他怎么了？他用台湾腔说，我老婆在里面，这里不能进去找她。走下城堡的坡道上有一对夫妇在给孩子用汉语讲这个城堡的情况。走在布拉格的大街小巷中，时时会看到一些中国人面孔，听到各种方音的中国话，但还是以港台为多。另外还有一些常常被误认为是中国人的韩国人或日本人。

施华洛世奇是奥地利的一个水晶品牌，世界连锁，在克拉科夫也有一家，没想到在布拉格也遇到了。一个中国小伙在那里做服务员，他说他出生在布拉格，一直在这里生活。但他的汉语说得很好。

布拉格城堡外是伏尔塔瓦河，河上有一座著名的老桥——查理大桥。大桥由查理四世主持修建于1357年，是历代国王加冕游行的必经之路，故名。这座桥最大的魅力在于桥两边精工的雕像，这些雕像建于17至18世纪，巴洛克式，所以查理大桥被欧洲人称为"欧洲的露天巴洛克塑像美术馆"，雕像为宗教内容，有耶稣受难，圣母收敛耶稣遗体和基督圣徒雕像，共三十尊。其中与布拉格最有关系是的圣约翰像。圣约翰原是布拉格的神甫，波西米亚王瓦茨拉夫四世的王后若菲耶有一个情夫，她向神甫约翰告解了此事。当国王知道了若菲耶的事情后，逼迫她说出情夫是谁，她坚决不说，直到最后被残暴的国王割去了舌头。国王又逼迫约翰说出王后的情人，约翰坚守神甫的圣责，坚决不说出王后的秘密，国王气急败坏，下令将约翰从这座大桥上扔进河中。约翰因坚守圣职而殉难，被教会尊为圣者。

查理大桥上，圣约翰尸骨被抛入水处，一个妇女一手抚摸着圣约翰的像，一手抚摸着桥栏上的十字架，因为圣约翰是妇女的保护神。她一动不动，陷入沉静中，过了足有两分钟才放手离开。她走后两个小孩又试着去摸圣约翰像，但他们身体太小，够不着，就跳着触摸。天主教存在着很大成分的偶像崇拜，他们的基督信仰态度与方式有点类似于中国的佛教信仰，多祈求现世的幸福。记得余英时在一本书中将中国佛教禅宗与马丁·路德的基督教相类比，我觉得是有道理的，二者对信仰的扭转确有相似之处，都是从外部转向内心，转向真诚的内心信念，而抛弃许多外在的形式。这只要对比一下天主教堂的华丽与基督教堂的朴素就可以一目了然。

桥上有很多卖艺的人，有的拉小提琴，有的唱歌，有二人乐队，还有的为人画像，素描、漫画都有。也有人埋头跪在桥边，把帽子伸出来要钱。

从查理大桥向城堡看，真有锦绣成堆之感，尖塔林立，宫殿重叠，既有凝重深沉的黑色，也有华丽富贵的金黄，还有宝气外射的宝蓝。这些都是千余年捷克人财富与心智的凝结，是不可再得的无价珍宝。欧洲的文化堆积常常是在地上，而中国的文化堆积更多的是在地下。

今天是万圣节，布拉格很多地方都有音乐会。没能去成 CK 小镇，总感到今天收获不够大，那就听场音乐会吧。边走边看了一些音乐会的广告介绍，最后决定去伏尔塔瓦河畔 Rudolfinum 音乐厅，它的节目单上列举着欧洲一些著名音乐家的名曲。

如莫扎特的《小夜曲》、德沃夏克的《斯拉夫舞曲》《布拉格华尔兹》、布拉姆斯《匈牙利舞曲》、比才的《卡门序曲》、巴赫的《咏叹调》等。标价700克朗或28欧元，约合人民币220多块钱，由此感受一下欧洲的音乐文化，也算物超所值了。音乐会晚6点开始，还可以去逛一逛再来。

5点半，来到鲁道夫音乐厅，我们几乎是最早到来的，厅内金碧辉煌，宽阔洁净。等当地人陆陆续续地到来，衣冠楚楚地进入大厅后，我才感到我穿着牛仔裤、皮夹克，背着旅行包、手提购物袋的形象有点尴尬了。旁边有一个小厅，让人存放东西和外衣，我们就到那里赶紧把购物袋放进储物柜里，心想外衣就不用存了，我又不热，就来到小厅门口检票。但服务人员说，你们得把外衣存在那里。我的同事梁茜说我里面只穿了一个短袖衫，但服务员仍然不同意，并不动声色地说："Sorry, it is a concert."我们终于听出来了，脱掉外衣是听音乐会的一个重要规矩，或者说礼仪，根本与你的冷热无关。那就脱去吧。

这并不是一场大型音乐会，音乐厅大概只能坐二百多人，演奏者只有五位乐手：三把小提琴，一把大提琴，一个bass。一位女士是主乐手。在热烈的掌声中，他们进入乐厅，鞠躬答谢后，坐下，演奏就开始了。每曲结束，掌声中乐手们都会站起来答谢，或者由女乐手代大家起立答谢。他们的演出十分精彩，尽管我对西方音乐还了解不多，里面的曲子只熟悉两三首，但我还是能感受到音乐中传达的情绪，也能感受到乐手们运用手中的乐器对这些情绪的表达能力。音乐是一种精细的艺术，需要乐手极为细腻的内心感情与精微的表现能力。演奏完最后一曲，乐手们退场，但听众的掌声响个不停，这种热情让他们又重新回到场上，演奏了一段幽默乐曲。重新退场后，人们还是意犹未尽，掌声更加热烈，最后变成了一种整齐划一的节奏，继续热情地邀请他们回来，他们果然又回来了，但这次只是深深鞠躬后就直接退场了。没有办法，人们只好人座位上站起，不舍地离去。

2日早上8点16分，由布拉格开往边境城市捷欣的火车缓缓开动，我们将乘坐这次火车经捷欣，步行穿过边境，回到波兰。

火车行驶在捷克北部的乡村地区，农田中泛着油油的绿色，有的明显是小麦，有些地块则是我不知道的作物，虽已是深秋，但这些作物还是纯净健康的生命之色，甚至有的地块还会有成片的黄花在开放，如果不看凋零的树叶，真可谓让人误以为是春天的田野。当然也有翻耕过而闲置的土地，是肥沃的黑色，还有的地块是直立的玉米秸或打碎的玉米秸，一片金黄。有的地方树木稀少，便成了一片无遮拦的土地，这些或绿或黑或黄的巨大色块铺展在薄阴的天光下，尽头是几棵树，或几所房子。有的地方则地形起伏，形成一些圆鼓鼓的各色丘包，若能在高处俯瞰，肯定非常像北海道的富良野。这里的田地无畦无垄，又顺坡而种，极不适合灌溉。推想一下，可能这里的农田根本就不用灌溉，这里应该是有丰沛的雨水。

乡村之间常常会隔着一些森林，树木大多是松、杉、白桦，以及一些满是黄叶的杂树，形成黄、白、绿色的各种调和，非常漂亮。有的树林叶子已经落净，则是满地的红黄。不知道是不是没有"植树"这个概念，这里极少看到整齐漂亮、供人观瞻的路边人工林。树木的生长似乎都是原始自然状态，路边的树也是这样，没有一定之形，没有一定之种，依其天则，自由生长，你说"杂乱无章"，他也可以说"丰富多彩"。

在 Pardubice 站，上来一群青年人，他们带着曲棍球棒，好像是一批运动员。这群高大的男女走过之后，一个头戴鸭舌帽，身着夹克衫的老头上了车，可能是附近的村民吧。他身材不高，走到我面前问我旁边的座位上有没有人，我说没有，他就脱下外衣要挂到车窗边的衣钩上，但因为矮小，挂了几次也没挂上。我对他说："I can help you！"，就接过他的衣服帮他挂上了。老头道谢后，坐下，开始做报纸上的填字母游戏。老头好像很聪明，他填得很快。

不久，山越来越多，也越来越高，火车开始爬坡，速度很慢。远山腾起了烟雾，近处则松林密布，墨绿的背景上有时候杂着杂树的黄叶。山坡出现了牧场，白色的绵羊、长着黄白花的奶牛散布在碧绿的牧场上。

一些村庄散落在这片高低起伏的丘陵地带，村庄里的房子，没有统一的格局与形式。房子的式样、朝向、位置都是自由随意的。捷克乡村的房屋在样式上与波兰无甚差别，墙壁五颜六色，红、黄、绿、白、桔都有。屋顶则以红、紫、黑为主调，坡度很大。有些房子周围会有果树，树上叶已落尽，却仍然挂着很多果实。有时也会看到一两家的屋顶上升起袅袅炊烟，一座不大的教堂、不高的尖塔树立村中，给人极为宁静祥和的感受。有些村子还建有操场、球场之类的设施。

邻座的老头早已填完字母游戏，现在正在玩数字游戏。火车疾驶，窗外闪过一幅幅乡村美景：三人在房前小地里农作；田边沟渠中注满了水；一条小河从林间穿出。到处都让人感到湿气的润泽，欧洲乡村的清新气息赖此良多。天赐欧洲人这么一块宝地，纬度如此之高，而温度、湿度如此宜人，全球独此一处。车到 Ostrava-Svnov 站，那群运动员和老头都下车了，还有一个人牵着两条狗下车了（欧洲是允许狗随主人坐车的，买不买票还不太清楚）。车上人已经很少了。

火车行驶到 Zabreh 站附近，一股烧胶皮的味道涌进车内。看来欧洲在环保上也不是没有问题。

火车于 12 点 47 分到达捷欣，晚点 10 分钟。走出车站，我们要步行进入波兰境内的切申。找到 Havni 大街，直行不远就可以到波兰、捷克的界河——奥尔谢河。

小镇到底是小镇，简朴无华，建筑还是老式样，仍然有一些精工雕刻，但有不少看起来很粗糙。就在这样一座我觉得粗糙的房子下，我们看到一个店门口站着一个中国姑娘，在看手机，就走过去了。我说"你好"，她也说"你好"，我说你是中国哪里的？她说她是越南的。哦，是越南人啊。我又问这是你的店吗？她说"我来这里六年了"，果然不是中国人，再多说，她的汉语就开始夹杂越南语了。

前面一座极普通的小桥，梁茜说这就是边界上那座桥了，我说这不可能，这算是个什么桥啊，太普通了；河也这么窄，像条小水沟。但细目观瞧，真是大吃一惊，让人刮目相看啊！只见在桥中央的位置，左侧插着捷克国旗、欧盟盟旗；右侧插着欧盟盟旗、波兰国旗。又见桥头一个路牌上写着两个地名，一个用捷克语是 CESKY TESIN（中文译为"捷欣"）；一个用波兰语是 CZESKI CIESZYN（中文译为"切申"）。这两个不同语言书写的地名实际上是一个词，指的是一个地儿。也就是说这两边原本就是一个城市，由于政治原因分成两个部分，切分给了两个国家。现在局势又一次扭转，这里已经很难看出是两个国家的分界了：没有任何隔离设施，汽车、行人随意往来，连对我们这样的"外国人"在此进出也没有任何检查程序。这里没有庄严的界碑，没有威武的战士守卫神圣的国土。这里就是一条极为普通的乡村小桥，一条平浅的小河从桥下平静地流过。如同两边的人都平静地生活着。这是对我一直以来的国界观念的一个极大的颠覆。国家的建立从哲理的角度说，或者说从常识的角度说（真正的哲学与常识是一致的，王心斋所言"百姓日用即道"就是这个意思），是为了族群生活的幸福，国家与国家之间的对立根源于各自追求幸福而带来的矛盾，这个矛盾是可以化解的，欧盟的出现正是化解欧洲各国间这种矛盾的体现。矛盾化解了，国家间的对立就没有意义了，国家间的隔离也就变得荒唐可笑了。至于为了某些人、某些集团的利益制造国际矛盾，形成国家对立，那便可

以说是罪恶了。

　　我走过这座普通而非凡的小桥，也走过了欧洲史上的一个时代，我尊敬现代欧洲史的创造者们，也诚挚地祝愿欧洲更加自由与繁荣！

奥地利

维也纳

　　美泉宫是哈布斯堡王朝的皇家夏宫，始建于 17 世纪，今为联合国教科文组织认定的世界文化遗产。中国人知道美泉宫，多是由于《茜茜公主》这部电影，实际上到茜茜公主时期，美泉宫已经建成两个世纪了。乘地铁 U4 线到美泉宫附近下车，不用问路，跟上络绎不绝的人群——那都是去美泉宫的，自然就找到了美泉宫。

　　美泉宫的主体建筑虽不高峻却在水平方向上跨度很大，加上它极为规则的窗与

墙的交替变化，在视觉上夸大了宽度，给人以节奏舒缓又气势恢宏的感觉。这是巴洛克建筑美学的一大特征。圣诞临近，宫殿前摆上了一棵极为高大的圣诞树，树前的灯箱里是描写耶稣诞生的微缩景观。

美泉宫最漂亮的地方是占地两平方公里的皇家花园。绕过宫殿从东边一条便道向里走，便是无比开阔的花园了。时值初冬，水面已经有一层薄冰，但这里的迎春花正在灿烂开放，欧洲的气候总是出乎我的意料，我还没有真正弄明白。

花园东边树的布局也如宫殿一般，两排树夹出一个十分纵深的空间，犹如宫殿里的长廊，而树就是长廊两边的石柱了。走到一个路口，突然感到异样，继而有些惊讶，随即又产生了如入幻境般的紧张与喜悦，这瞬息万变的情感震荡来源于路口的一株婆娑多姿的大树，这株大树如大门般侧身掩罩着路口，但你慢慢向上看的时候，树顶却在某个高度上突然齐齐地消失在碧蓝的天空中，仿佛是上帝展示的神迹，又好像是被童话中的巫女施了魔法。理性恢复以后，我才知道，原来这棵树顶被齐齐地剪掉，在周围的其他保其天然的树木的映照下，就产生了树顶整齐地消融在空中的奇幻感觉。艺术的妙处就在出人意料，又触动人心。这种奇特的园艺，花园里多处都有。但多为路侧一面被修剪得极为齐平，从侧面看如刀削一般，就像直立的墙壁，如此给树施以人工，在讲究自然情趣的中国园林中是不可能存在的。西方园林的刀砍斧剁与中国园林的因应自然，各具其长，并无高下。

花园的中心部位是巨大的草坪，用不同颜色的植物构成了大型图案。草坪两边均匀地排列着白色大理石雕成的古希腊神像。过了一组希腊神话群雕，就是一个缓坡，逐渐通向花园最高处——凯旋门。

经过一片树林的时候，看到一个老人在喂松鼠，我们赶快过去看，松鼠却跑掉了。正遗憾间，又一只松鼠跑来。这个老人可能是松鼠的老朋友了，他手里拿着把松仁，弯下腰来用一粒来逗引松鼠，松鼠一个飞跃就抢走了那粒松仁。他又直起身来，松鼠就顺着他的腿爬了上去，他在胸前喂了松鼠一粒，又把另一粒叼在嘴里，松鼠就窜上他的嘴边，一个亲吻，就取走了他的松仁。

凯旋门前有一个人工小湖，水结了薄冰，很多鸥鸟站在薄冰上，又有一些鸭子与鸳鸯在周围的水里游。凯旋门矗立在高处，背后是斑驳的黑云，阳光在云层后透出亮光，给了凯旋门一个广阔博大、涌

动变幻的背景，更使凯旋门宏伟壮丽。回望维也纳城，史蒂芬教堂的尖塔高高耸立，美泉宫的中轴线向北延伸到不远处就戛然而止了。满城的是红瓦白墙，在微阴的天宇下铺展开去，城的尽头又是山，山顶上也是规模宏大的建筑。维也纳的空气一尘不染，远处草木道路，近处瓦缝参差，都清晰可见。太阳从云缝中投下一缕亮光，正好照射在美泉宫上，让今天的这位女主角成为万人注目的焦点。

多瑙河北岸是联合国城。世界上有三个城市是联合国组织的驻地，一是纽约，二是日内瓦，第三个就是维也纳。这里是一片现代化建筑区，摩天大楼的世界，也是现代建筑艺术的展示区。不是古代建筑的雕琢，而是现代的简洁；不是古代建筑的端庄，而是现代的挺拔；不是古代建筑的典雅，而是现代的冲力；不是古代建筑的温润，而是现代的光彩夺目。维也纳的古代建筑保存了历史，而它的现代建筑则是指向未来。在这组现代建筑群里，雕塑不再是帝王或神话，而是奇特怪异的想象中的机械，里面的人物则都是外星人。古典是已经过去的现代，而现代只是年轻的古典。我相信维也纳人就是这样建造这片现代区的，他们一定会像建筑维也纳古城那样建设这片新城，努力把每一座楼建成世界唯一、现代的经典，并且让它像古城建筑那样拥有成百上千年的生命，成为千年以后的"古城"。

在一个小广场上，周围是各国的国旗，但众里寻她千百度，却一直没有找到我们的五星红旗。正赶上一个"International Bazaar"，在一个外形做成集装箱的巨大的展厅里，很多国家都摆了自己的摊位，出售自己国家的东西，我看到的有土耳其、日本、肯尼亚等国的摊位。土耳其的摊位上有一块挂毯，大约有 1.5 米长，土耳其式的图案，标价 25 欧。令人心动。我没有看到中国的摊位，但三位同事说她们看到了。这个 Bazaar 据说是联合国妇女组织搞的一次义卖，卖钱所得将用来救助贫困国家的妇女。

乘坐 U6 地铁去联合国城时，车窗外就闪过了多瑙河柔美的身影，当我们返回它身边时，这条欧洲第二大河，就更加尽情地展露出了它的风姿。流经维也纳，多瑙河尚处于它的上游，但河水已经具有了洪大的气势，细长的河心岛将多瑙河分成两股，如王母娘娘的玉钗一般，河道蜿蜒，清澈的河水洋溢着充沛的活力，汤汤流淌。有人说多瑙河如多种玛瑙，有着细腻的色彩变化，肯定是望文生义。但今日一见，清澈多彩则不为虚传。顺着阳光，望向它的上游，河水是深绿色的，如翡翠一般；而向它的下游看，多瑙河则与天光同色，是纯净的宝石般的蓝色。约翰·施特劳斯就是看到这醉人的河水，才创作出了那首世界名曲的吧！山不在高，有仙则名；水不在深，有龙则灵。多瑙河里没有龙，一条普通的河流而已，但因为有了施特劳斯，因为有了那首优美的乐曲，使它成为闻名世界的、给人以浪漫想象的音乐之河。

那天，维也纳的天空一碧如洗，这里虽纬度很高，阳光斜射，但中午的阳光自有其气势，明晃晃地铺洒在这座号称欧洲心脏的城市上。回首望向多瑙河北岸，联合国城更加亮丽，那群熔铸巧思的现代建筑，迤逦展开在多瑙河蓝色的波光之上，而它们摇曳多姿的身影背后又是纯净的天蓝。在我的经历中，蓝天让我想起偏僻的乡村，城市让我想起污浊的空气，我从未见过如此发达的城市与这般美丽的蓝天相伴随的地方。维也纳让我感到震撼。

不知何处飘来的乐声，这更让我们想念那位伟大的音乐家了，于是我们要去城市公园看望他。

如蓝色衣带般的多瑙河将维也纳分成两个部分，左岸是现代化部分，右岸则是维也纳古城，城市公园在古城之中。

维也纳城市公园也已经有一百五十多年的历史，1861年开始在拆除的城墙旧址上开始修建，虽由当时奥匈帝国的皇帝约瑟夫一世下令修建，但它的建设初衷就是修一座向普通百姓开放的游乐场所。而今它已经是维也纳的一个重要景区，吸引着世界各地的游客到这里驻足流连，这不，刚刚走进公园，就在一个墙壁上看到各种语言的涂鸦。当然也有汉语写就的。

城市公园里最核心的景点是中国游客所称的"小金人"，也就是小约翰·施特劳斯的雕像，因其全

身镀金,故有此称。这位世界闻名的音乐家,创作了世界闻名的圆舞曲《蓝色的多瑙河》和《维也纳森林的故事》,因为他这样的非凡贡献,维也纳人为他塑此金身。

小金人并不小,他是以真人比例雕凿而成的,立在一座镂空的白色石雕屏风前,正在以优雅的风姿拉小提琴。雕像如此生动,仿佛让人听到了他悠扬的琴声,就像树梢上的阳光,温暖轻柔地飘荡在宁静的公园里。

回想一下,我与小约翰·施特劳斯似乎早在二三十年前就有了神秘的联系。在德州读书的时候,有一次班里几个人说要去一个同学家去听音乐,看他们的派头,似乎早已是音乐爱好者了,我的音乐修养当时还止于革命歌曲,我会的最时髦的歌是《八十年代的新一辈》《在那桃花盛开的地方》《在希望的田野上》。并且觉得:音乐需要专门去听吗?但我还是跟他们去了。那位同学家里有音响,他放了一些西方音乐,因为在课堂上老师也提到过《蓝色的多瑙河》,所以我就对这支曲子有了一个模糊的印象。后来不知又在什么情形下听过几次,它便在我的内心里常常回响了。又过了十几年,大约是 90 年代初,已经结婚生子,有一段时间电视上总是播放一个短片,说的是有个音乐家架着马车在森林中旅行,森林万籁给他音乐启发的故事,那个音乐家灵感突现,在嘴里唱出一个乐调:“的拉——的拉——的扬——梆梆——”的,女儿还很小,每看到这里总是大笑不止,还不断地模仿他的“的扬——梆梆”的声音。后来才知道,那就是约翰·施特劳斯,他的“的扬——梆梆”就是《维也纳森林的故事圆舞曲》的创作过程。或许这就叫作文化名人吧,无论你在哪里,无论你在什么样的时代,你总能沾溉到他的智慧余泽;而他则如永不枯竭的阳光雨露一般,得到了一代代遍布世界各个角落的无数心灵的接纳。

一个中国旅行团在与小金人合影,有着这样的语言便利,我们怎能不利用,就用汉语,当然用汉语,请其中一位为我们拍照。

维也那国家歌剧院是一座非常具有古典气质的建筑,通体用灰白的石块建成,雕饰细致精美而不失端庄稳重,是华丽与大气的合体。刚走出地铁口,剧院外边的一个穿着古代衣装的人就迎上来问好,样子很像一个西班牙斗牛士,是向我们兜售剧票的。当知道我们是中国人的时候,他马上用汉语说“你好”,这当然是一种兜售策略,但的确能给我们一种亲切感。我拿着相机向他示意,他马上摆出了一个 pose,与我们的几位女士合影。他说今天的票已经卖完了,他卖的是明天的票,最低价 50 欧。我们就想再到大剧院里边碰碰运气,剧院里边是用巨大的石柱、拱门分隔开的既通透又有舒缓节奏的厅堂，许多图案或建筑构件的边角之处施以金彩，在柔和的灯光中，泛出高贵的光晕。售票窗口关着，上面悬着一个纸牌，上写"sold out"。售票员来了后，告诉我们可以一个地方卖站票，但要到5点以后才开始卖。

等我们在地铁站的一个韩餐馆吃过饭，再来到大剧院的时候，又有一个"西班牙斗牛士"向我们兜售剧票，我们趁机问他卖站票的地方在哪里，他指给我们方向后，没忘了加一句"one thousand people there"，我认为这是卖票人的自我保护性夸张，但到那里的时候，真的已经有很多人在排队了。她们几位排队，我就去拍照。圣诞临近，维也纳街头一装饰了各种彩灯，一片亮丽辉煌，各个商店也不遗余力地让自己的门面大放光彩，剧场旁边的步行街上人流涌动，维也纳的夜生活刚刚开始。

等我回卖票地点时，队伍又加长了很多，她们竟然还没有动地方。我往前面去侦察，前面有一个门，关着。但我看到门里面也有很多人在排队，队伍拐了弯，不知所终，我几乎完全相信"斗牛士"的说法了。外面几个排队的年轻人看来已经等了很久了，累得坐在地上休息了，全不顾初冬的寒气。但他们又是很放松的神情，好像已经习惯了这种等待了。

终于，队伍开始移动，陆续被放入门内，但当我们挨到门口时，服务员却向我们道歉并关了门。又等了10多分钟，才算登堂入室。到达那个神秘的拐弯处时，我看到里面用隔离布条隔出一个S形，以充分利用厅内空间，S的尽头才是售票窗。站票4欧一位。

走入剧场，当然少不得脱掉外套、存衣、存包，已经习惯，不再有什么周折了。二楼完全是给买站票的人的，用栏杆拦出大约十几道站位。但不幸的是，我们连这样的站位也得不到了，站位上有的系着围巾，有的挂着毛衣，一位维持秩序的老太太告诉我们这些地方已经被先来的人占了。我们已经是站票中的站票了。这种国人熟悉的占位方式出现在维也纳国家歌剧院，真是我们没有想到的，一下子想起陈子昂所说的"不图正始之音，复睹于兹；可使建安作者，相视而笑"。

舞台幕布悬垂，黑地而布满白色的弧线，又书写着很多伟大音乐家的名字，像巴赫、肖邦、莫扎特等。乐池里乐手已经就位。7点将近，人们陆续进入剧场，一楼的座位，两边三层的包厢最后被坐得没有一个空位了。我们二楼的站位，更是超负荷状态，摩肩接踵，密不透风。记得一则资料上说，维也纳国家歌剧院有2200个座位，那今天的人怕是有三千人了。

那天的剧目为《Magic Flute》，这原本是莫扎特的一部剧作，但那天上演的似乎是改编了，像是一部穿越剧。唱词与对白都是德语。中场休息，不少人退出剧场，我们也就跟着退出来了。中国人讽刺外国人看不懂京戏，有所谓"洋鬼子看戏傻眼了"的说法，我们来到洋鬼子这里看戏，其实也是很"傻眼"的。

离开歌剧院，走过著名的金色大厅，时间已晚，无法进入参观。金色大厅对面一块空地上，几个青年人在玩冰壶，见我们走过就招呼我们一起玩，觉得有点奇怪，但难却人家的盛情，我们就参与了几把。然后，告别而去。

第二天，要去参观史蒂芬大教堂，没走对路，却与查理教堂相遇。查理教堂门前好像在过一个与孩子有关的节日。那里的椅子、围栏上，甚至树上、路灯杆上都缠满或挂满了花花绿绿的毛线，地面上撒上厚厚的麦秸，颇有乡村气息。有些孩子在麦秸垛上翻滚嬉闹，有的孩子抱着麦秸到处抛洒。10点50分，未到整点，教堂的钟声就响起来，不是单调的打点声，而是长时间的乐调。问一个年轻人这里是不是孩子的节日，他也不知道。

史蒂芬大教堂，一座哥特式教堂，始建于12世纪，已经八百多年的历史。它的尖塔有137米高，是德国科隆大教堂之后的世界第二高尖塔。1945年曾遭到联军三次轰炸，部分损毁，但从1948年开始，奥地利人就投入到对史蒂芬大教堂的修复工作中。今天我们看到的史蒂芬大教堂明显地有两种颜色，一是灰黑，一是粉白，战争带来的疮痍至今尚未平复。

老城街道上有很多马车，有时甚至会络绎不绝，拉着游客在古老的石板路上"嗒嗒"地缓步前行。这可苦了跟在它们后面的汽车，这些汽车，包括出租车都只好与马车同步。同样，他们也没有急躁的表现，如果这时鸣笛鼓噪，除了可笑与招人讨厌之外，又能得到什么呢？

霍夫堡皇宫是哈布斯堡王朝的宫殿，从13世纪到20世纪一直处在不断的修建之中。规模庞大，风格多样，工艺精湛，克拉科夫的瓦维尔宫、捷克的布拉格皇宫和这儿比，都不在一个档次上。皇宫小教堂门前也有几座与布拉格皇宫门前极为相似的杀戮雕像，但有两座已经不是在杀人，而是在杀鱼类怪兽。这可能也是中西文化不同的关键点之一，欧洲基督教文化有上帝作为善恶标准，它宣扬对邪恶进行严惩时，不会使人性陷入普遍的残酷中，因为上帝还要求人"爱人"。而没有超越的神性规范的儒家文化则试图将宇宙世界的本质解释为"爱"，"天地之大德曰生"，

"舜之为君，其政好生而恶杀"。儒家文化不讲惩恶扬善，多讲"隐恶而扬善"，"不成人之恶"，反对"疾恶过严"。而倡"以德化人"。所以儒家文化的主流是涵养善性，反对一切杀戮。这可能是我们不太习惯他们在皇宫树立杀戮雕像的原因吧！

维也纳不仅有着磅礴大气的外表，也有中正友善的气度。它如一位基督圣徒，也像一个儒家君子，对人充满了信任。它的公共交通，不设任何验票通过的关卡，买不买票，全凭自觉，车上也绝不查票。它的街头设有自助投币售报袋，但不设机关密藏报刊，不投币，报刊照样可以拿出来，投不投币，全凭自觉。

维也纳是迄今为止我的欧洲之行中见过的最美妙的城市，这座伟大的音乐之城本身就是一部多彩的乐章。它古典到极致，也现代到极致；它庄重到极致，也蓬勃到极致。更重要的是：无论古典与现代，无论庄重与蓬勃，维也纳都是自然具足，非勉强而成；它的美是内在充实而勃发于外，而非虚饰其外而空洞其中。自然具足者，就如一个美女或帅男，四肢百骸，匀称而健康，盛气内发，不假修饰，而魅力天成。

意大利

米 兰

飞机在米兰 bergamo 机场降落。天空阴沉，下着小雨。从机场到市区有巴士，乘坐一个小时，5 欧元。这里毕竟是欧洲的南方，虽在深冬，窗外的树竟还挂着满身的叶子，有的已经发黄，有的还是绿色的，如克拉科夫 11 月初的情景。米兰的乡村与波兰、捷克、奥地利的乡村很相似，只是房屋的样式稍有差别。一片富裕安宁之象，乡村与城市相纠结，没有分明的分界线。耕地减少了，房屋密集了，就是到了市区。从中央火车站乘黄线地铁到 Duomo 站下车，就到了米兰大教堂。米兰大教堂的占地规模仅次于梵蒂冈圣彼得大教堂，为世界第二大。米兰大教堂虽也是哥特式建筑，但与布拉格的圣维特教堂、维也纳的史蒂芬教堂的风格都不太相同，它的顶部有更加密集的尖塔。据资料说，顶部的尖塔一共有 135 个，每个塔尖上大都站着一个圣

人的雕像。

欧洲人为教堂的付出是不惜代价的，因为对他们来说，这是人生意义所系，时间、金钱与灵魂归宿相比是微不足道的，所以人们甘愿在教堂的修筑上倾尽心血。米兰大教堂就是这样，米兰教堂的主体始建于 1386 年，由米兰望族吉安·维斯孔蒂主持奠基。1500 年完成拱顶，1774 年中央塔上的镀金圣母玛丽亚雕像就位。1897 年主体工程完工，历时 5 个世纪。至 1965 年教堂正面最后一座铜门被安装，才算全部竣工。但是，竣工了吗？我想未必，将来还会有新的想法、新的物件加入其中，教堂永远在修建中，因为人们永远不会停止对天堂的追求，永远会对上帝竭尽其诚。

米兰大教堂是用白色大理石建成的，初见大教堂，惊讶于它的洁白如新，因为几百年的建筑总会有陈旧沧桑之感，再怎么保护也不会如新建的一般，于是又怀疑它的正面墙壁是刚刚修复的。但后来转到侧面看到高高的脚手架才明白，它的洁白如新是人为清理的结果。这让我感到有点痛心，因为这在中国收藏界看来是非常愚蠢的做法，过去就曾有过将古董打磨一新而失去价值的例子。陈旧也是一种美，古董就应该是陈旧的。教堂的这个做法实在不应该。但后来我慢慢回过味来，这个想法过于自我了。你来意大利是搜奇寻古，所以你把大教堂当成古董看，你希望意大利人把它当古董保存，但在意大利人的眼中，这座几百年的大教堂并不是古董，而是正在使用的一个庄严美丽的建筑，时时清理一下它的外表，让它焕然一新，不是情理之中的事情吗？这就如你打扫、粉刷自家的住房、清洗自己的衣物一样正常。任何人也没有权利要求你把正在穿的衣服当古董收藏起来。

如果说布拉格的圣维特教堂的外观让我感到震撼，那么米兰大教堂让我惊讶的是它宏大的内部空间。从正门门口向里观望，托起高高穹顶的粗大石柱向纵深方向排列过去，在一个出乎我经验之外的远处戛然而止，四排这样的大柱又将教堂扩展到一个罕见的宽度。徘徊在教堂里的人，在这样巨大的空间中显得那样渺小不堪、微不足道。也许教堂的博大就是要给人这样的心理震撼，让人直接体味到自身的弱小无助，从而皈依上帝。两边墙壁有着奇高的花玻璃窗，本身绚烂多彩，却又阻挡了外面的光线，恰到好处将教堂内部变得阴暗而微明，制造出神秘而威严的宗教氛围。米兰大教堂也是一些重要的宗教人物的安息地，墙壁上常常有某主教的石棺悬挂着，石棺上方刻着他的半身像，并有天使拥护。在教堂的右边一处，还保存有一位主教的肉身，他的手部微露，面部覆盖着一个银色的面具。

走出米兰大教堂，旁边就是一个小集市，圣诞将至，这里就更显得热闹非凡，红男绿女，商人游客，一片人间繁华之象。教堂引人追求灵魂的得救，却也并不否定人间的享受。这就是欧洲现代宗教与世俗的关系。世俗的利益追求不会淹没教堂的钟声，教堂却在人的欲望中种下一颗警醒的种子，告诉人们尘世的有限性，告诉人们名利之外还有更高的价值。

米兰大教堂附近还有一个非常特殊的教堂——人骨教堂。里面的墙壁是用人骨装饰起来的，主要是小孩的头骨，昏暗的冷光灯由下向上照射，渲染着人骨教堂阴森可怖的气氛。一面墙上有一个圣母像，另一面墙上用小头骨做背景，用稍大的头骨排列成一个十字架的形状，穹顶上则是无数孩子升往天堂的绘画。这座人骨教堂建于 17 世纪，为了纪念 17 世纪初在瘟疫中失去生命的儿童而建的，共用头骨四千多个。

天色渐渐黑了下来，我们也感到非常疲劳了，找到一个酒吧，要了两个披萨，每人又要了一杯葡萄酒，坐在室外布置的餐桌上吃饭休息。酒吧里的服务员是一个光头小伙，看到我们就用汉语说"你好"，他会一点汉语，小臂上还纹了三个汉字：

"朱塞佩"，这大概是他的名字。小伙非常热情地为我们服务，我们和他合了影。

米兰大教堂的右边是埃玛努埃尔二世拱廊，世界著名的奢侈品购物中心。这个绕口的名字来源于意大利的一个帝王维多利奥·埃玛努埃尔（Galleria Vittorio Emanuele II），他在 19 世纪末统一了意大利，建立了意大利王国，为纪念这个伟大人物，米兰广场上立了他立马挥刀的伟岸雕像，旁边的这个古老的拱廊，也以他的名字命名了。这个拱廊在我看来实际上是一个加了拱顶的十字大街，里面都是三层高的楼房，十字交叉的两条街旁都是高档的奢侈品商店。十字路口是整个拱廊的中心，上面用一个教堂式的圆顶覆盖。可能是因为圣诞将至，圆顶下面满满地装饰着蓝色小灯，从拱顶中心向四周呈散射状，十分漂亮，也十分壮观！拱顶中心则是象征皇家权威的皇冠、十字盾牌图案。拱廊是一个高档的商业中心，里面有各种世界著名的品牌，像 LV、PRADA 等。这里的 LV 女式挎包一般在 1500—2500 欧之间，据段老师说，能比国内便宜一半左右。但对我来说，仍然是真正的奢侈品，我是不会去占这个"便宜"的。

走出拱廊，前面是一个小广场。天已经彻底黑下来了，有一些灯光从楼上窗口投射至地面或对面楼上，这些灯光有着丰富的色彩和多样的图案，有时是祝福性的文字，灯光不停地变化游动，伴随着舒缓宁静的音乐，让人兴奋而沉醉，虽是细雨迷蒙，仍是留恋难去。广场的中心是一座雕像，夜色中不能看清面容，也不能看清文字，后来才知道，那就是达·芬奇。就是在米兰，达·芬奇创作了他那幅闻名世界的画作——《最后的晚餐》。

斯福尔扎城堡（Castello Sforzasco）建于 1450 年，当时是统治米兰的斯福尔扎家族的居所和防御工事。二战以后这里改建成博物馆。博物馆里有丰富的收藏，票价只有 3 欧。里面最重要的藏品大概要数米开朗基罗的《Rondanini Pieta》。"Pieta"是欧洲宗教艺术中的一个主题，其内容是圣母抱着耶稣遗体的悲伤，很多画家、雕塑家表现过这一主题。而这里收藏的这座 Pieta 雕像是米开朗基罗晚年的作品，甚至说是他临终前几天才雕凿完成的。还有达·芬奇的天顶画，我们到的时候，里面正在维修，脚手架旁边的墙壁和天顶上已经显露出纷繁的色彩。

米兰大教堂对面的一个建筑的墙上就有一条长龙吞人的图案，斯福尔扎城堡的大门上也画着这样的图案，博物馆里陈列的很多古代浮雕上也有。还有一个残碑，上面刻着一个骑马的武士用长枪刺杀一条带有翅膀的龙的画面，枪尖穿过龙的喉咙从颈后露出。我想关于这条龙肯定有一个很曲折的民间故事，而且和米兰的古代统治者有极密切的关系。

意大利

比 萨

我们乘火车离开米兰，去往比萨。意大利的火车没有检票员，旅客自己在检票机上检票，然后根据大屏幕上提示的站台号去登车。

到比萨时，已近傍晚，一下火车却感到非常温暖。去旅馆的路上，看到这里有不少热带植物，比萨已经是热带了吗？这让我们感到极为惊讶，因为比萨的纬度比北京还要高一点。真是神奇的地中海气候啊！

第二天一早从梦中醒来的时候，比萨更是给了我们一个清新的早安，街边浓绿的松树亭亭如盖，对面楼上，几乎家家窗前都摆着鲜红的仙客来。走在街上，夹竹桃、铁树带来浓重的南方味道，暖风拂面，犹如初春。今早的比萨给我的感受好于初见。

对中国人来说，比萨斜塔的知名度要超过比萨这个城市。斜塔的真实身份是比萨主教堂的钟楼，严格说来只是一个附属建筑。但由于它不同凡响的身姿，也由于伽利略的出现，斜塔反客为主。伽利略在比萨大学做教授的时候，在斜塔上做一个著名的实验，将一大一小两只铁球同时抛下，两球同时落地，一下子推翻了影响欧洲一千多年的亚里士多德关于自由落体的错误"定律"，揭开了近代科学注重实验的序幕。

我们一早就出发，去看望这座堆砌着各种意义的斜塔。等我们到比萨大教堂外城墙门口的时候，太阳还没有升起，绯红的早霞杂着灰云散布在洗礼堂的罗马式穹顶上方。从门口中我们已经看到了斜塔别致的身影。洗礼堂像一个扣在地面上的大钟，顶端是红瓦覆盖的穹顶，下部则是精心雕饰过的白色大理石墙体。比萨大教堂的正面造型非常像卢卡的圣米歇尔大教堂，但更加肃穆庄严。墙体上也有采用不同颜色的大理石拼接图案的手法，但都是细部的，并不在显眼之处，外墙无过多繁饰，总体来说是简洁平易的。青铜铸造的教堂正门上精细地雕刻着宗教故事的浮雕，有些地方被祈福的游人摸得油光发亮。

这座始建于 11 世纪的主教堂一定有华美的装饰和丰富的收藏，但教堂到 10 点才开门，很遗憾我们无法入内欣赏了。走过雄伟的主教堂，前面就是斜塔。斜塔共有 8 层，最下层是基座，最上层是钟房，中间 6 层有着同样的外观，都是用 24 根柱子围绕着，使得整座塔显得玲珑、轻盈，如鸟笼一般。塔的入口是一个高大的木门，门上方刻着圣母圣子像。门当然是关闭的，为了保护这座珍贵的纪念物，从 1995 年开始就对游人永久关闭了。我们静立在斜塔旁，突然，灰白色的天空中打开一个圆洞，露出湛蓝的天空和无数的霞光，斜塔探身张望，仿佛找到了天堂的入口。

骑士广场虽称"广场"，却更像一个汽车通道，站在广场，汽车会从不同方向向你驶来。这个广场上有一所著名的大学——比萨高等师范学校，是 1810 年拿破仑创立的。这样的校名很容易被中国人联想到"中师"或"师专"，但"包子有肉不在褶上"，话俗理不俗，再大的名头如果内容空洞也只是滑稽的虚荣而已。比萨高师刚好相反，名头平凡却在欧洲甚至整个世界上享有盛誉。它在意大利教育体系中享有特殊地位，它有独立颁发博士学位的权利、资格。从创建至今，这个学校的学生已经有三位诺贝尔奖得主；又出了两位国家总统、三位国家总理。但至今它也还是平静地处在广场的一角，没有金字招牌，没有百万校门，一个被脚手架围着的普通的门口，上方灰白的石头上用意大利文写着不大的几个字：Scuola Normale Superiore。岂不让人感慨万千？

阿诺河穿城而过，河水平静得如湖水一般，蓝天白云与岸上的楼阁桥榭倒映在水中，几乎没有任何变形。

像欧洲很多城市那样，比萨并没有什么现代化的建筑，那么现代化是什么？现代化如何实现？比萨到处都是古建筑，所以也就到处是狭窄的古街道，所以对汽车来说到处都是单行道。如果你承认意大利是现代化国家，那么首先，现代化不是建筑的现代化，倾全民之力建上几处豪华亮丽的楼堂馆所并不是现代化。其次应该看到，这个国家的现代化是在这种厚重的传统限制中逐步实现的，这样实现的现代化必须是精细的，而不能是粗放的，人的智慧不会表现在推倒重来上，而是表现在带着镣铐的舞蹈中。任何一个社会都会有传统的镣铐，与传统达成和谐，求得发展，获得内在的充盈，而不是外表的光鲜，这才是现代社会管理者应有的智慧。在这方面，意大利好像做得很好。

意大利

罗 马

　　火车奔向罗马，途中可见远山连绵，层层叠叠，天上是飘荡的白云，地上是绿色的田野。时有牧场，散放着牛羊。红瓦白墙的房子周围种着些橄榄树。又有一种特别像非洲草原上的一种树。高数米而无枝，又一二米有枝而无叶，终则树冠薄如伞盖，见叶而不见枝。惜不知其名。

　　从车窗看到外面的站牌上写着"Roma"，我们赶快收拾行李去门口，准备下车。但我们前面的一个老太太怀疑地看着我们，问是不是到 Rome termini 下车，我们说是，她就告诉我们，那是下一站。真是太感谢这位老妇人了！否则将是一个大麻烦。

　　罗马果然有很多中国人，在火车站里就到处能看到中国面孔，到处能听到汉语。火车站出口处就立着一个广告牌，上面用汉字写着"蓝天旅行社"。所以我们的住处也是一家华人旅馆。

　　我们到达罗马的这天是 12 月 24 日，是基督教的"平安夜"。所以傍晚 5 点多钟我们出去的时候，罗马人也在走向教堂。在圣马丽亚大教堂全程参观了一个天主教弥萨，整个过程大体是这样的：

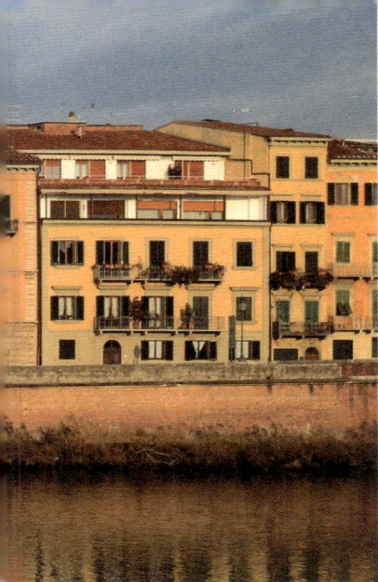

一阵铃响，大家从座位上站起向后观望，大主教身着中间有一道红条的黄色道袍走向神坛，大主教看上去已经有八十多岁了。一个年轻的神父在后边跟随。

主教走到讲台前，为大家祝福，很多人虔诚地跪下，或单腿跪，或双腿跪。然后管风琴响起，主教开始唱圣歌，与后台某个歌手互相唱答，很是好听。

然后又是主教演讲，他神情生动，似乎是在讲一个故事，可能是耶稣诞生的故事吧。然后又是主教唱圣歌，后面有歌者呼应，下面的信众也跟着呼应，管风琴柔和厚重的声音回荡在教堂中。

主教举起圣体——一片圆形的小饼——为大家祝福，又举起一杯葡萄酒，那是耶稣的血，为大家祝福。主教将红酒倒入一个圣杯，并把酒一饮而尽，随后主教拿着一个大碗，里面盛着圣体，为大家发圣餐。

仪式中，有人进来招呼一个人出去，那个人单腿下跪，画完十字，才退出去。仪式结束，神父们依次退场，人们纷纷向神坛跪下，一个老人拉着他的孙子，一起跪下。

中国人过节图的是个热闹红火，意大利人过平安夜不是这样。晚上我们8点多出门的时候，街上一片冷落，几乎无人行走，车也非常少，整个罗马城好像只有我们几个人在游逛。商店大都关门了，只有少数几家黑人开的水果店还开着，我们经过时还向我们打招呼。经过罗马斗兽场，在各种射灯的映照下，这座沧桑的建筑雄伟而阴森，庞大而诡异。墙壁斑驳残破。布满了岁月留下的坑坑点点。旁边的凯旋门正在维修，被脚手架半遮着面孔。

这个时间是意大利人与家人团聚的时间，他们一起吃圣诞晚餐。也有人在教堂里度过，我们经过的教堂中都有弥撒在进行。

梵蒂冈圣彼得广场的正前方是一道宽阔的通衢，往前走就是罗马的圣天使堡。圣天使堡在台伯河的西北岸，原是罗马皇帝的陵墓，6世纪时，黑死病流行，教皇乔治一世在堡顶竖立了一座持剑的天使雕像，以镇压黑死病，遂有圣天使堡之称。里边有武器博物馆、罗马教皇家具博物馆。今天是圣诞日，不开放，我们也只能看一下它雄伟的外观了。天使堡下非常热闹，很多黑人小商贩在那里摆地摊做生意，在

　　我们游览之际，突然一阵骚乱，小贩们收拾起自己的东西就要跑，可能是城管来了吧。但是很快又恢复了平静，他们又重新摆开自己的货物，原来是虚惊一场。

　　天使堡前临台伯河，台伯河被古老的建筑镶嵌在中间，如一条翠绿的玉带。横跨台伯河、天使堡正前方的那座桥名为圣天使桥。圣天使桥有似于布拉格的查理大桥，两边有很多雕塑，只是规模比查理大桥小。这里的雕塑的是十二个"天使"，手里各自拿着耶稣受难时的一种刑具，都是贝尔尼尼的作品。台伯河的东岸，是一排高大的法国梧桐，将长枝从空中伸向河面，形成了一条深远的树枝长廊。

　　纳沃纳广场上的四河喷泉雕塑也是贝尔尼尼的重要作品。贝尔尼尼是继文艺复兴三杰（达·芬奇、米开朗基罗、拉斐尔）之后意大利的又一杰出艺术家。与三杰相似，他也是一个艺术全才，他是雕塑家、建筑家、画家、舞台设计师、烟花制造者，在很多方面都有重要成就，是 17 世纪巴洛克艺术的开创人。圣彼得广场上的四排大柱、圣天使桥上的十二天使都是贝尔尼尼的作品，在下面的罗马游览中，我们还会看到贝尔尼尼留给后人的不朽财富。四河喷泉创意独特，用象征手法将世界四大洲囊括在一个雕塑中。雕塑以一个假山为基座，四个角上各有一位老人，也各有一条流淌的水流，象征着四条大河：尼罗河、恒河、多瑙河、普拉特河。而这四条大河又来源于四大洲：非洲、亚洲、欧洲、美洲。四位老人各具特点，神情生动，整座雕塑显示出巴洛克艺术的气势恢宏而雕刻细腻的特点。假山中央是一个埃及方尖碑，上面刻写着古埃及的象形文字。罗马城中的很多广场和雕塑上有这种写着埃及文的方尖碑，我还没有弄清其中的原委。

万神殿离纳沃纳广场不远，是基督教之前古罗马帝国时期的建筑，其外形同于古希腊神庙，里面是罗马神话众神的雕像。万神殿也是文艺复兴三杰之一的拉斐尔的安葬地，这是当时的教皇利奥十世赐予这位伟大艺术家的殊荣。还是因为今天过节，万神殿不开门。殿前是一个小广场，广场上有一个喷泉雕塑，雕塑中间也是竖立着一个埃及方尖碑。

天色已经暗下来了，继续拿着地图，问路前行，在一个行人稀少的街道上，我们还向两个挎着冲锋枪的警察问路。不久就到了威尼斯广场，这个地方可能是个交通要道，来往人群摩肩接踵的。威尼斯广场的主建筑是维克多·埃玛努埃尔二世纪念堂，为庆祝1870年意大利统一而建。因其外形，这个建筑获得两个绰号，一为"结婚蛋糕"；一为"打字机"。它正对面的那条街，那天晚上完全被望不到尽头的彩虹灯所覆盖，古老的建筑群配上这样的彩灯，别有一番风味。

过了威尼斯广场，就是罗马古城废墟。晚间的古城废墟里点缀着一些微弱的灯光，更显得荒凉幽远。一些较为高大的残壁下安装了蓝色或白色的射灯，光线向上打在千年古城墙上，岁月留下的孔洞、剥蚀被拉伸出幽深的暗影，强烈的明暗对比和阴沉的暗夜背景让这些残缺的旧物苍老而神秘。

罗马警察众多，白天警察们都佩戴手枪，而且他们的手枪都别在很显眼的地方，晚上警察会挎上冲锋枪在街上值班。有时还会看到几个军人驾驶军车协助警察值班。

共和国广场旁边的路上有很多橘子树、柠檬树，造型美观，种在硕大的花盆里，树上硕果累累，橘红、檬黄隐现在绿叶之中。尽管有很多关于罗马很乱的说法，但由于这个特殊的景观，我们可以判断，罗马仍然有着良好的社会风气。一个社会不怕有恶人，怕的是人们失去了对善的信心，人人自保，不顾公德。

广场中心是一座大型的喷泉雕塑，名为纳亚蒂仙女喷泉（Nayadie）。喷泉的主体是四位美女，她们伴随着不同的动物，有天鹅、河怪、马、龙，分别象征湖、河、海、地下水。几位美女与动物都如同从海里刚刚打捞上来一般，满身是海藻、海贝侵蚀过的感觉。这个效果非常好地表达了喷泉的寓意，或许是有意为之？

广场的另一边有一座别致的教堂，是教皇下令让米开朗基罗设计修建的。不知是米开朗基罗利用了古罗马废墟，还是将这一教堂外形设计为古罗马废墟，外表残垣断壁，红砖斑驳，我第一眼看到它时，并没有认为它是一个教堂。其正面有两个铁门，左边的门没有开，门扇上有两个铁铸的雕像与门一体，左上方是一个天使，右下方可能是圣母，都是断臂的，艺术风格也很像古罗马雕塑，圣母只着一件薄纱衣，略显性感，不是一般宗教雕像的那种庄严。右边的门开着，左门扇上方是一个男子雕像，也是古罗马雕塑风格，但身体被一个十字深深地分隔开来，十字的交叉落在心脏附近。这也许是寓意基督教的深入人心？或许寓意基督教对罗马人的彻底改造？右门扇下方是两颗头颅，被密密实实地用布包裹着，也不知其寓意，或许是说没有基督教，人们就会处于"无明"的状态？这座奇特的教堂融入了现代象征艺术。

这座教堂内部还有更新鲜的东西。教堂右侧墙上有一个伽利略摆；地面几块白色大理石拼起的地板上刻画着地心说的太阳、行星运行图。运行图向前延伸，是一条长长的时间带，斜穿过教堂主厅才结束，时间带上刻着 12 个月 365 天，并在相应的时段附加上一个黄道十二宫的形象图。它的金牛座上的金牛刻画生动，提起一条腿，一副要走动的神态。颜色发黄，有点韩滉《五牛图》的意思。

教堂的左边有一个小门，进入小门穿过一个小展厅，到了一处露天之所，看到一座巨大的铜雕，手里拿着望远镜、钟摆之类的仪器，那应该是伽利略了。对面墙壁上竟有中、英两种文字的说明，看下去，就更让我兴奋了，原来这座伽利略铜雕是中国高等科学技术中心赠送给天使圣母教堂的礼物，雕像的设者是诺贝尔物理学奖获得者李政道教授。再看一下伽利略的雕像，果然有一些中国因素，比如伽利略的袍襟上纽扣处是四个紫禁城门的大门钉。但为什么要把伽利略雕像送给天使圣母教堂，这个教堂里为什么有伽利略摆？我还不太明了。

圣乔万尼教堂是全世界首座基督教堂，比圣彼得大教堂还要早十三年。314 年，最早承认基督教的君士坦丁大帝修建了这座教堂，捐赠给教皇。正是在这座教堂，1929 年，教皇与墨索里尼签订了《拉特拉诺条约》，确立了梵蒂冈城市国家在政治上的独立。但这座教堂里始终保留着教皇的私人祈祷室。

教堂顶上有高达 6 米的耶稣受难和十二门徒雕像，有资料说是伽利略制作的，我有点怀疑，只知道伽利略是个科学家，没听说他是个艺术家。教堂正门是一个青铜大门，门上有非常规则细致的雕饰，庄重大气。据说原是古罗马元老院的大门，元老院建筑倾颓，大门移置于此，可谓得其所矣！另一个青铜大门上铸着一个浮雕，下面是圣母抱着刚刚诞生的耶稣，上面是耶稣被钉十字架，非常简明地描绘了耶稣生死的不凡。

刚要走进大教堂的侧门，一个小伙从门里出来，轻轻地带了一下门，抬头看见我要进去，可能是觉得自己的举动不太礼貌，就又回身帮我把门打开，请我进去。这是教养，中西皆同，时刻关注他人，尊重他人。不仅要有这样的意识，还要见诸每天的行动，勇敢地去做。这不是生活的负担，而是生活的智慧。儒家所谓"智、仁、勇"是也。

圣乔万尼大教堂内部很明亮，有内部照明，也有从顶窗进来的自然光，不同于其他教堂的阴晦暗淡。教堂内部由四排大柱分隔成五条纵深的空间，如同米兰大教堂。中间部分是辉煌的金顶，前方是华丽的圣坛，两旁立着十二圣徒的雕像。地面以几何图案为主，一些紧要之处则是用不同颜色的石头做成的镶嵌画，如叼着橄榄枝的鸽子，极为精巧，巧妙地利用了石料的颜色。

出门的时候，雨已停下，门外现出一道彩虹。走到远处回头再望一眼乔万尼教堂，阳光从云层中散射出来，在圣乔万尼教堂上方形成万道金光。

离圣乔万尼教堂不远有一座小教堂，里面有一段神圣楼梯，共28级台阶。据说这些台阶是耶稣被钉十字架之前走过的，后来信徒们从耶路撒冷运到罗马来，安装在这个小教堂里。我们去的时候，台阶上跪满了虔诚的天主教徒，他们从第一级台阶跪起，祷告一段，膝行上升一级台阶，一直到最后一级台阶，台阶前方的墙壁上是耶稣受难的图画。里面男女老幼都有，前面已经跪满，后面又有排队等待的。这就让天主教更像世俗佛教信仰，具有强烈的迷信色彩，这大概也是马丁·路德进行宗教改革的一个原因，他的新教彻底抛弃了这样的一些迷信活动。但天主教系统一直保持着浓烈的偶像崇拜、圣物崇拜的特征。

这座教堂中一个礼拜室里，一个黑人神甫正在面向信众做一个演讲。他语调铿锵，情绪激昂，神情坚定。教堂的宗教活动中可以是这样的氛围，也是我第一次看到。小教堂的门口还有一座犹大之吻的雕像，不知何人所作。

胜利圣母教堂里有17世纪艺术家贝尔尼尼的著名雕塑作品《圣特蕾莎的狂喜》，不能不看。于是我们就重回地铁，坐到共和国广场，找到胜利圣母教堂。教堂门口有一个姑娘为我们拉开门，教堂左边墙壁的最前方就是那幅名作了。

特蕾莎是16世纪时西班牙一个潜心修炼的修女。少年时患了癫痫病。发病时产生幻觉，在她眼中这都是上帝显示给她的种种奇迹。后来她就把自己每次发病时的幻觉记录下来。这份自述流传到17世纪，其中一则说，她看见一个小爱神模样的少年天使用金箭向她的心口刺来，"我感到这支箭头已刺透了我的心。当他把金箭抽出时，我感到好像在抽我的心那样……这时我感受着一种无限的甜蜜，我很想把这种痛苦永恒地继续下去……"天主教会利用特蕾莎的记述来宣扬宗教神秘主义，把这位修女封为圣徒。但贝尔尼尼这个人文主义艺术家却看到了其幻觉隐含的人对爱欲的追求。于是他创作了这座雕塑史上的名作。雕像中，小天使神情淘气可爱，手持金箭，正要刺向特蕾莎的胸口，特蕾莎则仰身横卧云中，她手脚松垂，双唇微张，两眼轻合，完全是一种沉醉的状态，神情极为生动。雕塑中的衣折曲折流畅，让人不觉这是由坚硬的石头雕成，这些艺术家，让顽石具有了人的血肉。雕像的背后装饰了金色条纹，向下散射，如天堂之光。也许是这座雕像太珍贵了，教堂不允许用闪光灯对它拍照。在阴暗的教堂里，我的相机里只留下了两张模糊的影像。

彼得镣铐教堂里供奉着圣彼得被捕时的镣铐。耶稣十二门徒之一的彼得晚年来到罗马传教，遭到罗马统治者的拘捕，最终被倒钉十字架而死。束缚这位圣徒的镣铐被人收藏起来，如今供奉在这座教堂圣坛下方的金匣子里，金匣子前面是玻璃的，匣内施以灯光，镣铐清晰可见。不少天主教徒前去礼拜。这座教堂之所以有名，还因为有米开朗基罗的代表作《摩西像》。

摩西像是米开朗基罗为教皇尤利乌斯二世的陵墓创作的一尊雕塑作品，是美妙绝伦的米开朗基罗的代表作品之一。摩西双眼沉静而炯炯有神，其领袖气质由此突出地传达出来，长长的络腮胡子让人感受到摩西深厚的阅历和智慧，肢体粗壮有力。整个雕像具有米开朗基罗特有的健美俊朗。左脚回收，有欲起之状，更增加了雕像的生动。唯摩西头上长着两只犄角，历来未有解释。也须是要表现摩西的不凡，或半神性？

罗马古城废墟附近有一座名为圣母科斯梅丁的教堂，著名的"真理之口"就在这里。"真理之口"是张着大嘴的海神面像，原是古罗马的地下水井盖。后来有人收藏在这座教堂里，不知何时，演变成了"真理之口"。据说，把手伸进海神的嘴里，如果你是说谎者，你的手就会被海神咬掉。电影《罗马假日》中男女主角在这里的精彩表演，如烈火烹油般，让"真理之口"更加成为游罗马者必去的景点。今天，这里就有很多游人，排着长长的队伍去真理之口伸手拍照。

意大利

佛罗伦萨

　　佛罗伦萨，文艺复兴之城，文艺复兴开始于佛罗伦萨，文艺复兴时期的艺术家也多与这个城市有渊源，有的出生于佛罗伦萨，如但丁、彼得拉克、达·芬奇、米开朗基罗等，有的曾长期客居于佛罗伦萨，如薄伽丘、拉斐尔。徐志摩曾以诗人的灵思将这个城市译为"翡冷翠"，我觉得这个名称最适合这个艺术古城，今天我就用这个名称来讲述佛罗伦萨吧。

　　圣诞已过，但圣诞的余韵仍然弥漫在翡冷翠的大街小巷里，这不，一家宾馆的门口还摆放着用苹果、冬青叶簇成的盆饰，开始我们还怀疑苹果是假的，但上前一摸，竟是真的，而且最上面的一颗还漆成了金色，真是漂亮。应该是平安夜的纪念吧。

　　火车站旁有一座新圣母马丽亚教堂，名字中有一个"新"字，却是翡冷翠现存最古老的教堂。建于1221年，由于是在原圣母玛丽亚祈祷教堂的基础上建立，所以被称为"新"。其外观与内部陈设均带有早期教堂的简朴特点。其外墙用青砖杂以石块砌成，工艺并不精细；从一个开放的礼拜堂可以看到内部也简单得如后来的新教教堂，墙壁没有任何装饰，只有正前方的耶稣受难像散发着金光，算是教堂里的一点亮色。但这座教堂的正面在文艺复兴时期曾被当时的著名工匠阿尔伯蒂重新整修过，与教堂原貌在风格上大不相同。阿尔伯蒂创造性地用黑白两色大理石交替使用装饰教堂正门，构成了多样的几何图案，这个做

法对后世教堂装饰影响很大，我觉得它是圣母百花大教堂装饰风格的先声，已经具有了百花大教堂的雏形。

教堂前面的广场上竖立着一块粗壮的方尖碑，无字，由四个小乌龟在四个角上顶起，饶有趣味。

圣母百花大教堂。整体用各色大理石配色装饰而成，非常华丽，不同于罗马的许多教堂的朴素外表。刚来翡冷翠的那个晚上，我初见圣母百花教堂时，夜色中没有感觉到它有多美，反而觉得它满身花影，有些俗气。今天重见，明亮的阳光下，整座教堂有着白色的基调，庄重大方，与其绚丽多彩形成了恰当的中和。大教堂及其旁边的乔托钟楼都体量巨大，除了有雕塑覆盖处之外，全部是彩色大理石镶嵌出的精美图案。每一块大理石都是经过极其精细地选择和磨制的，它们严丝合缝地拼接在一起，形成精美而准确的花样，有些地方的图案非常繁杂细腻，需要数量庞大却精细小巧的彩色大理石，且必须切割出各种各样的弧度来，工程之巨，出乎我们的想象，但翡冷翠人最终将如此绝世之作呈现在世人面前，让人惊叹宗教的力量。

大教堂著名的穹顶也能够中和其绚烂的色彩，使人不会感到它过于浮华。这座穹顶是文艺复兴时期翡冷翠的建筑师布鲁内莱斯基（Filippo Brunelleschi）在 1420—1434 年间设计建造的，穹顶覆盖着红色的

瓦片，有六根白色的肋架将整个穹顶分为六个等份，形成了色彩上美好的节律。这座穹顶似乎比其他教堂的要高一些，便有了一个极美的弧度，这种美是由你的眼睛投入到你的内心中，得之于心，但难以言传。它沉稳大方，庄重亮丽，如一座奇特的雕塑。米开朗基罗在建造圣彼得大教堂的穹顶时说："我可以造出比圣母百花大教堂更大的穹顶，但无法比它更美。"

跟着长长的队伍，走过雕刻着繁饰的青铜大门，就进入了百花大教堂。与罗马的教堂不同，它的天顶是朴素的，除了圣坛上边的穹顶之外，其他地方没有天顶画。圣坛也是很简朴的，没有像罗马教堂里边的那种四根大柱围绕支撑的华丽壮观。两边墙壁上则有玻璃花窗和一些雕塑和绘画，其中有米开利诺绘制的《但丁在翡冷翠城外》。圣坛对面教堂正门上方有一方 24 小时制的大钟。教堂里游人太多，嘈杂之声渐渐高起，所以教堂过一会儿就要发出一段深沉而柔和的提醒："Silence! Silence!"声音降下去了，但过一会儿又渐渐高起来。

百花大教堂外是圣乔万尼洗礼堂与乔托钟楼。外饰与大教堂一致。洗礼堂呈八角形，上有三座大门，其正门为南门，金色，上面有 28 块青铜镶版，浮雕精美。

距离百花大教堂不远就是市政广场，广场的核心是希纽瑞阿大厦，14 世纪修建，是当时翡冷翠共和国政府，今天仍是市政府府所在地。广场上有海神雕像，孔武有力；米开朗基罗的大卫像，英姿俊朗；但这里的大卫像只是一个复制品，真品在美术学院博物馆。广场左侧还有一个敞廊，建于 14 世纪，里面有当时搜集来的几尊罗马贵妇像，还有文艺复兴时期意大利艺术家的一些杰出之作，如《帕尔修斯割下美杜萨的头颅》《劫夺萨宾妇女》《赫拉克勒斯战胜半人马》等雕像。

过了敞廊就是乌菲兹美术馆，再往前是阿诺河，在比萨看到的是即将入海的阿诺河，在翡冷翠，阿诺河还处在它的中游，不像在比萨那样平静，而且水流是浑黄的，里面有些练习划艇的人。不远处的河上有一座廊桥，俗称"老桥"。这座廊桥最不同寻常之处是桥上建有很多商铺，卖各种珠宝或工艺品。有些商铺的外墙甚至超出了廊桥原来的墙面，悬于空中，为了稳固，用木桩斜撑着。这使得廊桥外观增加了多种色彩的"浮雕"。充满世俗气息而又别致不凡。据说希特勒也很喜欢这座翡冷翠的老桥，德军撤离时，它是翡冷翠唯一没有炸毁的一座桥。

穿过老桥熙熙攘攘的人群，皮蒂宫就不远了。皮蒂宫规模宏大，前面有非常开阔的广场。其设计者就是设计百花大教堂穹顶的布鲁内莱斯基。它的开创者及早期主人原是当时的银行家卢卡·皮蒂，他想建一座宫殿，显示自己的实力不逊于美第奇家族，于是不惜花费，一切力求大于、好于美第奇家庭的宫殿。结果难以为继，最终还是被美第奇收购。今天的皮蒂宫是一座博物馆，里面有大量的名家名作。票价13欧，有点贵，但还是想一饱眼福，于是就到售票处买票。没想到售票处的那位姑娘说：今天免费参观，不用买票。哦，美丽温暖的翡冷翠！

皮蒂宫收藏的画作题材非常广泛。宗教画、人物画当然是数量最大的，因为这是画家们的衣食之源，教堂与一些高贵人物是画家们最重要的主顾。另外，这里的画作还有很多山水、田园、战争、民间生活等主题。其中有一幅画的是一群乡间孩子在追赶一头毛驴，驴被惊得毛发炸起、急速奔跑，孩子们有的欢呼雀跃，有的跌倒路旁，极为生动。

中国画擅长淡远的意境，西画则穷形尽相，佳者非但不失意境，且能形神两全。如 Antonio Fontanesi 的 Dopo La Pioggia 也是一幅山水田园画，但其透视、用光及山石、牛群、树木、牧童的刻画逼真若照相。Gaetano Chierici 的 Gioie Di Una Madre 描绘一个贫困人家，裸露的墙砖、破败的席子、用为隔断的木板、母亲手中的毛线等皆真切若实景然。其他画中如铁甲之金属光泽、妇人之半透薄纱等难形之物亦皆令人惊其用色之妙。

其雕塑亦如此。如 Copla Antica 之拿破仑；Giovanni Bastianini 的 Antonio Gualtiero；Urbano Lucchesi 的 il Rosario 及他的 il Cantastorie 等人物雕塑皆毫毛毕现，骨肉合度，衣带柔曲，见之惊为真人，而气韵就在逼真之中。还有一座不知何人雕刻的《美杜莎》，用细腻的白色大理石将这位邪恶的蛇发美女雕刻得极有韵味。但由于功课做得不够，拉斐尔的几幅圣母像及鲁本斯的绘画《战争之后果》都没有看到，非常遗憾。

佛罗伦萨街头，不像罗马那样有许多警察。

乌菲兹美术馆原是翡冷翠市政府办公大厦，乌菲兹（uffizi）在意大利语中就是"办公室"的意思，音转为英语的 office，欧洲不同语言中的词大都有着共同的源头，其不同写法完全可以用中国音韵学中的"音转"来解释。这座美术馆收藏了13至17世纪意大利的众多艺术珍品。我们起早冒雨赶路来到乌馆，排队等待买票的人还是已经站满了半个走廊。但这并不证明我们的匆忙赶路是没有效果的，因为仅仅10分钟后，整个走廊就被排队的人全部塞满了，更晚的人只能在廊外排队了。因为排队已是这里天天出现的普遍现象，所以大家并不着急，有的在看书，有的在聊天，平静地等待着蜗行的长队。

原以为一个小时就能排到，结果一个半小时了我们还没看到门口。前方告示牌上不断显示坐轮椅的人不用排队的提示。欧洲人也有图方便而越轨的时候。一个老太太为了节省路程，想从栏杆底下钻出去，终因年纪大身体胖，试了两次未能成功，就放弃了。

排队 2 小时 20 分钟后，我们终于登堂入室。这时我们只剩不到两个小时的参观时间了。乌馆检官员是一个非常喜气的四十多岁的男士，他能用不同语言向不同人表示感谢。但到我们将票递给他的时候，他说的却是"阿里嘎套"，我就答了一句"谢谢"。

走进馆内，走廊两边都是石雕像，很多是古希腊、古罗马时期的佳作，其中有闻名世界的《拉奥孔》。拉奥孔是荷马史诗里的一个人物，特洛伊人，曾警告特洛伊人不要接受希腊人留下的木马，遭到神的报复，让两条大蛇将他与两个儿子缠勒致死。这座雕像作者不详，但的确是一个难得的佳作，人物挣扎的力道与痛苦的表情都表现得极为真实而生动。

米开朗基罗的《圣家庭》也收藏在乌馆，几百年过去了，这幅画作依然鲜艳动人。圣母衣衫上如丝绸般的亮光还耀人眼目，不仅画作如新，其中的人物也生动欲出。达·芬奇的《圣母领报》在另外一个画室中，画前站满了人，都在默默地欣赏这幅绝妙的画作，唯恐惊扰了画面中娴静优雅的圣母。菩提切利的《春》和《维纳斯的诞生》则有另一种清新之气。他避开了基督教题材，转而去描绘古希腊的女神，让画面充满自然的生机和人性的灵动。时间已经很紧张了，我只好加快脚步，幸而天不负我，在我匆匆浏览之际，眼前一亮，我看到了拉斐尔的自画像和他的名作《利奥十世》。他的自画像温润柔和，如女郎一般，不是一时的拉斐尔，而是一世的拉斐尔。《利奥十世》则刻画出了这位教皇沉静表面下的忧郁与复杂的内心。利奥十世教皇是翡冷翠人，出身于著名的美第奇家族。

能看到这么多艺术珍品，我真该感谢上苍了。我飘洋几万里，它们穿越数百年，在今天这样一个神秘的日子里我们相遇。当我面对这些伟大的艺术品时，内心总有一丝颤动，有一种穿梭时空的恍惚之感。今天的照相技术也许可以毫毛毕现地再现出原作的一切细节，但面对再精致的照片也不同于面对它的原作。站在这些耀眼的作品之前，我仿佛看到几百年前这些伟大的身影孜孜作画的情景，我仿佛看到他们也像我这样站在他们的画作面前沉静地欣赏，我仿佛触到了在这些画作或雕像上面依然留存着的艺术家的灵魂。我细细地品味这些作品，如同与那些伟大灵魂对坐心谈。你会在他们面前沉醉，你会觉得你愿意用生命换取与他同在的时光。让这样的时刻永恒吧！

意大利

威尼斯

威尼斯陆路上跑的是公交车，河道里跑的是公交船。公交船与公交车一样重要，甚至更加重要。且不说威尼斯这个"水上之城"由118个岛构成，非船不可以连通，就是主岛这一个部分，对水路交通的依赖也高于陆路交通。大运河是个弯度非常大的S形，如太极图的阴阳分割线那样将主岛割成两半，主岛上的重要景点，通过大运河上的公交船基本上都能走到。走在大运河边，不远就会有看到一些"船"泊在岸边。但那不是船，而是候船厅，相当于陆地上的候车亭，里面设有座位，你在那

里稍等片刻，就会有船靠过来，那才是真正的公交船。公交船也像公交车那样有路号，你一定要在候船厅里研究清楚你要乘坐哪班船。这里的交通费当然是昂贵的，乘车、乘船，一次7欧。但要是买一个24小时交通卡则只需20欧，还是不便宜，但想一想威海去刘公岛往返就要50块钱，就会觉得可以接受了。还是没人检票，全凭自觉。

威尼斯应该是晴天，威尼斯果然是晴天。我们很有福气，昨天刚到威尼斯时，天还非常阴沉，今天一早就云开雾散了。阳光下的威尼斯是透明的，远处的小岛点缀在蓝天白云和碧海之间，红是红，白是白，一切都那么清新。

今天我们要先去玻璃岛和彩色岛游玩。

玻璃岛这个名字非常契合威尼斯的风物，会给人无限美妙的遐想，让人想起玲珑剔透，纯净明丽。但玻璃岛这个名字并不是诗人的美言，而是百姓的直白，那里实实在在的就是一个玻璃制造地。从19世纪起，威尼斯玻璃制造就已经崭露头角。但玻璃炼炉极容易引起火灾，几番教训，政府就要求所有的玻璃制造厂都搬到这个岛上来，即使发生了火灾，殃及面也只限于岛内。于是这个岛就被称为玻璃岛了。是因为制玻璃，而不是因为玻璃般的漂亮而得名，意大利语为Murano。

玻璃岛上很多玻璃制作的公共艺术品，下了船不远处就有一个小型的玻璃花园。往里走，又会看到一个玻璃的人像雕塑，还有一个用彩色碎玻璃当马赛克拼贴合成的一个工人吹制玻璃的图案，一家的玻璃门刻画的是玻璃岛上的灯塔。昨晚我们在主岛上已经见识过威尼斯玻璃饰品的细致精美，内心中曾涌出无限的感叹：玻璃这种习见如常的普通之物，竟然可以制作到这么精美的地步！我们看了无数家店，也为家人买了不少玻璃饰品，原以为该见的已经见到，来到玻璃岛就不会再少见多怪了；而且因为耽搁了很多时间，曾约定到了玻璃岛就不再逛玻璃店了，但是抽象的、僵硬的设定无法挡住那些精美的玻璃制品的巨大诱惑。

玻璃岛上多是大型玻璃制品，与我们昨晚逛过的小店极为不同，别有一种魅力让人流连驻足，每当走过一家店，他橱窗里的陈列会使你不由自主地走进店内，除非你有超凡的理性与定力，但话说回来，

这种剥夺灵性的理性与定力我们要它何用？我还是不要超凡，且做一个尘世之人，受用一下威尼斯人灵思异能吧！有一家店里的玻璃鱼太逼真了，让我的同事认为是把一条真的鱼包裹在玻璃里了。她发问道："他们是怎么把鱼弄到玻璃里边的？"虽然我嘲笑了她，其实也有同感。但从玻璃制作工艺看，是不可能把一条真鱼包裹在玻璃里边的。还有一家店里满是让人惊叹的艺术精品，堪称是一座玻璃艺术博物馆。我们一路观赏，一路感叹。我突然感到，人的心里充满难以言传的愉悦时，和他满心忧郁时的表现是一致的：叹息。那家店里的人态度特别好，我们在里面参观，走到哪里，他们就会把灯开到哪里，他们什么话也不说，只是默默地为我们服务，让我们自由观看。这让我感到不好意思就扭头走掉，却又不知道该怎么表达我的谢意，就指着一个非常精美的鱼形器问他多少钱，他说这个3600欧元，知道我来自中国后，他说，3600欧元可以给我邮寄到北京的。服务真是不错，但我也真的买不起这个，也只好道谢退出了。

　　一家玻璃店还让我们参观了一次玻璃制造流程。玻璃料粘在一个长长的铁管子前端，放进火炉里面去烧，等它变得柔软可塑的时候拿出来。玻璃工先是用冷水洗了洗铁管子靠前的部分，可能是为了给管子降降温，然后将玻璃料在平整的铁砧上滚了滚，又用一个半圆形的工具为它整形。随即举起铁管子向里吹了一口气，再将铁管垂下，让玻璃料由于自身重量拉伸开来。玻璃工嫌速度不够，就摆动铁棒，甚

至将铁棒像金箍棒那样旋转起来，吓得站在看台上的人们直想躲。当拉伸到一定长度时，玻璃工又向铁管里吹更多的气，玻璃料的顶端就鼓成了一个球状，他又将球的底部往铁砧上一按，一个玻璃花瓶就做成了。玻璃工又用另外一块料，用拉抻的工艺做成了一匹马。得到人们热烈的掌声。

玻璃岛上到处都非常洁净，但房子都很陈旧，有些地方墙皮剥落，有的地方红砖碱蚀，有些地方通道十分狭窄，从低矮的门口向里望去，长长的巷道里面有一些住户。让人感到这里的房子几百年来没有什么变化，中国人有钱了首先是要盖房子，或者买房子，威尼斯人挣了钱做什么了呢？他们好像极为安于这样长久不变的安静生活，有一家还用一条粗壮的麻绳系着一条木制的鱼挂在窗前，让人联想到古朴的民风。还是那个问题，又一次浮上心头：什么是现代化，什么是幸福生活？

彩色岛（Burano）多是小巧可爱的房子，"大街"两旁是人行道，中间的主干道则是一条河。有一些小拱桥跨在小河之上，如果河里不是海水，如果房子再素雅一点，那简直就是中国的江南小镇。但色彩斑斓的房子让我从"如果"中醒来，当地人什么鲜艳的颜色都敢用在自己的房子上，如粉红、翠绿、嫩黄。丰富的色彩在明亮的阳光和纯净的蓝天下更加艳丽，倒映在水面上，随波颤动，更是水彩画一般。彩色岛上也有一座斜塔，被朋友们戏称为意大利古代的又一豆腐渣工程。除了这些，彩色岛再没什么好看的了。我们要乘船回主岛，去圣马可广场。

圣马可教堂是9世纪时威尼斯人为安葬圣徒马可的遗骨而修建的教堂。圣马可是早期基督信徒，《新约·马可福音》的作者，在埃及传教时殉难。后来，圣马可的遗骨被两个威尼斯商人从埃及亚历山大偷运到威尼斯安葬，在其安葬地人们建起了这座教堂。从此圣马可就成了威尼斯的保护神。传说圣马可的坐骑是一头带翼的狮子，所以随着马可的到来，这头神狮也成了威尼斯的象征物，威尼斯的市徽就是这头带翼飞狮手持圣经，翻开到《马可福音》的页面上，威尼斯人也喜欢以"马可"作自己的名字，著名旅行家威尼斯人马可·波罗就是一个例子。

我们到的时候，圣马可教堂正在维修，脚手架和幕布遮挡了教堂的正门上部。但从侧面还可以看到两个大穹顶，与罗马、翡冷翠的不太相同，其弧度和造型带有一点东正教堂的味道。它的正门拱券有的带有阿拉伯尖。门上方的画中，也时有阿拉伯人的形象，头上戴着厚厚的白头巾。圣马可教堂里的壁画常常是马赛克拼贴出来的，马赛克艺术起源于中东。可以说，圣马可教堂受东方建筑艺术影响较大。教堂墙壁上几乎每一块石头都有着复杂精美的雕镂，花样繁多，令人惊叹。正门上方有四匹铜马，脚手架似乎是为这四匹铜马架设的，是安装还是修复？

　　教堂左前方是高大的钟楼，红砖砌成，钟房是大理石建造。从海上望去，红色的钟楼挺立在一片白色的大理石建筑群中，在蓝天的衬托下，俏丽无比。钟楼对面、圣马可大教堂的右边还有一座时钟塔楼，24小时刻度，用拉丁数码，往里一圈是十二宫形象图，时钟某处用拉丁文写着：我只计数幸福的时光。这个大钟不光有一个转动的时针，在钟面的上一层，还有两个窗口，一个用罗马数字显示小时，一个用阿拉伯数字显示分钟，像今天的电子显示屏，但请注意，它是机械的。两个窗口之间是圣母圣子像，再上一层是威尼斯市徽，楼顶上立着一个大钟，旁边有两个铜人，手拿大锤，在整点的时候应该可以敲钟。制作可谓巧妙精工。据说，这座塔楼制造完成之后，威尼斯人把制造者的眼睛弄瞎，以防第二座如此精美的塔楼出现。这样的传说在布拉格关于天文钟也有，极为相似，应该是民间的讹言。有这样心胸狭隘、穷凶极恶的城市管理人，欧洲的时钟技术和艺术就不可能有后来的极大发展。

　　圣马可广场的名字来源于圣马可教堂，是威尼斯最重要的广场。广场以教堂和钟楼为拐点，形成一个反着的L形。长的一侧是本来意义上的圣马可广场，对面顶端是圣马克图书馆。两边分别是旧议会大楼和新行政大楼。但它们的一楼都不是政治场所，而是咖啡厅。广场上也摆放着很多咖啡座，人们可以坐在那里安静地品味一下古城韵味，闲看广场鸽优雅地觅食。这两排建筑都是三层，风格一致，前面都是石柱长廊，匀称的石柱在人们的视觉中演奏出宏大而优美的韵律。晚间柔和的灯光下石柱明暗交替，更像是一首浪漫的舞曲，这是威尼斯不同于罗马的地方，即使是庄重肃穆的所在，也总能有办法一展自己的亮丽。L形短的一侧是后来开辟的，现在也是圣马克广场的重要组成部分，也被称为"小广场"。这个广场直通向大运河，可以看到公交船与刚朵拉在运河上穿梭往来，广场入口处立着两个高大的石柱，柱顶一个雕塑着飞狮，象征着圣马可；另一个是威尼斯更早的守护神圣狄奥多。威尼斯的贵宾都是从运河下船，从两个石柱间进入这座美丽的城市。

　　小广场一侧，紧靠大教堂的是总督府，曾经是威尼斯共和国的办公大楼，现在是博物馆。

　　太息桥连接着总督府和监狱。是一个悬空在河道上的雕饰华丽的廊桥，有几扇窗子开在朝向大街和运河的方向。据说因犯们在总督府被判刑，然后被押往监狱，走过这座必经之桥，透过窗户最后看一眼人间的繁华，想到自己将在暗无天日的牢狱之中苦受煎熬，都不免会叹息一声，于是此桥就叫作太息桥了。这大概也是对犯罪者的一次触及心灵的教育吧。

刚朵拉是威尼斯特有的一种船，可以乘坐6个人，划行35分钟，要80欧。这种船可能来源于独木舟或埃及的纸草船，它的形状是细长的，两头收拢成一个尖，全身涂成黑色，两头尖处装饰上一块银白闪亮的金属板。单桨划行，桨安在后部瘦细处，所以即使是单桨也不会让船偏斜。用单桨而不用双桨，可能与河道狭窄有关系。

夕阳下的威尼斯醉人心魄。落向海面的夕阳平射出金黄的光线，映照在总督府、钟楼和柱顶飞狮上，柔和的亮色与在下层暗影的衬托下让人感到一种亲切温暖的忧郁；鱼鳞一般的薄云传递着阳光最后的亮色，远处的教堂、房屋和树木凝成秀美的剪影；远处的归舟驶来，划船人、乘客和那条船都披着一半晚霞的红妆，在已经暗去的水波中缓缓地飘荡。当空中的云也笼上暝色的时候，天地之间只剩下河边建筑上的一抹橙红，威尼斯宛然是大自然精心创作的一幅油画。我内心震颤着，我祈愿能端坐在威尼斯的海面，打开我每一个细胞，去领受自然造化的无限大美，在透彻的沉醉中与天地冥合。

意大利

博洛尼亚

我们这次旅行的时间太长了，十几天的奔波带来的疲劳和倦怠，严重削弱了我内心的新鲜感和好奇心。我们今天要去的博洛尼亚是个小城市，从启程那刻起就带着一种随便看看的轻视态度，但博洛尼亚丰厚的内容远远出乎我的意料，给我带来了极大的惊喜，成为我旅行尾声的一针强心剂。

我们最先参观的博洛尼亚大教堂就让我有些震惊，很快扭转了我对这座小城的态度。大教堂的位置有些尴尬，面前没有巨大的广场，而是一条狭窄的街道，我们想给它拍个全景照都很难找到取景角度。红砖的外观也没有什么奇特之处，也未见有漂亮的穹顶。但走进教堂，才见壁画琳琅，装饰整严。入门右侧有一组雕像，是从十字架上放下耶稣、圣母悲痛欲绝的 pieta。像前满是人们敬献给耶稣的烛光。圣坛镶金嵌玉，金碧辉煌。左前方高高地安装着管风琴的乐管。整座教堂表现出一种大家之气，完全超出了我对一个小城的设想。

大教堂的侧面不远处是博洛尼亚的中心广场——马乔列广场。四周围绕着苍老的建筑，红砖墙发出了灰黑色，一副年深月久的面容，造型颇有城堡的味道。广场一侧有一座大型雕塑，名为海神喷泉。那天喷泉安静地被围在围栏里，似乎在等待维修。另一边又有一个充气的漏水大壶的造型，不知是何寓意。广场上很热闹，很多人围拢起来看一个滑稽表演。表演者戴着一顶黑色礼帽，穿着吊带裤，要让邀请来的一个小胖墩蹬到他的肩膀上去，但试了几次都不能成功，逗得观众哈哈大笑。小胖墩其实也是个victim，都是小丑在关键时刻弄个破绽，让他功亏一篑。

广场的另一侧又有一座大教堂，称为圣白托略大殿。这座大教堂的面积名列世界第五，始建于1390年，但其建设过程颇为曲折，直到今天其正立面仍未完成。我们到的

时候，一面巨大的幕布将脚手架遮挡起来，幕布上一比一地印着大教堂正立面的理想图。就如教堂墙壁透过幕布显示出来一般。其内部空间非常大，但装饰极为朴素，墙面、穹顶都是素白的颜色，没有装饰，或许是尚未装饰。圣坛虽算不上高大，但雕刻非常精工。给我印象最为深刻的是它巨大的管风琴，一大面墙上装着大小粗细不一的几十根管子，仿佛又让我听到了罗马的教堂里震撼人心的绕梁余音。

　　这里普通市民的文化生活也让我深受触动。市立图书馆在广场海神喷泉的一侧，市民可以自由进入读书，游客也可以自由参观，没有门卫，没有登记，没有安检，没有任何人盘问我们。馆内温暖明亮，图书馆建在一个古城墙遗址之上，所以图书馆的地板都设计成透明玻璃的，行走时向下就能看到古遗址。图书馆里人很多，但很安静，大家都在自己的座位上读书，有大厅座，也有小房间。一楼是报刊杂志，二楼是图书，都保存完好，没有破损，三楼展示的是博洛尼亚的城标设计稿，从规模上看，应该是面向全体市民征集来的，参与者甚众，整个三楼都陈列满了，而且创意丰富。从这里可以看到这个城市普遍较高的市民文化水平和向心力、凝聚力。这样的文化生活水平真是让我们羡慕。我们也应该多方努力，让我们的各地的国人也能获得这样的文化滋养。

　　这里有欧洲最古老的大学——博洛尼亚大学。1088年，博洛尼亚大学成立。目前，这所大学的在校学生人数达 10 万人。博洛尼亚大学确立了一个西方大学的传统：任何权力不得干预大学的研究和教学。也是利用这个便利，在严禁解剖人体的中世纪，博洛尼亚大学建立了世界上最早的人体解剖室，也是最早的阶梯教室。中间是白色大理石面的解剖台，围以木制栏杆，室内三面是三层的观看台，一面是圣坛，坛上所祭不知是哪位圣者，撑起圣坛的是两个人形木雕，不仅是裸体，而且是裸皮，他们直接展示了人体的肌肉组织。圣坛对面的墙壁上有另一尊木雕像，是一位教授手里拿着一个鼻子。这个人体解剖室在阿尔基金纳西奥宫的二楼，这里曾经是博洛尼亚大学的旧址。

双塔是博洛尼亚的象征物，市立图书馆中市民的设计图里常常出现双塔的形象。从海神喷泉一带向东一望，便看到双塔立于长街尽头，顺着街边长廊 5 分钟就可到双塔脚下。双塔一高一矮，高者挺立，矮者歪斜。皆建于 1109 年，当时博洛尼亚两大家族为显示自己的实力，竞相修塔，结果一家因地基不牢，塔建到一半就开始倾斜，只好作罢。如今矮塔已经封闭，禁止攀登。

临行前在一家披萨店吃饭，那里有 Wifi，密码竟然是 nothingisfree，虽有些强硬残酷，但说的也是事实。在意大利，或者说在整个欧洲，连上厕所都不是 free 的，而且收费奇高。克拉科夫火车站要 2 兹罗提，意大利一般是半欧元，维也纳也有收 0.7 欧元的。但 Nothingisfree 这句话也警示我们努力前行，用自己踏实的付出心安理得地换取自己的所求。

来博洛尼亚的火车上，中途上来了两个东方面孔的人，一男一女，坐在我的对面，我觉得他们是中国人，但他们说话我听不懂，猜想也可能是越南人。但快到博洛尼亚，我们准备下车的时候，男的用很地道的普通话问我："到博洛纳了？"博洛尼亚也可称为"博洛纳"。

意大利

维罗纳

意大利之行还剩一天了，我们决定去维罗纳。从米兰坐火车，13 欧，两个半小时到达。火车站有自动售票机，我们操作上可能有点问题，一直没有成功，一个黑人兄弟过来帮助我们，顺利地买好了票，他说希望我们把买票剩余的零钱给他。这没有什么不对的，我把售票机退出的零钱都给了他，并向他表示感谢。

意大利的火车都是自己检票，直接登车，有的车会查票，有的车根本无人查票。今天元旦，我们往返两趟，没有见到任何一个乘务人员，大概只有一个火车司机吧。

维罗纳在阿尔卑斯山南麓。在 Rovato 一带的火车上就可以看到远山雪白的峰顶。田野照旧是绿色的，小河清澈地流过，一匹小马在一片草地上一踮一踮地奔跑。途经一个名叫 Desenzano 的小城，阳光下的城市在雪山脚下，旁边又有一汪碧绿的湖水，令人心醉神迷。

维罗纳在我们的计划外，所以我们没有维罗纳的旅游攻略，连维罗纳的地图也没有，下了车我们就想找 Information 要张地图、问问路，但并未找到。旁边有几个出租车司机告诉我们现在 Information 没有人上班，他问我们去哪里，我们说要去维罗纳城。我担心他会像国内的某些出租车司机那样不会给你指路，而是不断要你坐他的车，但没有，他指着前面的路说过两个红绿灯会有一个大圣诞树，左转顺着那条大道就到了。丝毫不提打车的事。我们向他道谢，刚要离开，又一位司机朋友招呼我们稍等一会儿，随后他从车里拿出一张地图，说是要送给我们。想起国内某些不良出租司机的做法，我简直觉得眼前是一个奇景：出租车给人指路且送地图，这不是自毁生意嘛！

顺着他们指的路，走过一个 m 形城门，很快就看到了老城中的圆形剧场。圆形剧场是古罗马时期遗留下来的，其形制很像罗马的斗兽场，当然规模小了很多。剧场用两层石头拱券作骨架，由红砖垒成。古希腊、古罗马时期很重视剧场建设，作为娱乐与公民教育基地，古希腊伯里克利时期，还实行了"观剧津贴"制度，给由于到剧场观剧而耽误了工作的人以一定的经济补偿。维罗纳剧场是保存最好的古罗马剧场，历史上莫扎特、帕瓦罗蒂都曾在这里演出过，直到现在剧场一直在使用着。

剧场旁边是一个小广场，绿树青草和一种红果的点缀让广场充满欢乐轻松的气氛，喷泉柔和的细流在阳光照耀下闪着亮光。孩子们在奔跑嬉戏，一架古典式的旋转木马充满欢乐的喧闹。

我在剧场前刚刚站好让计老师给我拍照，一把明晃晃的剑尖就伸到了我的面前，吃惊地转身一看，一个满身铠甲、披着红斗篷的古罗马武士站在我的面前，剑对着我，但脸上却是讨好的面容。见我看他，就又拿出一把剑递给我，让我摆出和他对剑的pose。一会儿又站到我的身前，让我用胳膊卡住他的脖子，用剑刺他。然后又邀请计老师与他摆pose合影。我们玩得非常高兴，一连向他表示感谢。他对我们说，我是个吉普赛人，我需要1欧元。能给我们带来这样的欢快，1欧元不过分啊。我们给了他1欧。

莎士比亚剧作中的故事有很多是发生在意大利，罗密欧与朱丽叶就是维罗纳人。我们离开圆形剧场，要去寻访那段凄美动人的爱情故事。

一路行来，维罗纳热闹而多彩，路边一个小丑扮作一个婴儿，在婴儿车里嘻笑哭闹，吸引了很多人围着观看。小丑有一个遥控玩具车，开到人们面前去要钱，给了钱就嘻嘻地笑，不给钱就哇哇地闹。又有一个小丑将自己装在垃圾桶里扮成小狗，人们给他投币时，他会发出一种很奇怪的狗的笑声。一个小市场附近还有人表演我在布拉格曾经看到过的悬空打坐，但没有布拉格得那么震撼。布拉格的两个人印度衣着，神情肃穆，始终闭目入静，给人一种宗教性的庄严。这里的一男一女打扮成阿拉伯人，已经输了一截，而且那个女的神情太轻松，睁着眼睛到处看，坐在地上的男的也时时开眼，看看他的钱盒。

在小市场，我们向一个人问去朱丽叶家的路，另外两个人也过来讨论，她们是一家人，好像是祖孙三代，说了半天，觉得说不明白，老祖母就说：跟我们来吧。我们跟着走了大约五六分钟，老祖母指着一个大门洞告诉我们，那就是了，但今天放假，不开门。说完就向我们告别，重新往市场走去。她们往这边来纯粹就是为了给我们指路的，真是让人感动。

朱丽叶的故居在一个狭窄的深巷中，淹没在大片的居民区中，门牌是23号，我没有记住这条路名。一个大铁栅栏门紧锁着，很多游人拥挤在门口，满心遗憾地向里观望，我也挤到门口向里拍了一张照片，深深的门洞对面，是一个院落，一株亭亭的绿树下是朱丽叶的铜像，身上有些部位被抚摸得非常光亮。左边的铁门上挂满了爱情之锁，另边门玻璃和墙上贴满了祈福的硬币。

维罗纳大教堂。这里的大教堂也叫Duomo。看来意大利语Duomo就是大教堂的意思。这个词很有趣，多么像汉语的"多么"呀，可以内含无限的赞美与感慨！大教堂门口有两尊怪兽雕塑，鸟喙而羊耳，兽身带翅，方负石柱，简直是《山海经·海外西经》啊！只是不知它有何来历。

阿迪杰河从维罗纳城中穿过，河床很宽，水流和缓。浅滩上有很多水鸟在那儿停留休息。

博洛尼亚和维罗纳这两个城市让我感到意大利的城市发展是非常平衡的，意大利的小城市和大城市之间不知是否有行政上的级别差异，但在城市建设方面的差异几乎是不存在的，我感觉博洛尼亚、维罗纳是罗马的具体而微者，而不是等而下之者。意大利古代是城邦制度，各城邦具有一定的独立性，近代以来的意大利实行的是欧美式的地方自治，"中央"对地方在财政经济上、社会管理上的干预是受到宪法的约束的，所以各地的城市都可以按照当地居民的愿望去发展。所以虽是小城，其文化积淀、经济发展、国民素质都与罗马无甚差异。这也是近代康、梁等人仰慕欧洲地方自治的根本原因。

梵蒂冈

梵蒂冈

梵蒂冈只是一个城，其实连一个城也算不上，它在罗马城西北角，本是罗马城的一部分，面积只有 0.44 平方公里，仅相当于北京故宫的五分之三，但它的确是一个国家。我的一个朋友曾想拿着"罗马 pass"进入梵蒂冈博物馆，管理人员说："这个票没有用。这里不是意大利，这里是另外一个国家。"所以不要"小"看梵蒂冈啊！它不是意大利的一部分，更不是罗马的一部分，它是一个真正的国家。只不过是世界上最小的国家之一。

今天是圣诞节，我们要到梵蒂冈去看看这个宗教帝国怎么过圣诞。在罗马的任一地点转乘 A 线地铁到 Ottaviano 站下车，步行几分钟，穿过一条满是黄叶的街道，就可以看到梵蒂冈的城墙。迎接你的是一个厚重高大的 m 形的城门，走进城门就意味着你踏上了梵蒂冈的"领土"。

梵蒂冈皇家警察应该是经过精挑细选的，个个高大魁梧，堪称美男。他们穿着

黑色的高筒皮靴，戴着白手套，警服上挂着白色的绶带。最不同于其他国家警察的是，他们的警服之外又披上一个黑表红里的斗篷，这就在威武雄壮之外又有了皇家的高贵和教士的深沉。

圣彼得广场的中央是一根高大的方尖碑，方尖碑所立之处据说是圣彼得殉教的地方。两千年前，彼得在此被倒钉十字架，迫害致死。碑下布置了一个耶稣诞生的立体景观。广场的尽头就是著名的圣彼得教堂，世界上最大的天主教堂。

大教堂始建于 1506 年，一百二十年后，最终建成，在圣彼得教堂众多设计者、建设者中有一个闪亮的名字——米开朗基罗。这个教堂建在圣彼得的墓地之上。教堂前的右边立着圣彼得的雕像，手里拿着耶稣交给他的天堂钥匙。

圣彼得教堂幽深阴暗，但它的穹顶满是黄金嵌饰，在微光的映照下，形成了一种金碧辉煌而又深沉静穆的特殊氛围。教堂内收藏着丰富的雕塑珍品，最有名的是米开朗基罗雕刻的"pieta"，圣母抱着耶稣的遗体，面容悲戚，既有神性的崇高，也有人性的悲悯，艺术大师处理得恰到好处。这一艺术珍品被安放在靠近教堂门口的右侧，用玻璃罩起，又用一道栏杆将游客限制在 10 米之外观看。

流连之际，突然看到阳光从高高的窗口投射下来，在空中形成一道飘渺的光柱，落在两位白色大理石雕成的天使身上。神秘美丽，如天堂之光。

当我们从圣彼得大教堂出来的时候，广场上已是人山人海，密不透风。从有关资料得知，这个广场可以盛下三十万人，我相信这个时刻，圣彼得广场是世界上人口密度最大的地方。从高处望去，整个广场全是耸动的人头，他们举首仰望着圣彼得教堂。在教堂的一个露台上布置了一匹暗红色的帐幔，垂下了教皇国的旗帜。教皇将在 12 点钟的时候，出现在这里，给来自世界各地的人们以圣诞祝福。

广场的前部一个区域设置了很多简易的椅子，最先来到广场的人可以坐在里面。这个区域的左前方非常热闹，不断有欢呼声、高歌声传出，我们就是被这种热闹的

声音吸引过来的。她们是几十个中学生模样的女孩子们，穿着漂亮的学生制服。站在自己的座位旁，有时群起欢呼，有时一人唱，众人和，她们的欢呼词非常有节奏感，有时会引起全场的附和。她们是在呼唤教皇的出现吗？简直就是教皇的啦啦队。

11点半，仪仗队从广场右侧入场。先是披蓝黄色斗篷的军乐队，再是披甲武士，再是披红黑色斗篷的军乐队，后面又依次跟着披不同斗篷的军人及警察的队伍。他们在军乐声中走上教堂前的高台，列队护卫教皇。

12点的钟声敲响，大教堂中间阳台上的帐幔缓缓启开，举着金色十字权杖的侍者首先走上阳台，停留片刻，闪到一旁，教皇随即出现在露台上，他向广场上的几十万民众挥手致意，广场上顿时一片沸腾。很多人都在高呼"Pope"。

教皇开口讲话，三十万人的广场立刻安静下来。教皇是用意大利语做的演讲，我听不懂。我看我周围的人或饶有兴趣地听讲，或不时对着教皇拍照。教皇讲话的间歇，广场上就会响起欢呼声。在我前面不远处的一个女孩，每次都会舞动双臂，跳跃大呼："Pope！Pope！"教皇讲完话，接受了一个人送上的红色绶带，然后向大家挥手告别，在雷动的欢呼声中退进了红色的帐幕中。广场上的人群也开始缓缓离开。但是有一群人始终立在人流之中不动，肃立原地，他们手里举着一些字母，拼合成

"ESPANO"一词。看来是一群从西班牙来的虔诚的朝圣者。

今天是圣诞节，与国内不同的是，西方很多国家的公共服务人员不是加班服务，而是会提前下班，人人都有过圣诞的权利，加班费并不能成为让人们加班的动力。所以当我们离开梵蒂冈的时候，地铁、公交已经放假停运。这给我们带来极大的麻烦，我们只能走着回旅馆了。好在罗马城遍地名胜，回去的路上会有很多值得一看的景点。

梵蒂冈博物馆因圣诞闭馆两天后，27日重新开放，我们尽可能早地赶往博物馆，希望能够用在罗马的最后一个上午参观一下世界闻名的梵蒂冈博物馆，我们到的时候，排队的长龙已经有几百米了，这让我们感到了无望。经常性的排队催生了很多私票生意，不知他们的票源，不知是不是真票，不知梵蒂冈为什么容忍这么多黑皮肤的"黄牛"在博物馆附近兜售私票。票贩子见人就会说：我这里有票，要么买我的票，要么你就去排几小时的队。还有一个带着证件牌的黑人告诉我们，他是被批准卖票的人，并指着旁边一家门面说，那里就是他的办公室，真假难辨，都成精了。我们最终没能参观梵蒂冈博物馆。米开朗基罗的《创世纪》与《最后的审判》就在其中……但也只好怀着遗憾离开了……

荷 兰

库肯霍夫郁金香花园

一早从布鲁塞尔乘火车，两个小时的车程到达荷兰首都阿姆斯特丹。下车伊始，就发现了这个城市工作上的巨大漏洞：火车站脏得不可救药。站台上、车站大厅内每一个垃圾箱都塞得满满的，每一个垃圾箱周围都被更多的垃圾簇拥着，甚至一直洒落到站台的候车座椅周围，人们就像是坐在垃圾堆里等车。什么原因？是清洁工人罢工了吗？这是对我内心中的欧洲形象的极大损害，我原本认为欧洲无论哪个国家、哪个地方都是非常洁净的。

在游客服务中心买了阿姆斯特丹"交通日票"，听工作人员说明天5月3日是荷兰国庆日，街上会有活动，而且出行的人会很多，要去库肯霍夫郁金香花园两个小时也未必能排上队。所以我们决定今天就去库肯霍夫。郁金香是荷兰的象征，库肯霍夫有荷兰最大的郁金香花园，所以无论哪天去，都会有长长的排队等待。我们找到地方，排到队尾，看到前面一百多米处有辆车停在路边，我就感叹这么长的队什么时候排到呀！谁想排着排着发现那辆车并不是我们要乘的车，要真是那辆，那简直就不叫排队了。我们的队伍拐了一个弯，伸向了我看不见的一条街里，心里着实沉重了一下。没有办法，等吧……我排到拐弯处时发现前面还有 50 多米的长队，但这次看到真正的班车了，车上不断地上人，我们也不断地向前蠕动，离车还有十几米了，我很激动，但随即发现，并不是走到车边就直接上车了，我们队伍又伸向一个 S 型弯曲的排队区里面去了，那里弯了好几个弯，长度已经不好估量了，崩溃！排队一个小时后，我们上了车。

车在荷兰平旷的大地上奔驰，地上河道纵横。这些河大都不是自然形成，而是人工运河。运河里的水很满，常常与河岸差不多齐平。欧洲人称卢森堡、比利时、荷兰为"低地三国"，三国中最低的是荷兰。荷兰也叫尼德兰，"荷兰"意为有孔

洞的地方；"尼德兰"就是"低地"的意思。荷兰全国平均海拔只有 1.2 米，有些地方甚至是低于海平面的，所以地下水位很高，河道的水很满。荷兰人修了这么多运河运什么？其实主要是运水，将多余的水送到海边大坝，用风车将水排到海里去。运河、大坝、风车这些荷兰风景其实不是为了旅游，而是荷兰人生存斗争的工具与见证，是荷兰人勇敢坚韧地向大海要地的精神象征。大巴经过一道运河河堤，大堤的泥土中夹杂着很多海贝壳，似乎在证明着这块土地原本的身份。车近库肯霍夫，我们看到了大片的郁金香花田，但很多花田花都谢了，被摘下的郁金香花瓣，撒在垄沟里。

库肯霍夫花园入口建了一个迎客喷泉，过了喷泉，主角就出场了。不同颜色、不同姿态的郁金香花被摆成各种队形，丰富多彩，明艳漂亮，那天虽是寒风切肤，内心里却充满了愉悦和温暖。我们被花迷醉，哪知这只是花园的序曲。

进园不久，便有一个小小的博物馆，据那里的资料介绍，郁金香并不是荷兰的原产，它的原产地是土耳其与中国之间的山地。只是在四百多年前才由奥斯曼帝国传播到荷兰，荷兰对郁金香最早的记载见于 1620 年的史料，最早传进来的郁金香是一种粉红色的品种，至今还存在。17 世纪时，郁金香花种在荷兰曾经极为贵重，又由于商业炒作，1634—1637 年间，几个郁金香根茎甚至可以换一座房子。虽然这种梦幻般的经济泡沫不久破裂了，但荷兰人对郁金香超乎寻常的喜爱却由此奠定下来，郁金香于是就在这片土地上蔚为大观了。这个博物馆里还展出了荷兰人插郁金香用的花瓶，一个埙状的或者柱状的瓷瓶开出十几个甚至几十个口，花可以插成一个半球状的花冠，或者一棵高高的花树。

花园里郁金香品种多得让人眼花缭乱，有的是散瓣的，有的是收瓣的；有中细如收腰的，有微膨如鼓腮的；有的花瓣边缘平滑，有的花瓣是毛刺的或锯齿的。花色更是丰富，普通的就不说了，有一种黑郁金香是名品，当然不能全黑，而是一种极浓重的紫

色，深沉高贵；还有一种绿郁金香，远远看去，黄色中透出绿色，清新可人。自然界中的花以黑与绿为最难得，故可贵，故最引园艺家的培育探求。还有两种颜色我最喜欢，那就是如奶油一般质地细腻、色彩柔滑的白花与黄花。还有一些杂色花，如红花而有金边，粉花而有银边。有一种极为鲜艳的纯色红花，他们命名为"King's Blood"，有意思！另一种橘黄偏红色的，他们命名为"Lighting Sun"，稍觉不确。还有一种，颜色暗淡，紫中带一点暗黄，没注意它的名字，我觉得它是郁金香中的灰姑娘，在众花皆亮丽无比的世界里，这种低调与朴素是一种解腻的清新。

荷兰人看来已经有了极为丰富的摆放郁金香的经验，他们的配色总是非常巧妙。他们有时将同品种的花放在一起，形成一个非常震撼的规模；有时将几个品种并列摆放，形成丰富而有规律的变化；有时则是将无数个品种随机地掺杂在一起，形成一种缭乱多彩的美丽。他们将郁金香摆放在树林之中，让人感觉到一种自然生长的气息。林中又有小河穿过，隔水望花，花影相照，明丽异乎他处。园中还有很多樱花树，现在正是落英缤纷之时，空中香瓣飘落如雨，路面草坪遍地残红，为周围盛开的郁金香铺洒了柔美的花毯。花园边还有一片极大的花田，有小河隔开游人。可惜近处的花已经凋谢，只剩绿色的花梗尴尬地挺出。但中间有一带亮丽的粉红，可以帮助我们想象百花齐放时的热烈景象。

不知郁金香是一种多次开花的植物，还是由于品种繁多可以把花期错开很长。花园里一边是热烈的开放，一边则是色衰凋零，花工们须及时清理开得太过的或者落地的花瓣。他们工作得很认真，有的甚至要跪在地上一瓣一瓣地采摘捡拾。

今年3月23日，也就是我们到达这里的四十天前，习近平与夫人彭丽媛在荷兰

访问期间，在荷兰国王与王后的陪同下，来到库肯霍夫参加一个农业技术展示会，会中举行了一个特别的仪式，荷兰将用中国第一夫人彭丽媛的名字命名一种新品种郁金香，称为"Tulip Cathy"。"Cathy"应该是彭丽媛的英文名吧。荷兰有用名人命名新品种郁金香的传统，甚至连波兰第一位民选总统莱赫·瓦文萨这个男人也得到了这个殊荣，这在郁金香命名史上是不多见的。计、梁二女士从进园起就努力寻找彭丽媛郁金香。但一圈转下来，竟没有找到。不甘心，二进宫，问了一个工作人员，她说在一个室内展厅的某个窗边。我们就去了那个展厅，那个展厅展出的不仅是郁金香，还有百合、风信子、水仙等荷兰名花。这里还有一种特殊的展出，那就是画家和他们的画作。这里有数十位画家现场作画，现场出售。他们画风各异，如同这园中无数的郁金香那样，但我觉得他们个个都出手不凡，也如同这园中无数的郁金香那样。在那里我们最终找到了两位追星女士"不见不归"的彭丽媛郁金香"Tulip Cathy"。它绿色的花萼，深紫色的花瓣，花心中泛出金黄，高贵雅致，恰如彭丽媛的气质。

荷兰的插花艺术也很不得了，园中的另一个小工作室里有不少插花，他们喜用枯枝或奇形怪状的根须来配合花朵或刚刚发芽的郁金香根茎，造型奇崛，匠心独运，枯枝往往是曲、折、瘦、硬，有时还会带有斑斑绿苔，或者肿、拙、疏、裂，形成枯干与生机、涩淡与艳丽的强烈对比，有超凡脱俗之气，令人叹美。可见中西审美并无鸿沟，只是他们将定型用的铁丝和延长花期用的试管都裸露在外，从中国的审美标准上讲，那就是没有达到自然天成。这样看，在对艺术神韵与完美度的追求上，中西还是有所不同。另一个展室中以菊花为主题，而且多是绿菊，那里多以器皿的变化，来突显绿菊的淡雅，有时也会用白桦木段来衬托菊花的细嫩。荷兰人不只是世界上最好的花匠，也是善用鲜花进行创作的艺术家。

荷 兰

阿姆斯特丹

今天一早，我们来到了荷兰国家博物馆。这是一座与中央火车站风格相似的建筑，都是在边角处用石料，大墙面用红砖。既为荷兰这个无山的国家节省石料，也能形成一种特别的美感。它的正门门洞并不是博物馆大厅，而是一条人行与自行车通道，善骑自行车的荷兰青年会以飞快的速度从门洞内蹿出。跨度很大的门洞里边用石柱撑起无数个砖砌穹顶以支持上层建筑，工艺复杂，造型美观。门洞中间有工作人员引导人们右转，这才是博物馆大厅。大厅是实际上是两个建筑间的空当儿，用透明材料搭起顶棚，形成了一个明亮宽大的空间。里面有一排很长的队伍，是等待买票的人们。旁边墙上贴着一张宣传贴，题目是：艺术是一种治疗。大厅里面还有一些古希腊雕塑，黑石的，显然不是真迹，是仿品，有拉奥孔父子、断弓的丘比特等。

我们买好票，租了一个汉语的讲解器（很难得），就进入了这座艺术宫殿。

馆中收藏有一幅梵高自画像，标号为珍品325。是梵高1886年刚刚搬到巴黎时画的，他想尝试巴黎的新画风，而又不想花钱雇一个模特，于是就给自己画了这幅自画像。

有一个展区展出的是17世纪时，荷兰和日本的关系，记得在大阪的一个博物馆里也曾看到日本人所保留的与荷兰人的贸易关系文物资料。这个日本人称为"南蛮"的远西国家是日本闭关锁国的德川时代唯一保留贸易关系的国家。里面展示了当时荷兰船队的武器枪炮，荷兰商

人在日本河边建造的房屋模型。还有日本人画的《红毛人图》《带狗的荷兰妇女像》等。

馆中还收藏了一尊《大卫像》，是19世纪时意大利艺术家皮耶特·马格内雕刻的。当然没有米开朗基罗的《大卫像》有名，但也很有自己的创意。这尊雕塑刻画的是大卫准备将石块抛出的那一瞬间，他颏下微须，精干英俊；目光如炬，屏气凝神。身体后倾，右手拉开，即将把石块投向菲力士巨人。

国家博物馆收藏的核心是伦勃朗的作品。伦勃朗是荷兰的著名画家，他生活在17世纪。以画为生。他一生创作了无数名作。其中《夜巡》是目前艺术界公认的伦勃朗的代表作。这幅画悬挂在展厅长廊的顶端，画面里三层外三层地挤满了人，最前面地板上还坐着一群学生，一个老师在为他们讲解现场讲解。

这幅今天享誉世界、身份高昂的镇馆之宝，在伦勃朗生前却是给他的生活带来巨大打击的一幅画作。此画是应当时射击手公会的16名军官的订做而画的，据说当时每一个军官都出了100荷兰盾，希望伦勃朗能按照他们各自的身份将自己的正面像画在画上。这原本是很容易处理的商业运作，按主顾的要求画，虽艺术平庸，却能皆大欢喜。但艺术家的创作灵感不合时宜地在此时出现了。伦勃朗将画面设计为一个紧急集合的场景，画中的人物放置在不同的空间层次上，用不同的光亮表现出丰富的活动内容。两位队长放在光线最明亮的前部，其他人则处在不同程度的阴暗处，有的被放置在角落中，有的只呈现身体的局部。这是一次非凡的艺术创作，但顾主关心的是自己的形象与位置，所以画作完成后他们拒绝接受，甚至诉诸法庭，画作遭到退订，画家退还订金。伦勃朗的名誉由此遭到极大的伤害，从此订单稀疏，弟子也弃他而去，伦勃朗最终也在贫病交加中离世。

荷兰国家博物馆还收藏了伦勃朗的《犹太新娘》《巴达维人的阴谋》《取样官员》

《伦勃朗自画像》等名画。

出了博物馆，外面是一个大广场，广场上"I Amsterdam"的标志边上一片欢腾，很多人在围着一个舞台看，还有一个裸身赤脚，只穿一件T字裤，浑身贴满彩色亮片的人推着自行车，旁若无人地向里观望。里面有些青年人在进行广场表演，我也挤到近前看了一段，很有趣。一个人问："钱能做到一切吗？"几个人齐答："不能！"又问："爱能做到一切吗？"回答："能！"问："我们最爱什么？"答："Money!"全场大笑。另一边大片的草坪上人们有的散步，有的三五成群地坐在草地上休息，还有一对新人在拍婚纱照。

梵高美术馆离国家博物馆很近，我们稍事休息就走向梵高美术馆，美术馆周边的小店小摊都沾了大画家的艺术气，变得高雅了起来，很多店铺哪怕只是卖个小吃。都要用梵高的《向日葵》或《星夜》作为装饰。到了美术馆跟前，我们却被长长的队伍吓退了。还是先去乘坐运河游船吧，两个小时后来这里还不晚，而且那时人可能会少些。

中央火车站旁边的是运河游船的码头。阿姆斯特丹市内运河密布，环形贯通的有三条，一环叫绅士运河，二环叫国王运河，三环叫王子运河。三条河之间也是连通的。这使得阿姆斯特丹荣获了"北方威尼斯"之称。只不过威尼斯是建在海上，而阿姆斯特丹是建在向海夺来的土地上。运河码头上游船众多，一班接一班地出发，但码头上排队的人并不见减少。有一个接待游客的女孩非常热情敬业，她清脆地笑着回答顾客提出的所有问题，当几个人同时提出问题时，她回答最近的一个人的问题，同时也会微笑着告诉远处的顾客稍等一会儿。她回答问题清晰简洁，有时会开个玩笑，让大家感到非常轻松愉快。看她如此热情有活力，当她从我身边走过时，我不禁赞扬她说："You are very nice!"她伸手拍了一下我的胳膊说："Ye—s!"她每天不知要回答多少次问题，而且有些问题一定会无数次回答，但她似乎没有厌倦、没有懈怠。始终阳光灿烂地面对每一位游客。这个女孩并不漂亮，穿着也不讲究，脸上满是西欧人常有的雀斑，但她的这种热情友善给她带来了一种特殊的美丽。她快乐地工作着，也给他人带来了快乐。想起我们某些部门的工作人员满脸阴云、出口伤人的劣行，真为他们感到羞愧，也为他们感到可怜，不知是什么力量让他们失去了友善待人的热力。天道好还，他们自己也时时处在被冷眼、被恶语相向的境地。他们愚蠢地抛弃了生活中的阳光。

游船开动，穿过一座长长的桥洞，进入了一条宽大的河流之中，这就是阿姆斯特河。"阿姆斯特丹"就是"阿姆斯特河上的大坝"的意思。这个首都城市就是靠这个"丹"来维持海拔仅两米的城市地面的安全。运河里穿行着各式各样的船，有的是旅游公司的，有的是个人的，有的可能是租来的。有人自己驾一条小船，默默地巡游；有人雇一个驾船人，享受一对一的导游服务；又有些年轻人，男男女女在一条船上烧烤、喝酒、弹吉他、唱歌，非常兴奋，当我们的船与他们相遇时，他们就呼喊着向我们挥手致意。但舵手可能是喝高了点，在拐弯处始终摆不正船头。河多当然桥就会多，有些古桥的桥墩修成一个船头的形状，让我们想起荷兰人曾经是一个称雄海上、远航到东方的民族。

　　河边停着不少船，看他们的外观已经很老旧了，有些样式甚至很像是 19 世纪的蒸汽船。导游播音里介绍说，这是一些已经退役的船，他们被锁在岸边，当做房子，上面住着人，而且政府还给他们的船上通了电，通了天然气，让他们可以很方便地生活。我看到那些船顶上常常摆着一些花，满有生机的样子。这些老船在该远航的时候远航了，它们经历的那些奇险和美丽可能已经深深地刻写在剥蚀、折损的桅杆里了吧。现在，它们甘愿被锁在这儿，放下远航的念头，安静地感受自己的晚年，变身成为一个个独特的家居。

　　阿姆斯特丹是个自行车王国，在船上看岸边，就可以看到河边街道上停着、跑着、锁着各种各样的自行车。据说这个城市拥有的自行车比它的人口还多。也就是说平均一人一辆以上。为什么会这样？原来是因为，自行车多，偷自行车的也多，所以人们常常买一个二手车平时骑着，再买一辆好车藏在

家里，等节假日的时候骑出去远游。这个城市也为自行车准备得很周到，自行车道自然不必说，自行车停车处也很多，有些大型的就像汽车停车场一样搞成立体的，城市也允许人们将自行车锁在桥栏杆上，只要不妨碍人行。

运河两岸会有人坐在岸边的长椅上休息，看到给他们照相，他们就微笑起来，有时也会挥挥手，非常友好。闲适、平和、友善，这是我在游船上对阿姆斯特丹人的总体感觉。这些不是某些突击性、说教性的教育可以奏效的，而是整个城市的生活状态和日常生活中养成的，它实际上是一个国家的人生活状貌与心态的总体而真实地反映。

要离开游船了，那位热情女孩在码头上跟我们告别，我说可以给你照个相吗？"lovely girl!"她不好意思地笑了，我就给她拍了一张照片！

梵高美术馆排队的人果然少了些，但我们还是在嗖嗖的小冷风中等了大约20分钟才得以入场的。美术馆有细致的安检措施，就像过机场安检那样，这也难怪，世上只有一个梵高，梵高已逝，再无梵高，梵高只画过这些画，这些画损坏了，就不会再有了。所以照相在这里也是不允许的，这是一个很大的遗憾。也许是为了疏解人们的这种遗憾吧，入口处做了一个大幅的梵高《向日葵》，于是人们便纷纷在这里照相留念。二楼一面墙上还等比制作了一幅高仿真《向日葵》供人们拍照。

《吃土豆的人》，昏暗的灯光下，几位受苦人用他们粗大的手拿着土豆在吞食。梵高早期画的代表，色调灰暗，描绘出底层人的生活艰辛。

《黄房子》是梵高1888年在法国阿尔勒时画的自己所住的旅馆。就是在这里他和法国画家高更同住了一段时间，为了迎接高更的到来，梵高画了《向日葵》装饰房间。在这里梵高和高更互画了对方的肖像，都是写意式的。最终二人友谊破裂，分道扬镳。明亮、热烈是梵高这个时期的画风。

梵高曾非常欣赏日本画，在法国巴黎期间，他潜心学习过日本的浮世绘画法，美术馆里有几张他临摹画作，连上边的汉字也惟妙惟肖。他有几张画如《开花的杏树》《鸢尾花》等也很有日本画的布局特点和柔美的曲线。《开花的杏树》是梵高送给他的侄子的礼物。

梵高非常有名的代表作之一《星夜》是他在法国一家精神病院住院期间画出的。但这幅画不在阿姆斯特丹的梵高美术馆，而是收藏在纽约现代艺术博物馆，也就暂时不能一饱眼福了。

梵高的画常常以均匀的色点来组织，这非常像宋代书画家米芾的画法。不过米芾画的是宁静的山水，而梵高表达的则是热烈而躁动的感情。所以米芾能够一生安宁，寿终正寝，而梵高则是百般磨难，横死己手。"文章憎命达，魑魅喜人过"，天才的艺术家常常经历庸人所难以忍受的苦难，并有着极其敏感的内心，这种敏感换一个词来说就是"神经质"。以能体验毫毛之微的敏感内心历常人所难忍受之苦痛，梵高最终出现精神问题，在去世前两年，他割掉了自己的左耳朵，并为自己画了左耳包着绷带的自画像。1890 年在精神病发作时开枪打死了自己。这位才华无限的画家时年仅 37 岁。

荷 兰

艾恩霍芬
——过路人的一瞥

车到艾恩霍芬火车站，已经将近夜间 10 点半了，离我们的旅馆还有很远的路。向一位胖胖的女警察问路，女警察很热情，给我们写下了要乘坐的公交车次，乘车的地点，并且告诉我们下车后再步行 10 分钟就能到，最后还提醒我们准备好硬币，好在公交车上买票。一次就把一切都搞清楚了，我们一下子感到轻松了很多。走出火车站大厅，找到 401 路车，拿出硬币到卖票机上买票，但卖票机上贴了一张纸条：out of work。机器坏了，怎么办？买不到票，不能乘车，怎么办？这可是唯一的一班车啊！幸好司机还没来，我们还有时间，就赶快去车站里面寻找卖票的地方。没有，所有的卖票机卖的都是火车票，店铺又都关了门了。没有办法，又回到公交车上。司机来了，车马上就开了，我们很着急地问他在哪里可以买票，司机说："机器坏了，你们就不用买票了。"我们听清楚了，但不敢相信，愣了一下，司机就解释说："是机器的原因，不是你们的原因。请坐吧，Free!"这家公司，一没有因售票机坏掉而停运这班车，以避免损失，二不采取"灵活"手段，违规"售票"。他们好像是这样的姿态：我的义务我要尽到，我的责任我来承担。这些让人敬佩的做法，必然有他们不能不这样做的法律根源。而那些法律又是通过某些民主机制、经过利益双方的充分博弈制定出来，既反映运营者的意志、又能够保护消费者利益；并且由于某些法官制度、民主监督制度的存在，这些法律在最大程度上被不折不扣地执行，努力避免因人情或钱权的力量而受到扭曲。这个过程中哪怕一个细小的环节出问题，其最终的结果都可能导致商业运作中奸诈行为的产生，导致消费者权益的被侵犯，导致人心的不平与忿戾之气的积累。

但个人道德与社会制度是相辅相成的，完善的制度可以促进个人道德，良好的道德环境又可以使制度得到良好的执行。二者进入正循环，社会就会一片祥和；反之则悖戾。接下来发生的事好像就不能只用制度完善来解释，而是个人的道德问题，或者说是人心的平和与善良问题了：我们乘那班车来到终点站艾恩霍芬机场，向司机问去那个旅馆的路。司机看了旅馆地址后说，这一站离那里比较远，你们上一站下车就好了。见我们有些为难，又说：这样吧，你们在车上稍微等一会儿，我的车还要回火车站，还会经过那里，到那里你们再下车去旅馆。事情不大，但丝丝感动生于心间。发车时间到，司机开车返程，走到一个路口的时候停下来，没有简单地让我们下车走人，而是仔细告诉我们怎么走过去。那是一个很复杂的路口，如果没有他的悉心指点，我们会陷入迷魂阵中。多谢那位师傅，我们很顺利地就找到了旅馆。如果只把欧洲社会看作是一个契约社会就无法解释这样的现象。司机与公交公司的契约里应该不会有这样详细的内容，司机这样的做法完全是出于对他人的友好或者同情，是人性或人道的自然体现。人道或人性好像只是一个个人问题，其实并非如此，当一个社会用仇恨来教育民众时，就不会培养起人道或人性来，只能培养起对他人的警惕与怀疑来；当一个社会中有诸多不公正、不公平存在，当这个社会中的普通人在权利上总有被剥夺感，在人格上得不到应有的尊重，他也不会产生出友爱待人的平和心来；当一个社会的运转除了利益驱动之外，没有更高尚的动力，没有更超越的追求，那么在这个社会中，人们的利他举动就会遭到嘲笑，甚至会引起被帮助者的惶恐。这样的社会就很难培养起国民普遍的爱心来。人民的政府要让人民富足，也要让人民充满做好人的快乐。这是一个庞大而艰巨的工程。

这里的 Novotel——我们的旅馆，靠近机场，早上 8 点多我出来的时候，天空已经被密集过往的飞机织成了蛛网。非常晴朗的天，明亮的阳光制造了强烈的光影对比，描绘出阴阳的巨大反差。空气极为清新，路旁草地上有几枝黄花、白花惬意自然地开放着，但有点寂寞吧！这个画面上最好再有点蜂蝶。草间还会结着一些真正的蛛网，清晨的露珠还没有散出，发出点点晶莹的亮光。

一条公路的旁边是一座森林，在阳光下发出深沉的绿色，让我感受到它宁静中潜藏的蓬勃活力。它又将自己的鬓角旁插上几株红叶树，如同库肯霍夫美妙的插花艺术，又如中国艺术中的阴阳中和，在初春的天气里营造了秋的韵味。一条笔直的小路出现在林间，地面是厚厚的草垫，顶上是两边探出的密密的枝叶，形成了一条绿色的隧道，通向幽暗、神秘的林间深处。阳光透过枝叶的空隙照下来会在林间形成美妙的光影组合，就像从天上流淌到人间的无声的音乐，静谧安详。忽然强音骤起，一支自行车队奔驰而来，他们全副的专业武装，虽都是中老年人，却个个技术高超。我举起相机拍照，他们就挥手致意。语言不通，但最原始的"噢噢"声实际上是最能通情达意的人类通语！

时间到了，我们走向艾恩霍芬机场，它的航站楼好像是外星人失落的一个大首饰盒子，突兀地搁置在一座楼房之上，银灰的外皮发出柔和的金属光泽，无聊地矗立在蓝天中。白云飘过，让人担心会有一只大手从空中伸下，将它捡走。

瑞 士

卢塞恩

从飞机上就可以看出瑞士的别致，大地一片青葱。墨绿的山丘，千奇百怪地散布在淡绿色的草场或农田之上，如同绿色大海里密集的岛屿。

瑞士的 Swisspass 可以给旅行提供极大的便利，拿着这个 Pass 可以在瑞士境内自由乘车、乘船、乘缆车，可以免费进入大部分博物馆。当然价钱不菲，4 天有效期 245 瑞士法郎，合人民币近 1800 块钱。卖 Swisspass 的女士特别热情，我们付钱的时候，她就给我们讲解瑞士钱币上的人物，我们没有的钱币，她也从钱箱里找出来给我们讲，她说 5 瑞士法郎上面的人物就是那个用箭射苹果的威廉·退尔。说话间又拿出一张瑞士地图，还有一大堆旅行资料给我们。

从机场去卢塞恩的路上，窗外的景色让我们激动得不行，满眼都是绿色的树木和草场，点点黄花如金饰般洒落在草场上，阳光普照，黄白花的奶牛自由自在地游荡，悠闲地舔食黄花与青草。又有色彩明丽的乡间房屋安详地嵌在碧草绿树间，顺着山坡向上，则是纯净的蓝天。我拿出相机，贪婪地拍摄这迷人的美景，我知道在飞驰的列车上，又隔着窗玻璃，照片肯定效果不好，却欲罢不能，真想把看到的一切都摄入我的镜头。这个时候，我还无法想象，这样的美景将会陪伴我们整个瑞士旅程。

走出卢塞恩火车站，前面就是琉森湖，所谓"琉森"其实就是"卢塞恩"，湖与城同名，不知为什么，汉语将它们翻译成两样。这个湖也叫"四森林州湖"，因为它分属于四个州：乌里州、斯维茨州、瓦尔登州和卢塞恩州。这四州可以说是瑞士联邦形成的起点。1291 年老三州结盟，1332 年卢塞恩又与三州结盟，形成了瑞士联邦的最初内核，在随后的几百年间，瑞士如滚雪球般不断扩大，到 19 世纪中叶，基本形成了现代瑞

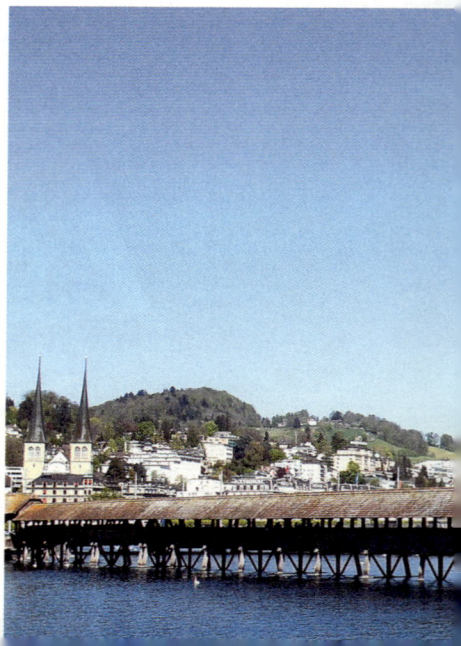

士 26 州的规模。

　　离湖上游船开行还有一个多小时，我们就先去看近在咫尺的卡贝尔桥。卡贝尔（Kapell）是德语教堂的意思，因桥边有一座圣彼得教堂而得名。这是一座木架廊桥，斜跨于连通琉森湖的罗伊斯河上，建于1333年，已有近七百年的历史，不幸的是，1993年一场大火毁掉了古桥。如今早已修复完整，廊顶的瓦片上也已苔痕青绿，仿佛古桥的灵魂已重新注入了它年轻的替身中。廊桥顶端有三角的梁架，每座梁架正反两面都悬着两幅描述卢塞恩城历史的图画，共一百二十幅，原作于17世纪。桥中间靠近南岸的地方有一座石砌八角塔，原用作监狱、瞭望塔和金库，现在与廊桥一起成为卢塞恩城的重要象征物。

　　罗伊斯河水清澈见底，河底的石头在水的散射下透出斑斓的颜色，河面上游着众多的水鸟，天鹅是其中的大哥大。它们常常将身体翻转过来将头伸入湖水，大大的屁股露在水面上，黑掌拨着清波，平衡身体，颇是滑稽可笑，有点颠覆天鹅优雅的传统形象；另一种红嘴的野鸭身体小巧，就灵活多了，它会倏忽一下整个地钻入水底，澄清的河能让我们清楚地看到它在水底的捉鱼动作。不久，它又极快地从水中浮出，向远处游去。湖边又遇到一位白发长髯、戴着墨镜、颇具智者风范的老人，向我们说"你好"，顿觉亲切。

　　2点10分，环湖游船准时出发。圣莱奥德伽尔教堂锐利的双塔逐渐向后退去，我们的游船向琉森湖深处进发，很快我们就被浸润在宁静缥缈的幽蓝的色调中。天

是蓝的，湖是蓝的，边缘处的雪山也透出微微的蓝光。耸立的高山在悠远的蓝天与宽阔的蓝湖之间变成了一条细带，交织着莹白与青翠。有时湖面上会飘过一些白帆，与蓝色的湖水形成绝妙的映衬，是高明的画家都难以调配出来的梦幻般的色调。每到一个停靠点，游船就会从仙境走向人间，绿树掩映之中，各样的房屋在山坡上散落开来，稍后就会看到那些红瓦白墙有的半露在盛开的花树之下，有的静处在高树的阴凉中，还有教堂的尖塔冲开绿色的掩蔽，鹤立于村庄之上，一家的房屋后面的草坡上有人正在放风筝。山的更高处森林的间歇中仍然有大片的绿色草场，几间木屋，几头牛羊。又有浑圆的小丘，草地漫过丘顶，花树、房屋从丘后半露出来，美得令人窒息。举目四望，你眼前的任何画面都是明亮润泽的。

　　船到最后一站，就要返回卢塞恩了，岸边有几个孩子在垂钓，一个十岁左右的男孩，一个掉了门牙的金发小姑娘，还有一个三四岁的孩子，看到我给他们拍照，他们都露出灿烂的笑容，是内心涌出的一种放松与快乐，友好与沉醉。我被他们纯真可爱的笑容打动了，我向他们挥手，男孩一手握着钓竿，另一只手伸出一个指头向我挥动。

　　卢塞恩的狮子公园里的一座石壁上雕刻了一只受伤的狮子。一支粗大的箭杆深深地射入了狮子的身体，箭杆被折断，露着狼牙般的断口。狮子伏在地上，眉头紧锁，仿佛在忍受剧烈的疼痛，狮口微张，似乎能让我们听到它短促的喘息声。前面一只爪子按在长矛和盾牌上，另一只爪子无力地垂着。这个狮子雕像出自丹麦雕刻家伯特尔·托伐尔德森之手。来自世界各地的游客，在这座雕像前无不驻足叹息。这其中最著名的就是美国作家马克·吐温，他面对这尊痛苦的狮子说："这是世界上最

让人感动悲伤的一块石头。"

狮子的前爪按着的盾牌上刻着瑞士国徽，透露出其中的寓意。这尊狮子雕像是为纪念法国大革命期间为保护国王路易十六及王后而全部献身的瑞士雇佣兵而作的。今天如此风光的瑞士也曾经非常贫穷可怜。瑞士不是一个非常适合农作的地方，其大部分国土是不可耕种的山地。为了生活，从中世纪起，瑞士的青壮年人就出去作雇佣兵，以此糊口并养家。后来这成了各州的政府行为，由州政府出面为全欧需要的雇主提供雇佣兵服务。瑞士雇佣兵以能够吃苦耐劳、勇猛坚毅闻名于欧洲。从中世纪一直到 18 世纪，凡是有战争的地方，必定有瑞士雇佣兵的身影。有些时候，战场上没有了真正的敌人，成了瑞士人之间厮杀之所。虽是悲惨绝伦，但是他们重契约、守信用，拼尽全力维护雇主的利益。1792 年，法国大革命期间，暴民冲击王宫，为保护国王路易十六和王后，国王卫队里的七百八十六名瑞士雇佣兵全部战死。其中大部分雇佣兵是卢塞恩人。19 世纪中叶，瑞士中止了这种残酷的生意，宣布瑞士人在他国军队服役是非法的，但罗马教皇卫队除外。所以至今教皇卫队仍由一百名瑞士官兵担任。

夜晚的卢塞恩，有些冷清，街上的人很少，只有稀稀落落的车辆静静地开过。但是满城的花朵照样开放，那一坛郁金香花在夜晚的灯光下不失艳丽，又加雅致矜持的风韵。我们在站牌前研究如何去火车

站，一个当地的黑人小学生走过来，主动地问我们："Can I help you?"这么热情，真让人感动！但我们已经查清楚了，就向他道谢。

火车站就在琉森湖边、罗伊斯河畔，这一带是卢塞恩城的精华部分，湖光山色与名胜古迹都集中在这里。晚上的罗伊斯河更加魅力四射，岸上、桥上的灯光倒映在河水中，将河水染成彩色的光影之流。天鹅还没有睡去，优雅、无声地浮游在流光溢彩中。卡贝尔桥的八角塔在射灯的仰照下发出幽光，有点阴森。桥廊中，有位女士用三脚架支好相机，想将流淌的时间收集起来，涂抹到一张照片里。远处高山上一座城堡闪耀着灯光，与城市的灯光不能衔接，便如漂在空中一般。

从卡贝尔桥继续向下游走，还有一座著名的古桥，那就是斯普洛耶桥，意为谷糠桥，因为这座桥是卢塞恩人唯一能将谷糠倒入河中的地方。也叫做"磨坊桥"，因为这座桥的头上有一座水力磨坊。上游紧挨这座桥是古代的一个木栅拦水遗迹，当时的卢塞恩人，用木栅栏将河面拦上，只在河边留一个小口，这样就可以提高水位和水流速度，产生更大的水流力量来推动磨坊巨大的水轮。这是卢塞恩人在简陋的条件下想出来的一个绝妙的设计。磨坊桥也是一座廊桥，其建造风格全同于卡贝尔桥，磨坊桥的梁架上也有作于17世纪的三角形的画作，不过内容不同于卡贝尔桥，这里画的是17世纪流行欧洲的黑死病主题，共六十七幅，题名为"死亡之舞"。

清晨的卢塞恩又是别具一番风味。走出旅馆，周围都是一些私家住宅，草坪巨树，露天桌椅，大树横出的枝干上还拴了秋千，供孩子玩。房子的另一侧还有孩子的滑梯与蹦床。生活之富足、温馨、舒适，自不必说。

再往前走是一个山坳，一汪湖水闪亮在绿树间，下行的台阶旁，一树红白的花开得正盛，近看好像是海棠。耳边传来牛铃声，不是清脆明亮，而是深沉厚重，与牛的身份、性格极为相合。对面山坡满是绿草，几条细小的便道，如斜织在大块的绿毯上金银线。山丘稍低处是几所房屋，红顶或黑顶，静卧在几株绿树旁，山丘的另一边，数十头黄白花牛悠闲地在草地上吃草，牛铃声就是从那里传过来的。山丘下边是一座小湖，不知是不是琉森湖的一部分，几株花树挺立在湖边。山湖之间的绿坡上时有红红白白的火车驶过，林间小路上晨练的人轻快地跑过。一切像是在画中，我也在草香花气中迷失在这醉人的画卷中。

瑞 士

因特拉肯少女峰

　　10点多钟乘火车到达因特拉肯，Interlaken 意为两湖之间，这座小小的市镇夹在图恩湖（Thun）和布里恩兹湖（Brienz）中间，就像两龙争夺的明珠。这样的城市想不漂亮都不可能！走出因特拉肯火车站，但见群山环绕，峰峦负雪；而小镇里却是绿草如茵，鲜花遍地。小雨迷蒙着，到处都是清新鲜嫩，让人迷醉。

　　因特拉肯出名还因为这里是登少女峰的最佳地。今天我们来这里也是要攀登少女峰，所以须先到旅馆放下行李，轻装上阵。我们的旅馆名头很大：Interlaken Hotel，可以译为因特拉肯大酒店，颇有北京饭店的气派。这个旅馆的环境倒也配得上它的名头，旁边有一个小巧的日本风味的园林，方亭小池，板桥飞瀑，石灯木栅，高树青苔，红枫樱花，仿佛一下子让我回到了北海道。从旁边石头上的题款得知，原来因特拉肯与日本大津市结为友好城市，大津市政府向因特拉肯赠送了这座园林，一块自然浑朴的石头上嵌有大津市长山田丰三郎题写的"友好の庭"几个字。

我们当然没有能力徒手攀登少女峰，我们没有盖世武功，少女峰也与我们的泰、华、黄、衡大不一样，五岳名山虽也奇险，但更重要的是其人文价值，山不在高，有仙则名。但少女峰的名声并不是因其人文内涵，而就是因为高与险。少女峰海拔4158 米，只比 4807 米的阿尔卑斯最高峰勃朗峰矮几百米。直到 1811 年，人类才第一次攀上少女峰顶。今天我们要借助瑞士人富于独创的铁路技术，更加轻松自在地去感受这座瑞士高峰的魅力。

近代的瑞士人逐渐发现了自己极可宝贵的旅游资源，于是他们开始努力经营这一"无烟工业"，这的确是最具瑞士特色的社会发展道路，从此瑞士不再仅靠拦路收费入几个剪径之资，也不再靠做雇佣兵换几个卖命钱。旅游让现代瑞士获得了巨大的财富，也获得了极大的光荣与尊严。少女峰风光无限，旅游潜力无法估量。但少女峰如此高峻，如何能让更多的游人用最舒适的方式一览其风采？瑞士人首先想到的就是铁路。要爬上少女峰，铁路技术的难度是极高了，虽然采用了之字形走法，车头来回换，可以让火车攀上一般的高山。但少女峰的上部如泰山的紧十八盘，大部分地段是 30 度以上的坡，有的地方甚至要达到 45 度，这样的坡度靠两条铁轨的摩擦力是不可能挂住沉重的火车的。少女峰铁路的设计者 A.GuyerZeller 采用了齿轨方法，就是在两条铁轨中间再加一条齿轨，火车底下加一个齿轮，卡着齿轨前行。这样既有了足够的动力，也能防止火车下滑。齿轨铁路，可以说是瑞士人在开发旅游线路劳心竭智的具体体现。

少女峰铁路工程巨大，因为到了两千多米以上后，火车露天行驶就非常危险了，所以铁路的上半段必须开凿隧道。因特拉肯有一处展览显示了在山中开凿 40 度左右的陡坡隧道的艰难。所以这条长仅 7 公里的铁路从 1896 年动工，历时十六年，到1912 年方告完成。

艰辛的付出，回报也会是巨大的。乘齿轨车登峰，需在 Swisspass 的基础上再加131 瑞士法郎，相当于人民币 1000 块钱。可谓昂贵，但世界各地的游客如蜂拥蝶萃，无远不至，售票口前至少要排 5 分钟的队。

下午 2 点 10 分，我们的登峰行动开始了。列车很快就走入山间，山间之景变化无穷：或山谷空阔，绿坡葱茏；或巉岩壁立，不见其顶；或层楼木屋，如入仙境；或林木幽深，沐雨餐风；或溪水潺潺，蜿蜒流动；或远山负雪，阴谷顿明。虽是细雨绵绵，瑞士山中的奇景足以醉人心魄。火车停下，我们来到了 Grindlelwald 小镇，这个地方海拔约一千米，在车站就可以看到一座高大的雪峰耸立在我的眼前，我不知道这是否就是少女峰。站台上有很多走姿奇特的人，细看原来是一些滑雪爱好者，他们脚上穿着滑雪靴，脚腕无法弯曲，只好如僵尸般行走。少女峰上有四季滑雪场，Grindelwald 是滑雪爱好者的必经之地。

下一段路应该是陡峭起来了，所有的游客都被换到了齿轨车上。继续前行，或者更应该说是"上"行。很快火车就上升到 1332 米的高度上。外面绿色退去，虽还有松柏后凋，但背阴处开始出现雪地，雪线到了。窗外的小雨也变成了细雪。又上行一段时间，1600 多米高处，雪地由斑驳逐渐连成一片，雪花也大起来。松柏愈稀，最终外面变成一片白雪与黑石的世界。

车到 Kleine Scheidegg，我们又换了一列火车。最后的、也是最艰难的登顶路程需要更大的力量牵引。窗外雪峰连绵，偶有一些小木屋出现在山间，那可能是给滑雪人准备的避险之所吧。山间单调的白雪背景上也明见滑雪人穿着鲜艳明丽的滑雪装在雪地上飞驰。不久火车就只在隧道中行驶了，无法再看到外面的景色。车停在 2865 米的 Eigerwand 站，这里有为游客提供的观览台，当然还是密闭的，几扇大窗在晴朗的天气可以让游客看到蓝天下的雪峰。但今天不行，阴云密布又加大雪纷飞，只能看到近处山峦模糊的影子。到 3160 米的 Eismeer 站又停了 5 分钟，情况依旧。

最终列车到达海拔 3454 米的 Jungfraujoch 站。这是全欧洲最高的火车站，离少女峰顶只有几百米了。这真是瑞士人创造的一个奇迹，让火车爬上一座高峰！走下车就看到岩壁上一块站牌写着 "Top of Europe"。旁边又立有铁路设计者 Adolf. Guyer-Zeller 的纪念头像。又有一块大牌子上用 8 种文字写的 "欢迎"，其中有汉字、日文和韩文。

激动的心情尚未平复，峰顶的游览还未开始，高原反应就来了。在车上还未感觉到，下车走了几步路后，我就开始觉得有点头晕，这是我从未有过的一种感觉。随着行走路线的加长，越来越严重。来到一座大厅中，那里有吧台，有商店，座位上坐满了眩晕的人们，严重者一直在呕吐。我们也开始嘴唇干燥、发黑。几位女士说："上边还有什么吗？"这就是不想再往上走的意思了。我不甘心，虽不舒服，还是继续向上探索。爬了几节楼梯，更觉头晕目眩，眼前发黑，只好扶着墙壁大口喘气。对面几位老外走过跟我开玩笑："Oh, Man! Man!"我晕得连回应他们的力气都没有了，勉强向他们摇手。稍觉恢复，我又继续攀登。勤勉不负人，楼梯尽处，真的别有洞天。

眼前是一座大厅，大厅的门大开着，是走向天地间的唯一通道。一群人围在门口，外面疾风暴雪，但有人在风雪中手舞足蹈，兴奋异常，他们好像也在尖声喊叫，声音却随风而去。我激动地向门口挨过去，也要去体验一把南极，刚到门口，一个要进来的人就来了一个大跟头。哦，真不可小觑冒进啊！我又站在那里仔细观察外面，这是一条鲫鱼背一样的山脊，两边有两道细绳圈着，不能算是什么保护，只能说是一个界限的标志。要十分小心才行，我一边告诫自己，一边向冰雪上迈了出去。一股我从未经历过的大风从我右边吹来，夹着雪粒，我赶紧将帽子戴上，调整身体，对抗大风，向两边拍了几张照片，低温让我的手感到疼痛，我很快就退回到厅里。相机上已经结了一层冰了。有这么刺激的所在，我马上打电话叫几位同行的女士上来各自体验了一把。这几位拍照狂在这样恶劣的天气里，险峻的高山上几出几进，几至忘归，几与木兰相媲勇。

大厅里悬挂着一些证书，还有一些图片，突然发现有很多汉字在上面，惊讶地去看，原来是中国黄山与瑞士少女峰结为友谊山的一些文件，和中国黄山不失时机的宣传资料。想起春节期间想去黄山，已到了安徽，已跨过了淮河，却未能谋面，一直引为遗憾。不想又在此异国的山峰上相见，是对我的召唤吗？

计老师刚刚上来的时候发现了一个冰洞，就带我们去。走下一段楼梯，我们就完全置身于冰窟中了。嵌入冰层或经冰墙反射的灯光将冰洞营造成晶莹剔透的水晶宫。有的地段纵向极深，让人惊呼；有的地段做得极为低矮狭小，让人紧张；有的地方宽阔异常，犹如一个大展厅，里面雕刻出各种冰雕，象征瑞士的熊放在最显眼的位置，欧洲国家最偏爱的鹰也在其中，又雕了一些水晶晶体，这是冰最本色的表演。冰洞的规模很大，是在自然冰层中开凿出来的，不是人工制造的，这从冰洞里面一些颜色各异的冰层纹路就能看出来，有了这些如石料般的纹路，冰洞就像玉雕一般。

　　回到休息大厅，又看见有少女峰铁路设计建造者 Adolf.Guyer-Zeller 的头像雕塑，底下用德、法、意、英、日五种文字介绍了他的身份。我想起在因特拉肯一个公园里也有他的雕像。一个真正为后人做出贡献的人不需要自己树碑立传，后人是不会忘记的，这就是"万古流芳"；一个欺世盗名的人纵使他如何为自己造势贴金，若不能"万古遗羞"，也会人人争忘其名。大厅门口还立着一个邮筒，用英语写着"post"，又用汉字写着"邮便"二字，这也大概是世界上最高的邮筒了吧！

　　要返回了，火车下行，再次走出隧道时，外面仍然是一片冰雪世界，雪花还在飘洒。来到雪线以下，窗外的景色就像一个被快放的影片一样，从冬末的解冻到鲜花盛开的春天，在半个小时内就完成了。如果你再细心一点，可以看到漂亮的野菊生长的全过程，在 1300 米处，枯黄的干草丛中一片白点在萌动，再往下，它慢慢地抽出一枝新芽，又长出碧绿的叶子，到接近 1000 米的时候遍地的黄花就在细雨中摇曳了。车到 Grindelwald，我们换了车，到了和少女峰说再见的时候了。

　　再见，少女峰！

瑞 士

伯尔尼

伯尔尼的名气好像没有苏黎世或日内瓦大，说起伯尔尼，很多人怕是未必知道，但它是瑞士的首都，这是 1848 年瑞士联邦宪法的规定。

从中国风水学的角度来说，伯尔尼是个宝地。伯尔尼的周围是山，阿勒河在山脚下来了个 180 度大回环，将伯尔尼拥进臂弯，形成"山环水抱"之势。从战略角度讲，伯尔尼也是一个宝地，只要将阿勒河怀抱的开口部分一封堵，伯尔尼就是一个易守难攻的万全之地。事实上古代伯尔尼人也是这么做的，今天在伯尔尼火车站的地下通道里，就可以看到古代的防御工事遗址，火车站就是位于阿勒河怀抱的开口处。风水恰好是伯尔尼老城保存完好的重要原因。

伯尔尼（Bern）城始建于 1191 年，意为"熊"。据说伯尔尼的缔造者扎灵根公爵不知道怎么为自己的城市命名，他就想通过打猎让上帝赐予一个名字，他宣布要用第一个猎物为城市命名。他的第一个猎物是熊，于是此城便叫伯尔尼了。经过几个世纪的发展，伯尔尼变得富足而强盛，其建筑的丰富与华丽也闻名于欧洲。由于瑞士的中立国地位，两次残酷的世界大战都没有伤及伯尔尼古城，1983 年伯尔尼古城被联合国教科文组织收录为"世界文化遗产"。

我们是在一片细雨中来到这座古城的。随着火车站的自动扶梯的缓缓上升，凝重大气的古老建筑在我眼前逐渐延展成漫长的街道，还将在我们急切的行进中摊开成不尽完整的三维古城图。

伯尔尼街道两边并不立即就是商铺，而首先是一个拱廊。那些古老的楼房的地面一层都向里收缩，让出一个宽大的走廊，走廊外侧修建成等距而规则的拱门，既能支撑上层建筑，又能使走廊成为一个开放的空间。据说伯尔尼古城的拱廊总共可达七八公里长，世界闻名！大概只有意大利的博洛尼亚古城的拱廊能和这里媲美。走在拱廊中，夏可避日，阴可避雨，可从容徜徉。不知是否因为节日将至，今天古城街道两边的拱门之上都斜插着很多旗子，有瑞士的白十字国旗，也有作为伯尔尼市旗的熊旗。

走在古城街道上，总是让人感到目不暇接。远处有教堂的钟楼、尖塔，近处有各种招揽生意的招牌、道具，廊中商店又有各种各样奇巧之物。这些带有异域风味的物件让人惊奇赞叹，为之频频回首。正散漫地行走间，突然看到眼前地面上一块铁板动了几动，然后就翻转上来，随即一个妙龄女郎从地下走出来，让我感到十分惊讶，让我想起小时候看过无数遍的抗战浪漫主义影片《地道战》。见我惊呆的样子，女郎连忙向我道歉。我走过去一看，原来铁板下面别有乾坤啊，里面竟是一家灯光明亮的商店。瑞士真是一个自由的国家，虽是首都，所谓首善之区，却并不板着面孔，故作深沉；也不死要面子，剥皮掩疮。而是自自然然，朴朴实实。我非常赞赏这种充满人间烟火、流动着人性本真的城市个性景观。

向前走没多远，右边便是瑞士联邦的议会大厦。从 1291 年老三州起誓结盟后的几百年间，瑞士各州之间其实只是一种松散的结盟关系，只是每年不定期举行联盟会议，地点常常变化，无所谓首都。有学者称之为"邦联"。1848 年瑞士正式建立现代联邦制度。随即确定瑞士联邦的首都在伯尔尼，并立即开始在伯尔尼修建联邦议会大厦，就是我们眼前的这座恢宏大气的罗马式建筑。

说它大气并不是说它有极大的体量，这座建筑正面只有九个窗户的宽度，主体只有三层楼高，后部的塔楼又有两层，最上是铜绿色的塔顶，四角穹窿形，边角处镶金，最高处是金制的瑞士十字国徽。两边两座附属建筑是众、参两院各自的议事厅。整体色调是灰色的。这座大厦是可以入内参观的，不知因为假日，还是因为维修，今天这里大门紧闭，但没有任何守卫。

我去过的几个欧洲国家，其国家权力机构大都没有严格的守卫，如华沙的波兰总统府；有的地方有卫兵，也只是仪式性的，如布拉格的捷克总统府。中国古人的大国理想是"守在四夷"，意为有德之国不用劳苦守边，周边小国就是华夏的守边人。套用这个词来谈欧洲国家机构不重守卫，也可以说是"守在人民"，政府有德，人民就是政府机构的守卫者。一个国家若是竭尽全力对外防守，在儒家眼中已经是二流国家；一个政府若是内外皆防，那就是真正的"孤家寡人"了。

联邦大厦前有个小广场，是供人们游行示威用的。但瑞士这种民主到极致的国家里，国民与政府间的矛盾有多种渠道避免，即或未能避免，也有多种渠道协商解决，没有多少事需要游行示威，于是这里就变成了小市场。国家级的政治场所可以成为小市场吗？可以的，就在这里。小市场以卖蔬菜水果鲜花为主，草莓每 500 克 7.9 瑞

士法郎，合人民币 56 块钱左右；小柿子 500 克 4.5 瑞郎，合 30 块钱；生菜一个 2.2 瑞郎，合 15 块钱。物价很高，因为瑞士很多的农产品是进口的。

　　一条通道可以让我们在大厦主楼旁边通过，后面是一个宽大的观景台。细雨迷蒙了远山，成为一带浑沦的碧色，近前房屋的白墙红瓦在雨雾的清洗中更显得清新。阿勒河从不远处流过，一座玲珑的双孔铁桥飞架河上，稀疏零落的车辆在桥上缓缓驶过。瑞士的首都是宁静平和的。

　　离联邦大厦不远就是著名的伯尔尼天文钟。它立在伯尔尼老城主街的街口，这一座塔形建筑，最下层是一个 n 形的走廊，最上层是尖塔，尖塔里有一个大钟，还有一个手持铜锤的铜人，中间有两个表盘，上面一个表盘很大，但结构简单，下面一个表盘虽没有上面的大，却是一个多层结构，不同层上

画出不同的线条，代表不同的含义，而且有多个表针。这个大钟盘实在是太复杂，我不知道该怎么看，据说它可以同时指出月份、日期、钟点、星座、太阳的位置、月亮的盈亏等信息。正因如此才叫做天文钟，这座天文钟是 1530 年建成的，至今已经运行了将近五百年了，仍然非常完好准确，堪称是瑞士这个钟表王国的金字招牌。这座钟与布拉格的天文钟很相似。

我们是 10 点 50 分找到这座大钟的，正好，我们不用等太久，就可以看到大钟整点报时的奇妙情景。细雨迷蒙，我们趁这个机会看一看这条克拉姆大街。这条大街从大钟到阿勒河的转弯处，是伯尔尼古城的主街道。两边拱廊下满是商铺，街中心不远便有一座喷水池，水管里喷出的水都是可饮用水，既美化了街道，又能为游客提供便利。每座喷水池中间都有一个雕刻柱，上面雕刻着不同的神话人物，如来自圣经故事的希姆逊战胜雄狮像。还有一座是"正义女神"像。正义女神右手持一把利剑，左手提着天平，蒙着眼睛，其寓意大概为：正义女神永远追求公平正义，但公平正义地获得可能不免会运用武力，清除不公平、不正义，才能维护公平正义；蒙着眼睛表示女神只听从内心正义的标准，不看任何人的脸面。

悠扬的乐声传来，我赶快回过头来，看到天文钟面旁边的机械小乐队忙碌起来，时间老人端坐中央，上面的小丑在拉铃，下面的动物们拿着各种各样的乐器旋转走过，煞是热闹。接着塔上的铜人用手中的铜锤敲响了大钟。整个过程完全是机械来控制，极为巧妙。

沿着克拉姆大街继续东行，还可以看到一座教堂，叫圣彼得和保罗教堂。教堂里简洁朴素，不是传统天主教堂的金碧辉煌；神坛上只是一个十字架，没有耶稣受难的形象。这座教堂显然是受了新教的极大影响，但十字架两旁又有圣彼得和圣保罗的雕像，教堂入口处也供奉着耶稣的画像，又有天主教特点的遗留。这可能和瑞士处在天主教中心意大利与新教发源地德国、宗教改革的呼应者法国中间有关系。

老城的最东端，阿勒河的转弯处又建有熊苑，养着不少伯尔尼的吉祥物——熊，对动物有兴趣的游客或带孩子来的游客可以去游览一番，跨过架在阿勒河上的尼德格大桥就到了。我们却要离开伯尔尼，赶往日内瓦了。

火车又一次行驶在绿色的原野上。伯尔尼一带正处在阿尔卑斯山脉与北部汝拉山脉之间，一片平展。云遮雾罩的天空下，虽不时有丘陵起伏，或有远山伫立，但视野是开阔的，你会看到无尽的绿色夹杂着黄花在你眼前绵延开来，或在小丘的顶端融入云天，或无遮拦地伸向天地相交之处。房屋、牛羊、马匹零落其间，闲散自适。阴沉的天光带给瑞士并不是沉闷忧郁，却增加了宁静与祥和。和美人一样，美丽的地方也是浓淡皆宜的，永远没有美丑之分，只有这么美与那么美的仪态万方。

瑞 士

日内瓦湖畔

　　车近洛桑，我们看到了日内瓦湖。日内瓦湖也叫"莱芒湖"，初见这个名字，我以为这个湖像个芒果，但看到地图，它却更像一只香蕉。这里的景致突然发生了很多变化，火车行驶在半山腰，湖水微茫，湖边聚集着一些村庄市镇，它们背后的山坡上是大片的葡萄园。这时乌云开始动荡，露出许多缝隙，阳光会瞅准一切机会照射下来，明暗不均的湖水坡地上形成了奇妙无比的色差变化，这还是人间能有之景吗？我发出一声长长的叹息，这是面对瑞士美景我唯一能做的，因为这时我的内心会一片空白，没有任何恰当的言词能够与这样的动人之美相匹配。瑞士美得让人感到无奈，让人感到笨拙，甚至感到痛苦。

　　走出日内瓦车站，迎头就看到一个中国餐馆，门面上方三个大字"福喜楼"。中国人把生意做到了世界各地，中国人如今也行走在世界各地。这几天在瑞士，有时就会产生瑞士被中国人占领的感觉，无数的中国面孔，无时无地不能听到汉语。

　　我们在日内瓦游览的第一站是联合国总部。瑞士这个承揽了众多联合国机构并为世界和平做出过重大贡献的国家长期以来并不是联合国成员，因为瑞士人非常满意自己的中立国地位，他们不愿加入国家间的一些政治组织。1986年瑞士人曾用四分之三的反对票拒绝加入联合国，让整个世界为之惊疑。2002年3月3日，联邦政府又提出就加入联合国问题请全国选民投票，这次的结果54.61%的选民赞成；23州有12州赞成，以微弱优势通过，于是此年9月10日，瑞士成为联合国姗姗来迟的成员。

联合国总部大门和大楼上都写着两个单位名称：United Nations 和 Nations Unies。同时出现的当然是联合国徽。总部大楼正对广场的一块密闭的园地里立着四排旗杆，悬挂着联合国 192 个成员国的国旗。

联合国总部广场上立着一个十分特殊的雕塑，一把巨大的跛脚椅子。椅子三腿着地，一腿在半空中失去，断口参差不齐，而且向上裂成开花状。我们一直迷惑于它的用意，最终在地面一块镶嵌牌上找到了答案。这是国际助残组织 1997 年竖立于此的一座雕塑，意在呼吁联合国成员签署《渥太华禁雷公约》并参加国际反集束炸弹的行动。这是一个恰当而成功的宣传雕塑。广场对面一个公园里又有一架大炮，炮筒被扭系成一个死结，是对世界和平、清除暴力的祈愿吧！旁边绿树之下一块静默的石头，将 1992—1995 发生在波黑的惨绝人寰的种族屠杀深深地刻写在自己身上。人类，这万物的精灵啊！

来日内瓦当然得去日内瓦湖。新雨刚过，日内瓦湖上吹来阵阵凉风，让我们深刻地复习了一下"春寒"之义。怪不得湖上的百米喷泉停喷了呢，这样的温度，若得天降甘露的滋润，定会心惊骨战了。游人总是高兴，湖畔人数未减。看过鲜艳的花钟，又见奇特如图腾的木雕。还有一座与罗兹公园里相同的凉亭，为鞠老师拍照纪念，可命为《日内瓦的罗兹》。

日内瓦湖上帆樯林立，在众多的船只中，有一艘古老的蒸汽船，虽然被粉刷一新，洁白无染，但那粗大的烟囱还是暴露了它古董的身份。更为特别的是，它的船头插着一面黑旗。这艘船就是茜茜公主遇刺时所乘坐的蒸汽船。茜茜公主晚年因丈夫的不忠与丧子之痛而忧郁悲哀，她想通过游历，让山水之美化解内心的块垒。然而为求扬名天下而不择手段的一个意大利无政府主义青年，就在日内瓦湖畔用一把尖细的锥子刺入了茜茜公主的心脏。据说当时茜茜公主并没有感觉到疼痛，她甚至自己从地上站起来，问"发生了什么事"，并向周围的人道歉，当她走到这艘船上后，就一下子晕倒了。等送到医生面前，公主已停止了心跳。

洛桑与日内瓦一样，也是一个日内瓦湖畔之城，一居湖之肩，一居湖之尾，同属法语区，同是国际化都市。国际奥委会就驻扎在洛桑。我们办理好旅馆手续，把行李放进我们的阁楼行宫里，就去游览洛桑的黄昏。

洛桑和日内瓦都有一种狮身人面像，不知是何来历，洛桑的带翅，日内瓦的不带翅，但都有突出裸露的乳房，立于街头。是城市的图腾？类似于伯尔尼的熊？

洛桑大教堂位于一个高坡之上，坡道的石砌墙壁上，长满了野草野花。西斜的阳光中，古老的石壁与明艳的花草相映衬，更显出岁月的沧桑。"朱雀桥边野草花，乌衣巷口夕阳斜"，中西风景虽殊，却无人情之异。大教堂为哥特式，正立面的大门有着精巧细致繁复奇丽的石雕，其中的人物像生动欲出。青苔爬上这些石雕，让这座建于1275年的教堂越发显得苍老古旧。也有彩色玻璃画，但不像别处的那样艳丽，而是以蓝灰为主调，淡雅沉静，更具宗教韵味。

站在洛桑大教堂院落的墙边，可以俯视整座洛桑古城。夕阳为古城的屋顶涂上一层淡红的辉光，弗朗索瓦大教堂绿色的尖塔好像刺入了薄薄的云层中，远处是莱芒湖淡淡的波光。

洛桑古城的街道有很多陡坡。街上行人稀疏，古老的石块路不知走过多少代人，狭窄的古街道已经有些昏黑，但抬头仰望，夕阳的余辉还在楼头。街口或转弯处，不经意间，你也会被夕阳朗照一番，将你长长的影子拉到身后的古城墙上。一个三岔路口形成了不大的一块空地，这样的地方欧洲人也会称之为广场，中央立着一个正义女神的喷水池，与伯尔尼的非常相似，只是女神左手里的天平，不知何处去了。

据说伯尔尼的正义女神手中的法器就多次被盗，甚至有人将女神彻底推倒。看来在人间实现正义的确并不容易。

寻找奥林匹克公园，我们来到莱芒湖边。湖边有各种休闲设施，不少人在搬动着巨大的棋子在下国际象棋，还有孩子们在玩滑梯。2016 年里约热内卢奥运会的倒计时电子钟也立在湖边路旁，我拍照时，它显示离开幕还有 239 天 4 小时 26 分 1 秒。

走在湖边路上，莱芒湖一片宁静，傍晚的天光中，湖面与天空透出幽幽的蓝色，凝为一体，一片苍茫，不分上下，难怪古人会有大湖通向天河的想象。湖面水波不兴，一片平静，一只落下帆的小小帆船，一动不动地孤处湖中，空空的桅杆竖立在淡蓝的微光中，时间仿佛凝滞了，我也仿佛出离了凡间一般。湖边一道短短的白堤围出一块无限宁静的港湾，湾中停着一艘白船，与湖天的蓝色静谧地映照着，周边空无一人，无风，也无声，我仿佛一下子遁入了另一个世界，一条舷梯静静地搭在船岸之间，或许这艘白船正是从星空漂回的八月浮槎。登上它吧，这里就是那一切美好世界的入口。

瑞 士

蒙特勒与黄金列车

今天是复活节。我们到达蒙特勒的时候，这里正是一片节日气氛，人们穿起各种怪异的服装向同一个方向走去，不知是走向教堂还是什么聚会场所。我不知道复活节在欧洲怎么过，但感觉这个庆祝主复活的日子应该正式、隆重一点，但瑞士人好像要把它当一个狂欢节过。陈默说明天意大利语区的提契诺州今天会很热闹，大概也是复活节的狂欢吧。我们眼前的景象也是这样，有人戴着各种颜色的假发，有人的服装上拖一条长尾巴，有人穿着中国式的龙袍，又有一个奇装女孩经过我们身边，穿着鲜艳、漂亮的衣服，猫头的帽子，黑色主调之上有着繁杂而色彩丰富的装饰。当我猛然看到时，不禁赞美了一声，她就挥手致谢，这引来了我几位女同事的拍照的兴致，拦住她足有两三分钟。奇装女孩显然也很享受这众星捧月般的感觉，将一只手高高举起，如卡通片里的仙女斗士。

在来蒙特勒的车上，我们就看到莱芒湖对面缥缈的雪山，湖面雾气氤氲，完全看不见山脚，只在半空中浮着幽蓝的峰顶，如海市蜃楼，如世外仙山，似倏忽漂来，又似轻举远去。等我们下了车，来到湖边，雪山依旧夹在碧蓝的水天之间，与白云相映照，如心灵的幻影。湖

面波光荡漾，鸥鹭翔集。那片醉人的纯净与宁静啊，不似人间。

蒙特勒有一座古堡——西庸城堡，位于莱芒湖的北端，大约建于 12 世纪。城堡左山右湖，皆无法行走，只有湖边小路成为走向圣伯纳德山口通往意大利的咽喉要道。13 世纪时，意大利王族萨瓦公爵整修了这座西庸古堡，作为家族宫殿，并用来收取过往商人的赋税。城堡修建在湖中的一片石头上面，有桥相通。远观城堡，全是石头建成的高低错落、圆方不同的塔楼。走进城堡，则有亭阁楼台，复道行空，雄伟壮丽。

但城堡的底层与美丽无关，这里除了做酒窖、储物间和仓库之外，有一部分就是关押西庸囚徒的著名的"西庸牢狱"。1532 年日内瓦圣维克多修道院院长博尼瓦因主张日内瓦独立，被铁链锁在石柱上达四年之久， 1816 年英国著名诗人拜伦来西庸城堡参观时，听闻这段悲惨的历史，而在石柱留下他的签名，并且写下著名的《西庸的囚徒》（The Prisoner of Chillon），西庸城堡也因此而名扬天下。如今束缚博尼瓦兄弟的石柱与锁链仍在，时光却又流淌了五百年。阴森的地牢里十分昏暗，日光透过深厚的城堡墙壁上留下的狭窄的缝隙微弱地射进来，仍然和拜伦看到的一样。"它在阴湿的地板上爬行，好像沼泽上鬼火闪动"，拜伦这样描写那一丝惨淡的阳光。苦难总有结束，1536 年 3 月 29 日瑞士人攻占古堡，赶走了萨瓦公爵，把博尼瓦释放。此后，西庸城堡归瑞士人所有。

走出黑暗的地牢，外面一片温暖明亮的阳光。紧凑的城堡内竟然还有一片小草坪，由于高大的碉楼的遮挡，坪中小草细弱柔嫩。坪中一棵漂亮的小树，上面挂满了复活节彩蛋，和很多小朋友画的气球形状的画片，像一棵结满奇异之果的娑婆宝树。旁边的城堡古墙上布满藤蔓与野草，数百年如一日，生机中透着古老。

城堡的二层曾是贵族们的生活区，如今是保存那段历史的博物馆。宽阔的大餐厅，长条形的餐桌，高大的壁炉前放着各种用火工具，还有一笼新鲜的劈柴，仿佛主人马上就会进来生火。女主人的卧室里摆放着华丽的床帐和梳洗用品。还有一个展室，全是这个贵族之家当时使用的箱子、柜子，形状丰富，装饰华朴不一，有的木质细硬，就镂刻了十分生动的木雕画，当然是宗教故事；有的木质稍差，就刻画出一些十分规则的图案，在中国人看来十分呆板，但其细致程度也足以让人感叹。

蒙特勒是瑞士黄金列车的起点。瑞士的铁路非常发达，除了密集的铁路交通网外，又修建了两条专门用来供游人观览瑞士美景的旅游线，一是冰川列车，一是黄金列车。

冰川列车在阿尔卑斯山中穿过，游人可以一览雪山冰川的壮丽与奇幻；黄金列车穿过瑞士中部，可观瑞士美不胜收的田园风光。

　　黄金列车最与众不同的是它宽大的车窗，除了无法省去且尽量做窄的框架外，车体上部都是玻璃，甚至连车顶的一部分也是玻璃的，为的是给游客一个宽阔的视野。黄金列车车速不高，大约在四五十公里。黄金列车的线路也是一般交通列车所不选择的，它常常在山腰较高处行驶，可以让游客看到对面的雪山，或者尽情欣赏广袤的牧场星星点点的牛马与村庄。有时列车还会跨过山谷，游客可以看到深深的涧流与林木。当然列车有时也会变得极为亲人，它会紧贴着一座木屋或者一家人的院落缓缓驶过；有时它也会穿过一座牧场，一片碧绿，黄花点点，专心吃草的牛也会抬起头，静静地望着我们，它就在咫尺，我可以看清它长长的睫毛。也有些见过世面的牛安卧草地，背对我们，头也不回。那天天气非常好，空气清洁得没有一丝挂碍，弥望的绿色会清新可人地扑入我们的视线，原野平整之处，可以望到天边；山峦起伏处，也可看清山顶如细丝毛发般的树木，几朵闲云，飘荡其上，天空则愈见其蓝。蓝天、白云、雪峰、森林、小河、绿草、黄花、木屋、马牛，共同组成了瑞士乡村宁静、富庶的天堂风貌。

　　近3点钟时，黄金列车来到茨韦西门小镇，我们准备在这里换成普通火车赶往库尔。有一个小时的间歇，我们可以逛一逛这个中部小镇。小镇在一个宽大的山谷里，远处的雪峰迤逦下拖，形成一个漫长的绿色山坡，林木与草地相间隔，一直拖曳到小镇跟前。小镇非常安静，弯曲的街道上无人行走，连窗口也不见人影晃动，如同一座空城。阳光铺洒下来，明亮温暖。催开了街道两旁树上的嫩芽，人家门前几蓬

亮黄的迎春花，远处绿坡上几株雪白的梨花，都在热烈开放。远处雪峰上的云朵慢慢地飘过来，似与雪花、梨花相争美。小镇虽小，人们却也在努力创造自己的艺术品。他们在水池旁边塑一只洁净而逼真的奶牛；他们将枯干了的树桩上端雕刻成蹲踞着的猫头鹰；他们将"无用"的木料做成形状各异的蘑菇摆在门边窗前，又有稍大的原木段，则凿成别致的花盆，放在公共座椅旁边。营造美是人的本性，只要人们有足够的时间与闲情，他们去美化自己的生活，不需指派，不需安排，它只需要你不去阻碍与扭曲。

文化不是在圣贤的指导下才能繁荣，相反，在无数心灵的充分自由的驰骋狂想中才能创造出真艺术。

在这个安静的小镇上，一切都是静悄悄地进行，一个空场上，七八个人在玩用一个铁饼在远处抛出砸倒一个石柱的游戏，就连这种玩耍，他们也是轻声细语的，没有大声的、兴奋的呼喊。我们几个外来人不耐寂寞，忍不住高歌了几曲。去他的欧洲礼仪，太沉闷了！当我们唱着走过一家咖啡馆的时候，几位胖老太太坐在咖啡座上看我们，她们微笑着，我能看出，她们的眼神中有羡慕！

瑞　士

从库尔到苏黎士

　　我们到达库尔小镇的时候已是晚上 8 点，又乘车到达我们旅馆，已近 9 点。这天是复活节，逆旅主人已经回家过节，我们"Hello"了半天，无人应答，最后在柜台上发现一个塑料袋子里装着我们的房间钥匙和一张入住说明。

　　我们的旅馆在一个半山腰上，群山环绕，夜晚可以听到松涛的声音。早上起来，推开楼门，微风拂面，清新凉爽。又听山谷有汩汩流水之声传来，空寂了山野，也洗净了我的心，我仿佛变得澄澈透明，初阳的辉光可以把我照透，让我消融于这片布满露珠的绿草鲜花之中。

　　这是一个 40 多度的陡坡，严严实实地被绿草覆盖着，几株开着白花的大树闲散地立在绿坡上，几座小木屋沉默地站高处，屋外堆放着一些劈柴。山腰稍平处又有一张简易的石桌和一圈木椅，在这宁静的早晨，那曾经的露天聚会的欢笑早已远去了，只剩下旁边烧烤用火的痕迹。陡峭的山坡更高处，还有一户人家，几棵青翠的高树

挺立在下方，坚刚有力地护卫着小屋；高处一株花树探身下来，温柔地覆盖着红色的屋顶；一丛迎春花遮挡着通往木屋的小路，小路上春草密布，了无人迹。我们轻手轻脚，生怕打扰了屋中那位远居草木之间的世外高人。

抛下几位女士，我要往高山更高处探寻。穿过一段倒伏树木的枝枝杈杈，攀上一段陡峭的坡道，我就来到了那段森林带的上方，这里不见木屋，不见牛羊，一片静绿，铺展在山坡上。草地与林木相交的一个角落里，有一堆石头聚成圆锥状，不是自然的，而是人工积攒的，就像西藏地区的玛尼堆，或者像内蒙古草原上的敖包，只是要小得多。是无意为之，还是出于习俗，无从而知。或许这是为保护草地而做出的自然举动或当然举动，所以各地能够不约而同。"玛尼堆"旁边的林木仿佛受到了极大的破坏，满眼树桩，遍地残枝，或许这里将要修建一条通道，也许就是一条如黄金列车般的旅游线。在这里可以清晰地望见对面的山峰，阳光就是从那边山峰的夹缝里透射过来的。那里又有一座高山牧场，几座木房子形成一个聚落，草场上依稀可以看到作为界标的木栅栏。瑞士的奶牛都是在这样阳光灿烂，鲜花遍地的牧场上自由走动，吃下汁液充足的绿草，产下的品质一流的牛奶！

坐在密实的草地上，深吸着清晨浓重的草香，望着远山的葱翠，山下的木屋，我真希望永留于此，哪怕是被埋在这瑞士的春天里。

从库尔到苏黎士，火车只需一个多小时。其中将近一半的时间行驶在苏黎世湖边。非常感谢陈默来车站接我们！在她的住处，一杯清茶伴着丰盛的零食，让我们恢复了体力，陈默就带我们游览苏黎世。

利马特河连通苏黎世湖，有众多的桥连接两岸，我们走过一座桥边的时候，有一群衣着脏旧的人站在桥头，每人身边都堆放着一些行李，他们就是周游各地，不愿定居的吉普赛人。河的存在，显得街面很宽。对面的圣彼得大教堂的大钟正好指在 2 点上，这个大钟据说是欧洲教堂中最大的钟面，直径 8.7 米。在它的左边又有一座铜绿色尖塔，那是苏黎世圣母大教堂。它们与苏黎世大教堂是苏黎世最主要的三座教堂。

苏黎世大教堂最典型的特征是双塔，以其古老与精美成为苏黎世的地标。双塔用白色大理石建成，下部是四面方形，棱角分明，上部塔顶，改为六面，没有塔尖，对比之下，显得圆润浑融。在教堂中别具一格。教堂的外墙上嵌着海因里希·布林格的雕像，他是欧洲宗教改革时期的一个重要人物，但观点与马丁·路德多有不同。曾做苏黎世大教堂的主教，与罗马教廷断绝关系，进行了大量的宗教仪规的改革。教堂里表现出新教教堂的典型特征，简朴肃穆，不设偶像。

苏黎世大学是瑞士最大的综合大学，建立于 1833 年，这所大学曾产生过 12 名诺贝尔奖得主，其中包括爱因斯坦；第一届物理学诺奖得主、发现 X 光的伦琴，也是苏黎世大学的高材生。民国时期著名学者陈寅恪也曾留学苏黎世大学。

大学古老的大门上塑男女半裸像，主楼正门有三个入口，中间入口上方浮雕一个全裸女体，左右两边入口上方各浮雕一个全裸男体，右边男体双手又各持一把火炬。不知是何寓意。主楼是一个庞大的建筑，中间是一个露天大厅，里面摆放着很多桌椅，几位师生一边喝着咖啡，一边研究什么问题。周围布置了许多古希腊雕塑，抑或是仿古希腊雕塑，有著名的萨莫色雷斯胜利女神的无头像，还有描绘拉奥孔父子被巨蛇缠身的浮雕，又有半人马故事浮雕。最奇怪的是在大厅一角还有一个类似于中国古代半卧榻的东西。这种卧房用具放置于此，而且专门为它铺了一块圆形的蓝地毯，不知何意。主楼里还有一个动物标本室，从史前灭绝动物到现实存在的各类动物，都有制作精良的标本。还设有显微镜，供人们仔细观察一些昆虫类标本。不仅对学生开放，也对游人开放。

从苏黎世理工大学后面的平台上可以俯瞰苏黎世全景，满城暗红色的古老屋顶，

　　几座大教堂的尖塔耸立，远处是屏风一样的绿色山峦。也许是对苏黎世缺乏更深入地了解吧，也许我们没有看到它的精华所在吧，也许是在瑞士旅行已久，已经审美疲劳了吧，我总觉得与瑞士其他一些城市相比，苏黎世略显魅力不足，它既不是纯正古雅的老城，也不是豪华亮丽的现代化城市。古旧老屋与新建楼房相交杂，类似于波兰卡托维兹或弗罗茨瓦夫的格局。

　　走向机场，我们梦幻般的瑞士之旅结束了。

瑞　士

瑞士游感

　　此景只应天上有，争知今日落人间。人皆爱说瑞士是"欧洲花园"，小矣！"世界苑囿"差可当之，即使说"人间天堂"也不为过。凡是人内心中能想得到的美景，几乎都可以在瑞士找到。请你不要说蓝天、净水、青山、白云，这怕是对瑞士的严重侮辱了，这在瑞士是理所当然。他们可能会说：天地山川就应该是这样的。好，你放下包袱，可以大胆想象了：你想一大片碧绿的草坪上有一株盛开的花树吗？瑞士有；你希望平缓的山坡上野花遍地？瑞士有；如果你觉得那太浓烈，我只要黄花点点，瑞士有；也许你觉得碧蓝的湖面倒映着洁白的雪山很美，瑞士有；你希望湖水清澈见底，游鱼细石皆可目数，没问题，瑞士有；你想湖面上还应该有天鹅在优雅的游动，或者你想出个难题，希望有鸳鸯比肩而鸣，这也不算什么，瑞士有。或许你又嫌清新优美太轻淡，你需要在这个底色上加些峭挺与震撼、雄奇与冷峻，好，你去因特拉肯看少女雪峰，或乘冰川列车纵览阿尔卑斯群山。你可能是一个怀旧之人，你希望有古老的建筑，苍苔斑斑，瓦松参差，你想仰哥特的尖塔，品巴洛克的恢弘，好，你去伯尔尼吧，你会有化不开的思古幽情；你觉得这古老和清新应该中和一下，千年教堂的钟声须飘荡在青山绿水间，好，那你去卢塞恩吧，你会看到中世纪建筑旁边水晶般的蓝湖；你又希望古朴的背景上还需有一点现代感，曲折幽静的古巷口要看到摩天高楼的身影，那，洛桑是个好去处；你喜欢宁静，你心底的画面是坐在空无一人的湖边，波澜不兴，水天碧透，只有一桅白艇，静立水中，几只水鸟，盘旋其上，那个世界仿佛失去了时间，变成了永恒。没有了吧？不，瑞士有，你可以在春日的傍晚一个人走到莱芒湖边，那是可以让你身心俱融的奇景。或许我可以这样说，请你画出一幅天堂的画卷。哦，你是中国人，你可以画一幅你心中的神仙洞府；啊，你更信佛，那请你画出佛典所描述的西天净土。我敢说，你画的那些景色都能在瑞士找到。画家最怕的是败笔，烟云满卷，人物如生，惜某细节之处，勾勒不佳，画家引为遗憾，观者顿觉叹息，而瑞士的湖山草木却没有这样的败笔。瑞士人将自己的家园当成一个画布，他们精心地去描绘，一丝不苟，努力做到尽善尽美。一堵石墙，人工之气太重，他们就让这里垂下藤蔓，或者让石缝里长出几丛野草，开出几朵野花，飞来几只昆虫。山间丛林，孤寂之感过浓，他们就建上一座木屋，围起一个庭院，开出一条蹊径。湖面广阔，上下天光，色彩过于单调，他们就会在湖中点染几只白帆，在岸边建起一座红顶白房。

再痛苦的内心、再僵硬的面容，来到瑞士都会如汤沃雪般地消融掉，你马上就会拥有最恬静的心态、最温暖的笑容。在瑞士无论何处，目光所及之处，都会给你带来内心深处的愉悦。瑞士的美超乎了人类语言的表达能力，微笑是我所能做到的唯一的表达方式，如同摩诃迦叶面对释伽拈花。每当我试图用语言来表述一下内心感受的时候，我发出的却只是一声叹息，伴随着无奈地摇头，我想我这时的表情一定是痛苦的。人类遭遇小乐与小苦，表情会极不一致，但面对大乐与大苦，我们的表情却并无二致。我想，老天爷赐给我们语言这个礼物，只是让我们用它过好世俗生活，而对天地拥有的大美、醇美却是无能为力的。在瑞士的山间与绿野中，我真正理解了"大美无言""大道不称""真如不可言"的含义。那种"妙不可言"的感觉在本质上就是天堂的入口，就是你和天地沟通的绝妙时刻，就是你失去小我，与天地同体的神秘体验。你可以叹息，你可以微笑，你可以大叫，你可以无奈得抓耳挠腮，你却无话可说。

　　瑞士的空气是洁净无比的，晴天时即使望向极远处，也没有雾霭的感觉。瑞士当然不是天堂或仙境，他们和那些环境污染的国家一样，也是需要能源的。我在苏黎士某处就看到过一座发电场，高高的烟囱指向蓝蓝的天空，不过烟囱里冒出的东西不同于别处，只是短短的一串白烟，很快就消融在蓝天里，好像笼屉里冒出的蒸汽一般。它们和那些环境污染的国家一样，也是不断建设的，你也会看到很多地方立着塔吊，你却看不见垃圾与废水。在茨韦西门小镇，我看到从一个建筑工地上引出的水管被插到河道里的一堆乱石中，前面又有一些碎石堵塞了河道，这不是河道崩塌了，而是用来过滤建筑工地的废水。瑞士不是天堂，是瑞士人把这个人间的国建成了天堂。

　　瑞士的遍地绿草也并不只是大自然的垂青与偏爱。我曾经激动地攀爬在库尔山

间别墅的草坡上，发现草坡并不是自然平展的，而是在水平方向上有一棱一棱的人工耕扶的痕迹，也就是说瑞士人在他们的山坡上制作了宽度约 10 厘米的层层小梯田，绿草是"种"在小梯田的平面上的。看到这我心里顿时产生了负罪感，我不再忍心毫无顾忌地踩踏这瑞士青山秀水中美丽的"自然"。

离开瑞士已有好多天，但我眼前时时黄金列车穿行在绿野雪山、溪流白云之间，我已经不知道这还是不是真实的人间世界，我恍惚觉得像是被施了魔法，我们在一幅画卷中往复穿行，再也走不出这幅画卷。如果真是这样，我会请求那位正在水晶球里俯视着我们的巫婆，不要解脱对我们的魔咒，我们愿意为你提供得意的狞笑。

德 国

波茨坦的无忧宫

克拉科夫到柏林有直达的汽车，晚 10 点多发车，第二天早上 6 点多到柏林。这样的车对旅行者来说是最方便的，既争取了时间又省了住宿费。我们倒不需要算计住宿费，因为有塔老师和王燕两位好友在那里。

德国的天对我们很友善，我们是在细雨飘飞中，走过泥泞的道路，从克拉科夫登上这班客车的，在柏林下车时看到的是一个明媚的艳阳天。柏林的交通比瑞士要便宜一些，每人花 4 欧就可以买一个团体的天票。塔老师接我们到她的住处，稍稍休息了一会儿，我们就开始了今天的行程——去波茨坦看无忧宫。

波茨坦是德国勃兰登堡州的首府，距柏林只有半个多小时的路程。这座城市因二战时期的《波茨坦公告》而为世人所熟知，其实它早在普鲁士王国时期就有着不凡的地位，这里是普鲁士王室夏宫所在地。无忧宫就是普鲁士国王腓特烈二世（也译为"弗里德里希二世"）参与设计的那座夏宫，1747 年落成，此后每年 4 月底到 10 月初，腓特烈大帝都住在这个清幽之所，以避柏林城中的暑热。

1990 年无忧宫被联合国教科文组织列入世界文化遗产名录，理由是"无忧宫的宫殿与公园，可视为普鲁士的凡尔赛宫"。我还没见过凡尔赛宫，我只觉得它与维也纳的美泉宫极为相似。它们的建成都后于凡尔赛宫，而处在崇尚法国文化的时代，应该都是对凡尔赛宫的模仿。

车到无忧宫外，最引人注目的首先是一座巨大的风车，建在一个高岗之上，紧挨着华丽的宫殿，似有点不协调。不协调是因为有故事，一定听过"国王与磨坊"吧？这座风车就是这个故事里的重要角色。据说腓特烈二世建成无忧宫后，觉得这座风车磨坊在旁边有点煞风景。就让磨坊主出价，他要买下磨坊，然后拆掉。磨坊主却"不识抬举"，对国王说："我祖祖辈辈生活在这里，以磨坊为生，我不想离开这里，也绝不会卖掉磨坊。"腓特烈很生气，就派人"强拆"了这座磨坊。没想到磨坊主竟将国王告到了最高法院，法院一点也不看国王的脸色，调查后认为风车磨坊是磨坊主的私产，他人不得随意侵犯，于是判决国王腓特烈败诉，赔偿磨坊主损失，并限期将磨坊恢复原状。腓特烈在对付周边国家上是一个非常强势的国王，但在内政上他推崇法治，接受法国启蒙思想家提出的"法律面前人人平等"，并且认为，"王在法下"，于是表示服从并认真执行了法院的判决。后来腓特烈二世儿子威廉二世时期，磨坊的生意很萧条，磨坊主的儿子不想继续做这个生意了，想卖掉它，就写信给"老主顾"普鲁士王室。威廉二世回信说，这座磨坊象征了王室对法律的无限尊重，请保留下它来。并派人送给磨坊主一些钱帮他渡过难关。18 世纪的普鲁士法官竟敢罔顾龙颜，公平执法！一个封建帝王竟能如此敬畏法律！一个小小的磨坊主竟可以依靠法律维护他的尊严！岂不令人感慨万千呢！

腓特烈二世的做法并非一时故作大度，沽名钓誉，后面我们还会通过无忧宫里的遗迹看到这位伟大君主的思想历程，证明他的这一行为的真诚性。这里我先告诉大家的是，腓特烈二世有一个座右铭：国王是国家的第一公仆。

无忧宫入口处有一位穿着宫廷服装吹笛子的乐手，看到我们走过来，突然吹起了《月亮代表我的心》，异国闻乡音，我们不禁为他裹足、注目、侧耳、投币，几位女士给了他两欧，并与他合影，他就又为我们吹奏了《茉莉花》。

无忧宫的主殿也像美泉宫那样，是一个有着黄色墙面的巴洛克式建筑，横向跨度很大，窗与墙之间有着和谐的节律，但它只有一层，所以在气势上不如美泉宫大，但能让人感到亲切舒适。宫殿处于地势的最高处，前边是一层层依坡而建的葡萄园。腓特烈大帝非常喜欢新鲜水果，尤其喜欢葡萄，所以就有了这个皇家葡萄园。国王

的喜好影响很大，这里的很多装饰也常常是葡萄藤的，像主宫檐墙之间的诸神雕塑，其腿部全是葡萄藤，仿佛他们都是由葡萄幻化而来。

美泉宫的主殿前面的地势是越来越高，无忧宫正好相反，走过逐级下降的葡萄园，最低处是一座喷泉池。泉池周围是一圈用白色大理石雕刻的希腊诸神像。天气特别好，天空现出洁净的深蓝色，白云越发如羽纱丝絮，漂浮在华丽的宫殿与碧绿的苑囿之上，一失神间，恍如置身天宫仙境。前方又有小河巨树，草地繁花，虽是在园林中，却有着真实的自然风韵，一如我在油画中、在小说里看到的欧洲乡景。

我们听说过要建一座新建筑，可能没听说过要建一座废墟的，但无忧宫喷泉池东就精心建造了古罗马废墟，残墙断柱萧瑟在遍地柱头、瓦砾中，倒是别有一种情趣与美感。维也纳的美泉宫中也有，或许这是欧洲王室对于罗马帝国的崇拜在园林艺术中的表现吧，崇拜到竟然要在自己美丽的园林中刻意搞一个废墟。废墟上还有一座方尖碑，也是标志罗马帝国强盛的东西。方尖碑原为古埃及之物，罗马帝国征服埃及，把方尖碑当作战利品运回罗马，罗马城内有很多。奥地利或普鲁士恐怕不可能有真的，这里的方尖碑应该也是"人造罗马废墟"景观的组成部分。

无忧宫主宫殿中完全是洛可可装饰风格。这是我第一次面对实物感受洛可可装饰风格，但我不太喜欢，它金光耀眼，细碎、繁复，如藤蔓一般在房间里爬行蔓延，它气格不大，而是走向雕琢堆砌。但这是 18 世纪起源于法国的艺术新风尚。在宫殿里，我们可以看到腓特烈二世的办公室、音乐室和他的书房。腓特烈二世年轻时喜欢音乐，工于演奏长笛，而且是一个作曲家。他曾在无忧宫中组织音乐会演奏他创作的音乐，并亲任长笛手。他的音乐室里的一架钢琴上的一个玻璃罩子里放着他当年用过的一支长笛。年轻的腓特烈还喜欢读书，并与当时很多有名的思想家，尤其是法国的启蒙主义哲人关系密切。但这些做法受到了他父亲威廉一世的厌恶与鄙视，威廉一世外号"士兵国王"，他相信只有强化军队才是立国之本。因此年轻的腓特烈与威廉发生了激烈的冲突，在被关押一年之后，腓特烈接受了父亲的军国主义思想，威廉也允许他继续读书，与文化人交往。最终，腓特烈二世成为一个在内政、武功上都卓有成就的帝王，在他统治期间，他开疆拓土，屡措强敌，使普鲁士成为欧洲强国与大国。同时，他又在国内推行农业改革、法律改革、教育改革，他试图全面废除农奴制，宣扬"法律面前人人平等"的理念。他在世界史上率先实行了全民教育。他的这些作为给他赢得了"腓特烈大帝"的称号。

无忧宫中靠近腓特烈办公室的几间房子是客房，专门招待他的好友或邀请来的哲人学者。与腓特烈二世交往时间最长的学者是法国启蒙思想家伏尔泰。这里有一间客房是给伏尔泰预备的，里面摆着伏尔泰的雕像，伏尔泰曾经在这里住过一年多，伏尔泰离开后，腓特烈二世还和他有很多次通信。

那个时代也正是"中国热"的时代，伏尔泰崇尚中国的"哲学王"，欧洲上流社会也无不以收藏中国艺术品为荣，无忧宫中有些"中国风"的房间，在这些房间里，墙壁上的装饰图案常常是一枝细高如竹的植物下的中国人物，如打伞的妇女，弯弓射箭的猎手，戴斗笠的渔者等。这里的瓷器即使是不来源于中国，其形制也有强烈

的中国味道，尊、觚、壶、梅瓶，形制非常丰富。瓷器上的画风也很中国，画面重写意，并有大量留白；题材也多是花鸟、山水、人物。据说无忧宫花园里还建有一座中国茶室，可惜没有看到。

主宫东面又有一座一层建筑，是1763年建成的"皇家美术馆"，展出了不少皇家收藏，而以鲁本斯的作品为多。

从喷泉池向西穿过宫廷园林，当你刚刚觉得"真远"的时候，就到达了新宫。新宫因晚于无忧宫而得名，但它也是腓特烈二世时期就完成的。这也是一座巴洛克式建筑，三层，石柱、红砖墙与白色的窗户形成了庄生华丽的色调。窗户样式横向是完全一致的，便于形成巴洛克式节律，上下三层却有很大变化，一、二层是方窗，三层却是圆窗，一、二层之间又有窗型、外框的细致变化。宫旁的灯柱塑成巨人抱持状，还有双人抱持状，其努力控制之情貌，十分真实生动。

新宫对面有一组发出灰黑色的苍老建筑，左右对称，气势宏伟，并有很多人像雕塑，一看即知身份不凡。它原本是新宫建筑的一部分，现为波茨坦大学的大门。

无忧宫里的园林是自然与人工联手打造的精妙之作。园中多处森林与草地皆有原始之貌，不是人工栽植；而且自然生长，不加斧凿锯剪，一片乡间原野之色。但一片平整的草坪或一座幽深的藤蔓洞外加一座铜绿色的雕塑会及时地改变那过于散

漫的野调，变成新奇跳荡的创造的交响曲。绿色是大自然的本色，它让人喜悦，让人放松，但一味而持久的绿也会让人变得麻木，在你稍感慵懒之时，园艺师将一把鲜红的大伞连同鲜红的休息座放进万绿丛中，你的精神为之一振，顿觉醒目，这红也并不喧宾夺主，只是你会觉得那珍贵的绿色愈显翠色欲滴了。

树高林密，密林之中却又是满地野草，阳光从树顶的空隙照射进来，如追光灯一般将一丛绿草野花映得透亮，周围幽暗的林木愈使其明艳，如世外的灵光。想起王维所说的"返景入深林，复照青苔上"，有点相似，但王维的这两句诗禅意虽浓，但格局太小，亮度不够。

林间隙地常常是大片的自然草坂，已经长得很高，黄、白、红、紫各色小花随意地点缀在绿草丛中，在微风中摇曳，你的内心会被它轻轻搅动，涌起欲辩忘言的美感。远处一株枝干横伸的大树下，一片紫花若有若无，如美女腮边淡扫的胭脂。

在我们即将走出这片皇家园林的时候，又一幅天人共作的美景出现了。高大的树木围着宽阔的草地，满眼浓绿。你说"这不新鲜了，一直不都是这样吗？"微风拂过，阳光照亮了一半草地。"这也是已经见过的了！"两个红衣人，一男一女，骑着红色的自行车，进入了这个画面。他们沿着我们看不见的一条草间小路悠然地、如幻影一般从草上飘过，消失在密林之中。你是不是感叹得无语了呢？画家会有神

来之笔，诗人会有神助之思，两位红衣人从这里的无意穿过，对我们几位偶然走过的旅人来说，也算是神赐之景了吧。没有他们我们可能会淡淡无语地走过，这里的树草花影会很快地淹没在我们记忆的飞尘中；有了他们，我们再也难忘这幅"飞红点翠图"。他们给了这片天地一个鲜活的灵魂，他们是追求完美的神一次殚精竭虑的点燃。

德 国

柏 林

德国国会大厦建于1884年至1894年。1933年的"国会纵火案"就是发生在这里，希特勒栽赃德国共产党而解散之，从而大权独揽。由于种种原因，国会大厦的拱顶在建造时没有采用传统的砖石材料，而是用钢和玻璃建了一个前所未有的透明拱顶。这个设计在当时并未得到广泛的认可，却为今天的游人提供了俯瞰柏林市容的最好的观景点。

按照预约的时间，我们8点多钟来到国会大厦。这是一座体量巨大的古典式建筑，正面有着古典式的高大石柱，柱头也是古典式的雕花。正门有六根石柱支撑起一个三角的檐顶，形成向前突出的廊厦，非常像美国国会大厦的样子。三角檐顶上是众神簇拥着德国国徽的浮雕，下面横梁上一行字写着"为了德意志人民"。进入安检站，放眼望去，前前后后都是东方人的面孔；细耳听来，左左右右都是各种口音的汉语。登上廊厦前高高的石阶，走进国会大厦的大门，一个大电梯直接把我们送到了大厦顶上。那座著名的玻璃拱顶就在我们眼前了，它的外形与其他砖石拱顶是一样的，有着美妙的弧度。拱顶中央有一个大柱，如倒垂的花柱，人们可以顺着坡道盘旋而上，入门时配发了一个讲解器，它可以根据你所在的位置自动为你讲解眼前的景色。在这里可以看到不远处外号"洗衣机"的国会办公大楼，可以看到勃兰登堡门以西一望无际的绿色公园，被称为动物园，这里并没有动物，只因古代是皇帝猎场，故仍有此称。忽见那片绿色中挺立起一个高柱，上面是闪闪发光的金像，那是柏林胜利纪念柱，建于 1864 年纪念普丹战争的胜利，闪光的金像是大展双翅的胜利女神。在这里还可以看到著名的柏林爱乐乐团的演出大厅。施普雷河绕过国会大厦在不远处迷失在城市的建筑中，柏林电视塔高高的塔尖伸向云层。柏林大教堂的拱顶在远处散发着沉稳的光彩。

离国会大厦不远处有一所幽静的院落，绿草与石板地围绕起一个圆形的水面，宁静无波如一面明镜，映照出湛湛青天。水面中央有一个三角形的石板，上面放着一朵被揉碎的花，院中空旷无声，一只鸽子站在水边饮水，人们被这肃穆的气氛所感染，都悄悄地进来，又悄悄地离去，周遭的石板上你会看到一些刻写的人名，零落在人们的脚下。这是纪念 1933—1945 年间被国家社会主义工人党（纳粹）迫害致死的 Sinti 人和 Roma 人的一座公园。在迫害犹太人的同时，纳粹党人也把这些少数民族归为"吉卜赛人"而加以驱逐或杀害。

勃兰登堡门建成于 1791 年，是威廉二世为纪念其父腓特烈二世的战功——七年战争的胜利而建的。这是一座希腊式的城门建筑，十二根粗大的石柱两两组合，将大门隔成五个门洞，中间门洞稍宽，是皇家通道。大门的横梁上浮雕着拉庇泰人战胜半人马的故事。大门顶上是一座灵动欲飞的铜雕，胜利女神展开翅膀驾着四马战车向着柏林城内的方向降临下来。她左手驾车，右手举着权杖，上面是德国的铁十字勋章，一只戴着皇冠的鹰落在勋章上。雄鹰大张着翅膀，四马皆两蹄腾空，使这座雕塑动感十足。这座胜利女神像曾经在 1806 年拿破仑打败普鲁士时被拆下运到巴黎，但仅仅八年过后，普鲁士人打败法军攻占巴黎，夺回胜利女神，又将她重新安放在勃兰登堡门上。并且普鲁士人将勃兰登堡门内的广场命名为巴黎广场，以纪念这次胜利。

勃兰登堡门外不远处，平整的柏油路面上有一条石块砌成的三四十厘米宽的线斜穿马路伸向远方，一方嵌在石块线中的铁牌上铭刻着"柏林墙 1961—1989"的字样，原来这里是柏林墙的标记。1989 年柏林墙勃兰登堡门段首先被推倒，被分隔已久的东西柏林人在这里重新融为一体。虽然此后柏林墙的暗影不再存在，但柏林人不想忘记那段荒唐悲惨的历史，他们在柏林城中用嵌入地面的石块完整地标记了柏林墙曾经的位置，以警示后人。勃兰登堡门外的这个广场叫"3 月 18 日广场"；正对大门的这条街叫"6 月 17 日大街"。这种在中国人看来极为缺乏诗意的名称，是严肃

认真的德国人纪念历史的一种方式。3 月 18 日广场是为纪念 1990 年 3 月 18 日民主德国的第一次人民议会自由选举而命名；6 月 17 日大街是为纪念 1953 年 6 月 17 日发生于民主德国的人民起义而命名。

　　巴黎广场非常热闹，游人在这里观看勃兰登堡门，拍照留念，当地人在这里招揽各种生意。有一种带篷的自行车自我命名为"观景的士"，还有一种可以六七个人围成一圈共同蹬踩的大型自行车，都在等待顾客，德国人真是机械设计的迷狂。当然也有马车，但不如克拉科夫的气派。我觉得欧洲所有城市里的马车都不如克拉科夫的好，不是马太猥琐，就是车不漂亮。不过这个女马车夫倒不错，穿着马甲，戴着平顶小帽，很优雅的样子。路边停着许多德国产的名牌高档汽车，一眼瞥去就看到奔驰、宝马、大众几辆车。可能是因为这周围都是各国的大使馆吧。这天好像有什么重大的足球比赛，很多年轻人穿着黄色球衣，在巴黎广场聚集。

　　欧洲被害犹太人纪念碑是德国在 2004 年兴建完成的，它位于勃兰登堡门以南不远的柏林市中心地带，占地近两万平方米。它不是传统的高高竖起的一块石碑，而是一组 2711 块均匀安放的混凝土块。如一具具沉重的棺椁，如一片灰色的墓园。"墓园"边上的"棺椁"只有 20 公分高，往里走渐渐高起，中心地带会高达 5 米，成了纪念碑的丛林，震人心魄。行走其间，我觉得整座纪念碑林，就像一首哀歌，它由轻管细弦的丝丝哀伤奏起，渐行渐强，最终是繁音重锤激起的椎心之痛，在碑林的中心，你再也看不见城市中的楼房街道与行人，满眼只有林立的墓碑，你会被无边无际的悲伤与震撼所淹没！设计者用空前的单调，激起了人心中丰富深沉的情感变化。这是天才的灵感一现呢？还是德国人负罪感的真诚凝聚呢？

纪念碑的地下开辟了一座"欧洲被害犹太人纪念馆"，里面用细致可靠的文字、数字和丰富的图片资料向来自世界各地的人展示了德国在二战中如何惨无人道地屠杀犹太人的罪恶。最令人酸鼻的是第二个展室，展室的墙面是空的，地面上用一方方的灯箱展示了很多被关在集中营里的犹太人的信，试译两封给大家看看：

> 亲爱的爸爸，在我死之前，向您说声再见。我们多想活下来呀，但他们不让。我就要死了，我非常害怕，因为小孩都要被活着扔到坑里。永别了，吻您！
>
> 即使我活下来，我的生命还有意义吗？回到华沙老家我去投奔谁？为了什么？为了谁？我还在这里忍耐、坚持、挣扎，为了什么？

这些语句中充满恐惧、悲惨与绝望，催人泪下。那些灯箱都设计成坟墓般大小，发出幽幽的光，仿佛是那些不能瞑目的冤魂在向人们执着地倾诉。

德国是一个让人感情复杂的国家。这个国家在短短四十年内挑起了两次世界大战，这个国家给欧洲乃至全世界带来了痛切的苦难，这个国家曾经用残忍的种族灭绝的方式屠杀了几百万无辜的人，但这个国家又有另一面，在柏林城内，有很多反思战争、纪念受害者的园地或堂馆，我们到处都能感到德国人对自我历史的严肃认真地思考，对过去的罪恶，他们不掩饰，不淡化，不狡辩，他们沉痛地承认，认真地反思，真正的改变。有一点最值得我们敬佩，德国人在描述二战时期的罪恶时，并不采用"纳粹德国"的字样，以便让现在的德国与那些罪恶划清界限。他们完全可以这样，但他们没有。整个纪念馆中所有的文字说明，他们一直用"德国"这个词，只用这个词。比如纪念馆里写到犹太人被害人数时，他们的文字是这样的："The total number of Jews murdered in the area under German control is between 5.4 and 6 million."他们想用这种方式表示自己愿意承担一切历史罪责，无论那些多么耻辱、多么肮脏、多么沉痛。德国总理勃兰特在华沙犹太人纪念碑前的一跪，秉承的也是这样一种心态。这可能是一种真正的基督徒精神吧！他们坦诚自己的一切罪恶，他们向上帝真诚地忏悔，他们要勇敢地悔过。"胜人者有力，自胜者强""胜人易，自胜难"，这是德国的另一种强大！这是德国虽在二战中罪恶累累，今天却能在欧洲得到各国原谅的根本原因。

由勃兰登堡门向东的这条街叫菩提树下大街。菩提树在我内心中是一种神秘的树，释迦牟尼在菩提树下修成正果，我不知道这里这种满大街的凡间之树是否就是印度的那种菩提树。这是柏林的一条最重要的街道，很多著名建筑和历史事件都发生在这里，但是街心正在维修，影响观瞻，也影响通过。远远看到街对面著名的爱因斯坦咖啡馆，据说这里是政商学界一些名人喜欢小坐的地方，外表平平，并不怎么引人注目。

在这条著名的大街上还有一所著名的大学——洪堡大学。洪堡大学是普鲁士教育改革者洪堡兄弟于1809年创立的，是世界上第一所新制大学，现代大学的最初蓝本。洪堡兄弟提出"研究与教学合一"的建校精神，并强调大学在管理和学术上的自主，所以他们认为大学的组织原则有二：寂寞与自由。寂寞意味着不为政治、经济利益所左右，敬而远之。洪堡氏认为，没有寂寞就没有自由，没有自由就失去了大学的本质。正是这样的办学理念，洪堡大学在二战前成为世界的学术中心。哲学家费希特、谢林、黑格尔、叔本华都曾在此任教，费尔巴哈、马克思、恩格斯、诗人海涅、铁血宰相俾斯麦都曾就读过洪堡大学。这个大学也产生过二十九位涉及各个领域的诺贝尔奖得主。

洪堡大学大门口两侧塑着洪堡兄弟的雕像。主楼正门前立着19世纪著名物理学家、生理学家赫姆霍兹的石雕像，左侧的草坪上又有量子力学的奠基人马克斯·普朗克的铜像。主楼内面对大门的墙上用金字嵌着洪堡大学的校训——卡尔·马克思的一句话："从来哲学家们都在解释这个世界，而问题在于改变这个世界。"果然伟人济济呀！大门左侧的栏杆上挂着一幅讲座广告，是费曼·狄森教授将于5月22日开讲《人脑是数字的还是模拟的？》多么富有启迪性的话题！洪堡大学真是代有才人，绵延不绝。

离开洪堡大学，继续向东，又有一座只有一层却凝重宏伟的建筑，如国会大厦前门廊一般。这里也用六根大石柱撑起一个三角形的檐顶，上面雕刻着神的战争场面。走进大门，里面是一个大约10米见方的厅堂，徒有四壁，无任何装饰与陈列。地面是黑色的马赛克铺就，中央一块黑色的石板上，一位蒙着头巾的母亲低着头，怀里抱着他已经死去的儿子，一手抚摸着儿子的手，一手擦拭着自己的眼泪。人们无声地注目这位可怜的母亲，体味着她内心的伤痛。母亲上方的屋顶开了一个圆洞，阳光从洞中斜射进来，照在母亲背后的墙上和地上，仿佛是上帝投射出的慈惠之光，来抚慰这位无助的母亲；又仿佛是来自天堂的灵光，接引那些在战争中死去的亡灵。走到门廊下，由那里的日文说明知道，这里是"战争死难者慰灵馆"。也是德国人对自己历史罪责的一种忏悔吧。

　　德国历史博物馆里有一尊高大的列宁像，我原以为是东德时期铸造的呢，一看说明，原来是二战时期德军从圣彼得堡附近一个城市里获得的战利品，德军之所以把列宁像运到德国来，是因为融掉它可以获得大量的铜，1943年他们把这尊列宁像送到一个冶炼厂。幸运的是，战争结束了，这尊列宁像被完整地保存下来。

　　"大"是柏林大教堂给我的第一感受。不同于其他教堂正立面较窄而向纵深发展，柏林大教堂的正立面很宽，顶上三个并排的宝蓝色圆顶，耸入高天。这座古典式教堂的石柱和石墙发出灰黑色，尽情展示着时光给它带来的深沉风度。柏林大教堂原是皇家教堂，建于1894年—1905年，很多普鲁士帝王安葬在这个教堂里。这个教堂属于新教教堂，教堂里没有耶稣受难、圣母圣徒的雕像，但有庄严的宗教画和缤纷

的玻璃画，而且金碧辉煌，不失皇家气派。教堂前面是一个非常开阔的广场，一座大喷泉腾跃在广场中央，几块大草坪在广场上铺展开来。人们在草坪上或坐或躺，尽情享受温暖的阳光、洁净的空气与古朴安宁的城市美景。葛嘉琪和梁茜两位小朋友也入乡随俗，跑到草坪上去打盹。

波茨坦广场上有一小段留作纪念的柏林墙，被断成六截，每两截之间镶嵌一块文字图片板，向世人介绍柏林墙的有关情况。那些墙上面有城市涂鸦，涂鸦上面有覆盖着无数的色点，感觉奇怪，上前仔细一看，原来是无数块被人嚼过的口香糖粘在上面。人们是用这样的方式来表达对柏林墙的唾弃吗？也许吧。强权可以逞强一时，却永远强不过历史规律：违背人心的做法最终的命运只能是遭到唾弃，哪怕你有枪。柏林墙的一侧，有两个人摆了个摊位，一个人正在用高音喇叭做宣传，但没有听众。他们的讲桌前的一块布上写着："社会平等党第四国际"；另一个宣传板上写着"国际社会主义革命"，另一个人见我向他们拍照就递了一张传单给我，满纸德国言，我看不懂，只看明白了一张图片，是德国军队1939年9月在华沙阅兵的威武军姿。我就更难明白这个呼唤社会主义的党派是干什么的了。在波茨坦广场一个地铁站口有一块为德国共产主义战士李卜克内西竖立的纪念碑。

查理检查站是冷战时期东西柏林在市区内的唯一通道。检查站一边是美军防区，一边是苏联防区。游人们自由地穿行在两区之间，想象着那个时代柏林人被隔离的痛苦。为了向游客展现当年的情景，美军检查站还保留着，在一座沙袋墙边，站着两个穿当年美军军服的人手里拿着美国国旗。路边一块大牌子，一边写着你已进入美军防区，一边写着你将离开美军防区。当然，有很多场景今天已经无法展示，比如这个街口两边当年曾有双方几十辆坦克恐怖地对峙；这里曾有大量的士兵荷枪实弹，警觉地观察着对方；这里曾有东德士兵开枪射杀要逃往西柏林的人。

检查站附近的图片展览中介绍了柏林墙刚刚建立时发生的一个惨剧：1962年8月17日，18岁的彼得和他的伙伴试图翻过柏林墙逃往西柏林，卫兵开枪了，他的同伴努力逃了出去，彼得却中了好几枪，倒在了柏林墙边，西柏林的守军试图过来救援被禁止，他们所能做的只是扔过来一个急救包，但彼得已经无力自救，一个小时后彼得失血死亡，东柏林守军将他的尸体运走。彼得成为死在柏林墙下的第一人。1997年柏林墙倒塌八年之后，柏林法院起诉了开枪的士兵鲁道夫和埃里克，分别判他们一年零九个月和一年零八个月的监禁，但缓期执行。显然这个审判更重要的是道德审判。这样的审判在 90 年代的德国有很多，因为柏林墙存在的二十八年中有二百三十九个人死在墙下。据说这些开枪的士兵都曾为自己辩护说："我们是在执行命令，我们身不由己。"但法官的观点是："东德的法律要你杀人，可是你明明知道这些唾弃暴政而逃亡的人是无辜的，明知他无辜而杀他，就是有罪。作为警察，不执行上级命令是有罪的，但是打不准是无罪的。作为一个心智健全的人，此时此刻，你有把枪口抬高一厘米的主权，这是你应主动承担的良心义务。"

　　世界上的墙大都是为了不让别人随便进来，唯独柏林墙是为了不让自己的人随便出去。修墙人没有想到，只要人心没有在此，墙其实无法挡住人的脚。图片还展示了东德人为了逃走而想出的各种天才的办法，有人研制热气球逃走；有人造出了一人装潜水艇；有人改装了汽车，将自己七弯八扭地塞到引擎盖下；有人将两个箱子打通靠在一起，让自己躺在两个箱子里。最后这个魔术师式的思维尤让人赞叹称奇！"逃跑"简直成了一种艺术！真不知道当人民如此挖空心思地逃离的时候，这个政权还有什么脸面进行统治？借助这样的一些奇思妙想，在柏林墙建成之后，东柏林有六千个人躲过枪弹、避开阻拦逃到了西柏林。

离查理检查站不远的地方，还保留着一段大约 100 米的柏林墙。通过它的断口，我看到这墙是钢筋水泥筑成的十几公分厚的混凝土板，底下与水泥墩相连，上边用两块钢板一夹，就连接在一起立在那里，顶上再加一个圆筒形的部件，既可以保护钢板夹不受雨淋，更重要的是让人难以攀爬，设计简洁而巧妙！如今墙体已经斑驳，有的地方已经形成一个大洞，裸露着里面的钢筋。这不仅是岁月的剥蚀，更多的可能是东德人愤怒的斧凿。1989 年，当西风劲吹东欧的时候，德意志民主共和国也如纸灰般被吹散解体，并入德意志联邦共和国。那堵墙也在两德人的欢笑中颓然倒塌。

德 国

德累斯顿

德累斯顿号称欧洲最美城市。有大名者常令人失望，并非全因浪得虚名，名不副实，更多的是因为，声名高则人之期待亦高，非有超人数倍之不凡，不能餍人之心，故世间少有声名高而不为所累者。人慕大名而来，能不失望以归，已属难能可贵；若犹有出人望外、令人惊喜感叹之处，其必为出乎其类，拔乎其萃者。德累斯顿古城就是这种名高而实至的城市。

从老城火车站走向老城易北河边，是一个渐入佳境的历程。开始一切都很平淡，只有两种感触最深：一是感到德累斯顿真有周末的样子，已经 9 点多钟了，大街空荡荡的，密集的电车线告诉我们这里平时是一个非常繁华的大街，但今天好像只有不多的游客在走动，商店都关着门，候车亭里空无一人。再一个印象是，这里的街头还有一些东德社会主义时期的遗迹，圣十字教堂东边有一个工人的雕像；旧市场左边的长廊里有工、农、兵、学、商的浮雕；右边的一个建筑上正在修复一个马赛克画，是那种各界人民欢聚一堂，高举拳头、英勇振奋状的画面。

当眼前出现巴洛克风格的灰黑建筑时，就说明已经接近德累斯顿老城的核心地带了，激动人心的绿色穹窿珍宝馆就要到来了。绿色穹窿珍宝馆是曾经的萨克森公国的珍宝古玩收藏地。珍宝馆大门口上方雕了一只波兰鹰，暗示这里的主人曾有波兰王的身份。的确，绿色穹隆是萨克森选帝侯兼波兰国王奥古斯特二世修建的。这个雕刻非常细致，尤其是鹰巢部分，其枝丫交错，状貌花纹都非常自然而逼真。国王选来的工匠一定是用雕琢玉石的功夫来雕琢一块顽石，是用制作室内赏玩的精工来制作一个建筑部件的。所以说欧洲的建筑精品不只是气势恢宏，还细致入微，既可远观，又可细玩。珍宝馆是一个四合建筑，四周都是珍宝陈列馆，中间是一个空场，但顶子已经用透明的材料覆盖起来了，有露天之明，而无雨打风吹之苦。

珍宝馆内有9个展厅，以材质不同分别陈列，有琥珀、象牙、银器、金器、水晶、徽章、宝石、青铜和陶瓷。这些珍宝大多数来源于"强力王"奥古斯特二世和他的儿子"臃肿者"奥古斯特三世时期，那是一个国力极盛的时代。在金银厅里我们可以看到很多巨大的银质镀金的盥洗用具，每件都有几十上百公斤。当时的王室有能力延请各种工艺名师来设计制造这些宝物。每件宝物除了它材质本身的价值外，又附着了匠师们独到的心智与才气，遂成无价之宝。

宝石厅中，除了蓝宝石、绿宝石、红宝石、钻石等各种璀璨夺目的皇家宝石之外，还有一个生动的木雕。有人送给奥古斯特二世一块祖母绿大矿石，他为了更好地展示自己这大块的宝贝，就请人用乌木雕刻了一个摩尔小伙，两手用一个大托盘搬着这块祖母绿矿。摩尔小伙满身金玉珠宝，表情欢快，头微微后仰，表现出手中宝石的重量，极为生动。这一创造给那块无生命的祖母绿矿注入了灵气。

德累斯顿也有着华沙一般的惨痛命运，二战时期被夷为平地，只不过施暴者不是一家。华沙是被纳粹摧毁，德累斯顿是被盟军空袭。1945年情人节的前后三天内，英国皇家战机及美国空军对德累斯顿进行了并无多少战略意义的报复性轰炸，夺去了十几万平民的生命，毁掉了萨克森公国历数百年苦心经营而建造起来的精美建筑。可见，二战中作恶的并不只是纳粹一方。战争，无论假托了多少正义之名，永远都是一种恶行！

珍宝馆也没有逃脱掉1945年的轰炸，幸而大部分珍宝在轰炸前被转移保护起来。在徽章厅里如今仍可以看到那些巨大的镀金徽章被焚烧过的痕迹，有的变黑，有的残缺。但哪怕只剩下指甲盖大小的残片，德国人也把它工工整整地陈列在它应有的位置上。对那些被毁损的建筑也是这样，轰炸过后，德国人细致地整理了满地的瓦砾，凡是完整的、可再使用的建筑构件，都根据它原来的位置进行编号收藏，在后来的重建过程中，将它分毫不差地恢复到它原来的位置上。游览中，我看到珍宝馆院内，石栏和石拱门上的石材新旧程度并不一致，那些陈旧一些的石材，就是经历过战火的古代旧物。当你行走在德累斯顿古城中，也会看到很多建筑上有着新旧不一、颜色不同的石头，请不要奇怪，那是德国人刻苦精细、努力存真的见证。能这样做事情的民族，谁能挡得住他的复兴？

绿色穹隆位于德累斯顿城堡之内，旁边有一个带有长廊的院落。这个长廊目测得有150米长，实际上是城堡的一堵防护墙的内侧，底层是长廊，上层是房屋，可以屯兵，以抗外敌攻击。每个廊柱上方都有一个带角鹿头和一个家族徽章。尽头的一个建筑上满是写实的高浮雕，野猪、驯鹿、黑熊。

缓步走出一个深深的门洞，不经意地回头一望，那个惊艳的时刻就到来了。记得当时的感觉是眼花缭乱，满眼是华美的建筑线条与生动精细的浮雕。内心的激动伴随着不由自主地惊呼，仰头，看不到顶；环顾，望不到边，舍不得转身。我不断地快速地向后退步，想快一点看到这绝美的全景。当我最终看到这全景时，又不知该从何处看起，举着照相机却不知从哪里拍起，只好呆望着眼前的堆绣。有些美景会有一个核心，看了这个核心就等于看了这里的全部。但在德累斯顿这个城堡广场上，我却找不到这样的核心，或者说我感到视野范围内每一处都是核心，都是值得去观赏品味，都是值得永记心间。环绕广场的这个庞大的建筑群是一个没有任何败笔的完美的艺术品，让我无法拍照，因为我拍的任何一张照片都无法呈现出它无尽的魅力，也无法传达出我内心的震撼与激动。我又一次清晰地感受到在自己心灵面前的无能

为力，感受到我无法传达出自己内心颤动的痛苦和无助。我隐隐懂得了为何有的艺术家会在真美面前陷入常人难以理解的迷狂状态，为何那些高僧大德常以无言面对百味。18 世纪的德国哲人赫尔德站在易北河边望着这座古城也是这个感觉吧。他也很无奈，即便他是一位哲人。他也没有办法表达自己内心的狂喜与激动，只好将它称为"易北河上的佛罗伦萨"。我现在知道了，这个平淡寡味的称号底下有着无比丰富而激荡的情感内容。

欧洲的建筑不讲究对称，没有既定的秩序。那些豪华气派的建筑就是这样，仿佛是杂乱地、随意地弃置在那里的。在德累斯顿这样气蕴醇美的城市里，这种无序带来的不是混乱，反而会增添堂皇富丽之感，因为这种格局暗合了人们的一种认知倾向，加意呵护珍宝的人是少见珍宝的人，随意弃置珍宝的人才是大有珍宝的人。丰富而无序也会带来层层叠叠、略无穷尽的感觉，透过密密的雕楼台塔，是更加精致华美的雕楼台塔的招引。如果你不能俯瞰纵览，见其全面，而是漫游其中，那你会得到更多的惊喜，那些精美绝伦的建筑会突然地、华丽地出现在你的眼前，不给你任何预想的机会；它会无声、安详、闲雅地站在你面前，不动声色地看你惊呼、感叹、拊掌、顿足、不知所措。

那就让我们仔细欣赏一下这里不凡的建筑吧。

我从其中走出的深深的门洞，是皇家城堡的大门。与其说是为防御而建，倒不如说是为了炫耀而建，它拥有一个如教堂般华美的正立面，最下层是三座门洞，向上是三层楼阁，雕饰恰到好处，再往上是一个正三角形的山尖，底边中间浮雕了一

个骑马将军，两侧又有站立哨兵的雕像。大门两边楼角各有一个突出于平面的悬空的圆碉楼，微微露出了这个美丽建筑的军事面目。主门洞两侧有支撑上层建筑的石雕像，不是传统的大力神阿特拉斯，而是挥剑持盾的将军形象，也是为了显示其城堡大门的身份吧。三座门洞都是极深而笔直，这当然也是具有军事意义的，可以想见，穿过这样的门洞会遇到长时间的不间断地攻击。但这些实用目的都潜藏在奢华美丽之下。

城门向左边延伸，一列长墙上面就是著名的壁画《王侯出猎图》，这是世界上最大的壁画，它有 102 米长。出现在同一张图上的这些王侯并不生活在同一时代，而是一幅跨越八百年穿越画图，描绘了从 12 世纪到 19 世纪，萨克森大公国三十五个君王的骑马出猎像。在卫兵的导引下，走在队列最前端的是 1127—1156 年在位的康拉德大公，最后一位是末代大公乔治。这幅画作于 1865 年，原是一个巨幅油画，由于风吹雨淋，到 1901 年时已经斑驳不堪了，于是人们便把这幅画烧制在瓷砖上，1905–1907 年这幅由 23621 块瓷砖组成的画作镶嵌完成。也许是由于王气所钟吧，这面并无任何保护的壁画在 1945 年的空袭中并没有被摧毁，只有 223 块磁板受损，需要更换。也算是一个奇迹了。

站在城堡广场向右看，会看到两座高塔，近前的一座有四层，逐层内收，用立柱作外层，如灯笼架，玲珑剔透，最顶上是一个巴洛克式的塔尖。它属于城堡教堂，虽是高塔，但非钟楼，不知其用途。稍远的一座是一个坚实的八角石塔，塔身上装

饰着一个亮丽的表盘，盘心是天蓝色，周遭是红色背景上的金色钟点。虽然不大，但这鲜艳的色彩一下子让整个灰黑色调的建筑群精神起来。这座塔的塔顶部分非常像爱沙尼亚塔林城中圣玛丽教堂，由八个金色的金属球托起塔尖，大概是当时流行的一种款式。这座塔是城堡的一部分，塔下城堡与教堂之间有复道相连。这些都是集防御的实用功能与艺术创造于一体的设计。

城堡广场东边有一个宽阔的台阶，走上台阶则是有"欧洲的阳台"之称的布吕尔平台。平台沿易北河而建，时值深秋，天高气清，阳光从我们头顶越过高大的古建筑，照射在易北河的北岸上，岸边青草、黄树、宫殿在蓝天下静静地陈列着，河水泛着清澈的蓝光，优雅地甩了一个大弯，消失在远方。奥古斯特大桥横跨广阔的河面，这是一座古典式的石桥，厚重的桥墩连接着宽大的石拱，石头发出古旧的灰黑色，外形与布拉格的查理大桥非常相似，只是它桥身上没有雕塑。

城堡建筑群西边又有剧院广场。广场中心是19世纪的萨克森大公约翰的雕像。其南就是著名的茨温格宫。茨温格宫又是一个建筑艺术精魂汇聚之所，这里建筑的辉煌大气，雕塑的精巧流畅，都堪为巴洛克艺术的典范。北门承重柱上雕刻了一系列的阿特拉斯神像，真实精细地刻画出了这位不幸的神灵负重时的各种痛苦表情。要说最漂亮还是南门，下面是两层石建的门楼，雕饰精细繁复，顶部几不留余白。石头这种廉价而粗糙的材料，在欧洲艺术家手下变成了令人惊叹的无价之宝。物小易精，物巨易粗，这是常理，而欧洲的建筑艺术家面对体量巨大的建筑体还是一丝不苟地精雕细刻，让人叹息。最上金属塔顶部分是一个金色的波兰王冠，四只波兰鹰面向四方。看来奥古斯特二世对自己的波兰王身份是非常骄傲的。的确，在那个时代，波兰是欧洲有名的大国和强国。

德累斯顿的这些气势不凡的建筑大都是奥古斯特二世时代建成的。奥古斯特二世曾经说过一句话："君王通过建筑让自己不朽。"（大异于中国古人所说的"三不朽"）。可见他搞这些建筑，不只是出于实用，而是要传世留名，所以德累斯顿的建筑从一开始就是作为艺术品进行创作的，一旦建成，都是经典；是以流传久远为追求来建造的，一旦建成，必能永固。只恨人罪滔天，仅二百数年，猝遇战火，致翠华委地，可怜焦土。而今，这个华美的古城劫后重生，愿它能平安永远。

当我们经过《王侯出猎图》走向圣母教堂时，远远地看到一个游行队伍，旗帜招展，主要是德国国旗，还有几面旗子和一面横幅上写着标语，内容是"11月9日，

1989—2014 和平革命 25 周年"。我对着游行队伍拍照，其中一个人向我大声说："you are welcome！"他是在感谢我的拍照，能将他们行动的消息带到世界上另一个国家，让更多的人了解他们的愿望与主张。游行队伍绕圣母教堂两圈后，在马丁·路德铜像前停了下来。一个普通的老人骑着一辆用德国国旗围起来的三轮车来到游行队伍前，停车演讲，赢得了一阵阵掌声。

这让我想起早上在圣十字教堂门口看到的情景。教堂门前的小广场上聚集了很多人，不像是一般的星期日早礼拜，人们穿着都非常庄重整齐。走进教堂，里面已经坐满了人，我问在发传单的人，这里是不是在开会，他说是的，又问是什么会，他便说起了一串德语。那个聚会和这里的游行应该有关系。

上网查看，知道这天是柏林墙倒塌 25 周年纪念日，柏林墙的倒塌标志着苏联体制的失败与两德的统一，德国各城市今天都举行了纪念活动。在柏林，德国总理默克尔向大众讲话说，"我们能让事情往好的方向发展——这是柏林墙倒塌传递出的信息"，"没有什么是一成不变的，无论障碍有多大"。

圣母教堂形式独特，它是以中央穹顶为中心一个正多面体。不同于一般的长方形教堂，倒是更像扎达尔那座非常古老的圣多纳图斯教堂。它的穹顶弧线很美，又似于佛罗伦萨的圣母百花教堂的穹顶。

圣母教堂前面的广场叫新市场广场，新市场在轰炸中被夷平，至今还没有被修复，现在是一片被铁丝网围起来的空场，放置着很多杂物。广场中央有宗教改革家马丁·路德的铜像。马丁·路德一生的事业得益于萨克森公国的庇护，路德生于、长于萨克森公国，在德皇宣布马丁·路德不再受法律保护之后，萨克森大公用"劫持"的方式把他迎到瓦尔特堡保护起来，使他得以将《圣经》翻译成德语。萨克森大公在那个时代是新教的积极维护者，整个公国成为新教天下。但是到 17 世纪末，奥古斯特二世为赢得波兰王位而改信了天主教。今天皇家城堡教堂就是一个天主教堂，而圣母教堂这个新教教堂，也沾染了天主教堂的华丽，并有为数不多的偶像雕饰。

4 点多钟，天色向晚，商店、酒吧已经亮起柔暖的灯光。我们再次走上布吕尔平台，观赏易北河夜景。夕阳的余光已经黯淡，天空现出深蓝色，沿河的路灯都已亮起，奥古斯特桥上的灯光映照在河水里。忽然无数的黑鸟遮天而来，在河面与平台上空盘旋几周，齐刷刷地落在楼顶。地面射灯照亮了华美的建筑。没有灯红酒绿，没有高歌劲舞，夜晚的德累斯顿优雅而安详。

易北河的北岸也有一片宫殿建筑，因其建设后于南岸，所以被称为新城。1945年的大轰炸主要集中在南岸，新城部分没有受到什么破坏，所以新城反而是"老城"，其中的建筑都是 18 世纪遗留下来的原物。新城当时建于空白之上，有一定的规划。我们可以看到，以阿尔伯特广场为中心，有三条笔直的辐射线，左边一条叫国王大街，右边一条叫阿尔伯特大街，中间一条叫做主大街，这条大街非常宽阔，今天是一个绿化得极好的步行街。

奥古斯特二世的金像就在主大街的街口，他骑在马上，披甲佩剑，面向波兰首都华沙方向。手拿着的既不是节杖，也不是马鞭，而是一纸宝贵的文书——当选为波兰国王的礼聘书。他信心满满，昂头挺胸，遥望着远方的王国，内心似有无限憧憬。胯下骏马筋肉健壮，前蹄扬起，跃跃欲试。这是奥古斯特，也是萨克森公国最美好的时代，正在国力强盛、人才济济之时，而一个比自己大好多倍的波兰—立陶宛联邦又拱手献于自己面前，这是怎样的荣耀与振奋啊！后世不惜物力，塑以金身，施及宝马，良有以也。

沿主街道走向阿尔伯特广场的途中，你还会看到一尊白色大理石雕成的读书人的雕像，这就是有着强力王一般强大力量的文豪席勒，他 18 世纪出生于萨克森公国。

阿尔伯特广场呈椭圆形，广场上有两座喷泉雕塑，气蕴雄浑，是巴洛克艺术的典范，其动感十足的艺术效果，看起来有些像罗马纳沃纳广场上的四河喷泉，那是巴洛克雕刻艺术大家贝尔尼尼的代表作。

老城东边有一处皇家园林，是古代萨克森大公及贵族消闲娱乐的地方。我们从它的南门进来，其实没有门，只是一个入口，或者说只是一条路，不过两边的草丛中有两个卧狮守护。那两座石狮全身灰黑，它们的基座打着大大小小的石补丁，非常沧桑的样子，应该是遭受过轰炸、经历过战火的古物。那条道路宽阔笔直，远处的宫殿直视无碍，没有遮拦，没有掩藏，并不讲究隔、抑、漏、夹，移步换景的中国技法，完全是西方园林的明朗通透，整齐清爽。路两边是树林，树木高大，疏朗透亮，虽是大树参天，也并不影响地面草坪的生长。草坪上落叶密布，但绿意总是掩不住的，黄绿互衬，相得益彰。偌大花园，少有人走，好像只有我们几位来自远方的游客。路边林际，落叶不扫，厚厚地堆积着，将静默的长椅围起、盖住。时有游览小火车的窄轨，从林间深处划着弧线，翩然而来，跨过道路，在另一边的林中消失掉了。

树木渐稀，靠近宫殿的时候，变成了大片的、碧绿的草坪，地铺展开，只有几株体形漂亮的栗子树蓬松着它巨大的红黄色树冠，漂亮地立在草坪中央。开阔的视野突出了宫殿的核心地位。这座文艺复兴式的宫殿面朝东方，端庄华丽。正前方是一个长方形的湖池，湖面宽阔，天光树影，尽入其中。走到湖的另一端，则看到宫殿如花独秀，倒映于湖水，在野鸭搅起的涟漪中荡成漂亮的碎片。

虽无阳光，但满园的黄叶带来的是悦目的明亮。在这个宁静的秋日里，黄叶、绿草、蓝天，虽是满地黄叶，竟无一丝杂物。

城市是古老的，居民永远是现代的。德累斯顿人的现代生活设计充满灵性。新城的一个居民小区内有一所"会唱歌的房子"。我们慕名而往，却没有听到它唱歌。要它唱歌，需要一个重要条件，那就是下雨。严格地说，这不是一所会唱歌的房子，而是一所会奏乐的房子。作为一座居民楼，它本无不凡之处，既不漂亮，也不豪华；相反它很窄小，很老气，很屌丝。但幸运降临到它的头上，有一天，艺术家在它身上装设了很多奇形怪状、弯弯曲曲的管道，还有大大小小的喇叭口。等这些弄完后的第一个雨天，这个丑小鸭一下子就变成了白天鹅，它叮叮咚咚地奏出迷人的音乐，让从不对它多看一眼的人们徘徊其侧，裹足难去。

虽然只有会唱歌的房子名声在外，但这片区域中所有的房子都不同寻常。房子上都涂有不同的色彩，装饰着各种各样的图案，他们甚至也在柱子上画了龙。有一个房子上用不同形状的石块，组合成一个长颈鹿的形象，极为生动逼真。而且它的嘴前的墙面被塑出一个皱褶，就像被它咬住拉扯出来的一样。更高处窗沿处也用同样的方法做出猴子图案，最高处则是飞翔的天鹅。它们与墙面门窗融为一体，让人称赏。

我觉得这里可能是一个艺术家聚居的区域。许多不起眼的地方都会让你有一个突然的发现，水池中央的一块石头，是经过了雕凿的水牛，却是因其天然，了了数刀，如中国汉雕一般浑朴。一段枯树，第二眼就变成了韵味十足的木雕。这棵树长于斯，死于斯，艺术家又让它重生于斯，足称幸运了。还有很多小雕饰，就不一而足了。普通的民居，点洒上心灵的甘露，一下子就变得趣味丛生，超拔凡俗了。这比贵族殿堂里的艺术更可贵。

事实上德累斯顿还有更加光彩夺目的"现代"。德累斯顿是一个发达的工业城市，有许多顶尖的现代化工厂企业。它们坐落在古城各处，而你却感觉不到它们。在欧洲城市里，深厚的文化与舒适的生活是其追求的核心价值，这些工矿企业往往被看作生活的支持系统，虽是世界闻名，却也不会被推崇为一个城市的身价所在，当然也不会大肆炫耀。大众汽车辉腾系列的装配线就在大花园的跟前。这么声名大噪的世界级企业，其厂区并不大，只有一座玻璃楼。形象极为低调，没有任何大字招牌以炫耀其身份，只在路边立了一个并不高大的大众的徽标，一行走到近前才能看清的文字："透明装配厂"。没有森严的大门，厂内十分安静清洁；楼门也没有保安把守，可以自由进出。楼内一尘不染，也没有什么噪音，与我想象中的汽车制造厂截然不同。工厂的中央大厅就是一个展馆，可以自由参观，墙上挂着光彩夺目的真车外壳，精益求精；架子上摆着漂亮复杂的发动机，细愈求细。大厅周围就是装配线的结尾部分，隔着玻璃，可以随意观看，只是不允许拍照。这里之所以称为"透明装配厂"，是因为整个装配流水线都是透明的，客户可以全程观看自己预定的汽车的装配细节，有兴趣的游人也可以去观看。德国人承袭了他们祖先创作雕塑的精

细态度，把枯燥的机械制造做成了艺术。这是一种高度的自信，也是建立在自信上的成功的商业动作。参观全程是要买票的，让人们在花钱买车之前，先花钱看怎么造车；然而他们看重的是这个小钱花过之后的大钱，人们在看过造车之后，会更加信任地买车。企业做到这个份上，我们还能说什么呢？

我们离开的时候，一群说汉语的人群进入了玻璃工厂。我希望这里面有真正的企业家，有能深思的社会管理者，而不是像我这种只会赞叹或牢骚的书呆子，或者是只会看热闹的闲人看客。我希望他们能从这里获得痛切的感悟，看到我们巨大的差距，努力将我们的企业、我们的社会也做出这样的声色来。

比利时

布鲁塞尔

评价比利时首都布鲁塞尔，用"随意自然"甚至"自由任性"可能比较恰当。那里的景致是自然的，美丽但不像瑞士那样经过了严格仔细的修饰，如一个漂亮的家居少妇，不施粉黛，而丽质天成；布鲁塞尔的雨也是随意自然的，想下就下，想停就停，停与下之间倏忽万变，难以捉摸。我们坐在机场大巴上短短几十分钟之间就经历了大雨倾盆与白云丽日的巨大转变。布鲁塞尔人也一样，任性自由，不拘小节。火车站问事处的工作人员，架着二郎腿，歪在椅子上回答问题，也并不妨碍他们热情地答复旅客的提问；旅馆门口的侍者站得倦了，就打着哈欠、伸着懒腰走出门，叉着手与周围的人聊天。火车已经开动了，女乘务员还打开着车门与站台上的朋友说笑。这种散漫无伤大雅，让我们体会到欧洲各地之间的差异，严谨的瑞士人固然可敬，他们将火车开得分秒不差，文静的波兰人也很可亲，他们总是面带笑容，轻声细语；但散漫不拘的布鲁塞尔人更接近人性情的本真。散漫也意味着轻松自由。下午5点多钟，布鲁塞尔的大街上已经有三三五五的人坐在酒吧门口喝酒了。桌椅摆在人行道两边，他们一边喝酒，一边观看来自世界各地的各色人等从他们面前经过。

当然，这种散漫有时也会让人感到无法忍受，机场到火车站的往返大巴上，胖胖的男乘务员一边聊天，一边漫不经心地扫描人们的票据，完成一个至少得用10秒钟，丝毫没有感觉到车外乘客正在细雨中排队。街道路面、公园草坪上也常常布满游人的弃物。但让我印象深刻的是，散漫的布鲁塞尔人在垃圾处理上表现得却非常严谨，一点也不含糊。布鲁塞尔的垃圾箱都是四个并排放置，用非常鲜艳的四种颜色提醒人们将垃圾分为四类。

斯大林格勒大街上庆祝五一的热烈狂欢可能更是布鲁塞尔性情最真切的体现。首先这条大街竟然叫斯大林格勒，就着实让人惊讶。这个西欧的老牌帝国主义国家用一个共产主义领袖来命名自己的一条大街本身就是怪事，而如今连俄罗斯人已经将"斯大林格勒"这个城市，改称"伏尔加格勒"了，这里却依然故我，并没有觉

得有什么不妥，这恐怕也是布鲁塞尔人大度爽朗的表现吧。我们从老远的地方就听到这里的喧哗，走近一看，果然不同他处。这里路两边搭着商棚，卖着各式各样的商品，人群摩肩接踵，你来我往，充街塞巷，非常像中国的庙会。一个洁白的布棚中，几个中亚人面目的厨师正在卖阿拉伯食物，有各种肉、菜和饼，这些饼是不是与中国古书中提到的"胡饼"有一定关系？也许有。我不知道为什么布鲁塞尔有很多阿拉伯人，街上的店面也常常有阿拉伯文的。他们高声招揽顾客。

街道的一个宽阔之处，也许是个广场，但由于人太多，已经失去了广场的特征，那里搭了一个舞台，舞台上几位吉他手正在高歌劲舞，顶上的舞台灯发出强光，虽然是白天，也可以看到它明亮的光柱，合着那摇滚乐激越的电吉他声，给场上原本就热烈的情绪带来了更强劲的亢奋。台前人头攒动，有些孩子为了看得更清楚，都骑到在爸爸的脖子上。台下的鼓掌声、欢呼声、口哨声与台上震撼的音乐声合成一股热烈的旋流涌动到每一个人的心中。

街口设置了车辆阻拦灯，旁边有一面大的宣传牌，写着"五·一布鲁塞尔欢迎"等字样。下半部分画的是狂欢人群的剪影，简直就是今日场景的真实写照。广场边上飘动着一些氢气球，上面用法语、荷兰语两种文字也写着"五·一"的字样。一些年轻人，三五成群地围坐在草地上，饮酒吸烟，聊天说笑。

街角有一个真人大小的铜雕，一个老太太挎着购物篮在小钱包里掏出零钱，篮子里放着一棵葱。非常生动逼真的百姓生活写照。

布鲁塞尔广场以一种奇特的方式出场，给了我们极大的惊喜。我们走在一条窄巷中，前方左面一座楼上人像生动，描金嵌银，惹人眼目。我停下来拍照，巷子实在太窄了，没法拍全这个高大的建筑，勉强拍了一个局部，想往前再挪一挪，找到一个更恰当的角度。恰在这一挪之际，偶然的一瞥之中，一幅壮丽的画面展开在我们面前。狭窄的小巷一下子变成了一片开阔、华丽的广场，霎时，我完全忘记了去拍那座楼。而是惊呼着、感叹着奔向广场中心，以便更好地环视这雄奇的建筑。出门旅行，做好攻略固然能够节省时间，却常常让旅行成为早已安排好的节目单，眼睛成了文字的验证者，惊喜便不存在了。让眼睛回归其发现者的本色，让眼睛给你带来你从来没有预想过的景致，也许更是旅游的真谛。

在我们右侧，一座哥特式尖塔耸入阴云之中，它造型独特，是由众多小塔堆积而成。其底层建筑则是一座巴洛克式的、宽大恢宏的三层大楼，在横向上跨度极大而有节律，门窗周围是有规律的细致雕饰，让人感到精巧美丽又气度非凡。这座建筑就是古代布鲁塞尔的市政厅。

雨又渐渐地大起来，还好广场上有一座没有拆掉的舞台，可供我们避雨。舞台正好面对市政厅，它密集的、极度一致的窗户水平排列开来，带来奇特的美感。在它的左前方，有一座细高的四层建筑，门口上方雕塑了一只天鹅在绿草丛中展翅高歌的形象。楼体上又大大地铭刻着建筑纪年：Anno 1698，相当于清康熙年间。这就是著名的天鹅咖啡馆。1845 年，马克思、恩格斯迁居布鲁塞尔，就曾住在这里，经常在天鹅咖啡馆讨论问题，并在此写出《共产党宣言》。

这个广场始建于 12 世纪，几经毁兴，最后一次大规模修建是在 1695 年法王路易十四摧毁布鲁塞尔之后，很多建筑完成于 1698 年。三百年后，1998 年，联合国教科文组织将这个雨果眼中"欧洲最美丽的广场"列入《世界文化遗产名录》

撒尿小孩雕塑可以说是布鲁塞尔的名片，很多人可能是由于知道撒尿小孩才知道布鲁塞尔的。布鲁塞尔人也是这么认为的，他们的很多宣传资料上都有这个小孩的形象，就连机场描述到火车站的大巴的路线用的也是小孩尿出的那一道抛物线，很有意思。关于这个小孩的身份和故事，版本有很多，最著名的当属撒尿浇灭敌人

的导火线，挽救了布鲁塞尔城的故事。据说 17 世纪末，法国企图把布鲁塞尔纳入自己的统治，向布鲁塞尔疯狂进攻，被击退后恼羞成怒，就想安放炸药，炸毁城墙。当导火线已经点燃的千钧一发之际，从屋里跑出来准备撒尿的小男孩于连发现了，立即用尿把导火线熄灭，又叫醒睡着的大人们，投入战斗，打败法军。战后，市长亲自授予小男孩奖章，誉之为布鲁塞尔"第一市民"。为了纪念小男孩的救城之举，人们制作了一尊铜像，竖立在当年浇灭导火线的那条街上。

　　不看撒尿小孩等于没来布鲁塞尔，我们离开广场后，查图、问人，折腾了半天，到底找对了方向，远远看到密密的人群聚集在街角，必定是那个名小孩所在之处了。这个让我向往了几十年的撒尿小孩，在我内心中一直是与宏大美丽连接在一起的，如今当我已经历尽周折，辗转万里走到了这个著名的儿童面前，我满心激动。但这个顽童调皮地将自己缩小成一个半米多高的小铜人，当我也把目光投向万众瞩目的焦点时，我看到的是一堵石屏，又看到一股水流喷射出来，最后才是这个一手叉腰，一手掌控撒尿方向的顽皮小孩。这有点太出乎我的想象了，比华沙的美人鱼还过分。

　　看罢小于连，又享用了一顿布鲁塞尔美食，我们要去寻找布鲁塞尔公园，按照一个年轻人的指示，我们经过了一系列右转之后，进入了另一次醒悟与惊喜的互动之中。

　　爬上一段高坡，来到一处公园，看到有座石雕，是一位尊贵朴素的夫人，随手

拍了一张照片，懒得走向跟前，就放大了照片想从相机上看看她的名字。Elisabeth，嗯？是欧洲皇族常有的名字啊，不禁走近了雕塑，一看名字上边，果然有一顶皇冠，啊，我们兴奋地确认这是比利时王后的雕像。又见她对面一个高台上塑着一个骑马者的巨像，那应该是国王了，走近一看，一顶皇冠之下刻写着"Albert"，这两座雕像应该就是对比利时影响甚大的阿尔贝一世国王及其王后伊丽莎白了。再向上看，沿国王、王后的雕像形成了一条笔直的中轴线，中轴线尽头是一座高大的圆顶建筑。我们一下子醒悟过来，这里就是王宫广场了。意外之喜增加了我们的兴致，再上一截高台，有乐手在栏杆边吹奏着一支萨克斯，悠扬的男中音般的乐声缭绕在广场湿润的空气中，让这黄昏的王室广场宁静而平和。回头一看，那条中轴线向坡下延伸，穿过花坛中心，经过阿尔贝一世雕像，连向远处市政厅高高的哥特式尖塔。这是我在欧洲第一次看到有如此长度的中轴线，但在中国人的眼中，这条中轴线仍然是极不完美的，两边的建筑并不对称，皇家广场与市政厅高塔之间也只是虚拟的空中中轴线，地面上则塞满了各种建筑，将这条王家风水破坏殆尽。这也非常具体地象征了在欧洲古代王权的有限性，王权与社会之间的制约性。

走向王宫的这段高坡实际上是古代布鲁塞尔贵族阶级与平民阶级的一条分界线，高坡之上是贵族居住区，高坡下则是平民区。布鲁塞尔广场在平民区。

立陶宛

维尔纽斯

立陶宛、拉脱维亚、爱沙尼亚，习惯上被称为"波罗的海三国"。来欧洲之前，三国在我心中只是三个不太熟悉的名字，比波兰要陌生。只知它们从苏联分裂出来，一定很落后吧，又想它们处在极北之处，一定很幽暗寒冷吧。

波罗的海三国的时间比波兰早一个小时。

维尔纽斯是一个沉静、踏实、不张扬的城市。游人初至，可能会有些失望，因

为你首先看到的是普通至极的汽车站、火车站，除了实用价值之外，几无任何艺术性可言，甚至连一点抢眼的亮色都没有。我们在小雨中下车，没有一丝踏上异国土地的兴奋，反而有凄风苦雨之感。

但随着你对这座城市了解的增多，你会感到它越来越有光彩，越来越有味道。维尔纽斯就如一个修养深厚而谦和至极的君子，初见平淡无奇，日久才惊其满腹锦绣。

我们的维尔纽斯游览从黎明之门开始。黎明之门原本是一座城门，墙壁厚而坚，门洞深而小，完全是从防御立场上去修建的。门洞上方是高高的塔楼，排列着三层射击孔或观察孔，最顶层是一位跃马扬刀的凯旋骑士图案，红地而白章，那是立陶宛的国徽。时至今日，黎明之门已经失去了战略意义，所以它渐渐沾染了浓厚的宗教味道，门洞上方神龛里画上了一幅耶稣像。它的里面已经完完全全是一个宗教处所了，更为宽大的内城门上方是如教堂般的高高的玻璃窗，里面是非常有名的"圣母小礼拜堂"。

从右边圣特蕾莎教堂侧门进去走过一段长长的台阶，就到了城门上方圣母小礼拜堂。我们到达的时候只有9点多钟，小礼拜堂外面的厅堂中，甚至坡道台阶上已经挤满了人，有信徒就直接跪倒在台阶上，向圣母致诚。因为这个圣母像最为维尔纽斯的圣物，据说这个圣母像有治病功能，教皇保罗二世1993年也曾前来拜祭，并献上了自己白色的教皇帽和一串念珠。信徒们，无论是天主教的，还是东正教的，来此必参拜圣母。小礼拜堂中圣母像下摆放着洁白的鲜花，一个红衣神父在为信徒们做祈祷。建在城门上的小礼拜堂空间极为狭小，而热切的信徒又是如此众多，我和段老师等了一会儿，感到进入无望，就退了下来。我们走出来时，黎明之门下，已经站了满街的人，他们在雨中撑着伞，耐心等待着拜谒圣母的神圣一刻。

圣特蕾莎教堂就在黎明之门右侧。从侧门进入教堂，墙上有一个徽章，是1987

年制作的，为立陶宛皈依天主教 600 周年的纪念，一个大十字架立于中央，六个小十字架在两侧依次排开，并写着"1387—1987"的字样。立陶宛的基督教化与波兰有直接关系，1386 年立陶宛大公雅盖沃在克拉科夫瓦维尔教堂受洗，并与波兰女王雅德维加结婚，成为波兰王。1387 年，雅德维加与雅盖沃回到立陶宛，命立陶宛从贵族到农民举国受洗，从此，全欧洲完全基督教化，而雅德维加因此而封圣。

在距圣特蕾莎教堂不远的地方，我们看到一个阿拉伯风味的大门，上面耶稣的头像的两边是一串俄文，由旁边的说明铜牌得知，这座教堂是俄罗斯东正教的圣灵教堂。顺便插一句，维尔纽斯很注意语言界面的友善，几乎所有的景点都会立一铜牌，用立陶宛语和英语向游人做介绍。这一点远胜于波兰，给我们带来了极大的方便。由于立陶宛曾长期被俄罗斯占领，所以维尔纽斯城中有很多东正教堂。这座教堂中安葬着为东正教献身的三位圣徒的遗体。其圣坛所在的墙面涂成鲜嫩的翠绿色，是教堂中所不多见的。

圣灵教堂对面，又有一座巴西勒修道院和圣三位一体教堂，其修建与圣灵教堂里的三位殉道者有关。这里原来是一片橡树林，14 世纪时，三位坚守信仰的殉道者被吊死在这里的橡树上。其后，教徒们都来这里祭拜祈祷，于是他们就在这里盖起了一个小礼拜堂。到 16 世纪，这里就建成了这个修道院和教堂。它的大门非常有特色，洛可可风格。这是我第一次见到这一风格的大门，其细部装饰上多曲线，更柔美。走进院子里，却明显地感觉到，这里的建筑已年久失修了，墙面，尤其是下部，剥落比较严重。壁龛里的圣像大都也已漫漶不可识。教堂正厅内已经正在维修，但好像进度缓慢，且已中断。有几根柱面已经洁白一新，其他柱子却依然旧态。坛处的画像屏描金嵌银，亮丽抢眼，而背后的墙壁仍块然如患皮癣。吊灯也极其简单，只是三个头的节能灯。有些墙皮剥落之处，露出过去曾有的装饰花纹，色彩虽已黯淡，却能看到其规模宏大，流露出曾经的辉煌。

立陶宛处在东西欧的交汇处，处在东正教与天主教的分界线上，所以在立陶宛既有天主教堂，也有东正教堂；天主教堂会有拜占庭的风格，东正教堂也有圣母信仰。这座圣三位一体教堂就是哥特式与拜占庭风格的结合体。

维尔纽斯有多个俄罗斯东正教堂。前面说的圣灵教堂之外，还有圣尼古拉斯教堂、圣 Parasceve 教堂等。圣 Parasceve 教堂不大，却很有名，沙皇彼得一世曾两次来到这个教堂，并在这里施洗了他的黑人侍从汉尼拔。而汉尼拔正是俄罗斯著名诗人普希金的曾祖父。普希金曾写过一本未完成的小说《彼得大帝的黑人》来回顾自己这位传奇的黑人祖先。

圣安娜和伯那丁教堂是维尔纽斯最壮丽、最具特色的教堂。这其实是两座教堂，因其完全纠缠在一起，故将其合称。圣安娜教堂在艺术上最让人赞叹，这一建筑用红砖垒出了石柱效果，甚至可以说是绳索效果。这里的红砖不是被垒成大平面，而是努力形成细窄流畅的线条。这些红砖线条在堂正立面上或挺拔若梁柱，千钧不挠，或自由穿梭如布帛，气蕴流淌，伫立其下，沉重的红砖甚至能给你一种轻灵的飘动感。这位杰出的建筑师可以说把红砖建筑在艺术上发挥到了极致。据说建造者为了实现这些艺术效果，设计了 33 种红砖形状。它建于 1500—1520 年间。教堂总体风格是哥特式，尖细挺拔，高耸入云，但其细部设计，染上浓重的拜占庭味道。其内部设计也是这样，但它无疑是一个天主教堂。

虽然在艺术上并无可圈点之处，但从宗教地位和历史意义上来说，维尔纽斯最重要的教堂是维尔纽斯大教堂。它始建于 1387 年，也就是立陶宛大公、波兰国王雅盖沃率全立陶宛人受洗皈依天主教的时候，也就是说它是立陶宛第一座天主教堂，立陶宛人捣毁了异教神殿，并在其基址之上，建立了这座天主教堂。但经过多次毁兴，我们已经看不到它最原始的面貌了。今天的大教堂，其正立面是古典式的，大柱加三角墙。教堂中也有一个和圣特蕾莎教堂一样的纪念立陶宛皈依基督教 600 周年的徽章。教堂左前方有一座钟楼，是有点奇怪的圆形，如灯塔一般。教堂左后方有一个立于高高的基座上的铜雕像，那是立陶宛大公盖德米那斯，其地位如同卡吉米日之于波兰。盖德米那斯在 14 世纪上半叶统治立陶宛期间，大大地拓展了立陶宛的疆域，连通了波罗的海与黑海。并在其夫人的影响下，允许东正教在立陶宛传播。

维尔纽斯正在举行一个活动，正对着维尔纽斯大教堂的那条长街变成了规模颇大的集市。街口有个戴着海军军帽的人在演奏手风琴，一个鹤发童颜、白髯齐胸的快乐老头随着手风琴节奏忘情地舞蹈；一个穿着海军衫，手拿彩虹棒棒糖的年轻人在旁边摇着帽子帮场。一时热闹非凡，引人驻足。这是我在中国市场中从未见过的。

市场很大，美物美食美人，琳琅满目，令人目不暇接。鲜果、干果；腌鱼、干鱼；啤酒、红酒；面包、香肠；还有鹿皮、羊皮、野猪皮等各种皮子；陶器、瓷器、玻璃器等诸色器皿；木匣、木雕、木玩具等巧妙新奇的木制品。立陶宛人的饮食中猪肉可能是极重要的，我看到集市上有各种方式加工出来的猪肉。其中一种最吸引我，巨大的肉块，被熏得有些发红以至于发黑，一把快刀从中间割开，整齐干净的切口，暴露出莹白的肉质，润泽若珠玉，细腻如醴酪。多想背一块回波兰吃啊！想想前途旷远，只好作罢了。有些摊位也很有特色，有个卖鱼人的摊位是一个渔船形的，上面还挂着渔网；一个买印度食品物品的，摊位也做成印度风格。他们好像已经把售卖当成了一门艺术来做了，尽情地融入自己的创造力。有些摊主穿着当地的民族服装，她们热情开朗，看到我的镜头，会主动做出各种 pose。市场中段右边还有一个小广场，搭起舞台，在表演节目，大都是宗教性的，演员穿着传统服装，可能是教会办的。观众位上座无虚席。总之，这是一个很完美的市场，超越于买卖，成了一个多功能的文化展示会。

更吸引我的是那些做出美食的东西。蒸米饭的大饭锅是一个大蒸汽机车的样子；做烧烤的也是一个大车，车轮黑箍红辐，很是招眼。两轮之间驮着一个"大旅行箱"，箱子盖掀开了一半，一把大铁叉——一把足以用作农具或武器的大铁叉，上面叉着硕大的肉块，架在"箱子"里的火上烤，嗞嗞作响，肉香四溢；还看到一只白铁炉，竖着一个高高的白铁烟囱，不知炉膛内藏着什么美食；再往里走，还可以看到有些摊位上，一排巨大的平底锅里煮着不同的菜：土豆块、香肠、酸菜等，还有大猪肘，我最喜欢。不走了，就在这吃午饭了，我要一个猪肘，他们又给配上一些酸菜和两块面包，11 立特，大约相当于我们的 33 块钱，物价很亲民啊！但啤酒有点贵，500 毫升，7 立特，比欧元区城市要得还多。

等我们转一圈回来发现，蒸汽机车米饭原来是免费给大家品尝的，大厨拿着一个大勺站在高高的大饭锅边上往外盛米饭，电视台的人扛着一个大摄像机跑到机车上边去拍，这边已经有几十个人在排队领餐了，几位志愿者姑娘热情地为大家分餐。他的米饭里面有些豆和肉，有点像我们的粉蒸肉，味道还算不错，却犯了一个最低级的毛病，夹生。我愿意相信这是大厨偶然的失误。

关于维尔纽斯，我好像已经写得太多了，你也可能已经读得倦怠了，但是很不好意思，现在还不能停下来，维尔纽斯是一个不断给我们惊喜的地方，你可以稍事休息，再读下去，不会让你失望的！

乌祖皮斯是维尔纽斯的一个特色街区，这块地方是流浪者、艺术家、醺酒鬼，诗人等一切不群不羁者的天地。他们会造出一个什么世界？一面墙上有一个浮雕，是一个人抱着大酒瓶在老鼠的陪伴下痛饮的形象，或许能反映出此地居民的生活状貌。或许如此，但不止于此，他们还有更让世人惊讶的举动在：这个地方的居民因为如此与众不同，超凡脱俗，以至于他们已难以与俗世规行矩步之人为伍，于是他们在 1998 年宣布"独立"，成立了自己的"乌祖皮斯共和国"，制定了自己的宪法、国旗和国徽，划定了自己的国土；选出了自己的"总统"。他们立起了一座雕像——一位吹响号角的带翅天使，作为共和国的保护神。顺着雕像左边的一条弧形小巷走下去，不远就会看到一面墙上挂着他们的"宪法"，非常认真地用 20 种文字写定。它的第一条是：任何人都有权生活在维

尔纳河边，维尔纳河也有权流过每一个人。第三条是：每个人都有权利去死，但这不是义务。第七条：每个人都有权利不接受爱，但这不是必须。从这些条款上看，他们是在调侃。他们的共和国并不是政治意义上的国家，而是心灵意义上的乌托邦。宪法旁边是共和国的国徽：一只张开五指的手，手心里一个圆点。是何寓意？也许是"开放并掌握自己"的意思吧。

离雕像不远的维尔纳河的桥上，立着乌祖皮斯共和国的界限标志。上面有一个蒙娜丽莎头像，意在要求人们在乌祖皮斯共和国内要保持蒙娜丽莎般的微笑。界桥另一边的栏杆上挂满了锁，这些锁表达的可能不是男女恋情，而是人们对这个自由不羁的乌托邦的留恋与向往。维尔纽斯，这个我最初感到有些寒碜拘谨的城市竟然如此丰富多彩，开放宽容！我喜欢这种灵性十足、自由奔放的城市，紧张兮兮、草木皆兵、暗探遍地、噤若寒蝉、言不能由衷的地方，那还是人间社会吗？

维尔纽斯的古市政厅建于18世纪晚期，是一个古典式建筑，大柱加三角墙。其三角墙内有维尔纽斯市徽——背负基督的克利斯托弗。今天这里已不再有政治功能，而是一个文化展馆。立陶宛的总统府是一个巴洛克与古典式相结合的建筑，乳白色，只有两层，宽度不足百米。我国的某些县政府也会比这总统府大得多。所谓"小政府"从建筑的体量上或许就能体现出来。总统府前的广场也着实不大，空荡荡的，只有我和两三位游客。

紧挨着总统府的是维尔纽斯大学。维尔纽斯大学是东欧最古老的大学，设立于1579年。古老的楼宇辉煌壮丽，欲得门而入，登堂入室，窥其为学之富，惜已日下桑榆，遂不舍而退。

维尔纽斯还是一个民间艺术极为发达且很受鼓励的城市。文学街两边的墙上贴满了无名艺术家设计的小艺术品，用来纪念为立陶宛文学及世界文学做出贡献的作家与翻译家们。那里有照片、有绘画、有雕刻，有手工。22号作品简单到只是一大一小两个电锯片；196号作品走的是深刻路线：希腊神话中的西西弗斯推动巨石；227号作品将一个原本的制绳工具绑上绳索，做成一个乌龟的形状，很有趣。这里对作品的要求似乎极为开放多元，有无意义、意义深浅皆可。伟大艺术只能在这种无拘无束的状态中、在没有所谓"指导思想"的社会环境里产生出来。

我们还曾看到过一个手工木雕作坊，院子里花草之间有一个大胡子老人木雕像，木门两边都有一个木雕手伸出来和人握手，门上有一块木板上还刻了四个汉字："巧夺天工"。不知其来历，但用来评价这家店里的作品，实不为过。一些人物像、动物像大都夸张而生动。又有一些生活实用品，像菜板、水勺等物也都有巧妙地设计，而利用木性之自然是其根本思路。这里以木作为主，但也利用其他材料进行艺术制作。如有一把拐杖，其上半截是一段曲木，下半截竟然是一段羊腿，真正的羊腿，羊蹄子就是着地的拐杖头，真是一个奇思妙想！还有一把手工打制的铁刀，刀柄是一只山羊角，上面有一棱一棱的自然环节，很便于把握，被打磨得圆润光亮。我爱不释手，但它也太贵了，80 欧，最终没舍得买。

拉脱维亚

里 加

　　10 点钟，我们坐上 Simple 公司的客车去拉脱维亚首都里加。拉脱维亚原来也是苏联的加盟国，1991 年独立，2003 年加入欧盟，2007 年成为申根会员国。从今年 1 月 1 日起，拉脱维亚开始使用欧元。

　　也许是季节不对吧，一路上感到这里的乡村失去了欧洲乡村常有的油绿清新，犹如春日的华北平原，到处都蒙着一层春风扬起的微尘。麦茬地发出土黄色，新耕地在阳光下退去了油黑，树叶也已露黄，玉米穗子衰老成干枯灰黑的，连房子也少有红黄等鲜嫩之色。

　　这个城市的某些角落会露出苏联时期的痕迹。一座大型的红砖建筑，外形与华沙的科技博物馆极象，都是苏联时期修建的，都是宽广的底座簇拥起一个高耸的塔楼，楼门外除了"RIGA"这四个大字母外，再也得不到任何有用的信息，于是我就到楼里面去探寻。大厅中一个小玻璃房子里有人值班，我想问问这座大楼的情况，那人却直接把一张塑封了的纸片推给我，并不是大楼的介绍，而是用英语说明，登顶大楼要 10 欧元。

　　圣彼得大教堂 123 米多高的尖塔，在远处就能看到，但越走近越失去了它的指引。

一个热心的当地人带着我们，顺着古城的石基路，辗转来到圣彼得大教堂跟前。这也是一个红砖建筑，但不同于维尔纽斯的圣安娜教堂，这里的红砖只是建筑材料，承重而已，没有参与艺术创作。教堂表面凡是需要雕琢之处，如正立面的三个门，均用石头。这个已有近千年历史的教堂其实很朴素，内部也是红砖结构，只在顶上和某些墙面的局部覆盖了白色灰浆，其他地方都红砖的原貌。

圣彼得大教堂旁边有一个非常有趣的雕塑。驴、狗、猫、鸡四个动物叠罗汉，个个都张着大嘴，好像在叫，样子、形态很是夸张和滑稽，让人一看就发笑。这个雕塑来源于格林兄弟的童话故事《不来梅的乐师》，四位同病相怜的动物通过集体的智慧和力量成功地驱赶了强盗，找到了安身的家园。这个雕塑正是里加的友好城市——德国的不来梅赠送的。由于雕塑生动可爱，所以招来了游客的抚摸，驴子在最下层，所以两只腿和半个头都被摸的锃亮，狗次之，猫就更高了，可能只有少数北欧人能够得着，只有唇吻之处有点光亮，鸡在最高处，是四者中最寂寞的。

离圣彼得教堂不远，就是市政广场。这是里加城的核心，市政厅、黑头宫都在广场周围。黑头宫，一个奇怪的名字，而且名不副实，它根本就不带任何黑色，而是通身的金碧辉煌。它建于14世纪，本属里加城里未婚商人协会……哦，似乎有点开悟，"黑头"也许就是"年轻人"的含义……嗯，也不对呀，中

国年轻人是"黑头"，年老人是"白头"，可是拉脱维亚的年轻人却是"黄头""金头"的，还是不解。它一前一后两个立面，均是三角形，上面有繁多的雕塑和装饰，一派富贵气象。据称其内部的绘画与装潢也非常讲究，遗憾的是，现在拉脱维亚最高法院暂住其中，所以黑头宫对游客一直关闭到2015年12月。

我们这次同样不能观看的还有里加城堡，城堡就在道卡瓦河畔。这里古代是皇家居所，1991年独立后，这里也曾做过总统府和国家博物馆。现在城堡正在维修，直到2016年才会对游客开放。

道加瓦河从里加古城旁边流过，这里已经这条河下游的下游了，再有30公里就要入海了，所以河床极宽，河水很满，如湖水般荡漾而不见其流动。站在河边，可以看到三座大桥横跨两岸，各具风格。

里加古城的东北角有一座用作防御工事的塔楼，建于14世纪早期，原称沙塔，17世纪时这里成了储存弹药之所，所以今称火药塔。1919年之后，这里改建成为战争博物馆。

自由纪念碑。建于1931—1935年，以纪念1918年拉脱维亚的独立。顶上自由女神面向西方，手举三颗金灿灿的星星，象征拉脱维亚的三个区。碑身上写着"为了祖国与自由"的字样。但好景不长，自由纪念碑建成不到十年之后，拉脱维亚又落入了苏联的控制，自由纪念碑成为城市禁区。20世纪80年代，这里曾是拉脱维亚独立运动的中心。1991年，拉脱维亚重获自由。

在地下通道出口有人向我们用标准的汉语说"你好"，抬头一看，一个中年男子，中国面孔。寒暄几句后，我问他也是来旅游的吗？他说他住在这里。我说你是在这里工作吗？他说不工作，就住在这里。哦，真是个"牛人"！有钱人？或许是投资移民到这里了？拉脱维亚是世界上最缺男性的国家，不知是否对男性移民更加欢迎？

从我们的旅馆到里加老城，来回都要经过中心市场。这是一个综合性的大市场，虽然建筑很普通，装饰很一般，摊位很密集，像威海的大世界似的。但好像管理很到位。这个市场竟然还办了一份报纸，的确是报纸，上面登载着很多与商场有关的活动和消息，而不是简单的商品广告单。虽是用欧元结算，这里的菜价并不怎么贵，比如西红柿1.2欧一公斤，合人民币5块钱一斤，和威海的物价也差不多。

在我们的睡梦中，里加下了一夜的小雨，吃罢早饭出门时，仍是零雨其濛，撑一把雨伞，继续我们的游览。

基督诞生教堂是里加最大的一座东正教堂，苏联时期曾把它当作一个天文观象台和饭店。今天早已恢复了它的教堂功能。从某个角度看，这座教堂有着繁复堆垛带来的富丽堂皇的美感，雨中天光黯淡，但教堂的金顶照样辉煌。门廊中已经彩画艳丽、金碧辉煌了。壁龛中满是宗教画和拜占庭风格的装饰图案。教堂正厅中央是东天教堂特有的极高深的藻井，在那你觉得已达天际的位置上，一幅的巨大耶稣头像显现在那里，亲切而庄严，就像他的圣灵降临到我们的顶上，让人感到震撼，惶惧。当你与他的眼神相视的瞬间，你心中的一切杂念如尘灰般掉落净尽。

欧洲城市中为诗人、音乐家、艺术家立像特别多。

拉脱维亚国家美术馆旁有一个别出心裁的现代雕塑。用 U 盘、硬盘、主板、回车键和电脑散热风扇各象形一个拉丁字母，组成了一个拉脱维亚语单词 IDEJA，我认为 IDEJA 就是英语 idea 之意。它可以表达电脑是现代社会的一种创意，也可以表达我们可以用电脑做出无限的创意。无论如何，这个现代雕塑真是一个巧妙的 idea。

但国家美术馆我们却看不成，它也正在维修，到 2015 年六七月份才能完成。也许是为了安慰参观者的失落，他们在工程的铁皮围栏外悬挂了很多美术作品的印刷件。

好景点是有灵性的，是漏不掉的，你不知它，它也会来找你。"猫宅"就是这样，晚上回到旅馆，段老师说，听人介绍，里维广场附近有一个猫宅，屋顶上雕了一只很生动的猫，可惜我们没有看到。我说，别急，也许我已经拍上了。搜寻照片，那只猫果然已经在我的镜头中收腰弓背，正要准备从那个尖顶上跳走。在离开里加时，欧洲第三高的里加电视塔也出来与我们送别，是不想我们离去吗？她的头部隐藏在厚重的云层中，试图掩饰自己的伤感。

这场无声而绵长的小雨滋润了拉脱维亚的原野，一切都不再像我来时那样干焦枯燥，田野、草地、树林都绿意盎然起来，翻耕过的农田也一片黝黑，浸透了油脂一般。看来景色也和女色一样，是离不开润泽的。

爱沙尼亚

塔 林

塔林给我的第一印象是惊讶。车在拐入车站的时候，我看到一位老兄在拐角处的墙边，旁若无人地撒尿。

我们的旅馆其实也让人很惊讶，前台大厅同时是一间酒吧，有高高的酒吧凳、沙发，放着音乐，客人们可以在这里喝酒、聊天。旅馆房间装饰也很酷，黑白的，墙壁从半腰分开，上白下黑。墙上到处都白底黑字，黑底白字，写着许多英语格言。著名者有《阿甘正传》上阿甘的那段"生活像巧克力"的台词，还有笛卡尔的名言"我思故我在"。这个旅馆耍的是年轻人的酷劲，而不是走温馨路线。房间里很暗，只有一盏灯。

塔林天气不友好得更是出乎意料，这个时节，我们家乡的秋老虎还没被赶走，这里已经是冷风嗖嗖，渐露冬意了。昨天迎接我们到来的是暮雨潇潇，今天陪伴我们游玩的是风雨大作，温度相当低，老天爷简直是故意为难我们：下雨必须打伞，大风没法打伞，梁茜的伞一会儿就被大风翻卷过来了。我们都不知道该怎么办了。

但有一点是明确的，无论天气如何，我们必须坚持，我们在塔林只有一天的时间。

好在我们的旅馆就在老城边上，跨过一条马路，就到了黄色的圣约翰教堂。8 点多，教堂还没有开门。这座教堂样子酷似扎科帕内的圣家教堂，立面正中，一塔独擎，简洁明快。它的前面是颇为开阔的塔林自由广场。自由广场是爱沙尼亚人纪念、庆祝独立之所。爱沙尼亚很惨，从 13 世纪初到 1918 年八百多年的时间里，从来就没有独立过。塔林（Tallinn）这个名称来源于第一任外族统治者，意为"丹麦城堡"，1219 年，丹麦人征服爱沙尼亚，在此修筑城堡，统治了一百多年。此后依次被日耳曼人、利沃尼亚骑士团、瑞典、波兰、俄罗斯控制。1918 年一战期间，获得独立。但仅仅二十年后，1939 年，二战爆发，爱沙尼亚重新落入苏联的掌心，直到 1991 年东欧剧变之时，才第二次获得独立。为了这来之不易的独立与自由，也为了悼念那些为争取独立自由而献出生命的英雄，爱沙尼亚政府决定在自由广场上建立一个独立纪念碑，2009 年在距离爱沙尼亚第一次独立九十一年的时候，独立纪念碑竖立起来。纪念碑的样式是一根立柱上有一个象征自由的希腊十字。旁边一面墙上写着"爱沙尼亚独立战争 1918—1920"。

塔林和许多欧洲城市一样，分为上城区和下城区。过了圣尼古拉斯教堂，街道变成了台阶。顺台阶上到一个方形塔楼，穿过塔楼下的拱门，再向前，是一个观光平台。回头看圣尼古拉斯教堂，它周围的房顶已与我们平齐了。但教堂的那座白色的方形钟楼依然高峻，从上面可以俯视上城的一切。这座建于上下城边缘的大钟楼简直是下城商人对抗上城贵族的一个侦察哨所，在没有宪法的时代，商人们只能尝试通过力量制衡贵族。从平台边缘向下望去，丹麦国王公园里一座石墙边立着一个盾牌形的丹麦国旗和一把古剑。红地白十字的丹麦国旗，其起源地实际上是在爱沙尼亚。1219 年，丹麦国王瓦尔德玛前来征服爱沙尼亚，但战事不利，大军即将溃败之时，大主教跪求上帝的援手，天空随即飘下了一面红地白十字的大旗。国王获得了大旗，士气大振，遂战胜了爱沙尼亚。从此，那面上帝所赐的旗帜就成了丹麦国旗，使用至今。

我们的右手是高高的城墙和一方一圆两座碉楼，城墙上部是复道悬阁，不知是古已有之，还是因为商业目的而后来修建，但那里无疑是经营酒吧和咖啡厅的好处所。眼前的这道城墙就是上城与下城的分界线。穿过一个后来凿穿的方门洞，就进入了上城。

塔林上城建在托姆比亚（Toompea）山上，是来自不同民族的历任统治者和贵族所居之处。首先与我们相遇的是沙皇亚历山大三世19世纪晚期修建的圣亚历山大涅夫斯基教堂。这是一座光彩照人的东正教堂，是那种一见就会叫出声的美丽建筑，由它你可以看到莫斯科红场上那座彩色教堂的影子。这座教堂虽非彩色，而是用红砖和白色大理石建成，但红白两相映照，尽管是在阴雨天，那色彩也是鲜明得不得了。其外墙不是从底到顶笔直向上的一体，而是分为三节，最下一层多用直线和折线；第二层稍微内缩，是一系列的圆筒状的结构的组合，与下层形成一种堆垛起来的观感，让人感到随意而华贵；最上层是教堂不可或缺的塔，不是哥特式的可以刺破青空的锐利尖塔，也不是巴洛克式的富丽堂皇的金属塔，而是拜占庭式的球塔。如果说罗马式穹顶是个半球，那么拜占庭球塔就是一个多半球，它的底边内收，让球塔更加丰满圆润。四个小塔簇拥着中间一个大塔，塔尖上是金色的东正十字。正立面上满是漂亮的拜占庭弧线，大门端庄厚重，金色的背景上描画出耶稣和传教圣者的形象。

东正教堂对面就是托姆比亚城堡，位于托姆比亚山绝壁边缘，是上城区的城中之城，历代统治者所居之处。爱沙尼亚独立后，这里成为共和国最高权力机关——国家议会所在地。

圣玛丽教堂，是塔林最古老的教堂，也是上城的主座教堂。通体白色，它的钟楼上的金属塔有一个很有特色的设计，分为两截，中间有八个大圆球托起塔尖。很新颖，只是不知道它如何实现平衡。这个上城最重要的教堂我却没有看到它的正立面，游客要从一个矮小的侧门进入其中。教堂里边的墙壁和石柱上挂满了各种巨大的徽章，那是上城贵族的族徽，表示他们家族的遗体安葬在了这里。圣玛丽教堂是上城贵族最钟爱的墓地。

上城的神圣之所大概有这些，其他建筑都是贵族家居，这些建筑都有上百年的历史。塔林城没有几座新建筑，人们生活其中的都是百年老屋，这些建筑都被编了号，墙上都钉着一块国家文化遗产的标志。这些建筑个个都有复杂曲折的经历，墙上的玻璃板用爱沙尼亚文与英文向前来寻访的游客无声地讲述。这些房屋现在有的用作博物馆，有的用作一些国家的大使馆，有的是纪念品商店。

站在上城边缘的一个平台上，可以俯瞰整个下城的景色：满城红瓦白墙或红瓦黄墙，这好像是所有海边城市的偏爱。但整个城市的建筑并不像中国都城那样井然有序，而是房屋高低丛杂，座向万端，风格千种；街道曲折缠绕，宽窄无定，不辨东西。这正是西方城市自由发展的历史过程的一个定格。大片的红屋顶之上又穿插着高入云端的尖塔，圣尼古拉斯教堂高大的钟楼又一次映入眼帘，它耸立在右侧，似有意与圣玛丽教堂争锋。市政厅的细塔有些谦卑地站在中央，远处又有身量最高的圣奥拉夫教堂钟楼，塔尖现着斑斑铜锈。城市尽头是塔林海湾，在阴云下灰蒙蒙的，失去了大海的魅色。

这里已经是托姆比亚山的尽头，再往前是一段向下的台阶，几个转折之后，就离开了上城，到达下城。塔林在古代是一个重要的商业城市，也是汉萨同盟城市之一，所以这里云集了四方商贾，他们只被允许住在下城，成为上城贵族的纳税人。他们先是建立居所、商铺、旅店、餐馆，撑起生意；进而建起教堂，礼拜上帝；最终又筑起城墙和碉楼，保卫财产与家园。塔林城就是这样建立起来的。

一座墙壁上镶嵌着俄罗斯前总统叶利钦的一个浅浮雕像，旁边的说明文字告诉我们，这是对叶利钦在 1990—1991 年期间以和平方式恢复爱沙尼亚独立的感激和纪念。雕像是全爱沙尼亚人民的捐献，并于 2013 年 8 月安置于此。叶利钦的作为，是分裂国家领土，还是支持民族独立？历史功罪，人民自有评说，一时的是非，并不是永远的标准。

塔林人很为自己的老城感到骄傲，即使是因为实际生活的需要，他们把房子的外表装修一新了，也还常常剥开部分表面装饰，让里面古旧的石雕、花纹、或者只是砖墙、石壁露出来。

塔林的现实生活也有很多地方保留着古风，比如有些店铺还在用一种传统的"幌子"作为招牌，幌子一般是一个方框，理发店会在里面装上梳子、剪子；药店很特别，也不太好理解，是一条蛇缠着一个高脚杯的柄，然后向着杯口大张着嘴，是吐出毒液，还是吐出神药？

　　市政广场附近有一个圣灵教堂，还保持着其 14 世纪建成时的原貌。教堂内部沿着两侧墙壁建了长长的木阁，下面是信徒的座位，上边的围板上依次刻画了几十方宗教画。据说这个教堂当时是为穷人建的，这些画是帮助不识字、不能阅读圣经的人接受福音的。这个木阁也让我们看到那个时代出色的木作技术。这个教堂里保存的最珍贵的文物也与木作有关，那就是它的木雕折叠圣坛，是 1483 年受汉萨联盟主持城市——德国吕贝克市市长的委托而制作的。我们没有看到实物，只看到教堂展示出来的一张照片，那个周雕圣坛上有近二十位人物雕刻，刀法细腻，栩栩如生。

它的外墙上有一个大钟面，是 17 世纪时建造的，至今还在准确地运转。它的表针表盘也都是木雕的，表盘上画着金光四射的太阳，年代久远，有些开裂，周遭与四角的云纹与人物在斑驳的色彩中仍然展露出工巧与精美。它不像其他教堂大钟被高悬半空，而是投身市井，让人感到亲切。

老城一些角落里的房子已经很破旧了，并未拆除；街面上有的房屋整修一新，却打着加固钢条，显然也已高龄，但还在使用。我想欧洲城市的古老建筑之所以能够保存下来不只是和欧洲人好古有关系，还和他们的私有财产观念有关系。房子是个人财产，主人不想拆，别人是不能随意触动的。

塔林下城保存了非常完整的城墙和塔楼，不像扎莫希奇是后来修复的，而是原汁原味的古代遗存，有的部分已经残破不堪了，但塔林人还让它残破着，要的就是这个味儿。要参观塔林古城墙，一条最好的路线就是从上城观景平台一带下台阶，不远就看到连绵不断的城墙和密集的塔楼向东北方向迤逦而去。走进一个阿拉伯式的大城门，这一带的城墙上边都有木阁复道，天气好的话可以上去观光。从大城门向左，可以与古城墙同行。城墙都是石砌的，从断口看有两三米厚，比斯洛文尼亚皮兰古城的城墙要厚得多。塔楼一律建在城墙外侧，我想这样大概更方便打击攻城的敌人。塔楼有方形的，有圆形的，也有外侧为圆形，而内侧如刀切一般与城墙平齐的。塔林曾有六十六座这种塔楼，现存仍有二十多座。不知是哪位才子将爱沙尼亚首都 Tallinn 译成"塔林"这两个汉字，巧妙至极，既保持了原名的发音，也传达出了这个古城多塔的特点。

我沿着城墙下的街道前行，天气阴冷，古墙森列，塔楼耸立，炮孔洞开。这样的地方追求小资情调的游客大概并不愿意来，当地人更不可能在风雨中到这里散步，所以古城下的这条街道上只有我一个人在游荡。而这样的游览会得到上天的奖赏，垂赐一些新奇。我从未听说过的"三手圣母"就是在这里发现的。我是突然看到那个信箱的，在一面粗糙的石墙上，一块老得发紫的木板，上方阴刻了一个自由十字，中间一个铁口，铁口上下用德、俄、英、乌克兰四种文字告诉人们：这个教堂里供奉着三手圣母，三手圣母是一切受欺骗、受冤枉的无辜者的保护神。如果你受了欺骗或冤枉，你可以把你的案情写清楚投到这个信箱里，神甫会为你冤情的昭雪而向三手圣母祈祷。圣母竟有三只手？让我鼓掌称奇。后来我寻根溯源，得到这么一个传说：8世纪时，大马士革城中有个虔诚的贵族信徒因冤案被判砍掉右手，示众三天后，国王将右手还给了他，他向圣母祈祷，让他的右手重新长回身上，以示冤情，圣母就真的让他的右手恢复了，就像没受过刑一样。国王明白是冤枉了他，就重新起用他，而他将自己的银币融化，铸造成一只右手，镶嵌在圣母像的身上。于是就有了专门为信徒洗雪冤情，找回公道的"三手圣母"。

这段城墙经过一座15世纪的"马拉磨坊"，一直延伸到古城东北角，那里有一座圆形塔楼，因其形体矮而粗而被称为胖玛格丽特塔楼。塔楼的旁边是一座城门，城门外侧的形状也是阿拉伯式的。城门下的一块石碑下摆放着几个花篮，里面是菊花、百合之类的鲜花，还有带着爱沙尼亚国旗的绶带。原来胖玛格丽特塔楼已经成为爱沙尼亚海事博物馆，这块碑是在纪念那些二战时期在芬兰海军服役的爱沙尼亚士兵的。

城墙由胖玛格丽特塔楼折向西南方，非常完整地一直延续到维鲁城门。维鲁城门已没有门，两边只剩两个细高的圆塔。最后的这段城墙边不再冷清，这里街道稍宽，于是人们就借着城墙搭了长长的简易棚，成为廉价服装摊位，当然由于天气原因，生意还是冷清的，除了摊主，几乎没有别人。这一带还有个极有特色的地方——凯瑟琳通道。如果你看到一座楼的下边有一个极矮小的石拱门，别不在意，这是一个奇境的入口。小小的门口中间还立着一个小舌样的石桩，称之为"咽喉要道"简直是形神兼备了。穿过一段伸手就可以摸到顶的"喉管"，你就进入了那个奇境。两边都是石头建筑，不是漂亮平滑的大石块，而是与城墙完全一样的不规整的粗糙片石垒砌而成的房子，中间是三四米宽的青砖小巷。最奇特的是，小巷的上边则是很多横梁，有高有低，横梁上挂着瓦片，保护其上部不积下雨水，受到侵蚀。原始的材料，朴拙的技术，其作用不得而知，有人说是为了支撑两边的房子，或许是。在这个阴沉黄昏，行走在这条

狭窄少人的巷子里，放眼望去，不见任何现代的踪影，如同回到了中世纪一般，仿佛听到满街"叮叮当当"的手工制作的声响。我希望当我走出这个街区，遇见的是驮着东方香料的骡马商队。欧洲很多古城就是这样保存了自己的历史的，这些不是毁掉后又建起来欺骗游客的假古董，而是这个城市真实身世的一部分，是这个城市的血肉，附着了这个城市的灵魂。欧洲的城市从未失魂落魄过。欧洲的现代化是人思想精神的现代化，是社会制度的现代化，是生活方式的现代化，不是拆了旧房盖大楼的现代化。"凯瑟琳通道"因其通往圣凯瑟琳修道院而得名，修道院早已在一场火灾中毁掉，它的遗址现今成了收藏古碑的露天博物馆。

　　塔林也有个黑头宫，不如里加的华丽，而在众多的建筑中已经非常出众了。石拱门不大，但精雕细刻，大门两侧和门上方有石刻的黑头兄弟会的徽章，徽章上方的三角装饰框内刻着商业神墨丘利的头像。其对开的两扇门板也装饰得非常漂亮。绿地红线又镶着金钉。门框上边的半圆护板正中，刻着一个黑人的头像。请注意，这是"黑头"这个称呼的真正来源。这个"黑头"是摩尔人圣毛里求斯，他被黑头兄弟会奉为保护神，所以自称"黑头兄弟会"（Brotherhood of Blackheads）。这个名称翻译成中文可能会被误认为是一个黑社会性质组织，非也。黑头兄弟会是那些年轻未婚的商人的合法组织，他们还没有资格加入行会（Guild），于是就用这种形式组织起来，这个组织不仅进行一些商业活动，还带有军事性质，黑头会的年轻人有义务去巡逻、守城并参加防御战争。黑头兄弟会只存在于古代的利沃尼亚地区，也就是今天的拉脱维亚、爱沙尼亚。所以里加、塔林都有黑头宫，世界上也只有这两个城市有黑头宫。

　　小国给友好国家的使馆也都是小房子，荷兰使馆就屈居在一层的只有两门五窗的小房子里，

芬兰使馆在圣玛丽教堂旁边的一个所在。德国使馆还好，是一个独立的两层小楼。我没有看到中国使馆，中国使馆向来很大，驻爱沙尼亚使馆会怎么样呢？我一直没有看到。

走在上城亚历山大涅夫斯基教堂下，两个小学生微笑着看我，我也向他们点头示意，没想到其中一个孩子用汉语向我说"你好"，我非常高兴！"你会说汉语？"我用英语问他们，没敢用汉语。但他们的回答是"不会。""你从哪里学会的'你好'？"他们有些茫然，看来连英语也不太听得懂。我示意给他们拍照，这两个小帅哥很高兴，立即站好，笑得很开心。戴着帽子的孩子还把帽子摘掉了，这种礼仪的细节让我感到很感动，也很惊讶。

塔林古城 1997 年列入联合国教科文组织的世界遗产名录。

法 国

巴黎街头的漫步

Wizz 航空的飞机在波兰卡托维兹机场起飞的时候，东边天际已经泛红，但地上还是黑漆漆的，圣诞节前的城市灯光更加明亮，勾勒出卡托维兹街道的支支叉叉，疏密不均，形成美丽而奇特的线条画。飞机向西飞行，惹得太阳两个小时都没有升起来，东边天际一直是红蓝交融的颜色，非常漂亮。一弯象牙般的月牙挂在红润而干净的天空中，就如我少年时孤独地站立在暮霭迷蒙的田野中看到的样子。现在，它又一直陪伴着我的飞机来到巴黎，直到飞机下降，它才从晴朗的高空隐藏到云中去了。密云下的法国城市与乡村还在黑暗中，像在卡托起飞的时候一样，地上布满了大大小小、千奇百怪的灯光图案。

一个多月前我就预订了一个华人旅馆，在巴黎十九区 Belleville。这里是一个华人聚居区，到处都是汉字的招牌，到处都是中国人，要不是人群中总是混杂着大鼻子的白人和卷发的黑人，你会认为是到了江浙一带的某个城市中。虽然都是中国人，但那些店主店员都互相说一种我丝毫听不懂的方言，对我则说普通话，带着浓重的闽浙味道。遇到一个好心的东北小伙，他帮我找到那家旅馆，他说巴黎有三十万中国人，这严重超出了我的想象。旅馆主人也是东北人，一个发胖的老太太，说法国地名都带着东北味儿，Belleville 在她嘴里就成了"掰了喂啦"，Republic 说成是"黑白布莱克儿"。

住在华人区有两个最大的好处，一是消除了饮食障碍，二是消除了语言障碍。在一个华人饭馆吃了一碗海鲜炒面，也得到了一条很好的徒步观光线路，就出发了。顺着一条狭窄的商业街，大约走了十分钟，就远远看到了一尊巨大的铜像，那里便是共和国广场，也就是东北老太口中的"黑白布来克儿"。

那尊铜像叫共和国女神像，矗立在广场的中心。她的基座由白色大理石建成，是圆形的，正面有一只体量很大的青铜狮子守护。基座分为两层，最下层上镶嵌着一圈青铜浮雕，描述了法兰西共和国建立的艰难经历。第一幅是 1789 年 6 月 20 日的"网球厅宣誓"，共和之路的开端。第二幅是 1789 年 7 月 14 日攻占巴士底狱，

共和之路上迈出的流血的第一步；中间又有对反法同盟的失败、三次共和国的建立，直到最后一幅：1880 年 7 月 14 日，第一次共和国的国庆日，经过百年的卓绝努力，共和制度在法国确立。近一个世纪的战斗和流血迎来的是第二层石基上自由、平等、博爱三女神。最高处是共和国女神，踏在自由、平等、博爱的基石之上，头颅伸向理想的碧空之中。这寓意是鲜明的：人间社会的理想永远高远，而其坚实的基础则是自由、平等、博爱。女神又腰挎宝剑，手举橄榄枝，和平是最高的追求，但有时需要通过战斗来赢得。这座雕塑真是对法国共和理念最为形象具体的阐释。

由此也决定了共和国广场是一个政治性广场，政府宣传、民间发声等各种社会运动往往都是在这里展开，幸福的歌唱与痛苦的哀号都可以在这里尽情宣泄。巴黎华人也曾在这里举行过反歧视、反暴力游行。今天也有一群女孩，拿着标语牌，喊着口号示威。她们的主要口号是：没有公平就没有和平；黑人生活问题。她们好像是一群大学生，穿着时尚，肩上都挎着一个漂亮的包，应该是被雇佣来的。但她们很敬业，或者她们很诚实，不会偷懒，一刻不停在呼喊着，一会儿站成一排，一会儿又围成一个圆圈，一边走，一边喊。用各种形式引起行人的注意。

辗转几个街道，走到一个小广场上的时候，我看到了卢浮宫黎塞留馆的入口，我在谷歌地图上已经多次看过这一带的街景，所以一眼就认出了那个高大的通道拱门。小广场上乐声大作，十几个年轻人把持各种形状的铜管乐器组成一个颇有声势的乐队，强劲的乐声让人群振奋，鼓掌欢呼，也给乐手们带来了一堆铜光闪闪的欧元硬币。我无心观看，径直走向卢浮宫。黎塞留馆通道一侧石壁改成了大面积的玻璃墙，行人走过，就可以看到馆中那些华丽的雕像，位于中央的是著名的《米伦之死》，狮子的凶猛和米伦的痛苦都表现得真切生动，我觉得它简直就是一个单人版的《拉奥孔》。这可能也算是卢浮宫的一种巧妙的宣传吧，看到这些仍不想走进卢浮宫，那就过于有定力了。

早就听说进卢浮宫需要很长时间排队买票，所以我也早就计划好提前一天买到票，第二天便可从容进馆。黎塞留馆入口处值班的是一位黑人女馆员，我就问她能否在这里买明天的票，她却说这里不卖明天的票。不甘心，又到德农馆入口问能否买明天的票，也是一个黑人女馆员，她很明确地告诉我：卢浮宫只卖当天的票。看来我的所谓计划，只是一厢情愿而已。唯一的办法：明天早起、早到！

黎塞留馆和德农馆是卢浮宫的左右两翼，两翼都和苏利馆相接，形成了一个巨

大的"凹"形结构，也许说"U"结构更恰当，因为它的两翼非常长。U形的中心是一座玻璃金字塔，那是卢浮宫的主入口。U形的敞口处是卡鲁索凯旋门，它虽然在规模上不如尽人皆知的那座巴黎凯旋门大，但同为拿破仑所建，并且有很多不凡之处。

最先引起我注意的是这座凯旋门的四根大柱，其通身斑驳的红色让我心中一震，我仿佛看到了中国亭台殿阁中被岁月残蚀了的红漆楠木大柱，远远看去，其色泽、纹理无不妙合。我满心狐疑，拿破仑修凯旋门为何会采用中国式的红漆木柱？走近去看，那红柱子非木非漆，而是一派天然的石头，红色与灰白相间，未加人工而天生具有几可乱真的红漆大柱的残损效果。多么神奇的石头！这种石头它处未见，当不易得。但这座凯旋门上竟然前后立了八个这样的大柱，心中顿生奢侈之叹。但想到这些石头出自幽谷，迁于卢浮，也可谓"得其所哉"了。国人常常把能藏在室内的珍稀之物视之为宝，从不珍惜那些不可把玩于掌中的庞大之物，拆之毁之，若弃敝屣，实可浩叹。而巴黎人却不是这样，巴黎满城是宝，不仅包括众多博物馆、教堂中的无数收藏，还有巴黎城中各具特色的无数建筑。

卡鲁索凯旋门有三个门洞，两边略小的门洞上方是刻画拿破仑功绩的浮雕。门顶上是驾驭驷马的胜利女神，驷马为青铜铸造，配以金络。其形态虽不如柏林勃兰登堡门上的驷马更加飞扬生动，其来历却曲折非凡。拿破仑征服威尼斯后，就把圣马可教堂中的四匹青铜马运来巴黎安装在卡鲁索凯旋门上。不过后来又归还了威尼斯，今天我们看到的是威尼斯驷马高仿复制品。（记得去年圣诞期间在威尼斯登上圣马可大教堂时，那里正在维修四马，脚手架还在）。故事到此也没什么奇特的，重要的是其实威尼斯也不是驷马的真正主人，它们是13世纪初，威尼斯的十字军洗劫君士坦丁堡的俘获品。更令人称奇的是东罗马帝国也不是驷马的原主，驷马是公元前4世纪古希腊希俄斯岛上某艺术家的作品，东罗马帝国皇帝狄奥西多二世在公元后4世纪将其搬运到君士坦丁堡。这一过程中充满了劫夺，却也充满了对艺术的渴望。

从德农馆通道走出卢浮宫，卡鲁索大桥横跨塞纳河，通向对岸。塞纳河，这名字我早已耳熟，在我内心中，它与《茶花女》《项链》、印象派画作等一起陈酿过多年了。人心的想象永远好于现实，而我的想象又是建立在别人想象的基础上的，其远非事实那是一定的了。阴沉的天光下，河面有些黯淡。河水浑黄，波流汹涌，来往穿梭的游船更增加了河水的动荡。顺河远望，一群高高的古典建筑上方，耸立着埃菲尔铁塔的顶端。

巴黎也并非只有奢华，塞纳河边有很多旧书摊，看似简易木板房，实际上只是固定在河边石墙上的大木箱子，白天支起来，箱盖就成了屋顶；晚上将屋顶一盖，又成了箱子，一上锁，摊主就可以回家了。书籍沉重，不必搬来搬去。这里的书画杂志，杂乱而丰富，有些是几十年前的出版物，书籍收藏者大可来此淘宝。里面也有来自中国的东西。马恩列斯的画像，还有手举《毛主席语录》、高呼万岁的宣传画。

人都说巴黎是浪漫之都，爱情桥就是一个见证。爱情桥本名叫艺术桥，因不幸被世间情种选中而承担了强加的爱情重负，并无辜地被叫作了"爱情桥"。从远处就可以看到桥栏金光闪闪，那就是爱情所散发出的光彩。走上人行引桥，可以看到这座桥的护栏是网格状的金属丝，特别适合挂锁，也许这是艺术桥变成爱情桥的重要原因。引桥护栏上，锁被挂得密不透风，主桥上则已经是层层相叠了，因为后来的人无法把锁直接挂到护栏上，就一层层地挂在别人的锁上。如此那些爱情锁就好像获得了植物的基因和活力，如夏日的野草一般疯狂地生长蔓延。为了避免整座桥面被爱情锁全部侵占堵塞，城管部门在桥栏内侧加上了护板，不再允许人们继续向上面挂锁。但只要稍有缝隙，"爱情"马上就会在那里热烈地滋长。后来从一些资料上看，这种浪漫举动给这座桥带来的危机远比我想象得要严重得多。爱情是轻柔飞扬的，但爱情锁是坚实沉重的，它们给这座桥带来了不是桥应该承担的额外负担。

如果任由浪漫的情侣随意加锁，这座桥就有垮掉的危险。事实上这里已经发生过两处桥栏被"爱情"压垮坠落的事件，这对塞纳河上密集穿梭的游船来说，是极其危险的事情。桥栏上至今仍有两个大洞，当局没去修复，一是为桥减负，也是给后来人以警告。但直到今天，携友前来挂锁明誓的情人们还是络绎不绝，卖锁的小贩还是生意兴隆。看来，这座桥虽非因为爱情而生，却极有可能会因为别人的爱情而死了。

附记：8个月后，当我带着家人再次来到巴黎时，看到主桥上的爱情锁已经被完全清理掉了，桥栏杆用护板彻底封死，桥面上也不再有卖锁人。但是引桥在岸上，没有危险，上面的锁就保留了下来。这是怀旧情绪与现实需要的良好妥协，是政策刚性与人性柔情的恰当拿捏。

塞纳河边自卢浮宫迤逦而下，有很多富贵大气的古建筑，它们的风格基本相同，都如宝石盒子一般。它们都规模宏大，风格相近，所以不像德累斯顿城那样显得争奇斗艳，令人惊喜；而是风华内敛，让人感到一种低调的大气。

没想遇见蓬皮杜，却遇见了蓬皮杜。我一直对现代艺术不甚明了。所以没想过要参观蓬皮杜现代艺术中心，更没想到巴黎之大，竟能有缘遇到它。街头转角，一座浑身似脚手架尚未拆除的建筑跳到我的眼前，与三十多年前我在一个画家朋友的画册上看到的一样。我还记得那时他就笑着告诉我，这就是巴黎的"蓬肚皮"，所以我印象深刻。既然如此有缘，虽还不能"窥其堂奥"，但"望其垣墙"总还是可以的吧。

　　身为现代艺术的收藏中心，它完全是钢架结构、玻璃墙壁，彻底抛弃了传统的砖石建筑方式。而且它的钢架裸露在外，如同临时搭建、随时变化的舞台；它的楼梯是管道状的，让人联想起现代工厂。天光尚亮，从破碎的乌云背后透射到这座个性十足的建筑上，和其内部的灯光相交杂，整个建筑更呈现出微光暗灰的金属气质。钢架中间悬挂着一幅宣传画，是法国现代派艺术家马塞尔·杜尚的《带胡须的蒙娜丽莎》。也许从这里我们就可以看出现代派艺术的反权威思想和调笑幽默的艺术品格。

　　大家都说巴黎乱，我刚来一天，还没有感受到。这里人多、人杂却是真的，但从人们的眼神与举止上并没有看到紧张与防范，所以我想，这个乱应该是相对于欧洲其他城市来说的乱。是说坏人比较多，而不是坏人当道，更不是社会风气崩坏。有坏人，不要紧，加强治安就会好。今天傍晚，塞纳河一带我就看到有五六个警察在一个街道拐弯处。

法　国

卢浮宫

　　一早乘地铁去卢浮宫。车上问一对法国老夫妻去卢浮宫在哪站下车，他们很是高兴，老人个子不高，站起身来翘着脚指向一个站名，强调说：一定要到这站下。我一看，前后两个站名都带着"卢浮"的字样，要不是老人指点，我真有可能下错站，走冤枉路。到站的时候，他们又微笑着提醒我下车。

卢浮宫每天上午 9 点开门，我到的时候有 9 点 10 几分，虽然已经有人在排队，还好队伍不长，十几分钟就进入了"金字塔"。

"金字塔"指的是卢浮宫的主入口。它的设计者是美籍华人建筑师贝聿铭。虽非同国，却是同族，这也足以令来这里的国人得以沾溉一丝荣耀了。这是一个玻璃的金字塔形建筑，表面是用钢架交织成菱形网格再嵌上玻璃。塔尖处垂下一线多次弯折的霓虹灯管，发着红光，像一道神秘的闪电。纵横交错的金属直线形成的正几何图形散发出强烈的现代气息，与满浸着细腻温婉的艺术心智的古代宫廷中和互补，呈现出相反相成的奇妙关系。这是一种极为大胆的设计，这是不大成功即大失败的险着，非大家不敢出手。贝聿铭正是这种大家。

"金字塔"下面是一个大地宫。或者更实质地说，"金字塔"只是这个地宫的一个覆盖物，地宫才是这个建筑的功用所在，是整个博物馆的运转中枢。贝聿明的贡献不只是天才地想出金字塔这样一种外观形式，而是这个庞大的系统工程。这是一个广场般的大地宫，有四个售票站，一个大服务台和通向苏利馆、德农馆和黎塞留馆的三个大通道。

卢浮宫是"世界三大博物馆"之一，与大英博物馆、纽约大都会博物馆齐名。卢浮宫拥有 403 个展室，仅艺术品的收藏就超过了四十万件。同时，卢浮宫本身就是一个文物，它已有八百多年的历史，而且辉煌壮丽，精致非凡。但是博物馆的身份让它自身的光彩被淹没了一大半，人们为其丰富的收藏所吸引，只将卢浮宫当做藏珠之椟。

卢浮宫最初是一座皇家城堡，城堡遗迹还在，位于从苏利入口走向埃及馆的必经之路上。16 世纪中叶，法王弗朗索瓦一世重建卢浮宫，并收购了很多艺术品，其中之一就是《蒙娜丽莎》，卢浮宫的收藏史由此开启。17 世纪，路易十四迷恋艺术，当政期间，大量购入欧洲各地的画作，伦勃朗的画在这个时期进入卢浮宫。1793 年，卢浮宫开始向大众开放，成为公共博物馆。到 19 世纪初，拿破仑在向外扩张的过程中，把欧洲各征服地的重要艺术品搜罗到卢浮宫。拿破仑不只是个军事天才，拿今天的网络语言来说，他还是个"艺术控"，只要看到喜欢的艺术品，就会想尽办法搬到法国来。当年在维尔纽斯看到红砖砌成的圣安娜教堂面前，他赞叹不已，情不自禁地说："真想把它放在掌中带回巴黎"。如果世上有将教堂搬走的技术，欧洲各地的教堂恐怕早已相聚在巴黎了！所以，拿破仑时代是卢浮宫藏品飞速增长的时代。虽然拿破仑战败后，各国索要回了五千多件艺术品，但大部分还是留在了这里。从苏利入口进入卢浮宫内，你看到的第一个展览就是卢浮宫本身的历史。里面有卢浮宫的缔造者国王弗朗索瓦一世、拿破仑和几位发扬光大者的雕像。里面还有几张画着人们在卢浮宫看画的油画，很有意思。

埃及馆以一个大狮身人面像开端，向我们展示了那个已逝去两千年的王国的风采。古埃及真是一个让人赞叹的灿烂文明，五千多年前，当整个地球还处在蛮荒时期，古埃及已经有了非常成熟的文字系统，文字刻写在泥版上、石头上，书写在纸草上，书法严整，古韵十足。那个时候能够掌握书写的人并不多，所以社会中有一个很重要的阶层，那就是能够书写的书记官。这个时期的藏品里出现了很多书记官的雕塑。古埃及早期少圆雕，多浮雕，很有特色。所用石材大多色调如泥版，以阴刻为多，凹面平整，凹面大多不涂色，有时也会涂红、黄、蓝三纯色。

这里收藏的古埃及文物简直是浩如烟海，占用了几十个展馆，两个小时了，我还没有走出古埃及世界。文物种类繁多，大至神庙构架，小到发簪饰物，细大不遗，保存完好。只恨我对古埃及了解太少，很多东西不明就里，见不到妙处。

世界上保存古埃及文物精品最多的并不是埃及，而是伦敦大英博物馆，第二多的就是卢浮宫。当时我就曾想，我们该怎么看这件事？是掠夺有罪，还是保存有功？这是一个容易夹杂感情的问题，难以回答。如果从未来着眼，从人类整体着眼，我觉得在保存文化的问题上，还是不要过分计较国界。只要能够妥善保存，就应该受到肯定。在己国之境而被摧毁，如阿富汗的帕米扬大佛；入他人之手而得以保存，如古埃及文物。何者为善？宁可毁弃也不落他人之手，那是不是太狭隘自私了呢？世间各国之人，应共生保存人类文化之心；而不能视文物为一国私财。

古希腊和古罗马部分好像没有古埃及的收藏多，但件件精品。数千年的时光沉积在那些白色大理石上，让它们老成了象牙色。小爱神坐在他的老师半人马喀戎的马背上。猎神黛安娜美丽与矫健集于一身，姿态迷人。酒神狄奥尼索斯像，则是别有韵致，短腿缩颈，额头前凸，肥肚高腆，头戴花果，很像中国的寿星；又醉眼朦胧，显得很是轻松风趣。

当我要进入另一个展室的时候，维纳斯就一下子出现了。她静静地站在那里，美丽而肃穆。她是卢浮宫"镇馆三宝"之一。因其被发现于希腊的米洛斯岛而被称为"米洛斯的维纳斯"，因其失去两臂而被称为"断臂的维纳斯"。我从未觉得两

臂的缺失是这尊美雕的遗憾。也许正是两臂的缺失，排除了手的动作的干扰，使人们能够更加专注于欣赏她秀美的身躯，使她摆脱了"具体"时间与"特定"事件的束缚，抽象上升为美的理念，美的原型。维纳斯虽然无一处不完美，但我更认为她的面部刻画最为核心。脸颊丰约适度，下巴圆润，生动的面部曲线让人感到了血肉肌肤的柔美。面对维纳斯，你一定会在无数的刹那坠入幻境，忘记自己面对的是一座冰冷的石雕。她双唇微启，一丝微笑从嘴角漾出，却又恰到好处地收住，平添矜持高贵之美。如果我是特洛伊的帕里斯也会将金苹果判给维纳斯，哪怕没有美女海伦作奖赏。唯一可惜的是，雕像无法刻画出眼睛的力量。她是美丽、端庄、高贵、典雅的化身，看了这尊维纳斯，再去看其他女神，甚至再去看维纳斯的其他雕像，都会感到丝丝缕缕的平庸和俗气。

胜利女神是卢浮宫里的又一珍宝级的收藏。这尊石雕创作于公元前二世纪，1863 年在希腊萨摩色雷斯岛的神庙里被法国的考古学家发掘出来，运来卢浮宫。所以被称为"萨摩色雷斯的胜利女神"。胜利女神被安置在一个长廊尽头，两截楼梯中间的平台上。她站立在高高的"船头"之上，独立于空阔的穹顶之下，周围再无其他雕像的陪伴，这使得她拥有了足够强大的气场，让她的魅力弥漫充塞于那片巨大的空间中。她身体前倾，大展着双翅，像是从天而降。尽管失去了头颅和双臂，而身形却将自信、勇猛、必胜的内在气质展露无遗。这种飞扬之势非大空间难以容下。胜利女神的雕刻之工也堪称完美，胸前薄纱不仅有蝉翼般的质感，也表现出了极速运动中的摆动之势。技术不可以超越时代，而艺术是可以超越时代的。因为技术受制于物质，而艺术赋形于心智。物质的利用有古今之别，而心智的运化并无时代的沟壑。

文艺复兴时期，是雕塑造艺术的又一次高峰。这份光荣属于意大利人。安东尼奥·卡诺瓦的《爱神吻醒普赛克》前游人密不透风。朱利安诺《玛丽亚·巴贝里尼

像》也令人叫绝，其轻盈的鬓边发卷，衣领的蕾丝花边都雕刻得十分细腻逼真。我宁愿相信这是巴贝里尼夫人受到了魔咒石化成了这尊人像，也不敢相信这是朱利安诺把一个厚重的石块雕成了巴贝里尼夫人。米开朗基罗的两尊雕像：《被缚的奴隶》和《垂死的奴隶》，有人在临摹。被缚的奴隶身体扭曲、肌肉隆起，尤其是后背肩胛处的肌肉表现得特别细致。似要挣脱绳索。《垂死的奴隶》面容安详，表现出密开朗基罗对不同状态下人体有着精准的把握。

17世纪的法国雕塑家皮埃尔·皮热的代表作《米伦之死》也是一个不可不看的震撼之作，它被放置于皮热中庭的核心处。米伦是公元前世纪古希腊著名的大力士，奥林匹克运动会上多年的冠军。年老后有一次在森林中散步，他想徒手劈开一个橡树桩，试一试自己是否廉颇已老。不想年纪不饶人，他不但没有劈开树桩，而且自己的手也被夹在里面拿不出来了。林深无人相救，却被一头狮子发现，把他吃掉了。这种中国人爱讲成悲情故事、引人哀惋叹息的素材，西方人则多用来表现生死关头的紧张与恐惧：狮子一爪抓住米伦的后背，一爪抓住米伦的右腿，爪尖深深嵌入肉中。米伦左手被困树桩，右手想去推开狮子，却被狮子死死地咬住。痛苦而绝望的米伦肌肉紧绷，颈间血管暴起，头向上扭，张着大嘴呼喊喘息。触人心魂的冲击力由此爆发出来。因为有这一杰作，所以这个中庭被命名为皮热中庭。虽名为庭，却早已不是露天的了，为了保护这些雕塑，这里就像德累斯顿的绿色穹隆那样加上了透明的屋顶。

东方艺术馆中最核心的收藏是"汉谟拉比法典"。我第一次知道汉谟拉比法典是在高中《世界历史》课本上。书上虽有照片，我却没有想到它有这么大的体量。这是一根两米多高的粗大石柱，浑身上下刻满了楔形文字，文字非常细小，密密麻麻，与中国古代的碑刻非常不同。

卢浮宫有一个让我感到困惑的问题，就是文物旁边所有的说明文字都是用法文，没有英文，不知为什么。以前曾听说法国人即使会说英语，也不和英国人说英语。从卢浮宫的情况看，这个传说可能是真的。两国世代交恶，但在语言上这么搞，也太过分了吧！让游客无辜中枪啊！好在法语有不少词根和英语是一致的，从中还是能得到一些模糊的信息。

卢浮宫内有很多警示牌，用十多种文字提醒人们小心小偷，中文是："警惕谨防扒手"。

听来过卢浮宫的计老师、塔老师说，用一天的时间看卢浮宫太匆忙了。于是我就决定分两天来看卢浮宫。也许可以稍微从容一点，可以给自己争取到细心品味的时间和心境。

第二天再来卢浮宫，出地铁站的时候走错了路，耽误了时间，到达卢浮宫时已经9点半了，这让我内心非常自责。金字塔前一片人海。幸而我有充足的备案，直奔德农馆入口，前后无人，我可以从容地安检，买票。至少节省了半个小时！多么英明的决策呀！不敢贪功，这得感谢来过的朋友曾经给我的指点。一个小时，当我逛完非、亚、美、大洋洲馆之后，看到德农馆入口处也排起了长队，心里难免有些得意之感。

从德农入口上到二层，辉煌的欧洲油画展就开始了。可以说这里保存着一个完整的欧洲近代绘画史。从14世纪文艺复兴时期的画作起到19世纪的印象派止，各个时期的欧洲杰出画家的画作卢浮宫几乎无不覆盖。

几幅英美画作算是一个序曲，接下来则是西班牙画作，中心大厅展示重要作品，大厅两边又挎着两个耳房，也满是西班牙画作，以戈雅之作为多。在这里遇到了几位尼姑，不知是否来自中国，背包上装饰着很萌的小饰物，在参观画展。

意大利画作形成了一个巨大的高潮，整个德农馆二楼200多米长的主画廊都是意大利的画，创作年代在15到18世纪之间。

乔万尼·保罗·帕尼尼长于画罗马的街景。这里收藏了他的两幅画:《纳沃纳广场》《现代罗马场景的画廊》《古代罗马场景的画廊》。

达·芬奇的《蒙娜丽莎》被安放在意大利厅中部侧出的一个大展室里，像是一位明星被数百粉丝围观，我不想去凑这个热闹，只拍了张《蒙娜丽莎》前的人海盛况。对面墙上则是卢浮宫最大的一幅画，委罗内塞的《迦拿的婚礼》，也属宗教画，画的是耶稣第一次展示神迹的故事。也有很多人在那儿与这幅名画合影，要拍一张干净的、没有人头照片，几乎是不可能的事。我想闭馆前肯定人少些，那时我再来，会少很多打扰，就可以更加清静地欣赏。后来的事实证明，这个想法又一次显示了我对卢浮宫了解的不足，这里的藏画实在是太多了，我最终没有能够回到这里。

长廊里还有达·芬奇的其他画作，如《施洗者约翰》。有着神秘微笑的其实不只是蒙娜丽莎，也不限于女人，这幅施洗约翰也有，藏在瓦维尔城堡里的抱银鼠的女人也有。这是达·芬奇的一个画法，甚至可以说是一个程式。

安德烈·曼坦那的《圣塞巴斯蒂安》作于1480年，也是一幅重要作品，代表了那个时代的绘画成就。乱箭射到塞巴斯蒂安这位殉教者的身上，而他的身体仍是舒展平静的，只有上仰的头展露出一些痛苦的表情。如果让巴洛克时期的画家比如鲁本斯来画，那么，乱箭穿身引起的身体反应会表现得更加真实强烈，会更让观者产生巨大的内心震撼。

弗拉·安杰利柯《圣柯司马斯和圣达米阿努斯的殉教》作于1438年。这幅画作同样用早斯的绘画技法，表现了教徒虔诚殉教的场面。虽没有后来古典派的逼真，却有一点保罗·高更的味道，很是奇妙。

红厅里展出的都是法国画作，创作时间多为18、19世纪，这是法国艺术大发展的时代，浪漫派和新古典派并立竞争，都创作出了极为精湛的绘画作品，而且绘画题材更加广阔，不再限于宗教与神话内容，当然，这仍然是重要内容。

雅克·路易·大卫，法国古典画派的奠基人。拿破仑的宫廷画师，红厅里收藏了很多他的画作。《帕里斯和海伦相爱》《贺拉斯兄弟的宣誓》《萨宾妇女》《拿破仑一世及皇后的加冕典礼》画幅极大，我不得不超过人群拍照。

法国浪漫派画家：西奥多·杰利柯（Theodore Gericault）《墨杜萨之筏》，强烈的明暗对比，近乎疯狂的人物肢体动作。画面透出的强烈绝望感，令人情绪激荡。触发人强烈的情感激荡，是浪漫派的突出特点。所以这幅画深受当时古典派的反对。也正因如此，它成为法国浪漫画风的开山之作。

杰利柯还很善于画马，《艾普森的赛马》《赛马》。杰利柯的画似乎已经开始有些变形，他的赛马图中的马体形变长，能更好地传达出人对马飞跑时的感受。浪漫派以表现情绪和感受为追求，由此向现代画派转变，也是可以理解的。

浪漫派中更为国人所知的是欧仁·德拉克洛瓦，他的《自由引导人民》堪称世界名画，我们的中学课本中屡有登载。他也是大卫的学生，但更倾心于色彩的强烈与情绪的击力，而成为一代浪漫主义画家。他的画作还有《但丁与维吉尔共渡冥河》《阿尔及尔的女人》《西庸囚徒》。我曾在瑞士蒙特勒参观过著名的西庸古堡。

卢浮宫里竟然还收藏了让·弗朗索瓦·米勒（Jean Francois Millet）的几幅画：《捆干草》《母亲的细心》《伐木者》《洗衣人》。米勒一般被划为印象派画家，更应该属于奥赛博物馆，那里也的确收藏着他的一些更重要的作品。另一位印象派大家克劳德·莫奈也有两幅雪景图收藏在卢浮宫。还有埃德加·德加（Edgar Degas）的一幅《出浴》。

卢浮宫的藏品实在是太丰富了，在主线展厅两侧也常常并行着辅厅，所以你经常会遇到很多门，让你为难。不进去怕漏掉好东西，进去又会影响参观的进度。尽管我拿出了两天的时间，尽管略掉了很多我认为不重要的和我不太懂的内容，但我还是感到没有看完的希望。

卢浮宫晚上6点关门。5点的时候，我还深陷在一间套一间的展室里面，如同连环阵一般。当我终于看到鲁本斯和伦勃朗的时候，留给我细心观赏的时间已经不多了。心里有点焦急，却又不知怎么办才好，希望能够看完，又舍不得把欣赏变成浏览。

鲁本斯（Peter Paul Rubens），17世纪德国著名画家，巴洛克风格的代表人物。卢浮宫中有他的《亨利四世的神化》《玛丽王后加冕》。

伦勃朗（Rembrandt Harmenszoon van Rijn），17世纪荷兰著名画家。他的代表作《夜巡》，我曾在阿姆斯特丹国家博物馆看过。这里收藏有他的《自画像》《基督现身》《大天使拉斐尔离开托比家》《剥皮的牛》《冥想中的哲学家》等。

匆匆已到5点半，知道已经无法看完，也没有时间回到《蒙娜丽莎》了。于是就决定，按图索骥，把卢浮宫说明中提到的重要画作尽量都看到。

17世纪荷兰画家维米尔（Johannes Vermeer）《花边女工》。少女神情专注，左手中一个精巧的工具拉出两根纤细的丝线，右手似在用针编织。维米尔极善描写精细之物。曾在阿姆斯特丹国家博物馆看过他的《倒牛奶的女仆》，罐中的牛奶向奶锅流淌，那道极有质感的牛奶细线给我的印象极为深刻。

15世纪荷兰画家扬·凡·艾克（Jan van Eyck）《罗林总管圣母图》。这是历史上第一次将一个凡人画成和圣母对坐且身量相当。此前的画中，圣母总是高高在上，凡人总是匍匐在地，可怜而渺小。罗林总管获得如此殊荣不是因为画家的勇气，而是金主大把的钱财。罗林总管是法国勃艮第公国的两任总管，富可敌国。钱能通神，有钱可与圣母平起平坐。古今一理，中外无别。

卢浮宫很多展厅里的画挂得都有一点向前的倾斜度，这个做法非常好，更适合人们观看，还可以在拍照的时候避免反光。

卢浮宫对法国艺术的发展可谓功勋卓著，18世纪之前，法国几乎没有什么可称道的画家，在艺术上是落后的。只有一个普桑成就较大，其创作活动也多是在意大利进行。但到了18世纪，浪漫派、古典派同时迅速发展起来，到19世纪，印象派已经成了引领欧洲艺术乃至世界艺术的先行者。法国成了艺术的国度，当时欧洲的艺术家纷纷来到法国，像梵高、毕加索等人，虽非法国人，而其艺术创作的主要是在法国完成的。这绝对离不开卢浮宫几百年的艺术收藏的滋养。

5点45了，工作人员开始限制参观者的走向。从一个窗口望出去，我看到外面已是暮色深沉，金字塔内的灯光亮起，玲珑剔透，像一块被细心切割打磨过的水晶。它的四边又有四个孩子般的小金字塔，与母体依偎照应，安详宁静。

法 国

奥赛博物馆

今天去奥赛博物馆，路上遇到了从中国来的聂氏夫妇和一个从伦敦来的女留学生。我在问怎么去奥赛，他们也在问怎么去奥赛，于是就一路同行。聂氏夫妇原本是要去卢浮宫的，但今天是星期二，卢浮宫休息。

奥赛博物馆与卢浮宫隔河相望，原来是巴黎的一个火车站，报时大钟尚在。废弃近五十年后，于1986年改造成一个极为别致的博物馆。将废弃建筑改造成其他用途在欧洲是一个普遍的做法，一个建筑建起来，只要它不倒，就不会将它生生拆除。这样既节省资金，又能让城市充满古典气息、文化底蕴。奥赛博物馆主要收藏1848年至1914年间的欧洲艺术作品，这之前的归卢浮宫，这之后的归蓬皮杜，三家博物馆分工配合，形成了一个完整的艺术品的历史链条。

这里当然也是要排队的，蛇行龟步，20分钟后，我们才排到售票台，票价11欧。

但那位女留学生不用花钱，她亮出学生证，就得到了一张免费票。原来欧盟成员国之间有约定，所有欧盟成员国内的学生，包括外国留学生，在欧盟范围内享受博物馆免费参观的优惠政策。这真是一项着眼未来、充满智慧的好政策，欧洲的未来在学生手里，所以欧盟应该努力为学生创造最有利的学习机会。欧盟尚未统一成一国，就能够形成这样的共识，着实让人佩服。

奥赛博物馆的展览集中在一楼二楼和五楼。我们的参观是从二楼开始的，最初的感觉并不太好，整个二楼左翼的展览实在太杂，有画作，有雕塑，还有些家具、室内设计等。而且它们是混杂在一起的，不择地而出，让我好长时间没理出头绪来。印象较为深刻的只有柯尔蒙（Fernand Cormon）的《该隐》和梵高的一幅精神病院的画。该隐杀了弟弟亚伯之后，被上帝惩罚，带着族人，衣衫褴褛、疲惫不堪地行走在毫无遮掩的大地上。画幅极大，十分震撼。

二楼的最远端有罗丹石膏版的《地狱之门》，旁边是罗丹的另一著名雕塑《食子的乌戈林》，它也被纳入到地狱之门中，成为其一个部分。

过了罗丹，到二楼的右翼，主题就明确多了。那里一排展室，里面都是印象派的画作。高更和梵高的画作数量很多，也算是他们的专馆了，另外米勒、德加等人也有比较集中的展览，但他们的作品同时也散见于馆中其他地方。不知为什么会这么安排，总之你得靠自己去细细寻访。

梵高的确是一个造诣极高的画家，在阿姆斯特丹的梵高博物馆里曾看过他的很多画，痛感面对真迹与通过照片看画有着巨大的不同。今天又一次面对他的作品时，这个感觉又一次凸显出来。梵高画中那清晰坚定、毫不含糊的笔触，让我看到，他是一个极为成熟的、胸有成竹的画家。以前我曾经对油画有一个误解，认为这种画可以涂改，可以多次尝试直到满意，不像中国书画艺术那样，一笔下去，万难修改，而且会"越描越黑"。但我看到梵高的画后，彻底改变了这个似是而非的看法。杰出的油画家也是一笔定乾坤的。看梵高的画，每一个笔触都干净利落，没有涂抹，没有改动，同时又是准确无误，色与形均精到不二。梵高的画大都呈现婉转扭曲的笔调，在他的画近前，你看到的是一个个的独立的色点、色条、色块，离开一定的距离，它们就组成一个美丽鲜艳的画面，带着极其鲜明的"梵高性"。

这里收藏的梵高作品有《自画像》《加歇医生》《午睡》《奥维尔教堂》《在阿勒的卧室》等一些重要作品。

与梵高有过交集的保罗·高更也是一个特立独行的艺术家。为了绘画，他抛弃了家庭；为了自己的艺术追求，他又抛弃了文明社会，走向原始的太平洋岛屿。大溪地（Tahiti）是他灵魂的依托。他的画充满强烈的主观色彩，他曾因把马画成绿色而遭买主退订，他笔下的棕榈树有时是红色的。大色块，近于平涂，不追求透视和纵深感，如梦幻一般。这里收藏的大都是他在大溪地画出的描写当地人单纯、宁静、多彩的生活的。他承绪马奈的一些画法，又对立体派有很大启发。他孤独、贫穷、病痛、自杀未遂，最终画出具有哲思的名画《我们从哪里来？我们是谁？我们到哪里去？》。当然这幅画并没有收藏在奥赛，而是在美国波士顿美术馆。祈愿有一天能站在这幅画面前。高更与梵高，这一对合不来的朋友，有着同样让人感慨唏嘘的人生磨难。

二楼右侧的走廊上有安托万·布尔德

的雕塑《拉弓的赫拉克勒斯》，如果搬到中国展览，标题改为"后羿射日"，没有人会感到疑惑。

五楼是单纯主题的印象派绘画展。很多印象派人物的代表画作都收藏在这儿。像莫奈《撑太阳伞的女人》《虞美人》《睡莲》《雪景》等都收藏在这里。但遗憾的是，他最著名的《日出·印象》，也是印象派之得名的画作，并没有收藏在这里，而是在巴黎的马尔莫坦博物馆。除此之外，大部分印象派名作都收藏在奥赛。

爱德华·马奈（Edouard Manet）《草地上的午餐》。这是一幅对学院派艺术产生强烈冲击的作品。当年被正统沙龙拒绝，而在沙龙落选画作展中引起了巨大反响。

马奈的《奥林比亚》也收藏在这儿。他用提香所画维纳斯的姿势画了一个裸身的现实中的妓女奥林比亚，这种非神话人物的裸像是不合传统的，同样遭到沙龙的抨击。并且马奈对并不完美的人体进行了不加修饰地描绘，更是前所未有。

雷诺阿的《红磨坊街的舞会》醉心于捕捉、描绘光影变化的杰作。这是雷诺阿首创的独到技法。

居斯塔夫·卡耶博特《地板刨工》是印象派画家描绘下层民众的又一代表作品。

居斯塔夫·库尔贝也是较早将眼光投向底层社会的画家，奥赛博物馆有他的《奥南的葬礼》，画作表现了小镇上普通民众的形象，在当时引起了很多批评，其中一种批评就是说他是"社会主义画家"。

一楼又有印象主义另一大家米勒的画作展,《簸谷者》《拾穗者》《晚祷》等都是他的重要作品。画出了农民的困苦,也画出了他们的纯真与虔诚。法国著名作家罗曼·罗兰曾为米勒作传,在《米勒传》中他称颂道:"从来就没有一位画家像他这般,将万物所归的大地给予如此雄壮又伟大的感觉与表现。"

奥赛馆内不让拍照,真让人觉得遗憾。这里有很多我喜欢的画作,只能成为过眼烟云,不能永记我的相册里。一开始我很守规矩,相机就挂在胸前,我也不去碰它,只是专心欣赏眼前的画作,试图更细致地感受它们。但宽松的管理方式造就了很多投机者,不断有人举起相机在管理人员视力不及之处,偷偷拍照。即使被发现,管理员也只是和声细语地劝止而已。这也让我心动手痒,也偷偷拍了几张。但违规的惩罚如影随形,瞬息即至。我说的惩罚并不是被管理员看到,而是这种贪心一旦有小小的得逞,便会迅速膨胀起来,让我心散,让我不能再专注于对画的欣赏,而专注于对管理员位置的观察。照片没有拍好,而品赏之趣已经丧失。这样下去,得大,还是失大?我的心底涌出这个问题。天地无私庇,大道至公平。世上岂有无失之得?愚夫愚妇不把心理上的、精神上的,或者潜在未明的失看作失,只把物质上的、当下的、显见的得看作得,故常沾沾自喜,乐此不疲,而不知所失已大,不知隐患早成。反会笑循法守礼之人迂腐不敏。感悟到这番得失的道理,我就毅然放弃了偷拍,坦然、专注地去咀英嚼华。

馆内有一个父亲带着四五岁的女儿,拿着一本印象派的画册,让女儿拿画册与原作相对照,他在旁边为女儿讲解。这真是为女儿找到了一个绝妙的课堂。

印象派的出现对欧洲艺术在内容和形式方面都是一个重大扭转。首先印象派画家开始将视野投向底层大众,反映普通民众的生活是印象派艺术在内容上的一大特点。他们不再只关注宗教神灵与贵族。传统绘画喜欢表现永恒不变的东西,他们则喜欢描绘变化中的瞬间,喜欢光影之间复杂的变化。古典绘画,或者说学院派绘画,讲究写实,他们的色彩是渐变的,圆润的,印象派的画,多用平涂、点彩、色块来构造画面,不再追求逼真的写实,这样就可以使绘画能够融入更多画家的主观感受。他们又喜欢描绘复杂的色彩,用色可以达到繁杂细碎得让人惊叹的地步。印象派的有些作品已抽象成色彩,没有了形象,欧洲绘画从印象派走向现代。

法 国

枫丹白露

　　枫丹白露有一个中国馆，今天我要去看看。枫丹白露，多好听的名字，诗画一般，让人想起秋日的灿烂与清凉。但枫丹白露并无枫叶，也与"秋露如珠，秋月如圭"的清丽意境无干。相反，它是一座充满富贵气象的法国王宫。此地法语名为Fontainebleau，意为"美丽的泉水"，朱自清先生谐其音译为"枫丹白露"，可谓神来妙笔。堪与徐志摩将意大利的佛罗伦萨译为"翡冷翠"相媲美。

　　法国国王曾多次修建迁移皇宫，他们最初将皇宫建在西岱岛上，塞纳河水环绕四周，就成了天然的护城河。国力弱小时，当然需要这种天然屏障。14世纪，查理五世搬到了卢浮宫。17世纪末，路易十四又搬到了凡尔赛宫。除此之外，法王还有一处行宫，就是枫丹白露了。枫丹白露是12世纪修建的，多位法国皇帝包括拿破仑

都曾在这里居住过。

要去枫丹白露需在巴黎东部的里昂火车站乘火车。里昂火车站是一个综合性的大站，长途火车、近郊火车、长途汽车、公交、地铁都汇集在这里。我不知道该去哪里买火车票，问一个法国人，他用手机查，没查到信息，就回头招呼一个年轻人，应该是他儿子。儿子也不太清楚，就拿着我的巴黎攻略去问旁边一个小店里的人。最终他们还是指错了。

当我好不容易买到车票，却不知去哪里乘车。问一个候车的法国老太太，她也不知道。老太太指着远处，告诉我应该去什么地方问，见我一点也不懂法语，跟我说不明白，就干脆带着我，找到问事处，用法语向里面的人询问，然后又带我一直到了应乘的火车边，才挥手离去。

欧洲人常常诚心诚意地帮助别人，他们的尽心程度，有时候让我这个被帮的人也感到有些"过"了。中国人，包括常常被欧洲人感动的我，很难做到这种程度。为什么？我坐在火车上，看着窗外匆匆而过的欧洲水土，不断地思索这个问题。我觉得，在中国，谁帮助谁会产生等级问题，帮人忙，甚至对人热情都是有条件、有分寸的。面对亲戚朋友，当仁不让，百苦不辞；面对萍水之交，我们会恢复矜持，保持适度。否则就会有失态之感，会产生被人役使之感。再深一层的原因呢？也许是我们的文化里缺少基督教思想中的平等观念。

车到枫丹白露，对面的女孩受在前一站下车的女孩之托，提醒我该下车了。

今天来枫丹白露参观的人很少，广阔的皇家庭院空荡荡的。晋人张协有诗云"房栊无行迹，庭草萋以绿"，只不过这里的房高了点，庭也有些太大了。

走过其左手建筑的长廊，买票入场，就走进了这座古老的皇宫，满眼是皇室的雍容奢华，无须多叙，最可叙者有这么两处：一是弗朗索瓦一世走廊。走廊连接皇家住所与三一教堂其装饰风格极为特色。由于弗朗索瓦一世在对意大利的用兵过程中深深地迷恋上了意大利文艺复兴艺术，他请了意大利的艺术家来设计建造这个走廊。走廊下部是精雕细刻的木板护墙，华美的图案中间或刻以金龙，或刻一个大大的"F"，弗朗索瓦一世名字的首字母。上部是灰泥塑像和蛋彩湿壁画。其装饰的繁琐细密程度，堪与后来的洛可可风格争高低。

另一个让人开眼的东西是奥德赛橱柜。这是一个浑身浓黑，浮雕精细的大家伙，这种橱柜是路易十三时期的时尚，木材是从马达加斯加运来欧洲的黑檀木。外边两扇大门，打开大门里面是很多抽屉围绕着中间另两扇门，再打开这两扇门，就出现了一个多彩的微型剧场。里面有几幅画，画的是尤利西斯从塞壬女妖那里经过的故事。十分精致华美，它的合页锁具竟都是金的。

最终找到了枫丹白露里的中国馆，一进门是一个窄窄的廊道，顶上悬着一盏丝面宫灯，光线黯淡，旁边是一架金色的、满是藏风装饰的肩舆，和一些有关的仪仗用品。应该是达赖或班禅朝见清帝时所用之物。走进展厅，里面满满当当地放着桌凳几案，上面又摆着一些来自中国的器具，靠墙的一个橱柜上面摆着三个粉彩大罐，画着狩猎图、花卉仕女等，极为精美，定是官窑大器。墙上还挂着两个圆画屏，画着八仙过海、挑担买花等图案，意境悠远，隽永淡雅。又见中国韵味！但厅中也有些法国摆设掺杂其中，并不纯粹。墙上还挂着一幅欧仁妮皇后的大画像。这个展厅原来是欧仁妮皇后的沙龙，她喜欢中国器物，就把这些东西收藏在这里。

这里实在是太狭窄了，很难称得上是个展馆，倒更像是一个仓库。堆放满地，只用两道绳索拦出一条很窄的走道，让参观者通过。参观者只能远观，并不能走到近前，仔细欣赏。一个黑人馆员正在打盹，见我进去，坐直了身打了个招呼，就又在沙发上歪倒了。

里边又有一间更小的耳房。

里面摆放着很多大物件。大鼎、香熏、荷花缸、落地花瓶，都是景泰蓝的。大花瓶的沿口上清晰地錾刻着"大清乾隆年制"的字样，但另一边又有法文字母和数字，应该是法国人的收藏编号。还有一座镶满宝石的鎏金佛塔，金佛盘坐其中，旁边守护着金龙、麒麟，又有两根象牙竖立在前边。

立在房间四角的多宝格上挤满了天球瓶、双耳瓶、蒜头瓶、观音瓶、葫芦瓶、梅瓶、方瓶、玉壶春等各式花瓶。又有水晶、玛瑙、青玉、白玉雕琢而成的各种器物。放置这些宝物的多宝格是明代风格，用红木制作，润泽光滑，浮雕着八仙、祥瑞、诗境、花卉等内容。

里面有一个中国馆的解说牌，涉及到了这些文物的来源问题，英文版是这样说的：The collection of the Chinese museum comes from the Summer Palace of the Emperors of China plundered by French and English troops in 1860. 这个"plundered"就是"抢劫"、"掠夺"的意思。可见他们对自己的行为性质认识得很清楚。但令人不解的是，说明牌的汉文版是这样的："这些文物中，有些是1860年英法联军于圆明园得到的物品。"显然没有照直翻译英文原文，"有些"二字遮遮掩掩，"得到"二字不明不白。不知是谁翻译的这段文字，是出于什么心理如此遣词造句。

今天来枫丹白露的人本来不多，中国馆就更加冷清，今天它就像为我开放的专馆，我在里面看了半个多小时，没有第二个人去打扰我。那位黑人管理员跟我打过招呼后，就一直斜靠在沙发上不动，也不去看我在那里干什么。①

今天的天气很糟糕，一直细雨迷蒙，天空灰暗阴沉。法国的冬季虽不那么严酷，但大部分树木也是枝干叶枯，只有草坪还是一片鲜嫩的绿色。经过一座小花园，中间的喷泉雕塑是猎神黛安娜，是卢浮宫里那座石雕的翻版，右手伸向背后的箭袋抽箭，左手抚在一只小鹿的角上。四只猎犬蹲踞在基座四角，壮硕警觉，虽是青铜铸造，而全身肌肉的凹凸起伏，细致入微，让人感叹欧洲艺术在写实的追求上达到了难以

---

① 参考消息网2015年3月2日报道：外媒称，位于巴黎南部的枫丹白露博物馆中国馆，3月1日清晨有15件展品遭窃。被偷走的藏品包括一个在19世纪中，由暹逻国王送给拿破仑三世的暹逻国王王冠复制品，西藏曼陀罗及中国乾隆时期景泰蓝镶嵌瓷瓶。枫丹白露宫发言人指，尚未估算失窃品的价值，这些艺术品都是"无价珍宝"。据业内人士介绍，在西方博物馆中，收藏和展览圆明园珍宝最多最好的要数法国的枫丹白露宫，其中最为广大人所了解的就是一件景泰蓝麒麟，这件文物也在此次的失窃之列。另外一件金曼扎也是一件非常重要的中国文物精品。金曼扎是藏传佛教的寺庙摆设品，金罐通体如意花纹闪闪发光，并镶有珍珠、绿松石等多种宝石，非常奢华。

置信的高度。这座雕塑传达出枫丹白露宫的主题——君王狩猎消闲之地。

宫外的大花园应该和皇家狩猎有关吧，面积极大，灰黑的树丛塞满了地平线，给人以莽苍无际之感。近前一座巨大的方池，嵌在绿草中间，虽然阴沉的天光不能给它更多的光彩，但还是给眼前的景象带来了不少明丽。这里可能就是"枫丹白露"这个美泉之"泉"吧。池中心有喷泉石雕，在清冷空旷的默默喷洒着，其造型让我想起杭州西湖三潭印月里的石塔。

回望宫城，灰色的屋顶上红砖烟囱林立，如哥特式教堂顶上无数的尖塔。终于有一丝阳光透出云层，投射到端庄沉稳的宫墙上，像一束追光灯打亮了黑色舞台上的主角。

这座皇家大花园朴素有余，并没有耀人眼目的皇家气象，土路杂树，与村野无二。只有草丛中突兀而出的石雕像会营造出一些不凡之响。最让我感到惊奇的是，一处竟出现了小桥、流水、竹林、曲径，中国味道很浓。桥栏杆用的是自然的曲木，溪流两畔，石岸青苔，一派天然，不是西人思路。走过这座小小的木板拱桥，另一端是一种从根到梢都枝叶繁密的树，如一道绿色的墙壁，中间一条小路穿出，就如山间隧道一般。不远处的密林中透出一带鲜艳的绿色，那是花园围墙瓦片上的苔藓瓦松。

法国人很有宽容心，我在枫丹白露买回巴黎的火车票时，票价 8.7 欧，我递给他 9 欧，但卖票人不专心，他认为我给了 8 欧，我说我给了你一张 5 欧的纸币，一个 2 欧和两个 1 欧的硬币。他不能确定，于是就开始查账目和现金，欧洲人算术能力普遍很差，他搞了一遍，没有查清。这时后面已经有人排队了，我就说，你不用对账了，我再给你 1 欧吧。他摆摆手，很紧张地说，稍等一会儿。就继续点钱、计算……点钱、计算。终于，他算清了，连声说"Sorry"，并找给我 0.3 欧。他大约用了 15 分钟，以我的经验，排队的人一定不耐烦了，这事虽不是我的错，却因我而起，我有些抱歉地回头看后面排队的人是不是着急或生气，结果我看到的是一些笑脸，还有人对我摊摊手，表示没什么。

法 国

圣母院与凯旋门

  今天是圣诞节，各个博物馆、重要景点、商店、饭店都关门歇业，都去过节了。今天最好的去处是教堂和大街。教堂是圣诞节的主角，众人聚集之地。大型的弥撒会一场接一场地做，信徒前去忏悔、祈祷；游客前去览胜、观礼。大街可以去，没有特别的原因，只是因为它没法关闭。

  教堂的首选当然是巴黎圣母院。雨果的一部《巴黎圣母院》让全世界的人都知道巴黎有个圣母院。前天在旅馆里遇到一个从上海来的年轻的生意人还问我，巴黎圣母院那个敲钟人还在哪里吗？看来他对雨果有很多误解。巴黎人心中有圣母院却不是因为文学，而是在他们的历史和现实中，圣母院一直扮演着极为重要的角色。

  巴黎圣母院在塞纳河中心的西岱岛上。1163 年始建，1345 年完工。它是一个哥特式建筑，但总是给我一个未完成的印象，因为它的正立面是两座平顶的方塔，没有哥特式教堂传统的塔尖。除此之外，它是一个典型的甚至可以说是典范的哥特式教堂。三座层层缩进的尖拱门，每一层都刻

满了圣徒像。拱门上方的中心位置是一面巨大的圆形玻璃花窗，窗格图案精美，呈放射状花瓣形，轻盈灵巧，竟然也全是石料制成，沉重的石头在这样一个毫无依靠的立面上组成这样虚悬空灵的结构，让人感叹欧洲教堂艺术的深厚功力。再上一层又有玲珑剔透的镂雕，一排石柱纤细挺拔，其粗细与高度之比，也超过了我的经验，奇美险绝，没有天国的神助，这怎么可能？这座教堂几乎每一块石头都经过了精雕细琢，哪怕是一些偏僻的角落，你都会在那里遇到出乎意料的惊喜；但这些设计又不是追奇求异之作，毫无矫揉造作之感，每一处布局、每一个细节都是自然流畅的，让人获得视觉上的舒适畅快。巴黎圣母院可以说是巴黎拥有的又一件巨型艺术品。面对它，我又陷入了惊叹无语的境地。不敢与达摩并提，但此时我的确想起了当年菩提达摩一苇渡江、驻足洛阳永宁寺前"口唱南无，合掌连日"的情景。

庄严悠扬的赞歌，从教堂里飘出，招引着世间人走向圣境。跟着人流，走进教堂，一场大型的圣诞弥撒正在进行。今天信徒众多，中间座无虚席，周边过道上还有很多站立静听者。教堂里光线暗淡，笼罩着崇高而神秘的气氛。粗大的石柱之间都挂着大吊灯，烛光闪耀。两边的电子显示屏上用法、德、英、中、日等多种文字打出"沉默—祈祷"的字样。虽然游客满堂，却并不嘈杂，只有神甫厚重慈爱的肺腑之音，从人们头顶掠过，播撒着上帝的福音。

圣坛上，鲜花簇拥下，一个圣婴模型被放在满是干草的木槽中。两千零十五年前的今天，耶稣出生在伯利恒的一个马厩里。圣坛白衣游动，好几个神职人员，包括一位黑人神甫各司其事。一位头顶戴着红帽的主教正在讲道，讲台上摆着几盏金光闪闪的圣杯。我不知道天主教选择主教是否有相貌的标准，我看到的有地位的神职人员大都高大微胖，给人以庄严、持重、沉静、泰然，如有神佑的感觉。主教祝福完毕，一位年轻的神父提着一盏冒着香烟的灯笼状的器物，在圣坛前默跪片刻，提起手中的香熏摇了几下，烟雾散播开来，教堂里弥漫起微微的暗香，几支射灯前出现了明亮的光柱。又一蓝衣神甫走到台前，领唱赞歌。神职而蓝衣，是我此前没有见过的。他戴着眼镜，秃顶，白色的络腮胡子，长短适中，很有学问的样子。他一边领唱，一边用手打出节拍，明亮的歌声就在教堂中回荡起来。歌声中，对面高大的玻璃花窗发出尊贵庄严的紫光，天堂之光也许就是这样吧。

教堂太大了，后面的人很难看到圣坛上讲道或领唱的神父，所以每隔一定的距离就安装一个电视。

圣坛周围有很多天主教圣徒的雕像，有圣师德兰，圣女贞德。贞德怀抱法国大旗，双手合十，眼望苍天。这位农家少女17岁时，在法国面临绝境的情况下，带领法军接连战胜英军，恢复了法军的士气。但在一次战斗中被俘，英国控制宗教裁判所判贞德为异端和女巫，并处以火刑。可怜这位纯真的女英雄年仅19岁就被邪恶的宗教之火烧死。二十五年后，就是在巴黎圣母院，罗马教廷为她恢复了名誉并封为圣徒。从此成为法国人民崇敬的自由女神。

旁边又有圣托马斯·阿奎那像。这位13世纪的著名神学家、哲学家将理性纳入神学，提升了基督教的品位，对后世基督教信仰产生的深刻的影响，他是意大利人，而在巴黎大学学习并执教。最终死于法国，也葬于法国。

这里还有一组很古老的木雕，不知其年代，内容是耶稣复活后向门徒显圣的故事。圣托马斯不相信耶稣复活，就亲手查验耶稣右肋上的伤口。

圣坛后侧还有一个藏宝室，收藏了一些与13世纪法国国王圣路易有关的文物，路易九世以其良好的品德被教皇封圣，是为数不多的国王圣徒之一。但这个藏宝室里最为价值的是一段耶稣受刑十字架上的木块，被封存在一个玻璃管中，保存在一座金匣子里，其珍贵程度大概相当于中国的佛祖舍利了。

乘地铁离开圣母院，当我再从地铁站走出来的时候，已是马约广场了。环顾四周，眼前展开的是现代巴黎的景象，雨过天晴，碧蓝的天空飘着蓬松的云朵，摩天大楼映着阳光，立交桥聚来飞速的车流。远处浅蓝色的高楼飘然于黄色的楼群之上，如海市蜃楼般悬浮着。巴黎如一个贵妇一般，风情百转，仪态万方，现在它脱掉了雍容华贵的古典装束，展现出爽利简洁的现代风姿。

旁边小公园里一座现代雕塑，是各种形状的金属物的堆积，像战斗飞机的部件，又有长短不一指向天空的棒，如古代的长矛阵，应该是与战争有关的纪念物。旁边是一座高浮雕纪念碑，一个人驾着一辆吉普车，在人群的注目中，冲出画面，仿佛从已经凝固的历史中走出来。必是法国历史上的重大事件，

凯旋门就在远方，我沿着大军团大街走向它，街上很清静，人不多，店铺也都关着门。日本雅马哈、本田、韩国起亚、现代在这里都有规模颇大的店铺，正遗憾我们作为世界大国，却不能与日韩相抗衡时，我们的拿手戏来了，中国银行赫然出现在我的面前。

巴黎凯旋门，这座欧洲最大的凯旋门，可以说是拿破仑为自己的战功树立的一座丰碑。1805 年，拿破仑在著名的奥斯特利茨战役中打败俄、奥联军，法国一跃成为欧洲第一强国。第二年，拿破仑下令修建一座凯旋门以纪念这次伟大的战役。由于种种历史曲折，直到 1836 年，凯旋门才最终完成。

凯旋门简洁大气，除了表面的几处浮雕之外，没有更多的装饰。它也没有采用多门洞的传统建筑方式，只在东西主方向上开了一个极为高大的门洞，又在南北方向上开通一个较矮一些门洞。整座门就像用一块从天而降的大石雕凿出来的一般，厚重威严。

凯旋门下部有四个高浮雕，从东面右侧起至西面右侧止，分别被命名为出征、胜利、抵抗、和平。中部又有六个平面方形浮雕，描述了拿破仑的几次重要战役。

由地下通道走到凯旋门下，拱门洞内的墙壁上刻满了文字，那是拿破仑时代的

法国英雄的名字，名下划有横线的是战争中的阵亡者。主门洞下的地面上镶嵌着很多铜牌，用来纪念法国历史上重大事件中的牺牲者。东侧地面上还设置了长明火，用来纪念一战中牺牲的法国烈士。

凯旋门耸立在戴高乐广场中央，周遭是一圈环形车道。就在我专心观看那些地面铜牌之时，突然一阵狂热的欢呼声传来，循声望去，环凯旋门的大路上，十几辆轿车飞速奔驰着，一些年轻人从车窗里探出身来，挥手高叫。一圈不过瘾，就又跑了一圈。环形车道向外与十二条大道相连，像太阳的光芒一般四面八方散射出去。

凯旋门旁边，德国使馆在焉。今日圣诞佳节，大使馆门前竖立起一个用德国国旗制作的大糖果，寓意丰富，幽默亲民。我们常常将国家推为神圣，欧洲则更多地把它理解为世俗生活的一种工具。就如欧洲人把圣诞节看作忏悔祈祷的神圣节日，我们则把它当作商业促销的工具一样。

从凯旋门到协和广场这段大街叫香榭丽舍大街，"香榭丽舍"，又是一个诗意十足的名字，还需拜风流诗人徐志摩所赐，将法语名 Champs-lysées 给予这么漂亮的汉字翻译。巴黎人也应该感谢徐诗人，这个名称让巴黎的这条大街在中国人群中声誉倍增。

法 国

协和广场

曾经和协和广场擦肩而过。那天从奥赛博物馆出来的时候，天已昏黑，巴黎灯火满城，埃菲尔铁塔上的长长的光柱旋转着扫过巴黎上空。塞纳河也像一匹精致的高级丝绸，虽在暗室也隐现出迷人的光彩。走过桑格尔行人桥，穿过杜伊勒丽花园，看到一座摩天轮闪烁着银光，露出半规，旁边还有一个彩色的光棒，一弧一弦，相映成趣。我纳闷了好久，不知这个漂亮的光棒是什么，拍了个长焦，放大一看，原来是一座吊车的起重臂。顿时感叹巴黎人的浪漫情怀已经渗透到生活的点点滴滴之

中，竟能把这种冰冷粗笨的东西搞得如此绚烂亮丽。那时我与协和广场只有一步之遥，却不知道那些都是广场上的景色。

从卢浮宫开口方向往西走，是杜伊勒丽花园，再向前就是协和广场，再向前是香榭丽舍大街，再向前是凯旋门，再向前是大军团大街，再向前是马约广场。要离开巴黎了，我才把这段核心轴线弄清楚。

8点30分告别旅馆老太，我在巴黎的时间还剩五个小时。背着全部的行头，坐上地铁，我要补上这漏掉的一课。

协和广场名字的变化颇能透射出法国历史的变化。广场最初叫"路易十五广场"，是用它的初创者的名字命名的，这是1755年的事了。当时广场中央塑着路易十五的铜像。1789年法国大革命开始了，这里改名为"革命广场"，革命者推倒路易十五的铜像，建起了断头台，三年内，数万人在这里被处死，法国贵族几乎被屠殆尽，其中包括法王路易十六和他的王后。后来，不停处死他人的罗伯斯庇尔也被处死之后，革命的血腥才开始缓解，广场遂改名"Concord"，汉译为"协和"。

人之将死，其言也善。断头台下留下了很多名人名言。法王路易十六说："我原谅送我上断头台的同胞，愿我的血平息上帝的愤怒。"吉伦特派的首要人物罗兰夫人说："自由，自由，多少罪恶假汝而行。"雅格宾派反对屠杀的革命人物丹东说："把我的头颅插在矛尖上游街示众吧，它值得一看。"最后杀人无数的罗伯斯庇尔说："我们都将逝去，不留下一抹烟痕。"

二百多年过去了，如今协和广场已经是一片和谐，我来到广场的时候，晨光还

未退去，游人三三两两。清风吹拂，风光朗丽。这是一个布满雕塑的广场，这个椭圆形广场的两个焦点上各有一个大型的喷泉雕像。围绕广场又有八座象征法国八大城市的女神雕像。中间则是1836年拿破仑·波拿巴王朝在断头台的位置安置的方尖碑。

方尖碑是这个广场上的主角。方尖碑原是古埃及宗教文化的代表性器物，常立于太阳神阿蒙庙前。欧洲国家以获得方尖碑为荣耀，因为古罗马帝国在强大时曾从埃及搬运了十一座方尖碑到罗马，方尖碑成了征服的象征。协和广场上的方尖碑是法国唯一一座方尖碑。1831年，奥斯曼帝国的埃及总督为了协调与法国的关系，将古埃及卢克索神庙前的一座方尖碑赠送给法国。这座方尖碑雕成于三千四百多年前，淡红色，四面柱体，棱角分明，下部粗壮，向上逐渐变细，顶部呈金字塔形，包金，在阳光下熠熠闪光。柱体四面刻满古埃及象形文字，如逃脱了岁月磨蚀一般依旧笔笔清晰。方尖碑于1836年运抵巴黎并安装在协和广场上。基座上用文字和图画记录了当年拆解、运送、重装的整个过程。

不知何年，广场边上多了一个摩天轮，供游人玩乐，这可不可以认为是法国人在刻意削减这个广场的政治意味？努力营造出更大的"协和"？向南跨过塞纳河，正对协和广场的是法国的国会大厦——波旁宫，相当于法国人民代表大会。廊柱山墙，古罗马式建筑。

由于过去法国有很多非洲殖民地，所以有大量黑人移民法国，巴黎可能又是最主要的黑人移民城市。有些黑人已经融入法国社会，能够获得较高的社会地位和工作岗位。我在卢浮宫里看展览，那里大部分工作人员是黑人，甚至一些中高层的管理者也是黑人，这些人在气质上、态度上与白人已经没什么不同，眼神是平和友善的。一次在一个复杂的地铁换乘站，我有点茫然，一个黑人女士主动带我找到要换乘的车次。在街上也会看到有些黑女人还是非洲打扮，可能是刚刚从非洲移民过来的。巴黎很多黑人还处在社会边缘，他们的表情僵硬紧张，不与人进行眼神的交流，做着下层工作，不很体面，甚至违法。各个旅游点都有一些提着包袱卖纪念品的黑人，他们一边兜售自己的商品，一边警惕地巡视着周围。有时他们做着做着生意会突然卷起包袱，飞快地逃离，就如受到惊吓的鸟兽，霎时就跑没影了，因为警察来了。有时只是虚惊一场，刚跑两步，就收住脚步。这样的生态让他们警觉敏捷，而且不再有尴尬的表情。我想起初来巴黎时在共和国广场看到那些抗议者为黑人呼号的情景，在巴黎读书的黑人学生还是很好的，我曾向几个黑人学生问路，他们同样是热心友好的。

巴黎的很多刑事犯罪和黑人移民有关，也有人说与近年来大量阿拉伯移民有关。在大皇宫美术馆附近，街头巡逻的已不是警察，而是军人，他们挎着长枪，挂着弹袋，目光如炬。地铁一号线上用各种语言包括汉语提示人们注意自己的东西。

巴黎之美不是雕花琢玉般的清秀之美，精致之美。巴黎的建筑上面较少繁饰，大平面，不像德累斯顿茨威格宫那样有着密丽精工的雕刻；色彩也不求艳丽，常常是灰白；巴黎在很多方面不求细节，街道并不干净，有些地铁通道是很粗糙的。塞纳河并不清澈见底，而是浑黄。而这些不美，正是巴黎的一种美，大气不拘。

巴黎好像不像德国、瑞士的城市那般仔细严谨，而是自由散漫、有包容、不拘泥。它的街道、广场可以叫戴高乐；可以叫罗斯福；也可以叫斯大林格勒。并不在乎。

巴黎的地铁非常发达。现代的人被这种交通工具从这个点送到那个点，汽车、火车还可以让人看到一线风光，地铁让我们连这个一线风光也看不到了，就是点对点。对我们的记忆来说，它是拼接，是瞬移。地铁列车的门口处是折叠座，人少时可以放下来坐着，上车的人一多，那些座上的人就会自觉地站起来，好让空间更大一些，能上更多的人。

葡萄牙

里斯本

葡萄牙的时间比欧洲大陆其他国家晚一个小时，车票上写着到站时间是早上 7 点 10 分，到的时候我的表已是 8 点 10 分。西班牙、葡萄牙这两个牙有一点比欧洲其他城市更人性化，那就是车站厕所免费。

但最大的问题是我实在不知道身处何方，拿着我打印的旅馆一带的地图问一个路人，她说这个地图太小，你可以去这个宾馆里问一下。

那是一个非常豪华的大宾馆，走到前台，一个服务生迎接我，我问他有没有地图，他就拿出一张地图，并找了一支笔标出当地的位置，我这才发现火车站离市区有很远的距离，他说你可以去车站里乘坐地铁到达市区。我说我可以拿走这张地图吗？"Of cause!"他见我折叠地图的顺序不对，又拿过去帮我叠得整整齐齐，双手递给我。真是让我感动，不住店，一分不花，拿走一张大地图，还这么细心周到地为我服务，我都觉得不好意思了。

重新回到火车站，心里已经不那么没有着落了，便发现整个火车站是一座相当壮丽的现代建筑。这是用建拱桥的方式建起的一个大型火车站，几个大跨度的拱梁横向连接在一起，又向纵深排成一串，就形成了一个大面积的通透建筑，用作候车厅、售票厅、商店。站在某些位置上看，那些空间或呈桥洞状或呈管道状向远处延伸，均匀排列的拱梁勾画出漂亮的韵律，在灯光的配合下，如时光隧道，如星际飞船。

建筑的顶端是火车站台，站台屋顶是钢架结构，设计也是非常巧妙而美观，矩

阵般的立柱群，根根都分出四个分枝，向上向外按一定的弧度张开成一个喇叭花状，或者像四支一束的棕榈叶向四外自然伸张，又与周围其他棕榈叶搭连在一起，就形成了密闭的屋顶，按照同样的节律纵横扩展，就形成了规模宏大的室内站台。黄色灯光从下方打在棕榈屋顶上，与黎明时分天鹅绒般的深蓝色天空形成绝妙的映衬，从远处看就如一座金色的棕榈丛林。

朝阳与霞光向地面抛洒出一片红光，周围的高楼展现出万千姿态。太阳刚刚离开地平线，悬浮在一个宽大的门中，下面一片波光让我惊讶，招引着我前去一探究竟。走过大门，眼前是一条极其宽阔的大河，几乎望不到对岸。"两涘渚涯之间，不辨牛马。"庄子说。一架长桥从此岸向河中延伸，在我看不见的地方踏上彼岸。看来这就是特茹河了。

回头看那大门，似有几十米的跨度，中间却无任何支撑，就像是高悬在两座建筑中间的幕布，而且它也真像幕布一般中间微微下垂。但它有着板壁的厚度和混凝土的质感。阳光下，不见边际的现代建筑在我眼前堆积起来，并不输德累斯顿古城给我的震撼。至此，我反而不急于奔向市中心了，且先看一看里斯本的现代部分。

这片河岸已不再有自然的面貌，长堤不见青草，即使是河中也时有楼宇耸起。一座少年科技馆寂静无声，长长的人行步道也空荡荡的，只有几个工人在刷洗水池。不远处的小高地像是一处公园，时而草坪齐整，时而芦荻摇曳。盘旋而上，顶上又有一座不高的平台，站在它的下面，我看不到它的顶上之物，在我的视野中，除了这座高台世界已经空无一物，它不就上通于天了吗？我想到了天坛。这座西洋人无意为之的高台，未必具有宗教目的，却暗合了东方文化的韵味。天坛就是这样的，

不需要绝对高度，只要有视觉高度就够了，像中国画那样，是写意的，是人心与建筑共同创造出高峻的效果，与西方的教堂不断追求绝对高度的方法不同。

放眼四望，这一带的新鲜感已经被我搜刮殆尽，我要坐车走了。但是，车在哪儿？这里已经没有地铁入口了，看到附近有一个公交站台，又不知坐哪一路，坐到哪儿。需要求助，四周却空无一人，好不容易来了个人，却是一个垃圾工，那也得问啊，没料想他的英语还相当不错。不但告诉我要坐728路车，到 Cais de Sodre 下车，还指着地图告诉我某一带地区有很多中国人。

特茹河从里斯本穿过，汇入大西洋，这里离入海口非常近，河面宽阔异常。这水面汹涌澎湃，浪涛拍岸，与大海无异。前方一道长桥跨过大河，对岸桥头是一座高大的耶稣像，展开双臂，既像是在十字架上的情形，又像是要拥抱世间人。我想起曾在电视上看到巴西的里约热内卢耶稣山。

我低估了里斯本的大，用马德里地图的比例尺理解里斯本，让我吃到了苦头。认为到大发现纪念碑不会太远，我可以走着过去，顺便可以看到意想不到的景色。结果陷入了里斯本的迷魂阵中，即使是那座就在眼前的跨河高桥，也像着了魔法一般，我总也走不到。我站在一个公交车站点旁，想等个来人问路时，车上下来一个老太太。老太太肯定不会说英语，也不一定知道很多路，我根本就没想向她求助，但看到我拿着地图探寻的样子，老太太主动走上前来探问，我就指着地图告诉她我要去哪。语言不通，要找个人翻译，也没有合适的人，她就示意跟她走。拐弯抹角，上崖下坡，老太太看上去得有八十多岁了，我不忍心，多次示意她不用再送我，

我可以到前面再问别的人。但她总是摇摇手，带我继续前行。中间她还揪着她的白头发，说了一番什么话。我误解了，以为老太太在说"我这么大年纪了给你带路，你得给钱"，我就掏出一张钱来，20欧，递给她，她连连摆手说"No"。我想这下坏了，这不是小看人家了吗？我心生惭愧，很担心她会生气。老太太拉开手包的拉链，找出了她的身份证让我看，并说了一大通话，好像是说她是里斯本居民，只是在帮助我。我彻底无语了，只好指着她的照片连说"beautiful"。

葡萄牙人是一个擅长航海的民族。虽然哥伦布发现美洲这样的光荣并不属于葡萄牙，但打通连接大西洋与印度洋航道的意义并不次于发现新大陆，而且葡萄牙人的大航海活动远早于西班牙。特茹河畔有一座大发现纪念碑，纪念15、16世纪葡萄牙前赴后继的探索和新航道的发现。纪念碑是一个帆船的形状，船头站着葡萄牙海外探险的发起者亨利王子，正是他积极推动了葡萄牙在非洲西岸的探险，为打通印度洋航道奠定了基础。王子手捧一个三桅船的模型，面向特茹河，也是面向遥远的非洲西岸。后面分两排跟随着对远航做出贡献的各行业人士，包括画家和诗人。

纪念碑的广场地面上有彩色大理石镶嵌而成的巨幅地图，展示了15至16世纪葡萄牙的整个探索历程：早在1427年葡萄牙人就驶入大西洋，发现了亚速尔群岛。虽然比东方大明朝的郑和出洋晚了二十多年，但出于政治目的的郑和模式并不是"可持续发展"的。到1433年，郑和死于海上之后，"中国的大航海时代"就结束了。但葡萄牙人的大航海在巨额利润的刺激下正在大踏步地展开，他们以远低于明王朝的造船技术和航海装备持续探索。1441年发现圣多美和普林西比群岛；1488年迪亚士发现好望角。1498年达·伽马绕过好望角成功到达印度；1509年到达马六甲；1514年到达澳门。1553年葡萄牙人从明王朝那里获得在澳门的居住权。当然，与郑和的厚往薄来、道德感化的儒家思路相比，葡萄牙的这种以黄金、香料为目的的动力十足的远航伴随着无数的罪恶。

纪念碑虽然很狭窄，却是可以登顶的，甚至还有一架电梯送游客到碑顶。登上纪念碑顶，顺着特茹河的流向，不远处是扼守河口的堡垒——贝伦塔，再向外就是大西洋了，我能看到它幽蓝的光，这里已经是欧洲大陆的最西端。正是那神秘的光彩与远方黄金国度的诱惑，让葡萄牙人一次又一次地扬起远航的征帆。阳光下里斯本城铺展在高低起伏的山岭上，古老的教堂与宫殿，现代的高楼与场馆，电动火车从沿河大道上飞驰而过。它今天的繁荣富庶与五百多年前无数次艰苦卓绝的航行有着无法分割的联系。

不远处有一座海外公园，里面满是一些来自异域的植物。像香蕉、棕榈、仙人掌、橡皮树之类的东西。里面有些院落，门口都塑着摩尔人或黑人的头像，这些异物、异人都是他们远航带回的收获。最可道者，里面有一个澳门园。一座带有岭南风味的红砖门楼，券门上有"MACAU"的字样，还有二龙拥举着戴有葡萄牙王冠的澳门徽章。获得在澳门的居住权也是葡萄牙扩张史上的巨大荣耀。

里斯本的老城部分叫罗西奥。入口是一座白色大理石建成的大门，名为胜利之门。最顶上是手持桂冠的胜利女神，拱门上方刻着葡萄牙国徽，两边是几位民族英雄的雕像。大门与河岸之间有一个方形广场——商业广场，约瑟一世的骑马像立在广场中央。

进入胜利之门，向右走不远就是里斯本主座教堂。它的正立面有似于巴黎圣母院，两座方塔，没有塔尖。而且要简朴很多，没有那么多人物雕像，规模也小，只有一个拱门。表面的石头新旧不一，颜色深浅不同。是经过多次修补、历经沧桑的样子。右边塔楼上一面极为简陋的钟，表针覆盖着绿色的铜锈，表盘上的罗马数字已经有

些模糊了，它不仅给里斯本人指明时间，也用苍老记录了它自己经历的漫长岁月。从其说明牌可知，这座教堂的确非常古老，建于 12 世纪初。

里斯本是个山城，大教堂建在半山坡上，要找到圣乔治城堡，还须继续向山顶攀登。我顺着陡峭的台阶向上爬行，两边是城市高耸的墙壁，下部满是各种涂鸦。狭窄的石阶路还忙里偷闲，长一棵老树在路中央，站立出满头的黄叶。山路幽旋，如泰山上的盘道，某个转弯之处，喘息中，我一回头，就看见了夕阳。夕阳越过古城，直直地照进古巷中，石阶在阴影中闪出微微的亮光。附近看不见的教堂里传来幽缈的钟声。千年前的里斯本也是这种韵味吗？我们的生活可以不变吗？我们是否应该以不变的心态来面对世界的变化？

眼前出现了并不太高大的石壁和圆形碉楼，城堡到了。欧洲城市中，城堡一般就是最古老的皇宫。或许这座皇宫太古老了，一点也没有皇家的富贵气象。石壁用各种形状的石头，夹杂着红砖垒砌而成，让人感到是在极度贫乏的情况下建起来的，建筑材料都没有选择的余地。时间有些晚，城堡已经不再售票。里面的博物馆和核心部分，我无缘看到了。但在城堡圈内，应该是里斯本城最古老的部分，漫步其中，也能感受到那个遥远的时代吧。这里的行走道非常狭窄，如我小时村庄里的"夹道"。房楼低矮，最高不过三层，每家的大门小得如同我们的房门，楣与框都是石条做成的，门的颜色、形制、图案很是特别，也许是受了阿拉伯或摩尔人的影响，他们都曾占领过里斯本。如今这里充满平民气息，狭窄的巷子上空有各家的晾衣竿，床单、被套、衣袜、鞋帽悬挂其上，有家还晾晒了一批女士内衣裤，引起游客的嘻笑。

当我从迷宫般的城堡小村中走出来的时候，太阳已经不见了，残存的晚霞也要被阴云涂抹殆尽了。里斯本上空是一片浓重的暮霭，那种色彩让我想起小时从野外晚归的情景。不少人家的窗口亮起了灯光，温暖的灯光。我这个旅人不能受到这样的诱惑，我还有更多的路途要走。

山城是立体的，地图只能是平面的，我想去罗西奥广场，却无路可走。问一位中年女士，她带我到一个升降机，下到底，又带我向前走了一个街区，指着眼前的路说，你沿着这条路向前再向左就到了。我感谢她，她挥挥手，原路返回了。她是专程送我到这里的，她说她曾在中国住过八年，我问她是哪个城市，她回答，"香港。"她现在是里斯本人。

里斯本是欧亚大陆最西端的城市，濒临大西洋。和所有海滨城市一样，里斯本干净漂亮，同时又有南欧城市的温暖与明亮。

橄榄是一种树形漂亮的树，树干不高而且扭曲，非栋梁之材，却是树中的闺秀。它树冠很大，枝权舒展，如欧洲贵妇蓬松的秀发。它树梢纤细柔软，可以像柳树一样在风中飘飞摇曳。它既可以作为果木种植在果园山庄，也可以作为观赏植物跻身于林泉苑囿。马德里丽池公园里有一株百年橄榄树，树干从根部一裂为三，瘿瘤遍布，沟洞百出，一派病老之态，但仍然枝叶婆娑，成为公园大观。橄榄树大量生长在南欧，我印象中见过的最北的橄榄树是在意大利的米兰及斯洛文尼亚的皮兰。

我穿过河畔公园，走过几株漂亮的橄榄树，就看到了那座建成了艺术品的军事碉堡——贝伦塔。时光的熏染、风雨的侵蚀让塔出现了一些灰黑的条纹和黄色的斑点，但仍然可以看出它最初的用料十分考究，是纯然一色的白石头。贝伦塔建于 1514 年，是锁住特茹河口的一个要塞。那时的里斯本，由于新航道的开通，已经成为一座繁荣的港口城市，防御外敌的入侵骚扰变得越来越迫切，贝伦塔便应运而生。

因为是军事设施，所以贝伦塔所有的角部都建有一个圆形的岗楼，平身的高度上，有朝外面三个方向上的射击口；底边上又开几个小口，可以用水或油攻击贴近塔身的敌人。一段曲折的木桥通向塔门，到塔门近前时，就变成了一个活动吊桥。进入狭小的拱形塔门，里面是一方较大的厅堂，环厅堂三面有十六个炮位和射击口，可以封锁住很长的一段河面。其防御效果毋庸置疑。厅堂的下面还有地下室，本为物资、弹药储藏室，有一段时间

也被用作政治犯监狱。这些地下室非常低矮，不仅一些门要弯腰才能通过，就是房间里也无法站直身体。人在这里会不自觉地产生焦躁感和抑郁感，用作监狱，可以起到扰乱心理，摧毁意志的作用。

贝伦塔的做工非常精细，我很难理解当时的建造者为什么会对一个军事建筑花费如此巨大的艺术之思。塔身上所有突出于平面的横向线条，都被刻出绳纹，犹如粗大有力的绳索坚实地捆住石塔，使之永不倒塌。墙上的垛口，外侧都刻上了整齐划一的自由十字，也许是想传达出上帝保佑的信念来。就连出檐部位的石椽也不是朴陋无文的，而是用深浮雕精心雕出类似于雄狮鬃毛样的纹饰来。上文已经提到的贝伦塔的拱形入口，有着更为繁密的修饰。门楣上方浮雕了葡萄牙王国国徽，门两边立着两根石柱，石柱顶端各有一个圆球，刻着浑天仪的图饰。门口从地面到拱顶刻满一圈神像、怪兽和花朵。其装饰之精与用心之诚，还不止这些，我们慢慢去看。

炮位厅堂上边是一片平台，一座圣母圣子像端坐在精雕细琢的神龛中，即使置于庙堂之中，也是上乘之作。平台后方是四层的塔楼，塔楼第二层廊柱间的栏杆用的是石料透雕出来的花饰。这种"肉"少于"好"的部件，"塑"比"雕"更容易，但建设者为了保持用料的一致性，他们选择了用石料透雕。那些栏杆花饰雕刻得极为纤薄、流畅、圆润、坚挺，如同象牙制品一般，让人惊叹，让人反复玩味而不舍。这样的精致的石雕工件即使是用在皇家宫殿也会让人感到太奢华了，他们却不惜工本地制成并镶嵌在一座军事建筑上。

塔楼第三层内部展示了很多人画的犀牛图片。据介绍，塔身上某一处也雕刻了犀牛形象，我没有看到。通往印度洋的航道打通后，1513年葡萄牙人从印度带回了一个稀奇之物——犀牛，葡萄牙国王把它作为礼物送给罗马教皇利奥十世。虽然中途翻船，犀牛被淹死了，但葡萄牙人还是把它做成标本，送给了教皇。这头犀牛也就成了葡萄人光荣远航的象征物。

19世纪之后，贝伦塔的军事价值越来越淡了，如今它成了葡萄牙人海洋文化的一个象征。1983年，贝伦塔被联合国列入《世界遗产名录》。

罗西奥广场是里斯本的中心广场。广场的一端是国家剧院，古典式建筑，山墙里面浮雕着艺术之神九个缪斯像。广场地面是用两色石块铺成的葡萄牙式的大波浪纹，一边高柱上立着葡萄牙王佩德罗四世的铜像，一边是一座铜雕喷泉，在阳光下闪出晶莹的珠光。旁边是里斯本中心火车站，候车厅深受阿拉伯建筑装饰的影响，入口大门做成相连的马蹄形，新颖别致。街角有一座简易小吃铺，在这里我又一次看到油条，油条的制作在这里果然被机械化了，油锅上方有一个不锈钢机械，店主扳动手柄，里面就挤出一段长条形的面团，落入油锅，被炸成油条。这里的油条并不是就着豆浆吃掉，而是用另外一种机器将果酱挤入油条的孔洞中，装入小纸带，让客人拿着吃，2 欧一段，味道还可以接受。

从火车站向上，紧挨着就是光复广场。1640 年，葡萄牙从西班牙六十多年的统治下重新独立出来。于是就开辟这一广场用作纪念。广场中央有一座方尖碑，立于 1886 年。这座方尖碑显然不是埃及古物，应该是葡萄牙人的山寨品。碑座前后各有一个女神铜像，独立女神和胜利女神。光复广场是自由大道的起点，自由大道之名，盖与光复相关。这是一条笔直而宽阔的街道，在欧洲城市中较为少见。两边是机动车道，中间是绿化带兼人行步道。一处树荫下，立着波兰音乐家肖邦的半身像，我不知道为何葡萄牙人会为肖邦立像。这种可以散步休闲的地方当然会有很多广告，最有意思的是这里竟然有一个汉字广告，"葡萄牙房产展示中心，开发商直接销售"，真能知道中国人的癖好！自由大道的尽头是庞巴尔侯爵广场。

稍觉有些单调，我就离开了这条大道，向一侧去寻找光荣公园。一条陡峭的坡道上铺着两道铁轨，"光荣升降机"正停在铁轨尽头，等待客人乘坐。里斯本这座山城，有些地方落差很大，道路很陡，所以城中很多地方都修建了升降机。昨晚我乘坐的 Baixa 升降机是个电梯，游人可免费搭乘，把人们从城堡送到罗西奥广场的高度上。光荣升降机则是一对古老的电车，车门是推拉的铁栅栏，让我们感到它是百年旧物。在我国可能早就换成崭新的现代化的车了，以显示我们的中国速度。但欧洲很多东西正好相反，追求古老朴拙，不是落后，而是一种韵味。光荣升降机在近50 度的大坡上运行，把人们送到光荣公园的高度上，再把另一些人接下来。它被做成前低后高的结构，与谢公之屐的思路一致。这也意味着，它永远不能远行了，它将终其一生在这个坡道上往返上下，它成了里斯本这架大机器上的"螺丝钉"。它没有灵魂，我们不必问它愿不愿意。

光荣公园里有一个观景平台，这实际上是从一面山坡看另一面山坡。站在那里，里斯本的另一面铺展在明亮的阳光下，依着山势起伏，红顶白墙，鳞次栉比。右边最高处就是城堡。由光复广场至庞巴尔侯爵广场的自由大道正好处在山谷的底部。

绕过几个街区，我回到庞巴尔侯爵广场。庞巴尔侯爵是 18 世纪中叶葡萄牙一位强有力的首相。广场中央一个巨大的圆柱，入云的顶端立着侯爵的铜像。侯爵气定神闲，脚步微启，像清晨起来在街边遛狗的样子，但你要看仔细，他的身边可不是一条狗，而是一头雄狮。

再向上就是爱德华七世公园，为纪念 1902 年英国国王爱德华七世访问葡萄牙而建。公园宁静而单纯，只是一片草坪和组成重复图案的矮松墙。它的尽头一面巨大的葡萄牙国旗在微风中缓缓飘扬着。

西方人不善于做中轴线，但里斯本老城还是有一条不太严整的中轴线。实际上这是里斯本老城中间的山谷，从这面大国旗开始，其另一尽头就是特茹河边的商业广场。有人说里斯本的这段设计是模仿巴黎，也有道理。光复广场相当于巴黎的协和广场，协和广场有一座埃及方尖碑，光复广场也有里斯本人自做的方尖碑；自由大道相当于巴黎的香榭丽舍大街；庞巴尔侯爵广场相当于凯旋门所在的戴高乐广场。

旅游是个解魅的过程，随着你对心仪对象的发解，它的魅力、魔力也会消解。好在对人来说，祛魅后的清醒了解比神秘中的狂热崇拜更有价值。

在里斯本只行走了两天，这里的人却给我留下了深刻的印象，大西洋岸边的人友善、热情。他们可以放下自己的事情去帮助别人，牺牲自己的时间去给人提供方便。有的人不但给你指出路途，还会轻声安慰你一句"Don't worry! It is very easy!"让人感动。为人指路或出于一种道德上的无奈，但说出这样的话语必出于真诚的友爱。我觉得这必然以内心的从容、平静为前提，必须有超功利的追求来支持，必须有博爱的宗教情怀。纠缠于现实利害的人，汲汲于利益追求的人，必定不能从容不迫、心静如水、尽心尽力地去为人解忧。与人为善、热心助人需要更深层的情怀支持。基督教应该是欧洲人的善源。

有次问路的时候遇见了一对三十多岁的夫妇，他们为我在手机上查路线，又在我下车的站点也下了车，指给我怎么走。临别，那位男子给了我一张名片，我接过来一看，上面没有大堆的头衔，甚至也没有名字，只是一个网址。那位男子说希望你能上去看看。我怀着感激的心情答应了他。回来后由于种种原因，我十几天以后才登陆了那个网站。原本以为就是他所开公司的广告，没想到却是一个《圣经》学习网站，而且我一打开，它就是用汉语显示的。

我相信我肯定对他们也施加了微妙的影响，跟我说过话的那些里斯本人可能会对朋友说：今天我遇到了一个中国人。于是他们会讨论一阵子中国，由此他们会更有兴趣了解中国，去看一眼中国网站，读几页中国书，看一两部中国电影。两个国家，两个民族的互相了解也许就是这样，起于青萍之末。

要离开里斯本了，我坐上地铁回那座现代化的车站。晚上 10 点，开往西班牙马拉加的长途汽车载着我驶离了这座热情的都市。夜色朦胧中，汽车开上高高的跨河大桥，里斯本的万家灯火在我身后陡然涌起，亮成一团，又在汽车的行进中渐渐向远方退去。

西班牙

马德里

早上 7 点，车到马德里，东方未明，满目街灯。走出劳顿的大巴，空气微凉，立马让我气爽神清，伸腰展背，仰观俯察，马德里的天空看得见星星。

夜色未央，出行尚早，正好可以在车站一个餐厅里吃早饭。没想到却是惊喜连连，花 5 欧竟然能买一份很丰盛的早餐：一杯咖啡、一杯鲜榨橙汁、两个煎蛋、一根火腿肠、两片培根、一撮薯条、两段油条。是的，油条！味道与咱们的油条差不多，只是从外形上看，像是从一个模子里挤出来的。

走出车站的时候，天边朝霞已经红透，人间爝火尚未灭熄。几幢高大的楼房鹤立于沉睡的城市之上。一座新城市展开在我的面前，心中顿时涌起了探幽寻奇的兴奋。

刚来到马德里，我就享受到了西班牙人的热情、主动与友善。大概是因为看到我在车上兴趣盎然地观看街景并不时朝窗外拍照，一位老兄就从车后面走过来给我介绍普拉多一带的建筑。心诚者多助！现代思维追求把每一步的因果关系讲清楚，否则以为神秘；古人并不这样，常常将遥远的因果联系在一起，且并不析明其必然，我也仿此思维，概之以一言：心诚者多助。

从普拉多下车，我立即被一片清新美丽所包围。树叶虽已凋零大半，但仍然能够晕染出秋的况味，满地的黄叶与草坪的嫩绿融在一起，形成一种宁静的绚烂，银杏树下一片耀眼的金黄，仿佛夏天吸纳的阳光现在又全部释放出来。虽只有我一人，没有与我分享者，内心的喜爱与激动还是让我禁不住笑出声来。我在克拉科夫已经失去的秋色啊，复见于此！

丽池公园就在普拉多博物馆不远处。丽池公园曾是西班牙皇家园林，所以有不同凡响之处。今日天气特别好，碧空如洗，阳光爽朗，鸟鸣四起，暖意洋洋，如春日光景。园中有几株奇树，叶为松柏，但婆娑多姿，枝叶低垂，有坚刚之质，又有谦逊之态，孔子若见，必叹其有君子之象。

公园里还有一种树，树形不高，枝干屈曲疏朗而干净爽利，树冠不是或圆或扁的针叶，远远望去像长了一树圆滚滚的绿色瓜果，又让我想起崂山上的石头，圆润堆积。走到近前才知这也是一种松树，园艺师因其天然，略施人工，进行修剪，天人共作，遂成奇景。这些灵性的创造让人感叹咨嗟，又心旷神怡。

出丽池公园另一大门，绕过独立广场上的阿尔卡拉门，经西贝莱斯广场，看到用两只狮子驾车的生育女神西贝莱斯。再走过塞万提斯研究所，一个三岔路口的交错地带，你会感受到马德里中心区域的豪华之美。欧洲大部分城市的豪华是通过杂乱呈现出来的，杂乱故纷繁，纷繁就给人以万花怒放、目不暇接的感觉。这里也是。原本一条大道在这里一分而三，又各自蜿蜒前行，深不知其所终。雕琢华丽的古建筑与满大街的汽车一起从深巷的远处向我涌来，在我面前耸立成古典建筑的丛林，弥望成城市艺术的海洋。

太阳门广场今天并没有门，但这里过去是马德里城的东大门，因其面向东方，被美称其为太阳门。广场头上有一个熊攀树的雕塑，这是马德里的市徽。这个市徽和马德里市名的由来关系密切，却众说纷纭，但有一点是共通的，就是马德里这个名称与熊有关。一说是"马德里"的原意是"妈妈快跑"的意思。传说很久以前，一个小男孩跟妈妈出来玩，他看到一只熊站在了妈妈背后，就冲着妈妈大声疾呼："妈妈快跑——Madre id！"但又有人说"马德里"在拉丁语里是"熊群"的意思，人们在此建城之前，这里是熊的世界。很多介绍马德里的资料上都说熊攀援的这棵树是草莓树，这是一个奇怪的说法，虽然这个树的树冠很像是草莓的形状，但草莓是草，怎么有树？所以我更赞同另一个意见，这棵树是杨梅树，而杨梅树西班牙语叫 Madrono，正与"马德里"音近。总之这个熊的形象常常出现在一切与马德里有关的徽章上，如著名的皇家马德里足球队曾经的队徽也有这个小熊。

广场上人群密集，非常热闹。喷泉池边站了一圈穿了奇装异服的人，招揽人们，尤其是孩子和他们照相。他们并不强行收费，而是照完相后，让你自愿给他们投币。两个阿拉伯打扮的人在一块毯子上做悬空打坐的把戏，我已见过多次，不再震惊。有两个穿制服的人在广场上行走，大盖帽悬在空中却没有头，让我始而惊奇，继而发笑。其他如假扮雕像的玩法在欧洲到处可见，就不用再说了。广场中央是西班牙18世纪国王卡洛斯三世的骑马铜像。

广场的一侧停着一辆警车，不知为何，车身上贴了十个国家的国旗，包括我们的五星红旗。并用七八种语言写明自己的身份，有日语的"警视厅"，也有汉语的"警方"。

老城很小，老街窄巷，一片古风。徜徉其中，用不了多长时间，你就会走到一个在地图上找不到的地方。当然它的街道狭斜，你也很容易走到一个找不到自己的地方。

马约尔广场位于马德里市中心，是马德里最古老、最核心的广场，其地位相当于克拉科夫的中心广场。西班牙王菲利普三世1619年主持修建的，广场上有他的骑马雕像。这是一个被古老的四层楼房围起来的一个广场，要不是它面积大，那简直

就是一个"天井"。它并不与四周的街道敞开连接，而是通过几个大门洞潜通内外。这片"封闭"的长方形天地似乎盛装不下那么热烈的节日气氛，热闹的欢笑声透过大门洞溢出广场，招引着人们如水流一般汇集到这里来。广场像我们的农村集市一样摆着很多摊位，卖小吃、纪念品、儿童玩具等东西；有人扮成圣诞老人，摆上一个漂亮的鹿拉雪橇让小朋友照相；有的用长绳制造出的大泡泡，在广场上空飘荡，吸引着孩子们的追逐欢笑，他并不是卖这个东西，而是尽情表演，任凭人们自愿投给他一些钱币。还有不少孩子手里拿着一盒盒摔炮，在地上摔出脆响。我小时玩过的东西，竟然出现在了如此遥远的西方，眼前的广场不也很像小时过年之前的"花花街集"吗？欧亚虽山水远隔，人心其实并无分东西。广场上空纵横交织的铁丝上挂着密集的灯笼，虽大小不一，但个个都是正方体状，一串串的LED灯代替了灯笼纸。到了晚上，这里一定会更漂亮。

从远处就看到阿尔穆德皇家圣母大教堂，高高低低、层层叠叠的屋壁与尖塔簇拥着一座高高的圆顶。攀上几层台阶才来到教堂高高的院落平台上。教堂前立着教皇约翰·保罗二世的青铜立像，因为这座建了一个多世纪的大教堂是由保罗二世教皇在1993年主持落成的。教皇身体略微前倾，慈祥温和地张开双臂，拥抱世人。

教堂的两扇青铜大门上浮雕着一幅耶稣被钉十字架又复活升天的画。教堂呈十字架形，十字交叉之处就是最高的穹顶。自然的天光从这里有节制地映射进来，再散向四方时，已经变得很微弱了。于是，这里就成了教堂中光明的核心。天顶最高处画着灿烂的星空，是所有基督徒最终要飞升而去的地方。教堂里的石柱设计成粗细不同的圆柱状，就像一束束石制的绳索一般，在大柱上攀援，在天顶上缭绕，这个教堂对石块的天才加工与利用，堪与维尔纽斯圣安娜大教堂红砖艺术相媲美。教堂一侧的圣坛上供奉着圣母圣子像，却是安放在一个月牙之上，明显受到了阿拉伯文化的影响。

蒙大拿公园的核心是建在一座高台之上的埃及神庙，四周与高台落差极大，但也是公园的一部分，草坪绿树，雕像长椅，宁静清新。很多地方被无家可归的流浪老人所占据。他们将被褥衣服毯子等卧具堆在长椅上，为了防雨，还会蒙上一层塑料布。"富裕"的流浪者会有更多的生活用具，塞在长椅下，挂在树干上，搭在栏杆上。这个地方似乎是老几位的固定营地，我还看到有一个老人在打扫他的长椅周围的地面。好像有关部门也没有因为他们有碍这座世界级旅游城市的观瞻而驱赶他们。不能让每一个人都幸福，但至少不能将人逼得无立锥之地，这应该是一个社会起码的行为底线。蒙大拿公园里有很多热带植物，铁树、蒲葵、龙舌兰等物。公园里还有一种树，树形奇特，身材高大而枝干疏朗，让人想起《阿凡达》电影里的外星树。

登上一段很高的台阶，埃及神庙就出现在眼前。据旁边的一个说明牌，这座埃及神庙是两千两百年前祭祀埃及太阳神阿蒙与女神伊西斯的，1968 年，埃及政府把这座神庙赠送给西班牙，以答谢西班牙在抢救努比亚阿布辛拜勒神庙过程中的援助与支持。因为这是一个送给全西班牙的赠品，每个国民都是受赠者，所以这座神庙免费参观。外国游客是西班牙人的朋友，所以也同样对待，一律免费！西班牙真是一个讲道理的国家，赞！

神庙是一个四四方方、干净利落的立方体石头建筑，庙前有"神道"，向远处渐渐降低，两座"仪门"，并不高大，甚至说有些矮小，乍看到时还以为是一座日

本建筑。一方水池呈凹字形包围神道，水面与神道前端齐平，所以也可以理解为神道渐入水中。这种造型可能和被祭者为两性生殖神的身份有关。

虽是免费，但管理仍然十分到位，庙内空间狭小，游客得分批进入，所以庙前始终排着长队。不知情者走近庙门，工作人员就会指一指长长的队伍提醒来客。排了近半个小时，我才得以进入神庙。正冲庙门的一堵墙壁是古埃及浮雕，刻的是罗马皇帝奥古斯特向埃及太阳神阿蒙与战神米霍斯敬献供品的画面。经过一道仅通一人的楼梯可以到达二楼。上与下不能同时进行，所以有一个工作人员在那里协调上下。二楼有一个实景三维图，告诉我们在埃及的时候，这座神庙建在一条河的转弯处。其大地形也是一个半岛伸入河弯的形状，与神道水池相一致。里面还展示了一些刻有象形文字的残缺石块和埃及研究的书籍。

从神庙出来的时候，太阳已经发出疲惫的血红色，因为神庙在一个高台之上，向西观看，夕阳下，马德里新城部分尽在眼底延伸到远方的地平线，所以这个地方是观看日落的理想之地。不远处传来音乐声与鼓掌声，循声而去，看到一对青年男女在跳拉丁舞。拉丁舞舞步细碎，动作细致而繁杂，他们跳得非常好，舞姿优美，配合默契。旁边有人在为他们录像。轻快的乐声中，我突然看到，一抹红光映照在舞者身上，映照在观众的脸上，柔和而温暖。回头看那夕阳时，已经在晚霞的环抱中缓缓下坠了，一群神鸟舞动着朝太阳飞去，那是它们的家吗？又有一些摄影发烧友，抱着大相机，支起三脚架，不断地按下快门，太阳就在这清脆的"咔嚓"声中舒适地沉睡下去，抛下满天的锦衣霞帔。

马德里的两大博物馆——索菲亚皇后国家艺术中心和普拉多博物馆——晚上可以免费参观，这个消息对我来说太好了，不只是可以省钱，欧洲冬天天黑得早，所以我的游览总觉得不能尽兴，博物馆晚间开放，正好可以扩充我的游览时间。汉末诗人苦恼道："昼短苦夜长，何不秉烛游？"马德里的博物馆燃起烛火，让我夜游，而且不求回报，如此贴心，着实让我感激！

顶着一天的云霞，我离开了蒙大拿公园，去寻找"索菲亚皇后"，城市的街道在我的脚步中渐渐沉入暝色之中，很快又被人间的灯火勾画出黯淡的轮廓。经过一座教堂，神甫正在讲道，圣坛上没有耶稣像，却是一幅大将军英勇杀敌的巨幅画像，天使在空中捧着兜鍪，要给他戴上。再一次经过马约尔广场，那里已经是灯光绚烂了，那些高悬空中的灯笼虽然形状有些单调，但色彩明艳而丰富。它们晶莹透亮，如孩子们喜欢的斑斓的水晶糖果。

晚 7 点，我到达索菲亚皇后国家艺术中心，正好是免费参观开始的时间，排队、领票、存包、入场，一切都干脆利落。这是一座现代艺术馆，收藏了西班牙 20 世纪的绘画作品，画作都呈现出浓重的表现主义色彩，有幅自画像竟是从台阶上摔下，石头嵌入眼眶，手上扎满蒺藜的惨相。亚当、夏娃是现代男女躺在草地上的恋爱。印象派以来的无透视二维画法，立体派的几何光影与夸张变形已经融入这些现代画的骨髓。有些画作，运用抽象叠加的手法，却让我感到没有太大的意义，像胡安·格里斯（Juan Gris）的一些画，似乎只是技法的练习。

这里有毕加索的《死去的鸟》《微笑着的妇人》。他最著名的《格尔尼卡》也收藏在这里，画幅比我想象中要大得多得多，感觉更加清晰干净，也更加令人震撼。

萨尔瓦多·达利（Dali）在这里的藏画只有一张《姑娘的背影》属于"正常的"，当然也已经沾染了立体派的画法。其他作品一概如梦境一般怪异、破碎，画面充满着各种荒诞的组合、奇怪的扭曲和出人意料的形象。如《隐形者》《大手淫者》《无

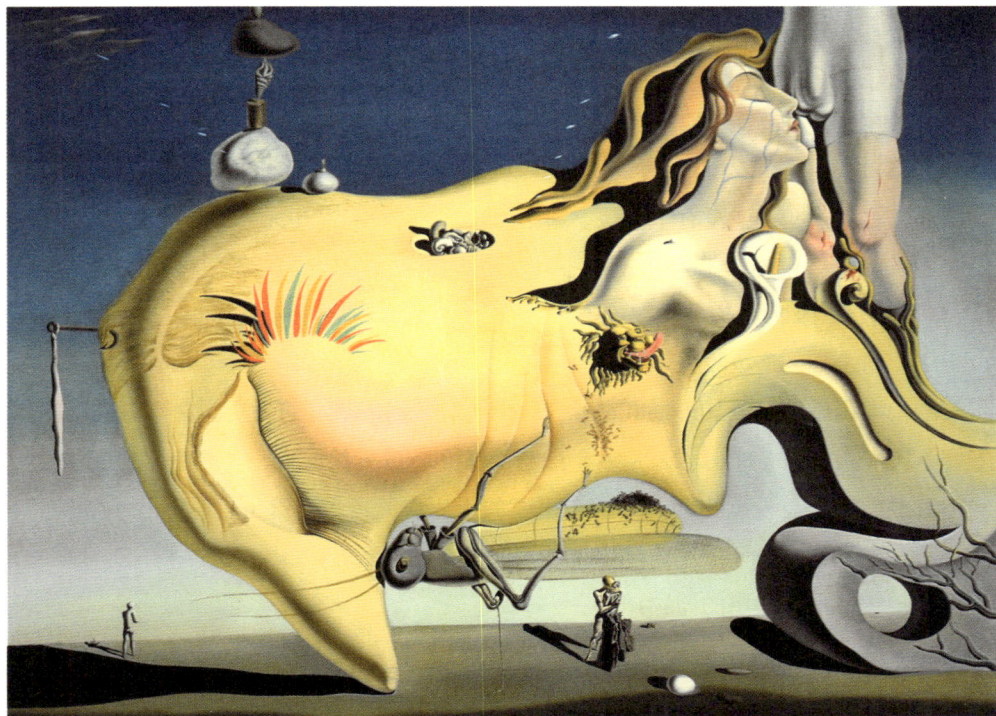

尽的谜》。让我想起早年间看过的一个心理分析电影《爱德华大夫》。电影用镜头形象地表现了梦境，那些不寻常的画面让人感到恐惧、不安、刺激。达利的画也让我感受到现代美术作品与现代文学、哲学等方面的关联。达利是绘画界的弗罗伊德。达利还有一幅政治画，《希特勒的高深莫测》画于1938年二战开始之前，他以艺术家的敏感觉察到了战争的阴霾。

这里也收藏了不少米罗的画。胡安·米罗（Joan Miro）画于1918年的《有棕榈树的房子》已经开始"简笔"画法，但形象还是完整的。晚期的米罗，其画如同卡通，如同儿童画，几根简单的线条和色块，就形成了一个作品，稚拙简单却是世界闻名的杰作！也许可以叫做返璞归真吧。我想要真正理解现代艺术可能需要对艺术史有很好的了解，我不太了解现代派绘画史，也就始终难以领悟到其中的妙处了，虽然能感到这些画的独特、不寻常。

如果说意大利领导了文艺复兴时期的艺术风尚，法国的印象主义大师带来了绘画思想及技法的大转变，那么到20世纪艺术先导的光荣就落在了西班牙艺术家的头上。

第一天早上经过普拉多博物馆时，还未开门，但门前已经排起了长队。这里是19世纪西班牙著名画家戈雅作品的最大收藏地和永久展，同时最近又有意大利巴洛克艺家伯尔尼尼的雕塑展，更增添了参观的热度。博物馆是一地精神文化的浓缩，一个城市首先是要供人的生活，这部分是巨大的，其精髓之所以为精髓正因其少、其小。没有了这儿，就没有了灵魂。精华不必为古迹而常为古迹，大浪淘沙之效也。

普拉多博物馆与索菲亚艺术中心的关系有似于卢浮宫与奥赛，前者收藏古典画作，后者收藏19世纪以来的"现代"画作。西班牙古典画家的担纲人物即18、19世纪之交的戈雅。这里收藏了他的《斗牛》（Bullfight）、《巨人》（Clossus）、《波尔多的卖牛奶姑娘》（Milkmaid of Bordeaux）。还有他著名的历史画：《疯狂女王胡安娜》（mad Joanna）、《1808年5月3日夜枪杀起义者》等。戈雅晚年，在耳聋后心理有些问题，总爱画一些死去的东西或关于死亡的场景。这里也收藏着17世纪西班牙宫廷画家委拉斯开兹（Velazquez）的代表作《宫女》（La meninas）。非常遗憾，这里又是一个不让拍照的博物馆。

马德里的火车站让我大为震惊，他们利用火车站建筑高大宽敞的特点，把里面的一个大厅建成了温室，高大的热带乔木直冲天顶，密集的灌木丛，水中还养了大量的绿毛龟。拿着车票向人问我的乘车地点，每个人都说"车马拉亭"但没有一个人能清楚地告诉我它是什么，他们的英语发音很差，我的英语听力不好，也许人家说明白了，而我没有听懂。我在车站里转了一圈，没有发现线索，直到遇到一对年轻夫妇，我才弄清，"车马拉亭"是另一个车站，很远，但可免费乘坐一班地铁到达那里。这一点上看，汉语有一个优势，若它是一个车站，那它必有一个站字。坐连接两站的地铁 20 多分钟，终于到达"车马拉亭"火车站（Chamartin Railway Station）。

西班牙

马拉加

2014 年 12 月 31 日早上 5 点左右的时候，东方天空微亮起来，天幕上衬出了漂亮的山峰的剪影。马拉加就要到了。不多一会儿，汽车就驶进群山之中。四周都是奇峰，山势复杂，沟壑纵横，盘道崎岖。山坳之间时有村镇样的建筑群出现，都是洁白的石头房，风格也很像中亚的房子，是阿拉伯人的居住区？更有可能是因为此地深受阿拉伯文化的浸染。从公元 8 世纪到 15 世纪七百多年的时间里，马拉加所在的伊比利亚半岛南部一直处在摩尔人的统治之下。

山坡上多处都是橄榄树，种植的，成行成垄。山上的土层不厚，很多地方裸露着石头，一些地方覆盖着野草或苔藓，并不是绿树葱茏，也不是绿草覆盖。太阳在我看不见的地方升起来，汽车尚行驶在阴暗之中，土绿色的高峰已经得到了日光的垂爱。

经过千折百回，终于到站，我被告知对面的火车站里有 information，可以得到马拉加地图。探索而往，果见安静少人的火车站里，一个吧台样的弧形桌案上分类放着很多马拉加旅游信息介绍，无人看管，游客随意取用。除了地图之外，还有一些关于毕加索博物馆的，我选了几种带上。正选取间，两位热心人前来帮忙，他们拿起毕加索博物馆的介绍递给我，说马拉加是毕加索的老家，我说我已经带上了，我很喜欢毕加索，我要去看看。他们非常高兴，一边一个护送着我走出火车站大厅，到一个路口，详细告诉我怎么走到老城。两位已经秃顶的大男人，表现得像未更世事的孩童，一点也没有我们中国人所推重的矜持与"成熟"。我感受到他们对自己的城市有一种强烈而诚挚、朴实的爱。

街上行人尚少，但时常会看到一些小摊位，有人会去那里买一种票证样的东西，也许是彩票？不知道。看到一个餐馆，进去吃早餐，4欧套餐，只有一杯咖啡，两个三角馅饼，味道很怪，腥而且咸，仔细品尝并查看，鱼肉烤饺。真是海滨城市！真不是美食之乡！

马拉加市内的河，我不知其名，但叫它"河"，却真的名不副实。宽宽的河道只是个空架子，是枯干的，有些地方已经被年轻人开辟成运动场了。只是在河底一侧另挖一道窄窄的水沟，中有布幅一般宽窄的细流，还是用我家乡的"沟"字来称呼它更恰切。

街头绿化带竟然种着我在书上才看到过的非洲纺锤树，树干下部粗大，上面结着像芒果一样的果实。马拉加与非洲已经很近了，只隔地中海一衣带水。马德里街头多是橘树，里斯本把槟榔、蒲葵珍藏在公园里，在马拉加，高大的棕榈树及其他一些热带植物已经是街头常景了，是我在广州、深圳才看到过的景象，但马拉加的纬度高达36.7度，与威海相近，而植被竟如此大异其趣。

Atarazanas门是阿拉伯统治者阿卜杜拉赫曼三世修建的一座城门。如今城已经不见，门被留了下来。门内今天是马拉加的中心市场。这个海滨城市的市场当然以海鲜为主了。品种丰富，价钱却不贵，三文鱼的价钱远低于威海，14欧一公斤，不到

威海的二分之一。普通的大虾 12—14 欧一公斤,与威海差不多。鱿鱼要贵一些,10
欧一公斤。圣诞气氛未过,一座街心公园里有耶稣诞生场景,牛和驴用棕皮制作,
颇具地方色彩。

马拉加虽然古老,却也是一个小城,走着走着,大海的波光就出现了,马拉加
港在明亮的阳光下光彩照人,海面蔚蓝,波澜不兴,几艘大船在港湾里停泊着。没
有人工作,装卸货物的起重机也一动不动,海港好像在艳阳里睡着了。岸边一道既
不避风,也不挡雨,还不遮阳的白色长廊,如长颈巨龙的脊椎骨架。与绿色的树木、
蓝色的大海相映照,调制出地中海沿岸的美丽色彩。旁边是一片热带公园,身量细
高的槟榔、冠盖广博的榕树,与各种各样叫不上名字来的奇树夹杂在一起。两大蓬
丛生植物,有着美人蕉一般的叶子,密叶间秀出的竟然是天堂鸟花。

站在路口等绿灯,忽然看到对面一个孩子向我招呼"photo",他身边还有另一
个孩子和一个大人,都向我示意,希望我能给他们照相,我就给他们拍照。等他们
过来后,又从相机上让他们看,并要了他们的 E-mail,我要给他们把照片发过去,
也算是我回报欧洲人的友好吧。

马拉加的阳光十分充足,像瀑布一样倾注下来。这对冬日处在漫漫长夜的北欧
人来说,简直是比黄金还要珍贵的东西,正因如此,马拉加成为人们趋之若鹜的旅
游城市。行走在去马拉加城堡的坡道上,我的棉衣已经穿不住了,就脱下来系在腰
间。这里不再能看到落叶的枯树,遍地绿草和鲜花,一派春夏之交的样子。要知道
和马拉加同纬度的山东老家现在可正是数九寒天啊。城堡位于山顶,行人先是沿着
之字往返的坡道向上行进,后来更加陡峭,就变成了台阶。一侧是砖石垒砌而成的
坚硬城墙,古老而沉重,一侧是明亮的海景艳丽而飞扬。随着位置的升高,海面与
天空也变得越来越宽阔。远处有一个圆形建筑,我怀疑那是一个斗牛场,不敢肯定,
问身边经过的一对英国夫妇,他们确认那是个斗牛场,但又说,那里不再斗牛,现
在已经被禁止了。

遇到从中国台湾来的一对情侣,互相感叹欧洲城市对古迹的保护。

马拉加城堡本名叫"阿尔卡萨瓦",是摩尔人在 11 世纪修建起来的,典型的阿
拉伯式建筑。城堡位于马拉加城东南角的一个山顶上。站在城堡的一角,可以俯瞰
整个马拉加城。12 点的钟声回荡在城市亮丽的上空,满城的房屋舒展而宁静,就像

我小时候在炎夏的中午偷偷爬上大柳树望着绿色的庄稼地的情景。只是眼前的色调不是绿色。马拉加是浅色调的，纯白、乳白、淡黄，几乎没有其他的颜色，这可能是受阿拉伯文化影响，但也是所有地中海沿岸城市所偏爱的颜色，斯洛文尼亚的皮兰、克罗地亚的扎达尔也是这样。房屋的亮白与地中海的阳光合谋，让城市生出明丽火热的美色诱惑。

城堡里的岗楼和垛口与里斯本贝伦塔上的形式极为相似，而其精致程度却有天壤之别了。简陋的砖块、粗糙的水泥，无法与精美的石雕相比较。军事堡垒的生命在于坚固，在于它的廉价和易修复。所以我就更觉得贝伦塔是军事史上的奇葩了。

一只海鸥停在城堡的墙壁上，它的旁边就是我的必经之路，是个拍照的好机会，我慢慢地接近它，到了一定距离，我赶紧先拍下一张，固定下我的成果。因为它随时可以飞掉，我必须在能拍上和最近距离之间取得平衡。我轻手轻脚，步步为营，每接近一点就拍下一张。但这只海鸥似乎下定决心不让我得到成就感，我都到它跟前了，我的相机几乎要碰到它了，它还是从容地四处环顾，丝毫没有惊慌，它甚至还回头看了我一眼，镇定得如同克拉科夫的鸽子，札幌的乌鸦。我已经走过它，它还是没有飞走的意思。回头继续拍，它已经懒得再看我了。下一拨游客走过来和它合影，它配合得如同马德里那些收费的职业合照人。我以最大的耐心等待着，也没有等到看它飞走的那一刻。

行走在这座摩尔人的城堡中，看到岁月在古墙壁上留下的隳颓，看到那些在古代战争中留下的断裂与补丁般的修葺，看着野草爬上荒凉的砖石，并在那里开出寂寥的黄花，我真实地感受到那个用武力征战、用鲜血扩张的年代已经远去，战场的厮杀声，死伤者的哀号，也被一层层时光的埃尘所掩埋。"今逢四海为家日，故垒萧萧芦荻秋"。西班牙早已成为一个统一的民族国家，欧洲也正在通过欧盟、欧元区、申根条约等方式逐渐成为一个统一的整体，这些前朝的营垒失去自己的军事身份，苍白成历史遗迹，也就是正常的了。虽然如此，马拉加人还是认真地呵护着这座入侵者摩尔人修建的古堡，未倒的，避免它倒掉；成为废墟的，就珍视它。清扫干净，却不移动一块砖瓦。不是永记仇恨，不是搞一个爱国主义教育基地，也不是为了对比当今政府的伟大光明正确，只是因为这是曾经的历史，难忘的记忆，就像一个人留恋自己的童年时光，就像一个人不愿扔掉那些无用的陈年旧物。它出于一种感情，而不是出于某种目的。当我们这样对待古代遗迹的时候，这个世界就会变得更加安宁，更有人情味。

　　古城堡的高壁顺着山坡迤逦延伸向马拉加城，城墙外侧密布着高大厚重的碉楼和扶壁，明亮的阳光造成强烈的光影对比，形成大面积的亮与黑的色块。毕加索说过："没有体会过马拉加阳光的人，就创造不出立体主义的绘画艺术。"看到眼前的景象，我相信了这句话。艺术上的创新与艺术家特有的、偶然的生活经历有着密切关系，眼前就是一幅活生生的毕加索式的风景画。生于马拉加，并在此度过了珍贵的童年时光的毕加索，其童真的眼睛无数次看到这样的光景。

虽然毕加索生前就想在自己的家乡马拉加建一座博物馆，并说可以送两卡车画到那个博物馆。但由于与当时的统治者佛朗哥之间的矛盾，所以一直客居法国的毕加索一直没能实现这个愿望。马拉加毕加索博物馆是到了2003年才建成揭幕的。这是西班牙的一件大事，当时西班牙国王和王后参加了揭幕式。当然没有得到两卡车画作，只收藏了两三百件作品，是毕加索的后人捐赠的。有儿子保罗幼时的画像，也有很多速写画，素描画。其中有相当一部分过于大胆直白地表现了女性肉体与性爱。当然还有那种典型的毕加索画，器官移位变形，色彩随意点染的肖像画。博物馆里有富裕的空间用文字展现毕加索的绘画思想的表达，毕加索认为，艺术就不能是自然的，不能给人惊讶的美就没有长久的生命力。所以，我们可能觉得不能理解毕加索的画，觉得怪诞、荒唐，但他的画是人类看待世界的一种方式，即使是你不喜欢的方式，它也是应该有的方式。

毕加索故居就在梅尔赛德（Merced）广场旁边，广场上有一座方尖碑，用来纪念Torrijos将军。方尖碑有七节，每节四面都装饰着花环。欧洲人有方尖碑情结，能得到埃及方尖碑，那是荣耀，没机会得到的，就自己造。但我见过不少欧洲人的山寨版方尖碑，佛罗伦萨新圣母玛丽亚教堂前、波兰卢布林的立陶宛广场上、马德里普拉多博物馆旁、里斯本光复广场上都有，但和古埃及的方尖碑相比，这些仿品都显得俗不可耐，或过于粗笨，或装饰过度。

就在广场喧闹的酒吧旁边，一座四层的公寓楼的尽头，我看到一个普通的绿色木门旁边，墙上嵌着一块石碑，我只认识那个最大的字"毕加索"。这里就是毕加索故居，毕加索和他的父母兄弟在这里生活了十年。就是在这里，毕加索从他的父亲那里学得了绘画的基本知识，迈出了他成为世界巨匠一第一步。

但是今天毕加索故居没有开门。今天是2014年的最后一天，这里的工作人员已经休假了。明天是元旦，更不可能开放。在我探寻毕加索故居的时候，也不断有别人来这里寻找，不知他们来自何方。看到没有开放，大家都遗憾地摇头。古谚云"桃李不言，下自成蹊。"能为人带来帮助、启示、友爱、利益的人，必受到他人的尊仰。

事实上，欧洲绘画风格的每一次改变都是在思想变化的基础上发生的。变化最剧的当属印象派的出现。毕加索的立体主义应该是印象主义的进一步发展。如他的大色块画法，应该就来源于马奈和高更。

寻找旅馆，就走进了闹市之中。仅有一米多宽的狭窄小巷，让人感到两边的楼房在上边亲吻。悠长而曲折，若不是能够确认这是住满活人的城市，你会望而却步。即使是这样的窄巷，有的地方还会摆几张桌椅，是酒吧的延伸。或者连桌子也无法放下，就支起一块木板，休闲者可以面壁坐喝。酒吧在欧洲的重要性，是我们无法想象的。

半夜传来庆祝新年的稀疏的鞭炮声，一丝凄清飘过梦境。每一个年底，总会有一个幻想，觉得时间走到这里会变慢一点，甚至会停留一下，给我一个时间让我回味、留恋、反思，做好充分的心理准备，然后再带着我缓步迈过年的门槛。但事实上从未如此，它不容我有一丝的停歇，就从那边一下子把我带到了这边。带着惶惑，带着梦境般的懵懂，我会在好久一段时间内署错时间，不知身在何年。

放它去吧，时光永远是烟云，你我永远是过客。既然谁也挽留不住谁，那就让我们一起宁静地流淌吧，不必起一丝波澜！

当我在马拉加的一个叫 Normanda 的小旅馆里醒来的时候，已是 2015 年的元旦。

西班牙

瓦伦西亚

车到瓦伦西亚的时候，天还没亮，汽车站里没有地图，周围小店都还没开门。正彷徨间，看到街头有地图，前去查看，终于弄清了自己的位置和要去的方向。路上行人稀少，虽然微微有些担心遇到恶人，但从巴黎到里斯本，再到西班牙的这几个城市，我从未真正害怕过，我心中始终有邪不压正的信念，心中不虚，外表也会自然露出凛然之气，脚步、身形、眼光都会注入信心和力量，会让坏人退避三舍的。我一直在用大单反相机拍照，没想把它藏在包里。

跨过干枯的河床，就到了瓦伦西亚的老城。这里的街头涂鸦很有趣味，一座楼窄而高的侧面上画了一辆轿车从高处摔下来的全过程。有些则在传达某种思想观念，也很有意思。一面墙上画着一个人一手拿着一块金条，他的大胡须也是金色的，但细看却是一条条的蛇。另有一幅画的是几只蜗牛拉着一匹马前进。有些涂鸦不知所云，有些涂鸦则显然是某些人所谓"负能量"的东西，比如，这里频繁出现"are you dead?"这样的话语，并且配上死神的骷髅头。所到之处，几乎都有这种涂鸦的影子，有的地方还是打印在纸上贴在那里，简直是一种传单。对于这些"负能量"，这个城市好像没有过多的干涉。和我国城市干干净净的墙面相比，欧洲许多城市都有涂鸦，而且思想多端，显得过于随意了。这也是一种民间情绪的宣泄吧！防民之口，甚于防川；宣之使导，始可安然。他们没有召公，却有召公之智。

古图里亚河流经瓦伦西亚，不知为什么，这条河比马拉加的河还惨，现在已经全部干涸，聪明的瓦伦西亚人顺其自然，将河床建成了带状公园。艺术家、建筑家们在这条园地里尽情挥洒他们的天赋英才，艺术科学城也在这条公园带上，那是一片设计超群，极富想象力的现代建筑群。现代建筑材料的易塑性，造成了现代建筑的千奇百怪、自由创造。这一组规模庞大的现代建筑群，可能是以海洋生物为模本，以我所见为例，尽头的一座像一只珍珠蚌，蚌壳微张；后面两座如大小两海龟，努力向前爬行。妙在似与不似之间。

建筑旁边常常有些白色的圆锥体，上面有很多朝天的孔洞，非常像非洲草原上巨大的白蚁堆，也许就是模仿白蚁堆，为地下建筑散热用的。锥体表面用各种不规则瓷片粘贴起来，看起来就像宋代哥窑瓷器的开片。这是受高迪建筑装饰方式的影响，开启了我巴塞罗那之行的前奏。

美丽的西班牙女郎是火热开朗的，过去只是听说，现在亲见，果然如此。我正拍照间，有位丰满的棕发女郎连声"Hola"，跑到我的镜头前来，我给她拍照并称赏，这下引来了一排同行的美女。她们蜂拥而来，袅娜作态，或笑容可掬，或撮唇飞吻。热烈得如西班牙的阳光！也许正是阳光在作怪，让这里的人明亮开朗，热情似火。这是漫漫长夜中深感郁闷的斯堪的那维亚人所无法想象的。

瓦伦西亚斗牛场在火车站旁边，建于1850—1860年，是一个圆形建筑，与罗马斗兽场外形相似，实为一脉相承。外墙直立，有四层高，每层都有均匀排列的、连续的拱窗洞。旁边广场上立着一尊铜像，著名斗牛士蒙特留（Montoliu）的。

不是斗牛季，现在看不到斗牛比赛，退而求其次，我想看一看西班牙人最热衷的活动的场地。走向售票口，那位正在兜售的西班牙小伙非常高兴，可能是最近生意惨淡吧。他热情洋溢地把我领到售票口，并问我要什么语言的解说器。票买好了，汉语解说器也送到了我的面前。卖票的姑娘同时负责引领客人，她先是带着我去了旁边的一座小楼，这里是一个小型的斗牛博物馆。

斗牛运动从一开始就带有贵族性，没有天桥卖艺性质的东西。这里展示的斗牛士的服装精致华丽，刺绣满身。犹如贵族的盛装或士官的军服。入场的斗牛也不是普通的公牛，都是经过人工选择一代代繁殖下来的野公牛，健壮、勇猛、好斗、野性十足。在斗牛过程中，如果一只公牛表现优异，它可以在斗牛士的请求或观众的赞同下得到评判官的赦免，不被杀死。随后就被送到养殖场做种牛，以繁殖出更好斗的新一代。

走出博物馆，售票员又把我带到斗牛士入场口，斗牛场是正圆形的，场地里铺满黄沙，这可能更便于牛的奔跑，周围一圈红漆木护板。护板后面就是顺台阶上升的观众台。

公牛有自己的入场口，这些野性难驯的公牛提前三天被送到斗牛场的一个处所，在那里接受特殊喂养和兽医的检查，兽医认为没有问题的牛才被选中参加表演。喂养栏通往斗牛场有一条很窄的，只通一牛的通道，和一扇可以在上方用绳拉控制的木门。门一拉开，公牛就会疯狂地冲入斗牛场。

评判席上坐着评判官，但对斗牛士的评判主要是由观众做出来的。这很有道理，斗牛士的利害方是观众，所以观众应该有权利评判，而不是某官员或一个不相干的人，因为他们不是最直接、最相关的利害方。这也属常识类的人性规律。如果评判权不在观众手里，斗牛士就不会以娱乐观众为目标，必然会形成斗牛士讨好甚至贿赂评审官的局面。斗牛赛中，观众评判的方法是挥动白手帕来表示对某个斗牛士的肯定。最好的斗牛士可以得到牛耳甚至牛尾作为奖赏。

人总是需要娱乐，而娱乐的最常见的一种是：处安全之地而得凶险的刺激。古人的戏剧、今人的电影都有这样的功能。更可贵的，随着电脑虚拟技术的发展，我们可以享受到更具真实感受的凶险刺激，却没有一点凶险真实发生。但古代没有这

样的便利，一部分人要安全地享受凶险的刺激就必须让他人真正地代替自己进入凶险之中。

　　欧洲人的娱乐史可以用孟子的"亲亲、仁民、爱物"三步骤来说明。最早的娱乐"亲亲而不仁民"，以伤害他族人的性命以娱乐本族人，古罗马的角斗士活动就是这样，让健壮的战俘互相搏击或与猛兽搏击，给罗马人以血腥的快感。后同类意识产生，人道观念提高，就进入了"仁民"的阶段。取消了人和人之间的搏杀，或者制定严密的规则，让人与人之间的搏斗既能展示出技巧之美，又能避免严重的伤害，如今天的拳击赛。与猛兽搏击改成与草食动物搏击，西班牙的斗牛就是这样。危险仍然很大（这是娱乐不可或缺的深层要素），但不至于当场被撕裂吞食，而且场地设计更有利于人，出现严重危险的概率大大降低。在那个时代，有人称，斗牛是最高雅、最有教养的一种运动，就是这个原因。但这种"安全"必须是有限度的，否则又不合乎娱乐的本质了。斗牛曾有一段时间是斗牛士骑马刺死公牛，马也是穿了铠甲的，这就失去刺激性了。所以后来改变了，在最后时刻，斗牛士站在平地，在公牛向他猛冲的过程中，准确地用手中的长剑从牛的肩胛骨旁边的一道缝隙里刺中牛的心脏。这是一个高风险、高技术的动作。人们从中得到了历险的满足。时至今日，欧洲人已经走到"爱物"的层次上了，连搏杀动物都有人反对，斗牛这项最具西班牙特色的运动也受到了动物保护者的强烈反对。在强大的社会压力下，巴塞罗那所在的加泰罗尼亚省议会通过决议从 2012 年开始禁止斗牛。但瓦伦西亚省尚未禁止，至今每年 3 月和 7 月举行两次斗牛大赛。

　　圣女广场是瓦伦西亚古城的核心，河神喷泉旁，孩子们在游戏欢跳，大人们静静地坐着，不言亦不动，在回忆？在沉思？就像那座河神像那样，平静地半躺着，在周围欢快的水流声中平静沉默，无声无息，任凭鸽子在他身上蹒跚，手里是献给人间的一束丰硕的花果。

　　找到一个咖啡座，坐下来和瓦伦西亚人一起感受古城的韵味。沉入生活的方式有多种，打碎思想，敞开心扉，消散自我，深切透彻的感受，就如海绵一般将自己完全浸在水中，这比思想更全息。你说不出，但它存在。

　　这里不是我的家乡，但它让我想起了家乡夏日夜晚的月光与蛙鸣，想起了夏夜乘凉闲聊的老人、穿梭奔跑的伙伴们，也想起了那棵早已被刨起卖掉的老榆树。在我的记忆中，那是我们村中所剩的唯一古老的东西。

古老的教堂在夕阳的映照下透出象牙色。八角塔楼带有摩尔人的味道，经典的天主教堂这个位置应该是一座穹顶，哥特式的大门很像巴黎圣母院，却又有罗马式的石柱，石刻花窗上显然是犹太人的六角星图案，这种"不伦不类"负载了瓦伦西亚曲折丰厚的历史信息。瓦伦西亚历史上曾受到希腊人、罗马人、摩尔人、哥特人、犹太人、西班牙人的统治，每个民族都会在这里涂上自己的文化色彩，对前代文化，瓦伦西亚人并没有狭隘地去摧毁廓清。

古远的东西给人以宁静、永恒、稳定之感，人们坐在这里，即使内心有什么不快与愁烦，静静地看着这些东西，心情也就平复了。

咖啡馆里的小服务员一直没有过来问我要什么，直到我招呼她。看来这里的座位，游人可以随时坐下休息，并不一定以消费为代价。这也是与广场一般古老而厚道的规矩吧！人家可以厚道，但我不能利用别人的厚道，社会风气的浇薄正是根源于厚道者的不断被愚弄。孟子云："旦旦而伐之，其可以为美乎？"虽然这是异国他乡，我也愿这淳厚之风在人间的一个角落里永存。我要了一杯咖啡、一份甜食，对着夕阳下的古城，古城上的夕阳，慢慢地品味。在这座古城所经历过的成千上万次的夕照中，有一次是我见证过的。它让我感到家乡般的亲切与陌生。

古老永恒的东西会吸附人的感情，成为人们一生难以割舍的记忆，家乡的观念由此诞生，家国之恋由此而炽。初生的儿童，第一眼看到的是它，父母为他讲从祖上传下来的这些古物的故事。他能在奔跑游玩的时候，逐渐熟悉每块砖上的刻痕，当然，有的就是他刻的。这些东西成了他理解世界的标准和参照。他的爱情也在这里产生，他也在这里变成老人，继续讲述那些古老的故事给自己的子孙。看到它，他就会有触动心扉的感觉，想到它，他回忆的闸门就会被打开。意大利人拍过一部电影叫《天堂电影院》，小镇上那个电影院既不漂亮，也不现代，因其年代久远，承载着乡人无数的记忆，在拆除时，全镇的人都来到它面前，默默地看它倒下，心中涌起无限的伤感。这样的东西被拆除，就像一位亲友离开自己一样，会产生无限的痛楚，内心中会出现一个空洞，久久难以平复。悲剧的是，一个外乡来的官员是无法感受到这细如丝缕的依恋之情的。

天已经黑下来了，我离开广场，走在我以为不大的瓦伦西亚古城中，竟然发现我还有那么多没有看到的东西，每一次转弯好像都能看到一座别样的钟楼或教堂。我只是一个匆匆的过客，不可能真正地了解瓦伦西亚，我只是用一个中国乡村孩子的经验来感受这座古老的城市。一天的时间太短了，我还没有在这个城市待够。

西班牙

巴塞罗那

乘火车从瓦伦西亚到巴塞罗那，一路上感觉西班牙的土地是贫瘠的，山上植被很少，露出灰白色。低平处很少粮田，多是林地，夹杂着石块。但好像很适合种植橘子和橄榄，橘子挂满树，正是收橘子的季节，有人扛着大筐橙黄的橘子从树下走过。

来到巴塞罗那，我首先要去拜访高迪——最有个性的现代建筑师。当然他已经过世近百年了，我只能通过他留下的杰作来想见其为人。古埃尔公园可谓首选。

古埃尔公园在一片高地上，始入公园，你会觉得一切都很平淡。你顺着一条路慢慢往里走，左手边的崖壁是黄色的土石，渐渐高起，蔓草覆盖其上，又有茂密的棕榈树。崖壁凹凸，时有坎陷，却又浑沦圆转．初看似无异样，自然柔和，一副被风雨侵蚀过的样子。但看着看着，总有一个时刻，你会猛地一惊，突然发现那崖壁是经过人工塑造了的，状貌和变化是设计过的。是的，在我们还未在意的时候，高迪的创作已经开始了。

高迪的那些山崖建筑用的都是土黄色或灰黑色的石头，与当地的山石相一致。

形状甚不规则，是天然的，还是"被"天然的，我就说不清了。高迪的山崖作品并不像中国园林那样追求浑然天成，未加人工的效果，而是框架上露出人工，细部追求自然。如他做出来的走廊，有均匀的立柱，柱间连以圆拱。但立柱本身则不是或方或圆的规则柱体，也常常不是直立的。高迪最有代表性的走廊叫"洗衣妇走廊"，顶部石块嶙峋，如自然界的山洞，石柱向内倾斜。外侧又各附加一个立柱，千奇百怪，有的像钟乳石笋，有的如恐龙脚爪，还有一个做成顶着衣盆的洗衣妇形象，用同样色泽的石块垒砌而成，不注意就不会看到，形成了让人惊讶的隐形效果。人工与天然相互隐现，让人看了产生一种捉摸不定，漂浮幻化的感觉。他的建筑没有直角，极少直线；直线是人为的，上帝创造世界用的都是曲线。建筑与草本植物浑然成为一体。

一项工作，一旦程式化了就变成技术了，前人这样，我学会了，我也这样。如果一项工作，只源于一个人的心，前无古人，他人也无从知道他下一步会做什么，这就是艺术。高迪就把一种可以是技术的工作做成了艺术，看着这些朴素至极却又

匠心独运的设计，我简直觉得这里的每一块石头都是高迪亲手砌成的，我感到这些自然流畅、没有一定之规的工作不是一个工匠能够做到的。那些石块看似随意堆垛，却又恰到好处。在他的建筑工程里，高迪付出的肯定不只是脑力，也一定有体力。就像欧美那些地理学者、生物专家，不是在研究室里翻阅资料，而是跋山涉水、栉风沐雨，宿彼旷野，与农夫山民无异。

古埃尔公园很大，只有核心部分要付费进入。为了控制核心部分的参观人数，入场票都是有时间规定的，以半个小时为间隔，一批批入内参观。入口当然也不止一个。我是从百柱厅上方的观景平台进入的。这里是古埃尔公园核心部分的最高处。从这里向前可以看到糖果屋，向右可以看到洗衣妇走廊。所谓糖果屋，应该是公园的主入口两旁的房子，公园里的代表景观，是报刊杂志、电影电视、网络等各种媒体最爱刊登的，一座稍矮，石块建造，屋顶平滑而多规则突起，如海螺壳的表面，色彩也接近，用白、褐两种瓷片马赛克拼贴而成，屋顶中心高起，耸起一朵漂亮的蘑菇。从远处看，房子精致可爱，如同一个陶瓷烧制的玩具。另一侧的房子风格相近，但有一座极高的塔。正在维修，被脚手架和安全网覆盖着，难以见其真面。

平台面积挺大，边缘是一圈呈各种奇特弯曲的连续座椅。座椅表面贴着瓷片马赛克，颜色极为丰富，有的瓷片上还有图案，但瓷片间并不能组成一个完整的有意义的画面。完全是破碎的，有似于毕加索等立体派画家的画。但这些杂乱的瓷片中间不择位置地加入一个完整的圆形图案，在无序与混乱中点缀了一些规则，造成微妙的平衡。

平台的下面就是"百柱厅"，称之为"厅"实际是上名不副实，这可能是由于对高迪的崇拜而催生出来的美称。这里有八十六根大柱支撑起上面的观景平台，柱间的空隙不大，何以称"厅"？而且这里完全没有高迪风，大柱都是规规矩矩的罗马式，按严格的几何状排列，横平竖直，是教堂式的呆板和严肃。但仰头一看，高迪就回来了。天花板又是一片马赛克的世界，淡白色不规则的瓷片背景上是青绿紫色瓷片拼接出来的神秘图案。

百柱厅向前是一段陡坡，正对大门。两边是人行台阶，正中一个彩色的巨大的蜥蜴，仍然是马赛克覆身，但马赛克用在这里更为恰当，就像蜥蜴身上的鳞片。虽然我对蜥蜴总有一种恐惧感，但经过高迪在色彩上的艺术加工，我在这里感到的是不失神秘感的可爱。它被制成古埃尔公园最流行的纪念品，在商店里，在游走的黑人小贩的地摊上到处可见。我也买了两只作为我巴塞罗那之行的见证。

高迪喜用马赛克，大概是因为它可以自由地调配色彩。高迪喜欢丰富的色彩，他的色彩有时非常艳丽，但更多是偏重于冷色调，或者用各种颜色混搭成一种中性色调。但无论哪种色调，都是无比丰富的色彩的调和，都是在丰富的变化中走向某种平衡。从中可以看出高迪内心丰富而不喜张扬的个性。

出身乡野，居所朴陋，所以我从未觉得建房子是一种艺术，坯墙柴顶，夯筑泥涂，在我眼中，那都是一项项力气活，虽然，砌墙要有瓦匠师傅，上梁要有木匠师傅，让盖房有了一点技术味道。但你家这样上梁，上这样的梁，他家也一样。并无很多心智的运用，巧思的逗漏。我已经不知道是什么时候才真正开始认识到建筑是一种艺术了，而最让我感到建筑的艺术性的是欧洲。他们的建筑不只是让人容身，他们的建筑会对观看者有心灵上的触动，它的线条与色彩会让你看到舒畅、新颖、惊讶、震动，建筑者的心智投入其中，同类相招，观看者的心智也会被感应、被触动。艺术是什么？艺术是近于道、合于道、蕴含道、散发着道的光辉的东西，它是"道"通过人的心智凝成的具象。没有这个层次的自觉，那就是技术，就是匠人，就难免俗气，就没有人情与天道相通的清爽通透。如何得"道"？那就纯属天机了！但"悟"是不可缺少的。滞碍于肉体血气的人类，当以"道"为追求，当以艺术为滋养。

也许是孤陋寡闻，我还不知道世界上有第二个人走高迪的路线，或者模仿高迪。我认为高迪在世界范围内是一个唯一，他的独特无人可以替代。仿佛巴塞罗那拥有了高迪的专利，他人不得抄袭。如果你想亲见世界上竟然有这样一种特殊的建筑风格，请来巴塞罗那。1984 年，联合国教科文组织将高迪的七座建筑作品列入世界文化遗产名录，一人独得七项，也是世界第一人吧。

但这么一个伟大的建筑艺术家却死得那样普通，那样让人感到不应该，感到不可思议。1926 年 6 月 10 日，在巴塞罗那有轨电车通车典礼上，他被刚刚开动的电车撞死。一个成功艺术家的人生往往极不同于一个成功政客的人生，高迪一生未婚，也没有朋友，他是一个不修边幅且孤独沮丧的人，生活很是混乱，完全是天才的典型表现！他被电车撞倒后，没人知道这是大名鼎鼎的高迪，反而认为只是一个乞丐而已，所以没有人去救他，只有一个热心的商人叫住几个路人把高迪送往一家穷人的医院，第三天就在凄凉中死去了。一个创造了每年有几百万人前来观赏其建筑的天才艺术家就这样孤独凡庸地离开了他的世界，离开了我们的世界，留下了这些如外星艺术一般的奇丽建筑。

高迪被安葬巴塞罗那地标建筑"圣家堂"中，得其所矣！高迪于 1883 年，31 岁的时候，接手这个工程，他为这座"献给上帝的建筑"倾注了一生情感与心血，高迪仿佛为它而生，也为它而死，那么他也一定为它而永生。

当我通过地铁辗转来到圣家堂的时候，或者说当我经过二十多年对它的向往，当我跨越了种种人生滞碍，飞越几万里来到它面前的时候，我并没有想象中那么激动。我摘下背包，坐在广场上的长椅上，完全放松下来，细细品味这座我在电视上就一见倾心的建筑。

圣家堂的基调是哥特式，但在细节上则是奇思盖世，震烁古今了。它的大门如古洞穴，下垂的石头，形成长期水流下注的感觉。门口的石柱隐隐透出棕榈树的形象，拱门弧部不弃传统，刻画着一些圣徒雕像，却不是呆板地肃立列队，而是掩映在繁密的花树中间，教堂大门如伊甸园的入口一般。一些小尖塔，用三角形的石头巧妙地砌出菠萝或竹笋的鳞片感觉。四根高塔，请原谅我用"根"而不用"座"这样的量词，因为它不像用石块垒砌而成，更像是用巨石镂雕而成。它的弧状外形也很像几根丰腴的苞谷穗子。高迪把上帝的造物融入到这座教堂中又献给了上帝。当年巴塞罗那奥运会的时候，我在电视上正是看到这几根不可思议的高塔才开始对这里充满神往的。

塔吊，这种现代化的钢铁之物，很影响观瞻，特别是圣家堂这样的超乎技术的艺术作品。但我能心平气和地接受

它。我知道虽然一百多年过去了，圣家堂却仍在修建中。有消息说要到 2026 年高迪去世一百周年时完成，但也有说法是到 2050 年完成。这座教堂的骄傲之处在于，虽然还没建完，但它已经成为世界遗产了！不是联合国预订了它，而是凭它的超越群伦的风姿，就算最终变成一个烂尾工程，也配得上"世界遗产"的称号。

圣家堂要建三个门：诞生之门，受难之门，荣耀之门。我眼前的、大家熟悉的是诞生之门。诞生之门四座尖塔高耸入云，但按照高迪的设计，这还远远没有达到最后的高度。三座门十二座塔，最后要簇拥起一座中心主塔，主塔高 170 米。届时圣家堂将超过德国 161.53 米高的乌尔姆大教堂，成高世界最高的天主教堂。

看到有些人在持票进入教堂，我才醒悟过来，天已不早了，得早点去买票。售票处在教堂的另一面，受难之门处。受难之门的整体框架已经建设完成，站在买票长队的队尾，看着受难之门，我感到高迪已逝，世上再无高迪。在这里，高迪的诡异奇谲冲淡了很多，刚硬的直线多于变化莫测的曲折，呆板多于灵动。才情真是一种模仿不来的东西！正想着，工作人员走过来提醒我说，还有半个小时教堂就关门了，你还要买票吗？你的参观时间会非常短。真是服务周到，我想我还是明天再来吧。

第二天上午乘地铁再一次来到圣家堂时，我知道我需要再来一次罗塞罗纳。入口处的长队已经排到马路的另一侧了。售票处的长队从受难之门就要排到诞生之门了。如果我排队买票，再排队入场，我在巴塞罗那的最后一天可能就全耗进去了，虽然这也是值得的。我天生对单纯的等待有一种抗拒感，我知道就此走掉会在心中留下永远的遗憾，但我还是走吧。

著名的兰布拉大道地处老城核心区，是巴塞罗那最繁华的所在。古老的建筑夹成一条行人川流的大街，游人摩肩接踵，或行或止，感觉有似于我国村镇上的集市。街道两边，高大的法桐树下是两排简易的售货亭，主要是面向游人出售纪念品。但这里并不只是一个集市而已，否则也就像我国某些城市中的"大世界""步行街"那样，货多品全，物美价廉而已，不可能获得"世界最美大道"的声誉。兰布拉大道也密集着巴塞罗那的文化景观，教堂、剧院、博物馆、古代宫殿等都散布在大道两边。

寻找毕加索博物馆，就离开了兰布拉大道。穿过一片古老的街区，像很多欧洲古城一样，那里的街道的宽度与楼层的高度，显得很不协调，就像险峻的大山峡谷里的"一线天"。游人络绎，或漫步小街，或进出店铺，带给人们兴奋的也许正是

这种时空的穿越感，这里的古典韵味让人平静舒缓。毕加索博物馆也在这样的一条狭巷之中，没有大广场可供游人排队买票，人们就紧贴街道的一侧排成一排。人虽多，街虽窄，但仍然可以畅行无阻。无须什么人来推推搡搡地维持秩序，人们的自觉带来了平和的气氛，也带来了自我的尊严。

巴塞罗那的这家毕加索博物馆周日半价，而每月的第一个周日免费，今天正是一月份的第一个周日。非常感谢馆方，为我省了11欧元，或者说请我吃了个晚饭，友好的巴塞罗那！

毕加索博物馆是由一所贵族官邸改建而成的，是一所非常优雅的建筑。它的底层宽大简朴，原本应该是用于仓库之用的，现在是观众存放衣包、等候入场的地方。并开办了一个书店，专卖有关毕加索画作及研究的书。我买了一本英文版的《毕加索在巴塞罗那》留作纪念。二楼才是展馆所在之处。细柱尖拱，带有阿拉伯风格，门窗边口有着繁丽的装饰。楼高院小，阳光有限，但博物馆还是努力种植了一些草木，虽然并不茁壮，但在单调的灰色砖石建筑群中格外鲜绿养眼，让人感到舒适放松。这样的房子你甭说拆掉它，就是保护不力，坏掉了边边角角，那都让人感到是天大的罪恶。

馆内收藏了很多毕加索青年时期的绘画、雕塑作品，还有不少毕加索手绘的陶瓷盘子，这是毕加索在一段时间非常喜好的事情。毕加索有大约四十多幅的一组画都叫作《Las Meninas》，是对17世纪西班牙著名画家委拉斯开兹（Velazquez）的一幅著名画作的临摹。委拉斯开兹的原作现收藏在马德里普拉多国家博物馆，一周前我曾在那里看到过，是极为写实的古典派画作。画名的翻译不一，有《宫娥》《宫女》等几种。毕加索的临摹当然是毕加索式的，用他的立体派手法，将原作进行了大量的简化与变形。这组画是巴塞罗那毕加索博物馆开馆时，毕加索赠送该馆的。在临摹委拉斯开兹《宫女》的间隙，毕加索从他的工作室窗口向外看到一个鸽棚，一群鸽子居住其中，他就又画了一组不下二十幅的系列——《鸽子》，也一并送给了巴塞罗那毕加索博物馆。博物馆为这两组画准备了专门的展室。

画到毕加索手中，已经不能用像与不像来评价，也不能用漂亮来夸奖了。这一点似乎已经众人皆知。观看展览中，我听到一句南方口音的汉语：这房子真漂亮！是一个男子对他的女友说的。看来不能夸画漂亮，只能夸房子漂亮了。当然毕加索的画有它的漂亮之处，却不止于漂亮；有人认为不漂亮，它也不止于不漂亮。它不真，它变形，但它超越了真，它传达出了真之背后的"真"。毕加索的画是对艺术和真的另一种理解方式。

在西班牙的很多城市都有毕加索博物馆或毕加索的画作展览。马德里索菲亚王后艺术中心收藏着毕加索的名作《格尔尼卡》；马拉加有毕加索博物馆和毕加索故居；巴塞罗那有这座毕加索博物馆。但收藏毕加索画作最多的还是巴黎的毕加索博物馆，因为毕加索长期生活于法国，成名于巴黎。非常可惜的是那几个博物馆我都去了，唯独没有去巴黎的毕加索博物馆。

我知道巴塞罗那这个城市是因为1992年的奥运会，那个暑假天天在电视上看奥运，巴塞罗那这个名字就印在了心里，记得那时奥运节目中反复出现的主题画面就是圣家堂奇异的高塔，然后高塔幻化成运动员健壮的腿。当时四岁的女儿特别喜欢看体操小将莫慧兰，每天都趴在沙发上等待莫慧兰出场。

所以我要去一趟巴塞罗那的奥运场馆，看一看这个二十多年前把我和这个西班牙城市连接起来的地方。那时的我想不到有一天我会走进电视里的这个地方，但今天站在时间的这头，我还能清晰地回忆起那时的感受。

乘地铁来到西班牙广场，两根非常像威尼斯圣马克钟楼的大柱，标出一道笔直而宽大的大路，其尽头是高岭上是一座辉煌壮丽的建筑，那个感觉如同站在新威路上看高坡上的威海市政府。不同的是，这个高处的建筑不是政府机关，而是博物馆——加泰罗尼亚国家博物馆。"加泰罗尼亚"是巴塞罗那所在大区的名字。为了便于人们登上高岭，山坡上修了几节升降梯，自动感应的，有人来它就会开动起来，应该是永久运转的。站在博物馆前的平台上，巴塞罗那全城可以尽收眼底。天已经全黑下来，巴塞罗那成了一片灯光的海洋，绚烂而宁静。

绕过博物馆大楼，就看到一个高高的白塔，我疑心那就是当年的奥运火炬。于是就想办法接近它。但最终看到塔身上写的却是"Telefinia"，应该是手机信号塔。遇到一黑一白两个当地人，他们证实了我的想法，并且告诉我这个塔是一个日本公司修建的。他们指着不远处一座建筑说：那里才是当年的奥运主会场，奥运火炬在那个建筑上边。

这座建于二十多年前的体育场，当然没有北京的鸟巢辉煌气派，事实上，这个会场相当平淡，没有古典建筑的华丽，也没有现代建筑的奇崛。极普通的混凝土建筑。奥运火炬也只是一个平平的托盘状的东西，稍微高出会场的看台。会场大门紧

闭，透过栅栏，可以看到场地中央碧绿的草坪，还有对面巨大的电子显示屏。我不知道当年在女儿眼中神奇如飞的小体操运动员莫慧兰比赛的那个体操馆具体在哪儿，但现在可以肯定，就在一个离我不远的地方。在夜晚的灯光下，这里一片安静，不见当年的热烈与喧闹。我可以跨越万里之遥的空间，但我们谁也无法穿越一闪而过的二十几年时间。

告别"两牙"

一早离开旅馆，按照旅馆主人帮我划好的路线，去寻找开往机场的火车。到达那个地铁入口的时候，一回头，又看见了高迪，那种彻底出离我想象，甚至困扰我智力的曲线在微明的晨光中又一次隐现出来，怪异神秘，如来自外星，如来自睡梦，人间何以有这种线条？高迪是得了神启，还是盗了天图？他是怎么将这世外的灵机展示在人间的？我突然感到，高迪、达利、卡夫卡、弗罗伊德这些现代天才，他们是在不同的领域看到了共同的东西。弗罗伊德用学术语言讲它；卡夫卡用文学语言写它；达利用画笔颜料画它；高迪用砖石把它垒砌在我们面前。"它"是什么？"它"也在你的内心中，你不知"它"，"它"却知你。这里应该是巴特洛之家。临别之时在我眼前现身，是什么意思？是邀请我再来吗？好吧，说定了！

西班牙、葡萄牙，伊比利亚半岛上的两兄弟，中国人给它们的汉语名，更让他们像一奶同胞。两个"牙"文化相近，它们的成长史也密切地交缠在一起。两牙人在人格特性上也很相近。我觉得两牙人比波兰人更热情。波兰人内向、含蓄，西班牙人多了一份火热和主动。在马拉加的一个路口等红灯，车里的一对年轻人看我并向我点头微笑，我向他们挥手，他们就更热烈地回应。他们会把助人当成自己的责任，觉得帮不上你的时候会很不好意思，他满怀歉意，但并不是说声对不起就走开，尽管这样做已经是非常礼貌了。他们会想其他的办法继续帮你解决问题，比如再问别人，或查手机，甚至打电话，如果这些也无法做到，他们会不知所措，不走无济于事，走开又觉得不好，很难为情的样子。在瓦伦西亚一个超市里买啤酒的时候遇见的那位老先生就是这样，他已经年纪很大了，却表现得像个孩子一样不好意思，不知去留。这种情况下，我就会连声道谢，让他们走。

在巴塞罗那，找旅馆，问一位老人。他很沉默，一声不响地研究我打印的地图，地图很小，不太清楚，又是晚上，光线昏暗。他就掏出老花镜戴上，我感到有些不忍了，他仍然埋头仔细地去辨认上面的街道名。许久，他很坚定地一挥手，还是没说话，带我走出地铁，指着一条路说，往前走，过两条街，就到了。

两个牙的人也很讲公共秩序。马德里、马拉加等城市的大街上，橘树挂满果实，没人乱摘。这其实是欧洲城市共有的现象，公共场所摆放的鲜花饰品，都不会有人去破坏或据为己有。可能市民们觉得这是自家的东西。相比之下，有些国人除了觉得自己院中的东西是自家的外，感到外边的东西都不是自己的，就总想弄到自己家里去，或者残损之、破坏之而无愧耻。你可以抱怨这是国民素质，但实际上这更是社会的责任，一个社会、一个国家不能让国民没有主人感。

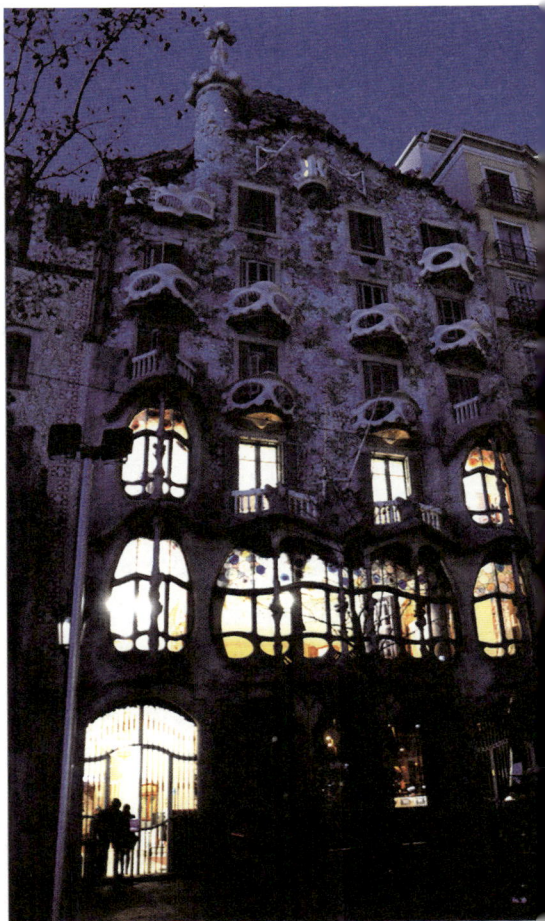

两个牙比起英、法、德、荷、瑞这样的国家来，还不够富裕。西班牙更要差一些。穷人很多，要钱的、捡烟头的、翻垃圾箱的、露宿公园或街头的，非常常见。几乎在每个城市我都遇到过。后来在去巴塞罗那的火车上，我还看到了化工厂附近有贫民窟，房屋破旧，垃圾成堆。但两牙人过得很平和，近十天的旅行中，未见一个凶恶之人。有几次走夜路的经历，开始有些担心，有所防备，不断地瞻前顾后，左顾右盼，但渐渐地就会感到那些都是多余，周围的眼睛都是平静和善的，我更应该做的是，全身心地去享受眼前的异域风光。马德里的社会有时还能表现出具有东方味道的淳朴古风，比如老哥儿几个或站或坐，在广场上晒着太阳侃大山，这是我在其他城市中没有看到的，包括波兰，在克拉科夫我就从没见过这样的场景。这种平和有民族个性的原因，但肯定也与社会公正度与透明度带来的内心平和有关系。两个牙的乞讨者不完全是因为贫穷，有人把它当作一种生活方式，虽然不值得提倡，但也不应该歧视。有些年轻人也向路人要钱，他们会直说想喝杯啤酒或想吃个早餐。他们也有一定的知识水平，在瓦伦西亚，我给了一个年轻人 1 欧元后，还向他询问了一座教堂的情况。你不想给他，就对他说声"sorry"，他们不会纠缠人，他们在要钱的同时，努力不失尊严。

　　两个牙有很多中国人。中国面孔，汉语乡音，会在很多我预想不到的时候、地方出现。有人在当地做生意，在马德里，曾到一个中国商店问路，还在一个西班牙人的超市里遇到两个中国服务员。马拉加也有好几个写着汉字招牌的店铺，只是没有见到人。当然更多的是中国游客。里斯本汽车站，一对年轻恋人要乘车去塞维利亚。马拉加汽车站遇到两个中国姑娘，她们问在瓦伦西亚旅游用什么交通方式最好，我告诉他们，用脚最好。我说欧洲的城市最有价值的部分是老城，老城一般都很小，步行就足够了，若要坐车，反而会错过一些景点。其中一个姑娘就发出爽朗的笑声，仿佛觉得这样太土太穷了。行走在瓦伦西亚市政广场，突然传来一阵清脆的乡音："你的鞋带开了！"我循声一看，一个中国女孩正指着我的鞋笑着提醒我，我为这温暖的提醒而感动，但"谢"字还没说完，她已经跟一个欧洲男孩离去了。

　　临行前，我打印好了所有订单票据，唯有回来的机票没有打印，因为瑞安航空要求花 5 欧元买座位号，除非你在七天内 check-in 才可得到免费指定的座位。我不愿花那个钱，就等待七天内的免费指定。但这需要我在旅程中打印机票，需要找到一个能打印的地方。我也曾想过去找一个大学，那里肯定有打印处。但问题是，我放假，人家也在放假，未必能行。上天眷顾，我在瓦伦西亚艾比旅馆里，看到他们有打印机。就问前台可以不可用他们的打印机打印，服务员就给了我一个信箱，说要把文件发到这个信箱就可以打印。我发好文件，去打印室，打印机在运转，一个女职员正忙。我向她说明来意，她打开邮箱，先给我打印出来交给我。我问她要付多少钱，"Free!"她说。出乎我的意料，因为我已经做好了为这一页纸付1欧元的心理准备了。

在巴特洛之家下的地铁站坐上去机场的火车，一切正常，两个小时后，我回到波兰结束了我长达半月的圣诞之游。在华沙 Modlin 机场，我走出机舱门，立马感到了华沙的温度，寒风如刀，我从阳春三月一下子回到了数九寒天。我也更加理解为什么欧洲人那么喜欢地中海的阳光了。

华沙 Modlin 机场是一个正在建设中的机场，设施还没有完善，下飞机后，由于和上飞机的人流相冲突，竟然在寒风中站了十几分钟，全身的肌肉都在颤抖。简直是一场波兰气候的适应演练。

这个机场离华沙市比较远，需要乘坐一个小时的机场大巴到华沙市区，票价33兹。

华沙没有雪，车行两个多小时后，地面上出现了雪，还不是很厚，有的地方雪面上间杂着枯草；有的地方则是枯草间充塞着白雪。当我最终在克拉科夫汽车站下车的时候，已是晚上10点多钟了。克拉科夫满城白雪。和风吹拂、鲜花盛开的"两牙"消失了，只剩下高频碰撞、格格作响的"两牙"。

斯洛文尼亚

首都卢布尔雅那

早上4点多，车到斯洛文尼亚首都卢布尔雅那。这里真可称为"小国寡民"，整个斯洛文尼亚只有二百万人左右，威海在中国算是很小的地级市，都有近二百五十万人；这个袖珍小国的面积有两万平方公里，只是相当于烟台、威海两个地区相加的大小。所以虽为一国之都，卢布尔雅那的火车站和威海站差不多大小；汽车站就连威海也不如了。火车站前几间低矮的房屋，建在大街中央，那就是汽车站了。汽车站前后两端是站台，所谓站台，其实只是划好的车位，空中悬着顺序号，就在大街上发车。

这个城市里也有公交车，但是极少，因为城市太小；公交车都在周边地带，因为市中心只需步行，不需坐车。旅馆老板给我们一张市区图，图上有三个同心圆圈，内圈是从市中心广场步行 5 分钟即可到达的范围，中圈是步行 10 分钟可以到达的范围，外圈是步行 15 分钟可以到达的范围。外圈之外，是工厂与居民区，游人无须到达。

卢布尔雅那大都是古老的建筑，尤其是三个圈内，很少现代化的高层楼房。新建的房子或者仿古，或者是两三层的民居。在地图上看到一处标注为 skyscraper，走到一看，他们所谓的"摩天大楼"不过是一座十四五层的方形建筑，在中国根本就是一座不起眼的普通楼房。

但是请不要误解，斯洛文尼亚并不是一个落后国家，1991 年，它从南斯拉夫社会主义联邦共和国分裂出来，经过二十几年的努力，已经跃身于发达国家行列，2012 年人均 GDP 世界排名第 31 位，2013 年第 34 位，均在中国台湾之前。早在 20 世纪末已经实现全民免费医疗与免费教育。欧洲国家的城市建设更多抱有一种实用化的"够用即可""能用即可"的观念，所以对欧洲国家城市的评断绝不能停留在外观上，更重要的是要看人民生活的质量，看社会福利与政治公平；即使是看外观，欧洲城市的长处也不是建了多少摩天大楼、多少现代化场馆，而是深厚的历史感。他们更喜欢炫耀自己的城市保存了古城，拥有多少古建筑、保存了多少文化遗产。

而且，斯洛文尼亚人诚实善良。首都卢布尔雅那被认为是世界上最诚实的城市。2007 年，美国《读者文摘》的工作人员在全球 32 座城市的繁华的公共场所里，各投放了 30 部中等价位的新手机，观察不同城市的人捡到手机后归还的比例，结果卢布尔雅那的归还率最高，归还 29 部，其次是多伦多，28 部，再次是首尔，27 部。你一定想知道中国城市的排名，很遗憾，中国城市未在受试者之列。

卢布尔雅那的中心广场上有一尊雕像，是斯洛文尼亚著名诗人普里舍仁（Preseren，1800—1849），斯洛文尼亚国歌就是出自他手。手持月桂树枝的女神护佑着这位沉思的诗人。所以这个广场也就叫普里舍仁广场了。广场并不大，却连通着近十条街道，人来人往，非常热闹。

一到广场，就看到一群人举着长长的木板在做一些奇怪的舞蹈动作，有男有女，

木板是新做出来的，泛着白光，有 3 米多长，20 多公分宽。身材苗条的姑娘举着这样的大板，我真替她们感到沉重，但她们都一丝不苟，中规中矩地做动作。在她们转换场地时，我问其中一个姑娘这是什么活动，她说是为了纪念历史上某战役胜利。她问我在这里待几天，她说星期六的时候他们将进行一个游行，从广场走到公园，并在那里进行表演，并邀请我参加。他们走进一个街巷，摆了几个阵势之后，导演让几个女孩进入一个喷水雕塑的池中，并给她们讲表演的要领，其中一个女孩要做出仰身挺头的高难动作，地面上男士们则搬着木板围成一圈。导演说一定要形成雄壮与柔美的对比。

街头那边一群人不断发出笑声，原来是有人在进行滑稽表演，一男一女，戴着狗狗面具，用英语表演。这里的英语使用真是很普遍！比波兰要好得多。人们围成一圈，或站或坐，都在津津有味地观赏。

计老师和梁茜被一个具有浓重东方味道的衣服店吸引了，这家店门口两侧挂着两个象鼻人面像，头戴高僧之冠，右侧那个眉心中还有一个杨二郎式的天眼，是泰、缅、印一带的风貌。店中还有一尊比常人稍大的木雕佛像。我问店主人，这些衣服是来自泰国吗？她说有些来自泰国，有些是印度的，有些是中国的。但我觉得这些衣服中国特色不浓，大部分带着鲜艳而细碎的花纹。

她们看衣服，我就走出来在附近观赏市景。这是一条非常古老的街巷，两边都是百年老屋，巷子非常狭窄，但还是被酒吧搭起的遮阳棚和桌椅占去了半边。有人安静地坐在那里喝酒，有人悠闲地在小巷中游逛，店家的黄狗趴在地上打盹，整条脖子都铺展在地面上，一个城市年深月久而又舒适自由的味道就这样流露出来。在我们将很多古老的窄巷拓宽成现代化的大马路，把古代的建筑推倒，盖成高楼大厦的时候，欧洲的城市在发展的过程中，却始终固守着、珍惜着那些古老与狭窄。他们仍在中世纪的石板路上行走，在文艺复兴时期的教堂里祈祷，在历经几个世纪的房屋里居住，在苍老古旧的酒吧里饮酒。看着西斜的阳光静静地漂移在古老的巷陌中，从斑驳的墙面上无声地、缓慢地爬过，光影似乎模糊了时间的界线，让人惝恍迷离，不知今夕何夕。

突然，一些人穿着滑稽奇特的服装、戴着怪异的面具，大踏步地走进巷子。他们见人就哈哈大笑，有时也会握手、拥抱，我看到他们中的一个很热情的拥抱一位老太太，认为他们认识，就上前问那位老人，他们是谁？老太太笑着说，我不知道。那几个奇装之人在巷子里走了一圈，又来到一座桥上，有人敲着一种非常特别的鼓点欢快地舞蹈，有人展开一面深紫色的旗子不停地挥动，有人适时冲向观众握手、拥抱。正在他们欢愉之时，桥对面突然出现了几个黑衣高跷之人，面具凶恶可憎，向这边迅猛地冲过来，双方拉锯，互有进退，进行了多个回合。这可能是卢布尔雅那的古老故事，我们难知其究竟了。计梁二人从服装店老板那里得知，从7月1日到7月6日是卢布尔雅那的"戏剧节"。难怪有这么多表演呢！

桥边巷口一道绳索飞架南北，绳索上用长长的鞋带悬挂着一串鞋子。这是什么奇风异俗？问一个散发广告的姑娘，她说可能是做鞋子的人的广告吧。你在发广告，就说人家这也是广告？我觉得不可信，又问酒吧里的服务员，她说不太清楚，可能是为了好玩吧。也觉得不靠谱。后来看地图，发现巷口的这座桥叫修鞋匠桥（Cobblers' bridge），也许那个广告女孩说得有理。

卢布尔雅那城堡就高耸在我们的头顶上，高峻挺拔，幽玄神秘，招引着我们前去。一条狭窄而幽深的小巷，地面的石缝里嵌着碧绿的草丝，墙上的砖石露出古老的气色。巷子的尽头已是山体。一转弯，山壁与墙壁之间，一条陡峭的台阶路，被树木密密地笼罩起来，阳光只漏下星星点点的碎影，这里好像少人行走，青苔若隐若现，台阶的木板上甚至长出了蘑菇。台阶两侧有几个简陋的木门和铁栅门，密闭着，神秘莫测，不知里面是人家还是什么处所。不停地拾级而上，不觉间就到了山腰，眼前出现了市区密集的楼顶，还有超拔于楼顶之上的教堂尖塔。楼间的缝隙中可以看到人在行走，一处广场上，那几个奇装之人还在表演，鼓点声从那里传来，遥远但清晰。

向上看城堡高高地挺立在斜阳之中。

卢布尔雅那据说是希腊神话中夺取金羊毛的伊阿宋建立起来的城市，后来这里是古罗马人的艾摩那城。眼前的这座城堡正是古罗马艾摩那的防御工事，它位于古城的制高点上，战略位置极为重要。15世纪下半叶，奥地利哈布斯堡王朝统治斯洛文尼亚地区，重修了这座城堡，使它一直保存至今。城堡的主体是由石头构建而成，墙面石头的颜色很不一致，是后代不断修补的痕迹。古老的石缝中时有野草冒出，悬于绝壁之上，一根绿藤孤独地附着在厚硬的石墙上，斜阳照着千年碉楼，但在现代化的都市中，这股苍凉之气很快就化解在人来人往与灯红酒绿中了。

一个年轻人，手握一支梭镖，守在城堡入口。留着中世纪的发型，穿着中世纪服装，披着一个红斗篷，腰间挂一个小羊皮袋。这当然是一个商业化的摆设，这个"古代士兵"并不威武严肃，而是微笑着向游人点头。脚上的鞋子很尖很长，有点像扑克牌上的Joker。

卢布尔雅那老城西边是一片连绵的山丘，被城市环绕起来，还没有被开发，只有濒临城市的边缘部分整修成公园，其余部分都保持着原始状态，只有几条步行道与城市相连。其中有一座海拔394米的小山，山顶有座教堂，虽然身处峰顶，这座教堂却也不失人气。今天是星期天，教堂里坐满了人，都是远足爬山而来的。神甫正在做弥撒，一个年老的志愿者手持一个鱼抄子一样的带长柄的钱袋向人们征求捐献。教堂是粉红色的，和老城中的圣弗

兰西斯科教堂同风。粉红色的教堂，以前我从未看到。虽然不大，但这座教堂内部也已经称得上精工富丽了。

教堂不远处有一个酒吧，供游人及前来教堂的人休息。旁边一个小小的园地里，两位年老的夫妻在农作。再往前走就是山间步行道了，三三两两的人群往教堂方向走来。道路两边荒草丛生，有时还会有几座破旧的房子，一所旧房前有位老人在餐桌上做什么手工活，看来是一位独居山间的孤独老人。

看不见老城的影子，我心里没底，不知何处才是正途，一个三岔路口更让我陷入迷惘之中。一对中年夫妇走过来，我就向他们问路。那位男子说："你迷路了？你不知道我们国家的路，就不要到我们国家来。"这话说得很不客气，有点不太礼貌，让我感到很震惊，来欧洲一年来从未遇到这样的人。看他表情，却又是带着笑容，看来是个很会开玩笑的老兄。于是我顺水推舟，做出要走掉的样子说："好吧，那我走了，离开你们国家！"他的夫人有点不好意思，一边向我抱歉地笑，一边制止她丈夫。玩笑开过，他们就为我指路。最后他又问我从中国哪里来，我很奇怪地问他，你怎么知道我是中国人？他说："你很高，日本人很矮，所以我觉得你是中国人。"

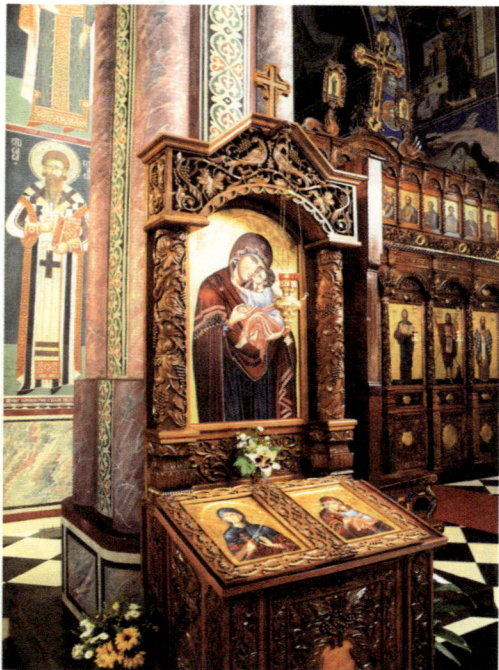

哦，很有意思的判断。感谢他们的指点，我翻过一个小山丘，很快找到了卢布尔雅那老城。

我们每天往来车站，会两次经过一个白色教堂，从它拱顶弧线上就可以看出，是一座东正教堂，尤其是顶部的塔楼，既不是哥特式的尖塔，也不是罗马式的拱形，而是八面有窗的圆筒状，更是典型的东正教堂样式。它的正立面很简明，没有天主教堂那些繁饰与雕塑，一个朴素的拱门，上方有一个大大的圆窗，装饰着具有阿拉伯风格的对称图案，流畅漂亮，也有我不知何来的对阿拉伯图案的神秘感和奇怪的惧怕感。中间的线条空白正好形成大小两个正十字，又让我由衷地叹服它的设计之巧。

走进大门，迎面是两个彩色大理石立柱将门口与内堂隔开成两个通透的空间。立柱上方画了两个天使像。右侧的墙上画着圣母圣子，样子很像琴斯托霍瓦的黑圣母。大堂里面的墙上也都画满了宗教画，没有一处空白。图画都是严整地分隔开的，基本上都是在蓝地上画出彩画。堂中正坛上立着一个大十字架，架上画着耶稣受难的形象。后面的巨大的神龛里画着耶稣在天堂被两个天使护卫着的画面。十字架下面的长长的护板上又画着十二门徒的半身像。正坛上方画的是最后的晚餐。东正教反对偶像，9 世纪曾经发起偶像破坏运动，将教堂中的一切神像、圣徒像尽皆销毁。但形象在宗教信仰中有着重要作用，所以后来东正教以画代雕，坚决不设雕像，但可以悬挂画像。这个教堂里所有的文字是犹太文，可能是为了表示自己"正教"的身份吧。但我们也可以看到，位于天主教与东正教分割线上的卢布尔雅那，东正教也受到天主教极大的影响，东正教反对崇拜圣母与圣徒，但这个教堂里有相当多的圣母圣徒像。东正教在斯洛文尼亚的势力似乎并不大，卢布尔雅那城中我只看到这一座东正教堂。

城中的天主教堂，较大者有两座。圣尼古拉斯教堂（ST.Nicholas）的大门是铁制的，上面有很多精美的浮雕。这种教堂大门在意大利有很多，在波兰我还没有见到过。墙体上镶嵌着很多古老的碑刻和石雕像，基督圣徒或一些古代人物，可能是这座教堂多次兴废的遗留物。另一座是圣弗兰西斯科大教堂，人们常常称其为"粉红教堂"，因其外墙涂着不多见的粉红色。

离开东正教堂时，看到前面有一座很华美的东欧风味的楼房，我以为是一个博物馆，就向它走去，楼半腰的一个平台上有一个女警察远远地注视着我，我感到有点奇怪，但也没很在意，径直走到那座建筑外的栅栏墙边。一块铜牌上铭刻了一些文字，是对墙内一个铁制雕塑的介绍，雕塑是五个小孩手拉手围着一支太阳花舞蹈的形象，二战时期，斯洛文尼亚收留了受纳粹迫害的、四处漂泊的 Roma 人，让他们在卡蒙奇（Kamenci）安顿下来。这座雕塑是 Roma 人对斯洛文尼亚的感谢、友爱之情的表达。当我将相机伸到栅栏里面拍摄那个雕塑时，我看到院子里一双眼睛警惕地盯着我，那是一双穿着警服的彪形大汉的眼睛。他距我只有十几米远，一动不动，却在观察我的一举一动。我有点紧张，但还是沉下心来，拍完了照片。不可久留，赶紧离开。心里正觉得奇怪间，抬头看到楼上飘着一面美国国旗。哦，原来这里是美国大使馆啊！不过有必要这样如临大敌吗？一路又看到格鲁吉亚、荷兰等国家的大使馆，关门闭户而已，没有美国大使馆那样紧张兮兮。

卢布尔雅尼察河穿城而过，河面并不十分宽阔，水流清澈，泛出淡绿色，河中常常有游船驶过，船上、岸边的人有时会互相拍照，然后又微笑着互相招一招手，短暂的一面之缘就匆匆结束了。照片中永留对方的形象，人却永远再难相遇了。河上有多座桥，其中三座最有特色，其首是中心广场上的三桥。三桥就是三座桥，说起来也没有什么奇特的，可能是适应这里人流过多，于是增修成了三座桥。三座桥栏杆风格一致。

另一座桥，桥头及桥面上有几座别具风格的雕塑，有的是剖解开的人体，比如空洞的胸腔；有的是动物的颅骨，因为这座桥叫作屠夫桥（Butcher's Bridge）。让我感到惊讶的是，这座屠夫之桥上挂满了爱情锁，他们没觉得不吉利。不只是桥栏杆上，连那些动物头骨上都有，那些情侣们寻到一切可以挂上锁头的地方挂上锁，令人称奇。

第三座桥，四角都安放着龙的铜雕，原称"龙桥"，由于青铜泛出了绿锈，所以中国人称之为"青龙桥"，这个称呼中国味道很浓，常常让我想起济南黑虎泉一带的那座桥。斯洛文尼亚好像有很多关于龙的传说。我买的那个作为纪念品的木板画上画的就是一个人将一只羊投食给一条巨龙的故事，而卖纪念品的老太太给我讲了这里的青龙的故事，我理解得不完整，大意是龙妈妈的四个小龙看上了天神的女儿而引发的故事，是欧洲传说中不多见的善良的龙。这里的龙与伊阿宋的传说有关系吗？我不知道。

卢布尔雅尼察河边也是一个好去处。夏日浓荫中的河水映着天光，泛着涟漪，像一幅松松铺开的漂亮丝绸，大块的白色云朵被波纹揉碎，像是巧手的刺绣。岸边绿草萋萋，古朴的房子映着斜阳，城堡的碉楼矗立于碧蓝的天空中。一只游船缓缓地从桥下驶出，飘荡着，载着一船轻松惬意的游客。市民们这时也纷纷出来，陪伴着家人或朋友到河边纳凉。他们或走或坐，或观景，或聊天。但城市依然宁静，坐在河边，你可以听到熟透的樱桃掉落下来的声音。那棵大樱桃树戴着满头的硕果倾身探向河面，树下落红满地。河边立着一尊高大的雕像，问旁边一个女摊贩，她告诉我这是他们过去的市长，叫伊万（Ivan）。这个伊万市长是一个银行家、外交家、政治家，20世纪初任卢布尔雅那市长。二战时期，意大利法西斯占领了卢布尔雅那，1941年他因不愿接受伪职而投河自尽。他的雕像就设在他投河之处。他的遗书上写着一句诗："死在漫漫长夜中并不可怕，活在亡国的阳光下才是折磨！"一个城市拥有悠久的历史才有韵味，一个城市不必掩盖或扫除某些历史才能松弛，一个城市能够真实地将自己的经历摆上市面才能坦荡，才有正气。

在卢布尔雅尼察河边，你应该找一家酒吧，要一杯扎啤，坐在洁白的凉篷下，品味这座欧洲古城的安宁与弥漫氤氲的文化气蕴，卢布尔雅那的啤酒是上好的，味道醇美厚重，清爽满口，直透心扉。

找到国家博物馆，正准备掏钱买票的时候，售票员说，今天免费。啊，我怎么这么幸运！今天开放的有历史博物馆和自然博物馆。历史博物馆收藏着很多古罗马时期的石碑与雕像，每个展品旁边都附有文字说明及图板。其中有一个镀金青铜人像，在众多的残石断碑中间最显灵气。这座雕像被称为"艾摩那市民"，是古罗马时期的作品，接近真人比例，是在一个富裕的艾摩那人的墓地中被发掘出来的。它的复制品如今被安放在距此不远的艾摩那古城遗址上。二楼展室里可以让我们看到从远古到中世纪，斯洛文尼亚地区人类发展的概貌。这里最重要的收藏，或者说镇馆之宝是尼安德特人的骨笛，这支骨笛是 1995 年在斯洛文尼亚西部 Cerkno 地区发现的，大约是五万多年前的物件，是世界上最古老的乐器。这个器物的发现意义重大，它让我们知道至少在五万年前，原始人已经有了乐器，开始欣赏音乐了。

自然博物馆里有很多家长带着孩子来参观。馆中收藏十分丰富，有各种矿物，以前从未见过的甚至难以想象的各种形状的晶体，这里都有收藏。斯洛文尼亚虽然小，因为多山且地貌丰富，却是一个矿产资源特别丰富的国家。还有各种动植物标本，制作精良，栩栩如生，甚至连洞穴中的细小的生物都有展示，可以让孩子们大开眼界。主展厅里有一个獠犸骨架化石。我们在参观时，工作人员又拿出一颗獠犸白齿化石给我们看，黑色的，如铁块一般，表面上有一道道平行的弧线纹。她又让我们戴上手套来感受它的重量，我托在手上颇感沉重，她拿出一张写着牙齿重量的纸，一颗牙齿竟然有 4.9 公斤。

在离博物馆不远的地方，我看到一个非常新奇的大楼，门口上方及隔开四扇大门的五个石柱上缀满无数个青铜人物雕塑，都是裸体，有男有女，他们手中拿着不同的物件，如电锯、齿轮、鱼、木叉、天平、枪、书等，显示了他们的不同职业与身份。楼前草坪上的一个玻璃牌子告诉我，这里是斯洛文尼亚国家议会。这个设计是什么意思？也许是说议会代表了社会各界人的利益，所有的人都可以在这里坦诚地、不加掩饰地表达自己的诉求。这是美好的理念，但一个社会实现这一点并没那么容易，包括在这些已经民主化的欧洲发达国家。

再次来到中心广场，时已向晚，我静静地坐在圣弗兰西斯科教堂的台阶上，听着广场一角年轻人街舞的鼓点，看着从八个街口辐辏而来又匆匆而去的人群。十几个男女学生在广场上站成一个圈，一边玩抛球，一边随着街舞的鼓点舞蹈。雕塑的石基上坐着一个忧郁的女子，帽檐压得很低。夕阳从铜雕移向楼顶，又从楼顶升到城堡的碉楼上，阳光越来越红，最后只剩下市旗还沾染着一点日影。天色渐暗，行人渐稀，连那位忧郁的女子都走掉了，我也起身，恋恋不舍地离开这个生趣盎然的首都广场。

卖纪念品的老太太说，听说中国很大，但我无法想象中国有多大。我说整个斯洛文尼亚只相当于中国一个不太大的城市，你可以把整个欧洲想象成中国，就差不多了。她露着惊讶的表情说，那么大的一个国家，真的难以想象。

斯洛文尼亚

温特格尔大峡谷

特里格拉夫国家公园（Triglavski Narodni park）位于阿尔卑斯余脉之中，布莱德城附近，其核心是温特格尔大峡谷（Vintgar）。乘车一个小时到布莱德，再打一辆出租车，大约十几分钟就能到达峡谷。

外面是夏日炎炎，而谷中异常清凉，甚至感到有些冷，我顿时后悔没穿长裤。谷中水声震耳，循声望去，只见谷底一道清澈湍急的水流，泛着白光呼啸着、奔腾着，冲向幽深的前方。峡谷两边，山崖高耸，峭拔险峻，上午的阳光只能照到崖壁的上部，崖上树木丛生，遮天蔽日，山谷里仅得的一点反照，又遭树木的层层截留，变得葱茏而幽黯。

峡谷中的道路由岩壁蹊径与木阁栈道不断衔接而成。岩壁道路各处不同，坡缓处，稍加整修，就能形成让人满意的沙石路；坡陡处，凿石搭木，可以做成栈道；绝壁上，栈道也没法建了，只能凿壁而过，工程艰难，道路仄狭，仅通一人。如此险恶的地方，虔诚的教徒们还是心怀上帝，不忘致诚，把凹陷的山壁当作神龛，立上十字架，献上花束与灯烛。木栈道有多处跨水而过，游人可以欣赏山间水流。

峡谷里的水飞快地，甚至可以说是激烈地流淌着，石块挺立水中，就会水花飞溅。落差陡然加大的地方，水流会形成矮墩墩的瀑布，水声于是就更加昂扬起来，偶有宽阔平缓之处，会形成一块相对宁静的洄水湾，水变成透明的蓝绿色，至清而有鱼。景区尽头，河道下切，大水激荡，砯崖转石，深壑雷鸣，视听皆为震撼。水流激起飞沫，形成薄雾，在阳光的照射下，一道彩虹，携着他的霓伴，如仙女，如神龙，忽隐忽现。

有丰沛的水源滋润，各样的青草生长在山崖、水畔，丰满油绿的草株上开出精巧美丽的花。由于阴暗潮湿，谷中倒伏的树木、残存的木桩、甚至山体石块上都满身绿苔。高处的树木得天独厚，承受着阳光，明亮舒展，树叶被照得透明，像抛洒在空中的翡翠玉片一般。

一座大木桥结束了我们的峡谷之旅，把我们引向一座山冈，林密路窄，不知何往，偶有破败的林间小屋。心中疑惑，却又见游人络绎，就将信将疑地向前走，路

左有一人工的大山洞，严整气派，深不可测，或许是冷战时期的防空洞或武器库吧。勇敢者用手机照明，向里探索，但也不久便回了。

登上一段石级路后，眼前豁然开朗起来，一片田野和村庄如桃花源般地出现在面前。小路弯弯，鲜花遍地，草青树绿，犬吠牛鸣，远处是一带高高的山峦，桃花源就在山峦的臂腕间。碧绿的草场上，黄牛或站或卧，悠闲地吃草，农田绿中泛黄，是将熟的小麦。一辆卡车拉着一些工具，七八个人在田野中忙碌着，时有呼唤之声，远远地传入耳鼓。让我想起儿时家乡春耕的声音，牛把式甩着响鞭，嘹亮地吆喝着牲口，那声音在清新的早上，从田野中传到我的睡梦里，春天就一点一点明亮温暖起来。

旅行者难免有美化自己所见的倾向，但世上没有完美的东西，我应该把这里一些不美好的东西告诉大家。浪漫化的想象，理想化的认知，典型化的创作，只是有利于传达说话人的观念，或者说有利于宣传某些理念，而不利于人们对生活真实地了解。在知了的聒噪声中，这片如画的田园里，还有画家不画、作家不写的蚊虫横飞，那些碧绿草地上金黄色的奶牛，湿润的眼眶周围落满了苍蝇。

原路返回，又复习了一遍大峡谷的美景。打电话叫来那辆出租车，年近花甲的司机师傅会多国语言，又雄心勃勃地列出了他要学习的语言，但不包括汉语，他说汉语太难了。

不觉间，我们已经来到了布莱德湖边。

斯洛文尼亚

布莱德湖

斯洛文尼亚著名诗人普列舍仁（Preseren）将布莱德湖赞为"天堂印象"。湖并不大，比杭州西湖要小很多，一眼可以看到对岸，再一眼就可看遍环湖的山丘和楼房。湖心有一小岛，上有一座古老的教堂。湖水是蓝色的，近看清澈见底，远观则如镜面一般。偶有野鸭和天鹅游动，水面就会漾起的细小波纹。

湖畔，一座城堡立于百米绝壁之上，是 11 世纪时，德国国王亨利二世修建的。从军事角度看，可以说是雄踞险要之地。不用说后来的枪炮，就是在弓弩时代，占据了城堡即能完全控制湖面。它是一座军事堡垒，却又富拥山光水色，很快就成为皇家避暑胜地，很多达官贵人也纷纷在湖畔修筑别墅或庄园。社会主义时期，南斯拉夫领袖铁托在湖畔也有一座别墅。而今穿梭于城堡、湖畔的则是来自世界各地的旅人游客。

酒窖是欧洲城堡必有的设施，进入城堡不远，就可以看到一个小石桌上摆着几个大大的酒瓶，瓶口不是被打开的，而是被斜削了去的，这个设计很是别致，能传达出急于喝酒的迫切心情，成为一个颇有情趣的广告。它旁边的一个爬满葡萄藤的小门就是城堡酒窖的入口了。一对来自日本的年轻人，由亲友陪同，在城堡拍婚纱照，他们从高坡上下来，走进了酒窖。

城堡的上层依山形而建，分为高低两层。上层据守这个小山的峰顶，不拘方向地盖了一圈房屋，过去肯定是城堡主人的起居之所，而今则被开办为饭馆、酒吧。还有一个历史悠久的铁艺作坊，主人说他们是有五百年历史的铁匠家族，里面的展示物都是他们手工制作的，是中世纪城堡中使用的铁制之物，如烛台、钥匙、刀剑等。又有一个小型的历史博物馆，展示了斯洛文尼亚地区石器时代的文物。

从高耸的城堡上向下看，布莱德湖像一块碧玉，

　　呈现出温润的蓝色，湖心岛并不在湖心，而是靠近蓝湖的一端，像是这块绝美的玉佩上精心打出的孔洞，玉佩的主人就是湖边的那座布莱德小城，小城中绿树与红屋顶交织着，在一片山间平地上铺展开来，远处是群山环绕。山上的雪顶已经融化净尽，开始冒出淡绿色的草，还没有将山头完全覆盖住。山坡上仍留着雪水流淌过的痕迹。近处的山丘则完全包裹在浓绿的草木中了。

　　城堡下层入口处的右边，有一个房子，大敞着门。走进去，没有人。"Hello"了几声，也没有应答。里面有一架古老的印刷机，旁边一个几个大木盘和一排柜格里还有很多活字。一边墙上还有一行小字：斯洛文尼亚第一本印刷书籍，指向二楼。

　　生活在 16 世纪的斯洛文尼亚人普里莫斯·特鲁巴是个神父，由于他的新教信仰而遭到罗马教廷的迫害，他就逃到了新教运动中心德国，并在 1550 年印出了他用斯洛文尼亚语写成的一本书《教义问答》，里面附有斯洛文尼亚语的基本拼写阅读规则。二楼的小展室里，这本珍贵的书被摆放在最中央的玻璃柜里，供人观瞻。特鲁巴是斯洛文尼亚人的骄傲，他是第一个用斯洛文尼亚语写作的人，是民族语言走向典雅的开拓者。我曾在卢布尔雅那老城的一株巨大的古树下，看到特鲁巴的石雕像，大片的鲜花簇拥着这位民族文明之火的点燃者。也许正是由于这种传统，斯洛文尼

亚的出版业非常发达，1575 年，卢布尔雅那建立起第一座印刷厂，1584 年，印出了用斯洛文尼亚语翻译出来的全本《圣经》。当时印了一千五百册，现在仍然保存下八十册。2010 年卢布尔雅那被联合国教科文组织评为"世界图书首都"，因为这座仅有二十六万多人的城市每年能出版新书四千五百多册。

我从二楼下来的时候，一个小伙穿着手工缝制的古装衣服，热情地跟我打招呼，然后就给我介绍斯洛文尼亚第一本印刷书籍的来历，并向我展示了几页他们重新排印的部分内容。我看到上面是一些字母和单词，初级语言课本的样子，应该是特鲁巴那本书的语言规则部分。更多的游人汇聚到这里的时候，他又给大家演示了那个木制的老式印刷机的用法。他热情洋溢，可以设想他每天不知要重复多少遍这些话语、这些动作，但他让我们感到像是第一次做这个工作那样，充满热情、新奇感与兴奋感。

城堡里走来一位黑衣长髯的老者，帽子上还装饰着羽毛，身形高大魁梧，面容庄重严肃，气度不凡。他手里拿着一本厚重的书，由一位年轻些的教士模样的人陪着，在众人的争相观瞻中到一个餐座前吃饭。有很多日本女游客到他跟前拍照，他不反对，但也不配合，而是一直和另一个教士谈话。

今天遇到了好几个外国朋友，相谈甚欢。在去城堡的路上，我坐在一把长椅上休息，一个成功晒成深棕色的白人男子也过来坐，相互打完招呼后，他说："我在峡谷看到过你们。"我看了看他，没什么印象。他指了指我的帽子，"我记得你的墨西哥帽。"哦，原来如此！过去对年轻人穿奇装异服感到不可理解，这次真切地体会到，与众不同的穿着真能引起别人的注意！他说他叫皮特，曾经去过波兰，说克拉科夫是个很有味道的城市。他问我去没去过扎科帕内，我说已经去过两次，他也盛赞那个小镇。我说想要去英国看看，听说英国的乡村特别漂亮。他却抱怨说英国什么东西都贵。皮特已经七十岁了，头发已白，但很健康开朗，我给他的心理年龄评分是五十岁。

在湖边，我们疑惑能不能环湖步行的时候，遇到一对夫妇，应该也有七十多岁了。我们说是从波兰来，那位女士显得异常激动，指着她丈夫说，他就是波兰人。于是又聊了半天波兰。当听说我们下一站是克罗地亚，女士又兴奋地说，他们刚刚从克罗地亚回来，拍了一些照片，就放在她的博客上了，又匆匆找出纸笔，给我们写下了她的博客网址，让我们上她的博客去看看。我们问她是要游遍欧洲各国吗？她说，我们要游遍世界各国，已经去过很多地方了，下一步准备去中国。我说，也许有一天我们会在中国再次相见！她指了指她丈夫说："也许还能在波兰见到！"哦，美好的期许，但愿有这样的奇迹吧！

布莱德湖说小也不小，环湖步行得用两个小时。但不要怕累，这美丽的蓝湖会给你极大的报偿，让你得到超值的有趣见闻。穿着粉红、洁白衣服的夫妇，坐在湖边长椅上，他们在欣赏风景——绿水青山，他们自身也是风景——宁静、放松、心旷神怡。一家三口坐在湖边草地上、树桩上休息，竟然是东方式的打坐。一条小溪流出森林，流过草地，在人造的公园里以自然的姿态注入湖中，形成天人合一的美感。游泳区里，有人在水中游泳，更多的人是在草坪上铺一块浴巾日光浴，也有些年轻人在踢球，旁边晾晒了一大片他们的衣物。浅水区常常是年轻的父母带着孩子在那里玩，几岁的孩子都是"天体"，一丝不挂，是非常可爱的"洋娃娃"。湖面上没有机动船，湖面安宁而洁净，有船家划桨的船，有游客租赁的脚踏船，还有一种仅能站上一人的平板的充气筏子，大家各得其乐。岸边有不少雕塑，我最欣赏的不是那些青铜雕，而是一个用枯树的枝杈做成的一个鱼骨架，它既是一个小吃摊的广告，又是一件难得的艺术品，精工巧思，让人难忘。湖边一处开满鲜花的草窠里，一只野鸭孵出了两只小鸭，娘儿仁一起在那里酣睡着，路上人来人往，没有人惊扰它们。

乘末班车回卢布尔雅那，路上看到很多山顶上都建有一座城堡，作为阿尔卑斯山的尾段，这里应该是古罗马帝国的边境地区，山脉已不那么高峻，天然屏障的作用已经减弱，所以需要更多的人工防御设施，这可能是斯洛文尼亚多城堡的原因吧！

斯洛文尼亚

博斯托伊那溶洞

斯洛文尼亚人常说：上帝创造宇宙时也在分配着自然之美，他对斯洛文尼亚这片土地如此慷慨赐予，以致不得不藏起一些地下之美，以免他人的嫉妒。博斯托伊那溶洞，就是上帝偷偷送给斯洛文尼亚的美丽宝藏，斯洛文尼亚人不敢独占，于是打开宝藏，与全人类共赏，引来的是举世的惊艳与震撼！

我们都知道溶洞是在"喀斯特"地形中发育出来的，却未必知道这个名称来源于斯洛文尼亚。最早来斯洛文尼亚喀斯特高原勘探的德国科学家震惊于这里的岩溶地貌，便用这一地区的地名将这种地貌命名为"喀斯特"。世界上最典型的"喀斯特"当推博斯托伊那溶洞。1818被发现，1826年，博斯托伊那正式开放溶洞旅游。1986年，联合国教科文组织将其列入《世界遗产名录》。

据电子语音导游介绍，溶洞所在的这座山叫做"耶稣诞生之山"，至于为什么，当地人也说不清。溶洞里每年圣诞节到元旦之间都要举行一个盛大的音乐会，唱诗班表演耶稣诞生、三王来朝等宗教故事。这个活动已经进行了二十多年了。这个活动和这个名称谁是蛋，谁是鸡？则恐难以说清了。

进入溶洞，首先要乘坐电动小火车在地下行驶20分钟。洞中地貌非常丰富，有时极为宽阔，洞顶钟乳悬垂如星辰，地面石笋密布如草木。"别有洞天"一词用在这里极为恰当。有时窄如细管，仿佛是大山的肠道，刚刚容下小火车的通行，人们都蜷缩起身体，生怕一不小心就会被岩壁碰头。但是车速太快，漂亮的景色一闪而过，来不及细看，更不用说用相机拍下来了。这让我感到很不满意，心想，走马观花，古人尚讥为粗疏，我这里坐火车看溶洞还不如走马观花呢！正在我遗憾、痛心、不满之际，火车停下来了，导游说游览开始了，我才明白过来，原来火车并不是游览工具，只是交通工具。富有的人容易奢侈，我眼中的"美景"在人家眼里只是"Just so so"，只是路过，只是封面，根本就不是正文，连序言都不是。主人奢侈，客人也就跟着享受一把吧！

曾看过博山和沂水的溶洞，洞而已！而这个溶洞以"洞"称之有点委屈了。博斯托伊那溶洞可以说是由无数个大厅连接拼合而成，而且厅之大、厅之高都超乎我此前的想象，用赋家之言可谓：顶若穹庐，地立山丘。上摩星辰之高，下临尾闾之漏。一洞之中，既涵天地之象，山石之间，会聚阴阳之筹。

洞中溶岩，皆博大异常，传统的"钟乳""石笋"等词不足以描述之。其状貌可谓千姿百态，变化万端，只能再以赋语描述之：

顶之垂者，如悬针，如羊乳，如雨滴，如檐溜，如长剑，如垂露。

地之立者，如新笋，如花跗，如层塔，如巨柱，如坐佛，如怪兽。

壁之附者，如骨板，如流瀑，如仙耳，如佛手，如垂帘，如筋肉。

簇而集者，如塔林，如众猴，如肉芝，如珊瑚，如石阵，如府库。

曾经很反感赋的繁琐，今天我却真切感受到这种文体的优势。需要说明的是，以上虽发为赋家铺张之语，却无雕章琢句之虚，皆洞中实景之描绘。"如雨滴"者是一处新发育的岩顶，大片的石板之上垂着无数晶莹细小的石针，在灯光的照耀下，透明如水滴，宛若一场绵绵无声的春雨。又，"如骨板"者在洞之一隅，数板并立，薄厚变化，一如肩胛之骨而略长，又有如股骨、肱骨者；更惊人处，乃是其上有血管之形，宛若真骨，让人惊呼造物之奇。"如

垂帘"者也真如垂帘，数支石条如布缕般垂下，或前或后，或左或右，像风吹时的轻盈，人入后的晃动。洞中多有"巨柱"，如教堂中的石雕大柱一般，顶天立地，柱面上还有逼真的古典式雕刻。而洞中最为主人所珍惜者是一白色花柱，其色其形皆如羊脂，洁白润泽，亭亭而立，状之为"花跗"，可肖其形。

游至一处，突然灯光全灭，洞中一片漆黑，那是一种绝对的黑暗，人们惊呼起来，导游告诉大家不要怕，这是让我们来体验没有电灯之前溶洞的情景。早期溶洞中的照明靠的是蜡烛，至今有些地方还有放置蜡烛的灯台和被蜡烛熏黑的遗迹，所以在那个时代，游览溶洞是极其昂贵奢侈的消费，普通人是负担不起的。大约 10 秒钟，灯光重新亮起。僵立的游客们被解除了魔法，重新活跃起来。

此洞之大之深还有一证，即洞中有一长桥，桥长 10 多米，跨越深涧，森然不见其底，下有暗河奔涌。我们先是从这座桥上走过，俯惊其深；峰回路转，等我们再看到它时却是在谷底，桥在几十米的高处，桥上又有更高的洞顶，又仰叹其高。这座桥被称为"俄国桥"，因为此桥是一战时命俄国战俘修建的。

溶洞中还有一种珍奇之物，体形纤巧，四脚无鳞，皮肤如人，长寿百年，被斯洛文尼亚人称为"人鱼"。它只生活于博斯托伊那溶洞中，是一种蝾螈，我们称之为娃娃鱼。中西异族，然而感物命名，多有共通之处。

赞曰：张子客游，遂至斯国，闻有溶洞，在山之侧。往以良辰，谨观其若。洞广以深，凤藏龙卧。上悬钟乳，下生笋柘。上下欲接，有泰卦之蕴；广覆博载，呈乾坤之德。观之柔，柔若水流之飘摇；触之坚，坚如磐石之难折。以石之坚，见水之象，此天

地生物之不测；黄若醴酪，白若凝脂，乃阴阳化生之色泽。

夫自然造物，非为人也，人虽灵秀，亦自然造物之一耳，物我之间，实兄弟也。此横渠"民胞物与"之意乎！故人、物相通，物之美，人当知美之。物之善，人当知珍之；物之伤，人当知痛之。天地慷慨，赐人美物；人当存大敬畏，常思何以惜之！

斯洛文尼亚

皮兰古城

皮兰是一个著名的海滨旅游城市，但人口有限，去皮兰的车并不多，我们在博斯托伊那等了两个多小时才坐上车。到达皮兰，已是下午 5 点多了。想问一问返回卢布尔雅那的末班车是几点，司机却不会说英语。为难之际，同车的一个女孩说她的手机上下载的有这里的班车时刻表，让我们拍下来。她长得非常像中国人，却一直跟我们说英语，我们感到奇怪，但也没好多问。等我们逛完回到车站时又遇到她，聊起天来才知道，她是一个日本留学生，奈良人，在奥地利维也纳大学学习国际政治。

皮兰是一个保存完好的中世纪古城，古巷是这里的一大景观。离开汽车站，随意进入一个小巷，马上就穿越到了中世纪。青石建筑的房屋，千百年磨就的平滑的石板路，木制的百叶窗。巷子是弓形的，一直处于平滑的转弯之中，所以你看不到巷子的出口，流连其中，你会有一种永远走不出的感觉。虽身处其中，不能纵览，也能猜想出这里的建筑大概都是沿着一个海湾的弧形海岸分层而建的。狭窄的小巷中还会有更狭窄的石级通向高处另一条弓形小巷，和威海一样，皮兰也是建在山海之间，但这里的山海留给小城的空间极其有限，过陡的山坡让码头旁边的这片居住区就像一座种着房子的梯田。

同行的女士们觉得这里很像上海过去的里弄，确实如此，除了房屋的形制不同外，其狭窄、拥挤、陈旧等方面都非常相似。两边是三四层的小楼，人行其间，如在峡谷，头顶一线蓝天。人们的床单、洗过的衣物就晾晒在"非亭午夜分，不见曦月"的人造峡谷中。年深月久，难免有些斑驳，但斑驳也难掩其繁华的身世，小巷中时有大理石拱门矗立，上面有精工的雕刻，威尼斯的飞狮形象则告诉我们这里曾经是威尼斯共和国的一部分。

当我们终于在这个弧形小巷里看到巷口时，也就意味着我们已经来到了巷口，到达了皮兰的中心广场。广场基本上是一个圆形的，与卢布尔雅那广场一样在中央画了一个巨大的圆圈，周围的建筑全为白色，与地中海强烈的阳光共同营造出明亮热烈的地域风格。广场上有两座铜雕，一座是著名小提琴演奏家和作曲家塔替尼的雕像，广场也由此就叫塔替尼广场；另一座雕像无名，却更加动人，是将手伸进胸膛要"掏出一颗心来"的姿势。

迎面看到一群中国女孩子，初中生的年龄，背着统一的黄书包，吃着统一的冰激凌，一起向海边走。我们彼此微笑着互望了一阵，还是我们先开口向这些羞涩的孩子们打招呼吧。原来她们是中国台湾的中学生手球队，来皮兰是要参加比赛的。已经赛过几场了，成绩还不错！我觉得她们说话一点台湾腔都没有，淳厚朴实如我家乡人，这让我感到非常亲切。

从广场上就可以看到高处有一座尖塔，塔体是四棱柱，一面大钟高悬其上，塔尖是四棱锥，尖顶立着一个青铜像。这是圣乔治教堂的钟楼。当地人告诉我们，从广场一角的小巷里走，可以到达教堂。

皮兰的教堂也是白色的，外形十分简洁，没有华丽的雕饰，里面同样也是在朴素中见诚挚，让人感到，小小的皮兰一直在以真诚之心侍奉上帝。教堂里正准备举行一场婚礼，和在索伯特看到的一样，走道两边的扶手上都系着白色的纱条。门口摆着两篮花，是热烈开放的向日葵，两个人站在那里，年过五旬的样子，我认为过会儿他们将挽着女儿的胳膊进入婚礼殿堂，但后来发现结婚的主角就是他们俩。新娘子好像没有进行过任何装扮，就穿着平常的衣服，衣服上有很多皱褶，只是手里捧着一束花，我们向新人表示祝福，他们脸上顿时露出幸福的笑容。音乐响起，他们手拉手，向上帝面前走去。

教堂后面是一道绝壁，下面就是蔚蓝的海面，飘荡着白色的船只。与波罗的海的阴沉灰暗、冷风嗖嗖不同，地中海阳光明媚，是火热的。岸边的海水，清澈见底。水中有人游泳，全身皆可清晰呈现，远远看去，就像几只人肉色的小青蛙。远处海天之间的那座城市是另一座古城：科佩尔。

皮兰还保留着一段古城墙，在皮兰城后面的最高点上。需投币1欧元才能进入一个设计巧妙的无人售票口。城墙高十几米，全用石块建成，隔上一段距离，又会

修起一座近 20 米高的敌楼，敌楼顶端有高高的垛口。这座城墙纯粹就是一堵墙，没法和我们古代能并排跑几辆马车的城墙相比。站在古城墙上，皮兰城的一片红瓦将半岛覆盖得严严实实，伸向了蔚蓝的大海，呈弧形三角的形状，就像一个巨大的船头。海面反射着强烈的阳光，时有远帆归来。

皮兰的北海岸在一道高高的崖壁之下，常人难至，或许正因如此，这里就成了一个天体浴场，不少人在那里裸泳、裸晒，男女老除了少都有，他们光溜溜地将天地给予的形体坦白地呈现在天地之间，不加一丝人工之物。泳者、晒者之间没有隔离，泳者、晒者与临岸观瞧者之间也没有隔离，只有高高的崖壁拉开了视距。不仅我们好奇，也有些当地人趴在崖上观看。欧洲人喜欢晒太阳，他们似乎不满意自己白色的皮肤，总是利用一切机会让自己暴露在阳光下，让自己变成棕色，但可能有体质上的区别，有的人只能变成大虾一样的红色，可叹！在中国我总觉得自己太黑，在欧洲，我竟然有着他们梦寐以求、吃苦受罪才能获得的时髦肤色，可喜！

克罗地亚

萨格勒布

8点多钟，火车从卢布尔雅那开出，奔向克罗地亚首都萨格勒布。一路上，田园风光与我的梦境在眼前交替飘舞着，不知过了多久，火车突然停下了。看到很多挎枪警察出现在车下，我清醒过来。开始还以为车上有什么疑犯，他们要上来抓人。他们上车后，检查每个人的证件，要求欧洲人出示身份证，要求我们出示护照，才知道是克罗地亚海关的入境检查。原南斯拉夫诸邦，只有斯洛文尼亚已经加入申根国。2013年7月1日克罗地亚加入欧盟，但还不是欧洲申根国，所以到这里会有入境检查。他们用一种机器很仔细地验证我们的护照，确认无误后盖上入关印章。从车窗看出去，这里好像是一个小镇，附近一个楼上写着Dobova的字样，不知是不是这里的地名。

火车继续前行，一个小时后到达萨格勒布，克罗地亚的首都。当然也是老式火车站，人流要比卢布尔雅那更多。

我们的城市墙壁上一般是商业广告或者是政府的宣传标语，欧洲的城市很不相同，常常是一些涂鸦。萨格勒布从火车站到汽车站的那条街，右侧是一堵墙，大约有两公里长，墙上都是这种"涂鸦"。"涂鸦"常常被认为是随意乱画，来到欧洲后，才发现并非如此。看了很多城市涂鸦，胡乱涂画的也有，但大部分还是很有趣味的，也不乏艺术性，有些还很有思想深度。有一幅画借用密开朗基罗的《创世纪》来表达自己的感受，一边画家正在认真地描绘亚当，一边有人拿着刷墙的涂料滚子已经把上帝给涂抹掉了，内涵丰富，可以让人产生多样的解读。还有一幅具有中国剪纸风格的动物画，可能是一只熊。有一个喷绘出来的人头像下面有一句话：你在克罗地亚还能幸存多久？

第二天一早，我这个勤快的游客出门的时候，街道上行人尚稀。新雨之后，空气中满是清新，草坪倍增碧色，古老的建筑也越发凝重起来。首先与我相遇的是一座气度不凡的建筑，雕琢精致、宏伟华丽。满身都是克罗地亚文，想找到一点确认它身份的线索还真不容易。一位女士经过，主动问有什么可以帮我的吗？我就问她这是什么地方，她说，这里是克罗地亚国家档案馆，她就在这里工作，又问我想进去看看吗？大清早的，遇到这么热心的人，真让我感动！在门口做了一个登记，就在女士的带领下向里走。经过一个装饰严整的大厅，那里有很多展板，上面嵌着一些老照片，还有一些书信手稿、表格和单据。那位女士说里面是一个阅览室，人们可以在那里查阅资料，进行研究。她说现在时间有点早，可能还没有人来。但我们进去时，一个好学之士已经开始了他的阅读研究了。这是一个非常大的阅览室，十几排宽大的书桌，两边可以坐人，桌子中间是一排大台灯。这个阅览室可供二百人同时使用。

档案馆外的草坪池里有一座铜像。他似乎是席地而坐，或者是靠着一个矮椅在书写，厚厚的头发飞扬在脑后，脑门光滑锃亮，长眼重髯，一派不凡之象。档案馆的女士说，他是第一个用克罗地亚语进行文学创作的作家。相当于斯洛文尼亚的特鲁巴，我却没能记住他的名字。

档案馆一带的古建筑很多，大都属巴洛克式，黄色外墙。用作各种内容的博物馆或展览馆，这个博物馆区本身就是一个建筑的博物馆。

NIKOLA TESLA
1856 - 1943

在一个颇具平民气味的繁华街头立着一尊铜像，是电力科学家、发明家尼古拉·特斯拉。这位颇具传奇色彩的科学家出生于克罗地亚，完成大学学业后去了美国，在爱迪生的公司里工作了两年，然后成立了自己的电器公司。他在电力学研究上贡献极大，实现了交流电的使用，完成了长距离输电系统。1915年，特斯拉和爱迪生同时被授予诺贝尔物理学奖，但是这两个人都拒绝领奖，理由是无法忍受和对方一起分享这一荣誉。他是克罗地亚国家中另一个民族——塞尔维亚人。有人在他手里塞了一束鲜花，以怀念这位伟大的科学怪人。

老城广场的正式名称是耶拉西奇广场，因为广场上立着班·约瑟夫·耶拉西奇的骑马舞刀雕像。耶拉西奇是克罗地亚人心目中的民族英雄，他周旋于奥地利与匈牙利两大强国之间，最终在 1848 年，率领军队打破匈牙利人的控制，使克罗地亚获得了独立自由。他的贡献相当于波兰的毕苏斯基。

圣史蒂芬大教堂是萨格勒布最高的教堂，两座哥特式尖塔有 105 米高，在很远的地方就能看到。右边的塔正在维修，被包裹在脚手架和安全网中。教堂主体由白色大理石建成，颜色如清理后的米兰大教堂。教堂前的广场上，立着一个高高的石柱，上面安放着圣母的金像，躬身面对着雄伟的教堂，四位金色天使面向四方，护卫着圣母。

欧洲的教堂，因其在社会中的特殊地位，会受到官方与民间共同的关切，每个城市都会尽其所能地不断完善它、保护它，所以教堂往往是装饰华丽，收藏丰富。尤其是一个城市的主座教堂，本身就是一个博物馆，非常具有观赏价值，是欧洲旅游的重点。尽管如此，教堂的大门永远是敞开的，免费的，游人可以随意参观。教堂是福音传播之所，不是牟利工具；教堂要的是人们的虔敬之心，而不是门票钱。所以即使是游人如织的教堂，如梵蒂冈的圣彼得大教堂也永远是清静之所，不像某某寺那般繁华喧闹，日进斗金。没有超凡脱俗，就不是宗教，就会泯灭崇拜，就会失去净化、提升世人灵魂的能力。

一些重要的宗教人物会以教堂作为自己的墓地，一些重要的世俗人物，人们为了尊重他，也会将他葬在教堂里，如波兰的两位总统——毕苏斯基和卡钦斯基都安葬在瓦维尔教堂里。克罗地亚的民族英雄耶拉西奇则长眠于这座斯蒂芬教堂中，神龛中供奉着他的军装铜像。

教堂主祭坛后面又有大主教 Alojzije Stepinac 的遗体，放在水晶棺里供人瞻仰。这位主教在南斯拉夫时期曾被囚禁了二十年，1960 年被毒害致死。后来，教皇保罗二世追封他为殉道者，享受着天主教中难得的殊荣。

教堂的一角还有一组雕塑表现的是耶稣与两个强盗同钉十字架的场景，前所未见，背后的墙上文字用的是克罗地亚老字母。

大教堂右边广场上展示着教堂尖塔的原件和修复件。旁边的墙上还有一面锈迹斑斑的铁钟面，它是 1880 年 9 月 9 日萨格勒布一次大地震的见证者，那次地震毁坏了许多教堂，这面大钟和当时无数萨格勒布人一样，生命停止在 7 点零 3 分上，成为永恒的纪念物。我非常欣赏欧洲城市的这种细腻情怀，他们珍惜自己的历史，喜欢收藏自己的过去。

圣马可教堂是另一座必看的教堂，地图标得好像很近，但找到它好像不那么容易。问一个女大学生，女大学生说跟我走吧，就带我在七弯八拐的古巷中往前走，一开始我认为她跟我同路，但当找到教堂，我向她道谢后，她挥挥手，往回走去。

不同于一般教堂的宏伟庄严，圣马可是一个小巧绚丽的教堂，它有个两面坡的屋顶，用红、白、蓝、黑、棕等几种颜色的瓦片铺成漂亮的图案和两个徽标，一个是古克罗地亚王国的国徽，一个是萨格勒布的城徽。图案艳丽精致，就像覆盖了一个大大的十字绣，不只是漂亮，还有温暖柔和的布面质感。它是除翡冷翠的圣母百花教堂之外，我看到得最漂亮的教堂。它旁边的钟面上也镶嵌了克罗地亚红色。屋顶虽如昨日铺就，大门却暴露了它的年龄，门扇、拱券和上面一组错落有致地排列着的浮雕像都透出深沉的铁锈色。教堂里祭坛上方的文字用的是克罗地亚古字母。这座教堂建于 14 世纪。

教堂周边可能是克罗地亚国家政府机关，几座楼都很肃穆，少人进出，门口挂着欧盟旗和克罗地亚国旗，广场上停着一辆电视录像车，长长的电缆线一直延伸到一座楼内，可能是有什么重大的国事活动在进行。两个警察守在楼门口，门前停着好多辆黑色的奥迪轿车。教堂后面又有两个西装而壮硕的人站着，他们很失败，我一看就知道是便衣。

古城很多商店中在卖克罗地亚足球队服，克罗地亚足球队是克罗地亚人的骄傲，这支欧洲劲旅几乎没有缺席过任何一次世界杯比赛，1998 年连续过关斩将，获得季军的荣耀。刚刚经过老城广场的时候，大屏幕上还在播放今年尚未结束的世界杯比赛中克罗地亚队的精彩进球。在汽车站我还看到有人把自己汽车后视镜涂成队服图案，于是我决定给家中甥侄们每人买一件克罗地亚队服作礼物。

这种红白相配的颜色大概是克罗地亚人的最爱，不仅国旗、队服是这样的，在一个小巷里，我看到两个姑娘打着红伞，她们身上穿的克罗地亚传统服装也是白地上缀着红色的饰物，她们提着柳编的篮子，篮子里铺着一块红白相间的毛巾，在卖一种红白相间的纪念品。

萨格勒布有一个从中世纪延续下来的传统，每到中午 12 点，洛特尔萨克塔上会响起炮声报时。多么有趣的古老风俗，不得不看！为了保险，我提前半个小时来到塔旁，在酒吧要一杯啤酒慢慢啜饮、等待。这座塔原本是城墙上的一座碉楼，城墙没有了，它的身份不明了，人们就称之为"塔"了。塔是用白石垒成的，五层，可能是塔的岁数太大了，它已经露出了老态，墙面上打了好几个加固铁件。

12 点已近，人们在楼下广场翘首张望，顶楼的一扇窗子已经打开了一部分，一截黑黑的炮口微微探出。萨格勒布老城也叫"上城"，建在一片山坡之上，现在我

们所在的地方正好是上城与下城交界之处，向前望去，下城连绵的红屋顶铺展开来。我脚下的地面与新城的楼顶一样高。突然一声巨响在头顶爆开，吓得我浑身一震，毫无准备的人群中也发出了惊叫声。抬头看时，炮响已成过去，窗口只剩浓烟。炮声过后，满城钟声，远近呼应，弥漫在绿树红瓦之上，让人恍然进入了中世纪那座宁静诗意的萨格勒布小城。

罗马城门是罗马帝国时期的一座城门，门上的纪年显示，它建于公元60年，矗立在这里已近两千年。它的战略作用如今当然已经失去，但这里仍然是老城中的重要通道，也许由于它经历了漫长的岁月而具有了灵性，人们又把它当成静心祈祷之所。我轻手轻脚地走过这座千年城门，生怕打扰了那些虔敬的教徒。烛光在暗影中摇晃，映照着祈祷者虔诚平静的面容。拐角处有一扇大铁门，里面供奉着圣母像，有人在门前虔诚地跪拜，祈求着圣母的恩典；而圣母那仰视的身姿显得特别无助，我觉得这是基督徒最典范的神态。

在新城一处草坪上，有一组南斯拉夫时期的革命烈士雕塑。这好像是我在萨格勒布城看到的唯一一处那个时代的遗迹。一面整齐的花岗岩墙壁前面，几位革命烈士紧密地站在一起，有的脸上露出愤怒凝重的神情，有的张着嘴，在呼喊？在歌唱？

在控诉？有的显然已经中弹，马上就要倒下去。这种英勇无畏、奋勇牺牲的形象我感到非常熟悉，社会主义的艺术是相通的，我想起了小时候的课本。

在我们要离开萨格勒布、走向汽车站的路上，萨格勒布又一次展示了它与中国曾有的密切渊源。一个双手抱着一个大花盆的老爷子老远就向我们打招呼，问我们是不是来自中国，得到肯定地回答后，他显得很是兴奋，放下花盆跟我们聊起天来。他说他去过中国，他年轻的时候去过天安门广场，见到过毛主席。他是作为一个外国的红卫兵去的，亲眼见到过毛主席在天安门城楼上向他们挥手。他激动地说着，眼中充满对那个不凡经历的怀念。

克罗地亚

普利特维采湖

去十六湖景区，须穿过克罗地亚广阔的农村地区。这里多山，少平原。农田、村落散布在起伏的山峦丘陵间。这里"发展中"的特点非常明显。正在建的、刚建成的房子很多，华朴不一，华丽者是别墅洋楼，朴素者露着红砖，很多没有外装修，不知是"尚未"，还是"不再"。田地不是大片的，而是小块的，与中国的农村很类似。田地以农作物为主，不像瑞士或斯洛文尼亚会有大片的草地。田地边缘的修整好像也不如斯洛文尼亚更细致，也许还不如波兰的农村。至少从路边的情况看，没有像样的森林，只有杂树丛生。路边的树树龄大约在二十年左右，也许是在独立初期的内战中被清除掉了？但空气是非常好的，河水也很干净，如同在欧洲各处所见。

克罗地亚人属于斯拉夫人，他们在相貌上与波兰人还很相似，但这里地处巴尔干半岛，古代是希腊的地盘，所以这里也有些人带有明显的希腊人特征，今天汽车上那个老头乘务员就是这样。

两个小时后，我们到达"普利特维采湖群国家公园"，湖群由十六个湖组成，所以又称为"十六湖国家公园"，位于克罗地亚中部山区。游客中心游人络绎，买票需要排队。一块石头上镶嵌着联合国教科文组织 1979 年授予的"世界自然遗产"认证牌。景区很大，全部看下来得需要四五个小时，为照顾不同情况的游客，景区设计了五种用时不同的路线。根据自己的时间，我们选择了 B 线，两个小时。

　　走进景区，就看到前方高崖上几缕水流，飘洒而下，仿佛是从山顶绿树中缓缓抽出的白色丝线，源源不断飞入涧底。瀑布落到崖下树丛中，又悄悄流出来，形成第二道瀑流，再下面就是汪汪的潭水了，被山石草木遮掩，只露出一弯碧色，如藏在皮壳中的翡翠，微现一滴醉人的水绿，却将无穷的魅力隐藏起来，引人探求。我们所在的地方与瀑布的崖顶等高，这奇幻般的景致，就发生在一条深深的沟壑之中。再往前走，或者说再往下走，一汪碧湖出现在山崖绿树间，它看上去平静无波，也许它微微漾起的涟漪被距离所淹没，只觉它浑然一体，晶莹滑润，像嵌在山间的蓝水晶。是的，它是蓝色的，一种我从未见过的、难以描述的蓝，布莱德湖，还有塔特拉山中的"海洋之眼"都是蓝色的，但它们的蓝有些深，有些重，带着高山雪水的冰冷。眼前的蓝湖却带有一点温暖的粉色……"粉蓝"，我头脑中突然出现了这么一个词，我不知道在色彩系列中是否有这么一个名称，但我感到只有这个说法能传达出一些我对这种颜色的感受：就像在蓝色敷上了一层美人粉，清爽而不失柔和、润泽而富有质感。世界上每样东西都是唯一的，独特的，不可替代的，有灵魂的，它们也需要我们用灵魂去感受、去品味。

随着我们的前行，山崖上的瀑布渐渐高起，须仰视才能看到，轰鸣声也渐渐地大起来。湖也在不知不觉间来到了我的眼前，我伸出手就可以触碰到它爽滑的肌肤。我看到湖水不再是浑然的碧玉，而是轻荡着细腻的波纹；它不是新磨的镜面，映在它里面的青山、蓝天、白云会迷蒙摇荡成朦胧的梦境。中国画师有言：墨分五色。这里的湖水更是这样，近岸处清澈见底，染上了湖底的黄白，稍远则渐成蓝绿，再远就是看不透的粉蓝了。山树倒映在湖面上，也被染成蓝色。但着了阳光的树并不甘心，努力将自己的绿色点染到湖中，一池的颜色就更加错综多变了。湖中游鱼众多，皆为红鳟，不大，似乎也不喜游泳，常常漂浮水中，一动不动地享受着日光的照射。在这一点上，欧洲鱼非常像欧洲人。水至清如无，没有一丝浊物，鱼如漂在空中，又有白云映入，那就更是在空中了。阳光明亮，又将鱼儿们的影子清晰地投射到湖底。湖底的水藻却不是绿色的，表面布上了一层白色的钙华；倒伏的树木、枝杈也是这样，都被白色的钙华包裹起来，如玉树琼枝一般。

湖边有细小的沙石路，相对而行的游客刚好能错开身，狭隘处或过水处就连之以木栈道。经过一片浅滩，洁净无染的水从我脚边流淌，水石相激，发出

轻柔甜美的响声，潺潺？淙淙？汩汩？叮咚？可能都不是，世间的美妙都是超乎言语的，不要去形容它，仔细听它，那是天籁！在这青山秀水之间，这美妙的声音让人宁静，让人忘归。

山迴路转，又一个湖出现在面前，它在刚才那个湖的上方，两个湖形成了梯级，一道水坝拦在两湖之间，这是自然形成的水坝，是石灰岩地区钙华堆积的结果，与我们九寨沟景区的道理是一样的。只是这里的水坝已经全被青草覆盖，上湖的水从崖岸上漫流下来，在草间形成多股宽窄不一的瀑流，泛着清亮的白色。绿草厚敦敦的，没有一丝败叶，如一只只逆水爬行的毛茸茸的动物。坡缓之处，白水漫流，汩汩作声，与石、草相分隔，相交织，成为一幅动态的画布。水流十分充沛，奔流鼓荡，似无竟时。十六个湖就是这样连接在一起的，从高到低，层层下注，犹如中国古代计时的漏壶。

一条栈道将我们引向一座深洞，这里的湖水失去了粉蓝色，变得清澈而透明。洞口石阶盘旋向上，不见其究竟。我们不想离开湖面，就退了回来。水是制造美景的高手，几多条分缕析、精心织造的草间细流，几座厚积薄发、水帘漫布的石堰，几处借题发挥、奔涌狂放的水坡，流淌了万年的湖群尽情挥洒着它的青春气息，俏丽无比。

山中现出一片草地，数间木屋，是游人休息区兼游船码头，我们在此登上一艘游船。这里的游船好像是电动的，没有马达的噪音，无声地、缓缓地前行，凉风徐来，燥热顿消。船过之处，只留下轻轻的波纹向外缓缓地扩散，野鸭不惊，鱼儿不扰。湖面依然宁静，青山围着碧湖，蓝天白云又覆盖其上，"风景如画"？这只是一个粗浅的视觉描述，人在画中的微妙感受却是难以言表的。太阳与云朵在天上，也在水里，野鸭与鱼儿在水里，也在天上。要是没有水波的帮助，我会陷入倒飞于太虚的幻觉。崖岸渐近，高高的石壁下部向里凹陷，上边覆盖着厚厚的草被倒垂下来，多彩的湖山美景啊，竟然还制造出了热带雨林的感觉！瀑布在草团中掉落下来，神龙突至，见首不见尾；又有细水滴沥，如玉粒珠帘？还是如寒夜屋漏？随你的经历与感受吧！

舍筏登岸，穿过一片郁郁葱葱的山坡森林，又乘一段汽车，我们已经离开湖面回到高处了。湖水，包括那些形态各异的瀑流，如盆景一般，静下来，无声地澄碧于我的指掌之间。

我们的必经之路上有一座天坑，漏斗状，向下怕是有百米之深，其斜坡部分杂

树丛生，有石砌小路盘旋而下，其直立部分则只有绿色的苔藓和野草零星其上，之字形的石级陡峭异常。行走其上，如入井底。坑底侧面有一个拱门般的洞口通向外面，外面是阳光绿树湖水。走进阳光，蓦然回首，恍然发现，原来这里正是我们曾经路过的那座山洞。

　　重新走过奔涌的草地、汩汩的浅滩、高悬的瀑布、游人已稀的游客中心，踏上一辆回萨格勒布的汽车，十六湖的流水声在我不舍的谛听中渐渐细小下来，却也一直没有隐去，直到今天。

克罗地亚

科那提国家公园

　　经过三个多小时的折腾，汽车翻过一座山，眼前出现了一片海湾，我知道，扎达尔马上就要到了。

　　我们下车的时候，女房东已经在这里迎接我们了。女主人很健谈，她的英语有

浓重的口音，如把"r"发成类似于"l"，斯拉夫语系的普遍特征，适应之后并不影响交流。身处地中海沿岸的扎达尔人显然比波兰人更会做生意，热情接待我们的女主人在路上就已经揽下了我们明天的游船。

她的房子很不错，进门是一个很大的带厨房的厅，里面是卧室、卫生间，干净而舒适，当然我的"床"只能是厅里那个沙发了。她拿出扎达尔地图，给我们介绍了行走路线，又为明天的游船收了我们 50 库纳的"订金"。

女主人家的房子是一个二层的小别墅，我们住处是这个别墅的一部分，房顶是主人的二楼平台。我们门前有一个搭着凉棚的廊道，也是主人的停车处。廊道的柱子是希腊式的，当然是现代流水线上批量生产的东西，匠气很重，却也能渲染一下扎达尔的古城身份。廊道前是一条，好像不能称街，是一条路，路两旁都是像女房东这样的住家，样式各有变化，但都有一个小花园，里面多是橘子树、无花果，甚至还有西红柿等各种瓜果蔬菜。主人家的小花园还算不俗，种着蒲葵树、绣球花、葡萄藤之类的东西。还有一棵不大的橄榄树，上面结着枣一般大小的青橄榄。

早上 7 点 30 分，女房东把她的小女儿送到幼儿园后，就开车带我们到海边的一艘游船上，我们的科纳提国家公园之游将从这里开始。这是一艘中等的白色游船，我们来得比较早，船上人还不多，船舱里和顶层上的座位大都空着。

天气阴沉，黑云像墨汁一样在头顶漫渗，等将最后一片蓝天也染黑后，雨就下起来了。这是出海游玩最忌讳的天气了，怎么让我们赶上了？好在雨很快就小下来了，先是远处一片低空处透出亮光，不久就云开雾散，头顶上渐渐变成了碧蓝如洗的天。云朵也好像被雨冲洗干净，轻巧悠闲地堆在远处山上晒太阳去了。那是一种卷云，如羽毛，如丝絮，娴静舒展，在阳光下发亮。海鸥在海面上翻飞着。我内心中那块地中海的模板就是这个样子。

游船开动，离开了帆樯林立的海港。地中海的阳光特别明亮，船上的白色桅杆被照得像透了明一样，岸上楼房依山而建，白墙从一片红顶中闪出强烈的白光，天蓝得纯净深邃，空气洁净得让我这个威海居民也感慨唏嘘。这里的教堂钟楼样式与皮兰的一样，四棱柱上顶着一个四棱锥或六棱锥，白石的。

游船开出不久，服务员就开始送上食物，先是面包和橙汁，大家可以自由取用。过了一会儿，那两个年轻姑娘，又拿着个瓶子和一串杯子，给大家分送瓶中之物。走到我跟前，只倒了半杯递过来，并说了一个什么，我没听懂，就接过来一尝，原来是白酒。味道不像波兰的伏特加，更像是中国的高粱酒，醇香而且余味厚重，熟悉而亲切的味道。我很想知道这是什么酒，当姑娘们送完酒，要离开的时候我向她们要酒瓶看。但她们说，是旧瓶装的新酒，酒是家酿的，不是从商店里买的，酒和瓶没有关系。我问她是用什么酿造的，她说是用谷物。哦，怪不得这么像中国酒呢！

游船已经远离扎达尔海岸，在蔚蓝的大海和天空中轻快地前进，音响中传出浓情火热的地中海风味的歌声，节奏繁密，多为男声，纯净而明亮，是在碧波、白云与阳光中才能产生的音色与旋律。很奇怪的是，这样的歌声总让我想起西班牙。地平线上是漫长而低矮的海岛，覆盖着绿树或房屋，有的地方，房屋会像树一样漫过海岛。我的两位大美女同伴被美景陶醉，忽而忘我地拍风景，忽而沉醉地自拍。我拍美景，也把她们俩当做美景拍下来。

游船经过一个海峡，一座长桥飞架两岸，我们看桥，桥上的人也在看我们，向我们热情友好地挥手。乌云又围拢上来，远处海岛上悬起了薄薄的雨幕，但云团的边缘还是明亮。雨幕最终还是飘移到我们头上了，船的顶棚被雨滴打得叭叭作响。

午餐开始了，很简单，两块烤肉，一条煎鱼，一撮蔬菜沙拉，外加面包和果汁。也许是闻到了我们午餐的香味，无数只海鸥将我们的游船前后左右地包围起来，游

船破浪前行，海鸥也随船上下翻飞，紧跟不舍。如果是在电影中，这一定是极为抒情的一段画面，会有 360 度全方位拍摄再加俯拍，配上华丽、明亮的音乐，或者就用船上的这种地中海歌声，中间还会夹杂上人们惊呼的声音。海鸥奇警矫健，人们将面包或鱼肉抛向它们，它们可以在空中接住。人们抛出的食物也吸引了海水中的鱼群，他们簇拥而来，海面为之变黑；它们往来争抢，摆鳍甩尾，大海成了拥挤的鱼池。地中海作为一个涉及多国利益的内海，其生态状况的优异让我感到震惊，感到意外，也感到羡慕。

再往前走，海岛的样子突然发生了变化，不再是长而矮的岛，而成了体态优美、连绵不断的圆形山丘。但与前面的岛相比，这些岛显得有些贫瘠荒芜，没有高树，只有矮草，远远地散发出薄薄的淡绿，如初春艰涩的草色，不能覆盖山体，石块零星的裸露着，可以看清石脉的走向。近水处也会有不多的灌木，三三两两、可怜巴巴的。"海洋上的沙堆"，这是我当时的感受，因为相对于这里富饶的海洋，这些岛的荒凉堪比沙漠。当然这也是一种风景，稀有而奇特，克罗地亚人非常珍视它们，将这里开辟成"科纳提国家公园"。当地人有一个颇为神奇的传说，说上帝创造了地球之后，还有几块石头，不知道放在哪里好。上帝也需要娱乐，于是他将这些石头从肩膀上扔到背后。科纳提，地中海上最字密集的岛群，就这样成了最幸运的上帝造物。它包括一百四十多个岛屿、

石头和礁石，国家公园由其中的一百一十个组成。岛群中不少人驾着小型的帆船穿梭游玩。

　　船靠岸停了下来，两个服务的姑娘告诉我们，有两个小时的自由活动时间，可以去这座岛上玩。从岸上看，海水浅浅，清澈透亮，海底的卵石，游动的鱼儿，皆可直视无碍。威海的海水号称全国最好，也无法和这里的比。有些可惜的是，我们上来的这座岛并不是那种"海洋沙堆"，而是有着算是茂密的松林。顺着山坡往上走，脚下多是片石，捡起一片，放进背包，是我向科纳提求得的一份别致的纪念品。小路两边的松林中则有很多低矮的木屋，不知做什么用的，也许是给避难者的住处。走到最高处，山体戛然而止，下切为绝壁。往前探视，只见直立、裸露的灰白岩壁下是澎湃的海水，海浪涌来，激出高高的雪浪花。崖壁出水足有百米，让人眩晕战栗，幸有栏杆立在崖边，但游人至此，还是小心翼翼，不敢多动。从我站的地方向两边看，一直是这种峭岸，凹凸曲折，不见尽头。往前方看，则是直达天边的深蓝色海面，不再有任何岛屿，礁石都没有。看来我们已经到达科纳提国家公园的边缘，眼前这片海水就是地中海的一个部分——亚得里亚海，海的对岸是意大利。

　　沿着一条山间小路，就会走到一座湖边，岛上之湖，不太大，据船上服务员说是个盐湖。湖水不深，正适合游泳。湖中人头攒动，岸边的人也不少，穿着泳衣晒太阳，湖边的松林里，蝉声大噪，不喜水者在树荫下坐在石头上乘凉观望。

　　时间到了，我们开始返航。海面依旧繁忙热闹，帆船漂荡，小艇飞驰，还有勇敢者在海里游泳。空中还有一架飞机盘旋，方形黄色，酷似一只蚂蚱。嗡嗡地飞，时而

俯冲到海面，又从海面上水淋淋地飞升起来。可能是一架灭火飞机，在演练舀取海水。

我们半途中又在一个岛上小镇停留了一个小时。这里的纬度在 44 度以上，比我国东北的长春纬度还高，却是一派热带风光，道路两旁满是棕榈、蒲葵。这是地中海地区在气候上不同寻常之处。

克罗地亚

扎达尔城

扎达尔古城建在一个与大陆平行的半岛上，就像一个条状门把手，一端与大陆相连，又与大陆间隔开一个长条形的小海湾。扎达尔是一个非常古老的城市，早在公元前 9 世纪，这里已经是地中海沿岸的一座重要的贸易城市。后来归属于古罗马帝国，在凯撒、屋大维发展时期达到高度繁荣。再后来随着罗马帝国的灭亡，扎达尔这个重要的海滨城市，成为各方力量争夺的焦点。扎达尔曾经属于东罗马帝国、匈牙利—克罗地亚王国、奥斯曼帝国、威尼斯共和国。归属威尼斯的时间比较长，所以这里有很多威尼斯文化的遗迹。

扎达尔老城非常小，宽度大约有五六百米，长度顶多有 1500 米。朝向大陆、海湾的这一面及与大陆相连的部分，城墙被完整地保存下来，朝向大海的一面则已经拆除，只在某些局部还有些残留。城墙上有多个城门，其中两个比较重要，一个叫陆门，在半岛与大陆连接处；一个叫海门，隔着小海湾与大陆相望。

从老城里边走向陆门，首先看到的是它的内面，特别平淡，甚至有点丑陋。灰黑的水泥墙，散布着雨水流淌的印痕，也算是仅有的"装饰"了。但穿过它的拱形门洞，你淡然的回首会换来惊艳的激动，一座极为精致的石筑城门俏丽风雅地站在你的面前。这座城门由预先雕凿好的石材，用搭积木的方式精确地组合起来，石材根据不同位置的要求，凿成方形、圆形，还有多边形，各得其所，严丝合缝，且又美观大方。尤其是拱门的拱券，化复杂为简洁，蕴含了设计者的精巧用心和智慧。

　　也许这一设计太杰出了，新城中一些现代新建筑也有模仿这个方法修建拱门的。大门上方是一个长着翅膀的狮子的"飞狮"石雕。"飞狮"是威尼斯的保护神和城徽，威尼斯圣马可广场入口处两座高高的石柱上就雕刻着"飞狮"的形象。这里出现飞狮形象，表明此地曾是威尼斯的领地。事实上这座城门就是威尼斯人在1543年修建的。

　　相比于陆门，海门要小很多。我怀疑它不是原始的状貌，而是用原城门部件的保存。它的下部与城墙一体，是在城墙基础之出加筑的一个拱券门。九段预雕成一定弧度的石材级成一个拱券，如一个完整的飞拱一般流畅自然，各段长度不一，一定有建筑学方面的科学计算。门的上部有一个骑马武士手持十字旗的浮雕。

　　我们是从另一洞城门进入的扎达尔。从大陆上的新城部分，经过一座横跨小海湾的步行桥，走进一个石砌拱门，我们就从现代的扎达尔走进了古代的扎达尔。古城中的房子多为白石建成，大都三四层高。岁月为这些白石增添了无数的纹饰：风化带来的剥落，雨水侵蚀的印痕，青草繁荣在石缝中，深深浅浅的坑洞或许是某些历史时刻留下的弹坑，仿佛让人真切地触到时间的川流。扎达尔也不愧为一座古老的贸易城市，特别具有商业思路，街道虽然狭窄，精明的商人还是巧妙地在墙边开辟出一排酒吧座。街上商贩见缝插针地摆上摊位，卖一些旅游纪念品，像描绘着扎达尔风景或风俗的小油画，或者一些幽默活泼的卡通形象。

　　一块不大的空地，比中国东北的农家院还小，被称为"人民广场"，是扎达尔市的中心广场。旁边的一座长度不过 50 米的三层古建筑是市政府，旁边与它紧紧相守的是市议会大楼，议会大楼似乎更气派些，一座钟楼高高耸起。作为一市的权力中心，这里不同于中国市政府常有的庄严肃穆，而是一派市井气象。哨兵当然没有，我在欧洲还未见过市政府门前有武警把守，而且原本不大的广场也被休闲的阳伞、桌凳占去了三分之二。游人们在那里饮酒、休息。

　　扎达尔仍然是天主教的天下，小城不大，却有近十座教堂，让我怀疑这里是世界上教堂最为密集的地方了。圣多纳图斯教堂在我现有的知识中不像个教堂，我觉得它的结构更像一座碉堡，让我想起法国的巴士底狱。如果非要和普通教堂相比较的话，它也许比较接近后世教堂旁边的洗礼堂。可能这就是 9 世纪的教堂的一个范本，或许后世的教堂就是从洗礼堂发展而来。现在这座教堂内部已经空空如也，没有神像，也没有圣坛，所以我难以想象当时怎么使用这座教堂。教堂里有一个小乐队在演奏，乐声在空旷的石头建筑内回荡。

圣多纳图斯教堂对面是圣玛丽教堂，外观已同于后世教堂，只是略小，罗马式，建于 12 世纪初，与距它不远的圣西蒙教堂的建制非常相似。我们想参观一下，但是教堂大门紧闭，甚感奇怪。旁边一间侧屋，一位修女打扮的中年女子在里面卖圣母像、书籍等纪念品，

我问她教堂什么时候开门，她在纸上给我写下了 7 点—8 点、19 点—20 点两个时间段。看来这里的教堂只是在早晚礼拜时间开门。在里面买了一本英文书，修女说是介绍圣安娜斯塔霞教堂的。于是就去圣安娜斯塔霞教堂。

斜对面的那座钟楼就属于圣安娜斯塔霞教堂，它是扎达尔老城中最高的钟楼。但教堂的大门是背对着这条街的。圣安娜斯塔霞教堂也是罗马式的，建于 12 到 13 世纪间。正立面非常像意大利卢卡教堂和比萨教堂，但从精美和细致程度上看，应该早于那些教堂。从圣多纳图斯教堂、圣玛丽教堂到这座圣安娜斯塔霞教堂，再到卢卡、比萨教堂，有心人研究一下，也许能够看到欧洲教堂外观变化的链条。非常遗憾，圣安娜斯塔霞教堂也没有开门。

在扎达尔，我唯一得以进入其中的是圣伊利亚斯教堂。那已经是傍晚时分了，不抱希望地推了一下教堂的门，居然推开了，暖暖的灯光飘洒出来。这是一座有些东正风格的教堂，正前面的墙上挂满了圣母圣子像，一个女子正向一个神父忏悔。不是在忏悔室，而是面对面，女子坐在边位上，神甫站在她的面前。神甫高大庄严，黑衣白髯，声音厚重，充满慈爱。

扎达尔城中有着极为丰富的古罗马遗址。圣多纳图斯教堂外边是一片罗马废墟，真正的罗马废墟，不是美泉宫、无忧宫中

那种人工建造的废墟。这里是古罗马时期的中心广场，是市民讨论问题、宣布政令、举行集会的地方。那些建筑遗存中可以分辨出有罗马人不可或缺的公共浴室。建筑构件上的精美雕刻或宛然，或依稀。广场的另一边，还矗立着一座高大粗壮的"耻辱柱"，是古罗马时期惩罚犯人的地方，柱体满是大大小小的凹坑，有岁月的蚀刻，也有不知出于何种目的的人工挖凿。还有一块石上刻着"Marc"几个字母，这应该是威尼斯人的遗物了，"Marco"即耶稣的门徒"马可"，它是威尼斯人的庇护者。

古迹与现代生活融为一体也是扎达尔城的韵味所在。残破的古罗马墙基旁停放着扎达尔人的汽车，繁华的商业街区中散布着罗马人或威尼斯人的雕刻，一座千年的石柱挺立在广场中央，白色的酒吧帐篷包围着它。一边是远古断壁的冰凉，一边是现代酒吧的醇畅，现实的喧闹与失落的繁华共舞，形成了欧洲城市风貌的流行乐章。

扎达尔的海水特别清澈，只是这里没有很好的沙滩。在女房东指给我们的"beach"的位置，我们看到的只是一些乱石罢了。

扎达尔还有一个极有特色的景点——海风琴，当然这个景点不是看的，而是听的。在海岸边白色的大理石路面上你所能看到的只是一排小小的孔洞，但里面能够发出高低不同的风琴声来。琴声的强弱会随着海浪的大小而变化。平时它有一声没一声地平静而舒缓地弹奏着，当海面上船舶经过，激起更大的波浪时，海风琴就会急促而大声地鸣响起来，好像被海浪惊扰了一般。游客们喜欢趴在孔洞上听海风琴的声音。如果你行走在扎达尔古城，却不知道海风琴在哪里，很简单，当你看到有成排的女人或小孩，侧头蹶臀地趴在海边石地上的时候，那么，你的脚下就是海风琴了。

扎达尔的落日也是著名一景，海风琴一带的海岸开阔而平旷，海面上虽岛屿繁密，却如得了神命一般分列两边，让西方落日之处空出一片无碍的海水，是欣赏落日的天赐之所。今天这里的日落时间是8点30分左右，我们忍着劳累，坚持不回旅馆，掐指计算着时间等待着那个美妙时间的到来。8点钟我们来到海风琴，东边的云彩被夕阳映成晚霞，明亮通红，光彩洒满海面。但西边则是密集的乌云，夕阳就在里面，我们却看不见它。只是水平线上留下一线缝隙，透出一丝琥珀色。在浓重的乌云背景上，房屋和船只泛出神秘的、让人感到沉寂的灰白，不见人的活动，仿佛是从另一个空间透射过来的幻影。远处云岛之间有时会迷蒙着雨幕，谁有神通，可以借力于雨幕的薄纱，将厚重黑暗的云层扯去，露出湛湛青天，还大光明于人间？这也只是一个愤激的幻想罢了，岸边众人芸芸，越来越多，仿佛所有的游客都集合到了这里，所能做的也不过是翘首西望，眼里带着遗憾的、期盼的复杂神情，乞怜于上苍。8点30分的时候，地平线上的那一线琥珀色越来越红，那是被围困的夕阳在努力寻找云层的弱点，它在用自己不懈的努力突破云层的遮挡，终于一阵刺眼的亮色喷射出来，海面上也漾起了一串通红的亮光，是答谢众生诚挚渴盼的悦色，还是弃绝群氓无所作为的怒目？总之夕阳竭尽气力迸发出的最后一瞬的生命之光后，就被乌云和海水合力谋杀掉了，光明弃我们而去，在人们悲苦的目光中，最后的一抹回光也在天边被淹没，黑暗便劈头盖脸地笼罩下来。

旁边圆形的光电板上闪烁起彩色的亮光，月亮在东边升起来，对面海岛上的灯光也星星点点的亮起来，海水渐渐变成灰黑色，人们从海风琴慢慢地散去了。再过老城，古罗马废墟在暗淡的灯光下有点阴森；圣玛丽教堂的大门依旧紧闭，黑洞洞的；昏黄的灯光从古堡般的圣多纳图斯教堂细长的窗子里透出来，如古时的烛火燃至今日。扎达尔城最古老的部分，沉寂而神秘，在这朦胧的月夜似乎游荡着千年积累起来的幽灵。

人民广场却是越发热闹了，比白天人还多，酒客在饮酒，市民在纳凉，孩子们跑来跑去，歌手们奏着柔和的月光曲，唱起欢快明朗的歌。卖图片的还没有收摊，古董店又一次开了门。街边酒吧座无虚席，别致的大釜中冰镇着各种酒品。夜色下的古城，焕发着现代城市的年轻与活跃。

再次穿过厚重的古城门洞，走过已经灯火通明步行长桥。新城中大街小巷宁静安详，少人行走。

扎达尔古城实在是太小了，我们一天就走了三遍。欧洲的许多"历史名城"，不过就是一个小镇，但那些凋零、残缺的古物，那些不绝如缕的历史印痕，那些潜藏着巨大事件的犄角旮旯，让它韵味十足，让人流连忘返。

扎达尔在整个老城中为人们提供免费 WiFi，没有任何区别对待，不管你是居民还是游客，你是当地人还是外地人，你是本国人还是外国人。不用任何登录程序，你来到这里，就自然地有了这个便利，就像你不用任何许可就可以自由地享受这里的阳光与空气一样。这座你非来不可的小城也没有借口珍贵的古迹和周到的服务而围城收费，虽然这个半岛有着围城收费的先天优势。扎达尔城充满善意地迎接着八方来客，城中除了一些博物馆和个别古建筑之外，一律免费游览。扎达尔依然坚固的城墙与城门，不是防人的卡子，而是友善的通道。"善待人者，人亦善待之。"我们有这样的祖训，扎达尔人肯定也有。人性相通，并无东西。或者我们别说得这么道德化，顺乎人情，互利共赢，乃是商业之道，有着数千年经商文化的扎达尔人当然不会做杀鸡取卵的蠢事。

匈牙利

布达佩斯

乘火车从克拉科夫发车前往布达佩斯。东欧的铁路真是不敢恭维，如失修的公路一般颠簸震荡。但也许正是由于这个原因，它的铺位制作精良，不像中国火车的硬卧是个硬板床，也不像波兰的家居床垫那样软塌塌的，毫无气性，而是刚柔得中，坚挺而又弹性十足，把频繁而剧烈的震动转换成悠长圆缓的托举，给人以轻柔和软的漂浮感，体贴到位的呵护感。东欧火车之慢也是有了名的，克拉科夫到布达佩斯400公里，要跑十个半小时。这个慢并不全是跑得慢，更重要的原因是站多而停顿时间长。两地间有二十个站，平均20公里一个站。半夜到站，常常陷入长时间的无声无息的状态，如置身于寂静的乡村，如安卧于坚实的大宅。这看似极好的睡眠环境，但因其出现在不应该出现的场景中，反而让我陷入强烈的狐疑而难以入眠。查看列车运行时刻表，最长的停靠竟然会达到近一个小时。

早晨5点30分，车过斯洛伐克首都布拉迪斯拉发，不久天就亮了。从车窗向外看，景色谈不上美，农田里甚至有些杂乱，觉得还不如波兰乡村漂亮。经过一个湖，我想起了瑞士蓝湖边的那些醉人之美景，这里却一概没有。火车是在匈牙利，还是在斯洛伐克，我无法判断。8点35分，火车开进布达佩斯火车站高大的穹窿之中。

地铁2号线通往国会大厦。尚未走出地铁口，高耸的塔尖已经出现在灰蒙蒙的天空中，随着我在台阶上一级级地向上迈进，雄伟壮观的大厦就从地底生长出来，最终威严地矗立在一片广场之上。这是一座哥特式的建筑，白色大理石的墙面，屋顶覆着红色的瓦片。中间是一个大圆顶，周围大大小小的哥特式尖塔林立。

国会广场一角立有匈牙利民族英雄拉科奇的骑马铜像，广场的另一端则是匈牙利民主斗士科苏斯雕像，中间是粗壮的旗杆，匈牙利国旗飘扬其上，两位帅气的守旗卫士立于旗杆之下。

走在多瑙河边，国会大厦越发壮观。其装饰之繁、之美不输教堂。在这之前我还从没有见过如此规模宏大的国会大厦。匈牙利人为何能有宗教般的热情与投入去建造一个政治性的建筑？从有关资料得知，国会大厦始建于1896年，应该是匈牙利人在欧洲立国千年的伟大荣耀激励了这个不寻常的民族吧！

宽阔的多瑙河波澜不兴，对岸山峦起伏，无数的圆顶尖塔、大柱高窗覆盖了那些山丘，如果是一个晴空丽日，那肯定是团花堆绣般的美景。可惜今天是个阴天，天空阴沉迷蒙，多

瑙河水也失去了蓝色。河边某处的石岸上，凌乱地抛弃着一些鞋子，要是在夏天，我肯定会认为那是一群下河游泳的人刚刚脱下的。但走近看就能发现，这些鞋子是铁的，坚硬冰冷，而且锈迹斑斑了。这是纪念二战时期被杀的五十多万犹太人而设计的一个特殊的艺术雕塑。它们的主人在七十多年前被纳粹军人杀死并推入河中，泛着平静美丽的蓝光的多瑙河为之变色、为之哽咽。不知什么人在这些鞋子里，或鞋子旁边放上一朵鲜花或一个小小的花环，让这些失去温暖的鞋子得到一丝生气。

抬头观望，闻名世界的链子桥就在不远处的前方，姿态优雅地横跨在多瑙河上。这座建成于1839年的大桥，第一次将"布达"和"佩斯"连接成"布达佩斯"。其正式名称取赞助人塞切尼伯爵的名字叫"塞切尼链桥"，民间称其为"链子桥"。可能是因为它是世界上较早采用吊索牵拉的大桥，当时人震惊于这种新鲜的建桥方式而名之。这座桥的主体是两座高大的塔，担起两边粗壮的铁索，高高地拉起桥面，悬浮在多瑙河上。由于建成年代尚不是追求简约实用的现代技术时代，这两座桥塔带有古典的艺术美，它们的形制类似于凯旋门，宽大厚重石砌主体上，尤其是顶部和腰部，有很多细致的浮雕图案，中间是高大宽阔的拱形门洞，以通车辆，门洞上方装饰着匈牙利国徽和一个雄狮头像。桥两岸的四个角上又各设了一个庞大的石雕狮子像，既有加固桥墩之用，又是一个极美的装饰。链子桥集实用和艺术于一身，遂成为布达佩斯的重要地标。链子桥也是布达佩斯桥梁的典范，后来修建的自由桥

和伊丽莎白桥都采用链子桥的形式，但由于时代的跃迁，也只能使得其外形而失其气质了。

跨过链子桥就到了布达皇宫，皇宫照例是在一座山上，山脚下有轨道升降机可将人们直接送到皇宫山上。旁边一座隧道，穿山直通布达市区。隧道的入口让我感到十分惊讶，石砌的宏伟大气的拱门，两侧是罗马式的大柱，撑起殿宇般的顶檐。在这之前，我从未见过，甚至也从未想到过隧道这种现代化的交通方式会配上极为古典的衣装，布达佩斯真是让我开眼！

布达皇宫雄伟、大气、繁复、华丽，有古典式的大柱，也有巴洛克式的雕塑与装饰。匈牙利总统府在皇宫对面，是一座有着红色大屋顶的两层楼，宏伟却简朴。总统府有两个大门，一个面向皇宫，一个面向楼前广场，都设有岗楼和卫兵。时值正点，非常幸运地赶上了哨兵换岗仪式。一位军官走在前面，手持指挥刀，他身后一段距离是一个乐手，敲着战鼓，乐手后面是四位要上岗的士兵，扛着长枪。他们军容整齐，都穿着绿呢大衣，神情庄严，令人肃然起敬。走到岗位前，军官肃立监看，上岗士兵与下岗士兵互行军礼，换位，下岗士兵入列。整个过程军人的动作简洁利落，散发着孔武阳刚的帅气。

圣伊斯特万大教堂前的广场现在是一个圣诞集市。虽然只有 12 点多钟，但为了烘托气氛，集市上已是灯光闪烁。

圣伊斯特万这样的称呼，让人一听就知道是个基督圣徒，但伊斯特万首先是一个国王。他之能成为圣徒源于他是一个国王；他之能加冕为王又源于他受洗成为基督徒。在伊斯特万这里，我们可以清楚地看到天主教与世俗政府之间互相依存、互相利用的微妙关系。

匈牙利人与周围其他欧洲国家不同，从人种上讲，他们是来自中亚的马扎尔人。"匈牙利"这个名字是欧洲其他国家对这个国家的称呼，而且这个称呼与此前匈奴人占领此地有关系，用来称马扎尔人并不准确。今天的匈牙利人仍然称自己的国家为 Magyarorszag，马扎尔国。896 年，马扎尔人在其首领阿尔帕德的带领下来到匈牙利，靠他们强大的武力在这片土地上东征西讨，站稳了脚跟。但一百多年过去后，他们却感到自己并不能在欧洲诸国中获得应有的尊重和地位。997年匈牙利大公伊斯特万即位，他接受了基督教，受洗成为基督徒，随即带领全族皈依基督教，一举将匈牙利纳入基督教世界。因其成功扩大了基督教的地盘，1001年罗马教皇为其加冕，正式成为匈牙利国王，并在其死后宣布为"圣"，故有"圣伊斯特万"之称。一王受洗而全国皈依，这的确是基督教最有效率的传播模式，是教皇极力褒奖的。三百多年后，波兰女王雅德维加也这样改造了立陶宛大公雅盖隆，于是整个立陶宛基督教化了，教皇也将雅德维加封"圣"。记得过去读到利玛窦一心要寻机感化明朝皇帝，试图一下子将中华帝国转化为基督教世界，还曾感到利玛窦过于浪漫了，有些异想天开。看到欧洲的这些事实，终于知道，利玛窦的想法有其历史根源，并非虚妄，而是受到了这些成功案例的鼓舞。

圣伊斯特万教堂是一个方形教堂，以中间大穹顶为中心，向外呈十字形扩展。

其装饰多用金、紫，感觉极为辉煌炫目。其壁画多于雕塑，有东正教的气息。祭坛在中央大圆顶之下，上面是圣伊斯特万的白色大理石雕像。教堂中的一个小礼拜堂里，还供奉着圣伊斯特万的右手，作为对这个伟大帝王的一种特殊纪念。

布达佩斯英雄广场也称"千年广场"，是 1896 年为纪念匈牙利人在欧洲建国一千周年而建。广场中心是一座大型的群雕，一根圆柱冲天而起，上面立着天使，大展双翅，一手举着十字架，一手举着匈牙利王冠。象征着上帝与匈牙利王国同在，这是欧洲国家常有的一种祈愿形式。雕塑基座上是马加尔人首入欧洲时的七位英雄的骑马像，站在最前方的是首领阿尔帕德，立马远瞩，目光深邃，威武挺拔，雄才大略；六位部将跟随其后，神情沉着刚猛。我觉得这组雕像比较可靠地反映了那个时候的情况，他们衣着与旗帜都是厚重的毛毡，其中还有一匹马用鹿角做辔头，这些游牧时代的特征非后人能凭想象而得。雕像前有一个象征性的大石棺，用以纪念为国牺牲的匈牙利无名英雄。那天，石棺上放着韩国、日本、埃及、俄罗斯四个国家献上的花篮，分别覆盖着这几个国家的国旗，花篮里的花也摆成他们国旗的图案。英雄广场是匈牙利共和国的政治广场，外国元首到来一般是在这里举行欢迎仪式。

广场的最后面是两座弧形廊柱，分列中轴线的两边，里面站立着匈牙利历史上的著名君王和民族英雄，每边各有七位。

英雄广场右边，美术馆前的草坪上，有一块白色大理石的纪念碑静处于绿草鲜花之中。上面用匈牙利文和英文记录了 1991 年 8 月 20 日教皇保罗二世在此做弥撒的史实，并记载了教皇劝告匈牙利人民珍惜来之不易的自由的恳切教诲。

英雄广场附近有一座湖，远远望去，祥云笼罩，雾气蒸腾，湖面野鸭游泳，鸥鸟翔集，鸣声互答，往来上下。真是冬日里一大奇景。曾经听说过布达佩斯有温泉，总认为在此一座古城中，肯定早已经被人利用，或围于垣墙之中，或覆于厅堂之下，来者收费，入者拿钱。没想到还有这么一片水域，暴露于公园，开放于市井。走近湖水，探手试之，暖如体温。周围草木得此大利，虽在初冬，而草色葱翠，垂柳泛青，法桐后凋，秋花正红。

尽管是来自亚洲，今天的匈牙利人在经过了一千多年与欧洲人杂居混血之后，已经深度欧化了，皮肤白皙，金发碧眼。也许马扎尔人原本就不是蒙古人种，英雄广场上第一代首领阿尔帕德与其一众人皆深目，只是鼻子扁平。如今的匈牙利人鼻梁已经很高，但若仔细观察，还是有不少匈牙利人的鼻子还保持着蒜头样，肉厚而圆。

应该是亚洲人基因的呈现。

在匈牙利旅游很难有语言便利，波兰语虽然已经和英语的关系很远了，但毕竟还是印欧语言大家庭中的一员，很多时候可能通过波兰语的词根来大体判断一个词的意思。但匈牙利语与欧洲语言绝无关系，在布达佩斯，一般旅行者很难得到语言线索。匈牙利语之在欧洲，就像是一块三叶虫化石包裹于其他地层中。就像来自亚洲的一股火热的熔岩挤入了欧洲的石缝中，它虽然已经与周边民族和国家犬牙交错、严丝合缝地结合在一起，却始终保持着质的不同。

古代欧洲城市，出于防卫的考虑，一般是建在临河的山地上，实在没有山，高地也行，但必须得有河。所以欧洲古城多在河边，并且随着城市的发展，欧洲城市总是有上城与下城之分。上下城不只是地形上的不同，而是包含着许多社会意义。上城在高处，是最古老的部分，也是皇宫或贵族所在地，易守难攻。下城在低处，是新城，商人、平民的居住地。卢布尔雅那、萨格勒布、塔林、布鲁塞尔，马德里等都是这样，布达佩斯也是这样。布达是山地，是上城，是古城；布斯是平原，是下城，是新城。多瑙河在布达山下流过，将布达和佩斯分隔开来。

新旧当然是相对而言了，布达区开始于公元1世纪，佩斯区也早在马加尔人到来之前就形成一定规模了。圣伊丽莎白教堂在佩斯区。

圣伊丽莎白是13世纪匈牙利公主，是安德烈二世国王的女儿，出嫁今德国境内的图林根公爵。夫死出家，修道行善，"凡民有丧，匍匐救之"，但淑人不寿，24岁而亡（1207—1231），其事感人，其情可哀，故教廷封之为"圣"。圣伊丽莎白有很多传说故事，历代艺术家用不同的艺术手段对她进行了各种形式的歌颂。最早是意大利文艺复兴三杰之一的拉斐尔画有《同圣伊丽莎白和约翰在一起的圣母子》；15世纪时，英国的威廉·卡克斯顿（William Caxton）著有《匈牙利的圣伊丽莎白的故事》；17世纪时西班牙画家牟利罗又画出了《匈牙利的圣伊丽莎白照顾弱者与麻风病人》；19世纪，匈牙利著名音乐家李斯特创作了清唱剧《圣伊丽莎白传奇》；英国画家埃蒙顿·布莱尔·莱顿有油画《匈牙利圣伊丽莎白的仁慈》。这座教堂也是对伊丽莎白的纪念。

我最先到的是教堂的背面。院中秋草萋萋，黄叶满地，几块石碑、几座雕像静立着。满园静谧，只有一扇门开着。我轻轻推门进去，一段陡峭的楼梯在我面前盘旋而下，不知通向何处，神秘幽深，甚至有些怪异恐怖，但我最不能抗拒的就是这种吸引，非要一探究竟，就轻手轻脚地走下去。几声抽泣顺着楼梯传上来，让我有些悚然，却也没有吓住我。转弯处，我看到了一个不大的房间，墙壁边立着一排橱柜，整齐地排列着很多抽屉，一位老太太坐在橱边，拉开了一个抽屉，正在低声啜泣。我一下子明白了，这里是教堂开辟的逝者骨灰存在处。那位老太太抽泣着，声音很低却传出了彻骨之痛。是她的儿子？也许是她的丈夫。我要拍下这个很有感染力的场面，我的镜头被房间里湿热的空气雾住了，老太太的影像在一片雾气笼罩中。

圣伊丽莎白教堂是用砖块建起来的，其正面有两座哥特式高塔，高塔即钟楼。教堂有三个门，门口上方刻画着圣伊丽莎白的故事。教堂前面是一个小广场，立着圣伊丽莎白的雕像。修女服饰，只是头上加了公主金冠。头微上扬，露出慈爱的微笑，身前的布兜里，满是蔷薇花。根据传说，圣伊丽莎白的虔诚与善良感动了上帝，上帝让她看到了丈夫图林根伯爵的灵魂，在那一刹那，她怀里要送给穷人的面包变成了蔷薇花。圣伊丽莎白的画像或雕像大多描写这一神奇的时刻。

教堂内部，朴素安宁，但拥有现代化的投影设备。墙面正在整修，露出了前代的壁饰。可能正在准备一场音乐会，这在音乐之都布达佩斯是再普通不过的事。圣坛下，一个头发花白的老艺术家正在指导一个年轻人。

自由山既然是山，当然在布达区。绿桥是从佩斯区前往自由山的必经之路。绿桥的外形酷似链子桥，但它没有石砌的桥塔，而纯为钢架桥。它的正式名称是"自由桥"，因其全身涂绿，民间昵称其为绿桥。绿桥旁边是白桥，绿桥、白桥实际上是夫妻桥。绿桥建成于1896年，竣工时请奥匈帝国皇帝弗兰茨·约瑟夫来安装了最后一颗铆钉，遂以皇帝的名字命名了这座桥。"白桥"是中国人对它的简称，其正式名称是"伊丽莎白桥"。这个伊丽莎白就是奥匈帝国皇后茜茜公主。匈牙利人很喜欢茜茜公主，就用她的名字命名了这座桥。它的颜色也正好是白色的，"白桥"这个称呼也就更有神来之笔的妙处了。白桥也采用了链子桥的样式。两桥一绿一白；一雄伟粗壮，一纤细柔美。

走过自由桥，就是自由山，山下有石筑教堂，嵌于山体之中，与山同色，远看似凿山为之，若中国古代之摩崖造像。旁边又有一旅馆，同为石筑，而墙面规整平滑，没有岁月的腐蚀，失去了与山浑然的格调，一见便知为现代之物。

布达佩斯的晚秋还没有过完，自由山上还有很多黄叶，或招摇在山坡上，或静默于路旁，或密语于深林之中，或伸一枝细条在小径之侧，轻拂过游人的肩膊。

沿着窄窄的石蹬，我慢慢地向上攀援，树缝中，多瑙河与佩斯城渐渐缩小了它的身形，更加完整地铺展开来。山顶上高举棕榈叶的自由女神也施展出神通，很快高大起来。

自由女神像位于山顶，两侧又有两尊铜像陪衬，一个举着火炬大步向前，一个举起铁拳在击打恶龙。我感到这组雕像很有社会主义味道，比如人物的姿态坚定有力、勇猛斩截；擒龙者为现代装束，颇有工人阶级的味道。寻来资料一看，果然是二战末苏联红军攻克布达佩斯后所建的"解放纪念碑"。主像前原本还有一座苏联红军战士高举红旗的铜像。1989年匈牙利政治转型以后将其推倒，运到30里外的"社会主义公园"里去当古董了。解放纪念碑虽为苏联所立，却出于匈牙利雕塑名家之手，匈牙利人不忍拆除，于是就改称为"自由女神像"，只是铲除了女神像基座上苏联红军烈士的名字，重新题词曰："为了纪念所有为匈牙利的自由、民主和独立而牺牲的人们"。一个时代的巨变就这样如灵魂一般附体于金石之中，让人永记。

匈牙利国家博物馆正门是古典式的大柱山墙，正厅则满是宗教内容的壁画，如东正教堂。票价不贵，大约相当于人民币不到50块钱。工作人员看到我的大相机，就让我另交了十几块钱的拍照费。

匈牙利国家博物馆成立于1802年，历经两个多世纪的经营，藏品极为丰富，共分18个展厅，从中可以看到匈牙利人艰苦卓绝的奋斗史。

在16—17世纪展厅中，我看到了中国瓷器，最初在一个显示屏上看到一个非常精致漂亮的瓷碗，碗底写着"大明弘治年造"，真正的明代官窑。但我遍寻这个展厅中所有的展品，并没有看到这个碗的实物。问那个不断巡视的似乎有点身份的工作人员，她也支支吾吾地说不出个所以然来。也许是太珍贵了，另有栖身之处吧。有一个收藏柜里放着几件中国瓷器，方瓶、瓷碗，并不出色。文字说明认为是奥斯曼土耳其的入侵将这些东西带入匈牙利的，其具体的来历、周折就不能明了了。

博物馆中有一种张开手的标记，有这种标记的物品，参观者可以触摸体验。比如中世纪时期的锁子铠或其他一些石制、铁制的器物。这是一种非常体贴的多感官参观方式，给参观者更加丰富的信息。

在国家博物馆中我还看到了匈牙利另一种荣耀，那就是多得令世人惊讶的诺贝尔奖获奖者。匈牙利人口只有一千万，但竟有十四位诺贝尔奖得主，且几乎遍及诺奖的各个项目。是全世界按人口比率获诺奖最多的国家，平均七十一万人就有一个。这相当于我国每县出一个诺奖得主。博物馆专门开辟出一个空间来介绍这些民族之光。

从国家博物馆走出，小雨更密了。冬季在欧洲旅游真是不合算，4点多，天已经彻底黑了。街上路灯、车灯闪烁着，在地面的雨水中泛着光，显得有些混乱。一直惦记着那座犹太教堂，但我匆匆走到时，人家已经关门了。教堂站立在暖黄色的灯光中，显得很是安详。我只能呆望着它桶状的钟楼和洋葱头似的塔顶，拍下几张照片。也许我与犹太教堂的缘分还未到，在克拉科夫，曾误认过，曾神往过；来到布达佩斯，昨日见其面，但直到今天仍未能步入其中，见其神韵。我还是静候上帝的安排吧。

跑了一整天，我已经又累又饿了，看到一家漂亮的饭店，就进去坐下，饭店里很安静，只有两个桌上有客人，离发车还有四个小时，我可以在此好好休息一下。菜单上的食物也弄不清楚是什么，就点了一个价钱适中又带米饭的一种，要了一杯啤酒。啤酒很快就送上来，我慢慢地品味，轻柔的音乐似有若无地飘荡在每一丝空气中，沁人脾胃的匈牙利啤酒让我有些迷离、飘然。我看着那个服务生熟练地点燃了每个桌上的蜡烛，让饭店的情调更加迷人而放松。

不久菜也上来了。不大的盘子，半盘米饭，上面盖着两块鸡肉，几片西红柿，一个煎糊的鸡蛋，旁边又放了一小撮不知名的叶片肥厚的小青菜，点着沙拉和什么酱。用刀切开煎鸡蛋，放入口中，才知道不是煎鸡蛋，而是煎奶酪，心里有些抗拒，不太想吃，却也只能无奈地接受，当然要努力降低味蕾的敏感度了。但他们的米饭与鸡肉都做得非常好，仍是那种长粒米，粒粒独立，散漫如常，但味道比我在波兰饭馆里吃的要好得多，它一下子改变了我对这种又干又硬的长粒米的印象。外边的雨还在淅淅沥沥地下着，店里走了两个客人，又来了两个客人，在那边低声交谈。这种氛围让我感到温暖惬意。我放慢节奏，呷着啤酒，细细咀嚼着匈牙利美味，我获得了彻底的闲适与轻松。

账单来了我便不那么轻松了，里面除了我的餐费外，竟然自动加上了小费，甚至还有烛光费。好饭店卖的不只是食物啊，某些属于感觉的东西也是可以明码标价的。

阴云密布的天气在白天黯淡了布达佩斯的迷人光彩，但在晚间，天上的云层营造出了出人意料的效果。布达佩斯的满城灯火投射到密云之上，让天空呈现出油面背景般的光彩。

附记：

2015 年 8 月中旬，当我带着家人去希腊游玩，中转于布达佩斯的时候，看到布达佩斯火车站满是打地铺睡觉的人。汽车站旁边的地下通道里也睡着很多人。他们不像是等车的旅人，应该是这里发生了什么事件。感到很是奇怪，当时还惊叹，布达佩斯怎么这么多无家可归的人。后来才从网上得知，这些人是从利比亚、叙利亚、伊拉克等地来的难民。途经布达佩斯，前往德、英等国。

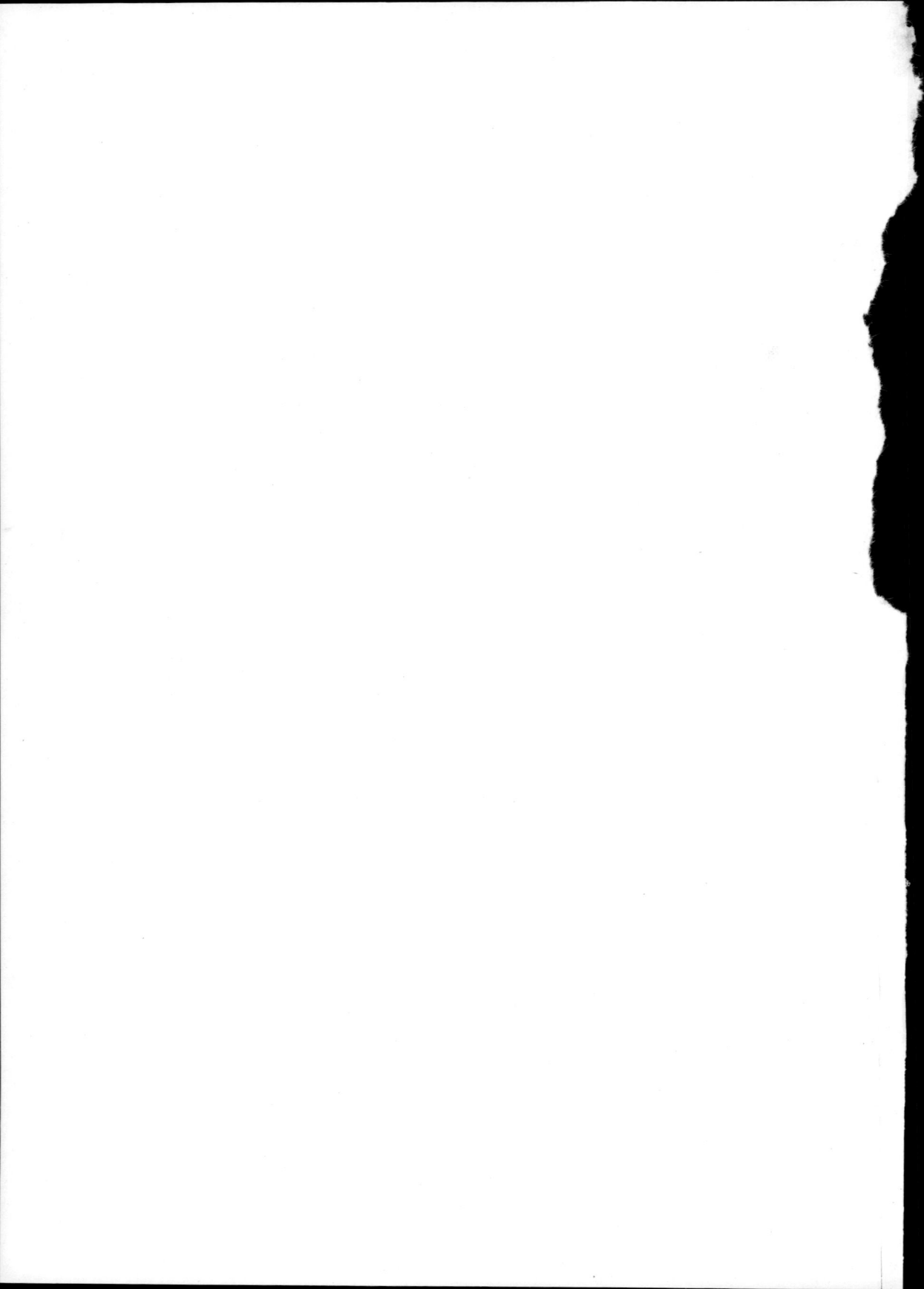